新中国 70 年 70 部
长篇小说典藏

姚雪垠

(1910—1999)

河南邓州人，现当代著名作家。曾任中华全国文艺界抗敌协会理事、创研部副部长，上海大夏大学教授、副教务长，湖北省文联主席，中国新文学学会会长，中国作家协会名誉副主席等职。短篇小说《差半车麦秸》、中篇小说《牛全德与红萝卜》、长篇小说《春暖花开的时候》《长夜》《李自成》等曾在海内外产生广泛影响。特别是《李自成》，不仅填补了"五四"以来中国长篇历史小说的空白，而且取得了多方面的艺术成就和开创性贡献，是具有里程碑意义的文学巨著。《李自成》第二卷获首届茅盾文学奖，《李自成》全书五卷获中宣部"五个一"工程奖和中国图书奖。

新中国 70 年 70 部
长篇小说典藏

李自成

第七卷

姚雪垠———著

学 习 出 版 社
中国青年出版社

图书在版编目（CIP）数据

李自成. 第七卷／姚雪垠著. —北京：中国青年出版社：学习
出版社，2019.9

（新中国 70 年 70 部长篇小说典藏）

ISBN 978 – 7 – 5153 – 5789 – 8

Ⅰ. ①李… Ⅱ. ①姚… Ⅲ. ①长篇历史小说—中国—当代
Ⅳ. ①I247.5

中国版本图书馆 CIP 数据核字（2019）第 180389 号

策　　划　皮　钧
责任编辑　叶施水　马福悦
装帧设计　刘　静

出版发行　中国青年出版社　学习出版社
社　　址　北京东四 12 条 21 号
邮政编码　100708
网　　址　www. cyp. com. cn

印　　刷　山东德州新华印务有限责任公司
经　　销　全国新华书店等

字　　数　487 千字
开　　本　680 毫米×960 毫米　1/16
印　　张　37.5　插页 2
印　　数　1—5000
版　　次　2019 年 9 月北京第 1 版
印　　次　2019 年 9 月山东第 1 次印刷

书　　号　978 – 7 – 5153 – 5789 – 8
定　　价　101.00 元

出 版 说 明

为庆祝中华人民共和国成立70周年,全面展现中华民族的文化创造能力和文学发展水平,深入揭示新中国70年来的伟大历程、辉煌成就和宝贵经验,激励人们为实现"两个一百年"奋斗目标、中华民族伟大复兴的中国梦而不懈奋斗,我们策划出版了这套"新中国70年70部长篇小说典藏"丛书。为将该丛书打造成思想精深、艺术精湛、制作精良的精品丛书,我们成立了丛书评审专家委员会,成员均为密切关注和深刻了解我国长篇小说创作动态的资深评论家。委员会从历史评价、专家意见和读者喜好等方面对新中国成立70年来众多优秀长篇小说进行综合评定,从中选出70部描写我国人民生活图景、展现我国社会全方位变革、反映社会现实和人民主体地位、弘扬社会主义核心价值观和讴歌中华民族伟大复兴中国梦的精品力作。这些作品,大多为曾获中宣部"五个一工程"奖、"茅盾文学奖"等重大国家级奖项的长篇小说,政治性、思想性和艺术性高度统一,代表了中国文坛70年间长篇小说创作发展的最高成就。

我们致力于"把提高作品的精神高度、文化内涵、艺术价值作为追求"的使命任务,通过这套丛书的出版,在讲好中国故事、传播中国声音、阐释中国精神、展现中国风貌的同时,倡导精品阅读,引领和推动未来的中国文学原创出版。

"新中国70年70部长篇小说典藏"
评审专家委员会名单

评审专家委员会主任： 李敬泽

评审专家委员会委员 (按姓氏笔画排序)：

丁　帆	白　烨	朱向前	吴义勤	何向阳
应　红	张　柠	张清华	陆文虎	陈思和
孟繁华	胡　平	南　帆	贺绍俊	梁鸿鹰
董保生	董俊山	谢有顺	臧永清	潘凯雄

项目统筹： 吴保平　宋　强

目　录

第一章

三月三十日拂晓,多尔衮得到的第一封探报是说李自成于三月十九日天明的时候攻破了北京城,崇祯帝不知下落。接到从北京来的这封探报以后,多尔衮不是高兴,而是既感到有点奇怪,也关心李自成进入北京以后的各种行为。他一面下令兵部衙门,不惜重赏,加速打探李自成进北京以后的各种消息,另一方面不待天明就传唤范文程速来睿王府商议大事。

大清国在当时好像是中国的东北大地上一轮初升的太阳,充满朝气,充满活力。拿收集关内的情报工作说,它有一套可行而又严格的制度,随时能洞悉关内的重大军事和政治情况。在北京城内和近郊经常潜伏着各种细作,一有重要消息便送到满洲境内,再用专门备用的驿马一站一站地送到盛京。凡是紧急探报,到了兵部的主管部门,都得赶快抄出数份,分送睿亲王、郑亲王、兵部尚书、内三院大学士,所以凡是特别重大的军情消息,清国的主要执政的王、公、大臣们很快就会知道。

范文程来到了多尔衮面前,叩头以后,随即坐下。多尔衮问道:

"你同洪承畴见面了么?"

范文程欠身回答:"臣是刚才知道李自成攻破北京,皇后在宫中自缢,崇祯不知下落的消息,随后奉召前来,尚未同洪承畴见面。据臣猜想,洪承畴熟悉南朝朝野情况,非我大清朝众人所及,对我八旗兵进军中原,扫荡流贼,必会有重要建议。臣在早饭后,即去找他一谈。"

"你怎么知道他会有重要建议?"

1

"当流贼尚在宣府一带向居庸关行军的路上时,臣推想流贼进长城和居庸关必有一战,洪承畴摇摇头说不会有多大抵抗,后来果然不出他的所料。我原来想着崇祯下旨舍弃宁远,调吴三桂赴北京勤王,守卫北京,北京必不会失于流贼之手。然而洪承畴却对臣频频摇头,认为崇祯不应该命吴三桂携带宁远百姓进关,叹口气说:'北京完了!不待吴三桂赶到,北京就会落入流贼之手!'现在看来,洪承畴料事如神!"

多尔衮点点头,说道:"是呀,崇祯也真是糊涂,既要调吴三桂去救北京,又命令他护送宁远百姓入关,实际上使吴三桂失去了到北京作战的机会!不知洪承畴知道李自成攻破北京以后……"

多尔衮一句话没有说完,兵部衙门又送来一件紧急探报。他赶快拆开一看,脸色不觉一寒,立刻交给范文程,说道:

"明朝已经亡了。没想到崇祯会如此结局!"

尽管明清是两个敌对国家,但是范文程看了崇祯在煤山自缢的消息,也不能不心中一动,脱口说道:

"其实,他不是个昏庸之主!"

多尔衮很想知道洪承畴对于北京失守和崇祯殉国有什么看法,嘱范文程快到洪承畴的公馆去一趟,并且吩咐说:

"我叫你去看看洪承畴,因为只有你最能了解他的心情,他也肯对你吐露心思。你去看了他以后再回你的公馆用早餐,去吧。"

"要不要同他谈一谈进兵中原之计?"

"那是几天以后的事,现在用不着谈。还有,明天,明天是四月初一,文武百官要在大政殿举行朝会,十分重要!"

范文程感到诧异,但也不敢多问,随即出了睿亲王府,带着仆人,骑马往洪公馆驰去。

这时,天色已经大明,洪公馆的大门开了。

范文程因为是大清国的一位重臣,又同洪承畴来往甚密,所以只问一声洪大人是否已经起身,不需通报,将随身的仆人留在大门口,便匆匆向里走去。

洪承畴在四更时候接到兵部衙门第一次送来的紧急探报,便起了床,为北京的失陷心中震惊,再也没有睡意。由贴身姣仆兼娈童的白如玉服侍着梳洗以后,坐在书案旁边发呆,猜测着崇祯皇帝的生死下落。过了半个更次,兵部又一封探报来了。他心中害怕,拿着密封的探报倚着桌子,惊疑间望着信封,不敢拆看,心在跳,手在打颤,向如玉吩咐:"将灯草拨大!"灯草拨大以后,他拆开信封,将密报匆匆看了一遍,又看一遍,跌坐在椅子上,深深地叹息一声。善于体贴主人心情的如玉从暖壶中倒了一杯热茶放在主人面前,轻声问道:

"崇祯皇帝死了?"

洪承畴没有做声,挥手使如玉离开身边。范文程进了二门的时候,如玉首先看见,在甬路边向范大人打千问安,然后走在前边,一边向主人禀报"范大人驾到",一边打开猩红细毡镶边暖帘。范文程一边拱手一边说道:"洪大人,我来了!"话未落音,已经走进了暖阁,到了洪承畴的面前,一眼就看见洪刚刚哭过,没有来得及将泪痕拭干。他回避看洪的眼睛,在客位坐下,说道:

"四更以前,睿亲王接到兵部衙门的第一封紧急探报,便派人将我叫去。我也是刚看了兵部衙门的第一次探报,以为睿王爷要同我商议向中原进兵的事,实际不是,大概他的想法临时变了。随便谈了北京的事,兵部的第二封紧急探报送到,睿王爷便命我来你这里,看看你有何感想。"

洪承畴暗暗吃惊,后悔刚才没有来得及拭干眼泪。随即凄然一笑,说道:

"实不敢欺瞒老兄,刚才突然得悉崇祯帝在煤山自缢殉国,我毕竟同他有君臣旧情,也知他决不是昏庸之主,竟然有此下场,十七年兢兢业业,竟落个身死国亡,禁不住洒了几点眼泪。你我好友,万恳不要向睿亲王说出真情,使愚弟因此受责。"

范文程笑道:"亨九老兄,你对睿王爷知之太浅!倘若他知道你为崇祯殉国洒泪，不但不会见责于你，反而会对你更为尊重。你不像慕义来降的武将，也不同于原来在辽东居住的文臣。你自幼读孔孟之书，科举出身，二十三岁中进士，开始入仕，经历万历、天启、崇祯三朝，历任封疆大员，挂兵部尚书衔。崇祯虽失天下，但生前待你不薄。为着你是大明国三世旧臣，与崇祯帝有十七载君臣之谊，今日忽闻北京被流贼攻破，崇祯自缢殉国，倘若不痛心陨涕，倒不是你洪亨九了。你说是么？"

洪承畴忽然站起，向范文程深深一揖，说道：

"生我者父母，知我者范兄！"

范文程握住洪承畴的手，哈哈大笑。随即告辞，在院中向洪承畴嘱咐说：

"今日是三月三十日，明日是四月朔。文武百官齐集大政殿前会议，必是决定睿亲王率兵南征的大事。崇祯已死，我兄为剿灭流贼大展宏猷，既是为大清国的创业建立大功，也是为崇祯帝、后报殉国大仇，机不可失！"

"正是，正是。弟虽碌碌，愿意粉身碎骨，为大清效犬马之劳，也为先帝报身殉社稷之仇。"

"好，好。兄此心可指天日，弟将告诉睿王爷知道。"

洪承畴在大门外望着客人范文程带着戈什哈和仆人走后，心中问道：明日在大政殿决定出兵的事么？不会。李自成进北京后的情形尚不明白，满汉八旗兵也未完全集合，向北京进兵的方略也未商定，如何能过早地宣布南征？……范文程是深知大清朝内情的人，此事他竟不清楚！

如玉走到他的身边，轻声说："老爷，回书房用早餐吧！"

关于李自成攻破北京以及崇祯自缢的消息，日渐清楚。大清国朝野振奋，等待着辅政和硕睿亲王率师南征。盛京虽然只有一两万人口，商业也不繁华，但是自从新兴的大清国将它定为京城以来，它在关外的地位日益重要。蒙古各部、新被征服的朝鲜、往北去远至长白山和黑龙江一带,以及使犬使鹿的部落,都有人不断地前来盛京。盛京成为东北各民族的政治中心,一切重大消息汇集此地,然后传送各地。近几天来,李自成攻破北京的消息就是先到盛京,再由盛京传到各地。

从前天起,盛京城内,不管是王、公、大臣府中,或是大街小巷人家,到处沸沸扬扬谈论和硕睿亲王即将率领满、蒙、汉大军进入长城,杀败流贼,占领北京的事情。居住在盛京的人们,不管是文武官员或是黎民百姓,也不管是满人汉人,对于多尔衮将要向中原进兵都同样心情振奋。从整个中国文化发展史看,是众多少数民族逐步地融合,总的趋势是少数民族的汉化,但在特定时期,局部地方,则出现过汉人被少数民族融合的情况。在皇太极时代,居住在沈阳、辽阳等地的汉人就是被满族融合,编为汉军八旗,从表面上说,男人剃发,妇女不缠脚,遵从满俗;从心理上说,由于中原自古经济发达,文化先进,他们也希望满汉大军进入长城以内,占领北京,统一中原。明白这一特殊的历史情况,就会明白在顺治元年三月底到四月初这段时间,盛京城中的人心是如何盼望着多尔衮大举南征。

三月三十日下午,内秘书院奉两位辅政亲王口谕,因大军出师在即,定于明日(四月初一日)上午辰时整,诸王、贝勒、贝子、全体文武臣僚齐集大政殿会议国事,不得有误。这口谕传出以后,满朝振奋:大家盼望的出征大举就在眼前,明日睿亲王会有重要面谕。虽然出兵打仗,兵将们难免有人伤亡,但是据十几年来几次出征经验,清兵进入明朝境内,如入无人之境,总是胜利而归,掳掠很多男女人口、耕牛和财物,许多参加出征人员有机会立功受奖,得到升迁,也可以得到一些财物。尤其这一次随睿亲王出征不同往日,更加令人振奋。大家知道,这一次出征是要杀败流贼,占领北京。大家常常听说,北京城的宫殿和大官府第都是无法想象的壮观和美丽,只有天上才有。还有北京城中真是金银珠宝山积,美女如云。虽然大清兵晚了一步,被流贼抢劫过了,但是流贼是抢劫不完的,

5

而且大部分可以再从流贼的手中夺得。这样的事情,对生长在贫苦地方的满洲人来说,真是太诱惑人了。所以对明日在大政殿的会商军事,许多年轻的满洲贵族子弟们兴奋得不能成寐。

然而在盛京城中,大清朝的上层人物,对于明日上午将在大政殿举行百官会议,共商辅政睿亲王南征大计,并不是人人心情振奋。至少有两个人的心情与众不同。首先是肃亲王豪格,心中憋着一口闷气,无处发泄。对于多尔衮做了领头的辅政王,专理朝政,他本来心中不服,十分嫉妒。他当然会想到,这次多尔衮率师南征,必然大胜,又一次建立大功,不但会名留青史,而且日后权力更大,他的日子也会更不好过。还有一个为现代人所忽略的问题,也影响豪格的心情。满洲人对于童年时是否出过痘,十分重视。如果童年时不曾出痘,成年以后以及中年,随时可能染上天花,轻则留下麻子,重则丧生。豪格在童年时不曾出痘,所以他不愿意随大军南征,曾经打算亲自见两位辅政王,说明他因为没有出过痘,不宜出征,请求允许他留在盛京。他的心腹们害怕多尔衮对他疑心,劝他不要去见多尔衮和济尔哈朗,认为两位辅政王不但不会答应,反而会引起多尔衮的疑心。知道明日上午将在大政殿举行文武百官会议,商量大军南征大计,他的心中十分烦闷,晚膳时随便喝了几杯闷酒,骂了在身边服侍的仆人。睡到炕上以后,久久不能入睡。他的福晋同多尔衮的福晋是姊妹,长得也相当美。因为他心中很恨多尔衮,今晚连自己的年轻美貌的福晋也不肯搂到怀中,将她推离开自己身子。因为多尔衮身上有病,他在心里咒骂多尔衮早日病死。他的福晋只听见他愤愤自语,却听不清他说的是什么,也不敢问。

在盛京城中,另外有一位上层官吏今晚的心情也很不安,他就是从前深受皇太极重用,倚为心腹,而如今又受多尔衮信任的汉人范文程。他虽然年纪不到五十岁,却是大清国的三朝元老,在满汉文臣中的威望很高。他官居秘书院大学士的高位,一向对国事负有重责，当然对明日的会议十分关心。他身经朝廷中许多次风云变幻，种种复杂斗争，养成三种基本态度：一是不介入爱新觉罗的皇室斗争；二是在满汉关系问题上力求保持客观、公正的立场；三是他看准了多尔衮在努尔哈赤子侄中是一位难得的杰出英才，必能为清国的未来做出一番大事，所以他愿意看到多尔衮牢牢地专掌大清朝政，使大清国运兴旺，进占北京，成为中国的主人。可是他预感到将有什么大事发生，明天上午要在大政殿举行的满汉文武百官会议不像是专为大军南征的事，可能牵涉到别的大事。他生长在辽东，从青年时代就投效努尔哈赤，虽然他对爱新觉罗家族的权位纷争从不介入，但内幕情况他是清楚的。目前，关于多尔衮率师南征的许多重大事情（有些事情需要他经手办理）都没有商讨，更无准备，忽然睿亲王决定明日在大政殿举行满汉文武百官会议，宣布南征大计，岂不突然？难道是为着，为着……？

他忽觉心中一亮，脸色一沉，在喉咙中吃惊地说："又是一件大事，是睿亲王为出师准备的一着棋！"他从太师椅上霍地站起，在屋中踱了一阵，对明天将会发生的事情作了各种猜测，心中无法安静。明天将发生的大事非同一般朝政，它关乎大清国朝政前途，也关乎向中原进兵大计，他身为大清国的内院大学士，不能不十分关心，要在事件发生之前，自己的心中有个谱儿。想来想去，他决定带着戈什哈和亲信仆人，步行前往郑亲王府，借故有重要请示，也许会探听出明天将要发生的事。

范文程同郑王府的官员一向很熟，大家对他都很尊敬。他一到郑王府的大门前，一位官员向他迎来，小声说道：

"两位辅政王正在密商大事，范大人是不是奉谕前来？"

范文程含笑回答："我是有两件事要向郑王爷当面请示。既然两位辅政王在密商大事，我今晚就不请示了。"他向左右望一眼，小声问道："睿亲王来了很久么？"

"睿王爷刚打一更就来，现在过了二更，已经密商了一个多更次了。"

范文程不再说话，带着戈什哈和仆人们走了。他边走边在心里说：

"明天准定有惊人大事！"

阴历四月初一日，盛京天色黎明，北风习习，颇有寒意。肃亲王豪格尽管自己的心中很不高兴，但是因为睿亲王治国令严，他只好在不断的鸡啼声中起床，在灯光下吃了早膳，穿戴整齐，腰间挂了心爱的腰刀。过了一阵，他带着几个护卫和仆人，骑马往大清门①走去。路上遇到一些满汉官员也向大清门方向走去，因为他是和硕亲王，爵位很高，所以官员们都向他让路，还向他施礼请安。他还看见，重要街口都增派了上三旗的官兵戒严。看见这不寻常的戒严情况，起初他的心中一动，但随后想着今天是两位辅政王与文武大臣会商南征大事，理应防备敌人的细作刺探消息，临时戒严是应该的。他赞成睿亲王要趁李自成在北京立脚未稳，率领数万精兵南征，这是先皇帝多年的心愿，也是大清国上下臣民的心愿。但是他心中所恼恨的是，多尔衮明明知道他没有出过痘，为什么非叫他随大军南征不可？倘若是先皇帝在世，能够是这样么？他一边向大清门走，一边在马上胡思乱想，越想越感到恼恨。他又想到，去年八月间，先皇帝突然病故，他作为先皇帝长子，又是一旗之主，立过多次战功，本该他继承皇位，可是多尔衮为了专制朝政，故意拥立幼主，凡是不同意的人都被他杀掉。他肃亲王也几乎遭了大祸。此刻在马上想到此事，他不由地在心中恨恨地说：

"哼，反正你的身上有病，久治不愈，不是个长寿之人！"

豪格来到大清门前边，满汉文武官员来到的已经不少了。多数人已经进去，分别在十王亭等候，还有少数人因为不常见面，站在大清门外互相寒暄，交换从北京来的消息。豪格在大清门外下马以后，也同几个官员招呼，但是使他吃惊的不是今日来的人多，而是今日大清门外戒备森严，连附近的几处街口都有正黄旗和正

---

① 大清门——是大政殿宫院的正南门，好比北京紫禁城的午门，为百官入朝的必由之路。

白旗的兵将把守,大清门内外则是专职守卫宫廷的巴牙喇兵警戒。他的心中奇怪:南边的细作决不敢来到此地,何必这样戒备?随从的护卫和奴仆都留在大清门外,他人踏步走上台阶。守卫大清门的正三品巴牙喇章京(入关后改汉文名称为护军参领)迎着他打个千儿问好。他问道:

"王公大臣们已经来了多少?"

"礼亲王来得最早,还有几位王爷也到了。满汉大臣中六部尚书、都察院正副堂上官、内三院大学士、各旗固山额真已经到了不少。"

"两位辅政王爷到了么?"

"两位辅政王爷还不曾驾到,想着也快了。"

豪格知道多尔衮尚未来到,自己不曾迟误,顿觉放心。他正要抬脚前进,忽被守门的巴牙喇章京官员拦住,恭敬地告诉他说:

"请王爷将腰刀留下。"

"啊?!"

"王爷,都是一样。四更时从睿王府传来口谕:今日不管亲王郡王、大小官员,进大清门一律不许携带兵器。兵器存放在大清门内,散朝以后交还。刚才礼亲王进来的时候,一听说辅政睿亲王有谕,他二话没说,就把带在身上二十多年的短剑解下来了。"

豪格听了这话,只好交出腰刀,但心中感到惊异,猜想今天不是商议大军南征的事,但究竟有什么特别事故,他猜不出来,也没有料到大祸会落在他的头上。

大政殿又名笃恭殿、崇政殿,俗称金銮殿,距大清门约有百步之远。宽阔的御道两旁是十王亭。大政殿是在高台基上的一座八角亭形式的建筑,上边覆盖黄色琉璃瓦,下用绿琉璃瓦镶边。正北设有御座,但因为顺治尚在幼年,这围着黄漆栏杆的御座并不常用。御座前另设一张案子,为两位辅政王上朝时坐的地方。此刻因两位辅政王尚未来到,所有的王公大臣和满汉文武百官多数在大清门左右的朝房中休息等候。

大清门在盛京俗称午门,是五开间的巍峨建筑,西边两间是亲王、郡王、贝勒、贝子、公及尚书、大学士等三品以上官员等候上朝的地方,东边的两大间是爵位和官职稍次的官员等候上朝的地方。大清门的地下设有地炕,在严冬时也温暖如春。今日虽然是四月初一日,但因为辽东天气较冷,地炕仍未熄火。

豪格一进大清门就向左转,进入满洲语所谓"昂邦"一级的朝房。他首先注意到年高望尊的和硕礼亲王代善面带忧容,肃立等候,并不落座。因为礼亲王是他的伯父,后金建国之初为"四大贝勒"之首,豪格进来向他简单地行礼请安。随即他看见别的亲王郡王、贝勒贝子,还看见恭顺王孔有德、怀顺王耿仲明、智顺王尚可喜——当时俗称"三顺王"都已经来了。因为礼亲王没有落座,别人也只好肃立不动。大家都猜到今天要出大事,但因为睿亲王治国令严,没人敢随便打听,只是一个个心中忐忑不安,脸色沉重,紧闭嘴唇。洪承畴原以为今日是满朝文武们共商南征大计,来到大清门以后才看出来今日的朝会与南征无关,同范文程站立在礼亲王背后,屏息等待。范文程明白洪承畴对爱新觉罗皇室中的斗争知道得很少,担心他枉自害怕,用靴尖暗暗地将他的靴子碰了一下。

过了一阵,该来的文武官员都到齐了。所有的人都屏息等候,倾听大清门外的动静。一位内秘书院的章京进来,到礼亲王面前打个千儿,小声说道:

"启禀王爷,两位辅政王爷已经转过街口,快到大清门了。"

所有肃立在礼亲王身后和左右的亲王、郡王、贝勒、贝子、公及三品以上官员都浑身一震,注意听大清门外动静。就在这刹那之间,站在礼亲王近处的肃亲王豪格的心中一动,朦胧地意识到可能会有不幸落到他的头上,会有没良心的人将他私下说的话向睿亲王告密。他的脸色突然一寒,心头怦怦地跳了几下。范文程因为早就觉察出今天的朝会会出现大的事故,所以总在暗中观察几个人的神色,此时忽见肃亲王神色略有异常,他原来的猜想证实了,在心里说道：

"啊，又出在皇室内部！"

又过片刻，一阵马蹄声来到了大清门外停下。随即睿亲王在前，郑亲王在后，走进大清门，通过十王亭中间的宽阔御道，进了大政殿。虽然今天任何王公大臣不准携带兵丁，但是，多尔衮和济尔哈朗因为位居辅政亲王，所以左右簇拥着八个佩着刀剑的巴牙喇兵和两位辅政王的四名王府护军，这十二个人全是年轻英武，精通武艺。平时多尔衮和济尔哈朗前来上朝，顶多带四个人，既为保护自身，也为表示辅政亲王的身份。今天他们带了这么多人，使左右朝房中的人们不能不感到惊异。豪格因自己心中有鬼，脸色突然大变，在心中说：

"不知是哪一个忘恩负义的人出卖了我？"

多尔衮和济尔哈朗走进大政殿，在御座前所设的桌案后面落座。多尔衮坐在正中，济尔哈朗坐在他的右边。多尔衮面带怒容，双目炯炯，令人望而生畏。济尔哈朗虽然也是辅政王，但为人秉性比较平和，对多尔衮遇事退让，所以在朝廷上较得人心。他没有一点怒容，倒是面带愁容。他们坐定之后，跟随进来的两王府的亲信护军和多尔衮平日挑选的巴牙喇兵，有两人进入大政殿内，站立在两位辅政王的背后，其余的站立大政殿门外的左右两边。另外，专负责拱卫朝廷的巴牙喇兵今日调来的很多，都站在十王亭前边的御道两侧，戒备森严，使今日的朝会更加显得紧张。

当时，盛京的官制比迁都北京以后来说，仍属于草创阶段，不仅官制简单，礼节也很简单。两位辅政王坐定以后，有内秘书院一位年轻汉人章京到大清门内的左右朝房，引导王公大臣和满汉文武百官，来到大政殿。走在最前边的是和硕礼亲王爱新觉罗·代善。他是努尔哈赤最初封的参与朝政的"四大贝勒"中仅存的一位，也是亲王中年纪最长的人，今年整六十岁了。进入大政殿后，有一位站在睿亲王身边的章京大声说道：

"和硕礼亲王免礼,请即落座!"

代善在为他准备的一把铺着红垫子的椅子上坐下,是左边一排的第一位。他从十几岁起就跟着太祖努尔哈赤为统一满洲各部落、建立后金政权而进行战斗,屡立大功,所以在爱新觉罗皇室中得有今日的崇高地位。但是他毕竟老了,经历的朝廷纷争也多了,只希望得保禄位,不愿多管别的事情。他早就知道多尔衮与豪格之间必有一斗,今日来到大清门时他已经猜到将出大事,所以一句话不说,交出了腰刀。现在看见多尔衮处处戒备森严,心中更加明白。自从去年八月间先皇帝突然病故,太祖努尔哈赤的儿孙中为争夺皇位发生纷争。当时最有继承皇位资格的是多尔衮和豪格二人。他们都有人拥护,手中也都有兵力。多尔衮自己坚决不做皇帝,也挫败豪格想继承皇位的野心,拥立六岁的小孩福临做了大清皇帝,自己做辅政王,治理国政。此事既获得两黄旗的忠心拥戴,也获得清宁皇后和永福庄妃的两宫支持。半年多来,对世事和朝政经验丰富的礼亲王看见多尔衮步步向专擅朝政的道路上走,既使他心中不满,也使他有点害怕。但是他也明白,目前正是大清朝进入中原,第二次开国建业的大好时机,非有多尔衮这样的人物不可。他心中还明白,今天是先皇帝太宗爷逝世以来半年多时间中爱新觉罗皇室中发生的重大斗争,必有血腥之灾。怎么好呢?他昔日是"四大贝勒"之首,今天为年事最高的和硕礼亲王,身为太祖爷的次子,看着太祖的子孙们如此明争暗斗,流血朝堂,他怎么办呢?……

所有亲王、郡王、贝勒、贝子、公、三品以上的满汉大臣,都随在代善之后,走进大政殿。当时的王、公、大臣对辅政王不行跪拜礼,他们按照品级分批,赶快趋向案前,利索地甩下马蹄袖头,左腿前屈,右腿后蹲,左手扶膝,右手下垂,头和上身略向前倾,齐声说道:"请两位辅政亲王大安!"他们都没有座位,首先是亲王一级的在两旁肃立,郡王、贝勒、贝子接着往下排。原来贝勒的爵位很高,到皇太极时代,为了逐步提高君权,首先取消"四大贝勒"共理朝政的旧有制度，接着将贝勒降到郡王之下，成为封爵的第三级。因系封爵，所以得到也不容易。有封爵的人们分批打千儿请安之后，在左右两边站定，接着才是满汉三品以上文武大臣请安，站在第二排和第三排。

没有爵位的和三品以下文武官员都在大政殿外边分批请安，也分两行肃立。

多尔衮一脸杀气，向大政殿内外的满朝文武扫了一眼。他平时就是目光炯炯，令人生畏，今日更是目光如剑，好像要刺透别人心肺。当他望着豪格的时候，豪格不由地浑身一震，在心中骂道："不知谁出卖了我，我将来要亲手将他杀死！"他偷觑一眼面带愁容、白须飘然的和硕礼亲王，心中希望礼亲王能为他说一句话，但是这个念头一闪就过，听见多尔衮开始说道：

"近几天，我朝不断接到从北京和山海关来的探报，北京的情况已经清楚了。三月十九日天明的时候，流贼破了北京。崇祯先逼着皇后自缢，随即他自己也自缢了。明朝亡了。从北京和山海卫来的探报还说，流贼进了北京以后，二十万贼兵（当时是这样传说）驻在城内，军民混在一起，当然要奸淫妇女，一夜之间投井自缢的妇女就有数百人。流贼抓了皇亲、勋臣和六品以上官员，严刑拷打，逼索军饷，已经打死了许多人。吴三桂的父母住在北京，也被李自成抓了起来，随即放了，以便招降吴三桂。北京谣传，吴三桂原来也有意投降流贼，因为知道流贼进了北京以后的实际情况，不肯降了，在山海卫观望形势。我大清许多年来立志进入中原，建都北京，这正是极为难遇的大好时机。就在近几天内，我要亲自率领满、蒙、汉十几万精兵，进入长城，攻占北京，剿灭流贼！这次出兵，一定要获得全胜！"

他停一停，又向大政殿内外肃立的满汉朝臣们扫了一眼，不期与豪格的眼光遇到一起。仅仅互相看了一下，豪格便将自己的眼睛回避开了。他忽然猜想，今日的朝会可能就是商议南征大事，并不是专门对付谁的，于是略微觉得心安。

多尔衮对于大军出征的事并没有兴奋之情,脸上冷冰冰的,眼神中充满杀气,接着说道:

"这次进兵中原,不是一时之计,要经过恶战,剿灭流贼,占领北京,占领中原,为大清在中国建立万世基业。我比郑亲王年轻十几岁,率军南征的事当然落在我的肩上。郑亲王德高望重,留在盛京,主持大清朝政,镇压叛乱,管理满、蒙和朝鲜等处,最为适宜。至于出兵的详细计划,一二日内将要同满汉大臣们详细商议。为着我大清朝出兵胜利,必须先消灭朝廷隐患。"他望着旁边的济尔哈朗说道:

"郑亲王,我大清朝的隐患,你跟我同样清楚,请你主持审问!"

大政殿内外的空气凝结了。豪格的心头猛然一沉,脸色一变,两腿微微打颤,在心里说道:

"果然是对我下手!"

郑亲王想到去年八月的争夺皇位之争,心中害怕,暗暗想道:"这是第二次要流血了!"他按照多尔衮的事先吩咐,叫了几个人的名字。这些人有的站在大政殿内,有的站在殿外,一听到叫出自己的名字,无不面色如土,浑身颤栗,到两位辅政王的案前跪下,不敢抬头。人们听见了这几个人的名字,心中全明白了,许多人偷看豪格的神情,为他捏了一把冷汗。

在这些人情绪紧张的片刻中,济尔哈朗又叫出几个人的名字。被叫的人迅速来到两位辅政王的面前跪下。

豪格心中说道:"我要死了!死了!"虽然是郑亲王济尔哈朗主持审问,但他的心中明白,郑亲王是按照多尔衮的意见行事,是多尔衮决定杀他。他的心中不服气,竭力保持镇静,但是两条小腿肚不能不微微打颤。

济尔哈朗先叫镶白旗固山额真(旗主)何洛会说出肃亲王在私下诽谤睿亲王和图谋不轨的事。何洛会慷慨揭发肃亲王有一次如何同他和议政大臣杨善、甲喇章京伊成格、牛录章京罗硕谈话,诽谤睿亲王,挑拨是非。多尔衮问道:

"他怎么挑拨是非?"

何洛会说:"肃亲王对我们说,从前固山额真谭泰、护军统领图赖、启心郎索尼,都归附于我。现在他们忘恩负义,率领两旗归附和硕睿亲王……可恶!"何洛会略微停顿一下,接着揭发:"肃亲王还几次对我们说:睿亲王经常患病,岂能永远担负辅政的重任! 有能力的人既然归他收用,无能力的人我就收用,反正他不是长寿之人,我们等着瞧!"

多尔衮愤怒地向肃亲王看了一眼,在心中说道:"哼,你说我不会长寿,咒我快死,我偏要今天就将你处死!"

然而多尔衮的性格比较深沉,他要杀豪格的决定暂不流露,也不说出他自己通过收买肃亲王府的人们所掌握的豪格的隐私谈话,又向何洛会问道:

"肃亲王还说过什么不满意朝廷的话?"

何洛会说:"请辅政王询问杨善!"

多尔衮转向杨善问道:"杨善,我知道你投靠了肃亲王,甘心做他的死党,同谋乱政,罪当处死。你照实招供,你对肃亲王还说了什么话?"

杨善猛然如雷轰顶,面色如土,说道:"请辅政王莫听何洛会乱咬。我什么话也没有说……"

多尔衮说:"好,杨善,你敢狡赖! 何洛会,你说出来!"

何洛会本来不想再作多的揭发,但是事到如今,他害怕杨善一伙反过来咬他一口,不得不下了狠心,接着揭发:

"当肃亲王说了那句话以后……"

多尔衮认为礼亲王等都不能听明白,厉声问道:"你说明白! 肃亲王说的哪一句话?"

"他说'有能耐的人既然都被睿亲王收用了,剩下没有能耐的我当收用'。肃亲王说完这话以后,杨善跟着就说:'帮助睿亲王收罗人才,全是图赖施用的诡计! 我若亲眼看见他给千刀万剐处死,死也甘心!'"

"下边还有什么话?"

"下边,肃亲王说:'你们受我的恩,应当为我效力。可以多留心图赖的动静,随时向我禀报。'杨善回答说:'请王爷放心,我们一定要将图赖置之死地,出了事我们抵罪,与王爷无干。'杨善,你的话是不是这样说的?"

审问至此,人们断定杨善必死无疑,豪格也断定他自己难以干净脱身。于是正如俗话所说的墙倒众人推,纷纷揭发肃亲王的悖逆言行和他同某些人的私下来往,有些是真的,有些是捕风捉影,有些本来是鸡毛蒜皮的事,被提到阴谋乱国的高度加以解释。肃亲王豪格听到有些揭发,身上出汗,想道:"完了!"但是另外有些不实的揭发使他既愤怒,又不敢辩论,只好紧紧地闭口无言。在大政殿中揭发很久,豪格开始将生死置之度外,不愿细听。忽然,他想到了一件与揭发的罪状丝毫无关的闲事……

前几天,豪格预感到睿亲王在大军出征前会在朝廷上故意生事,就让他的福晋以送东珠为名去睿王府看看,他的福晋坚决不去。夜间在枕上谈起她不肯去睿王府的事,她才说上次去拜年,睿王爷不断看她,看得她不好意思,所以她不愿再去。

不过后来她还是去了,结果又被多尔衮看得不好意思。她回去就对丈夫悄悄说了。

很奇怪,在目前生死交关的时候,豪格竟忽然想起来这件闲事,并且想着睿亲王可能将他处死,再霸占他的福晋……

多尔衮向济尔哈朗说道:"郑亲王,大家揭发的事情很多,对有罪的人们如何治罪?"

济尔哈朗昨夜已经拿定主意,回答说:"两位辅政,以你为主,请你宣布如何处治。"

多尔衮向全体朝臣们大声说道:"肃亲王豪格罪恶多端,另行公议如何处置。先摘去王帽,跪下等候!"

豪格浑身颤栗,赶快跪下。他的王帽立刻被人摘去。

多尔衮接着说:"俄莫克图、杨善、伊成格,这三个人依附肃亲王为乱,又不自首,立即斩首!"

几个巴牙喇兵立即将以上三人捆绑,推了出去。

多尔衮接着又说:"罗硕,曾因他乱发诏谕,禁止他再与肃亲王来往。后来他又进出肃亲王府,私相计议。斩首!"

两名巴牙喇兵立刻将罗硕绑了,推出殿外。

另外,有两个官员被罚各打一百鞭子;将杨善和罗硕的家产没收,赏给图赖;将俄莫克图和伊成格的家产没收,赏给何洛会。现在,所有的人都等待睿亲王宣布对豪格的处分,整个大政殿内外都屏息了。多尔衮向大家问道:

"肃亲王罪恶多端,又是祸首,应当如何处治?"

紧张的屏息。

多尔衮向郑亲王问道:"郑亲王,你说,应该如何处分?"

济尔哈朗只要说一句话,豪格的死罪就可以定了。然而昨夜多尔衮在郑亲王府密商今天如何审案的时候,郑亲王对于多尔衮要处死肃亲王的主张虽不明确反对,也不表示同意,总是沉吟不语。此刻他更加犹豫。汉臣们不敢做声,满臣们也没有人慷慨陈词,都不主张将肃亲王立即斩首。在此关键时候,竟然连忠于睿亲王的何洛会和图赖二位大臣也有点踌躇了。

大政殿内外屏息无声。大家心中明白,辅政睿亲王想趁着今天除掉肃亲王,使皇族亲王中不会再有人妨碍他专擅朝政。但是大家也看清楚他不是一位宽宏有德的人,许多人是怕他,不是服他,万一朝局有变,他的下场可能比别人更惨。何况,不管怎么说,肃亲王是大行皇帝的长子,当今顺治皇帝的同父异母长兄,曾立过多次战功。如今若将他杀了,日后一旦朝局有变,不但睿亲王会被追究杀害肃亲王的罪责,凡是附和与怂恿睿亲王这样做的人也一个个难辞其咎。正在这时,奉命负责将杨善等斩首的巴牙喇章京带着四个兵丁,将几颗血淋淋的人头扔在大政殿前的阶下,然后进殿,向两位辅政王跪下禀道:

"启禀两位辅政亲王,罪臣杨善等均已斩讫。还要斩什么人,

17

请吩咐！"

大政殿内外的满汉朝臣毛骨悚然，更加屏息无声。多尔衮看见满汉百官屏息，郑亲王脸色沉重，没有抬头，也不做声，他自己忽然拿不定主意了。和硕礼亲王代善脸色沉重，似有所思。多尔衮悄悄向礼亲王问道：

"对肃亲王如何处分？"

满汉大小文武官员，包括诸王、贝勒、贝子，都知道肃亲王的死活只在年高望重的礼亲王代善的一句话。代善的表情严肃，对多尔衮说了一句话，声音极小，别人不能听清。随即多尔衮对满汉朝臣宣布：

"肃亲王是乱政祸首，罪恶多端，如何治罪，明日另行详议。巴牙喇兵，将肃亲王严加看管，不许他回到肃亲王府，不许他同人来往！"

大家敛声屏气地看着肃亲王被几个雄赳赳的巴牙喇兵带了出去。

"散朝！"多尔衮最后吩咐。

满汉群臣躬身肃立，连大气儿也不敢出，等候辅政睿亲王多尔衮、郑亲王济尔哈朗和礼亲王代善三人走出以后，才脚步轻轻地退朝。没人敢交头接耳，但大家的心中有一句共同的问话：

"明天会斩肃亲王么？"

经过上午在大政殿的一阵血腥的政治风暴，多尔衮对豪格一派人的斗争获得了重大胜利。现在剩下的大问题只有一个，就是是否趁此时将豪格杀掉。大清国虽然名义上有两位辅政王，但实际上朝廷的大权是攥在他多尔衮的手里，他只要决定杀豪格，豪格的头就会落地，从此以后在爱新觉罗家族的亲王中再也没有人敢同他闹别扭了。

但是回到睿王府中，头脑稍微冷静以后，他更加拿不定主意了。

他首先想到的是，昨晚他同郑亲王商量今天案子的情景。对于要处治的几个人，其中有的处死，有的重罚，郑亲王尊重他的意见，都不阻挠。惟独他提到要处死豪格这个祸首，提了两次，郑亲王都是沉吟不语。接着他想到，今天上午在大政殿，他几次问大家应当如何处治豪格的罪，文武官员们没人做声，连他自己的心腹何洛会也不说话。他又忽然想到，当他向礼亲王悄声询问意见时，礼亲王悄声回答一句话：

"他的罪大，不要匆忙斩他……明天再议吧。"

这些情况，使多尔衮开始明白，杀肃亲王不同于杀杨善等人。豪格虽然可杀，但他是先皇帝的长子，幼主福临的长兄，曾立过许多战功，还曾经帮助先皇帝佐理朝政，至今还是一旗之主。多尔衮想到这些情况，他原谅了何洛会等人的沉默，也明白了礼亲王为何说出来"明天再议"的话。然而他是性格倔强的人，既然决心要杀掉豪格，那就要在他率大清兵南征之前杀掉豪格，决不因别人心中顾虑使他手软。他想到了一个主意：命郑亲王下午进宫，将今日在大政殿揭发豪格等人互相勾结、阴谋乱政的罪款，向两宫皇太后详细禀奏。还要禀明几个与肃亲王阴谋乱政的党羽如杨善等人已经斩首，还有几个人也处了重罚。按豪格罪款，本该处死，但今日上午暂时从缓，特来请示两位太后降旨如何发落为好。他想，由于他拥立福临继承皇位，永福宫太后必不会反对他处死豪格，而清宁宫太后对拥立福临继承皇位的大事也是热心赞成的。为了安定大清朝政，两宫太后不会反对他处死豪格。只要两宫太后不说反对的话，他就可以立刻将豪格处死，不留后患。

他将主意想好以后，便亲自到郑亲王府，请郑亲王在午膳之前就进宫一趟，向两宫皇太后禀奏上午在大政殿发生的朝廷大事，也将如何治豪格的大罪向两宫太后请旨。济尔哈朗已经看出来满朝文武都无意处死豪格，都认为多尔衮做得太过火了。他自己也是同样心思，但是慑于多尔衮的威势，只好进宫，晋见两宫太后。至于豪格的生死，只有在两宫太后前见机行事，听天由命了。

今天在大政殿发生的流血斗争,事前皇宫中丝毫不知。当早膳以后,宫女们送皇上乘小黄轿下了凤凰门的高台阶去三官庙上学,才有一个圣母皇太后的心腹宫女匆匆回宫,禀报说凤凰门外直到三官庙,沿路增添了许多巴牙喇官兵,戒备森严,不知何故。永福宫皇太后大惊,不觉脸色一变,心中狂跳。自从她的儿子继承皇位以来,她被尊为太后,但是对于多尔衮她口中不敢露出一句评论的话,只称赞他自己不争皇位,镇压了别的觊觎皇位的亲王,一心拥戴福临继位的大功,然而她不仅认识满文和蒙古文,对汉文的历史书也略能读懂,心中明白多尔衮正是中国书上所说的"权臣",十分可怕。她在宫中除用心教福临读书写字外,也叮嘱儿子在学中好生听御前蒙师的话,用心学习。她盼望儿子赶快长大,能够平安地到了亲政年纪。每当她将小皇帝抱在怀中,教他读书,盼望他赶快长大,同时总不免想到她对多尔衮既要倚靠,又要提防,不由地在心中暗暗叹道:

"儿呀,我们是皇上和太后,也是孤儿寡妇!"

一听回宫来的心腹宫女禀奏皇宫外戒备森严的情况,她赶快去向清宁宫太后询问。清宁宫太后说道:

"我刚才也听到宫女禀报了,也觉得奇怪。睿亲王就要率大军出征,朝廷上不应该再出事情。我已经将凤凰门值班的章京叫来,问他出了什么大事,他也说不清楚,只说皇宫周围和盛京城内都有上三旗人马巡逻。既然是上三旗的人马巡逻,我就放心了。我已经命他去大政殿看一看,朝廷上到底出了什么大事,赶快回来禀报。"

永福宫太后最关心的是她的儿子,说道:"太后,三官庙离大政殿很近,我想将小皇上接回宫来,免得他受了惊吓,你看可以么?"

"也好,你就差一个宫女去吧。"

"我差宫女去就说是两宫太后的口谕?"

"可以。不过,先要叫那四位御前蒙师知道,要尊重他们。"

过了一阵,小皇上回宫来了。在凤凰门内一下了四人抬的小黄轿,他就急急地向清宁宫奔跑。随驾侍候的乳母和几个宫女怕他跌跤,紧紧在后跟着。他的生母、永福宫皇太后听见声音,赶快从东暖阁中出来迎他。他按照习惯,先向亲生母亲行半跪礼,用稚声说道:"向母后请安!"随即进到暖阁,向正宫太后请安。圣母皇太后忽然看见小皇上神色异常,噙着眼泪,赶快向跪在地上请安的乳母和宫女们问道:

"三官庙出了什么事情?"

乳母回答说:"接到两宫太后传谕,皇上正要回宫,刚刚在三官庙的院子里准备坐进轿中,四位蒙师跪在地上送驾的时候,忽然从大政殿院中传来用鞭子打人声和惨痛的呼叫声。皇上从来没有听见过这种声音,站在轿门口一听,脸色就变了……"

一个宫女接着启奏:"奴才等赶快说,请上轿回宫吧,不要怕,你是皇上,这事与你无干,快进轿吧,不用怕!"

圣母皇太后将福临揽在膝前,替他揩去两只眼角的余泪,然后说:

"玩去吧,下午再送你去学里写字读书。"

福临被宫女们带出清宁宫玩耍去了。不过片刻,奉清宁宫皇太后口谕去大政殿询问消息的、在凤凰门值班的巴牙喇章京进来,向两位皇太后跪禀了今日在大政殿发生的朝政大事,使两位皇太后大为震惊。清宁宫皇太后尽管心中震惊,但是她嫁给大行皇帝皇太极已经三十年,既在大清国拥有中宫皇后的崇高地位,也经历过几次惊天动地的大事,所以这时能够处变不惊。听完以后,她挥手使值班的章京退出,然后转向福临的母亲低声问道:

"睿亲王在出兵前杀了杨善等几位大臣,还要处死肃亲王,只是群臣没人附和,他才把处死肃亲王的事缓了一步。我看,不杀掉肃亲王他决不甘心。肃亲王会不会被杀,只是明天的事。你我是两宫太后……"

忽然一位女官进来启奏:"启禀两位太后,和硕郑亲王在凤凰门请求接见,说他有要事面奏两位太后。"

清宁宫太后轻声说:"果然不出所料! ……带他进来!"

女官在清宁宫阶上传呼:"引郑亲王进来!"

两宫太后已经来不及进行商量,只是互相交换了一个眼色。永福宫皇太后已经在心中拿定了主意,但还没有对清宁宫太后说出,济尔哈朗已经走上台阶了。

济尔哈朗进来后向两位太后简单地行礼问安,神情有点紧张。清宁宫皇太后命他在一把椅子上坐下,装做什么也不知道,用平常的口气问道:

"郑亲王今日进宫,有什么大事禀奏?"

济尔哈朗欠身说道:"今日上午,在大政殿出了一件大事,两宫太后可都知道? 睿亲王正是为了此事,嘱咐臣进宫来向两位太后禀奏明白。应该对肃亲王如何治罪,请两位太后吩咐。"

清宁宫太后用平静的口气向济尔哈朗说道:"今天的事情我们都知道了,不用郑亲王再禀奏啦。与肃亲王有牵连的几个官员,该杀的杀了,该打该罚的都处分了,至于要不要处死肃亲王,两位辅政王一时不能决定,想听听我们两位太后的意见。我想,我们两位老少寡妇,自太宗皇帝去年八月初九日夜间突然归天以后……"

"请皇太后不必难过,慢慢地说。"郑亲王劝道,看出来皇太后决不会同意处死肃亲王,他的心中有些踏实。

清宁宫太后接着说:"诸王纷争,使大清国陷于内乱地步。我是在太祖创业的时候,也就是大金建国之前,十五岁来到爱新觉罗家的,那时先皇帝还是四大贝勒中的四贝勒,离现在已经三十年了。天命十一年秋天,太祖归天,太宗皇帝继位,第二年改为天聪元年,我称为中宫大福晋。崇德改元,太宗废除汗号,南郊拜天,受满、蒙、汉与朝鲜各族臣民拥戴,焚香盟誓,称为大清皇帝,我也改称中宫皇后。三十年来,我亲眼看着太祖爷和太宗皇帝如何经历无数血战,草创江山,建立后金,又改称大清。辅政王呀,郑亲王呀,你也是快到五十岁的人了! 当年的四大贝勒,如今只剩下礼亲王一人了！……"

郑亲王劝说道："这些事我全清楚，太后不要伤心，也不用再说了。今日只说肃亲王有罪的事……"

太后用袖头揩揩眼角，接着说道："你同睿亲王都是辅政王，如何处罚豪格的事，只同满朝文武大臣商议，不用问我们两宫太后。我们二人遵守太祖遗训，对朝廷大政，自来不闻不问，只在宫中抚育幼主，直到他能够亲自执政为止。当年的四大贝勒，如今只有礼亲王还在人世，我记得他今年六十岁了。关于处死豪格的事，礼亲王怎么说呀？"

圣母皇太后在心中说："问得好，问得好。"

郑亲王明白清宁宫皇太后不同意处死豪格，于是说道："两宫太后虽然不问朝政，可是皇上年幼，群臣不敢多言，礼亲王在上午的会议上只是沉吟不决，所以睿亲王想知道两宫太后有什么主张。"

清宁宫皇太后忽然说道："豪格虽不是我生的儿子，可是他是先皇帝的长子，我是中宫皇后，他自来都称我母后。关于你们对他如何治罪，何必问我？我死后如何对太宗皇帝说话？"

济尔哈朗低头不语。

清宁宫太后又说："目前福临虽在幼年，可是几年之后，他会执掌朝政。豪格是他的同父异母长兄，都是太宗骨血。今日杀了豪格，几年之后，他会有什么想法？"

济尔哈朗虽然低头不语，但在心中点头。因为谈到幼主，他把眼光转向永福宫皇太后，表示他对圣母皇太后的尊重。

永福宫太后接着说道："今天在大政殿发生的大事，清宁宫皇太后已经听凤凰门的值班章京详细禀报，只是小皇上一字不知。小皇上是一个聪明孩子，他在三官庙院中听见大政殿前的呼叫声，回宫后脸色都白了，噙着两眼泪水。你们想想，杀掉肃亲王这样的大事，再过几年，他亲政以后会怎样看呢？"

郑亲王济尔哈朗完全明白了两宫太后要保全肃亲王的意思，

这和他自己的心思相合,便起身辞出,赶快向多尔衮复命去了。

年轻的圣母皇太后对清宁宫皇太后回答郑亲王的话满心佩服,她忽然情不自禁地依照娘家的称呼说道:

"姑妈,你不愧做了多年的中宫皇后,受臣民拥戴。刚才你对郑亲王说的话合情合理!"

清宁宫皇太后淡淡一笑,看见两个宫女进来侍候,她挥手使她们退出,悄悄说道:

"现在还不能说能保住豪格的命。据我看,睿亲王这个人,既是我大清再一次开国创业的难得人才,也是一个心狠手辣……"

以下的话她的声音小得连年轻的圣母皇太后也听不清楚。但是她的侄女还是明白了她的意思,频频点头,随即起身回永福宫了。

下午,小皇上又照例乘坐四人抬的小黄轿往三官庙上学去了。上午沿途那些戒备森严的将士没有了,气氛又恢复了往日的平静。但是小皇上的心中并不平静,他不断想着母后告诉他的,上午曾杀了几个人,其中有立过战功的大臣。母亲还告诉他,他的同父异母长兄,即肃亲王豪格,也可能会在今晚或明日被砍掉脑袋。要砍掉肃亲王的脑袋,太可怕了。当母后同他谈这件事的时候,他几乎忍不住大哭起来。

下午第一课仍是写仿。但是在开始写仿的时候,他不由地想到他的长兄要给人砍掉脑袋,再也不能够静下心来,先滚出热泪,紧接着忽然撇撇嘴,向桌上抛掉毛笔,伏在仿纸上哭了起来。

在桌边照料皇上写汉字的御前蒙师和两个宫女一时慌了,赶快问皇上为何难过。小皇上哭着回答。虽然由于泣不成声,但是身边的人们仍然明白他是因为他的长兄肃亲王今天或明天将被斩首,他没有心思写仿。他最后用力说道:

"我要回宫!回宫!"

御前蒙师们赶快计议一下,只好在院中跪送小皇帝上轿回宫。

顺治小皇帝的御前蒙师都是由内秘书院选派的,皇帝的学习情况每日由为首的蒙师报告内秘书院大学士,有重要事还得报告多尔衮知道。多尔衮首先知道两宫皇太后对肃亲王事件的态度,接着又知道小皇上为豪格事哭了一场。关于处死豪格的事,他本来就在犹豫,这天下午,他不能不改变态度。尽管他心狠手辣,大权在握,但是各种条件迫使他改变主意。于是肃亲王保住了性命。

第二天上午,多尔衮又在大政殿召集文武百官会商南征大计,在会议开始的时候先宣布对豪格的处分决定。他说:

"昨日据许多知情大臣讦告,我同和硕郑亲王,以及诸王、贝勒、贝子、公,以及内院大臣等,审问属实,决定将肃亲王幽禁,等待治罪。后来因为肃亲王所犯罪恶多端,一时算不清楚,暂且不去清算,今日暂且将他释放,将他管辖的正蓝旗剥夺七个牛录的人,分给上三旗,再罚银五千两,废为庶人,随军出征,立功赎罪。"

清朝将王爵以下,包括贝勒、贝子、公和三品以上的文武大员,习惯上称为"王公大臣",是清朝的最高层统治集团,王爵一级有的是亲王,有的不是。还有郡王一级,相当于原来的贝勒。今天因为要商议大军南征的重大国事,所以大清政权的核心人物全出席了。

辅政睿亲王多尔衮为着减轻处理肃亲王问题的分量,他故意在商议出兵的大事时附带宣布他与郑亲王对于处理此事的决定。另一方面,对于两宫太后的态度和幼主在三官庙学中为此事哭泣的事一字不提,避免国史院的史臣们写入实录。

王公大臣们听了多尔衮关于对豪格暂不处死的决定以后,大家心上的石头落地了。于是大清朝最高统治集团今日的朝廷气氛与昨日恰恰相反,变得十分活跃和振奋。八年以前的丙子年,先皇帝皇太极接受满、汉、蒙古以及朝鲜等各族臣民的拥戴,仿效中国传统制度,也仿效中国礼仪,祭告天地祖宗,废除汗号,改称皇帝,改元崇德。从那时起,清太宗和他的大臣们朝思暮想的就是进入"中原"(实际是进入长城),攻占北京。如今由于崇祯亡国,李自成进北京后暴露了必将失败的种种弱点,盛京方面的王公大臣们完全清楚：目前正是实现太宗皇帝生前宿愿的难得机会。因为有这种共同认识，所以多尔衮不需要向王公大臣们说明他决定赶快率领大军南下的各种理由，只是告诉大家大军从盛京出发的日子以及应该准备的若干事项。说完之后，立刻散朝，各衙门的大小官员以及各旗的大小将领，立刻行动起来。

因为择定出师的吉利日子是四月初九日，出征前有许许多多大事须要以幼主的名义处理，所以午膳以后，多尔衮就派官员进宫，禀明睿亲王为即将统兵南征的事求见两宫太后。很快得到永福宫太后回话：

"两宫皇太后已知两位和硕辅政亲王赦免豪格死罪，暂时只削去王爵，降为庶人，罚银五千两，夺去七个牛录，责其随军出征，立功赎罪。两宫太后知豪格保住性命，心中十分欣慰，皇上也不哭了。只是清宁宫太后昨日偶感风寒，加上为豪格事操心，今日身体不适，正在服药。和硕辅政睿亲王关于出征之事，可向永福宫皇太后详细回禀，不必晋见清宁宫皇太后了。"

一听说是从永福宫中传回来的口谕，辅政睿亲王赶快起身，肃然恭听。他的眼前出现了圣母皇太后的面影，同时仿佛听见了庄重里含有温柔的说话声音。

下午一过未时，多尔衮脱了便服，换了朝服，带着几名护卫，骑马前往皇宫。护卫们停在凤凰门外的台阶下，多尔衮一个人走了上去。奉圣母皇太后之命等候在凤凰门内的女官随即带引他走进永福宫，在圣母皇太后的面前简单地行了礼。皇太后含着微笑，用眼睛示意他在对面的椅子上坐下。因为要商议军国大事，所以皇太后挥手使身边的宫女们都回避了。

大概是因为睿亲王即将率师出征，为大清建立大业，所以年轻的皇太后显得特别高兴。她今年只有三十一岁，头发又多又黑，左右发髻上插着较大的翡翠簪子，露在外边的一端有珍珠流苏。圣母皇太后只是因为头发特别多，宫女们为她梳成这样发式。大约两百年后,到了清朝晚年,"两把头"的发式兴起,两个分开的发簪就变成一根"扁方"了。

圣母皇太后本来就皮肤白嫩,明眸皓齿,配着这样的发式,加上一朵为丈夫带孝的绢制白花,穿着一身华贵而素雅的便服,绣花黄缎长裙下边的花盆底鞋,使她在端庄里兼有青春之美。多尔衮只比她大几个月,不知为什么很愿意单独一个人向她奏事,可是此刻却不敢正眼看她,平时令满汉大臣望而生畏的英雄气概,竟然消失大半。

圣母皇太后首先问道:"睿亲王,你率兵出征之后,盛京是我大清的根本重地,也是朝廷所在,你做什么妥善安排?"

多尔衮回答:"臣等已经议定,盛京为皇上与朝廷所在地,辅政郑亲王率领一部分官员留守,照旧处理日常朝政。满洲八旗兵与蒙古八旗兵各三分之二,汉军三顺王等全部人马,随臣南征。上三旗留下的人马守卫盛京,巴牙喇兵驻防皇宫周围,日夜巡逻。请两宫太后放心,在臣南征期间,郑亲王及留守诸臣忠心辅弼幼主,一如往日。"

"噢,这就好了!"圣母皇太后含笑说,不期与多尔衮的炯炯目光碰到一起,心中一动,赶快回避。

多尔衮说道:"我为了大清的创业,也为了皇太后,矢忠辅幼主进北京为中国之主!"

年轻的皇太后在心中问道:"也是为我?他为什么这样说?"她不禁又一阵轻轻心跳。略停片刻,又向多尔衮问道:"睿亲王,你还有什么事要向两宫太后陈奏?"

多尔衮趁机会望着圣母皇太后说道:"臣已同大臣们议定,本月初九日丙寅是出征吉日,祭过堂子后鸣炮启程。在出征之前,有几件大事,今日奏明两宫太后知道。"

"哪几件大事?"

"臣等议定,本月初八日乙丑,即臣率大军启程的前一天,请皇上驾临大政殿上朝……"

皇太后含笑问道:"为什么事儿?"

多尔衮目不转睛地望着圣母皇太后,告她说:"臣这次率大军出征极为重要,非往日出兵伐明可比,需要皇上赐臣'奉命大将军'名号。请皇上当着文武百官赐臣一道敕书,一方银印。大将军代天子出征的道理与所受大权,在敕书中都要写明。有了皇上所赐一道敕书,一方银印,臣就可以代天子行事。这是大军出征前最重要的一件事,好像古时候登坛拜将,敕书和银印必须由皇上当着文武百官亲手赐臣,所以请皇上于初八日上午辰时三刻,驾临大政殿上朝。臣虽是皇上叔父,也要向皇上三跪九叩谢恩。"

年轻的皇太后仿佛看见大政殿上这一十分有趣的场面,不觉笑了,用悦耳的低声问道:

"这敕书和银印都准备好了么?"

"银印已经刻就了。敕书也由主管的文臣们拟了稿子,经过修改,用满、蒙、汉三种文字分别誊写清楚,到时候加盖皇帝玉玺。还有一些该准备的事项,该由皇帝赏赐的什物,都已经由各主管衙门准备好了,请太后不必操心。"

多尔衮要禀报的几件大事都禀报完了,但是他没有马上告辞。趁着左右宫女都已回避,他不愿马上辞出。被皇太后的青春美貌打动心魂,他又一次向皇太后的脸上望去,看见皇太后的脸颊忽然泛红,赶快避开了他的眼睛。由于相距不过五尺远,多尔衮不但看见她的脸颊突然泛红,而且听见她的心头狂跳。他在心中不无遗憾地说:

"你已经是皇太后啦。我只扶持你的儿子小福临在北京做中国皇帝,却不能同你结为夫妻。不过,再过几年,等到大清的江山打好了,我为大清立下了不朽功勋,只要你心中明白,让我称为'皇父摄政王'也就够了!"

圣母皇太后的心头不再跳了,但是多尔衮看得她不好意思,使她不敢与多尔衮四目相对。她也愿意多尔衮多坐一阵,这种心理十分复杂。从一方面说,她是小皇帝的亲生母亲,大清的国运兴旺,朝政的治理,同她母子的命运有密切关系。她很愿意从多尔衮的口中多知道一些实际情况,多听到一些消息。另一方面,她同多尔衮几乎是同岁,都是刚刚三十出头的人,而多尔衮又是大清的亲王中最为相貌英俊、足智多谋、作战勇敢的杰出人物,如果她是一般的名门闺秀,她必会对他全心爱慕。只是她原来是太宗皇帝的永福宫庄妃,如今是顺治皇上的圣母皇太后,这些所谓"命中注定"的情况使她不能有一点别的思想,然而她毕竟是又聪明又如花似玉的年轻妇女,她不能不在心灵深处埋藏着对这位小叔子的一缕温情!为着要留住多尔衮多说一阵话,她柔声问道:

"睿亲王,这次你率师南征,关系重大,你还有什么话要告诉我们两宫太后?"

多尔衮心中一亮,赶快说道:"自从臣与郑亲王共同辅政以来,在我国各种文书和谈话中,有时称我们为辅政王,有时称我们为摄政王,这是不懂汉人史书中摄政与辅政大有区别。臣马上要率大军进入中原,倘若名义不正,不但会误了大事,也会使汉人笑话,所以臣已经面谕草拟皇上敕书的大学士们,从此时起,臣是大清的摄政王,济尔哈朗是辅政王。以后,辅政王可以有一位二位,摄政王只有一人。摄政王虽在千里之外指挥战争,盛京和朝政大事也受他统治,由他尽摄政之责。济尔哈朗只是秉承摄政之命,尽留守之责,遇大事不能自作主张。此事是我国朝政的重大改变,趁此次进宫时机,向两宫太后禀明。"

圣母皇太后虽然依旧面带微笑,但那笑像花朵一样,忽然枯萎了。她是留心中国历史的女人,与一般没有汉族文化修养的满族王公大臣不同。她早已觉察出多尔衮逐步走上专权的道路,郑亲王名为辅政亲王之一,实际成了他的陪衬。此刻听了睿亲王的一番言语,她平日所预料的事情果然出现。她懂得多尔衮走上摄政王这一步有多么严重:他可以成为周公,也可以成为王莽。圣母皇太后是一个非常聪明的人,她没流露出一点儿会使多尔衮不高兴的表情,望着多尔衮说道:

"睿亲王不再称辅政王,改称摄政王,这对朝政有利,正合了我们两宫太后的心意。但愿你成了大清的摄政王,能够像周公辅成王那样,不仅成为一代开国功臣,也成为千古圣人。"

"请太后放心,臣一定效法周公!"

圣母皇太后虽然对多尔衮的话半信半疑,但是她不能不装做完全相信,于是她又一次含笑说道:

"你有这样忠心,何患不能成为周公。我将你这一句出自肺腑之言转告清宁宫太后知道,她一定满心欢喜。"

多尔衮说道:"臣矢志效法周公,永无二心,上对天地祖宗和两宫太后,下对全国臣民!"

他同皇太后互相望着,有一霎间的四目相对,都不回避。皇太后被他的忠言激动,晶莹的双眼中禁不住浮出泪光。片时过后,她略微侧过脸去,看着茶几上的一盆尚未凋谢的春梅,关心地问道:

"摄政王,你率大军从何处进入长城?"

"十几年来,我兵几次进入长城,横扫北京附近和冀南、山东各地,都是从蓟州和密云一带择一关口入塞。近来据密探禀报,流贼占据北京以后,北京附近各州县都没有设官治理,只忙着在北京城内抢劫,准备登极。流贼没有将大清放在眼里,沿长城各关口全不派兵把守。所以我大清精兵还要同往年一样,从蓟州、密云一带找一个地方进入长城,或直攻北京,或在山海卫以西、北京以东,先攻占一座坚固城池屯兵,再与流贼作战。可惜进长城道路险峻,不能携带红衣大炮,全凭步兵和骑兵与二十万流贼作战,困难不小。可是臣既然奉命出征,志在必胜,务期消灭流贼,迎皇上与两宫太后定都北京,次第占领江淮以北数省,恢复大金盛世的功业,以报先皇帝的多年宿愿。请太后天天以教皇上读书学习为念,至于臣与将士们进长城以后如何行军作战,如何艰苦,请太后不必放在心上。"

圣母皇太后听了多尔衮的这一番发自衷曲的话,不觉在眼睛里浮出热泪,轻声叫道:"摄政王!……"她分明要说什么话,但是忽然意识到自己的太后身份,什么话也没说出。此时她望着多尔衮,多尔衮望着她,又一次四目相对,竟然忘记回避。但是在几秒钟之后,她忽然接着说道:

"摄政王出兵在即,国事很忙,你去处理军国大事吧。等会儿清宁宫太后醒来,你所谈的事情,我会向她转奏。小皇上初八日到大政殿上朝,向你颁发敕印,这是一次大的礼仪,十分隆重,我会教他记住。"她微微一笑,加了一句:"他到底是个孩子!"

多尔衮站立起来,行礼告辞。圣母皇太后唤进来回避在隔壁房间中的一个女官,将摄政王恭送出凤凰门。她坐在原处不动,等候宫女来禀报她清宁宫太后是否午觉醒来。对于多尔衮的谈话和离开,她心中既感到很大的兴奋和欣慰,也感到一点儿莫名其妙的动情和空虚。

第二章

多尔衮立刻投入出师前的紧张准备。四月初四日,他详细阅读了内院大学士范文程上的一封"启","启"中向他详细陈述了历年兴兵"伐明"的目的和经验,当前这次进兵的方略以及对待明朝官民的主要政策。范文程在"启"中说道:"此行或直趋燕京,或相机攻取,要当于入边之后,于山海关长城以西,择一坚城,屯兵而守,以为门户,我师往来,斯为甚便。"多尔衮对范文程所陈方略,甚为同意,决定撇开山海关,从蓟州和密云一带进入长城,相机与李自成作战,争取胜利。

到了四月初七日,多尔衮以摄政王名义,代表顺治皇帝,为出兵事到太庙祭太祖武皇帝(努尔哈赤),焚化祝文。接着又向大行皇帝(皇太极)焚化祝文。两道祝文,内容完全相同。在这两道祝文中,第一次正式称多尔衮为摄政,不称辅政。祝文中这样写道:"今又命摄政和硕睿亲王多尔衮爰代眇躬,统大军前往伐明。"这是以顺治的口气向太祖和太宗焚化的祝文,所以顺治自称"眇躬"。从此,多尔衮的摄政王名义正式确定。

四月初八日上午,顺治小皇帝爱新觉罗·福临,一用过早膳,就由圣母皇太后亲自照料,由宫女们替他穿戴整齐,先到清宁宫拜辞两位太后,然后在宫院中坐上黄轿,往大政殿上朝。当小皇帝在清宁宫向两宫太后告辞的时候,圣母皇太后向她的姑母问道:

"皇太后,你有什么话嘱咐他?"

清宁宫皇太后对他说道:"今天是大吉大利的日子,你坐在宝座上,摄政王和大臣们向你行礼,你只不动,连一句话也不用说。该办的事儿,内院学士们和礼部大臣都替你办好了。"

福临恭敬地听着清宁宫皇太后的嘱咐,不敢做声。随即母亲拉着他的手,激动地含着眼泪,用略带哽咽的声音说:

"小皇上,我的娇儿,你已经七岁啦,好生学习坐朝的规矩,再过十年八年你就亲自治理国事啦。你坐在宝座上,不要想到玩耍,身子不要随便摇晃,腿也不要乱动。不管摄政王和大臣们如何在你的面前行礼,你只望着他们,一动不动。你要记清:你是皇上!"

四个宫女带着小皇帝来到凤凰门内,刚刚坐进轿中,圣母皇太后又赶快赶来,又小声嘱咐说:

"你要赏赐摄政王敕书、银印,还要训话,你都不动,自有礼部大臣和别的官员替你去办。你只别忘了你是皇上,皇上!"

福临在心中想道:"做皇上真不好玩!"但是看见母亲的认真神气和蒙在眼珠上的模糊泪水,他不敢说出别的话,只在轿子里小声回答:

"我记住了!"

在大政殿的皇帝宝座上坐好以后,殿外开始奏乐。然后有一个文官赞礼,由摄政和硕睿亲王多尔衮为首,满、蒙、汉文武群臣向他行了三跪九叩礼。乐止,赞礼官大声赞道:"平身!"

睿亲王多尔衮刚刚站起身来,赞礼官又朗声说道:

"摄政和硕睿亲王多尔衮跪下,恭受敕印!"随摄政王出征的诸王、贝勒、贝子、公,接着多尔衮,按照赞礼官的鸣赞,跪了三次,叩了九次头。山呼:"万岁! 万岁! 万万岁!"乐止。礼毕。

文武大臣等,都在摄政王背后跪下。

左边有一张桌子,上边蒙着红毡。一位官员站在桌子后边等候。大政殿内外,庄严肃穆。福临坐在宝座上,向下看着以摄政王为首的大清国众多显要人物跪在地上,他的情绪有点紧张,心中问道:"这是干什么呀?"但是不等他想明白,忽然听见赞礼官大声赞道:

"皇帝陛下钦赐摄政和硕睿亲王多尔衮敕印! ……先赐敕书!"

一位礼部官员从班中走出，站在宝座前边，稍微偏离正中。另一位官员用双手从桌上端起一个盘子，上有用满、蒙、汉三种文字誊抄在黄纸上的敕书和一颗银印，端到读敕书官员的面前。赞礼官大声说道："恭读皇帝敕书！"读敕书官员从盘中双手捧起汉文敕书，朗朗宣读。敕书较长，福临一句也听不懂，但是他知道这个文书十分重要，只好规规矩矩地端坐在宝座上，装做用心听的样子。偏在此时，他要放屁，只好竭力忍耐，让憋的一股气慢慢地释放出来。

敕书快读完了。读敕书的官员特别放大声音，庄严地读出下边几句：

> 其诸王、贝勒、贝子、公、大臣等，事大将军当如事朕。同心协力，以图进取。庶祖考英灵，为之欣慰矣。尚其钦哉！

摄政王和随征诸王等人齐声说道："谨遵钦谕！"

赞礼官接着赞道："钦赐摄政和硕睿亲王多尔衮'奉命大将军'银印！"

乐声又作，刚才宣读敕书的官员从盘子里拿起银印，捧在掌中，让多尔衮看见，随即放回盘中，交给等候身边的一位睿王府官员，恭捧出大政殿。

赞礼官朗声赞道："平身！"多尔衮与诸王等人起立。忽然殿外乐声又起，赞礼官又赞："摄政和硕睿亲王多尔衮今蒙钦赐敕印，实为不世荣幸，单独行三跪九叩头礼，感谢皇恩！"

多尔衮心中明白，尚未宣布散朝。他和全体王公大臣仍然肃立不动。马上，有一位礼部官员宣布：皇上念摄政王出征在即，为国宣劳，另有隆重赏赐；随征诸王、贝勒、贝子、公等大臣也各有不同赏赐。各种赏赐，另有官员送至各位王府与各家公馆，不必入宫谢恩。他宣布完后，转向皇帝宝座，躬身说道：

"请圣驾回宫休息！"

福临在凤凰门内下轿之后，在几个宫女的围绕中向清宁宫奔跑。两宫皇太后知道他坐在宝座上规规矩矩，没打瞌睡，也没贪

玩,十分高兴。他母亲拉他站在膝边,对他说道:

"就这样练习上朝,以后你就好亲自执掌朝政了。"

福临忽然问道:"母后,各位王爷都上朝了,连三顺王也都去了,怎么没看见肃亲王呢?"

圣母皇太后不愿回答,望了她的姑母一眼。清宁宫皇太后叹口气说:

"孩儿,你忘了。他已经削去王爵,贬为庶人,不能够上朝了。"

"以后会不会杀他呢?"

"要看能不能在战场立功赎罪。倘若他能够在战场立功赎罪,摄政王就不会杀他了。"

福临的心头一沉,不再问了。刚才他坐在大政殿的宝座上,向下望着多尔衮向他下跪,磕了许多头,他想着多尔衮是一个大大的忠臣。现在他忽然厌恶这个人,觉得这个摄政王太可怕了。

多尔衮回到睿王府,命仆人们准备香案,护卫们在大门外列队恭候。果然,没过多久,一群官员和巴牙喇兵将皇帝赏赐的东西送来了。赏赐的东西有许多样,而最为重要的是一柄作为仪仗用的黄伞。我国从秦朝以后的两千年间的封建社会,黄色成为皇帝衣服和器物的专用颜色。多尔衮从今天开始正式称为摄政王,轿子前边的仪仗中可以有一柄黄伞,这表明他虽非皇帝,却有近似皇帝的身份。自从去年八月间他拉着胸无大志的郑亲王济尔哈朗,结为同盟,经过血腥斗争,拥戴六岁的福临继承皇位,到今日才实现了他的初步野心。从今天起,他的名号不再是辅政王,改称为摄政王。轿子前有半套天子仪仗,有一柄黄伞,还赏赐两柄大扇,一顶黑狐帽,另有名贵的貂袍、貂褂、貂坐褥、凉帽、蟒袍、蟒褂、蟒坐褥等物。

在睿王府的前院中摆一香案,上蒙带有黄流苏的红毡,毡上摆一巨大香炉,香气满院,香炉后边供着黄纸牌位,上边用恭楷写着:"大清顺治皇帝万岁。"睿王府的护卫们服饰整齐,外穿十三排扣的巴图鲁羊皮坎肩，显得特别英武。他们每人拿一件御赐之物，肃立两行。从礼部衙门来的官员站立在这两排巴图鲁（护卫）的后边。

在乐声中，多尔衮向上行了三叩头礼，谢恩。然后由王府一名章京将礼部官员恭送出大门上马。随即有一批大臣来给和硕睿亲王贺喜，有的人还为出征送行。在大厅中稍谈一阵，因知摄政王十分忙碌，赶快辞出，但是范文程和洪承畴被留下了。

摄政王带他们来到平日密商国事的地方。因多尔衮马上要分批召见随他出征的王、公、大臣，没有时间同范、洪两位内院学士坐下谈话，他站着对他们说：

"我曾经说过，洪学士在松山被俘，来到盛京不久，大概不到一个月的光景，我国潜伏在北京的细作，专门刺探明朝中央衙门的消息，抄来一个极其重要的文书。太宗皇帝看过之后，为不扰乱洪学士你的心思，只让范学士看过，不许在朝中传扬，立刻存入密档。如今情况已变，可以让你看一看了。范学士，你说是么？"

范文程赶快回答："摄政王睿谋过人，只此一事，何时交洪学士阅读为宜，也考虑极佳，非常人所及。请王爷写个手谕，臣与洪学士去国史院将此秘密文书取出。"

"不必了。前些日子，我已经派人去国史院取出来了。"

多尔衮从腰间取出钥匙，打开存放重要文书的朱漆描金立柜，取出已经拆过的封筒，上有"绝密"二字。他不直接交给洪承畴，而是交给范文程，对范文程说道：

"这在两年前是极其重要密件，过早泄露，一则会扰乱洪学士的心思，二则会在朝臣中引起一些无谓的议论。此时明朝已亡，这一文书也用不着作为秘密看待了。"

他锁好朱漆描金立柜，匆匆传谕接见已在等候着的王、公、大臣。范文程将文书装进怀中，辞出睿亲王府。他知道摄政王将文书交给他的用意，出大门外上马的时候，他对洪承畴说：

"九老，这一封重要文书，请你带回尊寓一阅。弟此刻先回舍下一趟，吩咐家人们为弟准备出征行装。等一会儿再来尊寓，将文书收回,退回摄政王府存档。"

"范大人,这文书中到底写的什么,如此重要?"

"你回到尊寓一看便知。其实,如今已经不重要了。"范文程拱手相别,回自己公馆去了。

洪承畴糊涂了,策马向自己的住处走去。

前几天,摄政王在谈话时提到两年前细作从北京城抄回来的这一封重要密件,太宗皇帝十分重视,只让范文程看过一次,立刻下谕存入密档,不许别人见到,不许谈论。这到底是什么密件? 什么密件对他的关系如此重大? 为什么到现在摄政王认为可让他一看?

洪承畴在马上似乎猜到了一点情况,又似乎仍然是个谜。他在心中说:

"不管它,反正马上就清楚了。"

为了这次南征,多尔衮一直就在加紧准备,十天以前就抽调满洲与蒙兵各三分之二,汉军旗的三顺王、续顺公等步骑兵的几乎全部,集中在盛京及其附近地方,粮秣辎重齐备,随时可以启程。

四月初九日上午,摄政和硕睿亲王多尔衮,率领多罗豫郡王多铎、多罗武英郡王阿济格,还有汉军三顺王、续顺公,满洲贵族的贝勒、贝子,以及八旗的几位固山额真、梅勒章京等带兵将领,在堂子里奏乐,行礼,十分隆重,只是因为大军已整装待发,省去了萨满跳神。出征队伍里,还有一个特殊人物,朝鲜世子李淏。他的随军南下,说明多尔衮对这次出兵的胜利很有把握。

在堂子行礼之后,又在堂子外的广场上向天行礼。

之后,多尔衮一声令下,放炮三响,声震大地,城内城外以及远郊近郊的列队等候的大清步骑兵一齐启程。

此后将近三百年间,不仅满族的命运,实际是整个中国的命运,从这震天动地的炮声中开始了。此时代表明朝的崇祯皇帝已死,明朝已亡国,李自成的主力军在十几天后就要全师覆灭,他本人将走上无可挽救的大悲剧道路。在中国历史上满族的青年英雄爱新觉罗·多尔衮的时代在炮声中开始了。

这是十几年来满洲军队向长城以内进兵人数最多的一次,行军序列和进入长城的路线都是计划好了的。摄政王带着一群朝廷大小文臣和朝鲜世子以及世子身边的陪臣,走在大军的中间略后,携带的辎重最多。这是南征清军的"大本营",不但部队的行动由这里发出命令,每天由盛京中央政府(朝廷)送来的禀报,也由摄政王批示。走在"大本营"前后的是上三旗①的人马,不仅是因为上三旗在清军中最为精锐,更重要的是上三旗历来是大清皇帝直接掌握的部队,好像皇帝的"御林军",如今理所当然地归摄政王直接掌握。

由于山海关没法通过,所以按照原定计划,大军离开盛京后向正西方向走,然后再向西南,从蓟州、密云境内找一两个口子进入长城,占领一座城池屯兵,稍作休息,再谋进攻北京。

虽然辽东的气温比关内偏低,但目前毕竟进入了四月中旬,原野上草木发芽,小山上处处青丝,一片生机。满洲八旗兵,各旗序列整齐,步骑分开,虽然旗色有别,却习惯上衣服素白,映衬着青绿色的山岗和原野,格外显眼。行军时既没有号鼓声、海螺声,也没有说话声,但闻匆匆的脚步声和马蹄声,偶尔在旷野上有战马萧萧长鸣,互相应和。

多尔衮有时骑马,有时乘轿。为着减轻疲劳,并在路上阅读文书,乘轿的时候为多。由于他已经是摄政王,无皇上之名而有皇帝之实,所以乘坐的是四人抬的黄色便轿,前边有一柄黄伞。另外还备有一顶十六人抬的黄色大轿,分成多捆,由骆驼驮运。一座大的毡帐,外罩黄缎,称做帐殿,也由骆驼驮运。这些黄色便轿、大轿、黄伞,以及黄色帐殿,都是在他正式称摄政王之后,命主管官员从皇家库房中取出来的太宗皇帝的旧物,供他南征使用。他的黄轿前后,除几名随侍的包衣之外,最显得威风凛凛的是三百名特意挑

① 上三旗——即正黄旗、镶黄旗和正白旗。

选的巴牙喇兵,全是穿着巴图鲁坎肩,骑着一色的高头骏马。

走了三天,在休息的时候,摄政王派一侍卫章京将范文程叫到面前,问道:

"那封密件,洪学士可看过了?"

"看过了。"

"有何动静?"

"据洪学士的仆人玉儿讲,洪学士当时捶胸顿足,痛哭失声。"

"啊?　哭了?"

"是的,他没有想到会是崇祯给他写的祭文。他自幼读孔孟之书,一则不忘君臣之义,二则崇祯的祭文确实写得动人。如今崇祯自缢殉国,他如果读了崇祯的祭文而不落泪,岂不是没有心肝的人。"范文程忽然口气一转,又说道,"不过,洪承畴一再嘱咐臣在王爷面前不要说出他读了崇祯的祭文忍不住流泪的事……"

多尔衮哈哈笑了,说道:"我正是要他对崇祯不忘旧恩,好为我剿灭流贼效力。他平日满腹韬略,如今怎么没有什么建议?"

"他看摄政王每日率大军前进,又要处理朝政,所以他不急着向王爷有所陈述。其实,他倒是有一些很好的意见。"

"他可以将好的意见写成禀启,我在晚上驻营休息的时候看,也可以在轿子里看。让他赶快将好意见写出来嘛。"

大军离开盛京的第五天,即四月十三日庚午,摄政和硕睿亲王多尔衮到了辽河地方,接到洪承畴的一封禀启,在便轿中赶快读完。当时大清朝廷中的文武大臣,有两件事都没料到:一是都没料到李自成会亲自率领几乎是全部进北京的人马离开北京,向距离北京七八百里远的山海卫讨伐吴三桂;二是都没料到一向坚不投降清朝的吴三桂会派使者向清朝借兵。因为事情的变化发展太出多尔衮和大清朝众多文武官员的意料之外,所以在多尔衮出兵之前,清朝的决策是先向正西走,然后转向西南,从蓟州或密云境内进入长城,稳扎稳打,看情况向北京进攻。因为多尔衮和清朝的文武大臣们没有料到情势发生了新的变化,所以大清的南征大军按照一般的行军速度往西,每日黎明启程,黄昏驻营休息。在洪承畴的禀启中,最重要的几句话是建议加速进兵,不让李自成从北京逃回陕西。他说:

> 今宜计道里,限时日,辎重在后,精兵在前,出其不意,从蓟州、密云近京处,疾行而前。贼走,则即行追剿,倘仍坐据京城以拒我,则伐之更易。如此,庶逆贼扑灭,而神人之怒可回。更收其财富,以赏士卒,殊有益也。

摄政王看过洪承畴的建议以后,仍按照原定计划,不紧不慢地向西行军。又过两天,四月十五日壬申,摄政王到了翁后(今阜新境内)地方。因为究竟是从蓟州境还是从密云境进入长城亟须确定,并要从此分路,所以大军在此驻军,晚上将由摄政王亲自主持,召开出盛京后第一次最高层军事会议。

等摄政王来到的时候,黄色的帐殿已经搭起来了。围绕帐殿附近,在树林中搭起了许多白色毡帐,朝鲜世子及其陪臣和奴仆,清朝中央政府随军来的一批大小文官和奴仆,各成聚落,分别搭起许多毡帐,然后是巴牙喇营的官兵们驻扎的许多毡帐,加上许多马棚和厨房,辎重兵住宿的各种帐篷,在周围一里范围内,大本营处处灯火,马嘶、人声,十分热闹,俨然是小小的行军朝廷。上三旗不在此地,都在一二里外。

摄政王进了帐殿以后,稍稍休息一阵,用过晚餐。因为离开盛京后就没有得到北京探报,不知道占领北京的"流贼"有何动静,心中不免烦闷。此时,各处驻军开始安静下来。多尔衮走出帐殿,纵目四顾,但见天青如水,月明星稀,四野寂静,原野上灯火点点,尽是军营连着军营。

多尔衮回到帐殿,派人将范文程和洪承畴二位学士叫来,商议大军进入长城后如何向北京进攻并截断李自成的各处援兵,以及占领蓟州,作为长期屯兵之地,准备与李自成在北京东边进行大战等等问题。谈到大清兵进攻北京,多尔衮想到北京守城的众多红衣大炮都已落入"贼"手,而清朝的为数不多的红衣大炮又不能随军带来,不免格外担心。刚说了几句话,一位在辕门专管传事的官员进来,在多尔衮面前跪下,说道:

"启禀摄政王爷,明朝平西伯吴三桂派使者携带密书一封,从山海卫赶来,求见王爷。"

多尔衮大为吃惊,问道:"吴三桂派来的使者是什么人?"

"奴婢已经问过,一位是吴三桂手下的副将,姓杨名珅;一位是个游击,姓郭。都是宁远人。"

"他们带来的书信在哪里?"

传事的官员赶快将吴三桂的书信呈上。多尔衮拆开书信,凑近烛光,匆匆地看了一遍,转给范文程,心里说:"没想到,求上门来了!"然而他按捺着高兴的心情,又向传事的官员说道:

"对他们好生款待!他们随行的人有多少?"

"禀王爷,共有十人。奴婢已经吩咐下去,给他们安排四座帐篷,赶快预备酒饭。他们想明天就回去向平西伯复命,问摄政王何时可以接见他们。"

多尔衮一摆手,让传事的官员下去。他粗通汉文,虽然还不能透彻理解书中的有些措词,但基本能明白吴三桂书中大意。吴三桂只是为报君父之仇,恢复明朝江山,来书借兵,并无投降之意,这使多尔衮心中略觉失望。等洪承畴将吴三桂的书子看完,多尔衮向两位内院学士问道:

"吴三桂只是来书借兵剿贼,并没有投降我朝之意,是不是?"

范文程转向洪承畴问道:"洪大人,南边的情况你最清楚,吴三桂派人前来借兵,我朝应如何回答?"

洪承畴望着摄政王说道:"最近我朝不得细作探报,对流贼动静全不清楚。据吴三桂来书判断,必定是吴三桂誓不投降流贼,流贼已经向山海卫进兵。吴三桂自知兵力不足,前无屏蔽,后无支援,山海孤城,难以固守,情势危急,所以来向我朝借兵。此正是我朝大兵进入中原,剿灭流贼之良机。摄政王天生睿智,韬略在胸,请问将如何回答？"

摄政王没有做声，将眼光转向范文程。

范文程说道："臣以为这是我朝剿灭流贼，平定中原的大好机会。摄政王不必急于召见吴三桂的使者，可由臣与洪学士先接见吴三桂的两位使者，问清关内情况，再由摄政王决定我大清进兵方略。一切决定之后，王爷再召见吴三桂的使者，给予回书。"

多尔衮连连点头，说道："好，就这么办。你们就在洪学士的帐中接见使者，赶快问明关内情况，向我禀报。我们连夜商定方略，备好回书，明日一早，召见使者，叫他们回关复命。"他微微一笑，仿佛自言自语地说："哼，吴三桂有吴三桂的想法，我有我的想法。我是大清摄政王，又是顺治皇帝钦派的奉命大将军，可不会听吴三桂的指挥！"

范文程和洪承畴都明白摄政王的心思，十分兴奋，相视一笑，赶快辞出帐殿。

多尔衮在今夜就要决定战略的重大改变和行军路线，所以他命令范文程和洪承畴二人去接见吴三桂的使者以后，立即传知驻扎在近处的诸王、贝勒、贝子、公、三品以上文武大臣，火速来摄政王帐殿，商议军务大计，不得迟误，而驻扎在远处的王公大臣就不必来了。大家熟知睿亲王的军令甚严，且是在大政殿处分肃亲王豪格和斩了大臣杨善等人数日之后，谁也不敢大意，立即飞马而来。约摸两顿饭的工夫，以英王阿济格、豫王多铎为首的诸王、贝勒、贝子、公、文武大臣等二十余人，纷纷来到，进入帐殿，向摄政王行礼后，在厚厚的毡上坐下。大家已经知道吴三桂派来使者借兵的事，但不知摄政王如何决策。有人正要询问，范文程和洪承畴进来了。他们刚刚在毡上坐下，摄政王马上问道：

"你们同吴三桂的使者谈过话了？"

范文程答道："启禀摄政王爷，我们在洪学士的帐中同他们谈过了，情况也问清楚了。"

"吴三桂为什么急于前来借兵?"

范文程回答说:"李自成亲自率领大军讨伐吴三桂,吴三桂只有山海卫一座孤城,兵力不如流贼,害怕无力抵御,所以派遣副将杨坤、游击郭云龙前来借兵。"

"李自成何时离开北京往东来?"

"本月十二日,流贼的人马开始从通州和北京出动,李自成本人于十三日出正阳门向山海卫来,把崇祯的太子和永王、定王带在身边,还带着吴三桂的父亲吴襄。"

"吴三桂打算如何对流贼作战?"

范文程回答说:"山海卫的地理形势,洪学士比我清楚。请他向摄政王爷详奏。"

多尔衮将目光转向洪承畴。

洪承畴赶快说道:"李自成攻破北京,并不想以北京作为京城,只想在北京举行登极大典之后即返回西安。因为吴三桂在山海卫坚不肯降,所以他的登极大典屡次改期,不能举行。在北京传说吴三桂起初答应投降,李自成派唐通前来山海卫接防,后来吴三桂不肯降了,回兵山海,将唐通的人马消灭大半,唐通几乎是只身逃回,其实全是谣传。吴三桂一直不肯投降,后来知道李自成进北京后的种种情况,更下定决心不降。他决定不降,李自成就非打他不可。不将吴三桂打败,李自成一则不能放心大胆地在北京热热闹闹地举行登极大典,二则害怕吴三桂会投降我朝,勾引我朝进兵。所以李自成下定决心,亲自率兵东征。"

多尔衮问道:"你说,吴三桂会投降我朝么?"

洪承畴回答说:"只要摄政王抓住时机,运用得当,吴三桂可望降顺我朝。"

"可是两年前松山大战之后,锦州祖大寿也投降了,我朝对吴三桂百计劝降,连先皇帝也两次下书劝其归顺,他都置之不理,无动于衷。现下他手中尚有数万精兵,肯降我朝?"

洪承畴说:"俗话说,此一时也,彼一时也。那时,明朝未亡,崇祯未死。吴三桂父子均为明朝守边大将,明朝也竭力供应粮饷,所以吴三桂尚有忠于明朝之心,不肯降顺我朝。如今明朝已亡,崇祯亦自缢殉国。吴三桂困守孤城,既无援兵,又无粮饷接济,而兵力又不如流贼强大,故而求救我朝。臣以为我朝十余年来总想进兵中原,重建大金朝盛世局面,都因山海关不在我手,隔断我大军进出之路。应趁此时机,迫使吴三桂降顺我朝,献出山海关。此是千载难逢良机,万万不可迟疑。"

多尔衮也抱同样想法,但是他暂不表明自己已经考虑成熟的决定,而是环顾众臣,按捺住心头兴奋,向大家问道:

"吴三桂借兵的信,你们都传阅了。你们大家有何意见?"

王公大臣们纷纷发言,各抒己见。多数意见是吴三桂只是借兵,帮助他打败流贼,恢复明朝江山,并没有向清朝投降之意。而且吴三桂在书子中写得明白,请我大清兵自中协、西协进入长城,他自己率兵从山海关向西,与我合兵,共同攻破北京,击败流贼。可见他仍然忠于明朝,不愿投降我朝,也不愿让出山海关。倘若吴三桂一面与流贼相持山海关城西,一面拒我于山海关城东,岂不误了大事?在讨论中,多数人主张按照吴三桂的请求,大清精兵出李自成的不意,从中协或西协进入长城,与清方原来的谋略相合。倘若李自成已经东征吴三桂,大清兵就可以从蓟州和密云一带截断李自成的后路,对李自成形成东西夹击之势,同时分兵进攻北京。等一举击溃了李自成,占据了北京之后,再迫使吴三桂献出山海关投降……

多尔衮觉得大家都是按照原来在盛京时的决策说话,没有看出来战争局势的突然变化。他想足智多谋的学士范文程刚才与吴三桂的使者谈过话,此刻定有什么新的主张,于是向范文程问道:

"你有什么想法?"

范文程回答说:"吴三桂派遣来的两个使者,一个是副将杨珅,一个是游击郭云龙,都是宁远一带人,是吴三桂手下的心腹将领。臣与洪学士向他们详细询问了吴三桂方面的情况以后,叫他们先去休息,等摄政王明日一早召见。他们出去以后,臣与洪学士谈了片刻,我们都主张应该急速进兵山海关,不必从中协和西协进入长城。"

"啊?!"多尔衮赶快问,"你们怎么想的?"

范文程说:"洪学士比我的想法高明,请他说出他的新主张。"

摄政王望着洪承畴问道:"我大清兵不再走蓟州、密云一带进入长城?"

洪承畴回答:"现在李自成进犯山海,我大军应该从此转道向南,轻装前进,直趋山海。原来我们不知吴三桂有向我朝借兵之事,臣只想到第一步是如何进入长城;第二步是在山海与北京之间占据一坚固城池屯兵;第三步是击溃流贼,占领北京;第四步是招降吴三桂,迫使他献出山海关,打通关内关外的大道。如今军情变化,以臣愚见,请摄政王将原谋划的几步棋并为一步走。也就是说,将招降吴三桂,打通山海关,击溃李自成,并成一步棋走。王爷睿智过人,遇此意外良机,何必再像往年一样,走蓟州、密云一带的艰险小路,替吴三桂独战强敌,留着他坐山观虎斗?"

多尔衮不觉将两掌一拍,脱口说道:"好,你说到了我的心上!"但马上又问了一句:"倘若吴三桂仍然忠于明朝,不肯投降,我军岂不被挡在山海关外?"

洪承畴已经胸中有数,立即回答说:"依臣看来,吴三桂并非明朝的忠臣,只是借忠于明朝之名对我朝讨价还价耳。如摄政王在此时处置得当,使吴三桂献出山海关,投降我朝,可不费过多的唇舌。"

"你怎么知道他不是真有心做明朝忠臣?"

"当流贼过大同东进的时候,崇祯下旨调吴三桂去北京勤王,蓟辽总督王永吉也亲到宁远催促。崇祯既下旨叫吴三桂赴京勤王,又命他不要舍弃宁远百姓,此系崇祯一大失策。但是当时吴三桂手下有四万精兵,可以分出两万人护送百姓,他亲率两万人疾驰入关,再从山海驻军中抽出三千精兵,日夜兼程,驰抵北京,代替太监和市民守城。倘能如此，一则北京必不能失，二则守居庸关与昌平的明军士气为之一振，不会开关迎贼。所以单就吴三桂借保护宁远百姓之名，不肯迅赴危城，以救君父之难来看，能够算是忠臣么？"

多尔衮轻轻点头："说得好。再说下去！"

洪承畴接着说道："倘若吴三桂真是大明忠臣，当他知道崇祯殉国之后，应该立即三军缟素，一面为崇祯发丧，誓师讨贼，一面号召各地义师，会师燕京城下，义无反顾。然而臣问了杨珅，吴三桂一没有为崇祯痛哭发丧，二没有号召天下讨贼。可见他一直举棋不定，首鼠两端，私心要保存实力是真，空谈恢复明朝江山是假。臣建议王爷趁此良机，迅速向山海关进兵，迫使吴三桂向我投降，献出山海城。倘若我不迅速迫使吴三桂投降，一旦山海城被流贼攻占或吴三桂投降流贼，李自成留下少数人马据守山海，大军迅速回守北京，我军此次的进军目的就落空了。"

多尔衮惊问："吴三桂能够投降李自成么？"

洪承畴回答："听杨珅说，李自成从北京率兵来山海卫讨伐吴三桂时，将崇祯的太子和另外两个皇子带在身边，将吴襄也带在身边，可见他对吴三桂准备了文武两手。所以倘若吴三桂经过一战，自知兵力不敌，再经太子的诏谕，加上其父吴襄的劝说，投降李自成并非不可能。所以我大军去救吴三桂必须要快，按原计划从蓟州、密云一带进入长城就来不及了。"

多尔衮想了片刻，又问道："流贼李自成率大军从北京来攻打吴三桂，能够攻占山海城么？"

洪承畴略一思索，回答说："吴三桂可以抵御李自成三日至五日，以后难说。"

多尔衮又略感吃惊，问道："为什么吴三桂只能抵御三日至五日？"

洪承畴说："李自成必是担心吴三桂会向我朝借兵，所以匆忙间亲自率大军东征。北京距山海卫虽然只有七百余里，但因为北京附近各州县都没有对流贼真正降附，李自成又无后续部队，所以不仅是孤军东征，而且是悬军远征……"

"你说什么？"

"臣按照古人兵法所云，称李自成这一次是悬军远征。他的人马好比是悬在空中，上不着天，下不着地，必须一战取胜，败则不可收拾。因此之故，他必将驱赶将士死斗，不惜牺牲惨重，使吴三桂无力抵抗。"

"李贼从关内攻破山海城容易么？"

"比较容易。"

"为什么？"

"臣在出关之前，曾在山海卫驻军多日，故对山海卫地理形势较为清楚。洪武年间，徐达率领明军北征，将蒙古兵赶出长城，开始修筑山海城。历代以来，靠长城以界南北。所谓山海关，是指山海城的东门而言，所以山海城的东门修建得十分坚固雄壮。门外又有瓮城。瓮城虽小，然而城墙高厚，与主城一样难攻。关门向东，而瓮城门偏向东南，所以攻关之敌纵然用红衣大炮也不能射中山海关门。瓮城之外，又修了一座东罗城，可以驻屯人马。明朝行卫所之制，所以将近三百年来，此地并未设县，称为山海卫，习惯只称山海。而山海卫的西城墙在徐达眼中并不重要，只是匆忙修筑，城墙又低又薄，城楼比较简陋。后人增修西罗城，只想着备而不用，草草从事。吴三桂如与流贼决战，必在石河两岸和石河滩上。一旦战败，贼兵乘机猛追，必随关宁败军一起进入西罗城。李自成大军进入西罗城，乘关宁兵惊魂未定，攻破卫城不难。以臣愚见，请摄政王复书吴三桂，谕其投降我朝，同时我八旗兵从此转路向南，日夜兼程，直趋山海关，实为上策。请王爷斟酌！"

多尔衮将膝盖用力一拍，高兴地说："好，就照你说的办！"

在摄政王黄色帐殿中参加会议的诸王、贝勒、贝子、公、文武大臣等，听了洪承畴的建议和摄政王的决定，都感到情绪振奋，纷纷称赞。但是有人问道：

"万一吴三桂不肯降顺我朝,如何是好?"

多尔衮转向洪承畴和范文程问:"是呀,倘若吴三桂只是借兵,不肯降顺我朝,如何是好?"

范文程回答:"刚才洪学士说得明白,明崇祯封吴三桂为平西伯,下密诏命他去北京勤王,他却借护送宁远百姓入关为由,不肯抽出一部分精兵日夜兼程,驰救北京,可见他并非明朝忠臣。他得知崇祯自缢殉国以后,既不命三军缟素,为身殉社稷的君父发丧,也不传檄远近,号召天下义师,共同讨贼,而是坐待山海,模棱两可。就此一事而言,岂是明朝忠臣!所以臣同意洪学士的看法,吴三桂目前向我朝借兵,声称要同我合力消灭流贼,恢复明朝江山,万不可信。实际上他要保存他自己与数万关宁将士不被流贼消灭耳。"

洪承畴马上接着说:"臣请摄政王立即率大军直取山海关,抢在流贼之前占领山海城。今夜即给吴三桂写封回书,明日交杨珅与郭云龙带回。书中大意,一则申明我朝闻贼攻陷京师,明主惨亡,不胜发指,所以率仁义之师,沉舟破釜,义无反顾,剿灭流贼,出民水火;书中第二层意义要写明吴三桂往日虽与我大清为敌,今日不必因往年旧事,尚复怀疑。昔日管仲射桓公中钩,后来桓公重用管仲,称为仲父,以成霸业。今伯若率众来归,必封以故土,晋为藩王,一则国仇得报,二则身家可保,世世子孙,长享富贵,如山河之永。"

多尔衮问道:"吴三桂已经率将士离开宁远,还要封以故土?"

范文程赶快解释:"洪学士思虑周密,这句话用意甚深,必能打动宁远将士之心。"

"啊?"摄政王向洪承畴看了一眼,"封到宁远?"

洪承畴说道:"臣闻吴三桂的亲信将领不仅在宁远一带有祖宗坟墓,还占了大量土地,交给佃户耕种。如今由摄政王答应封以故土,吴三桂手下的众多亲信将领必更倾心归顺。"

摄政王恍然醒悟,心中称赞洪承畴果然不凡。他又问道:"要将吴三桂晋封藩王?"

洪承畴说:"王爷今日不是辅政王,而是摄政王,有权晋封藩王。不妨将吴三桂晋封藩王的话,先写在书子中,随后由盛京正式办好皇上敕书,火速送来。"

多尔衮马上向坐在帐殿中参加议事的诸王、贝勒、贝子、公、文武大臣说道:

"今晚的会议到此为止,不再耽搁。你们各回驻地,传下军令:四更用餐,五更起营,直奔山海关,两白旗在前,其他满、蒙、汉随征各旗,仍按原来的行军序列不变。"稍停一停,他又补充吩咐:"各旗人马,都要轻装前进。运送辎重的驼、马,随后赶上……你们速回驻地去吧!"

参与议事的文武大臣怀着激动的心情,纷纷离开帐殿,乘马而去。多尔衮又吩咐两位官员连夜动身,转往锦州,命驻扎在该地的汉军旗将士,火速携带两尊红衣大炮赶往山海关。因为原来没料到据守山海关的吴三桂会差遣使者前来借兵,考虑到从蓟州和密云附近进长城,道路艰险,所以不曾携带红衣大炮。现在情况大变,红衣大炮用得上了。

洪承畴和范文程被多尔衮用眼色留下,没有同群臣一起离开。等吩咐两位官员连夜去锦州向山海关运送红衣大炮之后,多尔衮对洪承畴说:

"天聪十年春天,太宗爷将国号后金改称大清,改年号为崇德,受满、蒙、汉各族臣民及朝鲜属邦拥戴,在南郊祭告天地,废除汗号,改称皇帝,也就是登天子之位。当时洪学士尚是明朝总督大臣,在四川、陕西一带忙于剿贼,对辽东事知道很少,范学士深受先帝信任,辽东的局势变化,全都亲自目睹。从太祖创业,到太宗继承汗位,我朝国运兴盛,不但统一了满洲各部,而且北至黑龙江以外,招抚了使犬使鹿之邦,将那里一部分人民迁到辽河流域,从事农耕,不愿迁移的仍留在原地方靠渔猎为生。当太祖爷起事时,满洲分成了许多小部落,每一个城寨就是一个国家,靠游牧为生。太祖起兵之后,一面同明兵作战,一面同满洲各部落作战,真是艰难创业,才建立了后金国。到太宗继承皇位,又打了许多仗,平定了蒙古各部,除在太祖时建立的满洲八旗之外,又建立了汉军八旗、蒙古八旗。所以太宗要改国号大清,改年号崇德,登天子之位,立志进入中原,在中国合满、汉、蒙各族建立统一国家。太宗辛苦创业十七年,丰功伟业,照耀千载,可惜他怀此鸿图远略,未得成功,于去年八月初九夜间无疾驾崩。我们继承他的遗志,才决意出兵入关,誓灭流贼,救民水火。恰遇吴三桂差人前来请兵,真是天意兴我大清,才有如此机缘巧合!"

范文程说道:"先皇帝生前不曾遇此良机,这也是上天有意使摄政王建立不世功业。先皇帝平生最仰慕大金世宗,喜读《金史·世宗本纪》,称之为小尧舜。臣记得,崇德元年十一月某日,先皇帝御翔凤楼,召集诸亲王、郡王、贝勒、固山额真、都察院官员,听内弘文院大臣读大金《世宗本纪》。可见先皇帝对金世宗一生功业的仰慕。然而以臣今日看来,摄政王秉承太宗遗志,佐幼主进入中原,荡平流贼,进而统一南方,君临华夏,将来功业应非金世宗可以比肩。"

多尔衮心情振奋,微笑点头:"等进入北京以后再看。金世宗虽然很值得尊敬,但毕竟只能割据北方数省之地。我们第一步是打败流贼,进入北京。至于下一步,以后看,以后看。你们今夜要多辛苦一点,命随征的文臣们连夜准备好给吴三桂的回书,你们看过以后,命笔帖式用黄纸缮写清楚,明日一早我再亲自斟酌,然后在大军启程前我接见吴三桂差来的使者,叫他们火速将书子带回山海。"

范文程和洪承畴退出帐殿以后,摄政王也很疲倦,赶快在两位随侍包衣的服侍下在柔软的、铺着貂皮褥子的地铺上就寝。但是他太兴奋了,因而久久地不能入睡。辗转反侧中,不自禁地想到马上来到的辉煌胜利,也想到年轻美貌的……

次日,四月十六日黎明,天色还不很亮,各营用过早餐,原野上号角不停,战马嘶鸣,旌旗飘扬,人马正准备启程。摄政王也已经用过早餐,站在他的战马旁边,一边看着十几个巴牙喇兵迅速地拆掉帐殿,连同帐中什物,绑扎妥当,又分绑在骆驼身上,一边等候吴三桂的两位使者前来。过了片刻,杨珅和郭云龙被摄政王的侍卫官员引至摄政王前。他们虽然是大明平西伯差遣来的使者,一个是明朝武将二品,一个是武将三品,但是一则明朝已亡,他们是奉命前来乞师,二则平日震于多尔衮的声威,到了多尔衮的面前立即跪下,不敢抬头,齐声说道:

"参见王爷!"

多尔衮向年纪稍长的问道:"你们谁是明朝的副将杨珅?"

"末将就是。"

多尔衮将目光移向另一边:"你的名字?"

"末将是游击将军郭云龙。"

"啊,啊。"多尔衮微露笑容,接着说道,"你们送来的平西伯的紧急书信,昨晚我已经看了。我备了回书一封,四更时候我将回书看了一遍,看见有几句话没有将本摄政王的意思说清。因这封书子关系重大,已命随征内弘文院文臣将书稿修改,命汉文笔帖式在今日路上停驻时候抓紧誊写清楚。大军今晚要在奔往山海关的路上有一个叫西拉塔拉的地方休息,到时将盖好摄政王印玺的回书交给你们。你们可星夜兼程,奔回山海,向平西伯复命。"

杨珅虽然已经知道清朝大军今日要往山海关去,但听了摄政王的话仍然吃惊。他大胆地抬起头来,说道:

"摄政王爷!末将虽然不知道我家伯爷在书子中怎么写的,但末将在山海卫动身的时候,我家伯爷对末将面谕:你见了大清国摄政王,说我关宁将士将坚守山海卫,对流贼迎头痛击,务请摄政王率大军从中协、西协——也就是从蓟州与密云一带进入长城,与我关宁兵对流贼李自成前后夹击,稳操胜券。山海城中的兵将已经够多⋯⋯"

多尔衮沉下脸色，说道："此是重要戎机，不是你应该知道的。本摄政王已经决定将平西伯晋爵藩王，关宁将校一律晋升一级。待消灭流贼之后，宁远将士仍然镇守宁远，原来所占土地仍归故主，眷属们免得随军迁徙之苦。至于从何处进入长城，本摄政王自有决定。昨夜本王已下令全军从此向山海关去，马上就启程了，你们随本营一道走吧。"

一位称作包衣牛录的官员捧来一包银子，送到杨珅和郭云龙面前，说道：

"你们带有十名护卫，这是摄政王爷赏赐的二百两银子，快谢恩赏！"

郭云龙双手将银子接住，大声说道："谢摄政王爷恩赏！"

杨珅虽然心里还有疙瘩，但也跟着说了一句："谢摄政王爷恩赏！"与郭云龙一起叩头，起身离去。此时，满、蒙、汉八旗兵的步骑各营，已经按照昨日的行军序列动身，原野上旌旗飘扬，十分威武雄壮。

多尔衮今日没有坐轿，骑马赶路。因为他昨晚睡眠很少，不久就在马蹄有节奏的嘚嘚声中半入睡了。

当天赶到西拉塔拉地方宿营。杨珅、郭云龙和他们的十名骑兵随着正白旗一起晚餐，又喂了马匹，休息片刻，拿到密封的摄政王给吴三桂的回书，赶快登程，向山海关奔驰而去。

多尔衮休息到四更时候，指挥大军出发。为着抢在李自成之前到达山海城，他不顾身体不好，继续乘战马，路上很少休息。虽然他今年虚岁才三十二岁，正在青春年华，但是一则正如豪格在背后说的话，他是一个有病的人，不会久于人世，到底有什么暗疾，至今是一个谜；二则自从在翁后地方见到吴三桂的借兵书信以后，他采取断然决定，改变原来进兵方略，转向宁远和山海关前进，同时在复信中要吴三桂投降大清。这是一着险棋。万一吴三桂不肯投降大清，他不仅贻误戎机，而且在大清国中会大大地损伤他的威望。他反复想过，李自成不仅有强大的兵力，拼死来抢夺山海城，而且将崇祯的太子和永、定二王以及吴三桂的父亲都带在身边,准备了文武两手,所以吴三桂拒绝投降清朝并非是不可能的。多尔衮一边骑马赶路,不得休息,一面为他的这一着棋的成败十分操心。

四月二十日下午,多尔衮到了连山,因为一直在马上奔波,故而十分疲倦。他估计李自成的大军也会到了山海卫的西城外扎营,正在一面准备攻城,一面用明朝太子和吴襄的名义招降吴三桂。想到这里,他登时忘了疲倦,下令大军继续赶路,到宁远城也不停留。

大约酉时左右,他忽然接到禀报:吴三桂有两位使者来了。他立马等候,吩咐说:

“快叫吴三桂的使者来见!也快传范、洪两位学士来我这里!”他随即从马上下来,心中暗问:“会不会是吴三桂不愿意开关投降,来书阻止我军前进?”

范文程和洪承畴先来到摄政王站立的地方,恭立在他的背后,随即吴三桂的使者也被带来了。两个使者一个是郭云龙,另一个多尔衮不认识。他们一齐在多尔衮的面前跪下叩头,说道:

“给摄政王爷请安!”

“你们来有什么事儿?”

郭云龙回答:“我家伯爷有书子一封,差末将来恭呈王爷。”

郭云龙立刻从怀中取出密封的书子,双手呈上。一个随侍满人官员将装在大封筒中的书信接住,呈到摄政王面前。多尔衮示意叫他先呈给范学士,向郭云龙问道:

“杨副将怎么没来?”

郭云龙回答:“因为李自成昨天已经率大军到达永平,今日可到山海城下,所以我家伯爷将杨珅留在身边,协助他部署作战之事。今日同我来的这一位也是游击将军,姓孙名文焕。”

“你们先退下休息,稍等片刻,本摄政王有话面谕。”

郭云龙和孙文焕退走以后，多尔衮回头看见他背后的两位内院学士已经将吴三桂的密书拆开，正在共同阅读。片刻之前，多尔衮的心中尚有疑虑：吴三桂肯让出山海关么？他看见范文程的神情同他一样，只有洪承畴十分坦然。随即看见范文程的脸上露出笑容，多尔衮忽然放心了，问道：

"书子上说些什么？"

书子拿在洪承畴的手里，他赶快对摄政王小声读道：

"大明敕封平西伯兼关宁总兵官吴三桂致书于大清摄政王殿下……"

多尔衮略有不悦之色，说道："念重要的话，念重要的话。到底他来书为了何事？"

洪承畴在心中一震，知道摄政王对吴三桂在书信中仍旧称自己的明朝官衔不高兴，赶快说道：

"这下边的话十分重要。他已投降我朝，决定将山海关让出来，请我大军进关，剿灭流贼。臣的福建乡音太重，请范学士读给王爷听。"

多尔衮望着范文程说："好。范学士世居辽东，你接着读吧。"

范文程接过吴三桂的书信，清一下喉咙，字字清楚地低声读道：

> 接王来书，知大军已至宁远。救民伐暴，扶弱除强，义声震天地，其所以相助者，实为我先帝，而三桂之感戴，尤其小也。

> 三桂承王谕，即发精锐于山海以西要处，诱贼速来。今贼亲率党羽，蚁聚永平一带，此乃自投陷阱，而天意从可知矣。今三桂已悉简精锐，以图相机剿灭。幸王速整虎旅，直入山海，首尾夹攻，京东西可传檄而定也。

> 又，仁义之师，首重安民。所发檄文，最为严切。更祈令大军秋毫无犯，军民心服而财土亦得，何事不成哉！

下边还有几句不关紧要的话，范文程都不念了。摄政王十分高兴,同范文程、洪承畴略作商量,立即将郭云龙和孙文焕二人叫来,命他们立即返回山海,向平西伯禀报:摄政王率大军过宁远不停,今晚到沙河略事休息,明日午后到达山海关外。大军驻扎欢喜岭下,他本人驻在威远堡,在威远堡等候吴三桂来见。

郭云龙和孙文焕听了摄政王口谕,不顾疲劳,立即返回山海,而多尔衮统率的进关大军也向前进发了。

第三章

　　杨珅和郭云龙两位跟随吴三桂多年的亲信将领,怀揣着向多尔衮要求借兵复国的重要书信,出山海关策马向北奔去,大明敕封平西伯兼关宁总兵吴三桂的心落下一半。剩下的一半,就是腾出手来,全力以赴加紧部署迎战李自成的战事。

　　按照传统的用兵道理,吴三桂应该派出一支人马去迎击大顺军,而不应让强敌进至城下。只是因为兵力不足,不能分兵防守永平,在远处迎击敌人,而只能在石河西岸拼死野战。所以他一面部署在西罗城之外与大顺军作殊死鏖战,一面将胜败前途寄托在满洲兵能够及时从中协或西协进入长城,抄大顺军的后路,使大顺腹背受敌。

　　部署完毕,吴三桂便下令在南郊演武厅搭起一座台子,召集一部分关宁将士、高级幕僚,以及佘一元等地方士绅,开一次誓师大会,振奋士气。台子上边设有香案,香案后设有一张供神的长形条几,上边供着用黄纸书写的大明皇帝的牌位,牌位前是香烟缭绕的黄铜香炉,香炉两旁点燃着茶杯粗的白色蜡烛。吴三桂在庄严的军乐声中率领关宁军中的文武要员与地方士绅,向崇祯皇帝的神主行三跪九叩头礼。直到此刻,吴三桂虽然知道要恢复大明江山非常困难,但是他依旧相信自己是大明的忠臣,没有考虑到投降清朝,所以当他率领关宁军的文武要员和本地士绅向崇祯的神主行礼时候,大家都满怀凄怆,几乎下泪。

　　行礼以后,吴三桂面向南坐在椅子上,向全场官兵和士绅们慷慨陈词,说明流贼首领李自成亲率十万贼兵东来,今日可到永平,一天后即会来犯山海。他决计诱敌深入,在山海城外,痛歼流贼,救出太子,重建大明江山。接着,他讲到兵饷奇缺,不能让将士空腹杀贼,只好请地方士绅代为筹饷。他的口气中带有威胁意味,也很打动人心。士绅们虽然只有佘一元有举人功名,有的是秀才,有的不曾进学,但他们都是将近三百年大明朝廷的子民,至今不能不怀着亡国之痛,视李自成为逆贼。当吴三桂向大家讲话时候,不仅他自己的感情慷慨激昂,那些文武官员和地方士绅,也无不饱含热泪。

吴三桂讲完话,命人将昨日在清查户口时抓到的一名细作拉出来祭旗。这细作被五花大绑,脑后插着亡命旗,一面大呼冤枉,一面被推到旗杆下边,强迫跪下。犯人尚在呼冤,一声未完,行刑者手起刀落,人头砍掉。斩了细作之后,被称为"南郊誓师"的重要仪式结束了。

这时候,吴三桂得到禀报:李自成亲自率领的东征大军,离永平只有一天的路程了。

杨珅和郭云龙带着向清朝摄政王多尔衮借兵的书信走后,一直没有消息,使吴三桂十分放心不下。到底杨珅在路上遇见了多尔衮没有?多尔衮率领的满洲大军何时能从蓟州与密云一带进入长城?这两件大事,由于杨珅和郭云龙没有回来,也没差人先送一点消息,使他又想到必须避免同李自成马上交战。一个对李自成的缓兵之计,又在他的心中冒头。

在南郊誓师一毕,吴三桂约请那些参加誓师的地方士绅到他的行辕继续议事。在他的军中,有许多善于出谋划策的心腹幕僚,在当时这类官员或称赞画,或称参议,或称参谋,名称并不统一,但职务都是谋士。他吩咐一部分谋士帮助武将去西城墙上和西罗城部署防御,一部分人则被请到行辕中来,经过一阵密商,吴三桂决定派遣七位地方士绅,赶快吃毕午饭,由行辕供给马匹,并往永平,迎接李自成,请李自成暂停在永平城,不要前进,等候平西伯差人前来议和。这几位士绅明知道事到如今,空洞的言辞无补实际,这一份差使不但徒劳,而且有性命危险。可是他们深知不幸生逢乱世,他们与家人都住在山海城中,吴三桂不再有朝廷管束,成了割据一方的古代藩镇,生杀予夺,任意施为。别说叫他们去见李自成,纵然叫他们去上刀山,跳火海,他们也不能不去。这七位士绅赶快回到家中,匆匆吃了午饭,带上干粮,与父母妻儿洒泪相别,在一个约好的地方聚头,骑上平西伯行辕为他们准备的马匹,心中叹气,匆匆向永平出发。

吴三桂得不到杨珅去满洲借兵消息,十分焦急,趁不到午饭时候,偕几位幕僚和本地较有学问的举人佘一元,登上西罗城,巡视防御准备。西罗城建于崇祯十五年,是临时修筑的土城,城矮而薄,城中本来很少居民,现在忽然搭了许多窝铺和军帐,驻满军队。靠城墙里边,修筑了许多炮台,架设了火器。山海城的西城墙上,新筑了两座炮台,架设红衣大炮,有火器营的官兵守在旁边。他们又从城头上往北走,察看一座小城,名叫北翼城。它的东城墙就是长城。吴三桂在城头站住,向北边观望一阵,看见长城从燕山上曲折而下,到达山脚,始交丘陵地带。从燕山脚到山海关看来不到四里之遥,就在这中间修筑了一座小城,填补了长城守御上的一段薄弱环节,十分重要。他又看见,这座小城中大约有三四万官兵守城,城头上备有弓弩和小的火器,城里搭有窝铺。吴三桂向左右幕僚说道:

"这座北翼城十分重要,原来修筑时是为对付关外敌人,如今对付关内敌人也很重要。是什么人在此守城?"

一位参谋官回答:"守将名叫张勇,是一位千总,叫他来叩见钧座么?"

"不用了。"吴三桂转向举人佘一元问道,"这一座小城很重要,也是当年戚继光主持修的?"

佘一元回答:"不,这座小城的时间近。崇祯十年,杨嗣昌做山、永巡抚,修筑北翼城和南翼城,没想到今天很有用了。"

吴三桂因为挂心向清朝借兵的消息,没有再看别处,从山海关的左边下城,同幕僚们和佘举人分手,带着护卫们回公馆去了。

已经中午了。吴三桂进了内宅上房,看见爱妾陈圆圆正在神像前焚香许愿。明朝人最崇拜关公,尊他为协天大帝。在平西伯的上房后墙正中间悬挂着一轴关公画像,是从宁远带来的。画轴前的神几上的铜香炉中已经点着了一把香,陈圆圆正要跪下去磕头许愿。吴三桂问道:

"为什么人许愿?"

陈圆圆回答:"流贼快要来到,这是伯爷进关后的第一次大战,愿关帝爷保佑伯爷在战场上兵锋无敌,旗开得胜,杀败流贼。"

"你也要祝愿满洲兵顺利地进入长城,与我军从东西夹击流贼。"

吴三桂刚说完这句话,忽听仆人禀报:杨副将与郭游击已经回来,等候传见。吴三桂蓦然一喜,回头大声说:

"快,请他们到小书房中!"

副将杨珅约摸三十四五岁年纪,原是白净面皮,眼睛有神,仪表堂堂。经过近几天日夜奔波,鞍马劳累,睡眠缺少,饮食上饥饱无定,风耗日晒,尤其是在归程中心情痛苦,又怕受吴三桂的严责,面色发暗,消瘦了许多。郭云龙也不如前,但是他只是陪同杨珅前去,心上的担子较轻,加上原来就是黑红面孔,也比较胖,所以表面的变化不大。

吴三桂看见杨副将,心中一惊,问道:"子玉,你见到清朝的摄政王了么?"

"回禀伯爷,摄政王多尔衮率领满、蒙、汉八旗大军日夜兼程,直奔山海关来。"

"啊?!奔往山海关来?不是从中协或西协进入长城?"

杨珅看见吴三桂的面色严厉,赶快从怀中取出多尔衮的回书,双手呈给主帅,说道:

"请钧座先看一看清朝摄政王的这封书子,卑职再面禀其他情况。"

吴三桂接过书信,抽出来展开一看,基本清楚了,在心中说道:"完了!完了!这可是俗话说的,前门拒虎,后门进狼!"他原来梦想他能够代表明朝旧臣,与清朝合力打败流贼,恢复大明江山,万没想到,多尔衮乘机胁迫他投降清朝,先抢先占据山海关,使他不但不能成申包胥流芳千古,反而成了勾引清兵进入中原的千古罪人。这么一想,他的手索索打颤,愤怒地向杨珅问道:

"我们原来探听确实,多尔衮决定按照往年惯例,率领八旗兵从中协和西协进入长城。我们写去借兵书信,也是这个主张,与他的想法一样。怎么突然变卦?你们见了他,当面怎么说的?你平日很会办事,也有心计,我将你看成心腹,怎么中了他的奸计?"

杨珅和郭云龙从椅子上站起来,将事情的经过说了一遍。吴三桂明白这是狡诈的多尔衮见机变卦,要趁此机会夺取山海关,灭亡中国。他原来暗中打算与清朝合力杀败李自成,迫使李自成交出太子和他的父亲,他在军中扶太子继承皇位。如今这好梦落空了,他父亲、住在北京的母亲和全家三十余口的性命难保了。他此时更明白自己身为亡国之臣,万事皆空,正如俗话所说:皮已经剥掉了,毛怎么能再生长?他深深地叹口气,落下眼泪,对杨珅和郭云龙说:

"事情如此结果,出我意外。但这事责任不在你们二位。我本来要留你们吃午饭,可是我此时心绪很乱,也很伤心,不留你们了。你们回家,洗一洗,吃一顿热饭,睡一大觉。晚上请到我这里用饭,我有事同你们商量。关于清兵要来山海的事,请暂守机密,对任何人不要泄露,以免士民惊骇,也会乱我军心。"

两位将领深谙主帅平西伯的心境,连他们自己也对多尔衮趁火打劫,率领清兵来占领山海关这件事深为不满,激起来民族情绪,心怀悲愤,向主帅拱手辞出。走出行辕大门时候,有两三位平日厮熟的军官笑着迎上来,向他们先道辛苦,接着小声询问向清朝借兵结果。他们摆摆手,不肯回答。人们登时心头一沉,收起了脸上笑容,退后一步,让他们赶快走了。

等杨坤与郭云龙走后,吴三桂将多尔衮的书信揣进怀里,去内宅用膳。大战临近,处处人马倥偬,满城中士民惊慌。加上强迫聚敛粮食和饷银,更加使山海城中的气氛大变,使人们有一种大难临头的感觉。幸而关于清兵正在向山海关奔来的消息,还在保密,连行辕中上下人等都不知道,所以平西伯府中一如平日。

陪平西伯用膳的只有两个人,一个是爱妾陈圆圆,一个是陈圆圆的养母陈太太。旁边有丫环、仆妇伺候。陈圆圆看见伯爵脸色烦恼,闷闷饮酒,使她对战事很不放心。她同妈妈,生长江南,从未经过战乱。在她的家乡,如今正是风光美好的时节,如古人说的,春水碧于天,画船听雨眠;又如古人说的,杂花生树,群莺乱飞。自从嫁到北方,如今是第一次遇到战争,而且不是小战,是关于吴平西和关宁军生死存亡的大战。外面哄传李自成亲自率十万大军前来,一二日内就会来到城下。她知道平西伯今日上午在南郊演武厅誓师,还斩了一个李自成的细作祭旗。还知道平西伯差往满洲借兵的使者杨副将刚才已经回来。借兵的结果如何?她很想知道。但是照吴府一向规矩,军旅事不许女人们随便打听,所以在一顿午饭时候她只能偷眼观察平西伯的脸上神色,温柔殷勤地敬酒,不敢随便开口。此刻,眼看一顿午饭快吃毕了,她有点沉不住气了,又看见她母亲几次向她暗递眼色,于是胆怯地小声问道:

"杨副将今日从满洲回来,有何好的消息?"

吴三桂站了起来,从一个丫环手中接过一杯温茶漱漱口,望着陈圆圆说道:

"军旅事你不用打听,两日内你自会明白。如今看来,必能杀败流贼,收复北京。"

陈圆圆蓦然一喜,如花的脸颊上绽开笑容,用苏州口音的娇声说道:"妾祝贺伯爷将建立不世大功!"

吴三桂没有笑容,在心中叹了口气,停住脚步,向美貌的爱妾和陈太太嘱咐：

"吩咐小厨房,预备几样精致菜肴,晚饭我要在书房中宴请三位文武官员。"说毕,他就大踏步出去了。

陈圆圆和她的妈妈虽然听说大战必将胜利的话,心中蓦然欣慰,但又互相望一眼,生出来莫名其妙的忧虑。唉,伯爷的神情显然是心思沉重!

吴三桂走进书房,在一个蒙着虎皮的躺椅上躺下去休息。局势的变化使他震惊,也使他不知所措。他本想闭目休息一阵,但是心乱如麻,忍不住重新掏出多尔衮的书信仔细观看。他心中骂道:"妈的,说什么代我报君父之仇,明明是乘人之危,趁火打劫,逼我投降,灭我中国!"他从躺椅上一跃而起,在书房中来回走了片刻,在八仙桌旁的椅子上颓然坐下,深深地叹口长气。恰在此时,陈夫人的一个心腹丫环,双手捧着一个朱漆长方茶盘,上边放着细瓷工笔花鸟盖碗,送到平西伯老爷的面前。这个丫环也是江南人,刚满十六岁,也颇有几分姿色。往日,她给主人送茶,倘若书房中没有别人,年轻的伯爷总是定睛向她的脸上端详片刻,看得她满脸通红,心中狂跳,低下头去。有时,吴三桂趁着无人看见,在她的脸蛋上轻轻地拧一下。她又害怕又害羞,退后一步,腰身一扭,回眸一笑,赶快走出书房。但是今天是陈夫人命她借送茶之名看看伯爷为何心情不快。她一进来就看见主人一脸懊恼神气,骇了一跳。她胆战心惊地将茶盘捧到主人面前,主人漫不经心地自己揭开碗盖,又漫不经心地将碗盖放在茶盘上,端起茶碗喝了一口,突然将茶碗向砖地上用力一摔,摔得粉碎。丫环大吃一惊,双手猛一摇晃,碗盖落到地上,碎成几块。丫环顾不得收拾地上瓷片,扑通跪下,浑身颤栗,哽咽说:

"奴婢倒的是一碗温茶,没想烫了老爷的嘴。"

住在隔壁小房间中随时等候呼唤的仆人王进财慌忙进来,二话不说,弯身抢着拣拾地上的瓷片。吴三桂的一时忿怒,迅速冷静下来,他对丫环说:

"我不是生你的气,同你毫不相干,不要害怕。翠莲,你走吧。见陈夫人不要说我在书房中生气。"

丫环磕了个头,从地上站了起来。虽然是眼泪未干,但刚才吓得煞白的脸孔又恢复了红润。

中年仆人王进财将地上的碎瓷片收拾干净,站在主人的面前说道:

"翠莲这姑娘已经十六岁,连奉茶也不懂。送来热茶,烫了老爷的嘴,惹老爷生气。我再给老爷倒一碗温茶?"

吴三桂吩咐说:"进财,你快去将宁参议请来,我有要事同他商量。你顺便告诉行辕二门和大门口的值勤官员,伯爷我下午有紧要公事,凡不是我特意召见的,一概不传。"

不过片刻,吴府的家生奴仆王进财将参议官宁致远带了进来。他献茶以后,赶快退出,不妨碍伯爷与心腹参议官密商大事。

吴三桂先呼着宁致远的表字问道:"子静,杨副将与郭游击已经回来啦,你见到了么?"

宁致远回答说:"我听说他们在翁后地方遇到了清朝的奉命大将军、摄政睿亲王多尔衮。他们拿着伯爷的书信前去借兵,结果如何?"

吴三桂脸色沉重,没有回答,将多尔衮的回书交给宁致远,让他自己去看。

宁致远看了多尔衮的书信以后,脸色大变,一时说不出话来。

他是吴三桂身边的心腹谋士,参与了向满洲借兵的秘密决策。当时已经探知清兵决定由中、西协进入长城,他和吴三桂希望清朝的八旗兵与大明平西伯的关宁兵同心合力,东西夹击,杀败李自成,收复京城,并且在战场上救出太子,恢复明朝社稷。吴三桂是一个不读书的武人,遇事常依靠宁致远出谋划策。宁致远原是拔贡出身,乡试未中举人,自认为走科举这条路不能够致身青云,转而欲以军功图成。前几年由朋友推荐他入吴三桂幕中。吴三桂幕中十分缺乏人才,很快便得到重用,倚为心腹。

吴三桂见宁致远长久低头不语,问道:"子静,你怎么不说话呀?"

宁致远抬起头来,恐惧地说道:"鄙意以为,本地举人佘一元平日留心满洲情形,颇有见解。可以请他前来,共商对策。"

吴三桂沉吟说:"会不会泄露消息过早,使山海百姓惊扰?"

宁致远说:"一二日内,李自成率领的十万流贼与多尔衮率领的数万清兵,将同时到达山海,局势可以说万分紧迫。流贼从西边来,人尽皆知。清兵正从北边来,尚无人知。但是至迟明日上午,必须使士民知道,以免临时惊慌扰攘,影响对流贼作战。"

吴三桂认为这话也有道理,问道:"你知道佘举人对满洲情况熟悉?"

"他是本地举人,在本地士绅中声望最高,所以致远就同他交了朋友。有时谈及时事,才知道他对满洲情况,颇为留意,识见远出致远十倍。目前遇此突然变故,出我们意料之外,如何应付为宜,不妨请他来商量一下。"

看吴三桂沉吟不语,宁致远又说:"他是崇祯举人,虽未入仕,却是忠于明朝。他又世居山海,家在城中。满洲人来占领山海关,为国为家,他都会为钧座尽心一筹。"

"好,叫仆人请他速来!"

佘一元的住家离吴三桂的行辕不远,很快就请到了。佘一元不知为何事请他前来,颇有惊惧之色。行礼坐下之后,仆人献茶退出,吴三桂将多尔衮率大军直奔山海关的消息告诉了他,并将多尔衮的书子交给他亲自一看。佘一元看了多尔衮的书信,半天没有说话,头脑完全懵了。他知道满洲人多年来势力强大,不甘心割据辽东,随时图谋南下,占领北京,所以昨天在南郊誓师以后,听吴三桂说将向清朝借兵,扶太子登极,恢复明朝社稷,他虽然口头上说这是申包胥哭秦廷,但心中却不由地想到石敬瑭,只是不敢对任何人说出来他的担心。现在看了多尔衮的书信,恍然明白,向北朝借兵的事,已经在暗中进行数日。如今多尔衮要趁机灭亡中国,收降吴三桂，绝不许扶太子登极，也绝不许再有一个石敬瑭！眼看清兵就要来到，三百年汉族江山，就要亡于一旦！佘一元既十分恐慌，又十分痛心。面色苍白，浑身打颤，落下眼泪，半天说不出话来。

吴三桂出身于明朝的武将世家，其舅父祖大寿也是名将，自己又受封为平西伯，所以他不甘心背叛汉族，留下千古汉奸罪名。看见佘一元的悲愤表情，他自然更为痛心，不禁也落下热泪。他与佘一元本来是素昧平生，驻军山海以后，因为军务在身，十分忙碌，与地方士绅没有多的来往。此刻没料到佘一元同样有亡国之痛，顿时产生朋友感情。他呼着佘一元的表字说道：

"占一仁兄，你虽然中了举人，但毕竟尚未入仕①，没有吃朝廷俸禄，虽有亡国之痛，应比我轻。我今日请你前来，不是谈亡国之痛，是想请教你如何应付当前这种局面。大约再有两天，多尔衮就率领清兵来到，我如何应付好这个局面？"

佘一元心中仍很悲痛，回答说："我虽未入仕，但是两天后清兵进关，我就要遵令剃发，不能不为之痛哭。一元五岁入学读书，十岁前背完'四书'，接着就背诵《孝经》。《孝经·开宗明义》说：'身体发肤，受之父母，不敢毁伤，孝之始也。'所以汉人不剃发，不刮脸，以别于胡人。不幸生逢末世，竟连父母遗体尚不能保，岂不痛哉！"

吴三桂说："如今国家尚不能保，何论胡子头发！据你看，多尔衮将要占领山海关，与我合兵杀败流贼。请问，你有没有好的主意，让多尔衮不占领山海关？"

佘一元长叹一声，说道："事已至此，毫无善策。多尔衮这个人，心狠手辣。他决定要进山海关，打通清兵以后的南下大道。钧座若抗拒无力，反招大祸。只好顺应时势，迎他进关，先杀败流贼再说。"

"我原来想借清兵杀败流贼，从战场夺回太子，扶他登极。此梦今已落空。"

---

① 入仕——明代严格实行科举制，中进士才取得正式入仕资格。

"满族人要占领北京,占领数省之地,恢复金朝盛世局面,是势所必至。此一形势,并非始于今日,而开始于皇太极继位以后。在努尔哈赤生前,满洲国家草创,无力进入长城,也未想到占领北京,只能割据辽东。努尔哈赤死后,皇太极继位,国力发展很快。努尔哈赤在位时候,俘虏了汉族人,有的杀掉,有的分给满族人家中为奴。皇太极继位以后,俘虏的汉人一律不杀,已经被卖作奴隶的汉人都予释放,还其自由之身。凡是被拆散的家庭,令其团聚。所以在皇太极的天聪年间,辽东的满汉两族之间不再仇视,和平相处,各安生业,户口增加很快。皇太极还招降了许多明朝叛兵叛将,尽量优待。像明朝的孔有德、尚可喜、耿仲明三个叛将,率部下泛海投降,皇太极都派人迎接,并且都封为王。到了崇祯九年,也就是清太宗皇太极天聪十年,满洲内部政局稳定,人口大增,兵力强盛,不但成了明朝的关外强敌,而且开始有问鼎中原之志。努尔哈赤初年,满洲都是些小部落,各据城堡,称为国家。努尔哈赤只是一个部落首领,依靠祖上留下的十三副甲起事,也依靠他的兄弟子侄都是自幼学习骑射,勇敢善战,通过战争和杀戮,吞并了其他部落。到了万历己未,经过萨尔浒大战①,难啊!明军战死了四万五千多人,文官武将死了三百多人。从这次战争以后,满洲人主宰辽东,已成定局,再想挽回昔日局势,虽诸葛复生,亦无善策。何况今日见明朝已经亡国,李自成又绝不是汉高祖与唐太宗一流人物,多尔衮岂能善罢甘休,坐失良机?"

吴三桂说:"崇祯年间,满洲兵几次进入长城,饱掠之后,仍回满洲。倘若此次也能如此就好了。"

"难啊!十余年来,满洲兵于秋冬之间农闲时候进入长城,在畿辅与山东掳掠人口、财物,于春末返回辽东。每次掳掠,使满洲人口增加,财力物力增加,而明朝国力不断削弱。这是皇太极要进入中原,在北京建立清朝的宏图远略。多尔衮就是继承他的遗志。

---

① 萨尔浒大战——萨尔浒是一座山,在辽宁抚顺西边,靠近大伙房水库。新建的后金天命三年(明万历四十六年)努尔哈赤在此地大败明军。

这次清兵南下，与往日不同，其目的就是要毕其功于一役。如果一战杀败流贼，大概不出数月，清朝就会迁都北京，决不再割据一隅。"

佘一元深深地感叹一声，接着说道："满洲自皇太极继位以后，国势日强，久有占领北京，灭亡明朝之心。可惜朝廷大臣中知道这种可怕的实情者并无多人。杨嗣昌大体明白，但后来被排挤出朝廷，在沙市自尽。陈新甲知道得更清楚，给崇祯杀了。洪承畴也知道清朝情况，本想给明朝保存点家当，但他身为蓟辽总督，实际在指挥上做不得主。崇祯帝没有作战经验，又刚愎自信，身居于深宫之中，遥控于千里之外，致使洪承畴的十三万人马溃于一旦，终成俘虏。"

谈起两年前松山溃败，吴三桂叹了口气，犹有余恨。但现在他无暇重论此事，又向佘一元问道：

"你怎么知道多尔衮要在北京城建立清朝？"

佘一元回答说："自古以来，各族胡人崛起北方，名色众多，旋起旋灭，不可胜数。其中有少数胡族，产生过杰出的英雄人物，为之君长，势力渐强，开始南侵，因利乘便，在中国建立朝廷。所谓五胡乱华，就是先例。辽、金、元也是如此。如今的满洲人，正是要步辽、金、元之后，在北京再兴建一个朝代。这一宏图壮志不是开始于多尔衮，而是开始于皇太极，所以我认为多尔衮这次率兵南下是继承皇太极的遗志。不管钧座是否派使者前去借兵，多尔衮都会乘李自成之乱率清兵南下。这道理就是，就是……"

佘一元一时想不起来用什么适当的话表达他的思想，不免打了顿儿。宁致远赶快说：

"朝代兴衰，关乎气数，非人事可以左右。"

佘一元毕竟读书较多，忽然灵机一动，对宁致远说道："不然，子静兄。欧阳修云：'呜呼，盛衰之理，虽曰天命，岂非人事哉！'我倒是更为相信人事。古人有言：'势有所必至，理有所固然。'多尔衮之志在于灭亡中国，夺取山海关只是顺手牵羊，这一切都已了然。满洲人蓄意占领北京,在关内建立清朝,将此志明告世人,是在崇祯丙子①春天。这一年四月,皇太极将大金国号改称大清,年号改为崇德,废称汗号,改称皇帝,在沈阳南郊筑坛,祭告天地,受满、蒙、汉三族的百官和朝鲜使臣朝贺,奉表劝进,践天子之位。清朝要进入中原,继辽、金、元之后,统治中国,雄心决于此时。像这样大事,明朝的大臣们如在梦中。不管伯爷是否派人借兵,多尔衮都要继承皇太极遗志,率领清兵南下。倘若伯爷不派人前去借兵,与多尔衮在中途相遇,多尔衮从蓟州、密云一带进入长城,仍然会杀败流贼,攻占北京,在北京建立清朝。伯爷借兵,只不过使多尔衮临时改变进兵之路,并不改变战争结局。"

吴三桂听到这里,忽然想到自己勤王不成,君亡国灭,父母和一家三十余口陷于贼手,必遭屠戮,十分痛心。他向佘一元含泪问道:

"照你说来,我吴某只能做亡国之臣?"

佘一元也落下泪来,说:"一元虽未做官,但是幼读圣贤之书,已领乡荐(中举),今日竟不免做亡国之人,马上要遵照胡人之俗,剃去须发,岂不痛哉!岂不痛哉!"

佘一元与吴三桂不再说话,相对饮泣。宁致远也跟着流泪。但是他想着大清摄政王已经将平西伯晋封王爵,关宁两地的文武官员都可以跟着升迁,在宁远一带的田地房屋也可以收回。想到这些实际问题,虽然他也跟着落泪,却不像佘一元和吴三桂那样痛心。

三个人正在相对垂泪,吴府的仆人王进财进来,向主人禀报:

"佘举人老爷府上有仆人来传话,为老太太看病的陈大夫已经请到,请佘老爷速回,与陈大夫斟酌脉方。"

佘一元赶快用袍袖擦干眼泪,正要起身告辞,吴三桂用手势使他稍留片刻,又挥手使仆人退出。他向佘一元探身说道:

"我知道占一仁兄是一位孝子,既然令堂老夫人玉体违和,我

---

① 崇祯丙子——明崇祯九年,即公元 1636 年。

不敢强留。只是还有件事,尚需请教,说完以后,你就回府。"

"钧座有何事垂问?"

"大概在两三天内,流贼与清兵同时来到山海,如何对付为好?"

"常言说,两害相权取其轻。李贼攻破北京,逼死帝后,灭亡明朝,此是不共戴天之仇。且李贼进京之后,不改贼性,纵兵奸淫妇女,拷掠官绅索饷,弄得天怒人怨。钧座必须亲率将士,一战杀败流贼。而清朝之兴旺局面与明朝数年来的内乱与衰亡情况,恰恰相反。故今日形势,钧座只有联清剿贼一条路走,他非一元所知。"

佘一元起身告辞,吴三桂将他送到书房门口。他们尽管地位不同,但同时想到一两天内就要变成满洲朝廷的臣民,同样心中凄然。佘一元正要拱手辞出,忽然想起一句要紧的话,低声说道:

"多尔衮来到时候,必然驻军欢喜岭或威远堡,等着你去朝见。请千万为全山海城的无辜百姓考虑,使之免遭屠戮之祸。"

吴三桂轻轻点头,叹一口气,向佘一元拱手相别。

吴三桂同佘一元谈话之后,已经不再幻想清兵还会退回沈阳,向参议官宁致远说道:

"子静,多尔衮乘我之危,逼我投降清朝,我实在不能甘心。但是权衡轻重,我认为宁可投降清朝,决不投降流贼。你看怎样?"

宁致远立刻抬起头来,回答说:"钧座所见甚是,甚是。事到如今,已无犹豫余地。望即速决定,今晚再给多尔衮写封书子,请他率大军星夜前来。我们在一二日内诱敌深入,与大清兵合力将流贼消灭在山海城下,收复北京。"

"'太子未死,目前在李贼军中。倘若夺回太子,即拥戴太子登极,以系天下臣民之望。'这话是否写在信中?"

宁参议沉吟片刻,摇摇头说:"我看不提为好。多尔衮在来书中有消灭流贼之语,也提出了为崇祯帝复仇的话,独不提恢复大明江山,他要使大清朝建都北京之意甚明。况且多尔衮以大清摄政王的身份晋封钧座为平西王,你已经变成了大清的,大清的……"

"你直说吧,多尔衮使我变成了大清的降臣,也就是他多尔衮手下的降臣!"

"唉唉,事情就是这样。木已成舟,只好如此,只好如此。"

吴三桂忿然说:"我本来是大明崇祯皇帝敕封的平西伯,硬逼我留下千古汉奸骂名,我姓吴的死不甘心!"

宁致远赶快用手势阻止吴三桂再往下说。吴三桂分明受到良心责备,落下眼泪,小声呼喊道:

"我这个亡国之臣,对不起殉国的先皇帝,对不起落入贼手的太子!"

"伯爷,请你千万不要这样想。伯爷欲效申包胥秦廷之哭,向清朝借兵并非投降。但天下事不如人意者十常八九,遇着个多尔衮确实厉害,后世会原谅你的苦衷。何况崇祯为人,猜忌成性,动不动诛戮大臣。你在他手下为臣,纵然立下大功,未必就能善终。何况在明朝异姓不能封王,你充其量升到侯爵。如今你实际尚未向清朝投降,多尔衮就封你为王,同早投降的尚可喜、耿仲明等同样看待。伯爷,你一晋封为王,你的麾下文武旧部都将跟着提升,这可不是一件小事!"

吴三桂没有做声,暗想着宁致远的这番话也有道理,轻轻地叹一口气。

宁致远接着说道:"还有一件大事,也是一大难题,我想钧座定会想到。倘若投降清朝,这难题就会迎刃而解。伯爷,你不能不为携进关内的二十万宁远难民着想。倘若处理不善……"

吴三桂的心中一动,赶快说:"你说下去,说下去。"

宁致远接着说:"当北京情况紧急时,崇祯帝起初不同意放弃宁远,认为祖宗的土地虽一寸也不可失。后来流贼日渐逼近,崇祯帝才同意放弃宁远,但必须将宁远一带的士民护送进关。这样就耽误了关宁兵去北京勤王的时间。为着日后向朝廷请求发给宁远士民到关内的安家费、救济费等等,我们上报的移民是五十万口,实际只有十几万口。这十几万宁远士民,为着皇命难违,离开了祖宗坟墓,丢弃了田产房屋,背井离乡,变成难民,遍地哭声,一路哭声。伯爷……"

"你说得好,说下去。"

"宁远百姓进入关内,遵照蓟辽总督的安排,分散到关内附近的昌黎、乐亭、滦州、开平等县安置。临时征用本地房舍、土地、粮食,供宁远移民之用,骚扰地方,而宁远移民亦生活十分困难。主客之间,暂时无事,一旦关内各地归流贼所有,宁远内迁之户必无生路。只有与清兵并力击败流贼,宁远人才能生存。按照多尔衮的书子,只要降顺清朝,等打过这一仗之后,宁远内迁难民,还可以回归故里,原有土地房舍,仍归故主,祖宗坟墓可以相守。这二十万辽民的天大困难,辽民与本地居民的利害纷争,随之冰释。古人云,识时务者为俊杰。目前情况紧急,望钧座深味此言,不要徘徊求存于两强之间。我们只知道多尔衮原来决策是从中协或西协进入长城,不料他中途改变主意,大军转向南来,一二日内可以到达。请钧座趁此时候,当机立断,转祸为福。"

吴三桂从椅子上站起来,在屋中走了一圈,脚步沉重地走回原位坐下,叹息一声,在心中忿忿地说道:"好啊,光棍不吃眼前亏,老子日后总会有出这口气的时候!"这句话他只能深深地埋在心中,直到二十九年之后,他才起兵反清,战事波及半个中国,经过八年,终被康熙皇帝平定,史称"三藩之乱"。

吴三桂重新坐下以后,吩咐宁致远立刻为他起草给多尔衮的第二封书信,催促摄政王多尔衮率大军赶快往山海关来。吴三桂看过稿子以后,经过他反复斟酌,修改一遍,然后誊写清楚。虽然多尔衮的回书中已经封他为平西王,然而一则要表示他的身份,用的仍是"大明平西伯"的名义,二则一时不能扭转他仅存的一点民族感情,对于大清朝摄政王封他为王爵的事,他没有一句表示谢恩的话。

晚上,他在书房中设便宴为杨珅和郭云龙二位将军洗尘,宁致远也参加酒宴,以便密商大计。当夜派郭云龙偕另一位游击衔的亲信将领孙文焕,往宁远的路上迎接多尔衮去了。

第二天,即四月二十日,李自成已过永平,继续东来,大战迫于眉睫。山海城中人心惶惶,空气十分紧张。只是吴三桂早就严禁城中士民逃出去,才能够勉强维持城内秩序。

早饭以后,吴三桂在行辕大厅中召集紧急会议,游击以上将领和高级幕僚全出席了。他一个人坐在椅子上,文武官员们按品级肃立面前,恭听他的讲话。他要将目前的局势向大家讲清楚。

他说:"多尔衮原来打算从蓟州、密云之间进入长城,可是在翁后接到我的借兵书子以后,忽然改变主意,已经转向正南,直奔山海关来,估计后日可到。"

一位将领愤愤地说:"这是乘人之危,想不费一枪一刀,占领梦想多年不能到手的山海关噢,什么帮助我朝! 伯爷,你答应让清兵进关么?"

另一个人问:"伯爷,太子在流贼军中。杀败流贼之后,夺回太子,满洲人同意我们扶太子登极么?"

又有人说:"我家老将军在流贼军中,怎么办?"

吴三桂心中明白,满洲人决不会留下太子的性命,也明白一旦同李自成刀兵相见,他的父亲、母亲和住在北京的全家人必遭屠戮,悲声说道:

"唉,我身为大将,既不能扶太子登极,也不能保父母性命,不忠不孝!"随即失声痛哭。

杨珅接着向大家说明在翁后遇见清朝摄政王多尔衮以后的情况,还说多尔衮已经将平西伯晋封为平西王,平西王爷麾下文武官员都将相应提升,流散在关内的眷属都可以返回宁远,收回田地房屋,守着祖宗坟墓,安居乐业。听了杨珅对时局的补充介绍以后,大家的心情开始变了。

散会以后,各将领都赶快将局势的突然变化告诉自己的下属。关宁军只好接受这既成事实。因知道清兵即将来到,将要合力战败李自成,为崇祯皇帝报仇,士气反而突然提高了。

　　宁致远奉吴三桂之命,约请地方士绅佘一元等,将清兵即将来到的消息告诉大家,要大家传知百姓,不要惊慌。吴三桂另外派出二三百人清除威远堡土寨内外的荒草、榛莽、牛羊粪便,从欢喜岭上的大道到威远堡清理出一条干净道路,以迎接即将到来的大清摄政王和他的随行官员们。

第四章

离开北京的第一天,李自成到了通州。刘宗敏和李过率领大约三万人马继续向密云前进,大顺皇帝的御营和第二批三万人马则在通州停留一夜。北京城中有许多事他不放心。最近几天,北京城内和附近郊区,有几个地方在夜间出现了无头招贴,辱骂大顺朝都是流贼,宣传平西伯不日将率领大军西来,攻破北京,为崇祯皇帝发丧,恢复大明江山。另外,牛金星今日飞马转来河南、山东、山西各地消息:新占领的州县都很不稳,有的地方,当地士绅和明朝的旧有官吏,借口大顺新上任的官员征调骡马、金银、女人,引起民愤,公然号召部分百姓,群起驱逐大顺新派去的官吏,有的则把他们杀死。

自从崇祯十三年秋天进入河南以来,李自成打过多次仗,直到攻破北京,每次出兵他都是高高兴兴,认为胜利就在眼前,马到必然成功。然而今天的打仗与往日截然不同。今日的东征,他虽然在口中绝不露出一个字的真实想法,但内心中十分沉重,对胜利毫无信心,常常想到可能会无功而回,甚至也想到会吃败仗。虽然会败到什么地步,他不能逆料,但是他也想到会出现十分可怕的局面。他心中明白,他率领去东征的人马号称二十万,实际上只有六万,北京只留下大约一万左右战斗力不强的人马守城。万一在山海卫战争失利,不但不能靠北京增援,而且连退回北京、固守待援也不容易。

为着鼓舞士气,他在将士们面前总是面带庄严的微笑。庄严,是因为他已经是大顺国王;倘若不是吴三桂不肯降顺,他已经在北京登极,成为大顺皇帝了。微笑,是因为他知道将士们一则都很辛苦,二则去山海卫同关宁兵作战都有点害怕,至少说士气不高,所以他不能不用微笑或轻轻点头,给他的东征将士们一点无言的鼓励。然而他的心头是沉重的。他的心中压着两句话,不敢告诉任何人:战争非打不可,胜败毫无把握!

他到通州的时候,不过申时刚过,离天黑尚早。他担心局势会有变化,命刘宗敏和李过率大军继续前进,他自己率御营三千人马在通州停留一晚,处理要务,并决定明日四更继续赶路。

李自成目前虽然没有在北京举行登极大典,但他实际上已经是大顺朝皇帝身份,所以他要在通州暂驻,不仅事先传谕刘宗敏和李过等主要将领知道,而且他的驻地,以及各随征官员驻地,如何严密警戒,都在他到达通州前由主管官员作了妥善安排。近半年来,在新降顺的文臣口中,把这种在御驾驻地的严密警戒说成"警跸"。虽然李自成在说话时对使用这两个字尚不习惯,但在实际生活中他已经接受了这种从封建历史上一代代传下来的制度。尽管今天是在行军途中,在通州李自成的临时驻地,也层层岗哨,戒备森严,不要说老百姓,连他手下的文武官员想见他也不容易。

在通州驻下以后,李自成稍事休息,立刻命传事官员将宋献策叫来,商议他在马鞍上反复考虑的几个问题。

在往年作战,他充满昂扬的朝气,从来没有担心过可能战败。例如在崇祯十五年的夏天,他刚刚包围开封,老营驻扎在开封西郊大堤外,罗汝才的老营扎在他的附近,忽然得到消息,官军有两位总督和名将左良玉率领的十七万人马到了距开封四十五里的朱仙镇,他立刻约同罗汝才前去迎敌。因为出发很急,两座老营中屯积的大批粮食来不及带走,也没有多余的人马留下守护,任开封百姓出城来搬运一空。那时农民军迎战官军,情况虽然紧急,但士气却十分旺盛,李自成对大战充满信心,也完全掌握局势。但今天出征不同,李自成明白他的将士们进北京后士气衰落,既害怕同吴三桂的关宁兵作战,更害怕清兵进来。他自己虽然坚持东征,实际上预感到很可能出兵不利,心上的担子沉重,所以他要在通州停留一夜。

李自成在通州暂住的地方是明朝的一家官宦宅第,被他手下的将士们称为行宫,打扫得十分干净。他要同军师宋献策商议的问题极为机密,所以不仅窗外不许有人,连庭前的天井院中也不许有人走动。他很动感情地低声向军师说道:

"献策,自从崇祯二年起义,至今整整十六年了。这十六年中,孤身经百战,出生入死,可是很少像今日出征这样心思沉重。你是我的心腹重臣,可知道这是为什么?"

宋献策回答:"臣虽甚愚,但是忝为陛下军师,且蒙皇上隆恩,倚为腹心。今日御驾亲征,圣心沉重,愚臣岂能不知?陛下出征之前,臣曾经几次谏阻,也只为深蒙圣眷,欲在关键时候,直言相谏,以报圣眷于万一耳。今日已经东征,若再犹豫,必将影响士气,故臣考虑倘若战事不利,如何能够使局势不至于不可收拾。"

李自成明白宋献策不惟考虑到战争不利,而且考虑到很不利,考虑到局面甚至坏到不可收拾。他的心头更加沉重,在心中暗想:可是人马已经出动了,未见敌人,匆忙退兵,会使天下耻笑,处处叛乱,整个大局溃烂,陷于不可收拾之境。李自成沉吟片刻,对军师低声说道:

"献策,会到不可收拾的地步么?我想,吴三桂顶多只有三万多人马。万一我们去山海卫作战不利,可以全师而退,还不至于使大局不可收拾。当然,出师不利,不但会大损我军士气,也会大损孤的威望。孤的心头沉重,不过为此罢了。"

"不,陛下!臣所担心的不是吴三桂的三四万关宁人马,而是担心东虏的八旗兵乘机南下,截断我军退路,或乘虚进犯北京。"

李自成说道:"献策!我在西安出兵前并没有将东虏看成一件大事,只认为它历年来见明朝十分虚弱,所以几次兴兵南犯,如入无人之境。如今它见我军强大,所向克捷,直趋幽燕,攻破燕京,必不敢轻易南犯。等孤到了北京之后,起初也很大意,后来因为看见吴三桂竟然不降顺我朝,又得探报,知道东虏正在调集人马,分明是有意南犯。到这时,孤才想着必是吴三桂知道东虏将要南犯,所以他敢凭着山海孤城,决不降顺。既然局势如此紧迫,又如此险恶,怎么办?孤只有先东征山海,打败了吴三桂,然后对付东虏,所以不听你与李岩的谏阻,决计出征。"

宋献策说道:"陛下确实英明,只是臣担心已经来不及了。"

李自成大吃一惊:"怎么来不及了?!"

"从崇祯二年以来,东虏几次入犯,都是从蓟州、密云一带进入长城,威胁北京,深入畿辅,横扫冀南,再入山东,饱掠而归。臣担心我军正与吴三桂相持于山海城下,东虏精锐之师已经来到北京近郊了。"

"会这样快?"

"长城自山海关至居庸关,绵亘一千余里,为隆庆初年戚继光亲自筹划督修,分为三协十二区,分兵防守。万历中年以后,防御废弛,后来更没有兵将驻守。崇祯年间,东虏几次南犯,都是从蓟州、密云一带,找一个无兵防守的口子,自由进出。我大顺军虽然攻占燕京,却无兵防守长城。蓟州、密云两州县,何等重要,不但无兵驻防,连州县官也没有委派。一旦有警,无人禀报。我们如瞽如聋,必将措手不及。"

李自成不觉脊背上冒出汗来,只是因为他没有忘记自己的皇帝身份,仍然保持着庄严冷静的神情。他忽然记起来,前几天宋献策谏阻他御驾东征时曾经说过一句话:"吴三桂西来对三桂不利,皇上东征对皇上不利。"如今道理分明,他恍然明白,原来此次往山海卫御驾亲征,实为失策。但是大军已经出动,怎么好呢?……

沉默片刻,他想不起什么良策,向军师小声问道:"今天大军出征,万目共睹,不可改变。万一东虏南下,你,你,你……你有何良策可以解救我大顺军的眼下危局?"

"陛下,目前我兵过少,所以吴三桂敢于拒降,满洲兵敢于南犯。臣忝为军师,实无根本良策。倘若与吴三桂接战,必须一战取胜,迫其降顺,否则迅速退兵,以防满洲兵从蓟州、密云一带过来,使我不但腹背受敌,而且燕京空虚,有被东虏攻破之虞。"

"我军同吴三桂接战之后,倘若一时不分胜负,如何退兵?"

"吴三桂只是我大顺朝的癣疥之疾,真正的强敌是满洲人,必须从山海卫腾出手来,全力对付东虏。"

"孤有意调刘芳亮火速来防守燕京,你看如何?"

"臣也想过这一着棋,但不敢向陛下说出。"

"为什么?"

"刘芳亮所率偏师,原来不足二十万人。渡河入晋以后,由运城一带东进,攻破上党,东过太行,占领豫北三府。凡是重要之处,不能不留兵驻守。随后由彰德北上,先占冀南三府,后破保定,一直进到真定为止。为何不再向燕京进逼?实因他兵力逐渐分散,到真定已经成强弩之末。如果调他防守燕京,豫北、冀南、冀中各府州县,即将无兵弹压,处处叛乱,土地与人民均非我有。今日河南、山东各地,名为归顺,情况堪忧。刘芳亮手中的几万人马,不到万不得已,臣以为不要调动为好。"

李自成又沉默片刻,突然站立起来,在屋中低头彷徨,深深地叹一口气。

宋献策心中大惊,跟着站起,退避墙角。他虽然投奔皇上于初入豫西的困难日子,献《谶记》首建大功,以后被皇上倚为心腹,与牛金星成为大顺朝草创时期的左辅右弼,但是他深知自古至今,伴君如伴虎,随时都容易忠言见疑,正直招祸。是不是因他说出了各地人心不服的实际情况,招惹皇上的心中不快?是不是他近来曾谏阻皇上东征已经使皇上不高兴,如今东征第一天,他又说出了使皇上扫兴的话,将会遭到严责?刹那之间,他不能不想到,自从去年十月攻破西安以后,开始有大批明朝的官吏降顺,进入山西后第二批官吏降顺,进入北京后又有第三批。凡是新降官吏,都喜欢对新主阿谀奉承,歌功颂德,借以攀龙附凤,飞黄腾达。而皇上喜欢听新降诸臣阿谀逢迎的话,对不合心意的话就不愿听了。决定向北京进军,以及攻破北京以后的种种失计,都由于皇上的心思变了,不听他的谏言。如今……

李自成停住脚步,轻轻地感叹一声,转回头来叫道:

"献策!"

"微臣在!"

听皇上的声音平和,宋献策的心头上蓦然轻松,赶快问道:

"陛下有何面谕?"

李自成尚未说话,一位御前侍卫亲将在帘外禀道:

"启奏陛下,刘体纯有紧急军情禀报!"

李自成回答:"叫他进来!"

李自成与宋献策交换了一个眼色,都不做声了。

刘体纯被引进来以后,先向李自成叩头。不听到皇上吩咐,他不敢起身。李自成猜到不会有好的消息,轻声说道:

"二虎,站起来吧。有什么紧急消息?"

刘体纯叩头起身,站着说道:"我们派到山海卫城中的细作回来一个,向臣禀报,说吴三桂已经向满洲借兵了。"

李自成表面照常,心中大惊,不由地向军师望了一眼。他又向刘体纯问道:

"满洲兵现在何处?"

"回陛下,满洲兵消息,在山海城中传说不一。有人说满、蒙、汉八旗兵正在向沈阳集中,有人说八旗已经出动。近几年来,满洲人对关内的朝政大事,军旅部署,随时侦探甚明,我们却对满洲的动静不很清楚。崇祯十几年中,东虏几次进入长城,事先明朝都没防备,就因为侦探不灵,等着挨打。何况我大顺朝一直在内地对明朝作战,没有将满洲放在心中;进入燕京以后,才明白我朝的真正强敌不是明朝,是满洲人。我们平日探听明朝的各种消息很容易,如今事到临头,探听满洲方面的消息十分困难……"

李自成已经明白刘体纯要说明的是什么困难,他急于要同宋献策商量紧急大事,不要刘体纯再往下说,吩咐说:

"二虎,你去休息吧。要继续多派细作打探吴三桂方面的各种动静,不怕多花银子。我是大小战争中滚出来的,从来没有像今日这样情况不明,两眼黢黑!"

刘体纯退出以后,李自成叫军师坐下,叹了口气,说道:

"献策,这次东征之前,满朝文武,谏阻孤东征的只有你与李岩二人。看来你们的谏阻是有道理的。如今应该如何才好?"

宋献策坐了下去,沉默片刻,不敢急于回答,也不敢说出他的真实意见。李自成见此情况,催促道:

"有话你不妨直说。今日是大军东征的第一天,离山海卫尚远;到两军交战时候,你说出来就晚了。"

宋献策看见皇上此时确有诚意询问他的意见,虽然他仍然害怕出言招祸,但是身为军师,三军生命所系,大顺国运攸关,他又略微迟疑片刻,说道:

"此事关系极大,臣不敢直言。"

"你说吧。只要有道理,孤一定听从,纵然说错了,我决不怪罪于你。"

宋献策认为这是他再一次谏阻东征的一个机会,如果放弃这个机会,他必将留下终生悔恨。他抛开顾虑,恳切地对李自成说道:

"陛下!兵法云:'知己知彼,百战不殆。'皇上对于我军进入燕京之后,士气迅速低落情形,知之甚悉,故不得不御驾亲征,借以鼓舞士气。此种苦心,臣私心感动,几乎为之落泪。然而对知彼而言,最为缺乏。目前看来,满洲兵在何处,是否已经出动,打算从何处进犯幽燕,是否与吴三桂已经勾结一起,凡此种种实情,我朝全然不知,如在梦中。自古用兵,在出兵前十分重视'庙算'。孙子云:'夫未战而庙算胜者,得算多也。未战而庙算不胜者,得算少也。多算胜,少算不胜,而况于无算乎?'请恕臣死罪,容臣在大战前得尽忠言,以报陛下知遇之恩……"

"你说下去,说下去,有话直说不妨。"

　　宋献策说道:"数年来,陛下兵锋所至,无不克捷。往年兢兢业业之心渐少,听阿谀颂扬的话日多。从渡河入晋以来,陛下与左右之人,都以为天下已经到手,只等到燕京举行登极大典,就有了万里江山,江南各地可传檄而定。等到吴三桂坚不投降,才有讨伐吴三桂之议,而如此大事,群臣中向陛下谏阻者寥寥无几。直到此时,群臣中都认为吴三桂对我大顺不过是癣疥之疾,更没有看到我大顺军进入幽燕,占据北京之后,明朝已亡,能与我朝争天下的强敌不是吴三桂,而是东虏。可是由于多年积习,内地汉人总是将满洲部落看成辽东夷狄之邦,非腹心之患。正所谓一叶蔽目,不见泰山。目前,东虏是否已经同吴三桂勾结一起,不得而知;东虏的八旗劲旅是否已经出动,不得而知;满洲兵将在何时何地同我进行恶战,不得而知。因为我对敌人动静茫然不知,贸然孤军东征,所以就没有'庙算',正如古人所云:'盲人骑瞎马,夜半临深池。'请陛下听从臣再一次披沥陈词……"

　　李自成的心中蓦然震动,且有点生气,将眼一瞪。他的左眼下边,离眼球半寸远处,在第一次攻开封时留下的箭伤疤痕,在眼睛怒睁时特别怕人。他没有大怒,用冷冷的口吻说道:

　　"今日是东征的第一天,你专说扫兴的话!"

　　宋献策立刻跪到地下,颤声说道:"臣死罪! 死罪!"

　　李自成没有再说别的话。有一个片刻,他望着跪在地下的宋献策,既没有对他说什么责备的话,也没叫他平身。虽然宋献策说出了许多使他大为扫兴的话,分明已经断定东征必败,但是军师的话确实都有道理。这时,他忽然看见,宋献策的两鬓上有了许多白发,下巴上也有一些白须,而三四年前,并不是这样的。自从崇祯十三年十月间宋献策到他的军中,不但向他献上《谶记》,立了非凡大功,而且在重要谋略上,在帮助他进行大顺军的新建制上,都献出了心血,非一般文臣可及。他想了一想,用温和的口气说道:

　　"你说的有道理,也是出自忠心。快坐下,孤不会怪你。孤有重要话问你,快坐下吧。"

宋献策叩了个头,重新坐下。李自成紧皱双眉,小声问道:

"军师,你是孤的股肱之臣。崇祯十三年,孤初入河南,正是困难时候,牛金星来到军中,紧接着你也来了,又接着是李岩来了。可以说是风云际会。几年来同心同德,共建大业。目前东征胜败,大业所系。你替孤拿个主意。"

宋献策看出来李自成的心中彷徨,仗着胆子说道:"请陛下拿出壮士断腕决心,传旨停止东征,三万人马在通州准备迎敌,三万人马回燕京准备守城。"

李自成沉吟片刻,说道:"不行,此计孤不同意!"

宋献策不敢驳辩,胆怯地问道:"陛下有何睿见?"

李自成紧皱双眉,神情威严,小声说道:"献策!你想想,如今大军已经启程,天下臣民皆知,消息也已经传往长安,连吴三桂那方面也知道了。事已至此,不见敌而忽然退兵,自毁士气,自乱阵脚,自损声威,自古无此用兵之道,不仅见笑于今世,也将贻讥于后人。现在东虏方面,尚无确报,也许尚未出动。孤决定趁将士们因孤亲自东征,士气转盛,奋力一战。倘若不乘此一战,士气再低落下去,想鼓起来很难,惟有在燕京等着挨打。为今之计,应该趁满洲兵尚未来到,我大军迅速进到山海城下,迫使吴三桂向我投降;如不投降,就一战将其击败。然后,马上回师,与东虏决战。这是孤的主意,你看如何?"

宋献策不敢回答,只佯装沉思不决。

李自成知道局势确实危险,但又不愿停止东征,犹豫片刻,下定决心,说道:

"献策,东征之举不能中止,一中止即葬送了国家威望,破坏了全军士气。在此情况之下,你用笔记下来,马上去办。今夜就完全办妥,将孤的谕旨迅速发出,不可耽误。"

"遵旨!"

因为今日是在行军途中,并非战场,所以御前官员们在李自成驻地正厅中除陈设御座外,在另一张桌上陈设笔砚,以备使用。宋

献策走到陈设笔砚的桌边,打开墨盒,膏好毛笔,摊开一张笺纸,回头望着李自成说道:

"请陛下谕示。"

李自成说:"你记清楚,第一件事,传谕保定刘芳亮,立即调集两万精兵,交谷可成率领,火速赶来燕京,不可迟误!"

宋献策迅速记下皇上原话,复述一遍,随即停笔恭候。

李自成接着说:"传谕驻荆州权将军袁宗第,如左良玉在武昌无重要动静,望将湖广军民诸事交白旺处置,袁宗第本人速调集五万精兵星夜赶往河南,镇压叛乱,即在河南等候后命。"

宋献策一边记下上谕,一边在心里感到欣慰。他深知袁宗第是一员虎将,携五万大军回师河南,不但河南的局面不致糜烂,而且对黄河以北的战事也随时可以救援。他将口谕记录念了一遍,又一次停笔恭候。

李自成又吩咐道:"向天佑阁大学士传孤谕旨,催罗戴恩押运金银珠宝速回长安,如尚未走尽,必须悉数启程,妥运无误。这是一件大事。还有第二件,燕京各城门严禁出入,不许官员外逃。第三件,将城中存放的红衣大炮,全交李岩迅速运到城上,安好炮位,检查弹药,擦净炮膛,宁可备而不用,不可临时慌张……"

宋献策不觉说道:"是,是,非常重要!"

"啊,还有一件大事,孤几乎忘了。"

"请陛下谕示。"

"传谕留守长安的权将军泽侯田见秀:张献忠已在四川成都建立大西伪号,派重兵驻在广元,又派出一支人马进犯汉中。田见秀务必速派得力将领,剿灭进犯汉中一带的张献忠零股逆贼,夺取广元,并做好准备,俟孤回师长安以后,即派大军入川,扫荡献贼,不使其割据一方,为患将来。"

宋献策将记录恭述一遍,问道:"还有何谕示没有?"

李自成说:"没有别的紧急事啦。你回到随征军师府,将这几道谕旨办妥,晚膳后送来,孤看过以后,由你军师府连夜发出,不可迟误。"

宋献策马上回到随征军师府，屏退闲人，只将两位机要书记官叫到面前，从怀中取出皇上的绝密口谕记录，命两位机要书记分别拟好谕旨稿子。宋献策将稿子仔细看过，改动几个字，使之更符合皇上平时说话的口吻。然后命一位同皇上左右常有来往的书记官赶快进宫去，请皇上亲自一阅。

崇祯十六年三月，李自成杀了罗汝才，改襄阳为襄京，建立新顺政权，自称新顺王，初步设置了中央和地方政权。从那时开始，军政事务日繁，以新顺王名义发出的各种告示、命令，都是文臣拟稿，经他过目，由他用朱笔在稿子后边写一个草书"行"字，俗称"画行"，这文件就可以由分管的文臣用楷书誊抄，再请掌玺官加盖印玺，向外发出。到了西安，建立了大顺朝，制度更为严密，而李自成对"画行"也已经成了习惯。

李自成正要用晚膳，简单的、热腾腾的菜肴已经摆到了桌上，军师府拟好的谕旨稿子送到了。李自成立刻放下筷子，赶快审阅拟稿。他只在关于催令火速押运金银珠宝等财物全部离开燕京的谕旨中加了一句："务将罗虎棺材运回长安厚葬，以慰忠魂。"别的文书也有改动一二字的。李自成用朱笔画行之后，立刻交军师府来的官员带回。

宋献策将皇上用朱笔批改和画行的文书恭读一遍，命书记官们按照规定程式，用楷书分别缮写一份，后边只盖军师府公章，每道谕旨装入一个特制封函，上注"绝密"二字，打成一包，包外写明："交天佑阁大学士府即交行在兵部衙门，六百里塘马速投。"由于牛金星是当朝首相，凡关于全局大事，必须让他明白，所以所有的谕旨都另外抄录一份，上边注明"交天佑阁大学士亲启"。宋献策马上派一官员，带领两名兵丁，立即将这些绝密的十万火急文书送往北京。当时，虽然大顺军已经占领了从北京经冀南过河南、到湖广的广大地方，但是都不稳固，几乎处处都有叛乱，所以这些文书必须送相府，再交给"行在"的兵部衙门，然后传送到应该送去的地方。例如袁宗第驻在湖广荆州,路途遥远,河南局势不稳,只有"行在"的兵部衙门知道怎样将文书送到荆州。当这件事办完以后,宋献策又亲自将经皇上朱笔画行的文稿交专管机密档案的官员收好,这才用晚膳,这时简单的菜肴和馒头在桌上已经凉了。

为着明早四更就要出发,忙碌了一整天的宋献策必须赶快睡觉。然而他躺下以后,想着这战争毫无取胜把握,他做军师的责任重大,竟无良策,忽然出了一身冷汗,疲倦和瞌睡一下子都没有了。

李自成也同样不能入睡。他今天在马上本来想了许多问题,明白他的御驾东征并没有必胜把握,然而又不能改变决定。来到通州驻下以后,经过同宋献策的深谈,他心中更加清楚:此次东征吴三桂很是失计。如果一战不胜,满洲兵乘机来到,局势将会不可收拾。尤其他想到燕京空虚,只给牛金星和李岩留下一万人马守城,倘若他东征不利,不但不可能求助援兵,更可怕的是,当他正在同吴三桂作战时候,满洲兵从密云一带突然进入长城,一方面截断他的后路,一方面进攻燕京,将他置于绝地。想到这里,他的睡意一扫而光。

后来他想起来窦妃也谏阻他不要东征。当窦妃知道他决定要亲自东征的时候,胆怯地对他说道:

"皇上,北京重地,陛下不可离开,命一位大将代陛下东征不可以么?"

李自成没有马上说话,一则不愿助长妇女干政之渐,二则他有难言之苦,不能对窦妃明说。可恨的是,他的大顺军进入北京以后,很快贪恋女色,抢掠财物,士气颓丧。他听说一般将士认为,李王进北京为的是打天下,文武官员们为的是封官晋爵,他们下级将士为的是"子女玉帛",自古就是这个道理。这是从前没有过的情况,不但他自己心中明白,宋献策和李岩二人也明白,还有他的侄儿李过也看得清楚。因为牵涉到刘宗敏,所以他们不肯明白说出。如今对着窦妃,李自成当然不肯明言。他只是轻轻叹口气,说了一句：

"目前情势，我必须御驾亲征，振作全军将士之气。不要几天，就可以胜利归来。"

黎明时候，李自成用过早膳，正准备离开武英殿的宫院，窦妃跪下送行，神色黯然地说：

"从今日开始，臣妾每夜在武英殿丹墀上焚香拜天，祝愿皇上早日扫平逆贼，全胜归来。"

窦妃的神色使李自成的心中一动，拉她起来，对她说道：

"你不须为战事挂心，一切都会顺利。如今夜间，丹墀上风露很凉，容易使你……"

当时因御林军已经在东华门排好队伍，双喜进来催促皇上出宫，将李自成的话打断了。此刻因为不能入睡，窦妃的忧容又出现在他的眼前。他轻轻叹了口气。

过了许久，窦妃的面影淡下去。罗虎忽然戎装整齐，腰挂长剑，恭立在他的面前。他先是一喜，继而一惊，想起来罗虎已经在洞房中被刺身亡，惊骇地看着罗虎问道：

"小虎子，你……"

"是的，陛下，臣特来保驾东征。刚才臣已经拜见过军师，也见过了双喜哥，他们都高兴我能及时赶来。……陛下，请醒一醒，该用早膳了，快要启驾了。请醒一醒，陛下！"

李自成忽然看见罗虎的脖颈有一片血污，悲痛地叫道：

"罗虎！小虎子！……"

"不是小虎子。是我，陛下。"宋献策刚刚被御前侍卫将军李双喜带进来，站立在李自成的床前，"陛下，该启驾啦，今天要赶往密云！"

李自成醒了，看见宋献策和双喜站立他的床前，行宫外正打四更，耳边仿佛犹记得罗虎的声音："陛下，请醒一醒！"他不禁感伤，赶快披衣起床，向军师问道：

"献策，昨日你很辛苦，睡眠如何？"

"臣深愧身为军师,有负陛下知遇之恩。"

"是为东征之事么?"

"臣问心有愧,在床上难以成寐,不完全指陛下东征的事。"

"还有什么事使你睡不着觉?"

宋献策昨夜忽然想到不该同意派唐通和张若麒去山海犒军并劝说吴三桂投降。他非常后悔,后悔自己同牛金星号称李王的左辅右弼,几年来竟没有想到为李王物色和提拔一两个既懂军事,又善辞令的心腹能臣,关键时刻能够奉派出使,折冲于樽俎之间①。这不仅是宰相之失,也是军师之失!但这种后悔心情,他不能对皇上说出,恐怕会送了唐通和张若麒二人性命。唉,谁晓得他们见吴三桂以后说的什么话? 搞的什么鬼?

吴三桂在山海卫南郊誓师的这一天,李自成到达了永平。永平虽然是一座府城,也曾是蓟辽总督的驻节之地,但是因为战争缘故,居民很少,房屋残破,十分萧条。大顺军除有一万骑兵向前进二十里,对吴三桂进行警戒之外,李自成和大本营将士都在永平城内和四郊停留休息。唐通的两千多明朝降兵奉命随征,也在永平城外休息一夜。

这天晚上,李自成在临时驻地,也称为行辕,召集重要将领开会。由于明天(四月二十日)黄昏前东征大军可以到达山海西郊的石河西岸,再休息一夜,倘无意外变化,后天上午就要同吴三桂的关宁兵开始厮杀,所以今晚的会议特别重要。

开军事会议的地方是在明朝蓟辽总督衙门的正堂。中间摆一方桌。李自成在方桌后面南而坐,椅背上搭有黄缎椅搭,表示他的皇上身份。因为椅子不够,只有军师宋献策和刘宗敏、李过两位权将军有椅子坐,其余从制将军以下大小将领二三百员,向李自成行过简单的拱手礼以后,整齐地坐到地上。李自成向军师轻轻点头,

---

① 折冲于樽俎之间——折冲:指制服敌人。樽俎:古代的酒器和盛肉的祭器。折冲樽俎,
　指在会盟的酒宴上制胜对方。

催他说话。宋献策站立起来,向大家说道:

"本军师奉皇上之命,将后天上午与吴三桂作战要领,告诉各位,务须重视。我说完以后,刘爷另有几句话要吩咐大家。然后各位赶快睡觉休息,明日四更用餐,五更以前出发。骑兵与火器营在前,赶在黄昏前到石河西岸扎营,如遇敌人阻拦或零股骚扰,即予痛击,确保大军在石河西岸三里以外扎营,休息一宿,后日上午进行鏖战,进攻山海城。我军是孤军远征,皇上御驾前来,不能停留较久,必须在后日一战,将吴三桂的人马杀败,逼其投降。"

李自成提示一句:"你将山海卫的地理形势与吴三桂的兵力情况告诉大家。"

宋献策随即说明了山海卫的地理形势,特别说道:"山海卫是在长城里边,它的东门是山海关。山海关是天下雄关,不好攻破,但不在我们这边。我军是从西边攻打山海城,攻破山海城就能从里边夺得山海关了。关宁兵号称有五万之众,估计不会超过三万多人。只要在石河西岸将其战败,消灭其主要力量,迫其投降,使他来不及与东虏勾结,我们这一仗就算大胜了。倘若能趁机先攻入西罗城,再攻入山海城,这一仗就算完完全全地大胜了。风闻满洲兵将要南下,是否已经动身,不得确实消息。按照往年惯例,满洲兵都是从蓟州、密云一带进入长城,倘若仍从这一带南犯,不但向西威逼北京,也可以截断我东征大军的后路,使我军腹背受敌,所以我请示陛下,命李友将军率领两千精兵留在永平守城,兼顾东西两面。总之,我东征大军,明日黄昏前后,都要赶到山海卫西郊的石河西岸,休息一夜,后日上午与吴三桂的关宁兵奋力厮杀,务要一战取胜,迫使吴三桂投降。如能将吴三桂杀得惨败,大顺军就乘胜攻破西罗城,再用云梯和连夜掘地道的办法攻破山海城。"宋献策稍微停顿一下,最后说道:"各位将领,都是追随陛下多年,身经百战,为我大顺朝开国功臣。后日在石河西岸作战,关系重大,务望各位将领身先士卒,有进无退,再建奇功,不负陛下厚望!"

有人问道:"唐通将军率领他的两三千人马随大军东征,今晚怎么没有见他?"

宋献策回答:"唐将军另有重要派遣,已经从另外一条小路前去,所以今晚未来开会。"他转向李自成问道:"陛下有何面谕?"

李自成说:"关于后日的大战,你都说清楚了。请提营首总刘爷对大家说几句话,就各自休息吧。"

刘宗敏完全明白,这次作战与往日大不相同。首先一条是吴三桂的人马都是训练有素的"边兵",与内地的明军截然不同;其次是大顺军从占领北京至今,士气大大不如以前,害怕吴三桂的关宁人马;第三,吴三桂占据好的地势,既凭借山海城,又是以逸待劳;第四,有消息说,满洲兵即将南下。倘若像往年一样,从蓟州、密云一带进入长城,就会截断大顺东征军的退路,也会进攻北京。作为富有经验的大将,又肩负指挥战争的重任,他心头很沉重,脸如冷铁。现在他望着大家说道:

"后日大战,关系重大,必须一战取胜。皇上立马高岗,指挥全局。我同各位将领亲冒炮火,蹈白刃,冲锋厮杀,有进无退。制将军以下的大小将领,凡有畏缩不前的,我就在阵上斩首,决不宽恕!我的话完了,赶快休息!"

众将领纷纷退出。刘宗敏和李过也退出了。李双喜和李强二人负责"行在"周围的警卫工作,都没有参加今晚的军事会议。这时双喜走了进来,在李自成的面前跪下,说道:

"启禀父皇,从山海卫来了几位士绅求见,可以传他们进来么?"

李自成问道:"是谁差遣他们来的?"

"是吴三桂差遣来的。"

"快把降表呈上!"

"回父皇,他们没有带来降表。"

"不带吴三桂的降表,来做什么?"

"他们说,因来时十分匆忙,来不及写成降表。他们说,吴帅对他们说了,吴帅正在同众文武会议,决定投降,请李王不要逼得

89

太紧,在永平暂停三日。三日之内,吴帅即率领亲信将领前来投降。"

"满洲兵现在何处?"

"儿臣反复追问,他们一口咬死,说吴三桂没有投降满洲;又说满洲方面的动静,他们丝毫不知。"

李自成转向军师问道:"献策,吴三桂忽然玩这一手,是何意思?"

宋献策冷冷一笑,说道:"必定吴三桂知道满洲兵将在两三天内进入长城,所以玩这一套缓兵之计。"

李自成点头说:"你说的很是,这是个很笨拙的缓兵之计。吴三桂决不投降,在给他父亲吴襄的书子中已经说得很清楚,话也说死了,断不会突然又决定投降。如果因我大兵压境,真想投降,他自己不敢前来,至少可以差一二位得力将领和一二位心腹幕僚前来,不应差遣几位本地士绅前来。很显然,满洲兵在一二日内即会进入长城,所以我东征大军能够半路上耽误一天,对他就有好处。"

李自成向双喜吩咐:"来的人全部斩首,只留下一个仆人回去给吴三桂报信!"

宋献策赶快说:"且慢!来的人们没有一个是吴三桂的亲信,吴三桂暗中投降满洲的事也不会让他们知道。他们是被逼着来的,杀了无益,反使百姓说陛下不仁。不如看管起来,一个不许跑掉。今晚让他们饱餐一顿,马匹喂好,明日五更让他们随御营东行。等打完一仗,再作处置。"

李自成对双喜说:"就按照军师的话办,一个人不许跑掉。"

这天夜间李自成尽管鞍马劳累,但睡眠不好,曾经有半夜不能入睡,勉强入睡后做了一个凶梦,梦见一只苍鹰中了箭伤,折断翅膀,猛然从空中栽到他的面前,将他从梦中惊醒。想到他可能战败,不禁出了一身冷汗。

现在他已经断定,吴三桂已经降了满洲,而满洲兵正在南下。他与宋献策一样,都推测满洲兵将按照往年习惯,从蓟州或密云境内进入长城,他只要先杀败吴三桂,还可以回师应付满洲兵。他万没有想到,满洲兵会在中途改变路线,直奔山海关,与吴三桂合兵,会一战使他全军溃败,从此不能立脚。所以他尽管做了一个可怕的凶梦,第二天起来后并没有告诉宋献策,怕献策谏阻他继续东征。他认为,既然距山海卫只有一天路程,突然畏缩不前,无故退兵,必会使军心动摇,士气瓦解,他自己的威望扫地。倘若在退兵时候,吴三桂乘一股锐气从后边追来,或满洲兵从侧面进攻,从西边拦住归路,局势都将不堪设想。这样盘算着,他不禁想起"孤注一掷"这句古话,可是事到如今,他只能继续向山海前进,别无善策。

第二天是阴历四月二十日,阳光明媚,天气和暖,将近六万的大顺军骑兵在前,步兵在后,分成几路,浩浩荡荡地向东进军。中午略事休息打尖,骤马饮水,喂点草料,继续前进。所过村镇,百姓逃避一空,甚至不闻鸡犬之声。崇祯十三年十月,李自成初进河南,到十四年春天,到处饥民夹道欢迎闯王的情况见不到了。今年三月十九日,北京居民家家门口摆设香案供着黄纸牌位,上写"永昌皇帝万岁万万岁",这情况也不再有了。今天沿途不见有一个人在道旁迎接,连打听消息的老百姓也不见一个。李自成明白这情况十分不妙,至少说老百姓并不"归心",更莫说"箪食壶浆,以迎王师"。他不愿对任何人提起在路上所见情况,自己心中沉重,在旷野中策马前进。

一路上没遇到吴三桂的小股部队骚扰,证明吴三桂兵力不多,无力在路上阻击。黄昏以前,大顺军的骑兵先到了石河西岸。御营各部以骑兵为主,也跟着到了。步兵在后,在黄昏后陆续到达。这一带的老百姓认为李自成是一位流贼首领,并且传说大顺军进北京以后纪律很坏,十分害怕,纷纷逃走,所有大小牲畜都赶到北山躲藏,粮食也带走了。

李自成的御营驻扎在石河西岸红瓦店西北大约三里远的一个高岗下边。小村庄的百姓已经逃光,房屋不够住,又搭起了许多军帐。趁着黄昏,他带着宋献策、刘宗敏、李过和几位重要将领,骑马去视察明天的战场去了。

当李自成在石河西岸视察战场时候,吴三桂带着杨珅等几个得力将领和参谋人员,也站在山海卫西城头上瞭望。他看见石河西岸南北十里,东西数里,处处是埋锅造饭的火光,知道李自成东来的大顺军确实远比他的关宁兵众多,明日石河西岸的大战必将是伏尸遍野,血流成河。然而,面对强敌,他已经胸有成竹,毫不害怕。看了一阵,他带一群文武亲信下城,骑马回平西伯行辕去了。

第五章

李自成的御营驻扎的地方是在红瓦店的西北方向,相距只有三里。小村庄的百姓已经逃光了。由于见不到一个百姓,李自成无从询问山海城中的任何消息,更无从询问最使他担心的清兵消息。他只能远远望见山海卫西罗城上灯笼很多,更远处,山海关城头上的灯笼也不少,而且经常从西罗城中传出来雄壮的萧萧马鸣。

小村庄的背后,紧靠一座小土岭的脚下,有一座破败的山神庙。李自成的军帐就搭在山神庙的旁边,背后有丘岭可以挡风,作战时可以立在高处观战,指挥军队,所以后来民间根据传说,将这座高岗称做点将台。选这岭头上作为观战的地方,是因为有一个难得的地理条件:它通向东南面红瓦店主战场的一面全是浅岗和旷野,便于李自成随时发出命令或派出人马增援;但正东对着石河滩的一面却有一段大约两丈多高的峭壁,峭壁下是一湾清水小潭。石河滩上旱天只有涓涓细流,这个小潭中却仍是水色深蓝。倘若大雨,水从北山(即燕山)下来,宽阔的石河滩一片混茫,这个静静的小潭里就会有惊涛骇浪冲打峭壁。如今虽是旱天,这一泓碧蓝潭水也对李自成的点将台和御营所在地起了保护作用。

晚饭以后,李自成在大帐中召集果毅将军以上的大小将领们为明日进行大战事恭听上谕。连日来在东征途中,李自成在心中思考了许多事情,心头上压着不妙的预感。今晚宿营石河西岸,既看不见一个百姓,又遥望了山海城和西罗城方面的守军灯火,听到了互相呼应的萧萧马鸣,他的心中更加沉重。在临时搭起的大帐中,只有他一个人面向南坐在从老百姓家中搬来的一把旧椅子上,军师宋献策、权将军刘宗敏和李过,面对着他,坐在农家的小椅子

上;其余将领,按照品级,面对皇上,分批坐在铺着的干草上边,十分肃静。李自成的神色严厉,语气沉重,看着大小将领们说道:

"各位将领,你们不管品级高低,都是追随孤血战多年,为大顺朝的创业立下了汗马功劳。孤一向将你们看作心腹爱将,准备登极后论功升赏,同享富贵。中国早有'十八子,主神器'之谶,气运归我大顺,天意归我大顺,民心也归我大顺。明朝气数已尽,天意亡明,非人力可以挽救。我朝应运龙兴,既顺民意,又顺天心。所以崇祯十五年我军攻破襄阳后,改襄阳府为襄京,建号新顺。去年十月攻破西安,改西安为长安,恢复唐代旧名,定国号为大顺。今年正月,孤亲率大军,渡河入晋,北伐幽燕,一路势如破竹,于上月十九日攻破燕京,灭了明朝。我大顺满朝文武,喜气洋洋,都以为从此不会有大的战争,江南各地可以传檄而定。万没料到,吴三桂这个亡国武将,竟敢不识天心民意,抗命不降,使孤不得不亲自东征。吴三桂……"

李自成与张献忠截然不同。他不行军打仗时也喜欢读书,经常要牛金星为他讲《资治通鉴》,有时也与投降的文臣们谈古论今,所以像上述一段谈话,措辞文雅,条理清楚,不像草莽英雄的话。但是说到这里,他的情绪蓦然激动起来,粗话出来了,不禁骂道:

"吴三桂这小子,凭恃山海孤城,胆敢反抗大顺,倘不严惩,必会引起各处效法,纷纷作乱。为何他胆敢反抗大顺,必是暗中勾结东虏,也就是满洲胡人。不然,他没有吃豹子胆,怎么敢呢?据孤猜想,目前满洲兵必在南犯途中,乘我朝在北,北……在幽州府立脚未稳,进犯幽州。我军从未同满洲兵打过仗,不可轻敌。我军明日必须拼死力一战,将吴三桂的关宁兵杀败,最好攻占山海,迫他投降,至少杀得他元气大伤,无力再战,我们好腾出手来,回师蓟州、密云一带迎战东虏,确保幽州。孤的口谕,到此完了。明日之战,由提营首总将军、汝侯刘爷代孤指挥全军,现在请汝侯向大家嘱咐几句!"

刘宗敏的骨棱棱的颧骨平时就给人一种威严和刚毅感觉,此

刻因为他预感到战事不会顺利,他的脸上神情更使人觉得严厉可怕。他从小椅子上站起来,转过身子,向众将领巡视一眼,说道:

"明日同吴三桂作战是一场恶战,必须一天分出胜负,顶多恶战两天,攻破山海城,或者迫使吴三桂投降,至少要杀得吴三桂元气大伤,不能再战。倘若满洲兵在密云和蓟州一带进入长城,因为路途较远,大概得在三四天以后。那时,我们就可以火速回师,以一万人马抢占密云,一万人马抢占蓟州,其余人马随皇上返回北京,凭仗北京坚城,与满洲兵一决雌雄。刘芳亮率领的一支偏师,足有十万之众,驻扎在保定、真定一带,可以驰援北京。只要我军在明日一战杀败吴三桂,满洲兵纵然从密云一带进入长城,不足为患。为着我大顺朝万世江山,为着我皇上御驾平安,明日大战,务须以一当十,奋勇杀敌,凡有畏缩不前的,立斩不赦! 至于如何布阵,如何作战,明日另有命令。好,大家休息去吧!"

众将领退出大帐之后,军师宋献策和刘宗敏、李过暂时留下,又继续密议片刻。然后各自怀着沉重的心情,赶快休息。

自从东征以来,李自成就没有睡过一夜安稳觉。今日宿营在山海卫的西郊,石河的西岸,想着明日在石河滩和西岸上将有决定胜负的大战,他的心情更加不能安宁。

他回想从崇祯十三年秋冬之间他率领潜伏于陕鄂两省交界处的一千余小股部队,突然奔入河南,沿伏牛山脉北进,提出"剿兵安民"和"开仓放赈"的口号,所到之处,百姓夹道欢迎,许多城镇,都是老百姓开门迎降,称他的人马为仁义之师,称他为百姓的救星,他的人马迅速扩大,由一千左右迅速增加到七八万人,那情况多么动人! 到了十四年春天,攻破洛阳,夺得福王的财富,一面赈济饥民,一面扩充人马。兵力迅速增加到二十多万,号称五十万。中原各地百姓心向闯王,所以崇祯十五年的朱仙镇之战,能够利用百姓帮助,击溃明军。从那以后,破襄阳,破西安,直到不战而进居庸关,顺利攻破北京,真是民心归顺,势如破竹,旗开得胜,马到成功!

万没料到,吴三桂竟敢据守孤城,不肯投降;更没料到,过了永平以后,沿途百姓纷纷逃避;近山海卫十里左右,更是连一个人影也看不到,想问一点消息也不可能。他忽然在心中问道:"多尔衮率领的满洲兵如今到了什么地方?离密云境内的长城还有多么远?"

这时多尔衮率领南下大军,正向山海关迅速前进。他率领着威武雄壮的巴牙喇兵,保护着中央政府各部院随征的大小臣僚和奴仆,以及朝鲜世子李淐及其随侍臣仆,走在大军的中间,俨然是中央政府的心脏。保护这政治和军事心脏的是正黄旗、镶黄旗、正白旗,总称为上三旗,是皇帝的亲军,如今归摄政王直接掌握。镶黄旗和正白旗是全部随征,正黄旗一半随征,一半留守盛京,保护盛京、皇宫和中央政府各衙门。这上三旗本来有正蓝旗,而没有正白旗。今年年初,多尔衮决心专制国政,毅然下令,将莽古尔泰的正蓝旗降入下五旗,将他自己的正白旗升入上三旗。在这次大军南征中,虽然满洲八旗、蒙古八旗和汉军八旗十几万全部人马都是他的倚靠力量,而满洲上三旗更是他的核心力量。

为着不耽误时间,不使山海方面有意外变化,多尔衮不许南征大军从宁远城中经过,而是走宁远城外大道,在离开宁远十几里远的旷野中稍作休息,匆匆打尖,为牲口饮水,喂点草料,立刻继续前进。由于从这里到山海关没有高山,都是燕山山脉东尽处的丘陵和旷野,大道宽阔,多尔衮不再骑马,改乘黄色大轿,前有黄伞、黄绸龙旗,以及行军中的简单仪仗。

自从吴三桂投降以后,对目前的军情军机,多尔衮不断得到禀报,真是了若指掌。现在他正在驰赴山海关的路上,知道李自成今日到山海卫的西郊,驻军石河西岸,明日要与吴三桂的关宁兵进行大战。而他率领的南征大军,明日下午就会抵达山海关外。只要吴三桂能顶住李自成的进攻,一天之后,他的八旗兵就会突然在战场杀出,万马奔腾,杀声震天,势不可挡,杀败李自成,然后不日即可进入北京。

多尔衮从十几岁就带兵作战,不断立功,权力和威望一日比一日高升,但是他最得意的时候莫过于今天。在沈阳出师时候,他也考虑到他的胜利,但是他预想着从密云附近进入长城后将要经过一些苦战,才能打败流贼,占领北京。而吴三桂割据山海关,要拔掉这个钉子,也要费一些周折。没有料到,他到翁后地方会遇到吴三桂派游击将军来向他请求借兵。他考虑之后,毅然决定,放弃原定的进兵方略,立刻从翁后向南,直趋山海关,同时给吴三桂回信,封他平西王。他的左右文武,包括很有学问、胸富韬略的洪承畴和范文程在内,都称颂他的这一决定是中国历史上从来没有过的英明决策。但是他在兴奋和喜悦的情绪中也怀着一点担心。两年来,大清朝太宗皇帝曾经指示几个与吴三桂父子往日交厚的朝臣,包括吴三桂的亲舅父祖大寿,写信向吴三桂劝降,全无效果。大清皇帝不得已用自己的名义给吴三桂写信劝降,也无回音。这些情况,多尔衮完全清楚,所以直到在连山遇到了吴三桂第二次差来的使者郭云龙和孙文焕催促他从速进兵,他才完全放心。他不觉精神百倍,离开了黄轿,骑马前进。

清军人马在宁远南边休息打尖以后继续前进。春夜天朗气清,月光明亮。大军在旷野上的脚步声,马蹄声,既显得军纪肃然,又显得威武雄壮。或远或近,在月色下不时有萧萧马鸣,互相呼应,此起彼落。每隔一阵,就由跟从摄政王的巴牙喇兵中传出令来,又迅速向大军的前后由近及远传下去:

"摄政王爷令旨,全军将士凛遵! 今日流贼到山海城外,明日将与大清朝新封的平西王吴三桂在山海城下大战。我南征大军,务须不辞劳苦,明日赶到山海,建立大功!"

多尔衮左手揽辔,右手执玉柄马鞭,自然下垂。他向前展望他的南征大军,几乎望不到尽头;有时似乎尽了,但过了一道浅岗,很远处又出现了行军中的动荡灯火和马嘶。他想着明天的第一仗是赶不上了,但是后天,至迟是后天上午,他的一部分八旗精兵,就可以与吴三桂的关宁兵合兵出战,一战杀溃流贼,乘胜猛追,占领北京。他没有进过北京,但是常听人说,北京的皇宫比天上的宫阙还好。想到大清国不久就能摆脱偏居辽东的割据局面,定都北京;想到再过几个月,他就将幼主福临和两宫皇太后迎来北京,住在明朝留下的紫禁城中;想到他为大清朝建立的不世功业;又想到年轻美貌的圣母皇太后;多尔衮感到像有一股得意的春风吹满心头。他无意识地抬头望望天上的明月,又无意识地扬起玉柄马鞭向前一挥,但跟随左右的官员误会了多尔衮的意思,马上向大军前后传谕:

"向前后传,摄政王爷令旨:大军加速前进,明日赶到山海城下,一战杀败流贼!"

队伍中有众兵将齐声回应:"谨遵令旨!"明月,原野,稀疏的村落寂静无声,这种齐声回应,更显得气势雄壮,地动山摇。

多尔衮的思绪又回到即将与李自成展开的大战上。他抬头望望天上的皎洁明月,在心中问道:

"吴三桂此刻可在部署明天的战事么?"

自从李自成的东征大军于今日下午酉时在石河西岸安营扎寨之后,这里一下子热闹起来了:一眼望不到边的大顺旗帜,新搭起的帐篷,新点起的篝火,烧水煮饭的炊烟,此起彼伏战马的嘶鸣……这一切,似乎是提醒人们,大战不再是哄传的警讯,而是确确实实地来到了山海城外。山海卫自古防御外敌,西边从没有来过敌人,无险可守,城也单薄,且无城壕。近几年哄传李自成兵强马壮,所向克捷;近几天又哄传李自成亲率二十万大军前来,尚有后续部队。山海城内士民,不管贫富,无不十分惊慌,认为大难临头。大顺军进北京后的军纪败坏,抢劫、奸淫、拷掠追赃之举,在各地传得更为严重。尽管吴三桂的关宁兵较能战斗,但士民们仍然担心万一关宁兵在石河西岸失利,李自成就会攻破山海孤城,城中百姓就会遭到惨祸。这天晚上,家家焚香许愿,求神灵保佑一城平安。

吴三桂虽然面对大敌,对守城事不敢怠慢,但因为确知大清摄政王多尔衮率满、蒙、汉约十万精兵正在向山海关急速赶来,明日下午准可到达关外的欢喜岭,所以心中十分沉着,他的将士们也很沉着,士气很旺。只有极少将士对吴三桂投降满洲,心怀不满,但是谁也不敢说出口来。吴三桂的左右亲信对此似乎有所察觉,但没有明显的确实凭据。吴三桂很重视左右心腹将领向他秘密禀报的这一情况,但是为安定军心,他没有禁止谈论,只在部署作战时暗中防范。吴三桂采取这种稳健态度是有道理的。他是个很有心计的人,决不是庸碌平凡之辈。他心中明白,他手下虽有四五万人马,但只有从宁远带进关内的不足三万人,才是他的嫡系部队。原来驻守山海卫的几千人,是他以平西伯地位吞并的非嫡系部队,另外又吞并了蓟辽总督王永吉的督标人马约有两千多人。如今,强敌压境,在大战中倘若有一股非嫡系人马发生叛乱或作战不力,后果不堪设想。正如古话所谓"千里之堤,溃于蚁穴"。想到这句古话,吴三桂暗暗心惊。

他又想到,近日来山海城内士民惊慌,哄传李自成的声威,哄传往东来的大顺军有二十万之众。他身任主将,虽已有充分准备,但也怕自己思虑不周,万一李自成的流贼大军不惜死伤,越过石河滩,先占领西罗城,再拼死抢夺山海城,千钧一发时候,民心不固,城中有变,如何是好? 想到这里,他顾不得天将三更,立刻吩咐一位行辕中的传令官员,快去请本城绅士佘一元老爷前来议事。不过片刻,举人佘一元匆忙来了。说来凑巧,佘一元向吴三桂施礼落座,尚未说话,一阵马蹄声在辕门外停住。十几匹战马全身汗湿,喷着鼻子,昂起头萧萧长鸣。吴三桂觉得诧异,正在向外张望,门官带着郭云龙和孙文焕大踏步走进来了。

吴三桂猛然一喜,问道:"见到清朝摄政王了么?"

郭云龙赶快行礼,恭敬地回答:"职将等在半路上遇到了摄政王,呈上伯爷书信,由范文程大人读给他听。洪大人也在旁边……"

"摄政王怎么说?"

"摄政王面谕职将立刻回山海关,向王爷禀报……"

"向什么人禀报?"

"向王爷——就是向你禀报。他认为你已经是大清朝敕封的平西王了,不再是明朝的平西伯。"

"啊!……你说下去!他要你回关来禀报什么?"

"他面谕职将,他统率的南下大军,过宁远时不停留,日夜兼程,准定在二十一日,就是明日上午到达欢喜岭;他自己中午可到,临时驻节威远堡。后日一战,杀败贼兵,乘胜穷追,占领北京,进一步平定中原。"

"还有别的话么?"

"范大人暗中对职将吩咐,摄政王军令森严,明日上午满、蒙、汉大军的先头部队约有五六万人,一定会到达欢喜岭,暂不进关。摄政王的帐殿将设在威远堡。请王爷在收兵以后,一定要赶快率领山海城中官绅到威远堡叩谒摄政王,一则敬表欢迎之意,二则恭听摄政王面谕后日的作战方略。"

"大清兵暂不进关?"吴三桂赶快问道,不觉惊喜。

郭云龙说:"是的,听范大人漏出口风,清兵暂驻欢喜岭一带休息,并不进城。后日大清兵在西郊战场上突然出现,会使流贼猝不及防,一战溃不成军。"

佘一元听到清兵暂不进城的话,面露喜色,不觉在心中说道:

"谢天谢地!"

吴三桂见郭云龙与孙文焕十分疲惫,说道:"你们快回去休息吧。明日与流贼作战,你们不必出战。赶快休息去吧!"

郭云龙与孙文焕转身退出以后,吴三桂正要同佘一元谈话,忽然又听见一阵马蹄声到辕门外停下。吴三桂想着必是西罗城外发生了意外情况,某一位将领前来禀报。然而辕门外在片刻间寂无人声,只有马蹄在青石板铺的地上不安定地踏响。吴三桂注视院中,心中问道:

"莫非是流贼打算在夜间攻城?"

少顷,一个将官戎装整齐,不需门官带引,大踏步走进二门。吴三桂一看,大声问道:

"是子玉么?"

杨珅快步进来,向吴三桂抱拳行礼,恭敬地说道:

"伯爷大人,西罗城外有紧急情况,职将特来禀报!"

"你遇见郭云龙了么?"

"职将在辕门外遇见了郭、孙二人,知道大清兵星夜赶来,明日中午前后可以来到。李自成如今坐在鼓中,真是作恶多端,天意该亡!"

"西罗城外有何紧急情况?"

"回伯爷,刚才有二三百贼营骑兵,来到石河滩上,向西罗城守将喊话……"

"喊叫什么?"

"是陕西口音,十分洪亮。他们喊叫说,明朝的东宫太子坐在石河西岸,召平西伯吴将军前去一见,他有重要面谕,可避免两军屠杀。"

"你们怎么回答?"

"我们众将商量一阵,有人说可以派出四百骑兵,冲到西岸将东宫夺回。有人说怕中了李自成和宋矮子的诡计。大家商量一阵,不敢决定,推职将回行辕请示。"

吴三桂的心中一动,问道:"倘若去四百骑兵,救不回东宫,李自成用大军将我兵包围,岂不要吃大亏,弄巧反成拙?"

杨珅说:"我军派出这四百骑兵,只声称是护送平西伯去面谒东宫。走到近处,分两路突然奔去,势如闪电,将太子夺回,不要恋战,立即返回。另有三百步兵,身穿白衣,埋伏河滩中间。敌兵倘若追来,一跃而起,火器与弓弩齐发,片刻间太子就到西罗城了。"

吴三桂听了以后,沉默不语。作为武将,他认为这一计虽说未必成功,但不妨一试。河滩中有伏兵接应,穿白衣服可以同月色混

101

在一起,使敌营的追兵到了附近才能发觉,到那时已经在炮火和弓弩中死伤一片,而太子已经到了西罗城中。他毕竟为明朝守边大将,所以很愿意救出太子。但是一想到多尔衮率领的满洲大军正在向山海关赶来,不禁出了一身冷汗,随即向杨坤命令:

"你速去西罗城,命火器营向河滩放几炮,将乱呼叫的小股贼兵赶走!"

"伯爷,有东宫口谕……"

"速去,不要中计!"

杨坤恍然醒悟,二话没说,匆匆退出,在辕门外同亲兵们上了战马,疾驰而去。

佘一元本来想向吴三桂请示如何保护满城士民不受清兵蹂躏之祸,见吴帅心情很乱,只好起身告辞。吴三桂明天还要请他邀集本城士绅去威远堡迎接大清摄政王,还要依靠他这样的本地士绅出来安定人心,所以吴三桂握着佘举人的手,一面谈话一面走,送出辕门,表示尊重,也表示亲近。佘一元害怕清兵进入山海城以后,奸淫烧杀,掳掠人口,如同往年入塞情形。吴三桂虽然也有此担心,但想着清朝既然封他为平西王,又是被迎进关内,其志在占领北京,必不会同往年一样。他大胆地向佘一元表示,他将保护山海卫一城士民的身家平安,请佘举人代他传谕百姓放心。

佘一元是山海卫当时惟一有举人功名的绅士,听了吴三桂的话,开始有点放心。出了辕门,他们又站住小声交谈几句。已经三更了,皓月当空,人影在地,温和的西南风徐徐吹来。吴三桂想到明日大战,不觉叹道:

"佘先生,今晚如此好的月色,明日一定是晴空万里,阳光明媚。可惜百姓不能享太平之福,关宁兵将与贼兵拼死鏖战,血流成河!"

佘一元说:"此系劫数,非山海士民意料所及。山海城原是对外敌设防,三百年来,第一次从内面遇此大敌。但愿大帅明日大振虎威,旗开得胜,一战杀溃流贼,不但是山海士民之幸,也是国家之幸。"说到这里,佘举人想到明朝已亡,满洲兵即将进入关门,不禁心头一酸,深深地叹一口气:"咳!"

吴三桂担心李自成派人在石河滩上以太子的名义向西罗城中喊话会影响军心,正要派人去催促杨珅速对喊话的敌兵放炮,忽然西罗城上连着发了三声大炮,声震大地。

石河西岸,也有大顺军向西罗城放了几炮。两军阵地上的几处战马以为大战已经开始,兴奋起来,相互应和着萧萧长鸣。石河滩上,无边皎洁的月色下,是无边的点点篝火。

静夜,炮声传送百里。正从宁远向山海关急速赶路的满洲大军将士凭借着西南风,隐约地听到了大炮的轰鸣声,立刻飞马禀报走在大军中间的多尔衮。多尔衮心情兴奋,对跟随在左右的传令官小声吩咐一句。不过片刻,就有洪亮的声音向大军前后传呼:

"摄政王爷令旨:李自成的贼兵已经从西边进攻山海城。全军将士务必加速赶路,不到欢喜岭不许休息!"

今天是甲申年四月二十一日,是决定李自成命运的第一天,也是决定中国三百年历史命运的第一天。

昨夜从三更以后,直到五更,大顺军和关宁兵隔着石河滩互相打炮。凭着经验,李自成听出来从山海卫西罗城中发出的炮声威力很猛,强于大顺军中的大炮。敌人的每一声大炮都能使大地震动,像雷声向天边滚去,并且在北边的燕山上发出回声,使威势大增。李自成率大顺军来讨伐吴三桂时,一则因多年来习惯于流动作战,不重视炮火在战争中的巨大作用,二则由于是匆忙东征,较大的火器不便携带,所以大顺军的火器比山海卫敌军小得多了。更使李自成担心的是,事前他已经听说,吴三桂已将宁远城上的两尊红衣大炮运到山海关内,作为守关之用。他想,今天吴三桂必会将这两尊红衣大炮安置在山海卫西城,对准宽阔而无遮掩的石河滩,使他的大顺军无法越过石河滩进攻西罗城。黎明时,他立马岗上,瞭望石河滩一带地形,心中说道:

"没想到，山海卫这个地方，只要有火器和足够的士兵守西罗城，从西边也不易攻破！"

大顺军全体将士在黎明时候饱餐一顿，战马已经喂好。红瓦店开始响起鼓声，驻扎在远处的将士迅速向石河西岸靠拢，集中在红瓦店周围。随后，西罗城中也鼓声大作，混杂着角声、人喊、马嘶。石河两岸顿时声音沸腾，空气紧张。

黎明时候，彻夜惊慌的老百姓看见通往吴平西伯行辕的各个路口在后半夜都用石头和砖头修了街垒，部署了守兵，守卫部队不但全副盔甲整齐，除短兵器外，还有火器和弓箭齐全。街垒旁边张贴着黄纸告示：

钦奉大清摄政睿亲王令旨：我朝敕封平西王行辕附近，为指挥军事重地，满蒙汉官兵人等经过，严禁滋扰喧哗，违者重惩！

大清敕封平西王府示

围观的百姓十分吃惊，不敢议论，只是互相递着眼色。有些上年纪人因为世居本城，一代代捍卫边疆，胡汉的敌我观念极深。几天来风闻吴三桂已经暗中降了满洲，满洲的摄政王正率领大军向山海关来，但是许多士民不肯完全相信，还以为吴三桂仍然忠于明朝，忠于故君，所以宁肯不管住在京城的父母与全家人生死，决心凭借山海这一座弹丸孤城，与流贼为敌。他们既为吴三桂的军事胜败担心，也敬佩吴三桂的忠于故君。现在看到这行辕附近修筑的街垒以及黎明时新张贴的告示，大家才恍然明白：吴三桂不但已经投降了满洲，而且被满洲封为王爵。本城士民原来对吴三桂的尊敬心情突然消失了。

五更时候，吴三桂饱餐一顿，穿好盔甲，大踏步走出辕门，带着三四百亲兵亲将飞身上马，向西罗城飞奔而去。

天色已经大亮。石河滩东西两岸开始响起鼓声、炮声、喊杀声，声震大地。关宁兵部署在石河东岸的有两万多人，步骑全有，掩映在稀疏的林木之中，西罗城中留下了一万多人，随时可以出战。山海卫城中只留有数千人，以备不虞。山海关及其左右的长城，往年如有警讯，是最重要的防守地段，今日因没有外敌，除北翼城有四五百守兵外，别处都无兵防守，等于空城。

山海关城头上原来有两尊红衣大炮，吴三桂由宁远撤军时又运回一尊。这是明清之际威力最强大的火器。原是葡萄牙人于明中叶传入澳门，又传入北京。本来写作"红夷大炮"，后改写为红衣大炮。这三尊红衣大炮本是安放在山海关的城墙上，对着关外敌人。前几天赶快用沙袋在山海西城上修筑了炮台，使三尊大炮对着石河西岸。

吴三桂在三百多亲兵亲将的护卫中出了西罗城，在稀疏林木中下马。在紧张的鼓声中，将以杨坤为首的大约上百名重要将领召集到面前，大声说道：

"流贼李自成于上月十九日攻破北京，逼我崇祯皇帝与皇后双双自缢，身殉社稷。李贼本来要在北京举行登极大典，称为大顺皇帝，只因我数万关宁将士，仍然忠于大明，誓不降顺，使李贼改了几次日期，不敢登极。李贼认为我吴平西与驻守山海的关宁将士忠于大明，不忘旧主，是流贼的眼中钉，心上刺，有不共戴天之仇，所以他亲自率领进入北京的全部人马——哄传有二十万人马，我估计有十万之众，前来讨伐，昨日到了石河西岸……"

吴三桂稍停一停，向石河西岸望了一眼，接着说道：

"敌人倚仗人马众多，妄图一战取胜，回救北京。我军偏要冷静沉着，凭借雄关坚城，稳扎稳打，今日只求挫败流贼的锐气，不求全胜。流贼人马众多，如欲一战全胜，势不可能。今日下午，满洲大军就要来到欢喜岭，休息一夜，明日上午与我关宁兵共同出战，出敌意外，一战杀败流贼，穷追不舍，收复京城。我军全体将士，务必拼力杀贼，挫敌锐气，明日好一战取得全胜！"

"谨遵大帅严令，拼力杀贼！"

杨坤忽然说道："王爷，据我军侦察确实，李自成的老营驻扎在那个小岗下边,距此处不过五里,距北山口不到二里。我军安置在山海卫西城墙上的两尊红衣大炮同时开炮,虽然不一定打死贼首,也必会使贼御营人马死伤一大片,锐气大挫。请王爷下令!"

吴三桂朝着杨珅遥指的小岗头看了片刻,确实看见那座小岗头上站着一群人,又隐约看见其中有一人立在一柄黄伞下边,众人卫护,面向石河滩和西罗城这边观望,岗下分明有许多旗帜。吴三桂向杨珅问道:

"李贼就站在那里?"

"是的,那个头上有一柄黄伞的就是李贼。他的脚下,沿着岗坡,有一片茅庵草舍,还有很多大小军帐,就是他的御营。请赶快下令,只用两尊红衣大炮,向李贼站立的地方猛打几炮,可以打死李贼;纵然不能打死李贼本人,也可以使他的御营死伤惨重,锐气大挫,动摇他的全军士气。王爷,请下令开炮!"

一群站在吴三桂面前的将领纷纷提出同样要求。吴三桂顺着左右人遥指的地方凝望,估计距离。一般说,红衣大炮可以打到十几里远,开花弹片可以飞散一亩方圆,而安放红衣大炮的西城墙离李自成所站立的高岗不足五里。倘若三尊红衣大炮同时开炮,纵然不一定能将李自成打死,也可以将他的御营打得稀烂。单纯从今日的战事着想,下令城头上同时开炮,在两军决战尚未开始的时候先将李自成的御营打烂,对决战的胜负关系极大。吴三桂对这一简单道理当然心中清楚。然而他很迟疑,不肯下令。他知道,他的父亲吴襄被李自成带来了,崇祯皇帝的三个儿子,即太子和永、定二王也被李自成带来了,都被看管在李自成的御营,昨晚贼兵还将太子挟持到石河西岸呼唤他前去见面。他虽然拒绝回答,绝不同太子见面,但是他的内心深处很为凄然。现在倘若开了红衣大炮,不管是他的父亲中弹死伤,或是崇祯的太子中弹死伤,他都会永世悔恨。他确知多尔衮率领的大清兵今日中午前后可以来到,明日他可以联合清兵,一战将李自成杀得大败,到那时,他可以在阵上夺回他的父亲,也夺回太子和永、定二王。或者,李自成为想求和,于兵败逃跑时将他的父亲和太子送还给他,都有可能。

此时已交辰时。站在吴三桂左右的文武官员,都看出河西岸的树林背后,人马活动频繁,旗帜走动,知道大顺军即将开始进攻。他们纷纷催促平西伯赶快下令向李自成的老营打炮。吴三桂没有理会左右文武官员,只对一个旗鼓官说:"传令擂鼓!"之后才对左右文武官员们说:

"这山海卫的西城与东城不同,是后来修筑的,城墙较薄,根基也不好,经不起大炮震动。城上的红衣大炮暂不放吧。"

突然,石河西岸,几个地方,同时战鼓如雷,大顺军的步骑兵部伍整齐,分从几个地方,呐喊着从稀疏的林木中冲出来,下了河岸,向东杀来。当大顺军的战鼓响时,站立在西罗城外树木丛中的关宁精兵也突然鼓声震天,分从几个地方出动,阵容整齐,高喊"杀!杀!"向石河滩奔去,迎战大顺军。刘宗敏立马在红瓦店的石河西岸,怒目圆睁,一动不动。李过率领几千人马在红瓦店的北边,距红瓦店不到二里之遥。在红瓦店的南边也有一支人马,擂鼓呐喊,人数不到五千。大顺军虽然有一部分人马在战鼓声和呐喊声中进到石河滩,但是不到河滩的中间便停止前进,严阵以待,看来要在宽阔的石河滩与关宁兵进行决战。

吴三桂看见大顺军停止前进,三处阵地上合起来不到两万人马,骑兵较少。他害怕关宁兵会中计,率领身边众多的文武官员和一千余扈从亲兵骑马出小树林,站在石河岸上,一则可以鼓舞士气,二则便于他亲自指挥。自从他进了长城,以大明平西伯的名义驻节山海城,山海关的守军也并入他的麾下,虽然兵员不足四万,但有总兵和副将等高级武将职衔的有一大群。现在因为大清摄政王多尔衮封他为平西王,他因杨坤有功,精明干练,已经口头晋封杨坤为总兵,只等不久后呈报大清朝正式任命。

现在杨坤受他的命令,率领两万步骑兵在石河滩上迎敌,正在战鼓声中呐喊前进。吴三桂确知大清兵很快就到,与李自成的决战是在明天,所以他今天不投入很多兵力,只是要挫败大顺的锐

气。他将一万人马埋伏在西罗城内和城外的树林中,以备随时接
应杨珅指挥的出战人马,另有几千人保卫山海城。

小岗上李自成骑着乌龙驹,左手执辔,右臂抬起,手搭凉棚,注
视着在阳光下出战的关宁兵,不觉心惊。他同明朝的官军打仗多
年,尤其近几年来,打过几次大仗,从没有看见过明朝官军的阵容
有如此严整的。左良玉是明朝的名将,只是人多,在阵前却没有如
此阵容。

关宁兵在鼓声中逐渐来近,大顺军只是稍稍向前迎去,采取等
待态势。大顺军不是怯敌,而是因为李自成和军师宋献策以及几
位主要大将在昨日黄昏前已经察看了地势,知道宽阔的石河滩如
今虽然只有涓涓细流,但是满地尽是大大小小的乱石,不适于人马
奔跑,而且河滩上既无一棵树木,也无一个土丘,极易受西罗城中
的炮火杀伤。他们察看了地势以后,决定交战时将关宁兵诱至石
河西岸,分割包围。李自成并不打算今日就与关宁兵决定胜负;只
是想今日先使吴三桂的实力大受损失,明日一鼓攻破西罗城,再攻
破山海卫城,所以大顺军在石河西岸虽也做好大战准备,但并不急
于向关宁兵迎击。

吴三桂起初感到奇怪,担心杨珅进兵太猛,会在石河西岸中
计。后来恍然明白,想到大顺军进入北京以后,军纪迅速败坏,士
气低落,所以今日如此怯战。他马上给杨珅下令,向石河西岸进
攻。中路兵马务要一鼓作气,攻占红瓦店,使刘宗敏不能在红瓦店
立脚。同时又派出五千精兵交给杨珅,命他越过河滩,猛攻李自成
的御营,杀败李自成,乘机夺回吴老将军和崇祯太子。传令官立刻
飞马奔去。

且说北边的战场,就在李自成的脚下。大顺军向东迎来,两军
在河滩上逐渐接近。开始时双方用轻火器对射,接着用弓箭互射,
都有伤亡。因为吴三桂和杨珅已经知道李自成立马在战场北端的
浅岗上边,御营就在岗坡上,所以这是关宁兵的主攻方向。在河滩
上迎战的是李过指挥的人马。阵容严整,在强大的敌人面前,阵脚

纹丝不乱。一旦前边有人在炮火中死伤倒地,后边有人将死伤者背下去,立刻就有人填补上去,恢复严整阵容,继续作战。

李自成立马观战的浅岗东面,临着一段两三丈高的峭壁,峭壁下边是一泓潭水,水色深蓝,所以李过的人马是接着深潭的南岸布阵,南北有两三里范围,与红瓦店的阵地相接。大顺军为防备关宁兵在山海卫西城上施放红衣大炮,所以只将一部分人马布置在石河滩上,一部分留在石河西岸,凭借树林、房舍和丘陵遮掩,布阵有纵深之势。这种布阵并不是昨晚商量好的,是今日在交战之前,各个主将为避免城上红衣大炮的杀伤,不将人马完全暴露在石河滩上。大家明白,到了两军白刃厮杀时候,敌我混在一起,就不怕城头上的红衣大炮了。临时自然出现的纵深布阵,竟然弥补了一部分将士进北京后士气低落的弱点,也抵消了关宁兵的进攻锐气。

杨珅亲自率领的八千精兵,向李自成御营所在的高岗方向施放了一阵火器,又施放了一阵弓箭,之后就开始与李过的大顺军短兵相接。一阵砍杀之后,才发觉李过手下的将士非常顽强,而且训练有素,想冲破李过的阵地很不容易。接战不久,双方将士死伤枕藉。原来靠西岸不远,石河有一条涓涓细流,很快变成了一条血河。此时,吴三桂已经进到石河滩的中间,以便更好地掌握战局,指挥作战。观察一阵,他忽然明白,不要说保护李自成御营的有数千精兵,想攻到浅岗上绝不可能,就是越过李过防守的西岸阵地也不容易,会徒然损折人马。吴三桂恍然想到,传闻李自成的亲信大将中有一位治兵较严,士兵战斗力强,不听见鸣锣收兵决不后退,绰号叫做"一堵墙",难道杨珅遇到的是"一堵墙"么?

他想着击溃李自成应该是在明天上午的大战。那时有满洲大军参战,会完全出李自成的意料之外,杀他一个措手不及。今天只是要挫伤李自成的锐气,同时也使多尔衮知道他的关宁兵是一支精锐之师。这么想着,吴三桂立刻派人飞马向杨珅传下命令:停止向前猛攻,只求稳住阵脚,到午时听到锣声退兵休息。

杨珅遵令停止猛攻,收敛人马,准备与李过两阵相持。但恰在此时，只见李过在马上将令旗连着挥动几下，河岸上鼓声大作，一支准备好的人马猛冲而下，冲开杨珅的军阵，一分为二将之包围。杨珅见大势不好，身先士卒，挥剑狂呼，冲破包围，率手下人马猛冲猛打一阵，才使被分割的部队合在一起。但是没过多久，李过依靠兵将众多的优势，又将关宁兵分别包围，进行混战。吴三桂立刻派出三千人马奔出，接应杨珅，使杨珅率领伤残人员，且战且退。李过并不追赶，只是赶快一面整好阵形，一面将伤员抬送石河西岸。……

往年，每逢大战，李自成总是骑着乌龙驹，手执花马剑，冲入阵中，与将士并肩杀敌。他心中清楚，在千军万马的战争中，有没有他一个人挥剑杀敌并不重要，重要的是他的将士们在情况紧急时看见他的乌龙驹，看见他的帽上红缨，就会突然勇气百倍。但是从去年攻破襄阳，将襄阳改称襄京，号称新顺王以后，他身系一朝兴亡，就不再亲临战阵。像去年十月间与孙传庭在河南汝州一带决战，他只主持"庙算"，操纵指挥，并不亲临战场。如今他是只欠举行登极大典的大顺皇帝，当然只能立马高岗观战，纵然雄心不丧，愿意躬冒炮火矢石，冲入白刃，然而手下忠心的将领和文臣们绝不会让他亲临危地。在他眼前不远处，李过同来犯的关宁兵激烈交战，难分胜负，杀声震天，马蹄动地，双方死伤枕藉。当此时候，乌龙驹力挣黄色丝缰，李自成的心都要从胸腔中跳出来了。尤其当吴三桂派出两千骑兵前来接应杨珅出围时候，乌龙驹连喷鼻子，突然一声长嘶，刨动前蹄，愈加挣紧缰绳，而李自成也下意识地唰一声抽出花马剑，怒目环顾左右，意思是要亲自率御营将士下岗杀敌。立马他旁边的军师宋献策做个手势，将他阻止，也使全御营肃立不动。

当杨珅率领的关宁兵被接应出围以后，缓缓退走，阵地上抛下许多死尸和重伤将士。但关宁兵不同于李自成往日遇到的内地明军，退走时还大体上阵容不乱。李过并不追赶，一则他要使将士赶快休息，二则他担心在开阔的河滩上会受到城上的火器轰击，特别是他不能不小心架设在山海卫西城上的红衣大炮。经过上午这一恶战，他虽然杀退了关宁兵的一支部队，但是他也明白了关宁兵在明朝确实是一支精兵，无怪凭着山海孤城而不肯投降，想一战夺取山海卫很不容易。

李过催促部下赶快清理战场，点清伤亡人数。正在这时，红瓦店战场突然间鼓声大震，喊杀连天。李过赶紧收缰勒马，引领远眺，只见红瓦店方面的关宁兵冲上了石河西岸，攻进街内。那地方原来作为主战场部署兵力，由刘宗敏亲自指挥，为什么刘宗敏竟然后退？李过不禁大吃一惊。

大顺军和关宁兵在山海卫西郊的战争的一个主战场是在北端，即李自成御营驻扎的高岗下边。吴三桂出动了一万二千步骑精兵，三个总兵官，由刚刚晋升的总兵官、足智多谋而又勇敢的杨珅统一指挥。古人说："擒贼先擒王。"吴三桂就是依照这一战略思想部署兵力，希望先打烂李自成的御营，在混战中救回他的父亲。原来根据细作禀报，李自成的大军进入北京以后，如何迅速腐化，大概只靠虚张声势，不堪一击。他不明白，在一般腐化之中还有如李过率领的一支人马保持原来的纪律，罗虎被费宫人刺杀后，罗虎驻通州的几千人马也归李过统率。杨珅偏偏碰上李过这颗钉子，不仅不能登上石河西岸，冲击李自成的御营，他的关宁精兵反而两次在李过的反攻中被分成几股，又被分别包围，损失惨重。

奇怪的是，这天上午，石河滩大战开始时候，本来天朗气清，阳光明媚；到了快近中午时候，变成了多云天气，大地昏暗，太阳显得苍白，周围还有风圈。杨珅率领的关宁兵恃勇猛进，志在杀入李自成的御营，建立大功，同时在混战中救出吴襄，所以死伤特别惨重。李过因红瓦店方面鼓声与喊杀声大起，顾不得再看战场，立即策马上岗，到了李自成的面前停住。他看见有三个陌生人牵着汗湿的战马，站在十丈以外，不知从何处来。他本来要向他的叔父、大顺皇上禀报杀败关宁兵的战果，但到了"御前"，见李自成正在关注红瓦店的情况，一边向南遥望一边向军师问道：

"献策,要派兵支援么?"

宋献策沉着回答:"请陛下放心,捷轩那里马上就有捷报了。"

李自成却不能放心,命双喜派人飞马前去红瓦店探明情况。宋献策赶快阻止,说道:

"不用派人前去。关宁兵马上就会逃出红瓦店,混战又要回到石河滩上。"

李自成将信将疑,问道:"真的?"

宋献策很有把握地说:"陛下放心。捷轩不仅是统帅之才,也是勇猛将才,而且颇有智谋。今天要使关宁兵领教了。"宋献策的眼光转往东北方向,忽然对双喜说:"双喜,那是什么?"

双喜问:"军师指什么地方?"

"长城外边,是不是有几股灰色烟气?"

双喜望了望后回答:"有烟气。许是在欢喜岭上住的老百姓做午饭,从灶中冒出的烟气。"

"不是,不是!欢喜岭又名凄惶岭,西近长城,东接大海,是一个风口,没有村庄。况且只有零星居民,炊烟很小,绝看不见。现在有如此大的灰烟,可知威远堡与欢喜岭一带必有异常之事!"

宋献策的几句话使在场的人都大吃一惊,李自成和大家都举头向东北方向望去。

就在这时,距山海关不足两里的北翼城上出现了两面白旗、三面白旗,正在用力挥动……

李强向御驾大声禀报:"北翼城中有部队哗变,向我竖起白旗!"

李自成马上向李过吩咐:"立刻派兵接应!"

李过回答:"遵旨!臣立刻派三千人前去接应!"

宋献策说道:"补之将军!不要派步兵。只派一支骑兵,飞驰前去。只要能得到北翼城,牵制吴三桂,我们就可倾全力攻破西罗城,威胁山海城!"

当李过吩咐一位将领点齐两千骑兵去接应北翼城时,细心的军师又大声嘱咐一句：

"小心山海城上的红衣大炮对你的骑兵迎头轰击！"

奉命去北翼城的将领立刻率领骑兵出发，风驰电掣般地向东奔去。李自成和宋献策、李过、李双喜以及御营中众将领看见吴三桂慌忙离开石河滩，奔回西罗城。忽然双喜用惊喜的声音叫道：

"请父皇向南看，看红瓦店！"

大家看见，半个时辰前登上石河西岸，攻入红瓦店小街的众多关宁兵，中了埋伏，纷纷败退，溃不成军，只有一部分人马还能受将领节制，且战且退。多亏原有一半人马留在河滩，此时赶快上前接应，才救出溃散将士，阻止了大顺军的追杀。这一支关宁兵抛下许多死尸，退过河滩。刘宗敏看着他的部下将溃敌追到河滩中间便鸣金收兵，他自己带着部分亲兵，勒转马头，向御营缓辔驰来。

却说驻守北翼城的是原来驻扎山海关的守军，不是吴三桂从宁远带来的嫡系部队。首领姓吴，名叫国忠，是个千总，手下只有四百人。两三天来他风闻吴三桂投降了满洲，但因为没有确实消息，所以他一直心存最后一线希望。上午满洲兵前队已经到达欢喜岭，风传的消息得到了证实。吴千总激于民族义愤，趁着石河滩两边大战正酣，率部起义，挥动白旗，希望别的部队响应，也希望大顺军趁机全力进攻。没有料到驻扎在山海关的参将很快地率兵杀来，吴国忠寡不敌众，所率部卒在长城的城头上全部战死，抛尸城下；他本人则身负重伤，被生擒活捉。他们所插的几面白旗，被迅速拔掉，扔在城下。李过手下的两千骑兵尚未奔到，看见北翼城的举义已经失败，而西城墙上的红衣大炮拦头打来两炮，截断前进道路。率领这两千骑兵的果毅将军较有经验，当机立断，立刻退兵，驰回石河西岸。

石河西岸的两处激烈战斗停止了。双方的受伤将士大部分被各自抢走了，一小部分受伤小兵躺卧在乱石滩上，痛苦呻吟，没人去管。因为战事激烈，河滩上到处是血，乌紫一片，在圆石间汇流一起，再汇入浅得仅能漫住马蹄的石河中，继续南流，流入渤海。

天上暗云遍布，日色无光。宋献策仰望苍茫白日，自言自语："啊，太阳怎么起了风圈？"

李自成一边抬头仰视一边问道："怎么回事？"

宋献策答道："古人说：'础润而雨，月晕而风。'其实日晕也是刮风的预兆。只是平时阳光较强，能看见太阳有风圈的时候不多。"

"主何吉凶？"李自成惊问。

"并不主何吉凶。但要防备大风中飞沙走石，旗折马惊。"

"你速卜一卦，看明日是什么风向。"

"不用卜卦，明日是东南风。"

"何以见得？"

"如今已入初夏季节，濒海一带，东南风最多，一般从海上刮来。倘若是挟着雷雨，可以刮一天两天。如今是旱天，可能只是阵风，刮一阵即可停止。"

李自成不做声了。沉思一会儿，他留下刘宗敏、宋献策和李过到御帐中同吃午饭，顺便商议御敌之策。大家一边谈话一边从岗头下来，跟随他向设立御帐的小村庄走去。宋献策走在最后，他要将整个山海卫西郊外的地理形势细看一遍，为明日的兵力布置做好准备。他的心头异常沉重，暗暗说道：

"大顺胜败，决于明日之战！"

满天的苍茫云雾已经消失，天气重又清朗，日晕也看不见了。

宋献策在到李自成军中之前，虽然是一个江湖术士，但是他在同代的江湖人物中较有抱负，读书也较多，诸子百家之书，多曾涉猎，对于几部古典兵书名著，如《孙子十家注》等，特别下过功夫，精心研究。另外，他也略懂风角、望气、奇门遁甲等等知识，所以他能与一些负有不羁之才而对朝廷心怀不满的文人结为朋友，受到敬重。自从他于崇祯十三年秋冬之间向李自成献出《谶记》，对李自成本人和他的老八队将士们精神鼓舞很大，因而被李自成倚为心腹。同时，他作为封建社会的知识分子，虽然浪迹江湖，隐于卜筮，非儒家科举出身,但是他很明白君臣之义,深感李自成对他的知遇之恩,几年来竭智尽虑,为闯王赞襄鸿业。如今大顺军处境甚危,他不能不更加倍地小心谨慎。所以他在去御帐午膳的路上,停住脚步,再一次纵观战场的地理形势。就在这时,一个念头突地跳进他的脑海,使他的全身猛然一颤:明天,满洲兵会不会趁着东南风起,突然万骑奔出,冲入阵中,使我大顺兵无法抵御,溃不成军呢?

沿着这个思路继续考虑,宋献策越想越责备自己粗心,有愧军师重任。早先,刘体纯已经派细作探明,吴三桂奉崇祯密旨放弃宁远向山海关内撤退时,将停泊在觉华岛旁边的许多粮船,加上一些重火器和其他辎重,扬帆南来,泊在山海关附近姜女坟①到海神庙一带。后来因知满洲兵将到,才赶快将船上的粮食、辎重和重火器搬进山海城中,如今这些空船,正可以运送满洲兵从海上到红瓦店右翼海边登陆。

而且,红瓦店的左侧也不安全,因为奉命在那里镇守九门口的唐通,他根本不相信。两年前,洪承畴任明朝蓟辽总督,奉旨率八总兵共十三万人马解救锦州之围,在松山附近全军崩溃。唐通和吴三桂都在这八总兵之内,二人既有袍泽之谊,也是患难之交。此时满洲人气焰方盛,吴三桂难道不会勾引他投降清朝?何况洪承畴是他的故帅,在将领中威望很高。松山兵溃,大家都为洪氏抱屈。如今洪氏在清朝受到重用,难道多尔衮不命洪氏对唐通招降?只要招降成功,唐通自会引路,带领敌人走九门口山路,出北山南口,从左边围攻大顺军,并首先攻占大顺皇上立马观战的岗头。同时占领御营所在的小村庄,夺得太子、二王,以及吴老将军……这样用兵,数万悬军东征的大顺军就完全陷于包围,必将全军覆没!

想到这里,宋献策心中猛一恍然:日者君象也,刚才天地阴暗,日有风圈,不仅是明日刮风的预兆,也是敌兵将从各路进兵,围困大顺皇帝之兆啊。

宋献策的心中又是惊慌,又是惭愧,暗暗说道:"明日万一皇上

---

① 姜女坟——海上一块露出水面的礁石。

有失,我身为军师,罪不容诛!"

他知道皇上和刘宗敏等人已经进了御帐,正在等他,他赶快从岗上下来,踏着坎坷不平的小路向御帐走去。他一边匆匆往岗坡下走,一边考虑着明日有极大风险的两军决战。他在十年前因骑马摔伤右腿,所以江湖上或称他宋矮子,或称他宋瘸子,叫得亲切,并无嘲笑之意。他平时总是带着一根短的藤条手杖,下端包一铁箍,既帮助走路,必要时也可以作为防身武器,骑马时挂在马鞍右边。自从今年李自成在长安建号改元,成了大顺皇帝,他经常在皇上左右,为讲究君臣之礼,就不用这根手杖了。此刻他心事沉重,一踮一踮地向岗坡下走去,忽见李双喜从御帐旁边出现,正在等他,不能不加快脚步。由于习惯,他又一次抬起头来,望望太阳,忽然看见,有一条又细、又直、又长的白云,从东向西,横过太阳中间。他大惊失色,不觉在心中连声惊叫:

"白虹贯日,白虹贯日!"

双喜不知道军师抬头向天上看什么,恭敬地叫道:"军师,皇上在御帐等候呢!"

宋献策听见呼唤,又忍不住向那一条又细又长、横贯在太阳中间的白云望了一眼,再次在心中惊叫:"果然是白虹贯日!"他赶快下岗,踉跄一步,几乎摔跤。

双喜叫道:"军师小心,这路不平!"

激战停止以后,李自成带着宋献策、刘宗敏、李过和双喜走进御帐。御帐的中间偏北一点,放一把椅子,上边搭有黄毯,作为临时御座。李自成按照在襄阳称新顺王以来的习惯,在为他特设的椅子上向南坐下。另外有一些从农家取来的小椅小凳,摆在前面两边,为临时议事使用。

李自成坐下以后,刘宗敏为大顺朝文武百官之首,在左前边第一把小椅上坐下。宋献策在右前边第一把小椅上坐下。紧挨着刘宗敏坐下的是李过。尽管有许多空的小椅和小凳子,但双喜不敢坐,恭敬地站立在李过背后。

刘宗敏和李过正要分别禀报各自战场上的情况,李自成却不等他们说话,就让双喜赶快把唐通差来禀报紧急军情的军官带来。

军官进来,跪下叩头。李过看出来这正是上午大战时立在李自成不远处牵着汗湿战马的三个人之一。李自成没有叫军官起来,更没有命他坐下,神色严重地说道:

"你来到时候,我军已经同吴三桂的关宁兵拼杀许久了,战争十分紧张,所以我没有工夫听你禀奏军情。现在,敌人已败退,你说,唐将军那里有什么情况?"

"谨向陛下禀奏:唐通将军奉陛下密谕,离开大军之后,率本部人马,走长城内燕山小路,于前日黄昏袭占一片石,又叫做九门口。不敢耽误,连夜差人打探满洲消息。昨夜到今日黎明之前,几处打探消息的细作均已回来,情况已经探明:多尔衮率领的满洲兵今日就要来到,请陛下速做准备,不可大意。"

李自成的心中一阵猛然狂跳。满洲兵竟往山海关方向来,而且来得这样快,完全出乎他的意料之外。他大声问道:

"满洲兵要进山海关?"

"是的。"

"有多少人马?"

"详细人数没有探明,只听说满洲八旗、蒙古八旗各出兵三分之二,汉八旗全部出动。"

李自成望着军师问道:"献策,你估计有多少人马?"

宋献策略一低头沉思,抬头回答说:"据臣所知,满洲一旗,足员是七千五百人,八旗征调三分之二,那就是说,满洲八旗出动了四万人。蒙古八旗人数不足,据臣估计,顶多出兵两万人。说汉军旗全部出动,这消息我不相信。近十余年来,东虏几次入犯,掳去人口很多,不再做奴隶,编入汉军八旗。东虏原是游牧部落,近三十年来定居辽河流域,以农耕为主。皇太极继位后更是如此。如今正是农忙季节,汉军旗必须多留青壮年男子搞好农耕,还要从事百工,这是满洲的立国根本,断不会使汉军全部南来。按臣的估计,此次多尔衮所率南来之兵,至多大约在十万左右,加上关宁兵四万,全部敌兵约在十三四万之谱。"

李自成听了军师的估计,心中感到可怕。不管如何估算,敌人在人数上比大顺的兵力强大,尤其可怕的是满洲兵和关宁兵都很精锐。他开始后悔这一次不听谏阻,悬军东征,犯了大错。他没有对宋献策说别的话,望着跪在地上禀奏紧急军情的军官说道:

"你速回九门口,传孤的口谕:吴三桂投降满洲,勾引多尔衮率领满洲兵来犯,不出孤的所料。多尔衮来得很好,我大顺军正可以借此机会,将东房与关宁兵一战击溃。你自己亲眼看见,今日上午,吴三桂凭借坚城,倾全力同我作战,两路人马都被我杀败,逃回城内。满洲兵来到以后,自然有一场恶战。但孤已有了准备,决不使敌人得逞。你回去传孤的口谕,多差侦骑,继续察探满洲兵行军情况,一方面要派兵骚扰,一方面飞骑来报。"他转向双喜:"双喜,你带他下去,赏赐他们来的三个骑兵十两银子,安排他们赶快饱餐一顿,马匹喂点草料,送他们走吧。"

唐通差来的军官叩了一个头,随双喜退出大帐。

李自成在半个时辰前面对着岗坡下、石河边的两军鏖战,喊声震天,血流成溪,他没有丝毫胆怯,很想纵马奔进战场。但此刻听完唐通使者的军情禀报,竟然震惊失措,一时间不知如何应付。十天之前,他原是因吴三桂不肯降顺,害怕吴三桂会投降满洲,酿成大祸,所以拒绝正副军师谏阻,决意亲自东征。头一天在通州驻下,他就害怕局势会有意外变化,使他离京第一夜就成了忧虑不眠之夜。没有料到,满洲兵果然来了,而且来得这样突然,今天就要到山海关了!

"献策,你原来担心多尔衮率领满洲兵从蓟州和密云一带进入长城,截断我军退路,使我腹背受敌。我们都没料到,多尔衮会从半路上直奔山海关来,使我们措手不及!你有何御敌良策?"

宋献策心中明白,按目前形势说,实无任何良策。但是他不敢说出这个话。为了缓和情绪,他轻轻叹口气,婉转地说道:

"此系天数,臣昨夜已经看见局势对我不利,不待今日唐通禀报。"

"你怎么昨日就看见局势对我不利?"

"臣夜间走出军帐,仰观天象,看见天狼星犯紫微垣,心中大惊。今日上午果有唐通差人来禀满洲兵来犯消息,岂是巧合?"

李自成的心中更加沉重,又问:"今日,两军正在鏖战,胜败就在眼前。你好像并不重视,关宁兵十分强劲,忽然攻上西岸,攻入红瓦店,孤正想派兵驰援,你却说不必派人,捷轩快胜利了。果然,没过多久,关宁兵在红瓦店小街内中了埋伏,纷纷败退,捷轩除杀伤和俘虏了许多关宁兵之外,又从红瓦店杀了出来。补之这里,当时也是双方苦战,杀得天昏地暗,白日无光。……"

宋献策插了一句:"皇上说的很是,当时天昏地暗,白日无光。"

李自成本来不满意宋献策身为军师,没有专心注意当时战场情况,但是话到口边,忽然看见宋献策神色忧虑,显然不同平日,又想到刚才"天狼星犯紫微垣"的话,他本来想说的话不说了,改口问道:

"你看天象如何?"

"启奏陛下,臣看见白虹贯日。"

"白虹贯日?"

"是的,白虹贯日,对战争很不吉利。"

刘宗敏和李过虽然读书很少,但是都听说过这句古话,同时不觉心头一沉。刘宗敏抢先问道:

"献策,什么叫'白虹贯日'?"

军师说:"鏖战正酣时候,忽然有一阵白日无光,天昏地暗。我趁此时,仰观天象,看见了太阳周围有一风圈,后来又看见了'白虹贯日'。"

李过说道:"你们有些人专搞什么风候望气、奇门遁甲这些学问,我根本听不懂。你直白地说,什么是'白虹贯日'?"

宋献策笑一笑说:"其实就是一道又细又长的白云从正中间横穿太阳,久久不散。此是凶兆,为古人所忌。今日我就看见了'白虹贯日',明日不可不倍加小心。"

李自成问:"'白虹贯日'与日带风圈,这两种天象为何同时出现?"

"这是偶然凑在一起,但也不全是偶然。如果明日在战场上刮起一阵怪风,则须要十分注意。"

"何谓怪风?"

"突然而来,突然而止,故为怪风。"

双喜已经将唐通差来禀事和请示的军官安置妥当,回到大帐,仍肃立在李过背后。李自成又想起来一件事,向军师说:

"一个时辰之前,红瓦店和我们站立的岗坡下边,大战正酣,胜败决于呼吸之间。孤看见你都不在意,有时看着天上,有时遥望远方,望着长城以外。如今我才明白,你料到明日会有一阵从海上来的怪风。你不愧是大顺朝的开国军师,与别人所见不同!你关心长城外边的两三股烟气,双喜说是农村做午饭的炊烟,你坚决说不是,必有异常事故。现在看来,你说准了。长城外那两三股烟气,定与今日多尔衮来到有关。献策,你真是智虑过人!"

宋献策谦逊地欠身说道:"臣实庸才,致使……"他几乎说"致使御驾率师东来,陷于进退两难之境"。然而他忽然醒悟,随即改口说道:

"凡是大军行动,必露出各种迹象可以判断。《孙子·行军篇》举出许多例子,言之甚明。但世上各种行军迹象,变化复杂,不胜列举,臣不过是时时事事都细心捕捉,不敢稍有粗心就是了。"

双喜忍不住问道:"军师,你怎么判断出长城外边那几处烟气不是炊烟?"

宋献策因为多尔衮率领满洲大军今日就要来到之事,心中震惊,也看出来李自成、刘宗敏和李过的神情都很沉重,便匆忙回答:

"欢喜岭西连燕山山脉,连通大海,是一个天然风口,又是关内外军事要道,故炊烟稀少。纵有小小炊烟,旋即在风中吹散。所以我猜到必是有人在清除杂草、榛莽,干枯的和湿的混在一起,点火燃烧,故有几堆黑烟腾起,久久地风吹不散,非是炊烟。"

刘宗敏问道:"情况紧急,你有何应敌之策?"

李自成也向宋献策问道:"多尔衮是今日下午率大军来到山海关外,我估计敌我大战是在明日上午。你有何应敌良策?"

宋献策说道:"陛下,我的意思是,多尔衮率满洲大军来到的消息,暂时不要泄露,以免影响军心。等我们下午商量好应敌良策之后,再使众将知道。"

"也好,也好,暂时不要泄露。"

李自成吩咐双喜,赶快准备开饭。他本来已经震惊无计,又想到宋献策说的昨夜观察到天狼星犯紫微垣,今日又看见"白虹贯日"这些可怕的天象,简直失去了战胜敌人的信心。他在心中向自己问道:

"是不是马上就退回北京?"

这意见他不敢说出口来,目视军师。宋献策仍在想着"白虹贯日"的大凶天象,很害怕李自成明日会死于大战之中。他不敢说出他的担心,但是他一时茫然无计,无言可答。

第六章

多尔衮率领满洲的混合大军,从翁后转道向南,日夜前进,一路上他有时骑马,有时坐轿。坐轿,不仅是为着休息,而且是为着每天都有盛京朝廷的重要文书飞骑送到军中,请他裁决。他如今不再是辅政王,而是摄政王,牢牢地掌握着大清国的一切大权。他在大轿中将收到的重要文书看过之后,等到一定时候,大军继续赶路,摄政王的黄轿在路旁的空地上停下,立刻有大批侍卫兵将在周围布好警戒,又有王府包衣在黄轿前摆好御椅,上铺椅垫,又在前边摆好案子。多尔衮开始叫来几位从征文臣,将他在大轿中看过的文书放在案上,然后就每件文书面谕有关文臣如何批示。接受面谕的大臣唯唯听命,拿着交办的文书恭敬退去。有一种文书特别重要,就用大清摄政王的名义发出,用满、汉文在黄纸上缮清以后,下盖摄政王印玺,再请多尔衮看一遍,装入封套,再用火漆封好。另一种文书是用从征某一衙门尚书或内三院某院某学士署名发出,凡是这类文书,公文的第一句照例是这样开头:"大清国奉命大将军、皇叔摄政王令旨"。另起一行才是摄政王谕示要办的某事。这类文书,后边不必用摄政王的名义,只用经办的大臣署名盖印。

重要的和较重要的公事办完以后,案子上还剩下一个黄缎包袱尚未打开。多尔衮知道包袱中是什么东西,正要命身边包衣替他打开,忽然一位随侍章京到面前跪下禀报:

"启禀摄政王爷,吴三桂差一官员飞马前来,说有紧急军情禀报。"

"你赶快带他前来!"

随侍章京立刻退下,过了片刻,吴三桂差来的一员武官被带到了多尔衮的面前。

来人姓李名豪,是吴三桂的旧部,几年前因骑马摔伤右臂,不能打仗,所以虽然仍是千总官职,实际上有衔无兵。但因他是吴三桂帐下旧人,忠心可靠,颇受信任。

还在十里之外,李千总就遇到满洲南征大军的前队人马。因为他的马鞍上插了一面小旗,上写:"大清敕封平西王行辕千总",所以迎面而来的清兵并不向他询问。他带着两名骑兵,闪在路边,匆匆赶路。但是他的心中惊慌。近来他虽然知道吴三桂投降了满洲,受封王爵,但想着这不过是吴帅的权宜之计,等打败流贼之后,吴帅必会脱离满洲,另有自立之计。现在看见满洲兵如此军容整肃,必然一战杀败流贼,进占北京,然后占领中国北方数省之地,在北京建立清朝。到那时,吴帅想脱离满洲,自谋出路,绝不可能。他毕竟是汉族人,想到这里,不觉心中一寒,出了一身冷汗。

第二件使他惊心动魄的事是,他看见全部满洲兵将都剃去一部分头发,只留头顶和后边的,编成辫子盘在头顶。他想到明天或者后天,反正很快,从吴三桂到全部关宁将士,就都得遵照满洲的风俗,一律剃发、刮脸。这件事,在当时对汉人来说不是一件小事。几千年传下来的汉人习俗,正如《孝经》上说的,"身体发肤,受之父母,不敢毁伤"。如今一旦投降满洲,这一切都由不得人了。李豪已经是三十几岁的中年人,想到改换夷狄之俗,剃了头发,死后如何能见祖宗于地下?

当李千总距离多尔衮的御营休息地尚有几里路程,已心慌意乱,胆战心惊。等他在大清摄政王的面前跪下时候,两条腿不住打颤,脸色发黄。多尔衮威严地向他打量一眼,问道:

"吴三桂差你来有什么军情禀报?"

"小臣……"

突然,从西南方接连传来三响炮声,如同天崩地裂。李豪大惊,将话停住。多尔衮和左右文武官员们也很吃惊,都向西南方面望去。西南方就是燕山山脉尽处，郁郁葱葱，烟雾腾腾。长城在山头上曲折起伏，时露雄伟墩台，笼罩着几片白云，在山脉的最东端转而南下，最后望不见了。

多尔衮和众人又听了一阵，没有听见从远方再传来炮声，只有一群大雁，从什么地方被炮声惊起，排成"人"字队形，飞得很高，越过燕山山脉，一边发出嘹亮的叫声，一边缓缓地向北飞去。

多尔衮向跪在地上的李豪问道："这分明是红衣大炮的声音。是守城的军队向流贼开炮，还是流贼在进攻山海城？"

"臣不知道。臣只知道臣来的时候，石河滩靠西岸一带展开大战，战斗十分激烈。臣奉平西王密令，出山海关前来见摄政王爷启奏军情，石河滩上以后的战况就不清楚了。"

"平西王差你启奏什么军情？"

"今日早膳以后，得到确实探报，李自成因疑心大清兵南下，苦于消息不灵，于两天前，在东犯贼兵将到永平之前就密令唐通率领本部人马约有四五千之众，离开大军，走燕山小路，先占领抚宁县城，又于前日夜间袭占九门口。平西王想着唐通占据九门口之后，既容易差细作探听我大清朝各种消息，也便于袭扰摄政王前往山海关的道路，所以特密令小臣速来向摄政王爷禀报。"

"啊，我知道了。你赶快回复平西王，唐通兵力很小，无足重视。但平西王差人前来禀报，足见对大清具有忠心。唐通倘若从九门口前来袭扰，我前进大军自然会立即派兵剿灭。至于山海卫西郊大敌，嘱咐平西王务加小心，不可使流贼得逞。倘若李自成猛攻山海卫西罗城，情况真很紧急，本摄政王已经对豫亲王多铎与英亲王阿济格——他们都在前边——有过交待，可由平西王请两亲王率两白旗精兵进关，决不会使流贼得逞。倘若李自成并不攻城，西罗城也很平安，今日满洲兵到达后就在欢喜岭扎营休息。明日本摄政王自有消灭流贼良策。你赶快回山海关去吧！"

"谨遵令旨！"

李豪叩头以后，随即退出御营禁地，到二十丈外的大树下找到随来的两名骑兵,飞身上马,向山海关疾驰而去。

多尔衮立刻命人向后边传谕镶红旗固山额真叶臣,让他知道唐通已经降顺流贼,前天夜间袭占了九门口,要他小心。倘若在行军途中遇到唐通从九门口出兵骚扰,一定立刻剿灭,但不许追进九门口,以免中了埋伏。传谕叶臣之后,他才命身边包衣打开黄缎包袱,取出幼主福临的仿书浏览一眼。其实,他对福临写的仿书并不重视,只因为身为叔父摄政王,教育福临成长是他的责任,所以他必须看一看福临的仿书,对四位御前蒙师有所表示。忽然,他看见在一个写得较好的字旁,除那位教写字的蒙师用朱笔在字的右旁画一个大圈之外,旁边又有两个小圈,分明是用胭脂加清水调和。他的目光一亮,在胭脂小圈上停留一下,仿佛看见了年轻的圣母皇太后的可爱面影和教子苦心。他立刻将仿书放进红锦匣中,转向侍立在旁边的一位官员说道:

"写出我的令旨:行军途中,看了皇上仿书,又有进步,颇为欣慰。谕宫内管事大臣,奏明两宫太后,端阳节日,由宫内赏赐四位御前蒙师酒宴,并赏白银八两,外加朝鲜进贡折扇四把。"

为着早到山海关前,他下令御营接着正黄旗之后,赶到威远堡和欢喜岭再进午膳。他因为快与李自成接战,他的进关和占领北京的宿愿快要实现,心中异常兴奋。他不再坐轿,骑上战马,揽辔扬鞭,前护后拥,意气风发。他的右边几里处是苍茫雄伟的燕山山脉尽头处,险固的万里长城从高山顶上蜿蜒而下,有时跨临绝壁,惊险异常。左边离渤海较近,最近处不足一里。如今正是东南季风流行时候,风又刮起来了。海面上浪涛澎湃,拍击礁石,溅激着闪光浪花,涌上岸边。

多尔衮离开沈阳时候,只想到此次南征必获胜利,没有想到竟然会不费一刀一矢,满洲大军就能浩浩荡荡地开进山海关,明日再在关内一战杀败流贼,然后就要乘胜进入北京。他在马上扬鞭赶路,想着他一旦占领北京,定鼎中原,从此以后,大清朝就不再是割据辽东的小朝廷,而是堂堂正正的中国之主。由于历史的各种条件凑合,多尔衮对大清朝的开国勋业,由此走向鼎盛!

今日将至中午时候,大出吴三桂的意外的是,驻守北翼城的数百将士突然哗变,一面企图袭占关门,一面向李自成的大军挥动白旗。吴三桂立刻命令山海关上的精兵向北翼城进剿,同时下令从城上放红衣大炮,截断大顺军派出驰赴北翼城的一支骑兵之路。虽然北翼城的哗变被迅速扑灭,但是这件事对吴三桂精神上的震动很大,使他明白,他的投降满洲难免不引起汉人痛恨。可是事到如今,只好顺着这条道路走下去,没有第二条路了。

在今日的激战中,双方都没有投入全部兵力。吴三桂在两处战场上共阵亡三百多人,受了重伤不能回队的约两百多人,受了轻伤被救回的约有四五百人。对于几万人马的关宁大军来说,这样的死伤不算严重,但是吴三桂想在混战中夺回父亲的计划落空,他由此断定他的父亲和在北京的全家三十余口,包括他的母亲在内,必然被杀无疑。上午的大战结束以后,吴三桂虽然知道明日与满洲兵合力作战,必将杀败李自成,获得全胜,但是他的心情却很沉重。他知道既然他降了满洲,李自成更不会饶过他的父母和全家亲人;而且从今往后,世世代代,必将留下有辱祖宗的汉奸骂名。他想到他本来无意投降满洲,只想向满洲借兵,恢复明朝江山,辅佐太子登极。不料多尔衮欺负他是亡国之臣,孤立无援,乘机率大军从翁后转路,直奔山海关来,并且不管他是否同意,晋封他为王爵。他为此事,曾经十分气愤,也曾伤心痛哭,但现在木已成舟,说什么话都晚了。他现在心中只有一个模糊念头:只要他不死,手中有了众多人马,总会有一天机缘凑合,他要反抗清朝,洗刷自己身上的汉奸臭名。

在北翼城因反对吴三桂投降满洲、愤而起义的四百多将士全部战死,只有为首的千总吴国忠因负伤三处倒地,被众人捉获,五花大绑,押到吴三桂的面前。左右人喝令跪下。吴国忠尽管负伤,但是昂首直立,不肯下跪。他不是吴三桂在宁远的嫡系,吴三桂接管了驻防山海关的人马以后，第一次按照花名册对原属山海卫的军官点名，当点到吴国忠的名字时，吴国忠行一军礼，答应一声，声音洪亮，带有铜音。吴三桂看见他不过二十四五岁年纪，身材魁梧，浓眉大眼，双目有神，相貌不凡。坐在身旁相陪的山海副将见平西伯很注意这位将领，小声介绍说："这个千总武艺很好，弓马娴熟，善于带兵，作战时能得部下死力。"吴三桂正想在原属于山海守军中培养自己的力量，所以对吴国忠多看一眼，记在心中。从那时起，吴三桂对吴国忠就有了提拔之意。昨天命令他率领自己的一营士兵防守北翼城，也是为着打算在战争后将他提升。

　　现在吴三桂看见他已经负伤，但不是致命重伤，也没缺胳膊断腿，虎虎英雄气仍在，念起同宗之情，很想赦他不死，于是用温和的口气对他说道：

　　"吴国忠，你我虽非同乡，却是同姓同宗。俗话说得好：一个姓字掰不开，五百年前是一家。你不讲同宗之情，我可是很讲同宗之谊。谁叫我们都姓吴呢？"

　　"平西伯，你错了。我们并非同宗。我是姓武圣人的武字，你是姓口天吴的吴字。"

　　吴三桂一时茫然，又问道："你在石河滩作战十分紧急时刻忽然哗变，是不是受部下胁持，并非你的本心？"

　　吴国忠慷慨回答："不，你又错了！今日之事并非哗变，实为起义。不幸起义失败，别的不必多问，一切责任由我一人承担，与别人无干。砍头不过碗大疤瘌，何必再问！"

　　"我知道你虽然官职不高，但确实是一员将才，我实在不想杀你。你实说，你手下有人受了李自成的细作勾引，逼你造反，是不是？"

　　吴国忠对吴三桂冷笑一声，大声说道："我的部下全是听我的命令起义，既没有人敢逼迫我，也没有人受大顺军的细作勾引。你赶快杀我，不要多言。大丈夫敢作敢当，既然起义不成，我就含笑归阴，请不要妄杀无辜！"

吴三桂还想放过他，又说道："你只有四百多人，纵然能够夺占关门，也不能支持多久，岂不是自寻死亡？"

"倘若我能够夺得关门，凭恃城头炮火，就不能让满洲兵顺顺当当开过关来。你手下数万关宁将士全是汉人，愿意跟随你做汉奸的毕竟不多。我如果能够坚守一天，西郊有大顺军进攻，城内有关宁两军中的汉人将士起义，结局就未必属你说了算了。你自以为投降满洲，受封王爵，颇为得意，我看你是高兴得太早了！你不忠，不义，不孝，必留千古骂名。……现在我再索性对你直说，花名册上对我的姓名并没写错。只是几天来我听说你投降了满洲，耻于和你同姓一个吴字！……快杀吧，快杀吧，我要为汉人留下来千秋正气！"

吴三桂害怕吴国忠的慷慨言词会影响军心，将脚一跺，命令立即将吴国忠乱刀砍死，抛尸西罗城外。

侍立左右的幕僚和将领们看见平西王的脸色发白，咬牙切齿，一齐劝他回行辕休息。吴三桂没有听大家劝说，向躺着很多受伤将士的小树林中走去。

地位较高的负伤军官都放在临时搭起的帐篷中，首先洗净血污，进行包扎。一般士兵就在树林中包扎。吴三桂先看望帐篷中的伤员，再看树林中的伤员。他的心情十分复杂：吴国忠在死前对他的当面责骂，大义凛然，一字字掷地有声，使他心中惭愧，无话可说。再想到今天只是同李自成初次交战，就死伤了一千多关宁精兵，全是"袍泽之亲"，其中有一半人抛尸河滩和红瓦店街上。他一边说着慰劳的话，一面忍不住心中悲痛，双眼流泪。离开时候，他向跟在他背后的总兵官杨珅小声吩咐几句话，杨珅随即用带着感情的语调大声宣布：

"平西王传令，今日受伤将士，一律记功，分别奖赏白银。阵亡将士，另行清查造册，对家属从优抚恤！"

吴三桂知道满洲兵已经有一部分来到了山海关外，后边的人马正在陆续到达。他慰问了躺在西罗城中的负伤将士以后，为着午膳后,要率领一批文武官员去关外迎接新主子大清摄政王,他在西罗城不再停留,率领随侍文武官员和亲兵奴仆,立刻上马,驰入洞开的山海城的西门,奔回行辕。

满洲官兵先头部队一到欢喜岭,忍不住发出来一片欢呼。自从皇太极将后金的国号改为大清,立志入主中原,多年来占领山海关的梦想终于要实现了。

满洲两白旗的官兵最先来到,扎营在欢喜岭的南坡,直到海边,但遵照摄政王令旨,满洲兵不许进东罗城,以表示满汉一家,决不骚扰百姓。随后,满洲其他各旗的人马都来到了,挨次扎营在欢喜岭外。汉军八旗和蒙古八旗都在后边,大约一二日内可以陆续赶到。在多尔衮的计划中,明日一战杀败李自成以后穷追西进,夺取北京,主要靠跟随吴三桂投降清朝的关宁兵和先来到的满洲八旗。

满洲兵十几年来对于出征作战,包括出兵朝鲜作战,已经积累了许多经验。这一次是在大清摄政王多尔衮的亲自率领下南征,具有种种必胜的优越条件,而李自成必败的弱点完全暴露。不管有没有吴三桂向多尔衮借兵和投降清朝的事,清兵都必将南下。无非走别的路进入长城,打败李自成,占领北京,开辟大清朝的统治。

多尔衮怀着必胜的信心,这信心正如古人有一句诗所说的"大将南征胆气豪",这和李自成离北京东征的精神状态恰好相反。

多尔衮来到山海关时候,不管是他的御营,还是八旗的宿营地,一切都准备得井井有条。这不仅是由于满洲部队组织严密,具有较丰富的远征经验,还有吴三桂已经投降,受封为平西王,三天来由平西王行辕派出数百名官兵和当地百姓为数万满洲兵清扫驻地,运来木柴,挖掘水井。这地方离海岸很近,掘井容易,水源充足,水味略咸。好在当时的满洲人还没有喝茶习惯,水中稍有咸味也不要紧。当时,山海关以外各城堡全被大清国占领,都设有地方官员和驻军。他们不敢怠慢,沿路为大军供给宰好的牛、羊、肥猪,交由各旗部队中的辎重兵运来。吴三桂也派人从山海城中送来了宰好的牛羊。单就大军的给养说,多尔衮的南征大军同李自成的东征大军在决战之前,所具备的供给条件完全不同。

大约在接近中午时候,多尔衮在前呼后拥中登上了欢喜岭,在威远堡的城门外下马。先遣人员,包括随侍官员,巴牙喇兵和奴仆,早已将巨大的黄色帐殿在威远堡中搭好,帐殿外摆列着简单的仪仗,特别令人敬畏的是竖立着一柄代表皇权的黄伞。帐殿外有一个小的军帐,有官员在内值班,门外边站立着两对威武的巴牙喇兵。

随着摄政王多尔衮的御营来到的有:大清国中央政府所属六部衙门的大批官员,内三院的大批官员,还有朝鲜国的世子李淏及其一批陪臣和奴仆。所有这些重要随征大员都驻节威远堡的周围,而且所有大小帐幕都由前站清兵搭成。这里虽然接近战场,但没有战争气氛,与李自成的御营驻扎石河西岸的情况大不相同。这里的人们都怀着胜利的信心,等待着明日一战杀败"流贼",乘胜占领北京。

多尔衮进了帐殿以后,随即由亲信包衣用铜盆端来温水,伺候他净了手脸。紧接着又有一名包衣奉上装好的白铜锅、玛瑙嘴、紫檀木长杆的烟袋,等他拿着烟袋杆将玛瑙嘴放进嘴中之后,立刻有另一名包衣伺候他将烟袋锅点着。此时,正要用膳,恰好一位随驾笔帖式官员进来,恭敬地向他打个千,小声禀报:

"平西王吴三桂差来两位官员求见,让他们此刻进殿,还是摄政王爷用过午膳后传见?"

"午膳不忙。立刻传见!"

先进来四员扈驾武士,站在多尔衮的身后。随即郭云龙和宁致远立刻被引了进来,在多尔衮的面前跪下。多尔衮的气派很大,慢慢将玛瑙烟袋嘴拿离开,向郭云龙含笑问道:

"你前天在路上叩见过我,名叫郭云龙?"

郭云龙受宠若惊,回答说:"摄政王爷真是睿智过人,军前匆匆一见,竟能记得小将姓名!"

"他是何人?"

"叩禀摄政王爷,他是平西王身边幕僚,官职参议,文官六品,名叫宁致远。"

"平西王差你们来有何启奏?"

"吴平西知道摄政王爷已经驾到,特差遣臣等二人前来请示:他要率领文武官员和地方士绅前来叩头问安并恭听训话,不知何时方便?"

多尔衮暂不忙于作答,他将玛瑙烟袋嘴儿放在口中吧嗒一下,向旁望了一眼,立即有个睿王府随侍包衣走来,将白铜烟锅中熄灭的烟末点着。多尔衮再次嘬着玛瑙烟袋嘴儿吧嗒两声,吐出灰烟,然后问道:

"平西王的关宁人马今日与流贼初次交战,情况如何?"

郭云龙回答:"微臣本来应该投身此次大战,义无反顾。只因平西王见臣连日鞍马奔波,十分疲惫,不宜出战,叫臣在今日上午留在城中,休息体力。宁致远参议一直侍立平西王身边,所以上午的战争实况看得最为清楚。他会向王爷详细禀奏。"

多尔衮慢悠悠地吸着烟袋,转望宁致远,轻声问道:

"你是文官,可曾亲自观战?"

宁致远恭敬回答:"因李贼攻破北京,逼得大明帝后自缢,身殉社稷,我关宁将士与流贼不共戴天,义愤填膺。尤其得知摄政王亲率八旗劲旅,今日可抵关门,誓将剿灭流贼,奠安宇内,解民倒悬。我关宁将士十分振奋,深感摄政王不计明清两国宿怨,不待申包胥作秦廷之哭,已经在盛京仗义兴师,决计除暴平叛。关宁将士莫不深深感戴,甘愿肝脑涂地,为大清八旗兵作为前驱……"

多尔衮略有不耐,轻声说道:"简短直说吧。上午是两军初战,你是不是亲自观战?"

"臣一直立马吴平西王身旁观战,直到大战停止,各自收兵。"

"双方伤亡如何？贼兵士气如何？"

宁致远如实禀报了上午战况，也禀报了北翼城小股部队在千总吴国忠煽惑率领下哗变的事。多尔衮听了之后，轻轻点头，对郭云龙和宁致远吩咐说：

"你们回去禀报吴平西王，上午关内的作战情况，我已经知道了。关宁将士用力杀贼，不负我的厚望。明日如何一战杀败流贼，我已经有通盘打算，在路上同范文程、洪承畴两学士谈过。我现在担心的是李自成知我亲率大军来到，趁夜间逃回北京。你们回去，告诉吴平西王，我们刚到山海关前休息，他们暂不必前来晋谒，只在城中恭候。我们这里用过午膳以后，范文程学士即去城内与平西王见面，传谕我的作战方略。你们去吧，要谨防李自成拔营逃走！"

郭云龙和宁致远叩头退出，小心翼翼、屏息无声，走出警卫森严的威远堡小城，与随来的几名护卫相会，一齐上马，奔回山海城内。

多尔衮不待用午膳，也无意休息，立刻走出帐殿，向南边走了几步，站立在一块露出地面的磐石上，浑身沐浴在明媚的阳光之下。一阵温暖的南风徐徐吹来，使帐殿外的黄旗飘飘翻卷。他向山海关的巍峨城楼望了一阵，随即又向周围观看雄伟的山海关地理形势，一边轻轻点头，一边发出赞叹的"啊啊"声音，不仅是赞赏这一带地势雄伟，也满意他在翁后地方遇到吴三桂借兵使者后能够当机立断，迫使吴三桂投降，转道南下，日夜赶路，直奔山海关来。这一座限制关内与满洲交通的天下雄关，今日竟不费一刀一矢拿到手了！

他毕竟是一位三十岁刚刚出头的年轻人，所以他在考虑军政大事时思维敏锐，计虑深刻，但是另一方面，又为眼前占领山海关的胜利喜形于色，心情再也不能平静。他想到几天前留在盛京的满朝文武大臣和两宫太后已经得到消息，知道他在路上招降了吴三桂,正在转程南下,直奔山海关,可以想到,留在盛京的半个朝廷的文武大臣和两宫太后得到消息后会多么高兴。最使他关心的是顺治的母亲,年轻貌美的圣母皇太后,他的眼前仿佛又出现了她的明眸皓齿,她的庄重而富有感情的温柔笑容。他不由地在心中对她说道:

"请皇嫂放心,我一定忠心辅佐你的儿子不日移居北京,成为大清朝进入中国的第一代开国之主!"

多尔衮从前带兵打仗,曾经从密云境内乘明朝守将疏忽,不作防备,突然进入长城,深入北京附近,饱掠河北、山东,然后退回辽东。因此,他对关内外的地势地理有所了解,知道从居庸关北边的八达岭开始,长城顺着燕山山脉蜿蜒向东,约有八百多里,直到燕山尽头处,突然下山,在一道岗岭头上向南修筑,修到海边。这岗岭的地势好像一条龙向东海饮水,所以那尽头地方就叫做老龙头。在燕山与渤海之间为长城修筑了一道东门,控制内地与辽东来往之路,明初大将徐达修筑这座雄关时取名为山海关,十分恰切。徐达还在山海关里修筑了一座坚固的屯兵小城,按照当时制度,称做山海卫,简称山海。到了明朝中叶,满洲势力兴起之前,蒙古的军事力量仍构成边境威胁,所以在山海关外修筑了东罗城,在西边修筑了西罗城,在北边约一里处修筑了北翼城,在南边约一里处修筑了南翼城,老龙头上也修筑了土城,可以屯兵。北翼城和南翼城都修筑在长城里边,均有小城门可以由长城内接济兵源、食物和用水。总之,从燕山脚下到海边,不仅有一道又高又厚的长城抵御从外边来攻的敌人,而且有几座修筑在长城内边的小城,形成一串要塞,加强了长城的防御能力;不仅从外边攻破长城绝不可能,而且纵然满洲兵横扫冀南和山东之后,来到冀东,占领了永平府,想从内边攻击长城,夺取山海关,也不可能。这么一想,多尔衮更感到吴三桂的降顺大清极其重要,封他藩王十分应该。

具有雄才大略、英气勃发的大清摄政王多尔衮此时站立在御帐前边的一块磐石上,观看山海关一带的雄伟地势,忽然心中明

133

白,他脚下站立的这一道自西向东,直到海边的土岗原是长城下边的岗岭的一个分支,只是在威远堡与长城之间被挖断,成了一道深沟,使敌军不可能利用威远堡进攻长城。他很佩服两百多年前修筑山海关的明朝大将徐达很有心计,不觉在心中称赞:

"有道理,有道理。"他转身向洪承畴问道:"洪学士,这一道向东去通向海边的岗岭有人叫它欢喜岭,又有人叫它凄惶岭,你曾经驻军山海,到底叫什么岭?"

洪承畴趋前半步,恭敬回答:"从前由这里出关去辽东的,不是出兵打仗的人,便是有罪充军的人,很少能平安回来,所以大家习惯上将这道土岭叫做凄惶岭。有人认为不吉利,改称欢喜岭,指那些有幸能够从辽东回到关内的人说的。"

多尔衮哈哈大笑,满面春风,望着身边的满汉群臣说道:

"从今往后,满汉一家,关内外成了坦途,这土岭便只称为欢喜岭,不许再称凄惶岭了!"

满汉群臣纷纷回答:"是的,从此结束了关内外分裂之局,满汉臣民共享太平之福,山海关就没有用了。"

多尔衮对吴三桂的降顺清朝和献出山海关既十分高兴,但也存有疑心。他认为,第一,吴三桂毕竟是汉人。在汉人心中,满汉的界线很难泯灭。第二,目前吴三桂的父母与全家人都在李自成的手中,多尔衮风闻吴三桂自幼受父母钟爱,是个孝子。第三,汉人有一句俗话:"外甥随舅。"吴三桂是明朝守锦州名将祖大寿的外甥,祖大寿长期为明朝困守锦州,孤立辽东,曾经因在锦城外兵败被俘。投降之后,放回锦州,他又率少数残兵继续守城,同清兵拼死作战。直到洪承畴的十三万大军在松山溃败之后,祖大寿在锦州粮食已尽,才第二次同意投降。多尔衮在心中想道:

"吴三桂降清,并非起自初衷,今日就那么可靠?"

刚想到这里,在威远堡东门值班的武官匆匆走来,在多尔衮的面前跪下禀道:

"启奏摄政王爷,吴平西王差一官员来请示摄政王爷:什么时候他可以率领山海城中的文武官员和士绅前来叩谒摄政王爷?"

多尔衮正需要赶快与吴三桂见面,马上说道:"你告诉吴王差来的人,我马上差内院大学士范文程进关,传达我重要口谕。吴平西王差来的人赶快回去,准备在关门外迎接范大人。我的军务很忙,这个人不必见我了。"

多尔衮随即下了磐石,走回御帐,同时吩咐驻在御帐周围的文武官员和拱卫威远堡的全体兵丁提前用饭,稍事休息,务要武装整齐,森严戒备,听候摄政王爷令旨。

摄政王本来军令很严,处此即将进关时候,更加军令如山。他只要轻轻咳嗽一声,就会使地动山摇。果然,片刻之间,威远堡内外,变得鸦雀无声了。

多尔衮回到御帐,稍作休息,便传旨开膳。由于他是摄政王,又是当今大清皇上的亲叔父,所以吃饭时没有人陪。这样也好,他可以一边吃饭,一边考虑事情。因为是行军途中,又是大战的间歇期间,所以多尔衮虽以摄政王之尊,午膳却十分简单。一吃毕午膳,多尔衮便吩咐人将范文程叫来,单独对范作了重要吩咐,并要范即刻进关。

范文程带领十名随从,骑着骏马,穿过东罗城向山海关的瓮城走去。在往年,如果关外有军事动静,守关的将领照例要在东罗城派驻一部分人马,以加强瓮城守卫。但今天的东罗城却是空荡荡的,不但没有吴三桂的兵丁,连居民也没有了。范文程心中明白,老百姓是因为害怕清兵骚扰,所以都逃进关了。至于吴三桂,因为已经投降了大清,所以将东罗城中的守军全部撤走。范文程对这第二种情况心中满意,不再怀疑吴三桂仍有二心,在马上微笑点头,继续前进。

当范文程往山海关走去时候,多尔衮传谕驻在威远堡的众位文武臣僚,来到御帐,商量明日大战方略以及使吴三桂永无二心的问题。大家向多尔衮叩头以后,按照官位高低在御座前分两行站立。说是会议,实际是听摄政王面谕他明天的作战方略。他的话很简明扼要,说完之后,询问群臣意见。大家都称赞摄政王是天纵英明,远非常人所及。多尔衮虽然也满怀得意,但是表面上一如平日,仍然十分冷静,把事情想得很深。沉默片刻,他用沉吟口气向群臣问道:

"我想与吴三桂对天盟誓,使他永无二心,你们以为如何?"

有一位大臣感到吃惊,赶快问道:"摄政王爷可曾将这话告诉范文程学士?"

"范文程走时我已经有此想法,可是还没有拿定主意。眼下我已经拿定主意,要与吴三桂对天盟誓。"

"命什么官员与吴三桂对天盟誓?"

"不用别人。由我摄政王本人与吴三桂对天盟誓。只有这样,才能使吴三桂不敢背盟,永远忠于大清!"

臣僚们虽然还不明白摄政王用心很深,觉得不当降低大清朝叔父摄政王的身份,但因摄政王的口气坚决,主意已定,便不敢再说话了。

多尔衮随即吩咐一位内院学士和能写满汉文字的两位章京,赶快准备好对天誓文,用黄纸缮写出来,并准备有关盟誓事项,不可耽误。多尔衮急于见到吴三桂,问道:

"范文程进关了么?"

有人回答:"回摄政王爷,他大概已经进关了。"

此时范文程一面继续骑马前行,一面想到一个问题,他是奉大清摄政王的谕旨进关内见吴平西王的,吴王应该派人前来迎接才是,怎么不见人呢?

他正在想着,不觉来到了山海关的瓮城前边。他看见瓮城墙的下边是用大石砌成,用大炮也不能毁坏,尤其巧妙的是瓮城门并不向东,过了吊桥,才看见瓮城门朝向东南,很近就是海湾,攻城的敌人没法用大炮轰击城门。

　　范文程率领的一群人来到了瓮城门外的较为宽阔的地方，看见平西王派来的两位武将和两位文职幕僚站在那里恭迎。范文程赶快跳下马来，他的随从们也立刻下马，随他趋前几步，与来迎接的官员们互相拱手施礼，略作寒暄，一起走进城门。范文程看见瓮城门包着很厚的铁皮，门洞很深，可见瓮城的城墙很厚。城门里边竖立一根粗的木棍，俗称腰杠。门洞两边，靠着墙根，堆着十来个沙包，以备从里边堵塞门洞之用。

　　就在通过瓮城门洞的片刻之间，范文程回想起近几天他的思想变化，不能不佩服摄政王多尔衮的谋略过人。他很清楚，吴三桂因为害怕李自成的兵势强大，派人迎至翁后，向清朝借兵，当时无意降清。摄政王看准时机，一面敕封吴三桂为平西王，答应战事平息之后，原来的宁远将士仍回宁远驻防，收回各自的土地房产，一面命大军改变路线，从翁后转道向南，直奔山海关，压迫吴三桂不得不献出这一座天下雄关。现在他走进了山海关的瓮城门，更加明白，吴三桂如果不投降，这山海关是没法攻破的。现在他被吴三桂派文武官员来恭迎进关，而且从此往后，不仅吴三桂将永远要为清朝进入中原、建立大清鸿业效犬马之劳，而且他所统率的数万将士从此都要为大清消灭流贼和占领北京效命前驱。这么一想，范文程对多尔衮的超乎群雄的英雄伟略更加敬佩。

　　通过光线稍暗的瓮城门洞以后，便到了阳光灿烂的山海关前。从瓮城门到山海关门有十多丈远，如今是初夏的未初时候，阳光几乎是直射在瓮城以内。山海关门朝向正东，如今由于吴三桂的降清，城门大开，只有一名下级军官带领四名兵丁在瓮城门内站岗，另有四十兵丁在山海关外站岗，一如平日。范文程抬头望见关门上汉白玉横额上刻着三个颜体大字："山海关"，不禁心中一动，暗暗说道，由于摄政王的谋略过人，从此满汉一家，雄关变成通途！

　　吴三桂的行辕距离山海关门并不远，大约只有一里多路。出瓮城门恭迎的四位文武官员的马匹都由仆人们牵着，在关门内路旁等候。范文程及其随从人员的马匹，由戈什哈和仆人们牵着，跟在后边。从关门内前往吴三桂的行辕,本来可以步行,但为着摆出主客双方的身份地位,还是一齐上马,片刻间就驰到吴三桂的行辕门外。

吴三桂手下的另外几位文武官员已经在辕门外恭候。大家同范文程过去虽未见过面,但是都知道他世居辽东,从努尔哈赤建立后金朝开始就投效满洲,至今已历三世,深蒙信任,官拜内院大学士之职,所以对他十分尊敬。突然,鼓乐声起,范文程乍然间有点吃惊,但随即明白吴平西王行辕因为他是摄政王差来的使者,以贵宾之礼相迎,马上心中释然,面含微笑,随着恭迎的官员们进入辕门。

范文程本来是一位以细心和机警出名的人。今日进关,更是处处留心,他在鼓乐声中走进行辕大门时候,尽管他同欢迎他的官员们谈话,但还是注意到行辕大门左边的墙壁上贴着一张红纸长幅官衔,上写道:

大清国敕封平西王兼关宁兵总镇驻山海城中行辕

范文程一眼看出,大红纸和墨色很新,分明为着迎接他才写成贴出来的,盖住了原来的官衔。他此次来关内与吴王会晤,除奉旨传达摄政王的简单口谕之外,也奉有摄政王密旨,要他留心观察吴三桂是不是真心降清。他从东罗城完全撤兵,东瓮城门和山海关两处仅留有薄弱岗哨,已经看出来吴三桂是真心降顺;现在又看见这新贴出的红纸黑字行辕衔牌,他相信吴三桂是真心投降了。

虽然吴三桂已经受封王爵,但是他知道范文程是摄政王身边红人,丝毫不敢怠慢,赶快走出二门,降阶相迎。随后将范文程请进大厅,让客人落座,等仆人献茶之后,便赶快问道:

"摄政王差学士大人光临敝辕,有何重要训示?"

范文程略微欠身回答:"我大清奉命大将军、叔父摄政王连日征途劳累,本来需要休息,以便明日亲自指挥大战,本打算在今晚召见吴王,但随后一想,认为吴王与众位关宁将士以及山海地方官绅,在贼寇猖狂犯境之日,共同一心一德,高举义旗,归顺大清,欢迎王师,此亦不世伟功,实堪嘉许。于是改变主意,立即命文程前来,传达令旨,要吴王率领山海卫文武官绅前去威远堡帐殿晋谒,恭聆训示。"

吴三桂赶快欠身说道:"是,是,应该听摄政王当面训示。只是目前武将们多在石河东岸阵地,防备逆贼进犯,大部分不能赶去威远堡中听训……"

范文程不等吴三桂将话说完,马上说道:"这我明白。想来李自成已经知道大清朝精锐大军来到关外,阁下务要谨防流贼狗急跳墙,乘清兵进关前伺机进犯,妄图侥幸一逞。所以阁下如今只须率领在山海城中的武将及重要幕僚,以及地方官绅,前往威远堡晋谒听训,凡在西罗城及石河东岸阵地上的大小将领一律不许擅离驻地,务要时刻监视敌人动静。另外,大清兵到山海关外的已有数万,现在欢喜岭一带休息。将于今日黄昏以后至三更之间,分批整队进关,驻扎西罗城中和石河东岸,休息好以后,明日投入大战。另外,在西罗城中,请吴王殿下挑选地势较高,也较宽敞的地方,作为摄政王的驻地。二更以前要将这片大的场地清扫干净,黄昏后会有一部分满洲官兵于二更以前进来,为摄政王搭设帐殿,并为随来的文武官员搭设军帐、厨房、马棚等一应设施。满洲兵的上三旗也在三更之前进关,大部分驻扎西罗城外,明日投入决战,少部分驻在西罗城内,拱卫帐殿及朝臣居住禁地。吴王殿下,西罗城中可有这么合适地方?"

吴三桂不假思索,马上回答:"有,有!西罗城原是训练山海卫骑兵跑马射箭地方,土城较大,非东罗城濒海边可比。城中靠近西门有这么个高敞地方,为将领们检阅骑射的地方。今日上午,我就是立马这个高处,指挥战争,平定北翼城的鼓噪哗变。以我看来,摄政王的帐殿设在此处,最为适宜。"

"这地方有没有百姓居住?"

"这一个高敞地方原是驻山海卫武将们检阅骑射的地方,不许百姓居住,下边倒有几家贫民居住,有些破旧草房。"

"所有贫民住房,一律拆除干净。如今这一处地方是大清摄政王驻跸禁地,不能留一个……"

说到这里,范文程突然停顿,思索另外一个字眼儿表达他的意思。机警的吴三桂马上猜到他要说的是"汉人"这个词儿,但因为不仅范文程原是汉人,如今新投降满洲的平西王和麾下数万将士也都是汉人,所以范文程在话到口边时不由地打个纥顿,寻找别的词儿。吴三桂心领神会,马上接着说道:

"我明白,在摄政王驻跸地方,不能有一个闲(汉)人。"

范文程点点头,立刻起身告辞,并嘱吴三桂即率领山海城中文武官员和士绅们去威远堡晋谒摄政王,面聆训谕。吴三桂恭送范文程在鼓乐声中离开辕门,又命原来在瓮城门外迎接范文程的四名文武官员恭送到瓮城门外。

吴三桂原以为范文程会在他的行辕中停留很久,向他详细传达摄政王多尔衮的作战方略,所以在范文程来到之前,命仆人们将东花厅打扫得干干净净,准备范文程临时休息之用。不意范学士来去匆匆,不肯逗留,这做派不但与往日的大明朝廷使者不同,与不久前李自成派来的犒军使者唐通、张若麒二人也截然不同。他不由地在心中叹道:

"大清朝虽然建国不久,却是气象一新!"

吴三桂将范文程送走以后,立刻下令,在西罗城外,石河东岸的宽广地方,为大清的步骑大军准备驻扎之处,同时在西罗城中那个高旷地方,火速为摄政王准备搭设帐殿和驻跸的御营禁地,另一方面,传谕在山海城中的部分武将、幕僚,以及地方官绅,齐集辕门,随他去威远堡晋谒大清摄政王。

趁着跟随他赴威远堡晋谒多尔衮的文武官员和地方重要士绅来辕门集中的时间,吴三桂回到内宅,在一个女仆的伺候下梳了头,将又黑又多的长发按照汉人自古相传的旧习,在头顶挽成一个大髻,以便戴上帽子。

　　当女仆替吴三桂梳头时候,陈圆圆站在旁边观看。她知道大清朝的摄政王要召见吴王,为明日的大战作出重要训示。在她的思想中,吴三桂的宠爱就是她的幸福,吴三桂的官运亨通、飞黄腾达,就是她的梦想。至于什么忠君爱国啦,民族气节啦,在她的思想中从来不沾边儿。她也明白,凡是良家妇女,应该讲究贞操,丈夫死后要为亡夫守节,这是天经地义的道理,但是这个世代相传的死道理与她陈圆圆无缘,与一切做妾的女人无缘。当女仆为吴王梳好发髻时候,陈圆圆在一旁禁不住赞叹说:

　　"王爷的头发真好!"

　　吴三桂似乎没有听见爱妾的话,脸上一丝笑容也没有。

　　管梳头的女仆从桌上打开镜奁,取出大的铜镜,双手抱着,请王爷看一看挽在头顶的发髻。趁这时候,陈圆圆赶快站到吴三桂的身边,也从镜子中观看吴王新梳好的发髻和漂亮的三绺短须,同时观看她自己的像花朵一般的妖媚笑容。她自己很爱吴王,也深知吴王对她真心宠爱,此时趁身边只有一个贴身服侍的女仆,她将头部尽量向丈夫的鬓边贴近,有意使丈夫闻到她脸上的脂粉香。

　　她想吴王会在镜子里看到她的笑脸,会像往日那样将她的纤腰轻轻搂一搂,接着再狠搂一下,笑着将她轻轻推开。然而今天却很奇怪,尽管梳头的女仆连着称赞他的头发又黑又浓,镜中的吴三桂依然毫无笑容,脸色沉重,几乎要流出眼泪来。

　　陈圆圆莫名其妙,不禁吓了一跳。她想,今日大清摄政王差大学士范文程来传令旨,要吴王赶快率领山海城中的文武官员和士绅前去晋谒,显然对吴王很是看重。她想,满汉合兵,力量大增,准定明日一战获胜,大清朝建都关内,吴王就是大清朝开国的一大功臣。这么好的官运,吴王为什么忽然伤心了呢?

　　吴三桂虽然粗通文墨,但他是武将世家,对待陈圆圆只满足她生活需要,自来不对她谈论一句军国大事。当女仆为他梳头,陈圆圆称赞他的头发时候,他在暗想,多尔衮已经来到山海关外,满洲的大军就要进关。如今这一头好发很快就要从前边剃去一部分或将近一半,留下后边的打成辫子,披在后边或盘在头顶。童蒙时候他就读了儒家的一本经书,那上边有"身体发肤,受之父母,不敢毁伤"的话,他背得烂熟。千百年来,汉人一代代传下来的风俗习惯,怎么能一降满洲就非要改变不可?他想不通,但看来想不通也没有别的办法。这是他照镜子时候忽然伤心的一个原因。另一个原因是已经知道他的父亲被李自成带来,住在李自成的老营。明日作战,只要李自成一句话,他的父亲就可以立即被斩。至于他的母亲以及全家三十余口,都在北京,成了李自成手中的人质,随时都可以被李自成斩尽杀绝。由于吴三桂降了满洲,勾引清兵进关,在汉人眼中成了民族罪人。吴三桂在母亲面前是一个难得的孝子。他是母亲的头生孩子,母亲生他的时候由于胎体较大,相当难产,几乎死去。虽然他的父亲当时已是稍有地位的边将,但是母亲特别爱他,不让乳母喂养,自己喂他奶直到三岁以后。吴三桂在童年时候知道了这种情况,对母亲特别孝顺。如今想到父亲即将死在眼前,而母亲和全家在北京的三十余口几天后将被李自成全部杀光,他几乎要失声痛哭。

陈圆圆不知道这些情况,吴三桂也不想让她知道。他马上要去威远堡晋谒大清摄政王,只能忍住悲痛,吩咐一句:

"快拿衣帽!"

陈圆圆赶快帮助贴身女仆将衣帽找出,服侍吴三桂更换衣服。吴三桂才由大清朝封为王爵,并无现成的王爵衣帽,只好穿上明朝一二品武将的独狮图案补服。武将的补服不仅同文官前后胸补子所绣的图案不同,也比文官的补服较短,腰带左边有悬剑的银钩。吴三桂更衣完毕,挂上三尺宝剑,这才勉强向爱妾笑着望了一眼,大踏步向外走去。

跟随吴三桂出关去晋谒大清摄政王多尔衮的文武官员和地方上重要士绅共约四五十人,都已恭候在辕门外边。大家先向吴平西王躬身相迎,等吴王上马以后,都立即上马,随着吴王出关。

去晋谒大清摄政王多尔衮的路上,吴三桂既想着明日将如何作战,也想着营救父母和全家之策,准备在同多尔衮谈话时提出他的打算。但是他也明白,在战场上夺回他的父亲也许尚有一线希望,要想救出陷在北京的母亲和全家人的性命,大概是绝无希望。想到住在北京的母亲和一家大小必死无疑,他的眼泪又不禁夺眶而出。

范文程离开平西王吴三桂的行辕,驰马回到威远堡中,进帐殿谒见多尔衮,向多尔衮禀明了与吴三桂等文武官员以及地方士绅见面的情形。多尔衮满意地微笑点头。

正说话间,有人传报吴三桂已经到了威远堡的东门,等候觐见。多尔衮望着重新聚集在帐殿中的人说道:

"内院大学士们留下,启心郎留下,护卫们在帐外侍候。叫吴三桂等一干人进来!"

张存仁乘这机会说:"请摄政王爷面谕吴三桂等新降诸臣,既然降顺我国,应该遵照国俗,就在此地剃了头发,然后回去。"

多尔衮望一望洪承畴、范文程,见洪承畴低头不语,范文程也不说话,他在心中打个问讯,向帐外望去。听见帐外用满语高声传报:

"平西王吴三桂来到!"

一位满人官员和一位汉人官员到城门迎接吴三桂等人。吴三桂的随从奴仆和侍卫兵将都不许进入城门,他们身上的刀剑也都留在城门外边。从城门到帐殿,两行侍卫,戒备森严,整个威远堡中肃然无声。帐殿外边陈设着简单的仪仗,灯烛辉煌。

吴三桂久经戎事,对此戒备,心中并不在乎。他原以为多尔衮会走出帐殿相迎,而他也将以军礼相见,也可能会叫他屈下右腿行旗人的请安礼。然而这一切都是瞎猜,当他率领他的重要将领和本地官绅走到离帐殿大约一丈远的时候,忽然有一满洲官员叫他们止步,随即有一个官员用汉语喝道:

"平西王与随来文武官员、士绅跪下!"

吴三桂一惊,但既到此时,也不敢迟疑,赶快跪到地下。他背后一群文武官员、士绅也立刻随他跪下,低下头去,十分惊骇,不敢出声。又有一个声音喝道:

"磕头,再磕头,三磕头,拜……平身。"

吴三桂等照着这喊声行了礼,然后从地上站起来。多尔衮用满洲语说了两句话,随即那位赞礼的汉人官员传摄政王谕,要他们进入帐殿,在地上跪下。刹那之间,吴三桂觉得不是滋味。他原来只在明朝的皇上面前才下跪,而现在忽然要对一个满洲的摄政王跪着说话,从此后……可是现在后悔也来不及了。

多尔衮向跪在地下的吴三桂询问了李自成的兵力及今日作战情况。吴三桂在回答时故意夸大了李自成的兵力,说李自成有二十万人马,看来不假。同时他也夸耀了关宁军的勇猛,说他的将士把"流贼"杀得"死伤遍地,河水都被堵塞",只是因为"闯贼"令严,不下令收兵,无人敢后退一步,所以关宁将士也死伤了很多。他自从带兵以来,还从未经过这样的恶战。

吴三桂一面跪着回答,一面偷看多尔衮的神色。只见多尔衮左手拿着旱烟袋,忘掉吸烟,只注意地听他说话。在多尔衮庄严的神色中含着温和的微笑,偶尔也轻轻地点头。看见多尔衮在微笑,吴三桂刚才因下跪而产生的压抑和惘然情绪顿时消失了。多尔衮又询问了一些战场上的情况,他一一作了回答。

多尔衮问了他许多话,包括李自成对他的劝降经过以及他如何答复等问题。他作了更加详细的回答,说明他一心报君父之仇,忍痛不顾父母和全家都在北京,毅然与"流贼"作战。因为自己兵力不够,所以才请求大清国派兵相助。

多尔衮笑着说:"目前不是要大清国帮你报君父之仇,你就是我们大清的人了,我们是一家人。你忠于崇祯皇上的一片好心,以后要忠于我们大清朝,做大清的忠臣。为此,我还要与你对天盟誓呢。"

吴三桂身上暗暗地出了汗,但也不敢说别的话。

多尔衮将熄灭的烟袋放下,向吴三桂和随来的官员士绅们望了一眼,又向跪在一旁的启心郎望了一眼。吴三桂等知道摄政王将有重要口谕,肃然跪着身子,低头恭听。这时忽然从西边隔着长城,响起一阵喊杀声。吴三桂大为吃惊,多尔衮也感到诧异,向外询问。过了一阵,得到禀报,说是"流贼"派人偷袭北翼城,但人数看来不多,正在被赶走。又过了一阵,喊杀声不再有了。多尔衮叫吴三桂等人向前跪。吴三桂等膝行向前,离开多尔衮只有三尺多远。

多尔衮说道:"你们汉人愿意为你们故主报仇,这是大义所在,本摄政王是很称赞你们的。我这次领兵前来,就是要成全你们为故主复仇这件美事。先帝在的时候,那些两国兴兵作战的事,如今都不要再说了,也不好再说了。只是你们要明白,往日我同你们虽是敌国,今日可是一家人了。我兵进关之后,若是动百姓一根草,一颗粮食,定要用军法处治,这一点务请你们放心。你等要分头晓谕军民,不要惊慌。"

下面跪着的人,有的连说:"喳!喳!"也有的用汉语说:"遵谕,谨遵王谕。"

多尔衮又说道:"大清国这次进兵关内,非往日可比。这次一为剿除流贼,替大明臣民报君父之仇;二要平定中原,拯救百姓于水火之中,统一河山,从此关内关外不再有什么分别。各处明朝官吏,只要投顺大清,照旧任职。若有反抗的一定剿杀,决不姑息。我这话已经出有晓谕,你们要张贴各处。"

吴三桂等又是一阵惟命是从的应答声。

多尔衮又接着说道:"明朝凡不是姓朱的人都不能封王,只有朱洪武开国时候才有异姓王。我国不分满蒙汉,只要有大功的都可封为王,子孙长享富贵,这一点要比明朝好得多了。你吴三桂明白我大清应运隆兴,明朝气数已尽,率众投顺,我要奏明皇上,封你吴三桂为平西王。你手下的文武官员,一体升赏。还有随你来的宁远士民,流落在此,我心中也很不忍。有愿回宁远本土的就叫他们回宁远本土去吧，各安生业，不要再背井离乡，丢掉了祖宗坟墓。回去后从此不再有颠沛流离之苦。吴三桂，你要将这话晓谕从宁远各处带来的士绅百姓。"

吴三桂心中感激，赶快说道："谨遵王谕。至于封三桂为平西王，实在不敢。三桂但能消灭流贼，报君父之仇，于愿足矣！"

多尔衮说："封你平西王，这是应该的。我马上就禀明大清皇上，给你册封。目前打仗要紧，你要努力作战，不要辜负我对你的期望。在我国有很多你父子的亲戚故旧。你舅舅祖大寿一家人，还有姓祖的一门大小武将，都蒙我国恩养，受到重用。洪承畴、张存仁都是你的故人，也在我朝受到重用，今晚都在我的帐中，同你相见。"

说到这里，多尔衮把话停下，吴三桂乘机抬起头来，从汉大臣中看见了洪承畴和张存仁，他们也都在望他。张存仁原是他的父执一辈，松山、锦州失守之后，也曾写信劝他投顺清朝。

多尔衮又接着说："我大清国待汉人有恩有义，从前孔有德、耿仲明等人被明朝打败，从海道逃走，投降我国，我们都封他们做了王，得到重用。不管是先降顺后降顺，我朝只问他是不是忠心降顺。凡是忠心降顺的，一体恩养重用。你回去要晓谕将士，今后忠心为我大清国效力，我大清国不会亏待了你们。"

吴三桂磕头表示感谢。

张存仁在边上说道："吴三桂等人既已归顺我国，就应该一律剃了头发，遵照国俗。"

多尔衮没有马上理会，命吴三桂等人坐在地上，又命人给他们端来了茶点。随即他向吴三桂询问明日应当如何打法。吴三桂不愿满洲兵进入山海关城，便建议他们分兵两路，从北水关、南水关进入长城。明日关宁兵由西罗城出兵，三路兵马一起越过石河，攻入敌阵。多尔衮含笑点头说：

"就照这样办吧。你先回去，命人打开南北水关，迎接我大兵进去，埋伏在关内休息。明日五更我要率领文武大臣进入关城，亲临西罗城指挥作战。你的将士要臂缠白布,好与流贼区别开来。军情紧迫,你们先回城内去吧。"

吴三桂等人走后,多尔衮将满蒙汉统兵诸王、贝勒、贝子、公、固山额真唤来,面授进兵方略,命大军分两路在月光下从南水关、北水关进入关内。吩咐完毕,多尔衮很觉疲倦,躺下休息。但刚刚躺下,又兴奋地坐了起来。想到明天这一仗将决定大清国能否顺利进入中原,一种兴奋和焦急的心情将瞌睡驱赶跑了。他传谕就在他的帐殿中跳神,祈祷明日一战获胜。在萨满来到之前,他告诉洪承畴说:

"张存仁急着要叫吴三桂等人剃头。今天不用这么急,只要臂缠白布就成了。明天打过这一仗,再分批让将士们剃了头发,遵从国俗也不迟。何必这么急呢?"

洪承畴说:"臣也是这么想的。王爷睿智,果然远远超出臣下。"

这天一整夜炮声不断,既有大顺军向山海关西罗城打来的炮,也有从西罗城打向红瓦店一带的炮。炮声中还夹着不断的马蹄声和人声,这是清兵在向关内开拔,而后续部队也在陆续到达。

天色黎明时候,多尔衮开始带着内院大学士、满蒙汉王公大臣、朝鲜世子以及两三千护卫的精兵向山海关东门前去。这时吴三桂已率领关宁军将领和一城士绅在山海关东罗城恭候。

第七章

经过上午的一场激战，大顺军虽然在初战中略占上风，但是李自成的心头上反而感到沉重。他认为吴三桂的关宁兵确实是一支精兵。自从崇祯十四年破了洛阳以来，与他交过战的所有明朝军队，包括左良玉的人马在内，还没一支军队能够同吴三桂的关宁兵相比。吴三桂只有三万精兵，虽然兵力略少于大顺军，但是吴三桂集中兵力死守一城，就显出兵力雄厚的优势。李自成的御营设在靠近石河西岸的高岗下边，他带着军师宋献策立马高岗观战，只能遥望正东方向的山海关，却无法接近。不但不可能接近山海关，也不能接近山海城的西门，甚至接近山海城西边的西罗城也不可能。西罗城外并没有山河之险，石河如今适逢春旱，仅仅有涓涓细流，然而如今的中国已经进入十七世纪中叶，火器在战场上发挥了强大威力。大顺军要通过空旷的石河滩到达西罗城下，且不说西罗城有强大兵力在等待迎击，先说城上的炮火就会使大顺军遭受重大伤亡，造成关宁兵出城反攻的极好机会。李自成今日不但认识了关宁兵的战斗力不可轻视，也认识了山海关不但对外是一座天下雄关，从里边也不易攻占，甚至连接近也很困难。

当上午的激战结束以后，李过和刘宗敏分别来到李自成的面前，向他禀报了各自阵地上的战斗详情。李过指挥的阵地就在他站立的土岗下边的石河边上，他看得一清二楚。在战况紧急时他曾经忍不住想亲率御林军冲下岗去，投入战阵，被宋献策用眼神和摇手阻止。至于刘宗敏指挥的红瓦店战场，因为看不十分清楚，误以为大顺军在红瓦店的阵地失利，曾打算命令在红瓦店西岗上的大军派出一万人马前往驰救，杀败敌军。但宋献策摇摇头，阻止增援,轻声说:"不用派兵增援,马上即见分晓。"果然,关宁兵中了刘宗敏的计,没过多久,埋伏在村中的大顺军各路杀出,已经分散的关宁兵措手不及,大量死伤,只有一半人马溃逃出来。

今日是东征的大顺军与关宁兵初次交锋,红瓦店的胜利不是一个小胜利,所以刘宗敏向李自成禀报交战情况时很自然地带着激动情绪。李过在旁边也听得有味,频频点头,向军师问道:

"军师,你怎么知道刘爷是在用计,阻止皇上派兵增援?"

宋献策笑着说:"我深知刘爷善于用计,遥遥看见红瓦店战场上的大顺军向村中逃跑时没有崩溃之象,而是分股行动,慌乱中仍有秩序,故知关宁兵必堕入刘爷计中。"

刘宗敏哈哈大笑。一向比较严肃的李过也忍不住笑了起来。

站在附近的李双喜和几员护卫亲将互相递着眼色,精神为之振奋。自从离开北京以来,他们没有看见皇上有过一次笑容。尤其双喜是李自成的养子,对大顺皇上的心情最为留意。此时他偷看父皇的脸上表情,竟然看见父皇远不像李过和刘宗敏那样高兴,而是稍露微笑,跟着就显得心情沉重,对宋献策、李过和刘宗敏三人说道:

"你们都跟我去大帐中吃午饭去吧,一边吃饭一边商议大事。"

众人随着御驾在大群亲兵的扈从中走进村中。这是一个有十几户人家的贫穷村庄,只有一家瓦房,但上房的正间摆着一口白木棺材。李自成自从破了洛阳,号称奉天倡义文武大元帅起就脱离了流寇时代,如今是大顺皇帝,所以这贫穷的小村庄竟没有他可以临时居住之处。手下的官员们因为他是皇上,更不敢随便为他安排住处。到了此地以后,尽管大家都明白明日天明后就有大战,还是为他在打麦场中搭起一座大帐,通称"御帐",又从百姓家中找来一张四方桌,一把大椅子放在方桌后边,铺上黄垫,权作御座,又找来几把旧椅子,放在御帐一角,备召见亲信大臣时赐座之用。御帐的一角也放了一张小桌,备随营书记临时写字之用。

李自成进了御帐,先在方桌北边的椅子上面南坐下。其他人不敢一起进帐,立在帐外稍候。李双喜因知道父皇要留下刘宗敏等在御帐中用膳和密议大事,所以紧跟着同一位年轻的扈驾亲将进来,赶快将椅子摆好,恭敬地小声问道:

"叫他们都进来吧?"

李自成十分疲倦,加上情绪低沉,只轻轻点头,没有做声。

李双喜和扈驾亲将迅速退出。双喜在帐外对刘宗敏等低声说道:

"有旨,叫你们各位进帐共用午膳!"

刘宗敏走在前边,抱拳躬身行礼,随即在方桌左边的第一把椅子上坐下。当时遵照唐宋以来的礼俗,以左为上,而刘宗敏在大顺朝位居文武百官之首,所以在方桌的左边就座。军师宋献策行礼后在方桌的右边就座。李过是李自成的亲侄儿,叔侄同岁,自幼一起玩耍,学习武艺,互相厮打,常在地上翻滚,如同兄弟。自李自成号称奉天倡义文武大元帅之后,李过再不敢不尊敬叔父了。为着拥戴叔父的帝王大业,他牢记自己应该时时对叔父执臣下之礼,为其他众多武将树立榜样。今日虽在战场,但因是皇上赐膳,所以他不像刘宗敏那样行一个躬身作揖的简单礼节,而是跪下去叩了一个头,然后在下席(皇上的对面)就座。

四样极其简单的菜端上来了,接着端上来的是粗面锅盔和杂面条。李自成已经饿了,开始大口吃起来。行军御膳房的领班厨师看见皇上吃这样的粗恶饮食,心中有点难过,跪下说道:

"启奏皇上,方圆十里以内的老百姓都逃光了,荤素菜全找不到,除非明天能够攻开山海城,否则两天后连这样的伙食也没有了。"

李自成和刘宗敏等人此刻对攻破山海城不但毫无信心,而且都想到这战争凶多吉少。自从崇祯十三年李自成的人马进入河南,大约五年以来,他从来没有过这样的沉重心情。他很后悔自己料敌失误,不听宋献策和李岩的苦心谏阻,率人马离开燕京东征,陷于进退两难之境。他一边低头吃饭,一边在心中问道:

"怎么办？怎么办？"

随营御膳房的厨师领班来将碗筷和盘子拿走，另一个御厨官员将方桌擦干净。他们退出之后，李自成与刘宗敏等正要开始议事，双喜进来了，跪在地上说：

"启奏父皇，刘体纯有要事前来禀奏。"

"叫他进来！"

李自成向足智多谋的宋军师望了一眼，在刹那间，他在心中问道：难道刘体纯有什么好的消息？

李双喜迅速退出，在帐外作个手势，紧接着刘体纯快步躬身进帐。李过将自己的椅子向旁边一拉，使刘体纯能够正对着皇上跪下。刘体纯按照规矩，跪下去叩了三个头，但没有马上说话。按说，刘体纯从少年起就跟李自成起义，出生入死，被李自成视为亲信爱将，不应在反映意见时有所顾虑，但如今由于是君臣关系，使刘体纯不得不有点胆怯。李自成见他叩头后却不说话，感到奇怪，没有叫他平身，心中很急，赶快问道：

"你是不是要禀报满洲兵已经到了山海关外的事？"

刘体纯本来不是为禀报这一件尽人皆知的消息，但因心中一慌，说道：

"是的皇上，满洲的摄政王多尔衮率领满、蒙、汉八旗军队已经来到山海关城外了……"

"孤已经知道了，何用禀报！"

刘体纯一惊，立刻转入正题："听说吴三桂原来并无意投降满洲，在山海城中按兵不动，脚踩两家船。是投降大顺还是与大顺为敌，许多天不能决定……"

"可是孤差人劝他投降，又差人携带金银绸缎前去犒军，他竟然受了犒军金银，公然拒降，反而向满洲借兵，甘为汉奸败类！"

"实际情况，臣已探明，不敢直言启奏。"

李自成心中一惊："什么实际情况？你探听到的事只管说出不

妨。快说吧，二虎！"

"据说，吴三桂因知崇祯已经自缢身死，明朝已经灭亡，加之他的父母和全家人都在北京，所以他一没有在军中为崇祯发丧，也没有命将士臂缠白布，为崇祯带孝，二没有宣誓……宣誓……讨……讨……"

李自成忍不住说道："'宣誓讨贼'！你是重复敌人的话，何必怕说出口？往下还有什么？"

"还有，三没有派一个人去同明朝在江淮各处的文臣武将联络，共商报仇复国大计。他在观望，也在等待。到我朝差遣唐通与张若麒前来山海镐军劝降时候，事情已经迟了，吴三桂已经决定与我为敌。"

"为什么吴三桂下决心与我为敌？"

"启奏皇上，吴三桂虽系武人，但是他久为边将，处在局势多变的争战之地，十分机警。他一面不断派细作侦探北京情况，一面也侦探沈阳满洲动静，对满洲朝野事十分清楚。"

李自成问道："听说他起初也有意向我朝奉表投降，后来变卦了，到底是什么道理？"

刘体纯停了片刻，偷偷地望了刘宗敏一眼，下决心回奏说："皇上！臣哥哥刘体仁追随皇上起义，死在战场。那时臣只有十二三岁，蒙陛下留在身边，以小弟弟相待。据臣判断，明日上午必有恶战，决定胜负。臣幸蒙皇上培养，得为皇上的亲信将领，明日定当勇猛向前拼死杀敌，以报皇恩。说不定明日臣出战后，将会陈尸石河滩上，马踏为泥，所以此刻纵然获罪，也将埋在心中的一些话全倒出来！"

李自成也动了感情，片刻间不顾自己的皇帝身份，轻声说："二虎兄弟，你说吧，说吧！"

刘体纯说："吴三桂虽说是镇守宁远的武将，但是他父子两代位居总兵，他舅父祖大寿也是总兵，所以对明朝的朝政腐败、种种亡国弊政，早已清楚。他风闻皇上近些年统率仁义之师，纵横数省,所向无敌,深受百姓拥戴,望风迎降。崇祯看清楚北京局势万分危急,下密诏命他火速放弃宁远,护送宁远百姓进关,星夜到北京守城。他携带十来万宁远士民和将士家属,谎称五十万人,走得很慢。当时没有满兵追赶。他如有忠心救主,应分出一部人马护送百姓,亲自率领两万精兵,日夜赶路,早到北京,部署守城。如若那样,北京人心安定,朝廷安稳,唐通不会出居庸关三十里迎降。如若那样,明朝虽不能不亡国,至少可以不会迅速灭亡。因为他不是明朝的忠臣,所以误了崇祯皇帝,断送了明朝江山。"

"孤进了燕京之后,他为什么不赶快投降?"

"他在看北京情况,每日派细作刺探消息。"

"后来他为什么决计要与我大顺为敌?"

刘体纯又忍耐片刻,用十分沉痛的语调说道:"皇上!明日血战,臣说不定会战死沙场,以后永无向皇上陈奏实情之日。倘若所奏不实,触犯圣怒,请治臣妄论朝政之罪。这不是平常时候,臣秉忠直言,死而无憾!"

李自成从来没有看见过刘体纯在他面前说话有这样的神情和口气,他既为二虎的忠诚所感动,也增加了他对明日大决战不利的预感。一反他平日冷静沉着的习惯,双目含着怒意,望着刘体纯说道:

"二虎,不管你心中有什么话,该倒出来的你赶快倒出来,不要顾忌!坐在这里的没有一个外人,不能够走漏消息。你知道什么情况,快快说出!"

刘体纯望了刘宗敏一眼,看见刘宗敏的神色严厉,分明是不高兴他在皇上面前说得太多;然而他又看见军师神情淡然,分明是鼓励他向皇上大胆进言。他抬起头向李自成慷慨说道:

"启奏皇上,吴三桂在起初确实有降顺之意。原因是崇祯已死,明朝已亡,他已经是无主的亡国武臣,以数万孤军守着山海孤城,粮饷没有来源,也没有一处援兵,还有十几万从宁远携来的眷属和百姓,分散安插在山海卫附近地方,如何生存?这时他为自己和为进关来的军民生死打算,只有向大顺投降才是生路。可是几天之后,他突然变了,拿定主意,坚不投降……"

"他为什么忽然间改变主意?"

"他天天得到细作禀报,不但对北京的情况尽知,也知道各地方的许多情况。那时吴三桂天天同他手下的文武官员商议,骂道,骂道,骂道……总之,他下决心不降了!"

"为什么有此变化?"

"他知道我朝进入北京以后,抓了几百明朝的六品以上文臣,酷刑拷打,向他们逼要银子,拿不出银子的拷打至死。这件事使吴三桂十分不满,认为自古得天下的创业之主都是用心招降前朝旧臣、笼络人心。怎么能这样呢?吴三桂骂我们是,是,是……"

刘宗敏插言说:"眼下不是谈闲话的时候,与明日作战不相干的话,不必说吧。"

李自成说道:"我奇怪吴三桂的父母和全家都在我的手中,他到底为什么忽然变卦,决心与我为敌。献策,你是军师,二虎平日可向你禀报过么?"

宋献策欠身回答:"回陛下,自从在襄京建制,刘体纯专掌指挥细作,刺探敌情,向臣禀报,建功不小。但是凡关于我朝得失大事,政事内情,外边怎么议论,他从来不露口风。如今他要向陛下陈奏的,事关吴逆由打算投降到决计背叛,甘为汉奸的曲折实情,不妨让他奏明,以便我们制定应变之策。"

李自成向刘体纯轻轻点一下头,意思是让他快说。刘体纯接着刚才未完的话头启奏:

"吴三桂正在举棋不定,忽又得到细作禀报,说我们的总哨刘爷住在田皇亲公馆,听说田皇亲病死后留下两位美妾,都是江南名妓。一个叫顾寿,在北京城破前跟着田府中一个唱小生的戏子逃走了。刘爷一怒之下,杀了几个有牵连的戏子。细作又报称刘爷听说还有一个叫陈圆圆的,也是田皇亲带回的江南名妓,比顾寿更美,田皇亲死后被吴三桂买去,就派人将吴襄抓来,逼他献出陈圆圆。吴襄回答说陈圆圆已经到了宁远。刘爷不信,拷打吴襄。实际上……"

李自成说道:"实际上我立刻下旨,叫刘爷将吴襄送回家去,对吴公馆妥加保护。"

"臣知道皇上为着招降吴三桂,对吴公馆妥加保护。臣刚才所言,是指吴三桂的细作回去向吴三桂禀报他父亲吴襄受到拷掠,激起他拍案大怒,决意反抗大顺,赶快向满洲借兵。"

"吴三桂决计不降,还有别的原因么?"

"还有,还有,至少还有三个原因。"

"哪三个原因?"

"据细作禀报,在山海城中,吴三桂同文武官员们纷纷议论,指出我大顺占领北京后很快就露出了要命弱点。比如说,我朝让数万将士驻扎城内,住在民宅,军民混杂,发生抢劫百姓、奸淫妇女之事,引起许多妇女自尽,这件事最失人心。第二件事,北京虽是繁华京城,俗话说在皇帝辇毂之下,居住着许多勋旧世家,达官贵人,可是最多的还是平民百姓,他们既不能靠俸禄,也不能靠庄稼,好像是在青石板儿上过生活。他们平日生活就十分艰难,何况乱世!千家万户的平民百姓平常听说李闯王率领的是仁义之师,所到之处开仓放赈,救民水火,可是进北京后不但无开仓放赈之事,反而骚扰百姓,使百姓大失所望,日子反不如从前,由人心厌明变成思念旧主。北京城内和四郊地方常贴出反抗大顺的无头招贴,防不胜防,禁止不住。这种情况,吴三桂的细作岂能不报到山海?能够瞒得住吴三桂么?还有,陛下,我大顺兵进了北京,军纪迅速瓦解,士气低落,这种情况,陛下清楚,总哨刘爷清楚,军师清楚。我们自己人清楚不打紧,被吴三桂探听清楚,他怎肯降顺我朝?何况他对满洲的动静,十分清楚!"

听了刘体纯的大胆启奏,李自成、刘宗敏、宋献策和李过都十分震动。李自成既后悔他不该离燕京悬军东征,又生气刘体纯竟对他隐瞒敌情,使他今日陷于进退两难之境。刘宗敏因为离开长安后身任提营首总将军,到北京后位居文武百官之首,所以刘体纯这一阵跪在皇上面前的披沥陈词,所奏的每一件重大失误都与他有关,心头十分沉重,脸色铁青,低头不语。宋献策因为身任军师,刘体纯在军师府的领导下分掌情报工作,对刘体纯所说的各种情况,也大体清楚,所以他曾经竭力谏阻皇上御驾东征,甚至不避自身祸福,向皇上说出这样的话:"陛下东征对陛下不利,吴三桂西犯对吴三桂不利。"他当时猜到清兵必会南犯,但是一没有料到清兵南犯这样快,二没有料到清兵在行军的半路上招降了吴三桂,转道直向南来,没有枉道密云一带,于今日来到了山海关前。宋献策原来尽力谏阻皇上悬军东征,没有成功,他就作退一步打算,决定到石河西岸停下来,诱敌出战,倾全力打个胜仗,使敌人丧失锐气,然后退兵,在北京的近郊迎击清兵。然而目前看来,这一打算也将要落空。多尔衮今夜必然进关,明日与吴三桂合兵对我,结果如何,已经可以判定。他现在所考虑的不是明日如何对敌作战,而是如何劝皇上赶快退兵。但是就在这同一时刻,他想到退兵实不容易,有可能全军覆没。此地距北京七百余里,中途无一处险要地方可以暂时固守,阻挡追兵。以大顺军的目前实情而言,在退兵路上可能会溃不成军,一败涂地。想到这里,宋献策不由地想到"白虹贯日"的天象,心头一凉,向皇上的显得憔悴的脸孔上望了一眼,忽然发现就这几天,皇上的鬓边出现了不少白发。他还看见,皇上因为连日操劳过度,睡眠很少,眼窝深陷,印堂发暗,大眼角网满血丝,更加吃惊。在惊惧中,不禁又想到"白虹贯日"的凶恶天象。

宋献策很赞成刘体纯向皇上披沥陈奏,说出了他平日不便上奏的实情。在刘体纯的话停顿时候,他想着满洲兵已经来到,明日的大战决难取胜,在心中说道:

"我身为军师,不能谏阻皇上悬军东征,致陷于今日危险处境,奈何!奈何!"

他已断定,明日会有从海面刮来的一阵狂风,满洲精锐骑兵会趁着狂风猛冲我阵;他还根据"白虹贯日"的天象,断定了满洲兵和关宁兵明日必将拼全力攻击大顺军的御营,一则为杀死或活捉大顺皇帝,二则为夺去吴襄,三则为夺去崇祯的太子和永、定二王,绝了明朝遗臣和百姓的复国之望。当然,宋献策十分明白,目前在多尔衮的心中,在明日的决战中,他主要的目的是要杀死或活捉李自成,其他都不重要。想到这里,他的脊背上蓦然出了冷汗。

他虽然出身于星象卜筮之流,二十载浪迹江湖,但是他毕竟是一位奇才,足智多谋。这时他忽然想到常说的一句话:"三十六计,走为上计。"同时决计向皇上建议,今晚迅速退兵,避免明日决战。如何能使皇上听从他的建议呢?他感到没有把握,抬起头来,以忧虑的眼神望着李自成的脸孔,等待建议的机会。

此刻李自成的心头很是沉重,失悔不该不听宋献策和李岩的谏阻,对吴三桂的情况估计不足,陷于今日进退两难之境。他向宋献策、刘宗敏、李过,也向刘体纯扫了一眼,叹口气说:

"孤原来以为,吴三桂只有一座孤城,看见我亲率大军来征,必然恐惧,愿意降顺,所以我将他的老子和崇祯的三个儿子都带在军中,以备对吴三桂招降之用。没有料到,吴三桂竟然会如此倔强!二虎,你说,吴三桂为什么如此倔强,有恃无恐?你要将实情启奏!"

刘体纯说道:"臣派遣细作,混入山海,有的混入吴三桂军中,探听许多实情,有些情况不敢上奏,请恕臣死罪!"

"胡说!你是孤的亲信将领,所以才委任你掌管侦探敌情重任,为什么你知道的事情对孤隐瞒?我不是白依靠了你?!"

刘体纯对皇上的震怒,浑身一颤,但想到大军已处在十分危险境地,干脆抬起头来,心情沉痛地说:

"自从破了北京,皇上住在深宫之中,臣去武英殿叩谒皇上很难。皇上与朝中大臣,以为天下已经到手,江南不须用兵,可以传檄而定。朝廷上一方面忙于演习登极典礼,一方面忙于拷掠追赃和赏赐宫女。臣纵然知道许多敌方情况,也不敢完全启奏陛下,怕的是引起陛下的心中不快。臣今日因为想到明日上午大战,情势紧急,关系重大,所以趁陛下在御帐午膳时候,甘冒重罪,晋谒陈奏。总起来看,吴三桂之所以敢与我朝为敌,一是他对我大顺军占领北京后的种种腐败情况,十分清楚,认为我虽然夺取了明朝天下,也不是长久局面,所以他心中对我轻视。二是他对满洲情况,一举一动,十分清楚,多尔衮何时率兵南犯,要从何处进兵,他都探听得清清楚楚,所以他敢于同我为敌。多尔衮出兵时候并不知吴三桂可以迅速招降,所以原打算采取往年惯例,从密云一带进入长城,直趋北京,不意吴三桂向他借兵,派去的使者同他在翁后相遇。多尔衮立刻决定封吴三桂为平西王,允许事平之后,让他的本部将士仍回宁远屯驻,用这句话收买吴三桂部下将士的心……"

李自成问道:"这是一句空话,怎么能收买住吴三桂部下将士的心?"

"皇上,同样一句话,目前出自多尔衮之口,就能收买住宁远将士之心。目前,辽东全境都归了满洲,宁远和附近的大小城堡,全为满洲所有。多尔衮是摄政王,虽无大清皇帝之名,却有皇帝之实,所以他说的话就货真价实,日后可以落实。吴三桂的部下文武,大部分都是宁远一带人,那里有他们的祖宗坟墓,有他们的很多土地房屋。那里是他们的根。吴三桂奉旨勤王,才到玉田,北京失守,崇祯自缢,明朝灭亡。吴三桂的部下文武官员与士兵突然失去所依。十余万进关百姓,一旦成了难民。按照一般道理,吴三桂很容易受我招降,何况他的父母和全家人都在北京,成了人质!可是他竟然硬不投降大顺,反降了满洲,成为我朝的劲敌。这是我大顺朝一大失策。可是,臣近来常想,吴三桂并不是脑后生有反骨,不是天生的汉奸坯子,为什么会有今日这种结果?我朝文武群臣,不能不想一想,我们进了北京以后,为什么失去民心,使吴三桂与关宁将士不肯拥戴,使山海城中的士民们鼓励吴三桂同大顺对抗。皇上,明日上午是决定生死存亡的大战,臣说不定会战死在石河滩上,所以臣此刻冒死说出来进北京后耳闻目睹的一些实情,请皇上三思!"

刘宗敏脸色沉重,说道:"如今说这些话有什么用? 还是商量军事要紧!"

李自成说道:"不,让二虎说下去,说下去! 东征以来,孤对进占幽州以后的许多事情处理不当,也是深为后悔。二虎,你还有什么要说的?"

刘体纯对大顺朝的牛金星和刘宗敏文武两位大臣很有意见,只是有些话藏在心中,没有机会吐出。此刻因大顺朝处境凶险,明日他可能战死在石河滩上,大顺朝前途难保,所以经李自成一鼓励,又看见军师也在用眼色鼓励他说下去,他一狠心接着说道:

"陛下! 破了幽州以后,我大顺军数万将士驻在城内,占住民宅,军民混杂,自然会军纪败坏,引起士民不满,重新思念明朝。大局未定,正需要施行仁政,收揽人心,可是我朝的文臣武将们没人料到满洲人会兴兵南犯,更没有人料到吴三桂敢坚不投降,并且差人向满洲借兵。大小武将们除抢掠钱财之外,又纷纷抢掠美女。有一天臣骑马从田皇亲府的门前经过,恰好遇到两辆轿车也到田府的大门外停下。许多人驻足观看,小声谈论。我也勒住马缰,立马照壁里边观看。随即看见从第一辆轿车上下来四个穿戴标致的仆妇丫环,走向第二辆绿呢亮纱轿车。首先,绿呢车帘揭开,从车中下来一大一小两个花枝招展的漂亮丫头,随即扶下来一位浓妆打扮的大家小姐。小姐下车以后,立刻由丫环仆妇们前后左右侍候,进了田皇亲府中。过了两三天,听说士兵们纷纷议论,说打了十几年的仗,皇上争得了天下,将领们封了侯、伯,分了金银美女,士兵们平时卖命,破了北京后却依旧两手空空。不知谁将下边的纷纷闲话传进宫中,蒙皇上降下上谕,放出几千宫女,赏赐中、下级武官。罗虎驻军通州,被叫来北京,告他说皇上赏赐他一个姓费的美女,并在京城内赏赐他一处住宅,命他马上成亲。罗虎虽然比我小五六岁,称我二虎叔,可是一向同我的感情很好,无话不谈。他和双喜同岁,都是在孩儿兵营中长大的,可以说情逾骨肉。罗虎的母亲年轻守寡,誓不改嫁,茹苦含辛,抚养他们兄弟二人。罗虎是个孝子,他不愿娶一位宫中美女,像摆花瓶似的供在家中。他只想娶一个农家姑娘,照料他吃苦守寡的母亲。罗虎有一个远房表妹,住在邻村,小时候见过几次。这姑娘虽然不是美人,可是生得明眸大眼,针线活、地里活都是一把好手。家里大人也为他们提过亲事,只等战争平息,便让他们拜堂成亲,同母亲住在一起。罗虎听到皇上赐他美女,实不愿意。他先找双喜商量,求双喜在皇上面前替他求情,辞了赏赐。双喜不敢为他说话,要他找我。臣也不敢替他见皇上说话。他去找总哨刘爷求情,被刘爷痛骂一顿……罗虎成亲的那天晚上还想着他的受苦大半生的母亲和在家乡等候着他的表妹,心中十分难过。他本不会喝酒,别人不知,只管劝酒——只有我跟双喜没有劝酒——他被灌得大醉,回到洞房中倒头便睡,到后半夜被费宫人刺杀了。常言道,千军易得,一将难求,罗虎啊,多么难得的一员青年将领!多么可惜!"

刘体纯说到这里,声音开始哽咽,站在他背后不远处的李双喜开始滚出眼泪,但是竭力忍耐着不敢哽咽。

李自成不由地叹息一声。

宋献策认为刘体纯的话已经够了,选美女的事原是皇上带的头儿,再多说就不好了。他趁机向李自成说道:

"皇上,可以叫德洁将军平身了。他还没有用午饭,叫他快去用饭吧。午后密商明日决战大计,他虽然不是大将,但是他熟悉敌我情形,可以命他参加。另外,在秘密会商军事时,臣将向陛下奏明,派刘德洁将军一件极其重要的差事。罗虎不幸在洞房被刺身亡,如今能够担任这一差事的别无他人,臣想来想去,只有德洁一人了!"

李自成不知军师将派刘二虎担任什么差事,不便马上询问,对刘体纯轻轻挥手,说道:

"你快去用午饭吧!"

刘体纯退出去之后,大帐内好一会儿鸦雀无声。忽然,刘宗敏叹了一口气,心情沉重地说道:

"从去年十二月间我大军渡河北伐,我就任提营首总将军,代皇上指挥全军。攻破北京以后,我朝虽然有牛金星任天佑阁大学士,位居开国首相高位,又有献策和李岩任正副军师之职,代皇上谋划军事,决定用兵方略,可是皇上钦命我位居文武百官之首。我在皇上面前,说话最为算数,正如人们常说的:一言重于九鼎。可是我是打铁的出身,没有多读书,所以平心而论,我为大顺立过战功,也做过错事,到今日后悔无及……"

李自成截断他的话说:"此刻要赶快决定如何用兵,其他事以后再谈。"

刘宗敏说:"皇上,我是个直性子人,该说的话不能够憋在心里。刚才,刘二虎兄弟因看见局势十分险恶,在皇上面前痛痛快快地说出了平时揣在心中不肯说出的话,有些事牵涉到我,只是他不肯提名道姓地说出责任应该归在我刘宗敏身上。其实,自从东征以来,我的心中何尝不很沉重,只是我没有说出罢了。比如进了北京之后,将六品以上的明朝官员抓了几百人,酷刑拷打,追索赃银,有的受不住拷掠死了。这事虽然是东征之前在西安就商量定的,可是在皇上左右亲信大将中,我是主张最力的人。我出身很穷,起小学打铁,看见明朝从上到下,无官不贪,叫百姓没法生活。所以在商议我军破了北京以后,如何筹集军饷的时候,有人说,崇祯连年打仗,加上天灾不断,国库如洗,从宫中找不到多的银子,只好向皇亲国戚和大官僚们想办法,只好将六品以上的官僚们抓起来,逼他们拿出银子。不拿银子就叫他们受点皮肉之苦,不怕他们不是出血筒子。我因为平日最痛恨贪官污吏,对这个意见竭力赞成。皇上也因为我平素做事铁面无私,更不会贪污公款,所以就决定命我负责对明朝官员们拷掠追赃的事。……"

李自成说道:"几年来各地战乱加上水旱天灾,我大顺在长安新建国家,诸事急需用钱,无处筹措,所以才有在北京拷掠追赃的事。这事虽说挨了许多人的骂,可是很快拷掠到七千万两银子,运回长安,解救了我大顺朝的紧急需要。"

刘宗敏紧接着说："皇上，最近几天，因为我大军所到之处，百姓逃避一空，粗细粮食，家畜家禽，什么也不留下，只差没有人往井中下毒。到了这时，我才恍然明白，吴三桂之所以仅凭山海卫一座孤城，就敢与我大顺为敌，坚不投降，是因为，在他的眼中，我们虽然进了北京，但仍然是流贼习气不改，并没有得天下的样儿。自古得天下的，都是时时处处抚恤庶民百姓，千方百计招降文官武将。可是我们进北京之后，却将六品以上官员抓起来，拷掠追赃，就不是收揽人心的办法。……"

李自成被刘宗敏的这些话所感动，同时想到进北京后有许多错误的措施他自己应负主要责任。于是他不让刘宗敏再说下去，赶快说道：

"捷轩，别的话暂时不谈。眼下只商议打仗的事……"

刘宗敏显然心情沉重，将两手抱在桌上，先向大家看了一眼，然后望着李自成说：

"臣为北伐大军提营首总将军，钦封臣为大顺朝文武百官之首，进北京后一切措施失误，纵然皇上不加重责，我刘宗敏也不能不心中难过。今日刘二虎老弟有些责难与我有关，我不生气，只觉得十分惭愧。此刻，光吃后悔药无济于事，我说出两件应该火速办的事情吧！……"

李自成赶快问："你赶快说，哪两件事？"

"第一件，立刻拿出三百万两银子，交给副军师李岩，赈济北京城内和郊区贫民。"

李自成点头说："孤同意。命李岩立刻办好放赈的事，新降顺的文臣们一个也不许插手。"

"第二件，"刘宗敏又说道，"火速密谕北伐大军的南路军总指挥、权将军刘芳亮，将所部人马集合，星夜赶到北京城外，准备与敌兵决战。冀南各府州县纵然情况不稳，可以暂时不管；等大局稳定之后，再派兵剿抚不迟。还有，替皇上写一密谕，命驻守太原的陈永福火速移兵固关，太原只留下少数人马弹压，太原附近各州县情况不稳,暂不去管,防守山西的大门要紧。"

李自成明白刘宗敏把情况想得更坏,考虑到满洲兵在夺占北京之后,还会继续进兵,攻入山西。他也想到明日决战不利,但没有想到会一直败入山西,连固关也会受到满洲兵的进犯。他默默点头,示意刘宗敏说下去。

刘宗敏看见李自成的神色沉重,接着又说:

"请皇上不必过于担忧,我们多向坏处打算,会有好处。我们进了北京以后,许多新降的文臣们以为天下已经到手,只要皇上举行了登极大典,就坐稳了万世江山。现在看来,当我朝在忙于筹备皇上登极大典的时候,满洲人正在准备大军南犯,从大顺朝的手中夺取天下。眼下,多尔衮已经率满蒙汉大军来到山海关外,不管我们愿不愿同敌人决战,今夜满洲兵都得进关,我们明日都得遇到一场苦战,所以多向坏处想很有好处。"

李自成与刘宗敏共事多年,深知宗敏不仅是一位勇猛无畏的战将,而且也善于谋划军事,胸有韬略,所以很得到他的倚重。刘宗敏随即向宋献策说道:

"军师,我刚才的这些建议,都是绝密的,也是十万火急的,请你自己写成紧急文书,称道是奉皇上紧急面谕,下盖你的印章,立即快马发出。到了永平,另换塘马,人不休息;到密云也是只换塘马,人不休息。到了北京,如在夜间,则连夜叫开城门,将这些十万火急上谕交到牛丞相手中,不许耽误。刘芳亮现在何处,我们不知道。给他的密封文书,可由牛丞相命兵政府衙门派塘马火速转交。军师,事不宜迟,你马上就亲自动笔,火速办吧。"

宋献策虽然是大顺朝的开国军师,在满朝文臣中仅低于牛金星一个肩膀,但是刘宗敏是钦命位居文武百官之首,而现在刘宗敏所考虑的事都很重要,看得较远,使他在心中佩服。所以宋献策遵照刘宗敏的吩咐,立即起身,坐到御帐一角的小桌旁边,一边研墨一边思考着刘宗敏的话,使他吃惊的是,他的心中已明白,刘宗敏预料的情况比他预料的还要可怕。刘宗敏担心明日上午如果战败,大军崩溃,满洲兵会一路追赶,夺占北京之后,还会穷追不止,直至进入山西。倘若如此,大顺朝欲固守关中就十分不易!

因为事先考虑到可能皇上会有极其重要的密谕不能交文臣经手起稿、缮写,以免泄露出去,所以宋献策在举行御前会议时准备了一件用牛皮制的护书,放在小桌上边。现在他将护书打开,取出军师府专用笺纸,按照刘宗敏的意思,很快地将三份"上谕"的草稿写出。这种"上谕",既不同于常见的皇帝诏书,也不同于官场中的八行书信,而是用质朴的大白话写的,类似近现代的所谓"白话文"。宋献策将拟好的三份"上谕"稿子双手捧呈李自成的面前,请求审阅。李自成的心情无比沉重,分别看了一遍,微微点头,推到刘宗敏的面前。刘宗敏看过后,也点点头,说道:

"好吧,赶快派专人马上发出,不要耽误!"

宋献策说:"是要马上发出,即速送到牛丞相手中。"

为着稿子要留作绝密档案,宋献策立刻回到御帐一角,重新在小桌旁边坐下,又从护书中取出正式军师府公文用笺,将三封"上谕"都加上开头的例行用语:

> 大顺朝随营军师府正军师宋为紧急传谕事,顷奉东征大军提营首总将军汝侯权将军刘面示奉皇上谕旨……

宋献策知道刘宗敏最讨厌这一句枯燥无味的例行用语,认为这一句是"六指抓痒——多一道子"的话,所以重新将稿子缮清以后,自己校读无误,便将三份"上谕"分别装入三个军师府的公文封筒,写好送交收文官员,再用火漆封好,立刻走出御帐,派人唤来值勤的负责紧急塘报的官员,吩咐他如何马上送出紧急文书,迟误将受到军法惩处。而最重要的吩咐是他想到如今民心不肯归附大顺,塘报官出发时必须带十名精锐骑兵,护送到京,以免路上出事。

宋献策在御帐外边为派遣塘报武官和挑选十名骑兵往北京飞送皇上密谕的事,大约花去了一顿饭的时候。等他回到皇上面前,看出来每个人的神色都很沉重。在刘宗敏吩咐他草拟紧急上谕时候,他心中很清楚,刘宗敏也同他一样将目前的局势看得十分不妙,已经看到了在北京同敌人决战已不可能,甚至担心敌人会追入山西。由于知道了这些,所以他认为可以马上将他的退兵方略提出。他的方略已经简单地向李过等人吐露一点,他们都暗中点头。只等刘宗敏和皇上同意,他就赶快安排好依计而行,纵然到明日满洲兵与关宁兵全部来犯,我军不能抵御,也不会全军覆没,更不会危及皇上,动摇国本。然而如今一看大家的神情,他的心中猛然一凉,不敢说出他的心里话了。

参加密商明日应战方略的,除李自成之外,有刘宗敏、宋献策、李过和谷英。谷英是权将军,上午没有参加石河西岸的战斗,而是率领一部分人马驻扎在石河西边的村庄中,随时准备冲出来投入战斗。另外一位是挂制将军衔的青年将领刘体纯,宋献策将要派他担任极其重要的新任务,所以特意要他参加密议。

开会之前,大家稍微休息一阵子。御帐周围戒备得特别森严,只有李双喜可以进入御帐,其他文武官员都不许走近警戒范围,不奉命更不许进入御帐。

刘宗敏和李过上午参加激烈战斗,十分疲惫,坐在椅子上,头一歪便睡熟了。宋献策因为想着明日就有事关大顺朝生死存亡的大战,他身为开国军师,尽管十分疲劳,却是睡意全无,悄悄离开御帐,拄着手杖,一瘸一瘸地向岗头上走去。双喜赶快追上他,小声询问:

"军师,要不要我派几名亲兵跟随尊驾?"

宋献策摇摇头:"你小心警卫御帐,听候皇上呼唤!"

李自成明白目前的处境十分不妙,大顺朝立脚未稳,孤军东征,胜败存亡决于明日一战,想到这里,心忧如焚。当李过已经睡熟,刘宗敏打着鼾声,宋献策显然怀着沉重的心事,不声不响地走出御帐以后,李自成更没有一点倦意。他心中明白,吴三桂的关宁兵和新到的满洲兵合起来超过大顺军的两倍,而且兵强马壮,给养充足,士气旺盛,又占地理优势。道理清清楚楚,明日大顺军决难取胜。他在心中自问:"怎么办?怎么办?"又过片刻,不见军师回来,他的心中焦急,站起来向谷英看了一眼,谷英跟随他出了御帐。

双喜立刻来到近处,肃立恭候,不敢做声。另有二十几名扈驾亲兵围拢上来,相距几丈远躬身站住,不敢向前走近,也不敢直视皇上。李自成向各处一看,向双喜问道:

"军师在哪里?"

双喜回答:"回父皇,军师不让亲兵跟着,一个人往岗头上去了。"

"你派人跟随没有?"

"他不要自己的亲兵跟随,也不要儿臣派人跟随,只嘱咐儿臣用心保护御帐,不可有一点松懈。他想仔细看一看整个战场的地理形势,想一想明日作战的事,马上即回。"

李自成怒斥:"粗心!无知!万一有奸细混到石河西岸,岂不危险?你快去岗头上将军师接回,只说我在等候开御前会议!"

"儿臣遵旨!"双喜立刻带着几个亲兵向岗上奔去。

李自成向谷英小声问道:"子杰,明日上午要进行决战,你看这一战如何破敌?"

谷英小声回答:"宋军师足智多谋。听说皇上离京东征之前,军师曾经竭力谏阻。军师说过这样的话:皇上东去对皇上不利;三桂西来对三桂不利。军师如此苦谏,必有他的道理。目前局势险恶,陛下何不命军师在今日御前会议上畅所欲言,贡献良策?"

"你说的是,说的是。马上开御前会议,孤就要他献出妙计,以解今日之危。"

谷英说:"军师定有妙计。众将领私下常说宋军师胸藏三十六计,已经使用的不到一半。虽是笑话,但也可见宋军师的胸中智谋未尽其用。他苦苦谏阻陛下东征,也是他的智谋过人之处。马上开御前会议,请陛下命军师不必顾忌,直陈所见,献出妙计,趁东虏八旗人马尚未进入关门,我军应赶快采取趋吉避凶之策。"

李自成明白谷英不同意明日与敌人决战,有迅速退兵之意,心头增加沉重。他没有做声,同谷英走回御帐。

没过多久,宋献策从岗头上回来了,刘体纯也进来了。刘宗敏和李过都被叫醒,只用手掌在脸上干抹一把,重新坐定。御前亲兵又搬来两把旧椅子,李过是权将军,紧坐在刘宗敏的右边;谷英也是权将军,紧坐在宋献策的旁边。刘体纯是制将军,坐在李过刚才坐的椅子上,面对皇上。李自成虽然明白明天的决战凶多吉少,也知道谷英不主张进行决战,但是他仍然主张侥幸一试,等挫伤了满洲兵的锐气以后,再决定退兵之策。他向军师问道:

“献策,你刚才又到岗头上看了一阵,对明天如何布阵,可有新的想法?”

“陛下,依臣愚见,明天的决战,对我十分不利,能够避免这次决战最好。倘若不能避免决战,这北边二里以外的燕山山口,十分重要。就请陛下派一得力将领,率领两千将士,坚守山口,不许一骑进来,扰乱我军左翼战线和中军御营。”

“难道满洲兵会从一片石进来么?”

“皇上,目前满洲军威甚盛,我方不可不谨防事出意外。像唐通这样人,崇祯于国事危急之时,敕封他为定西伯,平台赐宴,命他死守居庸关。他竟然同监军太监杜勋出八达岭三十里向陛下迎降,可以说毫无心肝。他是洪承畴统率下援救锦州的八总兵之一,与吴三桂有袍泽之谊。如今清兵势强,洪承畴与吴三桂难免不招诱他降顺满洲。所以从一片石来的燕山南口必须派兵防守。不过因为道路崎岖,山势险峻,只需两千人防守就够了。”

李自成点头说:“这意见很好。我没有想到唐通不可靠,几乎误了大事! 你还有别的好意见?”

宋献策为着大顺兴亡,已经想好了一个紧急建议,但不敢贸然说出,继续一面仔细思考,一面等待机会。刘宗敏忍不住问道:

“军师,红瓦店这地方是通向北京和天津的大道,也是通向永平的大道,明日必定是两军血战争夺之地。你看,我军应如何部署兵力?”

宋献策在心中暗想:"快到说出实话的时候了!"但是他仍然不动声色地回答说:

"红瓦店是东西交通要道。平时进关的人,从山海卫往西,红瓦店是必经之地。明日大战是两军决战,必以红瓦店为争夺中心。红瓦店的村南边即是丘陵地势的尽头处,尚有一箭之地是渤海海滩。在涨潮时候,或起东南风时,这一片海滩就看不见了。这一片海滩是包围红瓦店的必经之路。今日吴三桂也想派兵从海边包围红瓦店,只是他兵力太少,无力从海滩仰攻红瓦店,被我军居高临下,用轻火器与弓弩一阵射退。但明日作战情况,与今日大不相同,不易对付。"

刘宗敏问:"怎样不同?"

宋献策说:"今日上午之战,虽甚激烈,但非决定胜负之战。我大顺军与吴逆的关宁兵均未倾全力投入战场,只是互相摸摸底儿,为明日的大战做准备。多尔衮率领的满洲大军今日中午已经来到,必是今夜进关,明日与关宁兵合力对我。本来吴三桂凭恃关城,以逸待劳,抗拒我军,已经是我之劲敌,使我取胜不易;不料吴三桂勾引满洲兵来,二者合兵,人数倍于我军,且满洲兵系多尔衮亲自率领,锐气甚盛,给养充足,万万不可轻视。"

刘宗敏说:"好在石河西岸是丘陵地带,我军坚守石河西岸,进行一场血战,以红瓦店作敌人坟墓。军师,你看如何?"

宋献策仍然不急于说出实话,沉吟片刻,忽然向李自成问道:

"皇上你看如何?"

李自成说道:"红瓦店必有一场血战,可惜无城可守,石河岸不是御敌……"

宋献策说:"石河西岸虽然无险可守,但是凭我大顺军将士忠勇,也可以杀得敌人尸如山积,血流成河。臣所担心的是敌人从海上过来,在红瓦店的东边……"

众人不觉吃惊,注目军师。李自成首先问道:

"敌人怎么从海上来?"

宋献策说道："过去数年,宁远之所以能够孤守关外,全赖明朝将饷银、粮食、各种军资,从海道充分供给。粮食与运来的各种军资均停泊在宁远城东数里外觉华岛的港湾中。今年二月间,吴三桂奉崇祯紧急密诏,命他放弃宁远,率将士与百姓星夜入关,驰援北京。吴三桂一路从陆路撤退,在觉华岛上的军粮、辎重,还有大批老弱妇女就是乘几十艘海船撤退入关。那时西北风顺,大小船只扬帆南下,走海路的反比走陆路的先到山海关外,停泊在姜女庙海边。后来因多尔衮率大军从翁后地方转道南下,直奔山海,吴三桂将所有船只移到老龙头长城的东边,即海神庙附近海湾。船上所剩粮食辎重,均已运进山海城中。那里水深浪平,最宜停泊。多尔衮颇会用兵,智虑过人,故有睿亲王之称。他的左右有范文程和洪承畴为之出谋划策,更使他如虎添翼。洪承畴在出关以前,驻军山海,他的总督行辕就设在老龙头寨中澄海楼上。臣猜想他必会向多尔衮建议,利用停泊在海神庙附近的船只,运载一两千精兵,绕过老龙头和澄海楼,明日在大战正酣时候,满洲兵只要有数百人从海上登岸,擂鼓呐喊,我在红瓦店纵然有两三万人马也会突然大乱,各自奔逃。何以如此?盖我军将士的军纪与士气远非昔日可比,所以臣不胜忧虑!"

李自成也认为局势险恶,但不能不故作镇静,对军师和刘宗敏说道:

"献策担心敌人会从海上绕过老龙头,从红瓦店海滩登陆,这事不可不防。捷轩可派遣一千精兵,携带火器、弓弩,埋伏在海边的芦苇和荒草之中,待敌兵离船登岸时,一声呐喊,火器与弓矢齐放,将敌击溃,岂不容易?何必发愁!"

宋献策明白临近他要说出实话的时候了,说实话可能蒙受皇上严责,不说实话大顺军可能有全军覆没之灾,皇上难保平安,应了"白虹贯日"的凶兆。他的心情十分紧张,露出来没有办法的苦笑。沉默片刻,然后回答:

"明日大战,主战场不在海边,而在石河滩与石河西岸。但臣身为军师,不能不计算到各个方面,故将敌兵会在红瓦店南边或西南边海滩登陆的事也估计进去。其实,臣何尝不想到在海边消灭敌兵不难,但臣更担心的是,这次作战与昔日作战不同。明日只要在红瓦店海边出现呐喊声和炮火声,我在红瓦店正面的大军即会惊慌崩溃。古人论作战之道,常说要制敌而不制于敌,今日形势恰好相反,竟处处受制于敌,穷于应付,未交手而败局已定。倘若明日我大军溃于石河西岸,献策虽身死沙场,不足报答皇上的知遇之恩。纵然不死于沙场,也无面目再作军师!"

大家听了宋献策这几句话,个个大惊失色。李自成虽然也知道处境不佳,但没有想到会有全军崩溃的结果。有一阵工夫,他沉默不语,心中后悔他东征时不听谏阻,同时,考虑着他的最后决策。李过对进北京后的许多事情,早有意见,而且对御驾东征的事也不同意,但是处在侄儿身份,凡事不敢多言。现在他不能不拿出主张,向军师问道:

"请皇上先回北京如何?"

宋献策心中一动,回答说:"补之将军高见,正合吾意,望皇上采纳,愈快愈好。"他转向皇上,又接着说:"其实,御驾速回北京,并非皇上逃避大战,而是回北京后即可下旨调兵遣将,在北京与敌决战,击溃敌军。北京城改建于永乐年间,城高池深,颇可坚守。除明朝中叶以前原有红毛国人制造的红衣大炮多尊,从天启到崇祯初年,徐光启等在天主教士的帮助下又新造了不少红衣大炮。皇上疾驰回京之日,大概刘芳亮驻守保定一带的精兵至少有一部分到了北京。皇上正可以凭借北京坚城,利用众多新旧红衣大炮,与敌兵决战,必胜无疑。皇上为一国之主,并非受命作战的将领,何必留在此地!"

李自成低头不语。他明白眼下局势十分不利,明天之战显然是凶多吉少。他也明白宋献策劝他赶快退回北京,确实出自忠心,情辞恳切,而且赶快退回北京,部署在北京城下与敌人决战,似乎也有道理。但是他同时想着,从此地到北京七百里,中间无一处险要可守,无一处属于大顺的屯兵坚城;一旦退兵,军心瓦解,强敌穷追,必将全军崩溃,不可收拾。至于宋献策建议他在北京城下与敌决战,他知道全是空话,用意是劝他速走。他明白明日大战的败局已定,所以军师今日才如此苦劝他速离此地,奔回北京。

李自成虽然神态镇静,低头沉思,但是在沉默中不觉心中发急,出了一身冷汗。

李过问道:"军师,你熟读兵法,足智多谋,处在今日,必有良策。几年来皇上待你不薄,可以说倚为心腹,言听计从。我看你分明是有话要说,可是又不敢说,究竟是什么重要计策?"

宋献策面露苦笑,仍在考虑。

李自成也催促道:"你如有好的计策,今日不说,更待何时!你我之间,有何话不可直言?"

宋献策被李自成的诚意感动,决定直言,只是决定不再说他看见"白虹贯日"的凶恶天象。在他最后犹豫时刻,偏偏谷英等得不耐,露出嘲笑神气,紧逼一步说道:

"军师!大家都说你胸中藏有三十六计,何不拿出你的最后一计?"

"平日我的胸中确实有三十六计,目前尚存一计,至关紧要,但不敢贸然说出。"

李自成心中十分明白,故作不懂,说道:"你只管说出不妨,是何妙计?"

因为局势紧急,大家纷纷催促宋献策说出妙计。宋献策又犹豫片刻,只好说道:

"古人常说,三十六计,走为上计。依献策愚见,应该在今夜一更以后,不到二更时候趁月亮从海面出来之前,我军分为三批,每批二万人马,神不知,鬼不觉,迅速撤退。虽然撤退要快,但随时要准备应付追兵,所以将六万人分作三批,以便在退兵中将领们能够掌握部队,轮番凭借有利地形,阻止追兵。这是我的退兵之计,请求采纳,万勿迟误,稍一迟误就失去退兵良机。"

御帐中鸦雀无声,等待着李自成对此计作出决断。

李自成平时很相信宋献策,听了他的"走为上计"的建议,而且必须快走,趁在月亮出来之前便走,心中大惊,一时茫然。惊骇中他在暗想:清兵尚未见到,便闻风仓皇逃跑,我大顺皇帝的威望从此一落千丈! 况且,士气本来不高,今夜不战而逃,明日多尔衮与吴三桂合力猛追,沿路无险可守,无处可以阻止追兵,亦无援军来救,难免不全军瓦解……他反复想了一阵,向刘宗敏问道:

"捷轩,军师建议我们今夜退兵,你有什么主张?"

刘宗敏颧骨隆起的两鬓上的肌肉微微跳动,下意识地将两只大手抱在桌上,将指关节捏得吧吧地响了两声,说道:

"我也明白,目前的局势十分不利,可是只有先打一仗,挫败敌人气焰,才能全师而退。我军士气不如往年,如不能够打个胜仗,前进不能,后退也难。像这次多尔衮率领满洲兵刚一来到,不经一仗,我大军闻风而逃,敌人一追,必然溃不成军,想要退守北京,凭北京城与敌决战,万万不能。况且我们大顺皇上是御驾亲征,不战而逃,岂不成了笑话? 我刘宗敏也不愿留此辱名! 献策,你说是么?"

宋献策正在暗想着"白虹贯日"的凶险天象,思考着如何确保皇上在今夜安全退走,所以他一直低着头,沉默着,没有回答刘宗敏的问话。

李自成对作战深有经验,虽然表面镇定,但明日是否同敌人进行决战,他此刻在心中盘算,也是举棋不定。他暂不催促宋献策拿定主意,先向李过和谷英问道:

"形势确实艰难,你们二位有何主张?"

李过已经考虑很久,胸有成竹,但是他是皇上的嫡亲侄儿,不便抢在外姓大将前先说出自己的主张,谦逊地向谷英说道:

"子杰叔,你上午站在阵后边高处观战,一定是旁观者清,请你先说出你的主张。"

谷英说道:"上午之战,虽然我军在两处战场都占了上风,杀败敌人,但是我也看见,吴三桂的关宁兵与内地明军不同,是我军劲敌,不可小看。何况大批满洲兵已经来到,今夜必定进关。倘若明日上午,吴三桂全部人马出战,加上新来的、锐气很盛的数万清兵,我军的处境确很危险。我刚听到军师说了一句:'三十六计,走为上计。'我也想,目前不如在大战之前,我军全师而退,保存元气,以利再战。自然,我军一退,军心先乱,敌人乘机猛追,可能会全军崩溃,所以目前我军,进不能,退也不易。虽说'走为上计',但是如何一个走法? 此事重大,请军师与皇上决定。补之,你自己有何主张?"

李过说道:"我的根本主张是一个'走'字。我们此刻的御前会议,没有时间说空话,赶快围绕一个'走'字做文章。军师,你说对么?"

宋献策轻轻点头,但不做声。虽然他已经想好了两三个撤退之计,但是因害怕日后李自成追究责任,仍不急于拿出主张。他望着李过说:

"补之,我想先听一听你的高见。"

李过一向冷静沉着,但今天异于平日,情绪不免激动,先向刘宗敏望了一眼,又向他的叔父望了一眼,对谷英说道:

"自从崇祯十三年进入河南,年年打仗,从来没有像这次作战我心中无数。崇祯十五年朱仙镇之战,官军人数多于我军,有杨文岳、丁启睿两个总督,总兵官有几个,势力最强的总兵是左良玉。单只他自己就有十几万人。可是明军内部不和,各顾自己;左良玉骄傲跋扈。我军将经过朱仙镇的贾鲁河水源截断,官兵阵营自乱;经我一阵进攻,三股官军各自溃逃。那时百姓跟我们一心,事先我方军民在左军向西南逃跑的道路上挖掘一道上百里的长壕。像这样的事情,左良玉竟然丝毫不知。等左军十几万步骑兵被长壕挡住去路,我追军趁机一攻,明军纷纷落入壕中,几乎全军覆没。想一想,老百姓跟我们站在一起,仗我们想怎么打就怎么打,所以我们的心中有数。今日情况不同,老百姓不管贫富,逃得净光,只是来不及在井中下毒！午饭前德洁不顾自身利害，在皇上面前慷慨陈奏，说的尽是实话，我听了十分感动。"李过说到这里，心中有点气愤，向刘宗敏的铁青的脸孔上瞟了一眼，然后接着说："皇上明白，钦命提营首总将军刘爷明白，我平日只管带好自家手下的一支人马，只管奉命打仗，凡是军国大事从不插言。可是事到如今，全军胜败，决于明日一战，我不能不将德洁没有说出来的话替他说出。当然，如今说，已经晚了！晚了！皇上，倘若我说出来不该说的话，请治我妄言之罪！……"

李自成从口气上听出来李过对刘宗敏很是不满，但是处此危急关头，他不愿阻止手握重兵的侄儿说话，点头说道：

"此刻是几位心腹大将的御前机密会议，一句话不许走漏。你说吧，不过主要是说你认为是否应该赶快撤退。提营首总将军跟军师也是急于想知道你对于迎战与撤退如何决定，有好主张你就说吧，说吧！"

刘宗敏也说道："眼下吃紧的事情是迎战还是撤退，别的话不妨以后细谈。"

李过虽然平日少言寡语，但是他遇事自有主张，所以进入北京之后，他的手下将士不占住民宅，分驻在一些庙宇和公家房屋中，保持着较好的纪律，他自己不参与"拷掠追赃"的事。他的妻子黄氏多年随在起义军中，身体多病，不能生育。有一阵，从李自成和刘宗敏开始，纷纷搜选美女，接着是向将士分赏宫女。刘宗敏想到黄氏身体多病，不能生育，有心替李过挑选一位美女，差人向李过试探口气，被李过一口谢绝。趁此说话机会，他痛快说道：

"皇上是我的亲叔父，我追随皇上，出生入死，身经百战，为大顺开国创业，是我分内应做的事。纵然肝脑涂地，绝不后悔。但是，今日陷于进退两难之境，细想起来，感到痛心。自从崇祯十三年李公子来到叔父身边，就建议每到一地，设官理民，恢复农桑，先巩固宛、洛，占据中原，然后向四处发展。林泉确是难得的文武全才，极有眼光。他始终不主张早占北京，现在看来，他的意见是对的。"李过忍不住露出来愤慨情绪，接着说："去年十二月，商议大军如何渡河，北伐幽燕，攻占北京。这当然是一件好事，最拥护皇上率大军北征幽燕的是牛丞相和近两三年来新归顺的一批明朝文臣。牛金星在新朝中已经笃定是开国宰相，官职称号是天佑阁大学士。那许多新降文臣，根本不想着自己在明朝有过功名，吃过俸禄，同崇祯有君臣之谊，没有一个人想到做明朝忠臣，他们所想的是明朝速亡，崇祯身殉社稷，他们好顺利地做新朝的'从龙之臣'，得到高官厚禄。皇上，请恕臣直言！臣看得很清楚：倘若明日我军打了胜仗，凯旋回京，一切都会照样；倘若不能战胜敌人，损兵折将，仓皇退回北京，再从北京退走，那时就会看见树倒猢狲散，用绳子拴也拴不住！自三月十九日我大顺军进京以后，他们每日忙于演礼，忙于拜客，忙于纳妾，没有一个人进过一句有关整顿军纪、收揽民心的话，也没有一句有关如何治国平天下的忠言！"

李自成听着李过的句句话都是对他和刘宗敏说的，有些语言带刺儿，但是处在目前局面，他不但没有动怒，反而害怕刘宗敏同李过顶撞起来，不利于同心对敌。他露出一丝苦笑，轻轻点头，用平缓的口气说道：

"补之呀，你说的众多文臣的情况，孤何尝不知？自从破了襄阳，接着又破了钟祥，破了荆州，破了德安，单就湖广行省说，长江北边的土地都归了我们，随后改襄阳府为襄京，建立新顺朝廷。到了此时，气候已成，湖广各地的明朝文臣，有的是宦海失意，有的是见我新顺朝必得天下，纷纷投降。其中难免鱼龙混杂，说不上都是治国经邦之才，更说不上都是真心效顺。俗话说，老鸹野雀旺处飞，打天下的形势也是如此。去年十月，消灭了孙传庭，进入长安，局面更不同啦。不仅明朝的众多武将相继投降，文臣们更是一批一批地归顺，直到过平阳，破太原，一路胜利到北京。俗话说，运气来的时候，用门板挡也挡不住。大家都来捧场，热热闹闹，共建新朝，总是一件好事，这也是众人添柴火焰高的意思。我们既然顺应天心，建国大顺，就该有众多的文臣武将归顺。总不能在登极大典时冷冷清清，也不能在以后上朝时候，静鞭响后，鸿胪寺官员高声鸣赞，丹墀上的文臣武将稀稀拉拉，不成体统。所以进了北京以后，明朝的旧臣纷纷投降，这是大势所趋，不能怪牛金星，也不能怪孤用人太滥。补之，眼下不是细论朝政的时候，最要紧的是退兵还是决战，其他的事以后再说。在退兵与对敌决战的大事上，必须赶快决定，你有什么主张？"

李过说："臣认为，满洲大军今夜必然进关，明日之战是决定生死存亡大战。是否进行决战，臣不敢妄作建议，请军师拿出主张。倘若认为不能取胜，走为上策，臣主张皇上先走，刘爷指挥全军分批稳步撤退，臣愿意担任断后，除非我手下兵将全部死光，决不许敌兵追犯御营！臣的话到此完了，是否迅速退兵，恳求皇上决断！"

李自成虽然知道明日的败局已定，也很害怕大军崩溃在撤退之时，一败不可收拾。他先看了看刘宗敏的神色，接着又看一看军师的神色，向他们说道：

"献策，你是开国军师；捷轩，你是北伐大军的提营首总，代孤指挥全军。到底如何决定，望你们从速拿定主张！"

刘宗敏已经想好了重要主张，但是他知道宋献策已经想好了全盘计划，向献策催促说：

"军师，你快说吧，我等着你一锤定音！"

李自成也望着宋献策："好吧，军师快说！"

此时御帐中气氛紧张，六万大军的行动就要决定于宋献策的几句话了。大帐内所有的目光都集中在宋献策的脸上，鸦雀无声。

宋献策看见建议李自成今晚退回北京的时机已经成熟，再不建议就晚了。他轻轻干咳一声，清清喉咙，正要说话，忽见李双喜快步进帐，向皇上跪下说：

"启奏父皇……"

宋献策断定必有意外事故出现，将吐到口边的话咽了下去。

大家都将视线转向跪在地上的双喜。

李自成望着双喜："有什么情况？快说！"

"启奏父皇,"双喜接着刚才的话头说,"有三个骑马的人从西罗城中出来,走下河滩,正在向这边走来。在后边骑白马的显然是一位军官,一前一后骑红马的都是随从。那走在前边的随从一边走一边挥着小的白旗。"

李自成向军师望了一眼,轻声问:"献策,你看,此是何意?"

宋献策对双喜说:"速去传令我军,不许放箭,不许打炮,只许那骑白马的军官来到石河西岸,让他坐下休息,不可对他无礼,别的事你不用多管,只不让他随便走动就行。"

双喜向皇上叩了个头,起身走出御帐。

李自成向军师问道:"你想,吴三桂差人来是为了何事?"

宋献策说:"如今多尔衮率满洲大军来到,吴三桂不但对战争有恃无恐,反而会气焰嚣张。他必是为救他父亲和全家性命,差人前来下书。至于书中如何措辞,一看便知。看了书子后将计就计,再作回复。"

宋献策随即起身,招呼刘体纯走出御帐,又将李双喜叫到面前。因为已经是初夏时候,天气晴暖,又无劲风,所以御帐的帘子敞开着。李自成和刘宗敏、李过、谷英都暂时停止讨论作战计划,等待着宋献策处理吴三桂差人来下书的突发事件。李自成是面南而坐,可以清楚地望到帐外。坐在旁边椅子上的刘宗敏、李过和谷英三人只须略微侧转脸孔,都可看见御帐前边的情况。

大家看见宋献策用右手拄着一根短粗的、下端带有铁箍的藤木手杖,左手抬起来比画着,对刘体纯和李双喜低声吩咐。虽然坐在御帐内的人们听不见他说的什么话,但可以看见刘体纯和李双喜立刻分头走开,不敢耽误。

宋献策回到帐中,在原处坐下,虽然情绪不免紧张,但装作若无其事的口气说道:

"吴三桂必是看见战局对我不利,差人前来下书。"

刘宗敏忙问:"难道这小子敢劝我们投降?!"

"那他不敢。据我猜想,他定是为着多尔衮尚未进关,凭着满洲兵的声势,狐假虎威,与我私下商议,交出他的父亲吴襄,释放他的母亲及一家三十余口,他在战场上让我半棋。"

李自成向军师问道:"这件事如何应付?"

刘宗敏立刻代军师回答:"不用回答,只将来的下书人斩了,将头颅交给他的随从带回,这就是给吴三桂的回答!"

宋献策笑着说:"我们先不谈此事,且看吴三桂的来书如何写法。"他又转望着李自成说道:"皇上,以臣愚见,还是等看了吴三桂的书子以后,再作定夺。我们可以因计就计,求其对我有利。"

这时候,大约五十名御营将士走来,刀剑出鞘,闪着银光,另有二十名将士拿着弓箭和轻火器,紧跟在后。这两队御营将士虽然人数不多,却队伍雄壮,步伐整齐,精神饱满,到了御帐前边,肃立守卫。原来那二十名弓箭手和火器手走在后边,此时队形忽变,他们一部分张弓搭箭,面向河滩上的小路,注目不发,火器兵也端起鸟铳,火绳已经点燃,正面对同一方向。李双喜匆匆将队伍检查一下,走进御帐,跪下说道:

"启奏父皇,儿臣遵照军师指示,调了一千名御营将士,从河岸起,沿着小路两旁,严密警卫,直达御帐周围,已经部署完毕。"

李自成知道吴三桂只差一个武官带领两个亲兵前来下书,两个亲兵不许走上石河西岸,只许那个军官上岸递交书信,军师吩咐如此部署警卫,无非是要使敌人看见我方的军容严整,士气高昂。他挥手命双喜退出,随即向宋献策看了看,向刘宗敏问道:

"捷轩,看来你与军师的主张不同。军师偏重在'走为上计',你偏重在明天与敌人拼力一战,先挫伤敌人气焰,然后撤退。你可是这个意思?"

刘宗敏说:"不,皇上,我实际上与军师主张相同,既主张拼力一战,也主张'走为上计'。"

大家都觉诧异,一齐望着他:"啊?此话怎讲?"

刘宗敏正要将他的意见说清楚,刘体纯拿着吴三桂的书子进帐了。

刘体纯并没有将吴三桂的书子捧呈到李自成面前,而是躬身送到刘宗敏面前,说道:

"请刘爷亲启!"

刘宗敏感到奇怪,将书子接到手中一看,果然信封中间的一行字分明写道:"刘捷轩将军勋启"。刘宗敏暂不拆封,问道:

"是不是为救他父亲的事?"

刘体纯在自己的椅子上坐下回答:"我问过来人,不仅为着救他父亲吴襄的事,也要救他的母亲和在北京的全家性命。"

"吴三桂怎么知道我的字叫做捷轩?"

"吴三桂的细作在北京到处都是,刘爷的表字岂能不知?"

"既是为着救他的父母和住在北京的全家亲人,为什么他的书子不是呈交我们的皇上,写给我刘宗敏有啥用处?"

"不,刘爷,我问了下书的人,他是吴三桂的一个亲信。他说,谁都知道,你刘爷在我大顺朝位居文武百官之首,在我们皇上面前说话算数。给你写这封书信,等于写给我们皇上。还有,他已经受封为清朝的平西王,如给我们皇上写书子,如何称呼,很不好办。称陛下,他不甘心,多尔衮会治他死罪。称将军,他怕触怒我们皇上,他的父母和全家人必会死得更快,死得更惨。吴三桂很有心计,决不是一般武将可比。吴三桂写的这封书子不写给我们皇上,写给你刘爷,正是他的聪明过人之处。"

刘宗敏听刘体纯的解释很有道理,就将密封的大信封撕开,抽出里边的两张八行信笺,匆匆看完。尽管刘宗敏读书很少,但对吴三桂在书信中所写的主要意思还是一目了然。他对吴三桂在书信中的口气很不满意。但是他没有大骂,也没有说一句话,将他看过的书信放到李自成的面前。人们看见他左颊上的几根黑毛随着肌肉的痉挛而动了几下。

李自成看了吴的书信以后,脸色沉重,暂不做声,将书信递给军师。他在心中盘算,明日满洲兵参加大战,大顺军的处境确实不利,十之八九要吃败仗,所以吴三桂的来书虽是要求释放他的父亲到山海城中和保护他在北京的母亲与全家平安,但语气上好像他已经胜利在握,毫无乞怜之意。李自成看了书子后虽然心中不快,但是空有愤恨,却无可奈何。趁宋献策与李过等传阅和推敲敌人书信时候,他向刘体纯问道:

"德洁,满洲兵是否已经进入关门?"

刘体纯回答:"臣也问过前来下书的人,但此人遮遮掩掩,不肯吐出实话。据臣判断,已经有两万满洲兵来到山海,驻扎在欢喜岭一带休息,多尔衮的大营驻扎在威远堡中。满洲兵尚有数万在后,将于今明两日内陆续来到。"

"满洲兵尚未进关?"李自成蓦然问道。

"满洲兵日夜赶路,大概要在欢喜岭休息之后,今夜进关,明日参加大战。"

李自成向刘宗敏和李过等望了一眼,又转向军师问道:

"献策,对吴三桂的书子如何回答?"

宋献策说道:"依臣愚见,吴三桂虽然降了满洲,成了汉族败类,但回书中既不要以恶语相加,也不要绝了他搭救父母和一家人性命之心。至于如何措辞,待臣略作斟酌……"

李自成忽然说道:"孤有一个主意,说出来你们各位斟酌,马上决定。"

刘宗敏问:"皇上有何主意?"

"差一官员持一封简单回书,去山海城中与吴三桂当面商量。倘若吴三桂念大汉民族大义,拒绝满洲兵进入关门,我立即护送其父吴老将军今夜回山海城中,他在北京的母亲及全家大小不但一个不杀,还要受我大顺朝优礼相待,随后全部送来山海。崇祯的太子及永、定二王,也送到他那里,由他供养,使明朝各地臣民都知道他对故主崇祯的忠心。"

李过问道:"不怕他拥戴崇祯的太子,以恢复明朝为名,号召远近,与我为敌?"

　　李自成没有回答李过，向军师问道："献策，他会要崇祯的太子么？"

　　宋献策回答说："皇上此计，是从东周列国时候'二桃杀三士'故事中变化出来的，但可惜满洲大军已到，吴三桂必不敢留下崇祯太子。不过，可以试试。目前形势险恶。兵法云'制敌而不制于敌'，我已无制敌之策，这一计不妨一试，不成功对我无损。俗话说，死马当做活马医。将此事写进刘爷给吴三桂的回书中？"

　　"写在回书中。只要吴三桂拒绝满洲兵今夜入关，我们立刻将他的父亲吴老将军与崇祯三个儿子护送到山海城中，并派去五千精兵协守关门，另外派两万精兵从别处出长城，袭击满洲兵的后路。我大顺朝论功行赏，我将立刻敕封吴平西为亲王，'世袭罔替'。这封回书不叫随营文臣动笔，以免走漏消息，还是由军师在御帐中立刻写成为好。宗敏，你的大顺朝提营首总将军印章可在身边？"

　　刘宗敏点头说："带在腰间。"

　　"那好，那就省事了。献策，那边的小桌上有笔墨纸砚，也有现成的小椅子，你就写吧。啊，不。还要叫一位钦差大臣随同来的官员去山海城中，将这封书信面呈给吴三桂，劝说吴三桂拒满洲兵于关门之外。此人，此人……只有张若麒是吴三桂的故人，最为合适。军师，你看如何？"

　　宋献策问道："这，这……给张若麒什么名义？"

　　李自成略一思索，说道："大顺朝兵政府尚书衔实任东征御营总赞画。"

　　宋献策赶快离开御前，到御帐一角的小方桌边坐下，从一个木匣中取出素笺，开始磨墨。李自成命双喜立刻到张若麒的帐中，向张若麒如此如此传谕。双喜不敢迟误，立刻去了。

　　张若麒明白大决战就在明天上午，他是新降顺大顺朝的文臣，手中无兵，必死于乱军之中。正在发愁，看见李双喜来到军帐前

边,他大出意外,从地上一跃而起,出帐相迎,赔笑躬身施礼,让李双喜进帐坐地。李双喜说:

"张大人,目前事情紧急,我是来传达上谕,说完就走,不进帐啦。"

"有何上谕?"张若麒惊问。

李双喜说:"吴三桂派人前来下书,这封重要书信是写给刘爷的,听说十分重要。此刻宋军师正在御帐中替刘爷写回书。皇上吩咐,请你辛苦一趟,随着吴三桂差来的下书人去山海城中一趟,将这封回书面交吴三桂。你去时可带一个贴身仆人,不用携带亲兵。你同仆人的马匹,立刻备好,说走就走。御营事忙,我告辞了。请张大人现在就到御营一趟,皇上和军师一定会有重要话当面吩咐。"李双喜拱拱手,转身走了。

张若麒心中狂喜,暗中说:"这是我的大幸!"但是这狂喜丝毫没有流露出来,立刻吩咐他的贴身仆人赵忠将两匹马赶快备好等候。仆人问道:

"要到什么地方去?"

"此是机密,不许打听,也不许走漏风声!"

"换洗衣服都带上?"

张若麒刚要点头表示同意,忽然又沉下脸来大声责备:"黄昏前就要赶回来向皇上复命,带什么换洗衣服!"

说这句话的时候他故意将声提高,使站立在附近的亲兵们都能听见。他又向仆人大声吩咐:

"赵忠,快去备马!"

他回到帐中,拿出所有银两,旋又全部放回,只取出二十两,带在身上,然后整一整衣帽,大步向御帐走去。他看见御帐附近,直到河边,布满精兵,不觉心中大惊,暗中说:明日这一带将血流成河!

当李双喜向张若麒传达李自成口谕时候,宋献策在小桌上将那封以刘宗敏的名义致吴三桂回信的稿子写成。这书信因不经御营中文臣之手,所以质朴无文,全是用所谓"大白话"写成,只是遵照流行格式,写到对方时"抬头",以示礼貌。但只有"单抬头",没有"双抬头",不失自家身份。稿子写好以后,他自己看了一遍,稍加修改,补了漏字,又用八行纸誊写一份,将底稿上端注了"绝密"二字,又写了"存档"二字。他将底稿叠好,放入怀中,然后站起来,将誊好两页的"八行"恭敬地呈送御览。李自成看过以后,推到宗敏面前。刘宗敏看过了以后,连连点头,从怀中将印章盒子取出,交给军师在小桌上加盖印章,笑着说道:

"这封书信写得好,全是老老实实的大白话,我这个打铁的一看就懂。前些日子,牛丞相命一个文臣替吴襄写一封家书劝儿子投降大顺,又经牛丞相亲自改了一遍,我就看不懂。叫书记官替我讲解,有些典故,我还是似懂非懂。我说,这书子显然不是吴襄写的。吴襄是武将,一个粗人,他给儿子写家书,怎么能像'孔夫子放屁,文气冲天'?不管那封书子写得如何文绉绉的,很像是孔夫子放屁,吴三桂这小子自有主张,不肯投降。据我想,不管这封书子送去之后,他吴三桂如何决定,我们要自己决定用兵大计,以我为主!"

李自成问:"如何以我为主?是明日拼力决战还是'走为上计'?"

刘宗敏正要说话,李双喜进来了。他恭敬地向李自成问道:

"张若麒来了,叫他进来么?"

张若麒被双喜带进御帐。他跪了下去,向李自成叩了三个头,低着头恭候吩咐。李自成没有叫他平身,就命宋献策将写好的给吴三桂的回信递给他看。张若麒看完了信,抬起头说:

"陛下,军师替刘爷写的这封书信十分得体。臣为洪承畴监军时,不但与吴三桂多有来往,而且对吴的为人也略有所知。常听说,吴对父母颇为孝顺,在关外将领中素有孝子之称。所以他此时虽然降了满洲,却又要救他父母。我朝乘满洲兵尚未进关,派遣一重要使者进入山海城中,申之以民族大义,动之以父子亲情,或可使他暂时不令满虏大军进关。但如此大事,臣新近投降大顺,尚无纤功,人微言轻。现有最适当的人,堪胜此任,臣从旁相助可也。"

刘宗敏问:"谁最合适?"

张若麒吞吞吐吐说:"若麒不敢直言。"

李自成也忍不住问道:"快说,谁最合适?"

张若麒望着李自成大胆地说:"窃以为宋献策大人身为开国军师,名重海内,差他去最为合宜,臣可以随他同去,从旁协助。"

宋献策在心中骂道:"混蛋!你想赚老子的一条命献给满虏!"但是他没有来得及说话,忽见刘宗敏的脸色一变,向张若麒骂道:"胡说八道!我们的军师怎么能离开皇上身边?何况吴三桂算什么东西,还用得着我们的宋军师去向他送信?"

张若麒赶快伏在地上,惊慌地说:"若麒失言,若麒失言!"

李自成不愿意耽误时间,向宋献策说:"军师,我记得你在替捷轩写的信上说今'委托东征御营总赞画张若麒面致手书,不尽之意,由张总赞画当面详陈',是不是这样写的?"

宋献策:"回陛下,是这样写的。"

李自成又说:"你在'东征御营总赞画'上边加上几个字:我朝新任兵政府尚书兼……"

张若麒赶快叩头,说道:"谢恩!"

李自成说:"你起来吧,火速随吴三桂差来的下书人到山海卫去!"

宋献策遵照李自成的吩咐,在书信中加进去"兵政府尚书"的虚衔。张若麒双手接过书信,恭敬地放在怀中。

李自成问道:"你看,吴三桂能不能听你劝说?"

张若麒回答:"此事臣只能尽力而为,不敢说必能成功。不管如何,臣必定很快回来。"

李自成点头说:"好,你去吧,速去速回!"

张若麒又向李自成叩了头,恭敬地退出御帐。

谷英向宋献策问道:"军师,你看他会回来么?"

宋献策说:"我看是肉包子打狗,有去无回。"

李自成说:"他非战将,也非谋臣,不回来也于我无损,我们还是讨论作战大计吧。捷轩,献策,孤听你们二人快说出你们的高见吧!"

刘宗敏没有马上回答,望一望宋献策和李过等人。大家都不敢说话。他知道宋献策心中最为清楚,问道:

"军师,你怎么不说话呢?"

宋献策说道:"请大将军直率说出意见。目前时间紧迫,再不决定,就迟误了,请大将军快说吧。"

李自成知道刘宗敏一定有非常重要的话不肯直率说出,就忍不住催促道:

"目前是什么时候,还能够吞吞吐吐,有话不说? 捷轩,你说出来,大家听听。"

刘宗敏说道:"我没有多的意见,只有一个想法,请皇上赶快决定,不可犹豫。"

李自成说:"你说,你说,你说出来,我再斟酌。"

刘宗敏说:"请皇上今夜动身,速回北京。回到北京之后,一面准备在北京城外同敌人作战,一面火速召集各路人马前来北京。至于山海关这面,我同补之留下,明日与敌死战,使敌人不能追赶皇上。"

李自成一时无言,正低头沉思时,忽然唐通派人来到,禀报军情。李自成立刻命人带他进帐,亲自询问。来的使者是唐通身边的一个中军游击。据这位使者禀报,今日唐通派两千人马出一片石,恰恰遇到满洲兵向一片石攻来。双方发生血战,满洲人被杀退,可是唐通人马死伤也很重,如今正死守一片石关口,防备满洲兵第二次进攻。现在特派他来请求李自成派兵驰援。

李自成问道:"满洲兵到底来了多少?"

使者回答说:"小将只知道满洲兵实力甚强,来攻一片石的骑兵约有三千之众,尚有后续部队,不知多少,正在查探。"

李自成说:"你立刻回去,要唐将军死守关口,不许满洲兵一人一骑进来。明日我即派大军驰援。"

使者退下以后,大家议论,都认为唐通的禀报恐有不实之处。不过宋献策说道:

"唐通的禀报,虽有不实之处,但是可以证明,东虏人马已经来到无疑。这可是需要我们认真对付。"

李自成点点头,看见李过似有话说,就向他问道:"补之,你有何善策?"

李过说道:"刚才大将军建议皇上立刻动身,驰回北京,这建议很好,请皇上务必采纳,不可耽误。如今不走,到明日混战之时,想平安退走,恐怕就迟了。"

李自成仍不能决定,又问宋献策。宋献策尚未回答,忽然从北京有十万火急文书来到。李自成亲自拆开文书,看了牛金星的密奏,知道北京情况十分不稳,城中人心惶惶,谣言四起。有的说皇上在山海关已经打了败仗;有的说吴三桂的人已经潜入北京城中;有的说关宁兵的游骑出没在北京城外。现在北京正在将大炮运往城上,准备守城;城外的许多民宅要拆毁,等等。李自成更加焦虑,将牛金星的密奏交给大家传阅。刘宗敏和李过乘机又劝说他火速返京,不可耽误。李过又用眼色催促宋献策说话。

宋献策没有马上说话。他明白李自成今日所处地位大大不同于往日。在崇祯十六年以前,可以有利则打,无利则走,行动自由。今日不想打也得打,不打就走,有损皇上声威,所以处处受到牵制。但是他又想到,值此生死关头,他既为军师,不能不进忠言,劝皇上速走。所以迟疑片刻后,他抬起头说道:

"依臣看来,我军单单对付关宁兵,取胜也不容易。纵然一时取胜,也不能攻破山海城,徒然死伤将士,折损士气。何况明日将有满洲兵与关宁兵合力对我,我军更难应付。所以今日大家请皇上速速回京,确是上策。"

李自成问道:"难道就没有第二个办法?"

186

宋献策说:"臣今日下午看了阵上情况,返回帐中,沐手焚香,筮了一卦,不敢泄露……"

李自成说:"此刻是我们君臣之间机密会议,不妨说出。"

宋献策先说他筮了一卦,得的是"坎下坤上"。

说罢卦辞以后,宋献策接着说道:"目前我军悬军深入,既不能胜,不如退。但全师而退,为时已晚。平原旷野,大军一动,敌军铁骑追逐,我军无处立脚,容易溃不成军。目前之计,惟有请陛下率数千精骑,即刻动身,奔回北京,部署在北京城外决战。"说到这里,宋献策心中十分难过,因为他明白,所谓在北京城外决战,也是一个托辞,如今哪有力量同敌人决战呢?"我大军轮流与敌厮杀。如能取胜,也要于明日夜间速退。如不能取胜,混战一日,陛下已经退到滦河以西,敌人追赶也追赶不及了。臣临危直言,死罪死罪。"

李自成心情十分沉重,仍然不能决定。李过等人又催他速走。李自成忽然说道:

"我决不能走,原是我亲自决策率师东来,如今才遇强敌,不分胜负。我倘若在此时离开大军,单独回京,于情于理,都对不起数万将士。"

宋献策说:"可是我们原来没有估计到满洲兵来得这样快。"

李自成说:"正因为满洲兵突然来到,我更不能离开大军。明日临阵决战,有我在此,便能鼓舞士气,倘若我先走了,士气必会瓦解。"

李过说:"皇上只是秘密离开大军,将士们并不知道。"

李自成说:"不然。明日作战时候,将士们望不见我亲临战场,看不见我的黄盖,看不见我骑在乌龙驹上共进退,将士们必然明白我已经临危先走,士气岂有不瓦解之理? 正因为满洲兵突然来到,我更应该留在此地,亲自鼓舞将士,打好这一仗,然后再决定如何退兵。倘若我自己不战而先走,造成大军瓦解,北京也万难立脚。北京不能立脚,中原各地必然纷纷叛乱,大局就不可收拾了。"

刘宗敏说:"皇上今日与往年情况不同,今日不管行不行登极大典,你都是皇上了,一身系天下安危。我们在此地与敌人死战,纵然战死沙场,不会败坏大局。只要有皇上在,还可以坚守北京。即使是不能坚守北京,还可以坚守山西、河南、关中,再图恢复。"

李自成说:"我绝不一个人先走。我不能让你们在此地与敌苦战,而我单独退回北京。没有你们,也就没有我。没有你们和数万将士,北京也不会固守。我们十几年来同生死,共患难,今日我如何临到危急时候一个人先走?自古以来,开国君主有几个不是同将士一起从血战中建立江山?汉高祖是这样,汉光武是这样,唐太宗是这样,就是明朝的朱洪武,何尝不是这样?我绝不一个人先走,你们不必再说了。如今只有大家想办法,如何打好明日这一仗。虽然满洲兵已经来到,可是我料想前队只有数千人,大队人马还远远在后。打了明天这一仗,在满洲大军来到之前,我们再决定是否退回北京。"

宋献策等还想劝说,李自成又说道:"我已经决定了,不必再言。各位速去部署明日作战之事,努力打好明日这一仗,不要为我一个人安危多想。"

众人见他神色严峻,不敢再说别话,怀着沉重的心情散去。

第八章

　　虽然进了北京以后,大顺军有一部分士气低落,但是多数部队还很可用。经过上午一战,虽只略占上风,但此时此刻,纵然小胜也给大顺将士的军心士气起到了鼓舞作用。黄昏前大小将领们奉刘宗敏的紧急传谕,骑马来到御营所在的村庄。因为御帐前边的打麦场及附近地方都被马匹占满,所以将领们恭听皇帝训话的地方就只好移至小村庄背后的高岗南坡,也就是今天上午李自成同宋献策立马观战的地方。这个地方,由于是李自成在这次大战前召集全体大小将领恭听作战命令的地方,后世就传说为李自成的"点将台",流传至今。

　　李自成身材魁梧,神色威严,面南站立。他的背后站立着一群护卫他的心腹武将,最为重要的是负责御营警卫重任的、他的族侄李强,养子李双喜。肃立在李自成面前第一排的是几位地位较高的权将军,刘宗敏站中间;然后一排是制将军,约有十几个人;然后是众多的果毅将军和游击将军直到千总一级等等。宋献策不属于武将之列,便恭立在李自成的右边偏后。在刘宗敏的略含怒意的炯炯双眼的注视下,武官们的队列很快地站好了。由于一则大决战在明日就要发生,二则从渡黄河东征以来,这是皇上第一次向将领训话,三则刘宗敏的炯炯目光中含有震慑众人的威严,所以岗坡的武将队列静极了,连往常不可避免的刀剑碰击声也未发生。一只失群的孤雁从南飞来,飞得不高,一边飞一边发出嘹亮的叫声,快到了李自成和刘宗敏站立的地方,叫声突然停止了,静悄悄地飞过岗头。

　　在雁叫声停止后,刘宗敏用低声向众将发出命令:"向皇上行礼!"

因为不在室内,不在帐内,而是在野外,在战场,所以大家只是抱拳躬身,齐声说道:

"皇上万岁!"

刘宗敏接着说:"今日上午一战,我大顺军只用了很少兵力,吴三桂也没有倾巢来犯。这一战,我们占了上风,杀伤了不少敌兵。皇上一直立马岗头观战,十分满意。明日上午作战,是一次决定两军胜负的大战,我要代皇上统率全军,与全军将士们同心合力,杀败敌军。今夜满洲的鞑子兵大概有一部分从山海关进来,明日参加作战。我没有见过满洲兵,想来他们也是血肉之躯,人人都是一个鼻子两个眼睛,既不是三头六臂,也不是铜头铁额。我想,趁满洲兵的先头部队初来乍到,没有充分休息,我们先杀掉他们的锐气,也使吴三桂的关宁兵失去依靠。我大顺朝国家草创,立脚未稳,这一仗只能胜,不可败。明日打了一个大胜仗,我大顺朝就能够立定脚跟;倘若打了败仗,满洲人占了北京,我大顺朝就很难立足了。所以明日作战,只要鼓声不止,人人必须向前,奋力杀敌。满洲人也是血肉之躯,一个人只有一条命,我不怕死,你们也不要怕死。总之,只要我军的鼓声不止,前边纵然有刀山火海,将士们也得拼命向前。我已经禀明皇上,明日作战时候,凡是畏惧不前,制将军以下的将领,不管过去立过什么功,也不管追随皇上多久,立即在阵前斩首;制将军以上,凡是怯阵的,打过这一仗之后,也要按律治罪。至于我刘宗敏,只有两句话:只能做断头将军,不会做逃跑将军!"

刘宗敏的这一番讲话简单扼要,慷慨坚决,李自成和众将领都深为感动。在众将领的眼中,刘宗敏的性格豪爽,做事情说一不二,多年来深受大家尊敬,所以他的这些话特别能够使众将感奋。至于李自成,他对刘宗敏的秉性和忠心更为清楚,那两句"只能做断头将军,不会做逃跑将军"的话,他今天已经听到两次了。现在第二次听刘宗敏重复这两句话,他的心中又是一动,而且他的主意也随之拿定了。

刘宗敏大声请皇上向众将训话,然后退回几步,站在几位权将军的行列。李自成向众将望了一遍,然后说道:

"吴三桂已经投降了满洲,勾引东虏头目名叫多尔衮的率领鞑子兵南犯,前队已经到了山海关外。估计今夜会进入关内,明日会与吴三桂合兵同我作战。据孤看来,明日上午必然是一场恶战。我大顺军几年来还没有遇到过这样的强敌。但鞑子兵来到的只是前队人马,大队人马还在路上。就明日这一仗说,鞑子兵同关宁兵合起来比我人少,我军必须一战挫败敌人锐气,也就是说,明日这一仗,只能打胜,不能打败。孤命令提营首总将军、汝侯刘宗敏代孤指挥明日大战。全体将领在鼓声中只许向前,勇猛杀敌,不许对敌畏怯,不许后退一步。倘有违犯军纪的,制将军以下立即斩首,制将军以上的随后议处,决不宽贷!孤的这几句话就是给汝侯刘宗敏的尚方宝剑。大家都听清了么?"

众将齐声回答:"听清了!"

李自成接着说:"至于孤本人……"

突然,从西罗城上开了一炮,声震大地,离石河西岸不远处落下。由于距李自成站立的岗坡不足一里,开花弹炸开之后,四散迸飞的碎铁片发出来尖锐的呼啸。过了片刻,西罗城又开一炮,但是这一炮是朝红瓦店方向隆隆飞去,没有听见碎铁片的尖锐呼啸。

又过了一阵,西罗城不再打炮,李自成接着说道:

"今日上午,孤与宋军师一直立马这岗头上观战。明日上午仍要像今日一样,同宋军师立马高岗,亲自压阵,不挫败敌人的锐气,孤绝不离开这座岗头。望大家努力杀敌,英勇向前,不辜负孤的厚望!"

刘宗敏重新面对众将,说道:"刚才紧急召集大家,有的刚吃过晚膳,有的没有。现在各自回营休息,准备明日大战。至于如何杀敌,自有主管的权将军、制将军分头下令。现在,各归本营!"

因为关于明日的大战还有一些具体问题需要商量,所以李自成同刘宗敏、宋献策、李过、谷英和刘体纯回归御帐,随即,简单的晚膳端上来了。

李自成在吃饭时候看见众位亲信将领和军师的神情都很沉重,心中十分清楚:第一,对明日的作战并不乐观;第二,刘宗敏和宋献策为他的安全起见,本来都希望他今晚月出之前,驰回燕京,而他却改变主意,决定留下,明日立马在岗头观战,违背了刘、宋二人的意见,也使李过等不能放心。他愈是清楚明日大战的不可乐观,愈要亲自观战,借以鼓舞军心。在沉默中用过晚膳以后,他用沉重的语气说道:

"捷轩和献策因为孤是一国之主,建议孤今日晚饭之后,月出之前,火速驰回燕京。补之和子杰虽然没有说话,但孤看也都有此意。孤起初也在犹豫,难作决定。后来孤反复斟酌,拿定了主意:今晚孤绝不离这里,明日仍然如今日一样立马高岗观战。……"

刘宗敏大声说:"皇上,明日迎击东虏,绝不后退,这是将士们分内之事,不是皇上的事!"

宋献策赶快附和说:"是的,汝侯刘爷的意见很是,很是!……"

李自成摆摆手,不让他们说下去,然后说道:"你们的用心,孤全明白,无非是为大顺国家着想,不愿孤留在战场。可是,你们的考虑并不周全。倘若孤今晚先走,必然要带走吴襄,带走崇祯的太子和永、定二王,还要带走随营文臣,所以没有一两千御营的精兵保护不行。俗话说,连蠓虫飞过都有影,何况像御营撤退这样的大事,能够瞒住何人?目前已经军心不稳,一旦御营丢下大军,仓皇撤退,岂不引起全军惊骇,军心大乱?再说,明日上午,大战开始的时候,我军将士望不见孤立马岗头,看不见孤的一柄黄伞,岂不军心动摇?一旦军心动摇,如何迎击强敌?所以,你们只是考虑孤一个人的安危,没有全面考虑,孤不同意!"

刘宗敏和宋献策感到李自成说的话也有道理,而且口气十分坚决,就不敢再说别的话了。但是宋献策因为曾看见了"天狼星犯紫微垣"的不吉之兆,又看见了"白虹贯日"的天象,他身为军师,不能不为大顺皇帝的安危担心。他低着头想了一阵，然后抬起头来说道：

"陛下从稳定军心与鼓舞士气方面着想，决定留在这里，这种大智大勇的英明决策，虽十个宋献策也不能有此见解。臣眼下只有一个建议，请皇上务必采纳。"

李自成问道："你有什么建议？"

宋献策说："从长安出发时，御营扈从官兵，定制是三千官兵，每人战马一匹，另有驮运东西的骡子若干头。陛下离开燕京东征，因为内阁与窦娘娘都在紫禁城中，所以留下一千人守卫紫禁城，扈从东征的是两千将士。因为跟随御营前来有一部分文臣，有崇祯的太子和二位皇子，即永王、定王，还有吴襄，还要携带御用辎重。平日两千御营官兵实在不够，明日大战，至少要增加三千御营官兵，以应非常之需。罗虎原有三千人马，驻在通州，训练有素，军纪严整。罗虎被刺以后，这一支精兵暂归权将军李过指挥。臣建议将罗虎的旧部三千将士改归御营，这样，扈驾的御营就有五千精锐官兵，遇有非常情况，御营可保安全。愚臣此一建议，敬恳皇上采纳。"

李过立刻表示赞成，刘宗敏也说很好。李自成问道：

"御营兵将众多，派谁统带？"

宋献策几乎是不假思索地回答说："目前统带御营亲军的是果毅将军李强，他是皇上的族侄，对皇上忠贞不贰，武艺娴熟，是一位很好的将才。还有李双喜是皇上的养子，对皇上的忠贞不贰，武艺的娴熟，都不在李强之下。他近些年在皇上的督促之下，喜欢读书写字，可以说粗通文墨，在我们大顺小一辈将领中十分难得。"

谷英问道："你的意见是命双喜统率御营？"

宋献策摇头，说道："不。双喜在皇上身边，既有保驾之责，又要随时传达诏谕，引见臣属，事情够忙了，所以不能由他来统率御营。以我愚见，皇上……"

李自成点头微笑："孤已经猜到了。你直说吧，不必耽误时间。"

宋献策转向大家说:"我看刘体纯最为合适! 刘体纯不惟武艺娴熟,忠心耿耿,而且十分机警。明日两军决战,战场上变化迅速,眨眼间就要作出决断,刘体纯就有这样的长处! 况且他在大顺武将中是制将军,本来就在李强之上,双喜是他的侄辈,更不用说了。刘爷,我推荐的这个人,你认为如何?"

刘宗敏愉快地大声说:"老宋,你不愧是好军师! 皇上,军师的建议你同意么?"

李自成面露满意神情,向坐在方桌对面的制将军刘体纯说道:"你去传谕李强和双喜进帐。"

李强和双喜立刻进来,恭听上谕。他们平日对刘体纯都很敬佩,感情也极融洽,也明白明日的大战不容乐观,所以军师才建议将罗虎原先指挥的三千人马拨归御营,并且命刘体纯专门负责掌握御营的事。李自成下了上谕之后,宋献策立刻带刘体纯、李强和双喜离开御帐,带他们到自己的军帐中面授机宜,随后又把罗虎营的一群将领叫来,告诉他们三千人马已经拨归御营,从今晚起就要移营到御营驻地,一切听刘体纯的命令行事。

在李自成的御帐中,李自成同刘宗敏等几位权将军讨论了明日的作战方略,赶快散会,分头向下传达命令,为明日的决战进行准备。

从黄昏以后,大顺军方面,从御营到全军各营,都在紧张地为明日的决战准备。在山海城中和西罗城中,今天夜间也在紧张地进行准备。不管是满洲将士、关宁将士、大顺军将士,尽管有不同的想法,不同的精神状态,但是都认为明天要进行的不是一般的战争,而是关系重大的决战。

大决战一步一步地临近了!

现在月亮出来,通常在一更之后,将近二更时光。在月亮出来之前,多尔衮走出大帐,仰视天空,但见满天星斗,显然明日必将是好晴天,利于大军作战。自从几天前在翁后接到了吴三桂请兵的紧急书信,当即招降吴三桂,转道南下山海关以来,直到今天午后在威远堡的帐殿中接见了吴三桂及随同朝见的许多文武官员及山海城中士绅,又同吴三桂在帐殿外对天盟誓,决定在今夜他亲率满洲大军进关,明日与吴三桂的关宁兵合力作战,杀败"流贼",他的喜悦心情,不能用语言表达。所以仰看满天星斗,不觉在心中说道:

"明日好天气,准能旗开得胜,一战杀败流贼!"

多尔衮的性格是遇事考虑周密,轻易不说出口来。此刻乍然起了一阵东南风,使长城外的初夏夜晚略微有些寒意。这寒意使他不由地想起来年轻貌美的圣母皇太后在他率领大军从沈阳出发的两天以后,派人赶上,送给他一件貂皮坎肩,供他在征途上御寒之用。他此刻想起了这件事,想到她的情意,又想到明日的必胜无疑,不禁从心头到嘴角同时绽开了微笑。

准备今晚开进山海关,明日参加大战的有满洲的正白旗、镶白旗、正蓝旗,还有"三顺王"率领的汉军八旗。其余人马,包括满洲八旗中的另外几个旗和蒙古八旗,以及从锦州运来的红衣大炮,尚在途中,今夜和明天可以陆续赶到。多尔衮相信,仅凭随同他今日来到的满洲精兵,加上吴三桂率领投降的关宁兵,明日准定可以杀得李自成溃不成军。多尔衮是从二十岁左右起就参与大清国的国事活动,受太宗皇太极之命领兵打仗,所以他知道太祖努尔哈赤一代艰苦创业的种种往事,也清楚太宗一代种种军政方略及战争历史,所以他对今日能够不费一枪一刀而招降吴三桂,占领山海关,认为是太宗建立大清至今的空前胜利,也是他身任摄政王之后初建的不朽功业。想到这里,他无心观察夜景,立刻带着范文程和洪承畴走回帐殿。

他估计各旗将士已经用过晚餐,立刻传下谕旨,命将士们赶快休息,三更进关,在西罗城的树林中搭好军帐,继续休息。明日五更以前,所有进关将士,要将马匹喂饱,将士们也要吃饱,如何出战

杀敌,临时另有指示。多尔衮说出了这样几句话:

"传谕各旗将领,我大清兵十几年来几次进入长城,深入冀南、山东,都如入无人之境。从前,我大清与明朝是两个敌国,所以我大清兵每次南下,攻破城寨,俘虏男女人口,抢掠耕牛财物,都是合法的。这次我兵进入关内,每到一地,都是我大清国土,人民是我大清人民,所以严禁骚扰百姓,不许动一草一木。各地大小官吏,凡愿意投降的,照旧任职;以后犯法,决不宽容。"

多尔衮又命人进关去向吴三桂传下谕旨:满洲大军将于今夜三更进关,大部分暂驻西罗城中,一部分驻扎西罗城外的小树林中。本摄政王定于四更时候率领随征文武官员与朝鲜世子及其左右官员进关。摄政王的帐殿设在西罗城中的高敞地方,早餐和进关时间,定在明晨寅时。他的谕旨,一方面立刻传达到各旗将领,一方面派官员叫开关门,传达给吴三桂知道。

为着明日黎明进关,上午要亲自指挥大战,多尔衮在仆人的服侍下早早地就寝了。

因为关于明日大战的一切准备就绪,对胜利充满信心,加上日日长途行军,十分疲倦,多尔衮很快就睡熟了。

但是,同是月明之夜,却有另外一种情况。

距多尔衮临时驻节的威远堡大约十多里外(因为要绕道山海关),在石河西岸的大顺军御营驻地,却是一个令人不安的紧张之夜。

晚膳以后,几位权将军一个个神情严肃,怀着不同的沉重心情,迅速地离开御帐,各自召集自己属下的重要将领,下达明日作战的重要决定。主要的几项决定是:第一,驻扎在石河西岸几里远的人马统统在晚饭后移驻西岸近处,不许迟误。第二,所有各营人马,明日四更造饭,五更一律人要吃饱,马要喂好,为战斗准备齐全。第三,明日作战胜败,对大顺关系重大,必须奋力死战,不许后退一步。制将军以下的将领中倘有畏怯动摇的,由跟随刘宗敏的执法队在阵前立即斩首;制将军以上将领,事后由皇上严加惩处,绝不姑息。第四,通往一片石的山口部署一千精兵,以防唐通勾引清兵从一片石间路进来;也在红瓦店的南边濒海地方部署一千精兵,弓弩火器齐全,以防清兵乘船从海神庙绕过澄海楼进犯红瓦店的侧背。

刘体纯在这一晚比别的将领更为忙碌。他将新合并的五千御林军(多是骑兵)的将领们召集一起,作了训话,说明战争形势,鼓励大家明日奋力作战,挫败满洲兵的锐气,保护御营无事,皇上平安。据他估计,明日大顺军与清兵混战时候,吴三桂会亲自率一支关宁兵猛力扑向大顺军御营,不但想加害大顺皇上,还要夺走吴三桂的老子吴襄,也夺走崇祯的太子和永、定二王。一位不到二十岁的、原是罗虎的爱将,激动地大声说:

"刘将爷,我们宁可全部战死,绝不让吴三桂这狗汉奸奔上河岸! 请问将爷,你有什么御敌良策?"

这时,一轮明月开始从海面升起,继续冉冉上升。过了不久,从西罗城中惊起了一群宿鸟,乱纷纷飞往别处。又过片刻,从西罗城传出来战马嘶鸣。这一突然发生的情况,使刘体纯略感吃惊,他停止说话,遥望石河东岸,继续倾听。

再过片刻,从西罗城传过来一阵炮声,以后就炮声不断。每次炮声响时,都看见月色的阴影处红光一闪,然后才听见隆隆炮声向四面滚来。但这并不是远程火器,炮弹打不到石河西岸。

李过的军帐就设在离御帐不远处的石河西岸。这时由李过的老营中派出一股部队,大约一百多人,由一军官率领,向石河东岸方面跑去,侦察敌情,同时也差人来告诉刘体纯,西罗城中的情况很快就会探明,要刘体纯安心部署保护御营的军事。

刘体纯继续向手下的将领们说道:"满洲兵的先头部队已经进关,到了西罗城中。大部队和东虏头目多尔衮随后进来。西罗城不断打炮,不是敌人现在要向我进攻。他们乱打炮,是为着不让我们注意西罗城中的鸟飞马嘶。我估计,满洲人马与多尔衮今夜进关,在西罗城安营扎寨,休息一夜,明日与吴三桂的关宁兵合兵对我作战。宋军师向皇上建议,将罗虎原来统带的三千精兵拨归御营,也是为着明日的大战。有几件事,我现在向各位将领说出,要你们立刻照办,然后休息,不可耽误!"

接着,刘体纯将新拨归御营的原来由罗虎率领的三千将士,连同原有的御营亲军,共有五千精锐骑兵,重新部署。据刘体纯与宋献策的估计,明日开战之初,多尔衮必然令吴三桂的关宁兵首先出战,一则要看一看吴三桂的关宁将士是不是实心降清;二则要关宁兵同李自成的人马先杀一阵,双方都有死伤,然后埋伏在小树林中的大清兵突然冲出,取得胜利。根据这样估计,刘体纯遵照军师的授意,对御营的五千人马做了两三种准备,最重要的一种准备是战事不利,保护御营迅速撤退,不仅要保护皇上平安,还要保护吴襄和崇祯的太子和永、定二王不被敌人夺走。

刘体纯从明日会遇到的最坏的情况考虑,对手下将领们作了部署,看着将领们走掉以后,他自己正要回帐中休息,军师陪侍皇上从御帐走出来了。日夜守护在御帐外边的李双喜赶快从一座小帐篷中出来,小心地跟在李自成的背后。

李自成的心中一直十分沉重,压着明日战事会不利的预感。晚膳以后,他同刘宗敏等几位心腹大将又谈了一阵,进一步商量好明日的作战方略。等几位大将走后,李自成因为预感到明日大战不利,心忧如焚,不能睡觉,留下宋献策继续密谈。宋献策几年来对李自成的许多重大失误看得清楚,他明白李自成虽然高过张献忠、罗汝才等许多同辈起义的领袖人物,但毕竟是一位草莽英雄,所以步步失误,倘若明日一战失败,前途不堪设想。但是他同李自成不是一般的朋友关系,而是君臣关系,所以他每次进谏,都只能适可而止。他既怕当面触怒皇上,又怕皇上记在心头,日后杀戮功臣时同他算账。所以他虽然想到明日大战失败,退出北京,处处瓦解,继续奔窜,将无立足之地,但当李自成向他询问退出北京后万一满洲兵穷追不舍,有何妙策时,他只是回答说,以后是汉、满作战,对各地人民以民族大义相号召,看情况再作计较,更具体的意见他避而不谈。

看见皇上同军师从御帐出来,刘体纯赶快迎了上去,禀报说刚才西罗城中群鸟惊飞,战马嘶鸣,补之将军已经派人去西罗城外侦察去了。

李自成不动声色地说道:"我们在御帐中都听见了。今夜无事,大战是在明日。二虎,你赶快回你的帐中休息吧,准备明日与敌人决一死战,打下去满洲敌人的锐气。献策,我们赶快到岗头上看看!"

这时月亮已升得很高,还在继续上升。月光皎洁,如同白昼。李双喜马上召集了二十名护卫亲兵,几个人先跑上岗头,四面警戒,其余的跟随在皇上和军师的左右和背后,一个个眼观四面,耳听八方,不敢有半点疏忽。

李自成登上岗头,可以看见驻扎西边数里远的人马尚在向石河西岸移营,人马杂沓,灯火零乱。他对于这情况很不满意。从前打仗,说走就走,十分迅速。哪有像今天这样迟慢!然而如今军心不固,人怀怯战之心,他没有对移营将士说出一句责备的话,目光向山海关和西罗城的方向望去。

巍峨的山海关城楼连同末段长城,以及关里边的山海城(清代改为临榆县城),李自成在岗头上都不能看见,只看见无边的茫茫月色。倒是在西罗城中,常有灯笼晃动,也有几处烧水煮饭的火光出现在幽暗的林木中间。从西罗城中不时传来忿怒的马嘶。宋献策回头对站在身后不远的李双喜说:

"双喜,满洲的骑兵已经有一部分先头部队来到西罗城了。多尔衮与大队人马大概在三更以后进关。"

双喜感到奇怪,恭敬地小声问道:"军师,你如何听出来是满洲骑兵来到了西罗城中?"

宋献策神色略显沉重,解释说:"倘若都是吴三桂手下的关宁骑兵,两马相遇,可以发出高昂的欢快叫声,就是人们常说的萧萧长鸣。满洲的骑兵同吴三桂的骑兵到了一起,原不相识,气味不同,关宁骑兵中有的公马情性暴躁,为保护本队中的母马不被勾引,所以发出忿怒的叫声。我们听见的就是吴三桂的骑兵中一两匹公马的叫声。"

双喜听军师说得有趣,想笑一笑。但是看见军师表情严肃,毫无笑容,他也想到满洲兵开始进关,一场生死存亡的大战就在明天,他的心情也马上变得沉重了。

由于多年养成的职业习惯,宋献策上到岗头以后,先仰首向北极星方向的天空望了一眼,没看见异常天象。他在随驾东征的路上曾看见天狼星犯紫微垣,预示大顺皇帝所居住的北京城或长安城都将有受敌兵侵犯之祸。他没有对别人说出,但自己的心中很不愉快。天狼星犯紫微垣的不吉天象,同他今日午间所看见的白虹贯日天象,正相符合,不禁在心中叹道:几个月前,他同李岩认为国家根基未固,都不同意过早地北伐幽燕,几乎因此获罪,如今看来他同李岩的意见是对的,可惜他二人空有忠心,无力"回天"!

宋献策陪着皇上在岗头上又站了一阵,倾听从西罗城中传来的各种声音,遥看树林中的灯光与火光,判断敌人的活动情况。西罗城中和城边的树林中,因为今夜有重要而繁忙的军事活动,不断向石河滩中打炮,一则掩盖林中的马嘶人语,二则对摸到附近处侦探军情的大顺军士兵起震慑作用。那时,才进入十七世纪中叶,火炮的发展大体在一个低水平上,都是前膛装药,后膛火门点火,炮膛没有来复线,所以除威力强大的红衣大炮的射程能打到十里以外,一般的火器只能打到一里左右。今夜,西罗城中和城外树林所打的火炮都不能打到石河西岸,只是相当热闹罢了。

不知道李自成同宋献策在岗头上站立多久,只见月到中天,已经在三更时候了。如今是初夏季节,岗头上没有一点凉风,反而有些闷热。李自成忽然想到,大队满洲兵该到进关的时候了,多尔衮本人也该到进关的时候了。去年十二月底,在西安决定渡黄河东伐幽燕时候,他根本没有考虑过满洲人会乘机南犯,也没有把满洲人看得有多么重要，所以只以为攻破了北京，灭了明朝，举行了登极大典，天下就算定了，南方和全国，可以传檄而定，不须要再有大战。在北京住了一段时间，他才知道，天下大势，根本不是他所想象的那么简单，才知道满洲人在关外辽东地方建立了一个大清国，势力强盛，后来又知道如今的清朝的皇帝是一个小孩子，他的叔父多尔衮任摄政王，很有智谋，不可轻视。想着今夜多尔衮就要进入关内，明日将亲自指挥满汉大军对他作战。他本来就感到有点闷热，此刻不禁出了一身冷汗，而恰在此时，本来非常皎洁的月光也忽然暗了。

宋献策因地上月色忽暗，赶快仰视天空。他看见有一大片浮云正在向西飘去，遮住了月亮，而月亮带着风圈。他想起将近中午时候，当他看见"白虹贯日"的不吉天象之前，也有一阵日光昏暗，日头有一风圈，感到明日将有大风。现在看月有风圈，明日的大风定了。他不觉脱口而出：

"陛下，明日作战时会有一阵怪风，对我不利！"

李自成蓦然一惊，抬头望见月亮的风圈，问道："为何对我不利？"

"明日敌人从东边向我进攻，一阵大风从东向西刮，所以对我不利。"

"你怎么知道明日的大风是从东向西刮？"

"如今已交初夏，东南季风流行，所以明日必是从东海上刮来的一阵狂风。另外，刚才遮住月亮的大片浮云向西飘去，也是明日要刮东风的先兆。"

"献策，依你看来，明日这一仗应该如何取胜？"

"臣不求明日取胜，只考虑明日在危急时陛下如何速回燕京，另作打算。"

说话之间，天上的一大片浮云已经过去，月晕消失，又是皓月疏星，清光如昼。李自成轻叹一声，说道：

"多尔衮此时大概要进山海关了，我们回帐中细谈吧。"

黎明时候，吴三桂将多尔衮迎进山海关。多尔衮在山海关城中没有停留，穿城而过，到了西罗城。如今西罗城成了一座坚固的兵营。吴三桂的关宁兵一部分驻在西罗城外，修筑了炮台、营垒，一部分驻在西罗城中。多尔衮带来的两千精锐骑兵也到了西罗城中。

在吴三桂的陪同下，多尔衮登上一个较高的地方，在雄伟的城楼中瞭望战场。吴三桂告诉他说，敌人昨日同关宁兵作战最激烈的地方是在红瓦店，其余几个地方也都有两军对阵。多尔衮知道豫王多铎、英王阿济格等人所率领的满蒙汉人马如今是在西罗城南北两边约一二里处的密林中埋伏，他心中感到胜利十分有把握，回头对身边的范文程说道：

"山海城虽然不大，可是我大清国从来不进攻山海城。有两次我大清兵进入山东一带，回头来都从山海关以西退出长城。为什么不进攻山海城呢？因为这城东的山海关确实易守难攻，从东边来攻是攻不开的；纵然从西边来攻，由于山海关左右都有长城，尽头处一直通到海边，所以也无法将城包围起来。我们不愿损伤多的将士，也就不愿在此拼命攻城。"

范文程说："如果从北京来进攻，想包围山海城也有一个办法，就是从天津派大军乘船渡海，从东面包围山海城。"

多尔衮笑了一笑："是的，可是流贼如何能养这么多船只来渡海呢？所以李自成孤军来这里作战，想破山海关，岂不是做梦？可见流贼毕竟是贼，毫无计虑。"

吴三桂笑笑说："正因为李自成等进入北京后并无远虑，只晓得在北京抢掠妇女财富，拷打官绅要钱，到万不得已时率人马来同关宁兵作战，打算用武力胁迫我投顺他，这一着棋已经是大大地失策了，何况摄政王爷率领我大清兵前来相救。他今天必然大败无疑！"

范文程说："李自成确实手下无人。即令摄政王爷不来山海关，只用一部分人从古北口、青山口一带进入长城，截断燕京与山海关之间来往的路,李自成进不可能,退不可能,也必全军崩溃。"

多尔衮听了哈哈一笑:"流贼自陷绝境,今日一战成功,夺取燕京就不会再有大战了。吴三桂,你准备指挥作战去吧。"

吴三桂离开了多尔衮,率领亲兵亲将出了西罗城,前往石河东岸。

当多尔衮站在西罗城较高地方瞭望战场的时候,大顺军将士们已经饱餐完毕,开始以红瓦店为中心,在石河西岸布阵。李自成带着军师,先到红瓦店,同刘宗敏谈了一下。又将李过叫来,问他们决定如何布阵。

刘宗敏说:"夜间探马从海边回来,说仿佛看见有很多灯火从东向西,可能是吴三桂运送一部分人马从秦皇岛登陆,从南海西岸过来,所以我们要分出两三千骑兵,驻扎在靠近海边两三里的高处。倘若海边有事,立即进剿;倘若红瓦店一带吃紧,就驰援红瓦店。他们又说昨夜宁海城一带人喊马嘶,又添了不少人马。倘若吴三桂想从南边包抄我军,有这两三千骑兵,也够应付。"

李自成望望宋献策,说:"从此山到海边,到处部署兵力。兵分则力弱,这是兵家所忌,如何是好?"

宋献策说:"我也为此担心。但是看来胡人大队已经来到,不然宁海城那里不会整夜人喊马嘶。若是真的胡人大队来到,与关宁兵合力对我,敌众我寡,容易受敌包围,不如此布阵,怕也不行。"

李过小声说:"我担心唐通会投降敌人,所以不得不在二郎庙山脚下多部署了一千多步兵,以防唐通勾引敌兵从九门口过来。"

李自成心中暗想,如今情况不明,敌势甚强,尚未开战,已经受制于敌,差不多败局已定! 但是势已至此,只有撑过今日,晚上退走。

他同宋献策回到老营,在离老营二里处的高岗上观望。看见关宁兵正从西罗城和宁海城向石河滩上前进,旌旗飘扬,部伍整齐。他想同宋献策谈一谈,但是看见宋献策也正在注目向敌人遥望,便不说话了。

这时多尔衮也在西罗城上观看大顺军的布阵。他觉得大顺军将人马从北山一直布到海边,兵力分散,更容易被他和吴三桂的人马从中间突破,逐个包围起来。他心中对于胜利更有把握了,特别是他分别埋伏在西罗城北边和南边的两万多精锐骑兵,李自成似乎丝毫也没有觉察。他相信按照他的指挥,就靠这两万多骑兵冲入敌阵,也可将敌人杀得一败涂地,说不定连李自成都很难逃脱。于是他下了西罗城,在一棵树下边将满蒙汉各带兵的王、公、贝勒、贝子、固山额真以及尚可喜、耿仲明等汉族降将,都召集到面前,对他们说:

"流贼李自成已经横行了很久,你们今日打仗不可轻敌。我看他的阵势,从北山到海边,兵力摆布太宽,首尾不能相顾。我军兵力不要分散。如此这般……"他用马鞭子指着,部署兵力:"关宁兵先出阵对敌,杀得敌人锐气挫败的时候,大清兵出动,必获大胜。你们用力破贼,大事就成功了,不要违背我的节制。"

他说完后,面前一片声地"喳!喳!"

太阳升高了,双方鼓声震地。但是天色昏黄,且有雾气。过了片刻,宋献策略微抬头,看见太阳越过山海城的西门城楼。太阳仍然不很明亮,下边有红色云朵,上边有光芒。他想起来书上的四句话:"日出光芒,进退则凶;敌意提防,主将折殒!"心中大惊,正想再次劝李自成脱离战场,但是双方战鼓敲得更凶,声震大地,厮杀开始了。

吴三桂的关宁兵比昨天增加了很多,作战十分凶猛。大顺军因为今日这一仗关系重大,又有圣驾督战,也都拼死向前,毫不气馁。战场以红瓦店为中心,互有进退。李自成得到禀报:刘宗敏腿部中箭,仍在马上指挥。李过驰救红瓦店,被一支骑兵截住。大顺军已有很多将领死伤。吴三桂的人马虽也死伤很重,但倚仗人马多,仍不后退。

李自成害怕刘宗敏有失,纵身上马,抽出花马剑,向背后吩咐:

"李强速赴老营,李双喜率领三千骑兵,随我冲阵!"

宋献策猛一跳,抓紧乌龙驹的辔头,说:"陛下不要去,请在此稍等片刻。"

李双喜已经上马,大声说:"请陛下在此稍候,由我同二虎去杀败敌人。"

李自成看一眼李双喜,点一下头。李双喜和刘体纯赶紧各率所部骑兵,大约三千左右,驰往红瓦店,冲入敌阵。敌人正在渐渐得手,忽然经此生力军猛冲猛杀,纷纷败阵。刘宗敏、李过指挥的大军,乘此机会与生力军汇在一起,呐喊着向敌人反攻,真正是以一当十,锐不可当!

刚把敌人赶过石河滩,忽然从海上刮起一阵狂风。这狂风起得那么猛,刮得那么凶,顿时天色昏暗,飞沙走石,日色无光,双方都不能够再进行作战,暂时收兵。鼓声也停止了,呐喊也停止了,马蹄声也停止了,只有狂风呼啸的声音。宋献策认为此风甚异,不可大意。他请李自成传令各营,严阵以待,小心风过后,敌人重来反扑。

过了大约一顿饭时候,大风渐小,慢慢停了。敌阵上大声鼓噪。宋献策听见他们除大喊"杀,杀"之外,还有许多人齐声呼叫:"哇! 哇!"他知道这是满洲话的"杀",不觉心中大惊;但"哇"与"杀"二音相近,又疑惑自己听错了。

风完全停了,关宁兵和清兵三次鼓噪以后,同时出动。李自成看见新出现的骑兵旗帜、帽子颜色与关宁兵不同,心中大惊。正在继续观望,忽然有一骑兵从红瓦店飞奔而来,向他禀报:

"鞑子兵来了,大将军请皇上速避!"

宋献策也惊慌地说:"果然是鞑子兵,请圣驾速走!"

这时石河西岸,大顺军被分割成多处,到处都发生了混战,几处大顺军的营垒已被敌人冲破,但混战并没有停止,也没有一处溃退。李自成对一个亲将说：

"火速向大将军和李过将军传令，大军且战且退！"

亲将刚走，李自成一眼看见刘宗敏被敌人重重包围，而李过也在苦战，已经不能与刘宗敏会合一处，仍然挥剑狂砍，拼死向敌人反攻。

有人来报：李双喜杀了回来，说刘体纯身负重伤。又有人来报：几位将领阵亡，谷英负伤。宋献策劝李自成速走。李自成知道战局已经不好挽回，对双喜说：

"双喜，你率领两千骑兵，去救出首总刘爷。"

双喜说："圣驾左右需要骑兵保护，儿臣只要一千骑兵就行。"

说罢，双喜率领一千骑兵飞奔而去。

宋献策催促李自成速走。

李自成又向战场望一望，策马而去。

此时敌人好像已经注意到小岗上的动静，派了两千名骑兵追来。宋献策对李强说：

"李将军，你保护圣驾，赶快退走。"

他又吩咐左右将领说："你们带着太子、永定二王、吴襄等人，跟我退走，不要让他们落入敌手。"

刘宗敏第二次受了伤，不能骑马，躺在士兵们从农家找来的长桌上指挥突围。尽管他流了很多血，身体衰弱，但仍然十分沉着，而且英勇。两千骑兵摆成方阵，保护着他，一面苦战，一面退走。双喜破围而入，请刘宗敏速退永平。刘宗敏已抬不起身来，在长桌上问道：

"圣驾可平安么？"

双喜回答说："圣驾平安，已经往永平去了。"

刘宗敏说："好，好，那我就放心了。"他又向周围将领说："赶快杀出去，保卫圣驾要紧！"

双喜带来的一千骑兵只剩下大约八百人。这是精锐的老营亲军,由他率领着在前开路,所向披靡。他们保护着刘宗敏脱离重围,且战且走,方阵始终不乱。敌人屡次冲击,破不了方阵,于是不再死追,转向别处杀去。

在混战中传达撤退的命令很不容易。分散在石河西岸的许多将领都不知道李自成有这道命令。大顺军军令素严,不奉令死不撤退。在众寡悬殊、败局已经定了的情况下,只见大顺军一团一团,一队一队,各自为战,拖住了大部分敌人,但是自己死伤很重。红瓦店附近二三里内,到处死尸纵横,血流成河。

在诸将中,李过平日军令特严,兵也最有训练,所以他周围同样死伤惨重,但是还保存下三四千骑兵,固守营垒,敌人攻他不动,几次呐喊着向他进攻,如同碰到一堵墙上。他拖住敌人大部分兵力,使他们不能全力进攻刘宗敏。后来看到刘宗敏突围走了,他才下令撤退。同时他明白撤退的命令达不到各处正在混战的部队,又下令鸣锣。

他刚刚开始撤退,双喜来了,大叫:"大哥速退! 速往永平护驾!"

李过问:"双喜,圣驾走远了么?"

"大约有二十里路了。"

"好,赶快出水,赶往永平!"

李过在急忙中说出了"出水"二字,这是早已不用的黑话。双喜也不觉答了一句:

"快出水,到永平护驾要紧!"

他们合兵一处,杀出包围,打算与刘宗敏会合一处。但是已经看不见刘宗敏的去向。正走着,听见西北有一片杀声,正是刚才李自成立马观战的地方。双喜对李过说:

"大哥,你快走,我去将那支被敌人围困的人马救出来!"

他身边只剩下五六百骑兵了,而敌人有两千多人。但他一心要救出将士,没有一点畏惧,呐喊一声,冲入敌骑包围的垓心,才看见是李强被围。李强身边只剩下几十名骑兵,仍在左冲右突,拼死

厮杀。他已经负伤,血流满面,力气渐渐不支,看见双喜来到,大声说道:

"双喜,要拖住敌人,使他们不能够追赶圣驾!"

双喜说:"强哥,圣驾已经走远了,你赶快随我出水!"

正在这时,李强的背上又中了一刀,栽落马下。双喜率领着他的五百将士同敌人混战一阵,侥幸突围出来,人马死伤大半。走不多远,有一条深沟挡住去路。双喜回马再战,身边将士已剩下不到二十个骑兵。追他的是吴三桂的部队,已经知道他是李自成的养子李双喜,喊着要捉活的,像潮水般步步逼近。双喜已经箭无一支,剑锋也缺了,而且手臂中了一刀,流血不止。他望望身边将士,说道:

"我既不能再战,也不能给敌人捉去,你们赶快各自逃生吧!"

他又转向西方,说道:"父皇,儿今生不能再跟随父皇左右了。死后我的鬼魂仍将尽忠护驾!"随即挥剑自刎。

他的将士们眼看无路可去,纷纷自刎,从马上倒下。也有人拼死冲向敌人,乱砍一阵,被敌人乱刀杀死。关宁兵从来没有见过这样壮烈的情景,无不为之惊骇。

大顺军只有跟随刘宗敏、李过二人退出的部队在路上没有溃散,其余数万将士除在石河西岸的混战中死伤了大部分之外,小部分在退却中被消灭了。敌人对溃散的大顺军追杀了二十多里地,天近黄昏,才不再追赶。

一更以后,下弦月出来了,照着石河西岸的战场,照着大顺军溃逃的路……

李自成带着崇祯的三个儿子、吴襄、明朝宗室秦王、晋王和其他藩王,在仅剩下的二千五百侍卫亲军的保护下,急驰半日,午夜以后,到达永平城内。李过是在四月二十三日天明时候赶到的。刘宗敏因伤重被人抬着走,于二十三日中午才来到。溃散的骑兵也都陆续逃到永平,和李自成、李过、刘宗敏等的人马合起来,大约两万左右,十分混乱,疲惫。不少人身上带着伤。

李自成驻下以后,不顾疲惫万分,立即给牛金星送去密谕,命他火速准备守城作战,并准备他回京后即行登极大典。他又命李过整顿人马,收容溃散;让负伤的将士在永平敷药裹创;派五百骑兵护送刘宗敏和重要的带伤将领于当日黄昏动身,先回北京。

李自成在永平住了两天,等候张若麒的回信,却是杳无音信,只听说吴三桂和清兵已经离开山海关,追赶前来。于是他在二十四日五更动身,命李过率一万骑兵断后,离开永平往北京退去。走了三十里路,到了范家庄这个地方,风闻吴三桂的追兵已经相离不远。他暂时停下,命人将吴襄带到面前。吴襄也正要求见他,看见他赶快跪下说:

"请皇上放我去到我儿子营中,我要他不再追赶,要他投降陛下,脱离满洲人。"

李自成冷冷一笑,说:"事到如今,留下你也没有用了。现在要借你的头,使吴三桂知道他不忠不孝,连一条狗都不如!"

随即命人杀掉吴襄,将头挂在一根高杆上。有人问他:崇祯的三个儿子,还有几个藩王,如何处置?李自成望一望宋献策,显然想听听他的意见。宋献策说:

"马上敌兵就要追来,我们带着他们,未必能带到北京。落入敌人之手,对我们十分不利。"

他的意思是要杀掉这些人,但没有明说。李自成略一踌躇,说道:

"把明朝太子和永王等带来。"

随即太子和永、定二王被带到李自成面前。三个孩子猜想李自成必然要杀掉他们,都吓得面无人色。李自成对他们说:

"自古亡国太子和皇子,没有不遭杀害的。可是我不愿杀害你们。你们年幼无知,深居宫中,国家大事,全然无干。我现在虽然一时兵败,也决不杀害你们。现在每人给你们二十两银子。你们身边还有太监,各自逃生去吧!"

停一停,他又说:"你们要谨防被满洲人捉到。不管往什么地方逃都可以,只是要躲开满洲人。"

　　说了以后,他又吩咐身边一位将领:"明朝的几个藩王也每人给他们十两银子,叫他们随便逃往哪里,一个也不要杀害。"

　　说罢,他腾身上马,疾驰而去。

第九章

大顺军马不停蹄,两日夜奔走五百里,于二十六日早晨到了通州以西。望见北京城楼,大军暂停,随后一部分人马留在城外扎营,抵御追兵;大部分人马从东直、朝阳二门入城。李自成依靠宋献策占卜,率领少数人马和亲将,绕过东直门、安定门,特意由德胜门入城。牛金星事前接到通知,率领李岩等文武官员在德胜门内跪着迎接。但礼仪草草。

李自成仍然是出京时的装束,马前边仍然有一把黄伞,但是面色黧黑,满脸尘垢。乌龙驹显然连日过分疲劳,瘦骨棱棱。由于跑出一身大汗,黄尘落在湿润的毛上,使它完全失去了往日的神采,毛色黯然无光,两个眼角也堆着眼屎。

窦氏于昨日已经得到了消息,知道李自成在山海关战败,大驾将于今日午时回京。自从李自成离宫以后,她每日焚香祈祷,希望上天与诸神保佑李自成平安无事。如今果然回来了,她的心放下了一半。她想着纵然在山海关打了败仗,也不过是一时战败,顶多不过退出北京。她完全没有料到这一仗会影响大顺国的存亡。所以她命宫女们为迎接大驾回宫做好准备。她自己昨晚在宫女们的伺候下,通体沐浴,今日午膳后又用龙涎香将衣服和床单、被褥统统熏了一遍。她想,纵然失去了北京,随皇上退到长安,她仍然安享富贵,她父母一家人也可接去长安居住。听见传呼圣驾回宫,她赶紧率领宫女们在宫外跪着等候接驾。牛金星、李岩和六政府尚书、侍郎将李自成护送到新华门内。李自成命他们各自回衙门办事,只命牛金星、宋献策、李岩未末申初进宫议事。

窦氏将李自成迎进寝宫,望见他一脸风尘,神情憔悴,眼中神色忧郁,不禁大为吃惊。对军国大事她不敢询问一句,但是她明白李自成确实战败了,这不仅是大顺朝的不幸,也是她的不幸。她同宫女们服侍李自成洗脸梳头,从李自成头上篦下来许多虱子和虮子。窦氏出身于城市小康之家,自幼入宫,多年没有看见过这些讨厌的小东西,不禁为皇上的戎马辛苦感到难过。李自成心中正想着极其重大的军国大事,看见窦氏的神情,又看见篦头的宫女用大拇指、食指将篦下的虱子和虮子轻轻挤死,发出微小的响声,便对窦妃笑一笑,说:

"你嫌脏么?"

窦妃躬身回答:"皇爷从马上得天下,如此辛苦,臣妾万分感动,岂有嫌脏之理?"

李自成说:"打仗行军的时候,常常连铠甲缝里都会生虱子虮子。"

窦氏说:"是的,书上说'铠甲生虮虱',妾虽然没有见过,也可以想到那种辛苦,但愿子孙万代永远不要忘记皇爷创业艰难。"

李自成听了窦氏的话,忽然想着他的江山不知是否能够坐定,传之子子孙孙,不觉心中更加沉重,叹了一口气。

窦氏说:"宫女们已经准备了温水,请皇爷沐浴更衣。"

李自成像一般北方边塞人一样,没有洗澡的习惯,可是现在一则身上确有不少虱子、虮子正在咬他,咬得皮肤很痒,二则马上要换通身里外的衣服,召见群臣,所以就立刻同意沐浴。沐浴之后,他吩咐免去平时用膳的礼仪,免去奏乐,只叫窦氏陪侍,另有两个宫女服侍,吃了简单的午膳。

他疲倦已极,一漱完口,就脱掉外边衣服,倒在御榻上睡觉。刚躺下去时,被褥和枕上的香气使他心旌摇动,看了看在榻前小心伺候的窦妃。窦妃看见他的眼神,赶快使眼色命宫女们退出,自己来到御榻边上坐下,同时放下一半帐门,怀着胆怯和含羞的心情,等候着李自成的一句话或一个暗示。李自成握着她的手,注目看她片刻,忽然想到在山海关的惨败,大部分将士的伤亡,心中一阵刺痛。又想到几天后就要退出北京,对眼前这一位美人如何安置……

窦氏不知道如何是好,禁不住望着李自成的眼睛。随即她看出他眼神的变化:刚才那种温存的爱怜的神采突然消逝,换成了冷冰冰的眼神。而且他好像非常困倦。她明白自己该走了,让皇上安静地睡一觉,休息精神。于是她强露微笑,轻轻抽出那一只刚才被皇上紧握着的手。她又向李自成看一眼,发现他双眼已经矇眬,不再望她。于是她轻轻站起来,离开御榻。遵照李自成平日不喜欢放帐子的习惯,把刚才放下的半边帐门重新挂起,不出一点声音,悄悄地走出去。不料李自成忽然半睁开眼睛,说道:

"记着,交申时将我叫醒。"

窦妃赶快回身,恭敬地回答:"遵旨,交申时将陛下叫醒。"

李自成很快地沉沉入睡。

他做了许多凶梦:梦见崇祯十三年入豫以前的流窜生活;梦见慧梅跪在面前哭泣;梦见王长顺进宫见他,劝他快走。他问道:

"长顺,我怎么很久没有看见你?"

王长顺激动地说:"自从皇上做了文武大元帅,我就不容易见到皇上。后来皇上做了新顺王,我这个老马夫更不容易见到你了。现在你是皇上,我连进宫来也不容易。今日见到你是因为你在山海关打了败仗。"

李自成也觉得心中很不好过,说:"你劝我快走,什么意思? 难道我就不能再战么?"

王长顺说:"如今你手下兵也少了,将也少了,千万不能在这北京作战,赶快走吧。"

李自成问道:"长顺,你是我的老人,十几年忠心耿耿跟随着我。现在许多人都不敢跟我说实话了。你对我说句实话:我还能够打胜仗么?"

王长顺噙着眼泪说:"皇上,你听我说,局面不同了。以前老百

213

姓盼着你救他们,可是自从你当了文武大元帅,老百姓没有享过一天安生的日子。你到处打仗,征兵征粮,大军所到之处仍然是遍地荒芜,老百姓原来盼望的好日子都落了空。你能不能再打败敌人,我怎么能说呢?总之在北京不要停留,赶快乘敌人没有追到,你离开北京走吧,走吧。"

说到这里,王长顺忽然哭了起来。李自成叹口气,挥手让他退走。王长顺走出行宫,又放声痛哭。李自成大惊,大声呼喊:

"双喜!双喜!"

他听见自己的喊声,一乍醒来,仿佛双喜浑身是血,依然站在面前。他睁大眼睛,这才看见是窦妃神色慌张地站在床前,向他叫道:

"皇爷,皇爷,皇爷醒醒。"

李自成完全醒了。他不愿让窦妃知道他做了凶梦,若无其事地伸个懒腰,说道:

"睡得真香啊!"随即又问道:"交申时了么?"

"离申时还差二刻。"

"吴汝义来过么?"

"吴汝义刚刚来过,不敢惊动圣驾,又匆匆忙忙走了。"

李自成虎地坐起。窦妃劝他再稍睡片刻。他一边下床,一边说道:"孤有重要事马上要办,现在不是贪睡的时候。"

刚交申时,李自成来到武英殿东暖阁,传见等候在武英门内的牛金星、宋献策、李岩、李过。等大家进来,向他行了磕头礼后,他吩咐大家都在面前坐下,说道:

"目前局势紧急,你们都不必讲礼,赶快商议事情吧。"

他又转向宋献策问道:"捷轩能够来么?"

宋献策告诉他:刘宗敏虽然负伤,但今天必来议事。只是他不能骑马,坐轿子要比骑马稍慢。李自成马上要吴汝义传知东华门把门的亲军:刘宗敏不必在东华门下轿,轿子可以一直抬进武英门。

牛金星说:"这恐怕有碍宫中礼制……"

话没有说完,李自成截断说:"不妨破例嘛!"

在等候刘宗敏时,李自成忽然想起来一件事情,向李过问道:"你从范家庄退走时候,吴三桂派来的那六个行缓兵之计的士绅都杀了么?"

李过回答说:"杀了五个。有一个拼死逃脱。弟兄们射了几箭,有一箭射中,但没有射到要害,随即吴三桂的骑兵赶到,把那个人救走了。"

李自成回过头来向李岩问道:"京城情况如何?"

李岩说:"京城人心浮动,谣言甚多,臣已经做了守城准备。"

李自成点头说:"这我已经知道了。"又转望牛金星。牛金星告他说:

"这几天来诸降臣也是各式各样都有。有的人等待皇上回京来登极;也有人原已把门上贴的官衔撕掉,今日知道皇上回京,又重新贴了上去。像光时亨这个人,原来劝进的时候,他上过两次表章,十分热心。前天他也把门衔撕掉,躲了起来;今日听说皇上要回北京,又赶快回到家中,重新贴上门衔。"

李过说:"像这样心怀二心之臣,请皇上严加惩办。"

李自成摇摇头,说道:"如今是什么时候,不必管这许多了。"

宋献策禀报说:"刚才我接到探报,追兵有满洲人,也有蒙古人,共有数万。吴三桂的关宁兵走在前边,大约两天内就会来到北京。或走或守,今日必须决定……"

他的话刚刚说到这里,刘宗敏来到。大家停止议论,等待他进来。刘宗敏进来,已经不能躬身行礼。李自成说道:

"捷轩,不必行礼了。你赶快坐下,商议大事要紧。"

刘宗敏坐下说:"敌人二三日内就要追到北京,皇上如何决定?"

李自成沉默不语,虽然他念念不忘登极大典,但是眼下即将退出北京,人心惶惶。文武百官,更是各有打算。将士们死伤惨重,哪有欢快的心情?想到这些情况,他不能不犹豫了。

一个太监跪在帘子外边奏道:"启禀皇爷,礼政府右侍郎杨观光、光禄寺卿李元鼎等偕六个詹翰与光禄寺臣工多人来到武英门,请求召见。"

李自成心中猜到这些人为何前来请求召见,但是他没有说出来,望着牛金星问道:

"这般新降之臣,这时候请求召见,见也不见?"

牛金星说:"大概是为劝进来的,足见诸臣一片忠心,拥戴至诚。"

李自成向外吩咐太监传旨:"诸臣不必觐见,可将奏书呈进,回到各自衙门候旨。"

随即他向宋献策等询问:"你们有何主张?"

宋献策、李岩都说应该迅速登极,不令天下失望。李自成又问李过,李过说道:

"生米已经煮成熟饭,不登极会使天下臣民失望,各处弟兄灰心。何况事到如今,已经宣布在北京登极。不登极就退出北京,岂不是空来一趟,白白地逼死了崇祯,灭亡了明朝,结果替满洲人做了一件好事,落一个啥声名?"

李自成心中十分沉重,说道:"这样紧急,安能顾到登极?"

刘宗敏忍不住大声说:"若不在北京登极,正了大位,纵然想回到关中,也不可得了。"

他没有解释什么原因,但大家心中都明白,而且知道他这一句简单的话有多么重。

牛金星补充了一句:"必须登极,名正言顺。"

到这时李自成才不再犹豫,说道:"明日就登极好了,可以速速准备。"

牛金星说道:"皇上登极,是一次十分重大的典礼。按照胜朝惯例,新皇上登极,元日朝贺,均在皇极殿举行。如明日在皇极殿举行,从皇极门到武英殿,至少需要派三百人连夜打扫。不仅地上,连门窗、柱子都得打扫。自从三月十七日我军围攻北京以来,管这事的太监们都跑完了。所以现在不但各处积满了黄沙灰尘,而且院子里、砖缝里也多处长出青草。去山海关之前,虽然也在这里演习了两次,都是匆匆忙忙,并没有认真打扫。”

刘宗敏说:“今晚连夜派兵打扫。三百人不够,派四百人、五百人都可以。”

李自成暂时没有说话。他心中充满了战败后的颓丧情绪。现在议论如何登极,并不能鼓舞起他欢快振奋的心情。他所考虑的是如何退出北京,如何应付满洲人和吴三桂的追赶,如何使各地能够不发生叛乱。

牛金星见他沉默不语,又说道:“请陛下圣裁,不可耽误。”

李自成只好说道:“不必再换地方了,就在武英殿登极吧。至于登极大典,也不要按原来的准备去办,一切从简为好。”

牛金星仍然希望在皇极殿举行大典,但是他还没有说出,李自成又接着说道:

“军情火急,不能讲那么多的排场了。军师,明日登极是否吉利?”

宋献策最担心的事情是军事方面,只恐怕退出稍迟,敌人追到北京,既不能战,也不能守,更无援兵接济,会不堪设想。所以他回答说:

“皇上登极,应天顺人,随时咸吉,不必忧虑。请皇上明日登极,后日郊天,二十九日黎明即刻离开北京。释菜、临学之礼,可以暂时省去,俟到长安补行亦可。”

李过也担心满洲骑兵来得快,接着说道:“不管如何,后日夜间总要退出北京,不可耽误。二十九日清早必须全部走光。”

牛金星为准备登极的事,立即磕头辞出。

刘宗敏因为创伤痛苦,不能再坐下去,也告辞退出。临辞出时,对李自成说:

"皇上,请马上商定,如何退出北京,路上如何抵御追兵,不能有一刻迟误。后日夜间一定得全部退干净,不能耽搁到敌人……"

宋献策、李过、李岩留下来同李自成商议从北京撤退的事。正商议间,忽报谷可成来到宫门求见。李自成心中一喜,立即说道:

"速速传见。"

谷可成原来跟刘芳亮一道,作为北伐主力,越过太行山,到了怀庆府,又经过彰德府向北,破了保定。因为连接李自成的密诏,这才同刘芳亮商量好,抽出一万骑兵、五千步兵,星夜往北京赶来。今日到了北京城外,驻兵广渠门外,进宫来面见皇上。

李自成询问了保定和蓟南各地情况,也询问了河南情况,知道处处都很不妙,心中十分担忧。他告诉谷可成:已经决定二十八日夜间退出北京,二十九日全部退走。又告诉谷可成说:登极就在明天,在武英殿举行大典。谈了一阵后,他命谷可成就驻在广渠门到卢沟桥之间,等大军退过之后,谷可成的人马才能离开。在这之前,要随时准备同追兵作战。又商量了许多应急事项,几位文武大臣和谷可成才磕头辞出。

这时已经酉时过半了。李自成心情十分灰暗。他想再看一看这座皇宫,看一看三大殿,于是走了出去。来到皇极门,看见巍峨的皇极殿和汉白玉的丹墀,心中叹息说:

"恐怕以后再也看不到了。"

他一边看一边向北走,一直走到乾清门,本来打算进乾清宫看一看,可是他犹豫了,不愿进去,只是站在门外向里边张望。这时时近黄昏,没有太阳,天色阴沉沉的,整个宫院,尤其是高大的乾清宫,显得格外阴森可怖。李自成觉得精神恍惚,一种恐惧感油然而生,好像看见崇祯正在宫中徘徊叹息。乾清宫的正门开着,但是宝座十分阴暗,看不清楚。李自成看见的崇祯好像不是穿着皇帝衣裳,而是穿着白衣服,在宝座前边走来走去。难道这是崇祯的鬼魂么?他心中害怕,想离开,又想看个明白。正在继续张望,忽然一阵北风吹过,他浑身感到冷飕飕的,不禁想到,自己的大顺朝刚刚建立,难道也会从此完了么?他又向乾清宫正殿看了一眼。这时又仿佛听见什么响声,于是赶紧带着随从匆匆离开。

跟在身边的吴汝义问他:"还到坤宁宫看一看么?"

他摇摇头,没有说话,出了乾清门,向西转去,走到西长街的永巷中,向南拐去。这一条长巷,如今已经夜色苍茫,北风习习。他明白在崇祯亡国之前,像这样的长巷中,每天晚上会有一些灯光。而现在却是一片昏黑,鬼气逼人,长巷看起来比往日更长了。

他带着随从,一直走到右顺门,返回到武英门外。这时武英门内外已经有许多士兵和太监在打扫洗刷,并且搬来了许多仪仗,即叫作卤簿的东西,放在金水桥外西南边的棚中,准备明天陈设。他平常很少有怕鬼的思想,刚才在皇极殿前,特别是乾清门外,忽然产生一种恐惧的感觉,直到这时恐惧之感才消失下去。他在金水桥上站了片刻,望着士兵们摆弄东西,打扫地上,才感到又回到了热气腾腾的世界。然而他心中总是离不开一个念头:难道北京就这么丢掉了么?难道大顺朝一败涂地了么?他没有说一句话,赶快回到寝宫。

李自成觉得十分疲倦,连晚饭都不想吃。虽然明日要举行登极大典,可是他不但没有一丝兴奋快活的心情,反而总在想着很不吉利的事情。崇祯的影子偶尔又在面前走动。其实他并没见过崇祯,只是在进北京的第二天,看见了崇祯的死尸,也看见了周后的死尸。如今在眼前晃动的仍是刚才在乾清宫看到的那个穿白衣服的幻影。尽管他明白这不是真的,但却无法将这幻影从眼前排除。

窦妃在他面前跪下,想说什么,又不敢说出。她心中十分不安。她知道李自成明日巳时要在武英殿登极,受百官朝贺;后日去南郊郊天,夜间就要退出北京,奔回西安。尽管她已经明白,山海关打了一次大败仗,要退出北京。可是如今真要退出,她又十分害怕。她不知道自己会落个什么下场。当然她很愿意随李自成往西安去,害怕皇上离开北京时会命她自尽。崇祯临死的时候,不是强迫皇后、天启娘娘、袁皇贵妃都自尽了么？长平公主小小年纪也被他砍伤,本来要砍死的,只是因为他手颤得举不起来,第二剑才没有砍下去。另外有几个被皇上"幸"过的女子,还没有名号,也全都逼着自尽了,有一二个不肯自尽,也被皇上亲手杀死了。大顺皇上会不会也逼她自尽呢？真要逼她自尽,她也只好自尽,可是父母以后如何是好？她又想到,纵然皇上不要她自尽,不管什么时候,她也决不落入敌人之手,不受胡人之辱。随时她都准备悬梁自尽,以报皇恩。如今她只希望有一个名分。有了名分,即使她死了,一二年后,胡人和吴三桂被打败,大顺朝仍然会对她追封,一家也有了荣耀。这一切复杂的思想,在她心中翻腾了很久。她终于强装笑容,跪在地上说道:

"明日皇上登极,文武百官在武英殿正殿朝贺之后,臣妾也要率领都人们在便殿朝贺,不知臣妾应该如何穿戴?"

李自成压根儿没有想到后宫朝贺的事,说道:"你想怎么穿戴都可以,只要好看,不过分,就行。"

窦氏说:"皇家规矩自然不能僭越,可是臣妾尚无名分,明日按什么品级穿戴,请皇上明白宣示,让臣妾遵旨而行,不敢乱了皇家礼制。"

李自成才想起宫妾中有各种名式,略微思考了一下,就说:"你按照妃子穿戴朝贺好了。"

窦氏赶快跪下磕头谢恩。

李自成又说:"可是妃子的新冠服如何准备得及?"

窦氏告他说:"尚衣局有每年新制的冠服,藏在库房中,并未损失,请皇上传旨取出就可以了。"

李自成立刻传旨下去。

李自成拉着窦氏的手,仔细端详着她美丽的眼睛,看出她在温柔的微笑中隐藏着忧愁和悲伤。他自己也不禁心中难过,暗自说道:

"明晚离开北京时,对她如何处置啊?"

四月二十七日早晨,天气阴霾,日色无光,下着黄灰,略微有点北风,更增加了暗淡愁惨的气氛。武英殿前的院子里很早就由锦衣卫摆好了皇帝的全套仪仗,并由彩衣象奴牵来了六匹披红挂彩的大象,分立在金水桥外。两行锦衣卫士分立在丹陛下边。接着有两行锦衣旗校,手持着金瓜、钺斧、朝天镫等等仪仗。最后是三匹仗马。本来仗马只有两匹,可是李自成想着乌龙驹为他驰骋疆场十几年,今天也应该让它看一看这个场面,所以命人将它披红挂彩,牵进武英殿院中,同两匹仗马立在一起。王长顺担心乌龙驹不守规矩,很早便穿着他御马寺主管官的六品文官朝服赶了来。果然,还没有等到典礼开始,乌龙驹就很不安静,不断地用蹄子刨动砖地,抬头嘶鸣,欺负旁边老实的仗马。别人发现这样下去不行,告诉了王长顺。王长顺叹一口气,亲自来到乌龙驹旁边,轻轻说道:

"你是管打仗的,不是管仪仗的。你没有看皇上登极大典的福分,我将你牵出去吧。"

他噙着眼泪,将乌龙驹牵出去,交给手下人,牵回御马房中。自己又回到院中,等候文武百官前来。

文武百官早已在午门外朝房中等候。忽然午门上钟鼓三鸣,他们肃然地从右掖门走进了紫禁城,来到武德阁下肃立。武英门外的钟声响了三下,他们按照大顺朝开国时候的特别规定,武左文右,分两行来到,过了金水桥,进入武英门,从锦衣旗校和锦衣力士中穿过,避开中间的御道,从东西两边登上了丹墀,在丹墀上按部就班,肃立等候。

百官中有一大半是在西安和北京新降的官员,而文臣中大约十成有八成是北京的降臣。这群北京降臣本来不想前来,可是既然逃不出城门,又无处可躲,便不得不前来了。他们并不打算逃往西安,又明明知道吴三桂一到会大祸降身,因此在等候的时候,一个个面色如土,惊魂不定,互相偷看,交换眼色。从西安来的降臣,自认为从"龙"在先,家在长安,退回关中,富贵仍在,虽然心中为战事担忧,却神色比较镇静,有人还因为"躬逢开国盛典"而感到振奋和骄傲。

一个太监走到丹墀一角,挥动三次长鞭,也就是静鞭。文武百官在三声静鞭响后,更加寂静无声。王长顺穿着御马寺六品文官朝服,立在文官队中,忽然想到当年他赶牲口的时候,在旷野中也能把鞭子扯得这么响。正在胡思乱想之际,突然从武英门外的金水桥南边响了三声火铳,跟着鞭炮响起来,非常热闹。按道理说,静鞭响后,皇上出来之前,应该一点声音不许再有。可是现在的这个特殊情况,却在李自成东征之前研究登极大典的朝仪的时候已经定下了。当时陕西籍的武将们希望在皇上登极时放三眼铳,放鞭炮。他们说:"乡下办喜事,都要有三眼铳,有鞭炮。皇上登极,应该更加威武,更加热闹,岂可不放三眼铳,不放鞭炮?"这当然不合朝仪。礼政府尚书巩焴只好求首相牛金星决定。牛金星不赞成放三眼铳和鞭炮,但也不敢违背陕西武将们的意思。有一次他同刘宗敏一起进宫来议事,当面向李自成请示。李自成笑而不答,望望刘宗敏。刘宗敏说:

"前朝没有的,我们来个新兴吧。如今还在马上打天下,应该与太平时候不同。这一次要放三眼铳,要放'万字头'的大鞭炮,下不为例好了。"

李自成笑着点点头。于是今天的登极大典就有了三眼铳和"万字头"的鞭炮,使宫中一下子热闹起来了。

鞭炮响过之后,有鸿胪寺官员进入武英殿,转到东暖阁,但没有进去。有一个宫女揭开黄缎绣龙门帘,跪在地下磕了三个头,说道:

"恭请皇上起驾!"

李自成头戴平天冠,冠前有十二行宝石珠串直垂到眉毛上边。身穿黄缎绣龙袍,前后的"潮水"全用蓝色,表示大顺朝是"水德王"。腰系玉带,脚穿直缀粉底金线绣龙嵌珠云头靴。他正端坐在御座上,心神不宁。长久以来,他就盼望着登极这一天;如今这一天来到了,却又不是他所盼望的。他没有料到在山海关败得如此惨重。双喜、李强等几十员爱将,二三万追随他多年的偏将、校尉和士兵,死在石河西岸和溃退的路上。昨夜他得到两次十万火急军情禀报。一个禀报说吴三桂和胡人的步骑大军正在向北京赶来。另一个是刘芳亮来的密奏,说是河南、山东到处叛乱,纷纷将大顺朝的州县官,或杀死,或赶走,或捉到送往南边新建立的明朝。

他感到害怕,不知下一步如何是好。刚才听见武英门外的鞭炮声,尽管那么热闹,他的心头却感到异常空虚。而对于山海关大战,他感到无限的悔恨……

看见鸿胪寺官员请他出去行礼,又听见外边开始奏乐,他所熟悉的唢呐声和皇家的雅乐合在一起。他默然地从御座上站起来,向正殿走去,耳边似乎又听见刘宗敏说的一句话:

"若不在北京登极,皇上想回到关中,也不可得了。"

同时他心中明白:今天的登极大典,只能叫做匆匆行事,与原来准备的典礼大大地不同。昨天深夜牛金星同巩焴又进宫一趟,将有关行礼的几项事情当面向他禀明。他自己不再去郊天了,明日由牛金星代他前去。祭太庙也不祭了,因为太庙里边还放着明朝的神主。丞相率百官在午门拜贺的舞蹈,也省去了。既然不在皇极殿登极,许多应行的礼都没有了。他进北京以前万想不到他所念念不忘的登极大典竟是如此草草。他正在心中十分不快,四个直指使进来导驾,请他到正殿去,受百官朝贺。他默默地进入正殿,在乐声中升入宝座。文武百官从两边退出,归入班中。依照鸿胪寺官员的高声唱赞,文武百官在丹墀上向北跪下,行三跪九磕头礼(秩序不免有点乱)。刘宗敏因为身负重伤,免了跪拜。然后草草地由鸿胪寺官员恭读了由刘宗敏、牛金星领衔缮就的贺表,无非是称颂他的功德,说了一些空洞的祝贺的话。李自成并没有听进去,他明白这是照样的文章。读完贺表之后,文武百官又一次向他磕头,山呼万岁。接着又读了皇上的敕谕,读罢又是百官叩拜,山呼万岁。

登极的典礼就这么简简单单地行过了,跟着是奏乐。他从宝座上下来,又退回武英殿的东暖阁。群臣也从武英殿的丹墀上退下去。

这时,宋献策和李岩都看见王长顺从文臣班中最后起来,热泪纵横,脚步踉跄,走下丹墀。他两个心中吃了一惊。随即牛金星也看见了,但他们都佯装不曾看见。牛金星态度雍容,步履稳重,只是心里不免想着王长顺如此形状,虽是喜极而悲,人之常情,却似非吉利之兆。宋献策和李岩来到朝房休息后,见身边没有别人,宋献策悄悄问道:

"王长顺何以跪在丹墀上如此流泪?"

李岩轻轻地叹口气,不敢乱说,摇摇头,怅惘地向院中望去。

鸿胪寺官员传呼:文武百官齐去承天门肃立等候。承天门楼上设有御案御座,由锦衣旗校侍立御座两边,但李自成并没有亲自前来,仅仅在御案上设立黄缎牌位,上边用恭楷写道:

"大顺皇帝万岁万万岁!"

大体上按照大赦天下颁诏的故事,行了仪式。诏书原文很长,是在李自成去山海关前拟好的,李自成也反复推敲过。首先说明朝政治如何坏,百姓如何在水深火热之中,他奉天命诛除无道,灭了明朝,建立大顺;又如何在群臣百姓一再敦劝下,即了皇帝位。接着就说他今后对明朝的苛捐赋税全部豁免;明朝官吏凡贪污的一定严惩,决不宽恕;奉公守法的一体照旧录用;明朝宗室,只要投降的,都加保护。最后说道,在登极以前,除掉弑杀父母,大逆不道的,其他不论什么重罪,一律赦免,不再追究。但是颁诏之后,再有触犯王法的,决不宽恕,等等。牛金星代皇上颁诏。诏书由鸿胪寺官员宣读以后,便放在一个盘子里边,盘子上有一个结头,用黄色绳系着从承天门上边放下去,便算完成了颁诏这件大事。然后跪在下边的文武群臣又是一阵山呼万岁。

当承天门颁诏的时候,李自成正在武英殿偏殿中受窦妃和宫女、太监们的朝贺。然后他回到寝宫,在宫女们服侍下去掉了平天冠、龙袍、云头靴,换上皇帝的便服,顿时觉得浑身轻松,比刚才这半日自在多了。他心中有一种空虚感,暗暗地想道:

"这就叫登极了么? 打了十六七年的仗,死了无数的将士和百姓,就为的这件事么? ……"

李自成照例对窦妃有很多赏赐,对宫女、太监们也都有赏赐。尽管大家心中都是七上八下,各人都不知道以后如何,可是表面上都伪饰着一种喜气洋洋的气氛。李自成心中也很明白,只是他无暇多想,他更多的心思用在考虑如何退出北京,如何在路上抵御追兵,如何平安进入固关等问题上。这时一个太监进来,向他启奏:

"御马寺牧马苑使王长顺在宫门求见。"

李自成心中一烦。他想,打仗的事,他都操不完的心,说不定吴三桂和满洲的几万人马两天左右就会追到北京,哪有时间同王长顺见面呢? 王长顺也不过是谈他御马寺的事,那是将来的小事情,用不着现在见面。于是他轻轻挥挥手,说:

"告诉王长顺,我很疲倦,正在休息。"随即他又考虑起打仗的事情来。

窦妃已经换去吉服,穿上了宫中妃子们的常服,来到李自成的面前侍候。虽然她的眉眼天生很美,却不能掩饰住忧愁的神色。她的脸色依然又嫩又白,却减少了自然的红润,不得不借助宫粉胭脂,掩饰新近出现的憔悴。这一切都被李自成看得清清楚楚。他心中有点难过,拉住窦妃的手,勉强地问道:

"明天夜间要退出北京,你全都知道了么?"

窦妃凄然点点头,胆怯地问道:"皇上,这宫中常用的东西,要赶快收拾一下么?"

李自成说道:"不用急,明天还有一天。我此刻心中事多,到明日我会吩咐。"

窦妃不敢多问,望一望李自成脸上的阴暗神色,听着他冷漠的口气,猜想明夜临退出北京的时候,八成会赐她自尽。她心中十分恐怖,十分悲伤,不敢再问一句话,也不敢放声哭泣,却禁不住滚落了热泪。李自成见她落泪,也没有再说什么,心中却忽然想道:王长顺见我,到底有什么事呢?

这时候王长顺在武英门外已经得到皇上不见他的口谕,他叹口气说:

"是的,皇上那么忙,又那么疲倦,我真不该这时候又来见他。"

然而他确实有话要说,他来到北京之后,听见了许多消息,也看见了许多情况。大事情,用不着他操心,可是他想到了一件事,觉得应当向皇上说出来。他想的是,现在北京的人对大顺军十分不好,应该拿出一部分银子临走前散发给城中饥民。还有大顺将士抢了那么多妇女,带在路上如何作战?也应在退出北京之前,放这些妇女各自回家,不要带走。就这两个意见使他坐卧不安,跑来求见皇上。如今既然见不到,他只好叹口气退出武英门去。

当他过金水桥的时候,看见有两个太监正在扫去地上鞭炮的碎纸,空气中还有很浓的火药味,不觉心中叹道:

"登极大典已经过了,人都散了,皇上也快要退出北京了,那么热闹的鞭炮声再也听不见了,只剩下一地的碎纸和火药气味。唉,我这个老马夫,也算经历了胜,看见了败,今后兴许还会看见大顺国如何转败为胜。"

四月二十八日,军情更加紧急。吴三桂的追兵已经过了玉田,正往西来。阿济格和多铎统率的满蒙汉大军也已经于三天前离开山海关,紧跟在吴三桂的后边前进。李自成命牛金星代他去永定门内的圜丘行"郊天"礼。他自己忙于部署军事,不断地在武英殿分别召见重要将领,面授机宜。宋献策、李岩一直留在他的身边,随时商议大计。

宋献策建议,第一步东守固关,北守大同,保护全晋,万一全晋不可守,从坏的方面想,第二步还可退保陕西。关中地方万万不可失去。要守关中,不仅要守潼关,还要北守榆林,南守商洛。而目前重要的是预先部署兵力。榆林一直由高一功在那里驻扎,不可轻动。李岩认为晋豫二省都不能失去,万一三晋不守,河南万不可失。倘若失去河南,潼关、商洛也都难守。李自成最关心的还是山西,想着山西与延安等地仅仅一河之隔,三晋不守,陕西关中也就很难防守了。自古要保关中,必保山西,所以他担心大同很不可靠。姜瓖和唐通是有关系的,跟吴襄、吴三桂也都是世交,如今唐通不知下落,很可能投降满洲了,既然如此,姜瓖也不会死守大同。倘若姜瓖在大同叛变,太原就危急了,榆林也困难了,因为从大同向西,从潢川渡河,不管是进攻榆林,还是南下进攻米脂,都不困难。

他们商量了一阵,简直想不出好的办法。后来李自成接受宋献策的建议,决定派李过率三千骑兵今夜出发,从居庸关外走宣化去大同,与姜瓖共同守大同和阳和一带。万一大同不稳,李过可以从偏关往西过河,或守榆林,或守延安,使敌人不能渡过黄河。商量定后,马上派人去告诉李过:下午进宫来听皇上面授机宜。随即李自成留宋献策、李岩在宫中吃午饭。当天的午饭也是既不奏乐,也没有繁文缛节。刚吃过午饭,李过来到。李自成命他立刻准备,挑选三千比较精锐的骑兵,黄昏以后出发,从居庸关外赶往大同,见机行事,谨防受姜瓖暗算。

李过说:"大同、阳和这方面,我自然要见机行事。我所担心的是太原。本来有陈永福守太原,羊坊口、雁门关都很重要,姜瓖即使叛变,看来也不敢马上进攻太原。但是晋王宗室人口甚多,倘有人利用晋王宗室,起兵捣乱,倒是个祸害,不可不预先防备。"

李自成望一眼李岩,然后告诉李过:"前些日子已经命红娘子带着健妇营到了临汾,估计现在已到太原。晋王宗室不管老少,都护送到长安安置,一个不要杀害,可也不能留在山西。"

李过说："这样我就放心了。"说毕以后，立即辞别出宫。

跟着牛金星进来，启奏"郊天"礼已经完毕。李自成命他坐下商议大事，先问他城中情况。牛金星向他禀报：北京城中谣传吴三桂的追兵过了玉田，距离通州不远，人心大乱。有许多人暗中准备迎接吴三桂。又哄传吴三桂是带着崇祯太子来北京的。另外，京城士民已经知道大顺军今夜将要退出北京，有人害怕抢劫，互相商量如何逃避。有些降顺的明臣又躲了起来，有的准备想法逃出城去。李自成听了以后，认为这都是意料中的事情，不可免的，只吩咐说：

"刘捷轩等将军伤势较重，不能骑马，不妨今日下午派兵护送，先离开北京。"

随即又命他们几个即刻出宫，分头料理退出北京的事，晚饭后再来宫中见面。

李自成回到寝宫，传窦妃来见。窦妃从昨天起看出来李自成无意带她西行，对自尽的事已经做了思想准备。她来到李自成面前跪下，冷静地问道：

"皇爷有何吩咐？"

李自成说："兵荒马乱，你不用跟着朕受苦了，朕想将你留在北京，你看如何？"

窦妃问道："是死留还是活留？"

李自成说："自然是活着留你。"

窦妃说："臣妾不怕艰难困苦，甘愿随皇上前往长安。"

李自成告她说，路上必有恶战，吉凶难料，不如留在北京，日后一定可以相见。窦妃伏在地上痛哭起来。李自成拉她，她不肯起来，对李自成一边哭，一边说，将她留在北京，她万无生理，如不得已，一定为皇上尽节，誓不受辱，只求皇上于天下太平之后……李自成截断她说：

"你不要想得那么坏，朕已经替你准备妥当隐藏的办法。你只是在北京隐藏一些日子。等朕整顿人马，打败了吴三桂和满洲兵，北京仍然是朕的。纵然朕建都长安，北京也绝不会被敌人久占，朕会派人将你接往长安。你快去准备，二更时候出宫。在武英殿中服侍的宫女，每人给三十两银子，明早五更前逃生。你自己身边的宫女留下两个，每人给她们五十两银子。如果她们有家在北京附近，你可想办法给她们家人送信，家人愿意接走就让她们走。你另外再买两个丫头服侍你。可是这事情暂不要讲，免得泄露了消息，你就不好隐藏了。"

窦妃哭得像泪人一样，还是不肯留在北京。李自成叹口气，心中如同刀割一般，说：

"朕也没有想到在山海关会打败仗，北京不能固守。现在不得不暂时离开北京，重新整顿兵马，与胡人作战。你在北京不会太久，短则几个月，长则一年，朕必将胡人打败，接你前去长安。"

过了一阵，李自成又对窦妃说了些安慰的话，窦妃才去准备。

李自成想在寝宫休息一阵，但是他心绪十分不宁，坐不下来，只好走往正殿，在正殿中徘徊一阵，到了西暖阁，坐了片刻，更加烦闷，又走到东暖阁，无心再坐，想重回寝宫休息，但是眼前浮现出窦妃悲痛的影子，不由地顿顿脚，嘘一口长气，走出武英殿，又走出武英门，转往皇极殿的院子走去。

他没有什么目的，只是忧郁无法排遣，只好到处走走。同时他也想到皇极殿今夜就要放火烧毁，想再去看它一眼。这时已近黄昏，皇极殿中没有人再去点蜡烛了，门也关得严严的，前檐下已堆放了许多为放火准备的柴草。一些士兵背着柴草，正绕过皇极殿向后边送。有的头目和兵丁，看见李自成来到丹墀上，赶紧放下柴草，伏地磕头，呼喊："万岁！"

他向一个头目问道："乾清宫和坤宁宫都准备了放火的柴草没有？"

"启奏万岁：正在准备，不会误事。"

在一群侍卫的保护下,李自成向文华殿方向走去。但是刚刚走到皇极门东边的门,他不想去了。正好吴汝义也在这时来到,跪下说:

"丞相、军师、李公子、李过、谷可成求见,在午门候旨。"

李自成听了以后,索性回武英殿去,一面告诉吴汝义:"命他们在西暖阁同朕见面。"

牛金星等人来到武英殿西暖阁。匆匆行礼之后,李自成向他们问道:

"捷轩是不是已经走了?"

牛金星回答:"已经离京了。"

李自成又问道:"文臣不打仗,要早走为好,都安排了么?"

牛金星回答:"陕西来京的文臣已经开始离京,都有马匹,也有随从护卫。北京新降诸臣,一则人数多,二则有的已经躲起来,现在我们又无力顾及,只好听其自便。"

李自成想了一想,又说道:"城中的秩序要稳定,不要乱,不许坏人趁火打劫,扰害士民。"

李岩说:"目前城内城外,到处搜索骆驼骡马,强拉丁壮,也有白日抢劫银钱的,强奸妇女的,不断发生,禁止不住。"

李自成问道:"为何禁止不住? 杀几个人不就禁住了?"

李岩说:"我军正准备退出,不能再派出多的人沿街布哨,难免不有坏人趁火打劫。况且我军退出的时候也需要骆驼、骡、马、驴子,到底是我们的士兵,还是坏人,老百姓很难分辨得出。"

宋献策插言说:"有许多人趁火打劫,也佯装是我们大顺军。"

李自成生气地说:"这不就秩序乱了么?"

宋献策说:"恐怕我军开始退出北京后,城中秩序会更加大乱。但这是没有办法的事,只好不管了。"

李自成也觉得无可奈何,心里想,当日进北京的时候,怎么会想到有这样结局? 他又转向李过,问他人马准备如何。

李过说:"人马已经准备好了,马上就要出城,特来请皇上巡视。"

李自成说:"朕没有别的话。你一定要小心行事,倘若姜瓖很不可靠,你就不要在大同久留,不要吃他的亏。你走吧。"

李过磕了个头,退了出去。

李自成对谷可成说道:"朕命军师传你来见,是要嘱咐你,必须等城中将士全部退完以后,你的人马才可离开广安门一带。倘若敌人追到,只可稍事抵御,不要恋战。敌势甚锐,人马也多,如今在固关以外,就指望你这一点家当了。"

谷可成说:"刘芳亮也要前来,保定只留下少数人马守城。"

李自成说:"明远倘能赶来,当然很好。怕他万一赶来不及,你一个人孤军作战,身当大敌,不是好的主意。朕因为怕你贸然与敌人决战,所以命军师唤你前来。"

谷可成说:"倘若明日臣尚未走远,而吴三桂人马已到,可否截断卢沟桥,狠狠杀伤敌人前队,然后退走?"

李自成摇摇头,说:"永定河水浅,骑兵可以涉水而过,卢沟桥不是险要可守之地。你切记我的话:要整军缓缓而退,不要轻易同敌人作战;到万不得已时只好决战,那是另外的话了。你赶快出城去吧。"

谷可成不再说话,叩头辞出。

李自成望望牛金星、宋献策、李岩三人,问道:"朕退入山西以后,应当驻跸何处? 是太原还是平阳?"

宋献策说:"依臣看来,敌人如要夺取山西,必将三路进兵。"

李自成问:"哪三路?"

宋献策说:"一路由固关向西,虽然道路甚险,但比较而言是一条捷径。第二路是走大同,倘若姜瓖投降敌人,这一路就敞开了门户,大同落入敌手,虽有羊坊口、雁门关,恐也不能坚守下去。还有一条路,就是敌人沿畿辅南下,直到河南,过彰德、淇县、新乡,夺怀庆。怀庆十分重要。怀庆倘若失守,洛阳就危险了。敌人占领怀庆以后,还可越过太行山,进入上党。上党为自古兵家必争之地。

上党失陷,全晋动摇。所以陛下驻跸何地,要从敌人打算如何夺取山西来考虑。"

牛金星说:"按军师这一分析,臣以为驻跸平阳最为适宜。"

宋献策说:"是的,驻跸太原,偏于北;驻跸上党,偏于南。以平阳为行在,最为适中,向东可控制上党,向北可控制太原。况且平阳自古以来就是黄河重镇,平阳失守,则黄河也不可守,洛阳也会震动。所以丞相说,以平阳为行在,微臣十分赞同,请陛下决定。"

李自成望望李岩,李岩也表示同意。李自成立刻说道:"启东,你今晚先出北京,星夜赶往平阳。六政府各衙门也都驻在平阳。平阳就作为行在。"

牛金星说:"请皇上也早一点退出北京。"

李自成说:"不必着急,等全军将士退走以后,朕再退出不迟。"

宋献策和李岩都劝李自成早点退出北京,不可迟误。李自成说:"据朕看来,吴三桂人马今夜还不敢贸然来到北京,朕明天四更时候退走不迟。"

牛金星说:"如今天明得早,四更时候天已快明了,未免太迟。请皇上三更退出北京,千万不要耽误。"

李自成说:"你赶快出京吧,率领中央各政府衙门,往平阳驻扎。我自己何时退出北京,心中自有斟酌,不必为朕操心。你现在立刻出宫。"

牛金星只好叩辞出宫。

李自成又对宋献策、李岩说:"退出北京后,你们都跟朕一道,随时商议。如今军师也可以出宫去,务必使各部人马部伍整肃,四更以前退干净。献策你走吧。"

宋献策也出宫了。

李自成望着李岩说:"林泉,如今身边只有你一个人了。有一件事情,我在往山海关去时,曾经嘱咐你办。你办了没有?"

李岩恭敬地回答说:"臣已经办了。"

李自成沉吟说:"没有想到大局变得如此之快。那一件事既然你办了,眼下很有用处,只是不可不守机密。二更时候,你派一支最亲信的人马,不要太多,二十个人就差不多了,带领三乘民间用的青布小轿,前来武英殿院中。要派一个最可靠的军官,最好是你自己管事的家人前来。"

李岩心中明白,说道:"遵旨,请皇上放心。"他又问道:"不过恐怕日久仍会泄露出去,如何是好?"

李自成说:"日久之后,当然会泄露出去。但朕想只是十天八天的事情。她们再换一个地方好了。这么大一座北京城,千家万户,难道无处可藏?如今人马倥偬,看来退向固关路上会有恶战,倘若敌人追得紧,带着眷属,难免中途抛弃,如今只好走这一着棋了,你去安排去吧。"

晚膳草草用过,李自成心中极其混乱。这武英殿要不要放火烧毁呢?后来他想,留下这一座宫殿不烧吧。一面想着一面走出武英门,回过头来又望一望,昨天刚刚在这里举行登极大典,今天夜间就要退走了,如此匆匆,以后还能不能回来呢?他忽然又想还是应该把武英殿烧毁,正要吩咐将士们去准备柴草,忽然又改变了主意,叹口气说:

"不烧吧,说不定几个月后朕会回来的,那时候还需要到这里来处理国家大事。不烧吧!"

他退回武英殿,在西暖阁中坐了一阵,看着手下人将一些文书都完全收拾干净,有一些不带走的都销毁了。今天夜间的武英殿,虽然蜡烛也点了好多,但是他不知怎么总感到到处阴森森的,十分凄凉。一些宫女、太监,也都是愁容满面,特别是许多宫女,更是神色凄惨。

到了二更时候,李岩派自己最亲信的二十个兵丁,由一位半老的官员带领,来到武英门外。李自成得到禀报,立刻将这官员叫到面前,亲自问话。官员跪在地上磕了头,不敢起来。李自成仔细望了一眼,觉得面孔很熟,问道:

"你叫什么名字?"

跪着的官员不敢抬头,回答说:"小臣姓郑名德成,原是李公子府上的伙计,随李公子起义,投奔陛下。"

李自成恍然想起来,认为此人确实可靠,不觉点了点头,又问道:"你带了几个人来?"

郑德成回答说:"小臣带了二十个弟兄,三乘青布小轿。"

李自成又问道:"去的地方你知道么?"

郑德成说:"小臣知道。房子原是小臣前去借的。"

李自成又说:"你这二十个弟兄,可都是李府上的旧人么?"

郑德成说:"有的原是李府家人,李公子起义时候,将卖身的契约都当场交给他们烧毁了。也有的是李府上的家丁。这都是最心腹的人,请陛下放心。"

李自成说:"你们走在街上时,务必小心,不可惊动街巷内的百姓,要暗暗送到那地方,办妥之后,悄悄走掉,随大军出城。"

郑德成磕头说:"遵旨。"

李自成说:"你去武英门外等候吧。"

郑德成走后,李自成回到寝宫,对窦妃说:"三乘小轿已经来到,停在武英门。你带着两个宫女上轿去吧,东西也由宫女们抬送出去。"

窦妃伏地叩头,痛哭起来。李自成心中也很难过,催着说:

"不要哭,不日我们就会相见的。"

可是窦妃怎么能够不哭呢?尽管她希望日后能够相见,或者李自成把敌人打跑,收复北京;或者暗暗派人将她从北京接往长安。可是这一切又很渺茫。她现在必须离开李自成,躲藏起来。躲藏的地方,她并不清楚,一切听从皇上安排,能不能躲藏得住,她也觉得凶多吉少。万一别人知道,她的性命很难保住。敌人进来之后,她也很难不被搜查出来,今晚的离别也就是死别了。尽管她同李自成相处日子很浅,但是她忘不下大顺皇上对她的恩情,把她个人的幸福、一家人的幸福都寄托在大顺朝的兴旺上面。

而现在大顺皇上要退出北京了,将她单独留下,也许要不了多久,她就要为大顺皇上尽节了,所以她哭着不能起来。李自成也被她哭得心中疼痛,忍着眼泪,连连催促。窦妃知道不能再耽搁时间,磕了一个头,由宫女扶着从地上起来,眼泪汪汪地又望了李自成一眼,说道:

"皇爷保重,臣妾去了。"

李自成点头说:"我送你上轿吧。"

窦妃一面哭,一面由宫女挽着上了小轿,另外两个心腹宫女也都上了小轿。她们所带的金银和衣服用品都放在小轿里边。当轿子抬起的时候,窦妃想从轿门向外看一看,可是轿子已经走动了,只听见她在轿子里边悲声说道:

"皇爷保重,皇爷保重。"

三乘小轿刚刚出去,宋献策来到,向李自成禀奏:"已经派飞骑往山西向陈永福传旨,嘱咐他镇守太原,不可疏忽。其余在山西的人马,能够抽调的尽量抽调,出固关迎接圣驾。"

奏报以后,他忙着要照料全军退出北京的事,又出宫去了。

李自成在武英殿院中徘徊,等候着随时还有重要事情向他禀报请示。果然到三更时候,吴汝义送来了陈永福从太原来的十万火急塘报。塘报上说,山西情况很不稳,上党一带已经有了叛乱,大同的姜瓖也不可靠,谣言说他准备投降满洲,许多地方原来投降的官吏士绅和躲起来的官吏士绅如今纷纷图谋叛变。塘报中又说,健妇营已经到了太原,由于现在兵力缺乏,护送晋王宗室去西安的事暂缓,留下来以备不时之需。

李自成看了塘报,大为吃惊。他原以为秦晋是一家,山西也等于是他的故乡。所以当初他过了黄河,从平阳一直到太原,兵不血刃。到太原也只打了一个小仗就进去了。全晋处处迎降。没有想到因为他在山海关打了败仗,消息很快传到晋省,而山西竟然也要背叛他,他怎能不生气和震惊呢?

随即他又接到禀报,说是吴三桂的人马已经到了通州,正在休息,说不定明天一早会从通州启程,向北京进兵。

三更过后,宋献策同李岩一起进宫,催促李自成赶快出城。李自成说:

"何必那么急呢?将士们全都退出以后,朕再离开北京不迟。"

宋献策说:"如今在城内的人都走了,只有皇上的禁卫未动,另外有两千骑兵还在朝阳门外,防备吴三桂的人马突然来到。"

李岩接着说:"倘若吴三桂连夜进兵,这两千人马也抵挡不住,请陛下不必耽误,此刻就出城吧。"

李自成走出武英门,看见他的乌龙驹已经牵在金水桥外,他的亲军站满了金水桥外的空地。王长顺也在那里等候。李自成看见他,问道:

"你年纪大,经不起辛苦,为什么还不出城?"

王长顺回答说:"皇上未走,我怎能出城?"

李自成不再说话,向午门走去,一面回头吩咐:"赶快放火!"

果然,当他走到皇极门的时候,回头一看,皇极殿下边的柴草已经点着,烈焰腾腾。他停下不动,站在皇极门继续观看。不过片刻,皇极殿的门窗以及房檐上的椽子全都点着了。同时后宫中也是火光通天,他知道乾清宫、坤宁宫也都已经放火,于是他向午门走去。刚到午门,皇极门也放火了。他从午门走向端门。朝房没有点火,可是午门城楼也开始放火了。火光照耀,一片通红。他走出承天门,承天门也放火了。他走出大顺门,大顺门也放火了。而且城中许多地方都放火了。他在一二千亲军保护下,一直走向广安门。到了广安门,他停下来,立马高处,回头一望,里城外城,许多地方,大火起来了,天上的云彩被大火映得通红。同时,他听见火光下边有许多人的哭声、叫声和奔跑声。他的心中猛一沉重,忽然后悔起来:

"何必放火呢?"

但这念头只是一闪而过,更大的后悔填满了他的心头。他想:

真不该匆匆忙忙来到北京。当初在长安没有动身的时候,宋献策、李岩都曾建议,劝他先把河南、湖广、关中各地都治理好,让士民休养生息,一年半载,山西、山东、湖广全都巩固了,然后北伐不迟。可是他没有重视,人们也不敢深谈了。他又想起来,当他在长安封官赐爵、大赏将士的时候,听说田见秀对同乡们说过几句话:"如今虽然打了江山,可是江山在哪里呢?事情还要往前看一看。"当时有人将这话传进宫中。皇后先知道了,告他说:"田将爷是个有心思的人,这话倒值得三思。"他当时大不以为然,认为大功已经告成,北京唾手可得,从此席卷江南,也不费多大力气,怎么能说江山还不一定牢靠呢?然而今天却落到了这步田地!他忽然又想到去年冬天,他回米脂县祭祖,那时是多么称心如意,现在看来是把事情想得太容易了,没有想到吴三桂会不投降,也没想到满洲人会出兵,更没想到北京会不得不丢掉,各处会纷纷叛乱,真是吃了大意的亏!倘若当时能把事情多想一想,看得困难一些,不要那么高兴,何至于会有今日呢?

宋献策在一旁催促道:"皇上请起驾吧,朝阳门的二千骑兵已经退出来了。"

这时天色开始亮了,他清楚地看到,远处街道上有人影在奔跑,而哭叫声更高了。他轻轻地叹了口气,在亲军的护卫中策马出了广安门,向西南方向疾驰而去。

第十章

四月二十八日申时,盛京城八门擂鼓,声震全城,连郊区的居民人等也惊动起来。原来是从山海关来了消息,知道打了个大大的胜仗,把李自成的人马全部打败了。可是和硕睿亲王多尔衮的正式奏报还没有来到,所以尽管八门击鼓,朝廷上并没有举行庆祝,只是大家都怀着十分振奋的心情,等待着摄政王多尔衮的正式奏捷。留守主持盛京朝政的和硕郑亲王济尔哈朗将这一好消息报进宫中后,清宁宫皇太后才吩咐当晚在清宁宫中庆祝。

福临的母亲圣母皇太后小博尔济吉特氏,先到清宁宫向太后贺喜,随即回到自己宫中,在佛像前焚香磕头,祝愿多尔衮顺利地进占燕京。在皇太极留下的众妃之中,只有她对山海关的捷音最为激动。她将福临抱起来,放在腿上,含着兴奋的眼泪,说道:

"孩子,你叔父睿亲王已经打败了几十万流贼,进了山海关,不久就要攻克燕京了。进了燕京以后,你就是中国的皇帝了。我的小皇上,你快要到燕京做皇帝了。"

"我不去燕坑。"

"不是燕坑,是燕京。"

"我不去。妈妈不去,我也不去。"

"你要去,一定要去,妈妈也要去。"

"还回来么?"

"只要到了燕京,消灭了流贼,你就是中国的皇上,住在燕京,不再回来了。"

"妈妈,你想去燕京么?"

"燕京地方好,宫殿好,比这里好得多。"

福临不再问了。他不能想象燕京的宫殿到底怎样好，大概比大政殿的房子还要大一些，也有像凤凰门那样的高台子。他望望妈妈，看见妈妈在想心思，便从妈妈腿上溜下来，跑到院中玩去了。

小博尔济吉特氏回到自己的西厢房中。她面前浮现出多尔衮的影子。对多尔衮改称摄政王以及他最近打的大胜仗，她心中都十分高兴，对他更增加了尊敬和爱慕之意。可是她又暗暗地有点忧虑，害怕多尔衮功劳越来越大，权势越来越高，将来会不会忠心辅佐小福临当皇帝呢？

山海关大战之后，多尔衮统率的征服中原的大军陆续进入关内，其中包括满洲八旗精锐、蒙古八旗精锐以及汉军八旗的人马。满蒙诸王、贝勒、贝子、公、固山额真差不多都来参加这次战争。汉人方面则有原来投降的恭顺王孔有德、怀顺王耿仲明、智顺王尚可喜等，现在又增加了吴三桂的关宁兵，一共有二十多万人，成为万历年以来一次集中最强大兵力的进军。多尔衮命他的兄弟英亲王阿济格、豫亲王多铎统率大军不停地追赶李自成，希望在李自成到达北京后，来不及进行大的抢劫和破坏就匆匆逃走，将一座完整的北京城留给清兵；更希望在李自成逃回陕西之前被他一战消灭，好使他腾出手去实现他的征服中国的野心。

吴三桂的关宁兵走在大军前面。一天晚上，崇祯太子混在乱民和溃兵里边，带着一个太监前来寻访吴三桂。吴三桂听了亲信中军的禀报，吃了一惊。怎么办呢？他知道，如果他不救太子，太子八成会死在乱军之中；或被清兵捉去，绝不可能活下去。他是世受明朝皇恩的大将，按良心应该搭救太子，可是他又害怕救不了太子，反而被多尔衮知道，说他怀有二心。他沉默片刻，下了决心，对中军悄悄地说：

"我现在是泥菩萨过河，自己也救不了自己，哪有力量搭救太子，保他平安无事？可是我也不能把太子献给满洲人。你告诉太子，让他向别处逃生吧，不要在这里逗留了。"

中军刚刚转过身去,他又把他叫回来,自己继续低头寻思。要不要把太子献给多尔衮呢?既然投降了满洲人,无毒不丈夫,将太子献出,多尔衮会更加相信他。可是他又心中不忍,向中军问道:

"李自成兵败之后,为何不杀太子呢?"

中军向前走了一步,悄悄地说道:"李自成不但没有杀害太子,连永王、定王,还有宗室藩王一大群,全都没有杀害,命他们各自逃生。"

吴三桂说:"这倒奇了,你可问过李自成为什么不杀他们么?"

中军回答说:"据太子告我说,李自成对他们说:'胜败兵家常事,这是我同满洲人和吴三桂之间的战争,与你们无涉。不是你们勾引他们的。我杀你们很容易,可是像这样事情我不做,也用不着把你们带回关中,你们各自逃命去吧!'"

吴三桂一听,心里翻腾了一下,想道,李自成尚且不杀太子,不杀永王、定王等人,我吴三桂毕竟世受国恩,崇祯没有对不起我的地方,我何必要杀太子呢?随即他又对中军说道:

"你去让他们走吧,一定想办法让他们能够逃出这一带,嘱咐他们不要停留,赶快隐名埋姓,远走高飞,千万不要对别人露出口风,说他曾经来到我们军营。"

中军听了吴三桂的几句嘱咐,感动得噙满两眶眼泪,轻轻回答一句"遵命",转身便走。还没有走出军帐,又被吴三桂叫回来。中军猜到吴三桂又要变卦,心中猛然凉了半截,回到吴三桂面前,肃立不动,也不敢问话。吴三桂望望他,问道:

"是谁指引太子来到我们军中的?这么巧,竟会找到我的中军老营,你可问了没有?"

中军小声回答说:"太子离开李自成之后,藏在一个村中,那村中老百姓都逃光了,只剩下一个老汉,原是私塾先生,因身上有病,守着母亲灵柩,没有逃走。太子求这个老汉把他隐藏起来。老汉认出来他不是一般的小孩子,就问他是不是太子。太子看老汉很忠心的样子,就说了实话。老汉赶快跪下去,对他哭了起来,然后把他同太监藏在红薯窖中。今天晚饭后，老头子向我们一个巡逻小校问出来王爷驻扎的地方，就对太子说：'目今到处都是胡人，你逃不出去的，只有一个办法，不知太子愿意不愿意？'太子说：'只要能够救我不死，只管说出。'老头子说：'如今平西伯吴三桂就驻在近处，明天五更还要继续追赶流贼，现在只有他能够救你。'太子说：'吴三桂已投降了东虏，我怎么敢去见他？'老头子叹了口气说：'我看他投降东虏也是万不得已。大明朝廷对他有恩。太子现在难中，前去找他，他如果是懂事的人，会连夜保护太子，率领他手下几万人马，离开胡兵，从此往南，拥戴太子，恢复大明江山。全国臣民听说太子还在人间，又有吴三桂拥戴，必然各处都举起义旗，太子的性命就能保全，大明江山也不难恢复。可是，这是一步险棋啊！小民不敢做主，请太子自己斟酌吧。'太子说：'现在没有别的办法，就试试吧。万一吴三桂把我送给胡人，我也不怕，我父母都已殉国，我也应该随父母于地下。'这样老头子找到我们一个巡逻的小校，先同小校谈到大明故君殉国的事，看见小校颇有思念旧主之情，就悄悄地把太子下落告知，问他能不能把太子引到王爷的中军老营。这小校不敢做主，就向他的长官暗中禀明。我们的将士尽管在山海关投降了满人，可是毕竟是汉人，是大明臣子，所以就把太子和侍候他的太监带到中军老营，同我见面，我就赶快前来向王爷禀明。"

吴三桂本来正在思索，准备重新拿定主意，将太子献给多尔衮，听了中军这一番禀报，心中又一次翻腾了一下。想着这个老汉并没有吃大明俸禄，尚且如此忠于故君，难道我就这样没有人性？这事可不能做呀！他又想到，尽管关宁兵在山海关投降了满人，可是手下将士并不完全同意，北翼城的叛乱就是一个例子。如果趁眼下太子有难，我再落井下石，将手无寸铁的太子献给多尔衮，将士们岂不要离心？……这样反复一想，他又一次拿定主意，对中军说：

"既然这样，你赶快送太子逃走吧。凡是知道这件事的人，不管谁,不准露出一丝口风。若有人露出来一丝口风,立刻杀掉! 那一个老头子,你也要亲自去找他,嘱咐一番,万一他不很牢靠,也只好杀人灭口。你赶快去办,千万要机密!"

吴三桂休息到四更天气,便又率领人马前进。路过范家庄时,他的父亲已经由仆人们找到一具棺材装殓了。他抚着棺材痛哭一阵,草草祭奠。留下一名家将和一百名亲兵,护送吴襄的灵柩去山海关海宁城中停放。由于多尔衮催促进兵很急,当他祭奠父亲的时候,豫亲王多铎已经率领清兵西去,所以他不敢在范家庄多停留,继续前进。走到玉田和通州之间时,遇到了从北京逃出来的一名家人,知道他母亲以及他一家主仆三四十口都在李自成退回北京的当天被斩了。他放声大哭,几乎栽下马来。但是这事情也在他意料之中,所以哭过之后他便吩咐一个中军副将率领三百将士,另外再派一名会办事的赞画,赶往北京去料理全家的后事。遵照多尔衮的令旨,吴三桂不敢多派将士进入北京城。他自己必须赶快率领关宁兵星夜追赶李自成。大军绕过左安门、永定门、右安门和广渠门,直奔卢沟桥,加上满蒙骑兵、汉军步骑兵,但见北京城外黄尘蔽天,马蹄动地,日夜不停地向真定①方面追去。

自从李自成退出北京以后,明朝的一群投降李自成的官僚自动地出来,以五城御史的名义维持城中秩序,等待关宁兵马到来。城中到处以搜捕"余贼"为名,互相告讦。士民们都在盼望吴三桂大军速来,拥立太子登极。

四月三十日下午,忽然满城哄传吴平西伯的关宁兵已经来到北京城外,并说吴三桂有牌谕要京城官民明日上午出朝阳门接驾。实际上谁也没看到牌谕,但是以讹传讹,好像千真万确是吴三桂护送太子返京,从此要恢复大明江山了。城中父老百姓本来对于明朝的二百七十多年江山就很留恋,加上李自成进北京之后的许多措施使他们大为不满,如今一旦听说太子将要返回京来继承皇位,

――――――――

① 真定——即今河北正定。

重建大明江山,很多人喜极而悲,不觉哭了起来。大家纷纷地赶制白色头巾,准备好正式为先帝后戴孝。东城御史也赶紧派兵丁保护吴三桂的住宅。还有些士民相约,一起一起地到吴公馆为死了的吴家人焚化钱纸,点燃蜡烛,送去供香。大家都把吴三桂当作了大大的忠臣。此外,这两天来京城一片混乱,许多有钱人家一天到晚惊惊惶惶,也希望吴三桂来恢复秩序。还有一些人,在李自成大军退出北京后,他们赶快向乡下逃去,害怕吴三桂进京以后惩办他们投降李自成的罪。可是一逃到郊外,特别是逃到西山一带,被抢劫的很多。有真正的盗贼,也有老百姓装扮成盗贼的,看见这些做官的平时作威作福,李自成来了赶快投降,李自成一走又逃到乡下,自然要乘机抢劫一番。逃下乡来的官绅人家娇妻美妾遭到强奸和戏弄的事也屡有发生。这些官绅们只好又赶快逃回北京,想办法找门路,以便太子回京后能对他们宽大处理,仍然给他们官做。总之,人们是怀着各种不同的心情,迎接吴三桂护送太子回京。

直到此时,大家仍误以为吴三桂是向满洲借兵复国,报君父之仇,并且哄传太子在吴军中,明日将拥护太子登极。有人知道吴三桂在山海关投降满洲的事,但不敢乱说,半信半疑,他们总觉得吴三桂不是真降,只是向满洲人借兵。吴三桂拥立太子是真的,投降满洲是假的。

五月初一日,人们等了整整一天,没有等到盼望中的太子。初二日,天色刚刚明,朝阳门大开,官绅士民便纷纷拥出城去,一个个衣冠整齐,在五里外的路旁摆了香案。老百姓不能同官绅站在一起,分成一团一团,在旷野路边恭候。虽然早晨有严霜,还刮着冷风,天色阴沉,可是许多人心里倒是愉快的,因为太子毕竟还活在人间,马上就要登极了。只是在香案上不能写明大明字样,这是锦衣卫使和五城御史一再嘱咐的,这使欢迎的百姓心中又生出一个疑问:到底是不是太子回来呢?

锦衣卫使吴孟明已经死了,接任的是罗养性。经过崇祯的亡国和李自成的占领北京,东厂和锦衣卫的侦事机构全不存在,所以罗养性的消息也不灵通。他风闻吴三桂投降了满洲,但又听说太子确实在吴三桂营中。今天来北京的,既有大明太子,又有北朝诸王。罗养性曾在李自成占领北京期间受到拷掠,逼出了许多银子。他盼望太子回来恢复大明江山以后,念他在李自成占据北京期间曾吃了很多苦,仍叫他做锦衣卫使。但是他同时在心中也作了退一步的打算:若是满洲人当了中原之主,他也要奉为主子,保住自己的前程,不再遭殃。他满心痛恨的是李自成,是"流贼"灭亡了他所依靠的大明江山,以后不管谁来做皇帝,他都决定老老实实地称臣。所以他昨天就吩咐手下一班官员们带领重新招集的锦衣旗校和兵丁,连夜将卤簿、龙辇都准备好。今天天色一明,他就亲自指挥锦衣旗校将这些东西陈列在朝阳门内,然后他自己去朝阳门同官绅们站在一起迎驾。

多尔衮用罢早饭,离开通州的驻地,动身赴京城。在北京东郊迎接的官绅士民多数以为迎的是太子,是由吴三桂的军队护送前来的太子,于是大家伏地跪接,有的人落下眼泪,呜咽出声。但也有人听见前边奏的乐声中有海螺的声音,觉得不是大明的音乐,心中诧异,偷偷抬起头来,看见来人的装束和打的旗帜都不是明朝关宁兵的装束和旗帜,不禁在心中惊问:"怪啦,这是怎么回事儿?吴平西伯尽管驻在山海关外,毕竟是大明的将军啊,怎么这服色不对?"再偷眼一打量,看得更清楚:原来这些新来到的将士和兵丁都刮了脸,剃了头,有的辫子露在外面。他们忽然在心中惊叫:"哎哟,我的天,这不是咱大明的人!"当多尔衮来到以后,大家不知他就是多尔衮,只看见他留着发辫,袖子是马蹄形的,威风凛凛。大家十分惊骇,惊骇得简直说不出话,只是仍然跪在地上叩头迎接。

多尔衮在马上没有说话,也不停止,一直来到朝阳门。他只叫一千护卫骑兵随他进城,其余人马留在城外,不许走进城门。朝阳门内陈列着皇帝的龙辇、卤簿,华美非凡,好不气派,这是多尔衮从

来没有见过的,甚至想都不曾想到过。那在朝阳门内的众多官员跪地,请他上轿。他用很不熟练的汉语回答说:

"我不是皇帝,是摄政王,这皇帝的轿子我不能用。"

一位很懂谄媚之道的文官在地上直起身子说道:"周公不称王,也是南面受礼,不妨乘辇。"

多尔衮对中国历史已经知道不少,也懂得周公不称王的典故,说道:"我是来定天下的,不可不受你们众位的礼,好吧,我就乘辇吧。"

于是他下了马,乘上龙辇,仍然以摄政王的仪仗开道,不用卤簿,向皇城南门走去。罗养性赶快命锦衣旗校从捷径赶至紫禁城,将卤簿陈设在皇极门外。

多尔衮坐在三十六人抬的非常豪华的龙辇上,一路鼓乐前导,进了承天门、午门,来到皇极门外、金水桥边,然后下辇,来到皇极殿的丹墀上,在乐声中对天行了三跪九叩头的礼,然后换乘小辇,转往武英殿。一路上,到处是烈火焚烧后的惨淡景象,但到处都打扫得干干净净,也到处都有明朝官员向他行跪拜礼,口呼"万岁!"多尔衮心中充满骄傲,也充满胜利的喜悦。多年来他的父兄就做着打败明朝的梦。他父亲努尔哈赤没有想到进入中原,只是想割据关外,不再受明朝的统治。他哥哥皇太极曾梦想到进入中原,但梦想没有实现就突然死了。如今他果然进了北京,而且如此顺利,一战就击溃了李自成,人们竟然用皇帝的龙辇来迎接他,马上他就要坐到武英殿的宝座上,接见明朝的旧臣啦!他的父兄一生都没有办到的事情,他办到了,从此大清朝就成了中国一个新的朝代,而这正是他睿亲王多尔衮的赫赫功劳!看,过去明朝的文武大臣,今天都跪在他的面前,口呼"万岁!"尽管他不是皇帝,可是他是摄政王,年幼的皇帝是要他辅佐的,他是中国人敬仰的"周公"!不过他也没有忘记,他不应称"万岁",以后要禁止。从今天起他要办的事情更多,许多困难都摆在面前。他进入武英殿以后,回头对跪在丹墀上的明朝文武百官吩咐了几句"各安职守,尽心效忠"的话后,就命大家退出。他也走到暖阁中暂时休息。

这一天北京城内仍然很乱。尽管多尔衮进了北京，也有一些满洲兵将进了城，但多尔衮为着不使他们骚扰百姓，就命他们在城上安营驻扎。所以城里边许多地方还是有人借口"抓捕"留下的"余贼"，互相告讦，互相抢劫。人们都在担心家人的生命财产，处处充满惊疑气氛。至于清兵进入北京，都不相信是永久占领，纷纷打听或心中自问："胡人占领北京能够长远么？吴三桂是否暂时向胡人借兵，以后仍要退出？"过了两天以后，北京的社会秩序就渐渐地好了。多尔衮命几十支小队人马在街上巡逻，那些自命为五城御史的官吏也出来禁止告讦和诬陷，禁止抢劫。曾经惶惶不可终日的人心开始安定下来。

却说李自成退出北京的那天夜间，二更时分，窦妃乘上一乘青布小轿，两个宫女乘上另外两乘，离开了武英殿宫院。她在轿中实在忍耐不住，不住地小声痛哭，一边哭一边从西华门出了紫禁城。她不知道李自成日后是吉是凶，不知道自己还能不能同大顺皇上重新见面，也不知道自己能否平安活下去。轿子走得很快，转了许多弯，有时路上十分冷清，有时听见有人马从街上走过，但轿子并不停顿，也无人询问轿夫这轿中坐的何人。轿帘遮住了视线，她无法看清外面的情形，只是透过轿帘的缝儿看到街上十分昏暗。她慢慢地停止了哭泣，想着自己两个月来双重的亡国之痛。一个月前，大明皇上和皇后双双殉国，她原先的主人天启娘娘也在李自成进北京后悬梁自尽。当时她也有意自尽，可是不知为什么竟然又活下来了，后来被大顺皇上看中，成为大顺皇上在北京最宠爱的一个人，在宫中称为窦妃。她原以为大顺皇上能够牢牢地坐天下，没想到不过一个多月的时间竟然大败，匆匆忙忙退出北京。尽管说是以后还能重新回到北京，可是这希望在她看来也十分渺茫。她痛感到自己又经历了一次亡国之变。她今年二十一岁，在深宫中生活了八年，今后能不能活下去，很难说。现在是指靠父母和舅舅能把她暂时隐藏起来,但迟早总会露出马脚;万一被别人查出,她只有为大顺皇上尽节,决不能贪生怕死,留在人间,受人侮辱。想到这里,她几乎已经抱着一个必死的念头,只希望能够同父母再见一面,也不枉她在宫中日日夜夜地盼望了八年。

轿子在一个冷清清的胡同里边停住,放到地上。她在轿中听到轻轻的叩门声,随即后边两乘小轿里的宫女先出了轿子,来到前边将窦妃的轿帘揭开,将她扶出小轿。这时大门开了,有男女三人迎出大门,大家都没有说话。她的东西由两个抬轿士兵送进内院上房,然后这些士兵和那个军官都跪下向她行了礼,便又抬起三乘空轿在昏暗中离开了。

迎出来的是她的舅舅王义仁和舅母以及一个年老的女仆。等抬轿的人一走,他们马上回头将大门关好,上了两道闩,又加了一条腰杠。窦妃对舅父母的面孔已经记不清楚,在昏暗的灯光下更是认不出来,但她知道这是亲人。她从十二岁进紫禁城,幽居深宫至今,人世沧桑,重新看见亲人,她真想放声大哭。但是她害怕惊动了邻人,不敢出声,只好让悲痛的热泪往肚里奔流。一个宫女看见她浑身打颤,赶快搀着她走。前院的邻居听见了叩门声,也从门缝里边看见有人向内宅走去,但都回避露面,只在掩着的门缝里向外偷偷张望。窦妃随着亲人们进了二门;将二门关牢了,又往里走,进到上房。窦妃赶快跪下去,向舅父母磕头,叫了一声"爹,妈"就再也说不出话,哭了起来。舅母赶紧拦住她,不让她行礼,哽咽着说:

"娘娘,我们不是你父母,是你的舅舅和舅妈。我们天天在等着你的消息,今天到底看见娘娘了,亲眼看见了。"

窦妃继续哭泣,询问她的父母在哪里。舅舅告诉她,她父母曾来北京打听过她的消息,想知道能不能同她见一面。那是两年以前的事了。只因宫中礼法森严,宫女们莫说不能出宫,就是想在西华门内与父母见一面也很不容易,所以父母没有见到她又回家乡去了。现在已托人给他们带消息,要他们赶快进京。只是如今兵

荒马乱,路途不宁,所以还没有来到。舅母接着说道:

"尽管你是我们外甥女,但终究是李王妃子,我们只能把你当贵人看待,以后这上房就归你住了,随娘娘来的两位姑娘也同你住在上房。我同你舅舅住在西偏房里。"

窦妃哽咽说:"见了舅舅舅妈,也同见了爹妈差不多。你们是我的长辈,我住西偏房吧。"

舅舅说:"那怎么行? 尽管大顺皇帝退出北京,你还是贵人。大礼必须得讲。不能因为李王打了败仗,就不把你当贵人看待。"

他们让窦妃坐在上边,老夫妻在下边陪着。灯影下互相望了一会儿,窦妃突然又哽咽说道:

"这好像又是做了一场大梦。到底我是真的同亲人见了面,还是在做梦?"

舅母流着眼泪说:"娘娘,你不是做梦。我们正坐在一起叙话呢!"

这时两个宫女站在窦妃身旁,被眼前的情景所感动,又不知自家的亲人现在何处,禁不住频频擦泪,低下头去。

窦妃向舅舅问道:"这房子可是你们原来就住在这里? 前边住的人家可靠不可靠?"

舅舅说:"我们原来是在离广渠门不远的一个小胡同住。你来北京之前,我就在那里行医。你父母来京两次,都跟我们住在一起,就是打听不出你在宫中的消息。后来还是李王进了北京,向你问起家中有些什么人,你告他说,有个舅父在京行医,只记得住在外城,又把我的名字也告诉了李王。李王就把这件事嘱咐了李公子,命他务必寻到我们。后来李公子的手下人找到了我,看见我住得过于简陋,房子很破,又是一个大杂院,乱糟糟的,这才安置我们搬到这个地方,关照我不要说出有外甥女在宫中,只说我有一个亲生女儿就要来到,要住在这儿。也不要我说出曾在南城行医,只说在太医院中做事。就凭着这样安排,我们这屋里才像了样儿,就像住着个小京官一样。"

窦妃听了，恍然明白，在心中暗暗地感激大顺皇上。

舅父接着说："那前边住的是河南省陈留县人氏，姓陈名豫安。因为杞县和陈留相距很近，所以与李公子算是小同乡。这陈豫安二十年前到北京，原是投亲靠友，没想到自己后来竟开了一个河南酒楼，在西单左近，专卖河南酒菜，生意很是兴隆。他儿子现在已经长大了，替他在酒楼管事。他自己每天在家，有时下茶馆，一坐半天。他为人十分耿直，很讲义气。据他告我说，李公子有一同乡好友叫做陈子山的举人，是他的本家。所以李公子住在北京时，他就跟李公子手下人拉上了同乡瓜葛。李公子有个叔伯兄弟，名叫李俊，字子英，常在他馆子里请客吃饭。后来他同二公子李侔也认识了，李公子也知道了。我呢，因为行医，也到他家里去过几次，也算是认识。这样，李公子就把为我找房子的事情托付了他。现在这一座大院里只有两家。陈豫安是十分谨慎的，同周围邻居都没有什么来往。听他说，左右几家邻居都是陕西人，同李王算是同乡，虽然没有什么来往，心里到底同李王亲近。"

窦妃听了，感到放心，就对舅舅说："我出宫的时候带了一些银子，明天交给舅舅，生活上不用舅舅操心。"

舅舅赶快说："娘娘不用为此操心，李公子除了将这后院宅子给我，还给了我五百两银子，足够我们在京城生活下去。两三年中大顺朝一定会转败为胜，那时李王重新回到北京，还愁没有我们享福的日子？"

舅母说道："我们用了一个王嫂，也是乡亲，为人老成稳重，十分可靠。我已经告她说，对别人只说你是我们亲生女儿，不许泄露机密。"

窦妃说："如今局势混乱，我已经是李王身边的人了，有一点风吹草动，我自己活不成，舅舅舅母也很危险。尽管舅舅舅母待我如同亲生女儿，到万不得已时，我宁可自己以身殉节，不使舅舅舅母受累。"

舅母说："倘若万不得已，娘娘一旦为李王殉节，我们也绝不偷生,说起来一家三口……"她说不下去了。旁边两个宫女听了也一起流泪。

窦妃仍然不肯住在上房。舅舅舅母又劝了半天,说他们心里也是拥戴李王的,所以虽是甥舅关系,不能不讲君臣之礼。窦妃听了劝说,不再坚持。这时王妈送来消夜的东西。大家谁也没有心思吃下去。窦妃站到窗前,看见空中到处火光照耀,知道大顺军已经退出北京。她又一次深深地感到亡国的悲痛。

过了片刻,她拿出二百两银子递给两个宫女,说道:

"出宫时给你们的银子是皇上赏赐的,现在我再每人给你们一百两,为的是找到你们父母后,好各自为生,免得窝在一起不安全。"

宫女们勉强收下,仍按照宫中礼节,叩头谢恩。窦妃马上托付舅舅,设法打听这两个姑娘父母的下落,让她们早日与家人团圆。

这一晚,大家几乎都不曾合眼。天明之后,二门上有敲门声。舅舅王义仁听见声音,赶快出去。片刻之后,回到上房,对窦妃说:

"大顺皇上已经在五更离京了。"

窦妃问:"有北兵么?"

舅舅说:"听说北兵在夜间到了通州。如今谣言纷纷,都说吴三桂借了北兵,准备迎接太子登极,明日回京。"

窦妃担心北兵追赶李自成,默默地走到佛前烧香,祝大顺皇帝平安无事;不知为什么,她也祝太子平安。在她烧香之后,两个宫女也上前跪下烧香。舅舅王义仁搬了个小方桌,放在天井院中,摆上香炉,老夫妻一前一后跪下去磕了头,祷告上苍,求老天爷保佑大顺皇上平安回到陕西,保佑外甥女和一家人平安无事,渡过这次劫运。

从大顺军退出北京这一天起,城中秩序很乱。王义仁整天提心吊胆,忧形于色,担心有人上门抢劫。幸而陈豫安一向人缘很好,江湖上也有许多朋友,所以附近街道尽管发生了敲诈勒索,乘机报复的事,却没有人来到他家门口。所以他一再安慰王义仁,请他放心。有一天他还特意留在家里,准备万一有地痞流氓上门,他好亲自应付,使王义仁一家免遭毒手。他的儿子一天两次从酒楼回到家中,把外边的消息带回。所以尽管王义仁没有出门,许多外边的事情都明白。他们知道吴三桂和满洲兵人马众多,追赶李自成很紧;明日城中官绅士民要出朝阳门迎接太子。

五月初二日,果然消息来到,说官绅们、士民们去朝阳门迎接太子。结果迎来的并非太子,却是满洲的一个什么摄政王,住进了武英殿,受群臣朝贺。窦妃和两个宫女一听说这个消息,忍不住痛哭起来。武英殿的往事历历如在眼前,而如今居然被胡人占领,汉人的江山竟然亡于胡人之手,这真是亡国之痛啊。王义仁本来没有食国家俸禄,如今也呜咽落泪,并且为太子下落不明而十分担心。半月以前,他们还以为吴三桂是明朝的大忠臣,现在却痛恨他是个勾引胡人的卖国贼。

到了五月初三日,城中秩序渐渐恢复。多尔衮晓谕:凡是投降的,仍旧照样给官做,有功的还要重用,不许再借口搜捕“余贼”,杀戮抢劫。那些逃出北京,躲在乡下的官宦们听到多尔衮的晓谕,都怀着七上八下的侥幸心情,陆续回到城中,希望被新朝录用。陈豫安赶快把这消息告诉王义仁,王义仁告诉了窦妃,并说那个自封的西城御史名叫光时亨,在崇祯朝专意攻讦别人,有臭嘴乌鸦之名,如今摇身一变,做事十分认真。听到这个名字,窦妃心中一动,好像很熟悉,但她没有心情去细想,也就放过一边不问。到了五月初四日,忽然传说大清国的摄政王多尔衮,下令全城男人都要剃发,剃得像满洲人一样,以后还要改换衣服,也要改得像满洲人一样。这改换衣服还没有什么,惟独剃发,使汉人大为震惊。陈豫安匆匆而来,站在院中同王义仁商量此事。王义仁说:

“古人说,身体发肤受之父母,不敢毁伤。这头发决不能剃,胡俗决不能依。你想,这头剃了一半,梳一条辫子,像猪尾巴一样,死了以后,怎么能见祖宗于地下?”

陈豫安叹息一声说:"义仁兄,倘若不剃头发,惟有自尽而已。我看,你老兄也不要死心眼儿,大家都剃,我们也剃。都说多尔衮下了狠心,曾说,不管什么汉人,哪怕小孩子,或七八十岁老头子,不剃头就是不愿拥戴大清。这叫留发不留头,留头不留发。"

　　当他们在院中议论的时候,窦妃在屋中听得一清二楚,更加感到大祸临头。她想,不要几天,舅舅就得遵命剃头,否则只好自尽,怎么办呢? 正在这时,又听见王义仁说:

　　"我自己想自尽十分容易,可是我的老伴,还有我的……女儿在这里,叫我死不瞑目啊!"

　　又挨过几天,到了五月十二日,追赶李自成的清兵和吴三桂的关宁兵已有大批人马返回北京。王义仁将新得到的战事消息告诉了窦妃。他说,在庆都打了一次大仗,李王的人马又吃了一个败仗,大将谷可成阵亡。吴三桂用谷可成等大顺将领首级在庆都祭奠了他的父母,然后又同清兵一起继续穷追。李自成在真定境内勒兵还战,亲自督阵,不幸中箭落马,差点被清兵捉到。幸而身边将士拼死相救……

　　刚说到这里,二门上有叩门声音。他赶快走出二门,窦妃只听他在前院与陈豫安小声嘀咕了一阵,心里想,一定又有什么不好的事儿。等舅父回来后,只见他脸色沉重,紧闭嘴唇。她急于要知道李自成的情况,赶快问道:

　　"大顺皇上的吉凶如何?"

　　王义仁说:"大顺皇上虽然中箭落马,但伤势不重,被将士们抢救去了,晚上住在真定郊外,到了半夜就起驾走了。清兵虽说打了大胜仗,可是也损伤了不少人马,所以没有穷追,只有一两千人继续向井陉追赶,想趁机会夺取妇女、骡马、财物。大顺军因为战败,逃命要紧,果然沿路丢下很多妇女、财物。清兵为了夺取人财,眼睛都红了。没有想到在固关外边大约二十里处,忽然遇到埋伏,截杀一阵,清兵死伤过半,剩下的狼狈逃回。"

　　窦妃又问道:"你还听到些什么消息?"

王义仁虽然听到些对李自成很不利的消息,但是不愿说出来增加外甥女儿的忧愁和悲伤。他摇摇头,表示没有别的消息,但是他不肯离开,分明仍有话说。窦妃看在眼里,心中十分狐疑,又忍不住问道:

"大顺皇上的伤势到底重不重?"

舅舅说:"我听到的都是谣传,有的说很重,有的说不重。我刚才说伤势不重,是怕你为他操心。这事情我也不清楚。"

窦妃又问:"刚才你在二门外边,那位陈先生对你说的什么事情?"

舅舅深深叹了口气,回答说:"这消息我说出来,你可千万不要惊骇。"

窦妃问道:"到底什么事情?"

王义仁说:"今天摄政王出了晓谕,东城、中城、西城这三城的住户,不论勋戚、官绅、士民,自今日未时起,统限于十日内迁走,所有房屋都腾出来供满洲兵居住;王侯深宅大院供满洲王、公、贝勒、贝子、固山额真们居住。你说这怎么好呢?往哪儿迁呐?"

窦妃脸色如土,低头不言,不知如何办好。

王义仁又说:"还有个消息更叫我害怕。"

窦妃问道:"还有什么消息,舅舅?"

王义仁说:"摄政王今天下了一个严厉晓谕,不许隐匿明朝的宫女及'流贼'遗留的妇女。如有隐匿不报的,严加惩处,全家抄斩。听说这些宫女和妇女都要赏赐满洲官兵。"

窦妃听了这话,浑身一颤,几乎站立不稳。她原来还指望李自成平安回陕,重整人马,再来北京。没想到在庆都、真定又吃了两次败仗,受了箭伤,生命吉凶很难说。更没有想到马上要搬出西城,往哪儿去呢?如何隐藏呢?特别使她害怕的是,不许隐匿宫女……她不敢想下去,只是低声地痛哭。舅舅、舅母也同她相对哭泣。两个宫女也感到绝望。哭了一阵,窦妃哽咽说道:

"我已经做好了死的打算,但望在死之前,能见到父母一面。

请舅舅派人速去告我父母,催他们赶快进京。这两个随我出宫的宫女,请舅舅无论如何给她们找一个落脚的地方,免遭胡人毒手。"

两个宫女说道:"娘娘自尽,我们也跟着自尽,宁死不能受胡人侮辱。"

王义仁说道:"你们都不要急,我马上去打听消息,或能在外城寻找一座宅子,赶紧搬去。我绝不能献出自己的外甥女。宁肯全家砍头,我们要死死在一起。"

舅母在神前烧香礼佛,然后又剪了一个纸人,作为吴三桂,在心口和身上钉了许多钉子,埋在后院粪坑边,恨恨地咒骂几句。回到屋中,看见窦妃和两个宫女仍在哭泣,她对她们说:

"唉,不用哭,天无绝人之路!⋯⋯"

多尔衮到北京以后,采纳了一些汉族文臣尤其是范文程和洪承畴的建议,接连发出谕令:凡是投降的明朝官吏,一律照旧任职,立功的官升一级。这样,一些在野大臣,有的是同阉党有牵连的,有的是贪污犯罪的,有的是降过李自成、授了高官的,有的是因朝中门户之争而丢了官职的,不管什么人物,只要有人推荐,多尔衮就马上任命;有的人因为确有声望,则给予重要官职。像涿州的冯铨,因阉党的关系,废居家中,如今也做了内院大学士。满洲文臣中有不少人对此私下纷纷议论,但没有人敢对多尔衮公然说出。新降的汉人中倒有一个文臣,名叫柳寅东,现任顺天巡按御史①,他出于对新主子的一片忠心,也知道满洲文臣中对多尔衮的用人有不少议论,就给多尔衮上了一封"启",其中有几句很恳切的话:

> 近见升除各官,凡前犯赃除名,流贼伪官,一概录用。虽云宽大为治,然浊流不清,奸欺得售,非慎加选择之道,其为民害,不可胜言!⋯⋯

---

① 顺天巡按御史——顺天府管辖北京城郊及周围五州十九县,其地位等于一个重要行省,故清初因袭明制,特设巡按御史,不久废除。

一天,多尔衮在武英殿东暖阁召集满汉大学士等商议军国大事,满汉吏部尚书也参加了会议。多尔衮先问他们对柳寅东的建议有何意见。满汉大臣中有人赞同柳寅东的意见,有人在揣度摄政王的心思,不肯说话。多尔衮就问洪承畴。洪承畴因为自己也推荐了一些人,其中包括阉党的冯铨,所以也不肯多说话,只说:

"柳寅东的建言不无道理,但此系非常之时,不能在用人上过于讲求'正本清源'四字。近来范学士常同臣议论此事,都是同一个想法。"

多尔衮立刻转向范文程,问他有什么意见,范文程侃侃而谈,谈到目前用人不必讲究"正本清源"的话,要讲究对开国创业有没有帮助。他先从汉高祖谈起。汉高祖用人只讲究能帮他打天下,不讲小节。像陈平这样的人,有人在汉高祖面前说他的坏话,但是汉高祖依然重用陈平,得了大济。汉武帝用人也不讲究细行。曹操下数"令"征求治国人才,不论出身,也不顾小节。范文程平日十分留心历史上的治乱往事,明白如何用人是目前清朝开国建业的极其重大的问题,所以趁此机会,从西汉讲起,一代代讲下来,一直讲到朱元璋的用人之道。他不愧是清朝的开国名臣,引古证今,切合时势,颇为精辟。最后,范文程说:

"目前,我大清初进中原,天下未定,只要能帮助我大清平定天下,就不妨录用。有功者破格升赏。投降之后,如再犯法,严加治罪。"

多尔衮听了以后,连连点头,哈哈大笑,立即命笔帖式将这些话都记了下来,又命按照他的意思给柳寅东下一道谕示。笔帖式先用满文起稿,再译为汉文,经范文程看过,略加润色之后,即命誊写在一张黄纸上,然后盖了摄政王的印玺,即日发出。这道摄政王谕有几句重要的话,足以表现清朝开国时的用人政策:

> 经纶方始,治理需人。凡归顺官员,既经推用,不必苛求。此后官吏犯赃,审实立行处斩,鞭责似觉过宽。自后问刑,准依明律。

谈了用人政策之后,话题就转到重大决策上。一个重大问题是关于迁都北京的事。近来他已多次将满蒙汉诸王、公、贝勒、贝子等召到武英殿秘密商议,不久还要召集一次王公大臣会议,正式宣布迁都北京。他现在也懂得一些汉族的说法,这叫做"定鼎燕京"或"定鼎中原",以后真正的清朝就在中国开始了。众王公大臣会议之后,就要派专使去盛京迎驾。现在要加紧迁都的准备,要赶快将李自成临走时烧毁的宫殿修好,一时修不好的宫殿也要加紧准备,重新修建。

　　第二个重大问题是如何对付南京方面。南京方面另立新主,看来势在必行。他必须趁热打铁,派兵进取江南,决不允许南京新立的朝廷站稳脚跟。他自从进关以来就宣扬清兵的宗旨是平定中原,统一四海;它的江山是得自"流寇"之手,而不是得自明朝之手;它是为明朝报君父之仇来的,所以明朝臣民包括各处藩王都不许再另立君主。他已经用他摄政王的名义给南京的兵部尚书、在扬州督师的史可法去了一封书信,现在正等待南方消息。

　　第三个重大问题是继续剿灭"流贼"的事。已经决定目前暂时休兵,到炎热过后,秋高马肥,再命英亲王阿济格从长城外向西进兵,先夺取榆林、米脂、延安,然后进攻西安;命豫亲王多铎远征江南。倘若李自成又召集人马,敢于同大清对抗,多铎远征江南的大军就暂缓向南,先从怀庆府南下,渡过黄河,进占洛阳、陕州、潼关,与阿济格两路配合,互相合力,一举把李自成彻底消灭。

　　这样讨论之后,大臣们就从武英殿叩头辞出。多尔衮一个人留在东暖阁继续思考。他不禁想到几日内福临小皇上和宫眷们就要从盛京来到燕京,他自己的全部家眷也要来到,不由地满怀喜悦。他自己的摄政王府也正在修缮,以后的日子就不像现在这样兵马倥偬,一天到晚连一个令他满意的女人也没有。忽然,永福宫太后的影子又在他的眼前出现,他仿佛看到了她那似乎有情又分明庄重的神情,那对他深情望着的眼睛,听到了她说话时十分动听的声音……她不但会满语,而且会汉语,识汉字,真是了不起的女人啊！每当想起她的时候,他总不免为她的年轻美貌而心旌动摇,此刻又是这样。他赶快收敛起这种胡思乱想,重新思考用兵西安和南京的大事,思考如何修复宫殿、如何迎驾、如何确定留守盛京的人员。这些事在平常时候他可以一个一个冷静地思考,而这时他的心中很乱,许多事一古脑儿涌上心头,使他不能有条有理地思考下去。过了片刻,他又不能不想到女人的事。他知道自从他下了严禁私藏宫女的命令以来,已经三天了,据禀报已经查到了六七十个宫女,尚未完全查清。查清之后,一部分宫女将赏赐满洲八旗官兵,一部分将仍回宫中。他听说李自成很宠爱一个姓窦的宫女,那宫女不但容貌美,而且粗通文墨。李自成离京时并没有将她带走,为什么尚未查到? 他心中不高兴地说:

　　"一定得赶快替我查到,送进宫来!"

第十一章

五月初四日,李自成来到了真定。他的伤势并不很重,只是当中箭的时候,恰好马失前蹄,所以从马上栽了下来,经过两天来的医治,伤势已开始好转。他不能骑马,但也不愿坐轿,亲兵们就用一把圈椅绑两根竿子,每端再绑一根横竿,像轿子一样由四个人抬着。圈椅上搭一个用黄缎子扎的篷,一则表示他是皇帝,二则也可遮一遮烈日。这样抬着走,既比轿子风凉,又可看清楚行军中的人马情况。

将近真定城外时,城内哄传圣驾将至,将领们、官员们赶快出城,等候接驾。但见黄尘迷天,自北而南,队伍很不整齐,而且几乎每十个将士中夹杂有两三个伤员。

李自成没有进城,在城外关帝庙中暂时休息。他心中一直压着疑虑,担心敌人继续追赶。如继续追赶,当他进入固关的时候,敌人会不会趁着混乱,冲进固关?这种事在军事方面并不是没有先例。崇祯十六年秋天,孙传庭同他作战失败,奔回潼关,他就命李过率人马混在孙传庭的队伍中一起冲进去,把潼关占领了,而孙传庭也在一阵混战中被杀死。如今他在山海关打了败仗,在庆都又打了一个败仗,士气差不多已经没有了,这样仓皇奔往固关,倘若吴三桂的人马也换成大顺号衣,随着冲进城去,后果不堪设想。这么想着,他的心情十分沉重。刘芳亮等大部分人马在最近几天的两次战斗中损失很重。还有一部分人马驻扎在从真定往南直到豫北一带,弹压叛乱,征集粮饷。刘芳亮手下只剩了一千多人。李自成已经两次火急下令给陈永福,要他派兵出固关接应。但他知道陈永福自己必须镇守太原,不能轻易离开,到底能派多少人马出固关来迎，他心中毫无把握。

当天在关帝庙中匆匆地开了一次紧急的军事会议，参加的人除牛金星、宋献策、李岩、刘芳亮外，刘体纯也被破例地叫来参加了。会议上他们分析了敌兵的情况。现在看来，追兵确实人马众多，十分能够打仗。而且比在山海关作战时又增添了新的人马，说明多尔衮几乎已把全副兵力都使用在追赶大顺军上，要将他李自成一战消灭在从庆都到真定一带。幸而他退得快，并没有被困住。如今到了真定，从这里往西去，道路崎岖，地势险恶，只要固关能够守住，多尔衮想将他消灭，看来已经办不到了。

现在他们最担心的是豫北。如果清兵下一步进攻河南，两路围攻陕西，一路从固关进兵，一路从怀庆府渡过黄河，从南边进兵，关系十分重大。何况失去了豫北、山西，敌人就可以占领河东，大势也就不好收拾了。怎么办呢？要不要派刘芳亮去死守豫北？商量的结果是不让刘芳亮去。如今陈永福在太原，人马不多。中央各衙门已经奉命都退往平阳，李自成也预定将驻跸平阳。这样，必须有一支人马到晋中去安抚所占之地，镇压反侧，使在平阳的朝廷平安无事。所以对于豫北三府的事只好不管，先让刘芳亮立刻带自己的一千多人，另从溃败的军队中抽一千多人，一共三千人马火速从固关西去，在平阳以北等候。商量之后，李自成又命人火速向陈永福传下紧急密谕，命他不管如今在太原周围是什么人的兵马，火速派出一部分，出固关前来真定，还要在固关准备好死守关城，免得敌人乘混乱进入山西。

刚刚议完此事，吴汝义进来禀报，说从前挖李自成祖坟的那个米脂知县边大绶已经在任丘家乡捉到，押来真定，现在关帝庙外等候处置，看是斩首还是凌迟处死？

李自成听了之后，心中迟疑，好久没有说话。崇祯十五年秋天，当他得知祖坟被边大绶带人去一个一个挖开，将骨头抛撒在地上时，他曾恨得咬牙切齿，决定有朝一日得了天下，不但要将边大绶千刀万剐，而且要把他家族五服内的男女老幼斩尽杀绝，一个不留。可是近来他的心情开始变了,所以当刘芳亮的人马占领冀中这一带时,他下令将边大绶从任丘县捉来,但对边大绶的家人亲戚,一概不许加害。当时他想只将边大绶一个人斩首算了。可是今天边大绶捉来了,从任丘带到真定,又带到关帝庙门前,只等他一句话,就要斩首,他的思想却又变了。他想,当初边大绶在米脂掘其祖坟,撒骨扬尘,也是各为其主。边大绶那时是明朝的知县,食明朝的俸禄,陕西总督汪乔年要他这样做,他不能不这样做。汪乔年也是得了崇祯的密旨才这样做。同时他又想道,杀一个边大绶,救不了当前的局面;不杀,对于整个大局也没有什么坏处。特别是他还想到,四月二十九日,在武英殿登极时,他曾向普天之下发布大赦诏书,诏书中说得明明白白:四月二十九日以前,一切罪犯,除非是杀害自己父母的,不管犯的什么罪,一律赦免,既往不咎。四月二十九日以后,如若再犯,必定依法严究。他的诏书上写得明白,虽战败也不应失信于天下臣民。边大绶掘他的祖坟的事发生在两年前,今天也可以不治罪了。

当他正在思考的时候,其他人不敢随便说话,后来牛金星因是宰相身份,不能不说话,便主张从严治罪。宋献策不肯多说,只说"请皇上决断,务必严惩"。李自成又沉吟片刻,说道:

"把他带往太原。不要杀他,路途上也不要苛待他。他犯罪在两年以前。到太原以后,如何处置,再作斟酌。"

说罢一挥手,吴汝义退了出去。李岩很吃惊,他没有想到李自成在惨败之后竟然还记得大赦诏书中说的"既往不咎"的话。他连声说道:

"皇上英明,皇上英明。"

李自成向他问道:"大局如此,林泉,你有什么主张?"

李岩说:"豫北三府,十分重要。今之怀庆即古之河内,形势尤为重要,南控河洛,西扼上党,汉光武据之而成大事。即令陛下定鼎长安,也必以山西、河南为屏藩,万不可丢掉豫北。倘若失去豫北,尤其失去河内,则洛阳与平阳两处也不能守。今陛下因河北已失,要固守山西,此是不得已之上策。然以山西全省而言,需要南据上党,北守太原,从南北钳制全晋。上党一带,对平阳一带与河东各地居高临下,自古为兵家必争之地。从东面进攻平阳等河东之地,必先占领怀庆。怀庆失守,则上党危矣。请陛下速命臣奔赴豫北,固守怀庆,作河洛屏藩,截断敌人从孟津渡河南下之路;封锁太行山口,从侧背巩固上党。上党巩固,则全晋无南顾之忧。"

李自成望望牛金星,用眼神询问他的意见。牛金星佩服李岩的议论有理,但是他明白李自成因为战败,心中多有疑忌,河南的事不愿叫李岩染指,自然不会派李岩前往豫北,他沉吟一下,顺着李自成的意思回答说:

"目今局势,处处吃紧,非止豫北三府。林泉留在圣驾左右,可以随时参与密议。军国大事,时时需要林泉。豫北三府的事,今日不必着急,以后再做决定吧。"

李自成点点头,说:"马上敌人还不会南下,我们到平阳以后再做决定好了。"

随后他又转向刘体纯,说:"你要随时注意北兵动静。敌人下一步如何打算,一定要探清。还有我临走时候把窦妃留在北京,如今已感到后悔,你要派细作回到北京城内,探清楚窦娘娘的生死下落。"

刘体纯说:"窦娘娘藏在北京城什么地方,臣不知道。"

"你问林泉好啦。一定得探听清楚。倘若有办法救她出来,你要尽力去办!"

当天晚上,李自成驻跸获鹿境内。只停留半天,因担心敌兵会追来,天不明就动身走了。前往井陉的路上,山村小镇上的老百姓全都逃光了,所有的井也差不多都用土或石头填了起来。天气炎热,人马找不到水喝,连李自成也渴得不能忍受。他非常生气,很不明白,为什么这一带老百姓同大顺为仇。在真定那天晚上,他中了箭伤以后,伤口疼痛,正需要休息,可是白天逃走的老百姓,夜间又跑回来一些人,点火烧房屋,又躲在旷野里边,呐喊骚扰,弄得人马不断地受惊,他也不能安心睡觉。如今快到山西境内,竟然沿路百姓又把水井填了起来。为什么百姓这般可恶?他在一个树林子中停下休息,等候士兵们去找水喝。许多士兵去掏井中的石头。宋献策也亲自去指挥士兵们掏井,他还怀着很大的担心,来到井边,研究井水里边是否被村民们撒了毒药。

李自成一面望着,一面向牛金星、李岩问道:"朕不明白,为什么老百姓同朕为敌?"说话时候他眉头深锁,十分忧郁。

牛金星说道:"请陛下不必生气,这是因为我们大顺国建立新朝,日子很短,百姓受到的恩惠还不多,难免会思念旧主,这也是人之常情。"

对于这番解释,李自成虽然点头,却总觉得不是这么简单,于是又望着李岩问道:

"你想想这道理在哪里?我们并没有苦害百姓,百姓何以与我们作对?"

李岩看见大顺已经连吃败仗,局势十分艰危,在北京时不敢直说的许多想法这时出于一片忠诚,忍不住冒死直言:

"陛下,我们虽然得了北京,但是没有得到北京的人心。古人云:水能载舟,亦能覆舟。可见民心是如何重要。崇祯十三年陛下刚到河南时候,河南百姓正苦于明朝苛政,无法解脱。陛下开仓放赈,救济百姓,所以每到一地,百姓欣然相从,望大军如久旱之望云霓。后来我们到的地方多了,打的胜仗多了,困难的日子少了,虽然并没有使百姓得到安定,但百姓还是拥戴陛下,为什么?因为他们想着总有一天太平的日子会要来到。可惜我们进入北京以后,没有想到如何赶快恢复秩序,安定人心,许多事情都做得不好……"

李自成截住问道:"哪些事情做得不好?"

李岩的心中一惊,但不得不继续往下说:"进北京后,如何使北京城内和北京周围的老百姓安居乐业,我们没有多想。明朝降顺的官员,如何使他们真正归心,拥戴大顺,我们也没有多想;反而一下子抓了很多人，拷掠追赃，向他们要钱。北京的商人士民，也被强迫拿钱。另外，我们本来应该赈济饥民，整顿军纪，使百姓感到大顺确实与明朝不同，从而衷心拥戴新朝，可惜我们并没有这么做。"

李自成问道："难道那些被拷掠的人没有罪么？"

李岩说："这些人当然有罪，但是得天下需要用这些人，只能既往不咎，以后再犯，一定严惩。这样才能笼络人心。"

李自成点点头，说道："这一步棋我们考虑不周。"

李岩说："因为我们的信义还没有建立起来，恩泽还不为官绅百姓所知，所以在他们眼中，我们不是一个得天下的气候。加上山海关打了败仗，北京不能守，一路败退，这样，原来不反对我们的百姓也乘机反对我们，同我们作对。今天我们大顺朝的危险不仅仅在山海关兵败，庆都、真定兵败，而在于失去人心。"说到这里，他停下来，偷眼看李自成的神色。

李自成脸色沉静。自从他在西安建立新朝以来，还没有人如此透彻、坦率地对他说过话，言词如此不敬。他感到生气，但没有发作，反而对李岩点点头，表示他明白这些话都是对的。

李岩将心里话说出之后，心中忽然感到害怕和后悔。他明白，像这样的话，宋献策不肯说，牛金星更不肯说，现在他说出来了，皇上会不会生气？会不会怪罪他呢？可是他又想，既然为大顺之臣，处此危急之时，就应该对皇上说出真心实话。倘若大顺朝一旦亡了，大家同归于尽，到那时想再对皇上说实话，就来不及了。忠臣事君，即是以身许国，不管吉凶祸福，但求有利于国，无愧于心。

终于找到了水。打了尖以后，继续赶路。李自成看到有许多将士没有带弓箭，便问身旁的亲将：

"怎么，这些人的弓箭到哪里去了？"

亲将告诉他，有些人的弓箭在打仗时失掉了，也有些人因退兵时退得匆忙，扔掉了。李自成大怒，立刻下令，把丢掉弓箭逃回来的一概砍去左手。这一道圣旨下了以后，不带弓箭的小头目和士兵纷纷被抓,砍去左手,号叫呼痛的声音到处可以听见。李自成这种惩罚原是多年来的习惯办法,但是他竟然没有想到,这些人失去了左手,以后还怎么打仗呢?

他越想越气,想到如今士气这般低落,如何能够再与敌人交战?正在这时,忽然得到紧急禀报,满洲追兵已经有一支人马过了获鹿,往西赶来。李自成一看士气如此不振,知道无法应战,只好催赶护卫他的亲兵加速前进,往固关赶路。可是一次一次的禀报接连来到,说敌人追得十分急。他命吴汝义带一部分人马断后,又派人追赶刘芳亮,让他回救。但刘芳亮已经走远,进入固关了。吴汝义带了一千多人来到后面抵挡追兵,但还没有把人马在山路口部署就绪,忽然就有人奔逃起来,嚷着:"胡人来了!胡人来了!"于是许多人都跑散了。李自成非常生气,立即命抬圈椅的人停下来,下令将逃散的小校斩了两个,使军心略为安定,然后继续赶路。谁知刚走不远,后边又乱了起来,都嚷着"胡人快到了"。李自成从来没有败得这么惨,士气这么低落,可是毫无办法,只有催促亲军加速往固关快走。

正在这时,忽然得到禀报,说红娘子率领健妇营在井陉城外接驾。李自成猛然"啊"了一声,赶快问道:

"健妇营红娘子来接驾了?"

周围人恭敬地答道:"是,陛下,是红娘子带领健妇营将士约一千多人来井陉城外接驾。"

李自成当下感到安慰。尽管健妇营平时不像男兵那样勇猛善战,但在目前情况下却是很有用的。他没有说话,心中巴不得赶快看见红娘子。过了不久,果然看见红娘子率领健妇营的将士在路旁接驾。红娘子同慧琼、慧剑等都在前边,向李自成躬身说道:

"健妇营前来接驾!请陛下速进井陉城中。倘若胡人追来,有健妇营在此截杀,万无一失。"

李自成让抬圈椅的亲兵暂且止步,笑着望望红娘子等人,连连点头说:"你来得好,来得好,就在此险要地势,杀退追兵。杀退之后,不要恋战,这井陉城也不用留人防守,你就赶快率全营退回固关,在固关休息。一定要保住固关不失,等我另派人马接替。"

红娘子在马上躬身叉手,大声说道:"遵旨! 固关城请陛下放心,绝不会让胡人进来。"

李自成还是不放心,又把李岩叫来,对他说:"你现在手下兵也很少,你先去固关等候,等红娘子退回固关,你帮助她固守,暂不要离开。眼下追兵很急,固关安危,只靠你们夫妇二人! 以后如何,等候我的谕旨。"

李岩躬身答道:"谨遵圣谕!"

李自成于五月十七日过了固关,经平定州前往太原。牛金星、宋献策跟随前去。

满洲追兵接到多尔衮传谕:将李自成赶入山西以后,不必穷追,赶快班师回京,休息士马,以待后命。于是吴三桂等在阿济格、多铎的统率之下,占领真定之后,都没有再往前去。只有尚可喜的一个部将率领两三千人继续追赶。本来这位部将也接到了停止追赶的命令,但他一则怕李自成回师反攻,二则想夺取妇女财物,所以派五百骑兵继续向固关前进,结果在井陉附近遇到红娘子、李岩的伏兵,死伤了一半将士。而健妇营因为从来没有遇到过这么精锐的部队,也死伤了不少人,最可惜的是慧剑阵亡了。红娘子打退了追兵,打扫战场,将慧剑和其他阵亡健妇的尸体运回固关埋葬,大哭一场,就留在固关,等候皇上另作吩咐。

李岩在这里只停了一天,便接到李自成从平定州来的紧急手谕,催促他速赴太原。他不敢停留,别了红娘子,连夜动身,赶了九十里路,到了平定州。那时天色刚明,他来到驿舍里休息打尖,刚刚睡下不久,又被叫醒,要他接旨。他赶快跪下接旨,原来是李自成从寿阳境内又来了一封火急手谕,催他速赴太原行在,不可迟误。李岩心中吃惊,猜不到有什么事如此紧急。过了片刻,刘体纯前来见他。刘体纯也猜不透皇上催李岩如此紧急,究为何事。李岩的人马已经困乏,可是驿站没有马,刘体纯只好另外给他换马。

他问刘体纯：

"你为何不去太原？"

刘体纯小声说道："从这里有小路，不走固关可以出太行山往北。我留在这里布置细作，打听从北京到真定一带敌人动静；还要派人去北京探明窦妃下落。皇上很后悔没有将窦妃带出北京，所以命我必须迅速探明，救窦妃出来。"

说到这里，刘体纯忽然猜测："皇上叫你去太原，催得如此火急，莫非叫你想办法，救窦妃出京么？"

李岩感到疑惑，猜想可能是为窦妃的事。但又想到，会不会皇上听了他的话，心中明白了，知道目前河南万不能丢，稳定豫北，即是稳定河南，稳定河南，大局方有回转可能，因此决定要他赶快回河南去呢？李岩不敢耽误，也不顾疲惫，骑上了刘体纯给他换的战马，带着少数随从，匆忙登程。一面奔驰，一面心中仍在疑惑不解，到底为何这么紧急，命我速去太原行在呢？

自从多尔衮下令清查隐藏宫女和限令东、西、中三城居民迁出之后，三天过去了。窦妃感到自己断难幸免，随时怀揣一个"死"字。虽然限期是十天，但有许多住宅刚过三天就被满洲兵占领了，不管房主人一家死活，硬是赶走，甚至连家具什物也不许搬走一件。幸而陈豫安在北京熟人较多，在宣武门外找了一处宅子住了下来。陈豫安为忠于李公子兄弟所托，对王义仁一家悉心照顾，操了很多心，也担着很大风险。两家人仍住在一起，窦妃和舅父舅母住在后院，陈家住在前院。胡同十分僻静，很少有车马行走。恰好王妈的儿子也住在宣武门外，靠近琉璃厂一个小胡同内，相距不远。王妈有时也去家中看看儿子，消息反而灵通多了。只要朝野有什么重要消息，陈豫安和王妈的儿子就会赶快告诉王义仁。王义仁心上担负着千斤重担，日夜提心吊胆。他深感自己老夫妻和外甥女都是在胡人的刀尖下生活，随时都会大祸临头，吃不下饭，睡不好觉，脸上很快地消瘦下去，颧骨和鼻梁显得越发高了。多亏陈豫安尽心照顾,使他还不至于完全绝望。

一天下午,窦妃在睡午觉时做了一个凶梦,醒来后仍然惊魂不定,草草梳洗以后,坐在闺房的窗前纳闷。在宫中时她跟着懿安皇后学会了做诗,有一次田娘娘和袁娘娘来朝拜懿安皇后,看见她做的旧诗,着实称赞一番,还赏赐了一些东西,其中最名贵的是李清照用过的一方端砚。昨天她预感到会大祸临头,半夜起来,瞒着两个宫女,在烛光下写出了六首绝命诗。写好以后,她一边推敲,一边暗暗流泪。改好以后,她誊抄在一张素笺上,压在镜奁下边,准备临危自尽时交给舅父,日后想办法献给大顺皇帝。现在她将绝命诗取出来,从头默诵一遍,满怀酸痛,泪如泉涌。年纪稍长的那个宫女端木清晖进来替她斟茶,看见这种情形,小声地凄然问道:

"娘娘,你又做诗了?"

窦妃只顾流泪,没有回答,将素笺推到端木清晖面前。端木清晖双手捧起素笺,看了一遍,知道是窦妃的绝命诗,不觉哽咽流泪。那六首诗写道:

一

深宫十载依孤凤,已拚琴棋送此生。
不料身逢天地改,秦兵一夜满京城。

二

慈庆宫中尽痛哭,仓皇国破悔偷生。
惊魂未定新承宠,挟泪春风入武英。

三

创业从来非易事,君王百战又东征。
焚香夜夜丹墀上,梦里频惊战鼓声。

四

忽报君王战败回,宫门接驾已魂摧。
那堪再见沧桑变,一寸宠恩一寸灰。

五

青围小轿离宫禁,暂落尘埃金玉身。

怀抱贞心宁惜死,黄泉有路总归秦。

六

抚事犹疑梦耶真,惟知街巷涨胡尘。

画梁难闭双红目,望断家乡骨肉亲。

端木清晖和窦妃年岁相同,也大体上有相同的生活经历,只是窦氏得到李自成的宠爱,成了妃子,而她仍然是宫女身份。最打动她的心的是第六首诗的后二句,读完后忍不住掩面小声痛哭,久久不能抬头。窦妃抱住她的肩膀,倚着她一起痛哭。哭了一阵,端木清晖揩去眼泪,呜咽说道:

"娘娘,倘有不幸,奴婢必随娘娘于地下,决不受胡人之辱!"

忽然听见舅舅在阶前干咳一声,窦妃和端木清晖赶快拭去眼泪。正在前边晾衣服的宫女,赶快擦干双手,站起来替王义仁夫妇打开湘妃竹帘。舅舅、舅母进来以后,不肯在上边坐,同窦妃东西对面而坐。

舅舅说道:"娘娘,你的父母,又有了消息。"

窦妃赶快问道:"他们什么时候能来到京城?"

舅舅说:"本来前几天就应该来到,只因为追赶李王的满蒙大军正在班师回京,沿路兵马杂沓,又没有车子,所以耽搁了时间,今日得到别人捎来口信,说他们明后日准可来到京城。"

窦妃流出眼泪,只盼望早日能与父母相见。她哽咽说:"早来一天还可以相见,来得晚了,谁晓得能不能见到?"

舅舅说:"万事自有天定,你不要过于忧愁。"

舅母接着说:"我已经同王妈商量好了,万一有了好歹,这位小姑娘可以同王妈逃出去,暂时藏在王妈家里,日后再向别处躲藏。只是端木姑娘长得这么俊,一举一动都不像平民小户人家样子,往什么地方躲藏,我同你舅舅正在想妥当主意。"

舅舅接着说:"三河县老百姓因为不肯剃头,已经反起来了,摄政王害怕各地百姓都反起来,已经下令京城一带百姓暂不剃头。显然这只是暂时缓一缓,以后还是非剃不行的。那些投降胡人的文臣,已经都剃了头,有的还上了奏本,请求严令各处军民官绅剃头。你看,什么样无耻的人都有。"

刚说到这里,前院忽然传来一阵紧急的敲门声,大家吃了一惊,侧耳静听。窦妃知道情况不好,进到卧房,取出绝命诗,交给端木清晖藏在怀中。原来她还想嘱咐几句话,但是来不及了,大门已经由陈豫安打开,一阵脚步声进了前院。窦妃含泪向端木看了一眼。端木轻轻点头,意思说:"我知道了。"舅舅、舅母、王妈和另一宫女都是脸色如土,大家侧耳倾听陈豫安和来人在前院谈话。来人的口气带着威胁。陈豫安请那位气势威严的官老爷先到客房吃茶,随后来敲二门。王妈打算走去开门,舅舅已经先过去亲自开了二门,让陈豫安进来。二人站在天井中小声说话。窦妃和两个宫女在屋内听着,心中明白,脸色更加惨白。王妈先回到上房来,声音颤栗地说道:

"我的天,果然是大劫临头!"

窦妃一听,赶快塞给那年轻宫女一包银子和一包首饰,对王妈说道:

"王妈,你带她从后门逃走吧。"

宫女跪下哭泣,不肯离开,在窦妃的催促下才随着王妈从后门逃走。

过了片刻,舅舅回来,对窦妃说道:"事情已经被人知道了,不知怎么露出去的。如今有一个官员带了两乘小轿,一群兵丁,将大门围住。这官员现在就坐在前院陈豫安的客房里。他要进来,亲自带你上轿,把你们送到……"下边的话他说不下去,只是哭泣。

窦妃说:"舅舅不必再说了。我已经明白了。这来的官员可是汉人?"

舅舅说:"是汉人,据说原是一个出名的臭嘴乌鸦,姓光名时亨。"

窦妃心中一动,前些日子曾听舅舅说起自命为西城御史的,就是这个人,当时只觉得名字很熟,却一下子想不起来。她现在忽然想起来了。窦妃说：

"哦，又是他，我正要当面同他见一见。要死死得清白，不能连累你们。请舅舅把他叫进内院，我隔着帘子问他一句。"

舅舅不肯去叫。窦妃又催促了一遍，王义仁只好两腿打颤地走出二门。

过了片刻，果然有一官员带着一个仆人走进二门，来到上房前边台阶下站定。

窦妃先说道："你既然来要把我带走，不可对我无礼。我问你，是什么人要你来把我带走的？将我带走后，对我的舅舅、舅母如何处置？按你们摄政王的口谕，凡是隐藏前朝宫女的一律严加治罪，那么是否对我舅父、舅母也要严加治罪？对我们的邻居也要严加治罪？"

站在阶前的官员说道："摄政王因为宫女藏在京城的很多，老百姓一时不明白道理，不愿意献出来，所以又宽限了五日。在宽限日期之内，只要献出前朝宫女，一概不再追究，所以你的舅父、舅母和邻居们都可以不受处分。至于你身边的两个姑娘，因为也是前朝宫女，必须同我们一起走。你务必放心，今后你少不了荣华富贵。你会一步登天，成为一位贵人。你成为贵人之后，还望遇事多多关照。我绝不会对你无礼。我已经向随来的官员、兵丁都说了，要对你处处尊重，以礼相待。"

窦妃问道："你们要把我送到什么地方？"

官员说："摄政王在宫中听说你容貌甚美，又通文墨，一心想把你找到，送进宫院。这也是他下令在全城搜索前朝宫女的一个原因。你一旦进宫，被摄政王看中，必受宠爱，你自己和你一家人将有享不尽的荣华富贵。"

窦妃说道："既然如此，你更应该小心谨慎，对我以礼相待。我且问你，你叫什么名字？"

官员说："下官姓光，名时亨，在前朝是一位都给事中，如今升为吏部郎中。"

窦妃"哦"了一声，说："我早就听说过你，你是清朝大大的功臣。"

光时亨一听，满脸通红，低头不语。

窦妃继续说："今年二月间，当李王渡过黄河，攻陷临汾以后，大军继续往北来。那时满朝文武议论两件大事。一件是要不要将吴三桂调进关内，守卫北京。有人说应该调；有人说不应该调。皇上已经准备调，可是你以谏官身份上一奏本，反对调吴三桂救北京。是不是有这回事？"

光时亨说："那时我认为祖宗尺寸土地不可失，所以反对调吴三桂进京。"

窦妃说："而今如何？祖宗土地是不是没有失去？"

光时亨出了冷汗，没有回答。

窦妃又说道："第二件事。当时朝廷有许多大臣请皇上赶快决定迁往南京。也有人反对，不让皇上离开北京。你也是反对最凶的一个。皇上看到这种情况，一时拿不定主意。有人见皇上拿不定主意，而大顺兵马越来越近，就提出另外一个建议，请求他差重臣将太子护送到南京去，以便北京一旦失守，太子就可在南京监国，大明江山还可继续。可是你又反对。我不晓得你为什么既反对皇上逃走，又反对把太子送走，断送大明朝的国脉！为的什么？"

光时亨说："那时到处兵荒马乱，国家又没有钱，太子离开北京，万一路上遇到不测，我们当臣子的如何对得起皇上，对得起二祖列宗？"

窦妃冷冷一笑，说："你说得倒好听！虽然我深居宫中，外边的事情不知道。可是像这样大事，懿安皇后是知道的，她也十分焦急，巴不得崇祯皇上马上逃往南京，巴不得马上把太子送走。我是懿安皇后身边的贴身宫女，当时就听说在反对皇上南迁的群臣中有你这个光时亨老爷，反对得最厉害。可是后来呢？那些主张崇祯皇上南迁、主张把太子送走的人，大顺军进京后一个一个地慷慨殉节。而你呢？首先投降！你递的劝进表文是我在大顺皇上身边念给他听的。那些表文你还记得么？"

光时亨低头不语，几乎要动怒。窦妃隔着帘子看见，立即说："你不要动怒，我是要去见摄政王的。到那时只要我说一句话，你不要说官做不成，恐怕连性命也保不住。现在不管你愿听不愿听，你都得老老实实地低下头听我把话说完。"

光时亨汗水流在脸上，确实不敢动怒，也不敢说一句无礼的话。

窦妃接着说："你的劝进表文我还记得，我背几句你听听：'幽燕既下，成帝业以驭世；江南底定，亲子女以承欢。'光时亨，这表文可是你写的？"

光时亨脸色通红，说道："字句上不尽相同。"

窦妃说："我可能记不准确，只能记得大意。我问你，这表文可是你写的么？"

光时亨点点头，说："当时大家都劝进，我也跟着劝进，没想到李王没有天下之份，只是为大清扫清道路。"

窦妃愤怒地说："什么'为大清扫清道路'，还不是你们这批汉奸，把胡人引进关来，迎进了北京？我现在话已经说完，你出去在二门外等候，我要收拾一番，再命你把轿子抬进二门。我和身边两个姑娘都要在二门以内上轿。不让你们进来时，你们一个都不准进入二门，不然就是你对我无礼，摄政王不会饶你！"

光时亨连声说："是，是，请你赶快收拾。"说完，带着仆人退了出去。

窦妃让舅舅把二门关起来。等舅舅回来后，她对他说道："可惜我见不到爹妈了。我不能受胡人之辱。看来你们在限期以前把我献出，不会有罪。纵然有罪，也不会死。那几千两银子够你们和我父母过一辈子。"

舅舅和舅母一听此言，不由地痛哭起来。端木清晖也哭了起来。窦妃对端木说：

"你现在就从后门逃走。兵丁们都在前门把守,他们不晓得还有后门,看来他们对这一带不十分熟悉,你赶快逃走吧。"

端木清晖说:"我早已发誓:娘娘死,我也死。我就是现在逃走也逃不出他们的手心。我决不受胡人之辱。"

窦妃请舅舅、舅母暂到西房等候,她要同端木赶快梳妆更衣,准备上轿。舅母本来在哭泣,现在想着外甥女不会死了,心里倒感到一点安慰,同着老头子往西厢房走去。

窦妃将上房门关了起来,取出一根丝绦,要端木搬一把椅子替她在梁上绑好。端木也下了必死的决心,尽管两手微微打颤,但还算镇定,没有推辞,也没有劝窦妃不要死,赶快把绳子绑好。窦妃从箱子里头取出来妃子的衣冠,要端木帮助她穿戴完毕,然后拿一面铜镜照了片刻。许多天来,她常常想到上吊的事,但每次想起来,既有很大的决心,也不免恐怖之感。如今真要上吊了,反而表现得十分镇定。她叹口气对端木说:

"尽节而死,留得一身清白,死而无憾,只恨不能见父母一面!"

她又拿起铜镜照一照,发现自己虽然近来消瘦了许多,而且脸色惨白,但是一双哭红了的大眼睛仍然很美。她想:啊,原来摄政王是听说我的美貌才这样到处找我!于是她微微一笑,抬起头对端木说:

"天下有多少读书有学问的,食朝廷俸禄的须眉男子,在此天崩地坼之际,倘若都能像我们两个弱女子这样有气节,国家何患无救!"

她向西南方跪下去,磕了三个头,哽咽说道:"皇上,臣妾今后不能再服侍陛下了!"

说毕,她镇静地站起来,要端木扶住她,先上了小凳子,再把头探进丝绦里边,双手抓住丝绦,回头对端木说:

"清晖妹妹,你不必随我自尽,赶快从后门逃走!"

端木跪下去哭着说:"娘娘先行一步,奴婢随后便来。"

窦妃不再说话,将凳子踢开,头挂在绳子上,双手放了下来。

端木随即对着她磕了三个头,站起来哭了片刻,然后擦干脸上泪痕,走到西房门外,对王义仁说:

　　"请舅爷到前院告诉那个狗官,可以把轿子抬进来了。"

　　王义仁从西房出来,浑身打颤,说:"娘娘梳妆好了么?"

　　端木点点头,没有说话,只从怀中掏出窦妃的绝命诗,递给王义仁,说:"你把它藏好,事后再看。这后面有两句话,照着那话去办。"

　　说了以后,她匆匆回到上房。

　　王义仁走到二门外,告诉光时亨:"你们将轿子抬进内院,请娘娘上轿。"

　　端木回到上房,对悬挂在梁上的窦妃说道:"奴婢事情完了,你的绝命诗也交给舅爷了,他会转给大顺皇上的,你放心吧。"

　　随即她取出一把准备好的利剪。自尽之前,她又用手推了推窦妃的尸体,知道她已经完全断气。这时二门口传来了脚步声。她举起剪刀对准自己的喉咙猛然刺去,倒在窦妃的脚旁,鲜血奔流……

第十二章

　　从获鹿往西便进入了太行山,一直到平定州,山势才缓下来。这中间要经过井陉、固关,都十分险要。李自成到了平定州,心境稍微松了一点。一则想着敌人要打进固关并不容易,那里有红娘子的健妇营在抵御追兵。二则他也产生了一个希望,希望凭借太行山的天险,固守山西,然后力图恢复。只要山西不失守,他大顺江山就不至于失去,一旦创伤养好,就可以重新进入畿辅,夺取北京。但在这种使自己宽心的想法后面也埋藏着一种深深的忧虑。他不能忘记半个月来他所经历的失败,这是他以前没有料想到的。山海关一战几乎使他的将士死伤了三分之二,剩余下来的也变成了士气不振的部队。更不料在庆都、真定又连着两次败北,他自己受伤不算,与他多年出生入死的亲信将领一批一批死去,最后死去的两个重要将领是谷可成和李友。这些事使他想起来就十分难过,也十分害怕。他担心山西如遭敌人进攻,或许无法死守。山西倘若失去,关中也无法固守。还有一件事情也使他感到吃惊和害怕的,是他没有想到如今的百姓竟然那样反对他,夜间烧毁自己的房屋,在旷野里呐喊,骚扰他的部队;又把路边的水井都填了,使他的人马都渴得要死。一到平定州,他就获悉山西、河南、山东各处都在叛乱,几乎不可收拾。他不觉自己问道:

　　"难道我大顺江山就要完了么?"

　　这时他才完全清楚,他的真正敌人并不是崇祯,而是满洲人。崇祯好像一只负伤快死的老虎,很容易打死,反扑也没有力量;倒是这个半死的老虎背后还有一只真正的老虎,突然蹿了出来,十分凶猛。如果早知满洲人是真正的敌人,他进兵北京的时候就应该多带人马作为后备,如今后悔死也晚了。想到这里,他对宋献策、牛金星这一批人暗暗地心怀不满,为什么他们事先都没有估计到这一层,向他建议?好像宋献策提到过满洲人的事情,但是没有说得很严重,所以他就不曾认真地放在心上。想着满洲人这么凶猛,而吴三桂很快就向满洲人投降了,力量这么大,下一步怎么办呢?倘若满洲人步步进攻,他能够守住关中么?他在心中担忧,一种亡国的预感压上心头。

他在路上不敢耽误,一直来到太原。镇守太原的文水伯陈永福到郊外迎接他进城,将晋王府作为行宫。第二天黄昏,李岩也赶到了。当天夜间,李自成在宫中召集一次很机密的御前会议,讨论固守山西的方略。他心中完全清楚,自古以来太原是兵家必争之地,能够守住太原,守住上党,守住河东,就可以使全晋巩固。全晋巩固,就可以巩固陕西。当然,河南洛阳一带也十分重要,但如何守住全晋,是最关键的一着棋。可惜现在手中无兵,大约在山西只有二万人,分布在平阳、潞州、寿阳与泽州各处。如今到处不稳,几乎是无地可守。陈永福手下只有四千人,加上新投降的三千人,不过七千之众。死守太原之外,还要分出一部分人马分守代州、雁门、介休、寿阳等地,镇压叛乱,而驻在太原城中的只有一千多人。这情况确实不稳。另外,驻在大同的姜瓖本来很不可靠,据传已与满洲人暗中勾结。这使李自成很为李过担心。李过离开北京后,出居庸关去大同,打算与姜瓖协守大同、阳和一带,如今李过到了没有?万一姜瓖叛变,李过岂不要吃大亏?还有,山海关战事之后,唐通的下落不明,看来多半已经投降满洲。唐通和姜瓖平日关系密切,倘若唐通已经投降满洲,则姜瓖投降满洲的事也就更不可免。

大家分析了当前形势,都觉得大顺的处境十分不利。现在首先要使山西全省安定下来,才能够防备满洲人前来进攻。大同是一个门户。姜瓖如果投敌,整个晋北就落入敌人之手,太原北边就空虚了。不惟三关不能守,太原不能守,平阳也不能守,就连千里黄河都失去了屏障,处处可渡河。

陈永福建议,差人密谕姜瓖前来太原议事,以观动静。如果姜瓖肯来,证明他心中无鬼,不会马上投降,也不会与李过为难。

宋献策摇摇头说:"这事情千万不要做。如今对姜瓖只能暗中防备,表面上装作信任,绝不要露出不信任的意思。如果现在派人以皇上密旨召他前来议事,他害怕不敢前来,岂不是逼他速反?他抗旨不来,下一步如何处置?"

牛金星也说:"万不要打草惊蛇,暂时只能睁只眼合只眼,暗中防备,最为上策。至于李过将军,手下有三千精兵,看来姜瓖还不敢对他动手。"

陈永福又说:"既然如此,我们许多人都受了大顺的封爵,姜瓖还没有受封。如今可否封他一个伯爵,以笼络他的心?"

李自成轻轻摇头说:"两个月前我们才到大同,那时候没有封他为伯,如今再封,已经不能满足他了。"

陈永福说:"虽然晚了一步,也不妨试一试。"

李自成又摇摇头说:"如今我们连吃败仗,姜瓖如果有心忠于大顺,暂时不封他,他也会忠于大顺。如果他已决定投降满洲,封伯封侯都不能阻止他,反而显出我们没有办法。此事不妨等一等再说。"

经过商议,决定陈永福专守太原,将散在附近各州县的人马都调回太原,各州县的治安由各州县官自理。李自成对陈永福说:

"我们相处时间不久,可是将军的忠义之心,我早有所闻,所以对将军特别倚重。如今国家有困难,又遇着胡人出兵关内,望将军努力保卫太原,能够撑持多久就撑持多久。朕驻在平阳,作将军后援。只要关中人马过河东来,朕亲自率军驰救太原,望将军戮力杀敌,为国立功,名垂青史。"

陈永福躬身说道:"臣从前守开封,与陛下为敌,使陛下精兵战将多有损伤,陛下亦曾在开封城下受了箭伤。后来陛下不念旧怨,对臣以礼相待,又封为文水伯。臣闻前朝曾有君臣鱼水之说,不意亲自遇到圣主,如此恢宏大度,不念旧恶。臣自投诚陛下之时,已经对天发誓,此生此世就是肝脑涂地,也要报答陛下知遇之恩。我军虽然在山海关战败,胡人十分猖獗,但胜败兵家常事,请陛下不必过忧。臣纵然兵力甚微,也决心死守太原。目前敌人并非明朝,而是满洲胡人。古人说:汉贼不两立。想当初杨令公同辽国打仗尽节,长享千秋美名,臣也愿意效法。倘若敌兵前来,固关不能守,雁门不能守,臣愿同将士们血战城头。只要臣不死,太原绝不会失守。"

他的话说得慷慨真诚,李自成、宋献策等都十分感动。陈永福当即叩辞,传令府州县人马向太原集合。

李自成继续与牛金星、宋献策、李岩等商量大计,直到深夜。据他们推测,满洲人首先要统一畿辅,进占山东、山西,进兵河南,建立像金朝那样的局面。在此同时,江南也会很快建立朝廷。福王已先到南京,按伦序大概会成为南明小朝廷之主。将来的形势将是三分天下:满洲人在北边,南明在南边,大顺在西边。这样的结果是李自成所不甘心的,所以目前必须赶快下手,除山西之外,还要争夺河南。倘若河南失去,不惟关中难保,甚且连三分天下也不能维持。

他们一直商量到天色将明的时候,才决定宋献策迅速赶回长安,征集大军,进援山西。等刘宗敏伤愈之后,让他率领二三十万精兵到怀庆、彰德,威胁畿南,使清军不能南下河南,也不能进攻山西。

李自成听李岩说,红娘子的健妇营在井陉一带也损失了几百人,慧剑阵亡,心中很难过。尽管最近这一个月来,亲信将领死伤甚多,但想到慧剑是黑虎星的妹妹,初到大顺军时只十五六岁,深得他和高夫人欢喜,看成义女一般,没想到竟然会死在井陉。他为此事沉默了片刻,然后叫宋献策另外安排人马去守固关,将红娘子的健妇营换回,开到平阳休息。原来红娘子来山西的差事是护送晋王府男女宗室和一些大户人家迁往关中。如今长安拥挤不堪,关中粮食也十分困难,晋王府宗室和山西大户迁往长安的事暂时缓办。

可是潼关几乎是关中的最后一道屏障,守潼关刻不容缓。命谁去守潼关?商量到这里,谁都想不出合适的将领。李自成想到那么多的大小将领,特别是身经百战的将领在山海关不是阵亡便是受了重伤,如今身边竟然没有可以依靠的大将,心中不禁伤感。怎么办呢?商量的结果,想命马世耀守潼关;可是马世耀在山海关也负了重伤,如今已从韩城过河回长安养伤去了。只好传谕马世耀:伤好之后,速赴潼关,不奉旨不许擅离潼关一步。这么决定之后,李自成苦笑说:

“这也是没有办法的事。‘蜀中无大将,廖化作先锋。’如今我身边不要说大将没有了,就是双喜、李强这样在身边使唤的人也都死完了。”说完之后,刚才脸上勉强露出的苦笑忽然消失,不觉流下眼泪。

牛金星、宋献策、李岩也都感慨万千。李岩直到现在还不晓得李自成催他赶快来太原有何重要事情。他发现李自成没有派他回河南的意思,就忍不住问道:

“陛下召臣速来太原,不知有何谕旨?”

李自成一直在低着头考虑一件事,现在经李岩一问,就收起愁绪,抬起头说:“我要派你一件差事,你想是什么差事?”

李岩说:“是不是命臣速回河南?”

李自成摇摇头:“河南虽然重要,但目前你不去也可以。只要等刘捷轩伤势一好,率三十万人马去豫北,河南局面就会大变。朕要你来太原另有差遣。”

李岩说:“请陛下面谕,臣当尽力而为。”

李自成说:“过去我们只想到同明朝作战,经过山海关之战,才知道大敌乃是胡人。所以过了井陉之后,朕突然又想到你从前说过的那位刘子政。既然他在辽东从军二十年,肯定深知满洲情形。三个月前,你说他离开晋祠回五台山了。朕想差你去五台山以厚礼相聘,请他来我朝做官,在朕身边,朕随时好向他咨询方略。如今我朝群臣之中,真正熟悉虏情的还没有一个人。你休息一下,明天就往五台山去。"

李岩确实根本没有想到这件差事,暗暗地感到为难。因为他晓得,刘子政虽然熟悉关外情况,但一向仇恨大顺。如今明朝亡了,崇祯帝后被逼殉国,刘子政的仇恨必然比原来更深,如何肯来大顺朝中做官? 但他也不敢不去,恭敬地回答说:

"刘子政是否能够来,现在不得而知。可否先命五台县令探明刘子政是否仍在五台山,是否愿意前来我朝做官,然后再去礼聘,这样纵然他不肯来,皇上的威望也不会受损。"

李自成的心里有点不快活,沉吟片刻,问道:"刘子政一向以不能打败满洲为恨。如今满洲人进入北京,他应该与我们同仇敌忾,才是个道理。如果我们厚礼相迎,他看来是会前来的。"

李岩说:"刘子政虽然仇恨满人,可是他是胜朝的遗民,他要忠于胜朝,未必肯下山来助我。况且如今我们接连兵败,他更不肯为我所用。"

李自成更加不悦,朝宋献策、牛金星望望,问他们有何主张。宋献策知道李岩不愿去,也明白刘子政不会应聘,就说道:

"可以先命人去五台山探明刘子政的下落,然后再去礼聘。如今最要紧的是征集人马,部署作战。至于刘子政,纵然了解虏情,恐怕也缓不济急。"

牛金星也是这么想的,另外他虽然没有问过,却猜到李自成不愿放李岩回河南,所以才差他去五台山礼聘刘子政,于是说道:

"聘请刘子政固然也是皇上招贤纳士的一番心意,但目前确实急需征集人马粮草,部署作战。林泉暂不去五台山,留在皇上身边,随时运筹帷幄,也是很重要的。不如皇上先密谕五台县令,查明刘子政是否仍在山中,再作计较。"

李自成听了宋献策、牛金星的话以后,觉得也有道理,决定暂不派李岩往五台山去。他对大家说道:

"这样吧,我在这里稍候数日,就要往平阳去。明日军师先回长安。今天大家暂去休息,有些事明天再议。"

第二天,宋献策带着少数随从匆匆上路,赶往长安。

李自成一夜没有睡好,各地来的消息都使他心情沉重。虽然满洲人马和吴三桂的人马开始从真定返回北京,但他知道这只是暂时休兵,下一步还要大举进犯。从河南、山东来的消息也很不利:反叛大顺的州县越来越多,各地方大都闹起来了。他在慌乱无计之余,深恨满朝文武在北京时只知劝他登极,向他献下江南之策,却没有人向他提到满洲人兵力甚强,必会乘机进关。直到他在山海关决战时候,才突然知道满洲人比吴三桂的力量大得多,铸成大错,后悔已经晚了。如今这么回想起来,他对宋献策比对牛金星和李岩要看重一点,因为对东征山海关之事,只有宋献策曾经苦劝他不要前去。而李岩并没有坚决阻止他对吴三桂的御驾亲征。按说,李岩是会看出这步棋走错了的,可是为什么他不像宋献策那样苦心劝阻呢?至于牛金星,虽然也没有劝阻,但他当时正在主持筹备登极大典,每日事情很杂,没有劝阻也情有可原。李岩是不能原谅的。而且李岩自进北京以后,对很多事情都不多说话,谁知他心里怀着什么想法?但是他尽管这么怀疑李岩,表面上却神色不露。第二天御前没事时,他又对李岩说道:

"朕原来要差你去五台山寻找刘子政,请他前来共事。后来听了你和献策的话,决定等等再看。可是现在事情确很紧急,朕身边没有一个真正明白关外的情形的人,所以朕昨夜又想了很久,还是派你去五台山礼聘刘子政前来。望你不辞辛苦,走这一趟,速去速回。要带多少银钱,你自己告诉管事官员,为你准备,不要耽搁太久。"

李岩看见李自成神色十分严肃,从口气听出这事情已经无可更改,只好回答一声:"臣遵旨前往,请陛下不必焦虑。"

他出来以后把许多应该准备的事情立刻准备停当,带了银钱和随从人员就要出发。他心中有点害怕：万一请不来刘子政，皇上岂不要怪罪？他在心中感慨说：

"皇上的章法乱矣！"

李岩正要启程，忽然李自成又召他立刻进宫。他赶快换了衣服，来到行宫。牛金星已在那里同李自成商量大事。等他行了磕头礼，李自成命他赶快坐下，告他说刚才得到禀报：南京已经立福王为君，河南局势很乱，大顺在河南、山东兵马不多，各处新上任的州县官有的被杀，有的被驱逐，有的被捕送南京。李自成问他，有何办法可以收拾中原乱局？李岩趁此机会提出来，他愿意与李侔驰回河南，收拾纷乱局面，但需要皇上派一支精兵给他。李自成心中疑问，他为什么不想别的办法，不派别的人前去，而非要同自己的兄弟李侔回河南呢？又为什么这么急着回河南呢？是不是看我的大势已去，急于想离开我？于是他不动声色，又问道：

"卿回河南，有何办法，可以收拾中原局面？"

李岩觉得这是大好时机，就说道："河南是微臣桑梓之邦，人地较熟，容易号召士民，共扶大顺，对抗夷狄。"

李自成说："可是南京立了福王，卿将如何对付？"

李岩说："今日南京已经立了新君，确实不易对付。请容臣驰回河南之后，相机行事。倘能缓和与南京的不共戴天之仇，共同抵御胡人，这是上策。等胡人被我们打败之后，那时再与南京争夺中原，命襄阳、荆州、承天的人马顺流东下，关内人马出河南到淮北，南过长江，两路夹攻，江南不难平定。"

李自成说："恐怕与南京合起手来共御胡人，也不是那么容易。"

李岩说："事情确有困难，也只能走一步说一步，相机行事。事前一切都想得很顺，到时候未必就顺。"

李自成心中颇不高兴，想道，这不是嘲笑我去山海关时，起初想得容易，而最后吃了败仗么？但是他竭力忍耐着，又问道：

"卿另外有何方略？"

李岩说："臣并无别的方略，只是想，第一要顺应人心。"

李自成问："何为顺应人心？"

李岩说："崇祯十三年，陛下初进河南，当时百姓苦难深重，如在水深火热之中，所谓人心思乱，正是此时情况。陛下顺应人心，剿兵安民，开仓放赈，三年免征，所以陛下所到之处，远近响应，开门迎降，望陛下之来如大旱之望云霓。后来陛下兵力强盛，横扫中原，南至湖广，攻城掠地，所向克捷。到这时候，百姓所殷殷期望者不是再乱下去，而是望陛下设官理民，恢复农桑，使百姓稍过温饱日子，此所谓人心望治。然而人心望治而终未获治，辜负了百姓殷望。由于没有顺应人心，所以目前一听说山海关我军受挫，便处处不稳。臣回河南之后，要顺应人心，就要首先抚辑流亡，兴利除弊，恢复农桑，使百姓有安居乐业之望，而不再受兵戎之苦。"

李自成点点头，问道："还有何方略？"

李岩说："河南山寨大则数万人，占据许多州县；小则万余人，也占领一州一县。这些土寨，倘若投降胡人，是我之大患；如被南京加以名号，为南京所用，也是我们的大患。因此臣到河南之后，要不惜金钱，联络所有土寨，使他们不要与大顺为敌。倘能使他们投顺过来，则更为上着。但目前我不敢说李际遇等一定会投降大顺，只求他们暂时观望，不要南投福王，北投满洲，就算好了。还有，清兵必定过河。臣回河南之后，豫北一带自然要做些安排，但更重要的是沿黄河千里，处处设防，使东虏不能过黄河，如此则河洛巩固，潼关可守。"

李自成又问道："东虏固然可虑，南京已经立了福王为君，史可法率领四镇之兵，驻在江北一带，必然北来。倘若南京小朝廷与胡人合起手来，共同对我，河南就危急了。倘若出了这种局面，卿有何善策？"

李岩想了一下，实在也想不出好的办法，便说道："臣不能预先料就敌人走什么棋。目前局面确实困难。我们兵少粮缺，倘若胡人和南京合力谋我，河南局面确实不易撑持。臣回河南之后，只能收拾民心,准备应付艰难局面。至于还有什么想法,容臣回河南以后,再相机谋求方略。"

李自成点点头,不再问下去,但也没有表示可否。李岩催促道:"时机不可失。时机一失去,就不会再来。请皇上速速决断,臣好星夜驰回河南。"

李自成沉吟片刻,望着牛金星。牛金星深知这事情确实重大,在此危疑之际,他怎么能够轻易说话呢?他打量李自成的神色,看见李自成表情沉重,充满疑虑,他更不敢说话了。

正在这时,陈永福进宫求见。行礼之后,面奏榆次县士民叛乱,问李自成是否派兵前去攻城?李自成大吃一惊,问道:

"榆次距太原只有六十里,朕驻跸太原,榆次士民如此猖狂,竟敢据城叛乱?"

陈永福说道:"许多乡绅大户虽说投降大顺,实际心中不服,今见我军连败,士气大损,所以胆敢乘机叛乱,这也是难免的。请陛下不必忧虑,让臣派兵前去剿杀。"

李自成恨恨地说:"眼下胡人扰乱中华,这班官绅士民,有钱大户,为什么不看到我大顺朝正对胡人苦战,偏要跟我捣乱?"

陈永福说:"请陛下恕臣直言:虽然陛下占有全晋,上膺天命,成为中国之主,可是几个月来山西的乡宦官绅,世家大户,以及读书士子,多在观望成败,仍存思念明朝之心。近来因见我朝山海关战败,又失去北京,退回山西,以为我朝已失去天下。又闻南京另立新主,所以这班人乘机叛乱,妄想恢复明朝江山。"

李自成问道:"难道他们没看见是胡人占领了北京么?不知道吴三桂投降了胡人么?"

陈永福说:"直到眼下,士民们还认为吴三桂是明朝的忠臣,只是向胡人借兵,志在恢复大明江山。"

牛金星插言说:"臣昨天看到一首诗,是傅山新近作的,传进太原城内。没想到连傅青主这样很有学问的人,也不明白满鞑子进关来是要灭亡中国。"

李自成说："傅山，朕久闻其名。今年春天，朕来到太原，很想同他一见。他竟抗拒礼聘，离开家乡，躲藏到深山里去。他的诗怎么写的？"

牛金星说："共是三首诗，要紧的是其中两句。其余的句子臣全未注意，记得这两句诗是……"

李自成说："你只管说出来，不必顾忌。"

牛金星说："这两句诗是：'汉鼎尚应兴白水，唐京亦许用花门。'"

"什么意思？"

牛金星解释说："王莽篡了西汉，刘秀兄弟从他们家乡叫做白水乡的地方起兵，兴复了汉朝，后来成为东汉。这是傅山听到南京另立福王为主，就以汉光武比喻福王。唐朝西京长安，曾经被安、史占据，后来向回纥借兵，'花门'就是指的回纥。说明傅山是把吴三桂向满洲借兵，看成是唐朝向回纥借兵一样。"

李自成不由地怒骂一句："放他娘的屁！"

牛金星、李岩猛然吃惊。自从李自成在襄阳称新顺王之后，由于身份改变，口中绝不再出骂人的粗话。现在因为听到傅青主的两句诗竟然如此盛怒，骂得如此难听，使他们确实吃惊。

陈永福又问道："榆次的事究竟如何处置？宜速不宜迟，迟则其他州县会闻风响应。"

李自成决断地说："立即派兵剿杀！"

李岩赶快跪下说："动用大兵剿杀，固然是一着应急的棋，但最好先派人去晓以大义，使他们开门投顺。如不得已，再用兵不迟。"

李自成摇摇头说："秦晋本是一家，这山西也是朕的半个家乡，况榆次又近在数十里之内。榆次人如此目中无朕，岂可不严厉惩治？这不是升平时候，该杀就杀！不能手软！"他转望陈永福说："你今日就派兵前去，限明日天明前攻破榆次县城，不得有误！"

第二天下午，陈永福那里又来了火急塘报，说是榆次县已于天明时候攻克了。因为城内并没有来得及布置坚守，所以一阵炮火之后,将士们英勇地用云梯爬城,将城攻破。城内许多街巷,因见城破,都在房顶上竖起了白旗,这样就避免了巷战,也避免了屠城,只杀死了一二百人,杀伤了二三百人。塘报里边自然不提奸淫妇女、抢掠财物的事,可是李自成心中明白,陈永福是怀着一肚子怒火攻进城去的,绝不会不让士兵们奸淫抢掠,放火烧房,何况陈永福的人马都是来自河南,同山西人没有同乡之情。李自成一想到榆次离太原只有六十里,如今却敢于第一个起来叛乱,第一个遭到浩劫,心中就不免难过。所以陈永福的塘报不但没有使他感到高兴,反而使他有点失悔。自来秦晋是一家,山西毕竟是他的半个故乡啊!假若听从了李岩的建议,今天一面派兵前去,威胁城中,摆出要攻城的架势,一面进行晓谕,也许只需要惩治几个为首滋事的人,就可以避免众多死伤,避免奸淫抢劫,避免烧毁房屋。榆次县为首反抗他的人不会太多,其余平民百姓是跟着闹起来的……

他正在思索,忽然接到李过十万火急的密奏。原来李过在大同只停留了一天,继续向偏关奔去,要从黄甫川、府谷一带渡过黄河。他在密奏中言明:姜瓖十分不稳,请李自成火速派兵防守忻、代、雁门各地。

差不多就在同时,忻州牧(知州)也来了一封十万火急密奏,说:

"忻州地方士民,因闻我大军在山海关失利,退出北京,又闻听太子已在北京登极,谣言纷纷,人心浮动。近日已有奸民暗中煽惑,昌言'复国',密谋叛乱。请皇上速派重兵前来弹压,以遏乱萌。"

李自成看了奏本,并不奇怪。他已经知道,河南、山东两省到处有类似情况,有的更为严重,叛乱已经纷起,没法扑灭。但忻州近在咫尺,是太原的北边屏障,如何能任其糜烂?他手持密奏,脸色铁青,对于晋北局势十分担忧。但是手中无兵可派,如何是好?与牛金星、李岩商量之后,只好命刘芳亮派一得力将领率一千五百骑兵增援代州一带的驻军,这样既可防备姜瓖叛变后威胁太原,也可使忻州、定襄等地"奸民"不敢随意"蠢动"。同时,他密谕忻州牧严加小心防范,如有不逞之徒制造事端,务必迅速严惩,扑灭乱源。另外又由牛金星密谕五台县县令,访查刘子政是否仍在五台山中,如能找到,务必火速护送前来太原。

李自成在太原驻了七天,因为潞州、泽州一带情势不稳,他必须火速赶往平阳坐镇。前站人马路过距离太原很近的太谷县时,不惟无人出城恭迎圣驾,反而关闭了城门。李自成下令攻城,很容易攻破了这一座弹丸小城,杀了许多人,作为惩戒。接着路过祁县,不料祁县士民吸取了太谷的经验,不仅仅关闭城门,而且城头守御很严,坚决不许他和他的人马入城,也不供应粮草。李自成越发大怒,又实在觉得奇怪。已经惩罚了榆次和太谷,如今是他御驾亲临,祁县士民怎么竟敢如此与他作对?为什么山西士民不念秦晋一家,与他大顺皇帝有同乡之情?原来攻破榆次县城时杀戮了数百绅民,破城将士在城内大肆强奸和洗劫,这件事曾使他产生了深深的不安。攻破太谷时这种不安已经减少了一些,如今则一扫而光了。他下令用大炮攻城,不要姑息。祁县的绅民用火器和弓箭对抗李自成,守得相当顽强,连一些妇女也登上城头呐喊助战。刘芳亮将十几门大炮都用上了,炮弹隆隆地飞过城头,有的打在城墙上,打坏了一些城垛,使城墙上到处血肉模糊;有的打到城内,打塌了房子,引起了火灾。李自成的士兵们也很愤恨,拼死用云梯爬城,不要一天时间就将小小的祁县城攻破了,杀人很多,街道上和宅子中到处是死尸。很多妇女被强奸了。一部分妇女为怕受侮辱投井死了。许多房子都被烧光了。李自成恨恨地说:

"对这样无法无天的人,就应该用屠城的办法惩治他们,不能手软!"

攻破祁县以后,李自成得到禀报,说平遥、介休两地士民百姓打算响应祁县的叛乱。李自成命刘芳亮派兵到两个地方杀了一些人,查抄了一些大户,并抓来了一些丁壮百姓,编入军伍。在李自成快到平阳的路上,刘芳亮从晋北某地送来的十万火急奏报,又使他大吃一惊。姜瓖已经以议事为名,杀了大顺钦派协守大同和阳和的制将军柯天相,在大同境内找到一位明朝代王的远房宗室——明朝一个不为人知的破落子弟名叫朱鼎珊、自称枣强王的奉之为主,暂称监国,继承崇祯的皇统。另外,姜瓖又暗中给多尔衮写信,与胡人敷衍,而多尔衮正在压他投降。李自成在看了刘芳亮的密奏后半天无言,过了一阵才咬牙切齿地骂道:

"先从老子的脊梁上捅一刀子!"

离平阳还有三十里,李自成在一个市镇外的大庙中临时驻跸,打尖,忽然接到刘芳亮第二封十万火急的密奏,同时也接到刘体纯从平定州来的密奏,都使李自成的心中惊慌。据刘芳亮密奏,由于姜瓖在大同背叛,定襄的士民事前受到姜瓖派人暗中煽动,忽然据城背叛,竖起明朝旗帜,杀死县令和大顺军在城中驻防的两百多名将士。临近定襄的忻州也有人密谋响应,酝酿起事。刘芳亮率骑兵星夜赶到定襄,用大炮攻克县城,用屠城的办法将叛乱镇压下去。又迅速到了忻州,与州牧和驻军合力,铐了许多人,将为首的几个人凌迟处死,满门抄斩。据刘芳亮的密疏中说,雁门和宁武都已经落入姜瓖之手,整个晋北到处人心浮动,十分危急。

刘体纯的密奏说,明朝的真定府知府邱茂华原来一直躲在山中,如今从山中出来,降了大清国。大清国将他升为井陉道,署理真定巡抚,驻节井陉城中。满洲这么安排,显然是要堵住大顺朝派人马出固关袭扰畿辅,也为满洲人从固关进攻山西做准备。

另外,刘体纯还禀报了一条不幸消息,也使李自成的心中猛烈震动。刘体纯禀报说,他派往北京去查听窦妃的细作尚未回来,原来埋伏在北京的一个细作已经来到了真定州。据这个细作禀报,近几月在北京城哄传:多尔衮听说李王的窦娘娘十分貌美,又通文墨,藏在京城民间,遂下令满城搜查明朝的宫女,凡窝藏不献者全家抄斩,邻居连坐。窦娘娘不幸被御史光时亨查到,要献给多尔衮请功。窦娘娘临危不惧,当面痛骂了光御史,然后命光御史不得对她无礼,在二门外稍候片刻,然后穿戴妃子衣冠,悬梁自尽。身边的两个宫女一个逃走,一个用剪刀刺破喉咙而死。因为北京士民痛恨明朝的大多数文臣武将无耻地降了清朝做官,所以对窦妃的死节特别称颂,可以说"有口皆碑"。她被埋葬在广渠门外,前去祭奠的老百姓络绎不绝。

李自成对窦妃的殉节感到难过,在心中后悔,暗暗地说:"应该将她带出北京来才是!"

尽管是在行军途中,但是御厨房还在,而且总是跟随御营的前站人马一道,事先到达应该临时驻跸的地方准备好打尖的简单御膳。当御厨们将准备好的饭菜端上来时,李自成的脸色十分沉重,将手一挥。御厨们吃了一惊,心惊胆战地将饭菜端下去了。

李自成到平阳府的这一天,六月上旬快过完了。他刚在行宫驻下,六政府的尚书和侍郎们便前来朝见。这些人刚才都在城外五里处跪接,如今是来向他禀报各衙门的办事情况。李自成刚询问了几句,忽然一批军情塘报纷纷来到。其中有些是十分机密的,由刘体纯封好之后,注明"绝密"二字,旁边加圈,封口加上火漆。当吴汝义亲手将这些机密文书呈给李自成以后,李自成的心中一惊,不知道又有了什么坏的消息。自从山海关兵败之后,每一个消息都是不顺心的,几乎没有例外。还没有拆看,他的脸色已经变得沉重,向牛金星等重要文臣说:

"你们且去休息,晚膳后来行宫商议大事。"

他的沉重的神色和不如意的口气当然影响了牛金星和李岩等几个经常参与运筹帷幄的大臣,他们默默地叩头辞出。在行宫大门外分手时候,李岩的心中焦急,小声对牛金星说:

"相爷,欲守关中,河南万不可失。皇上倘迟迟不能拿定主意,时机一失,不可再来。钧台为辅弼重臣,何不帮皇上拿定主意?"

牛金星叹口气说:"林泉,近来局势险恶,一天不如一天。皇上因事事都不如意,常常对身边人无端发怒。你想回河南的话,缓说为佳。"

李岩因局势紧迫,对牛金星的回答在心中不以为然,但看牛金星不想再谈,急于返回相府,也只好作揖相别,攀鞍上马,带着自己的一干从人向城外驰去。他在马上暗暗地叹一口气,胡乱猜想,在心中问道:

"刚才皇上又接到什么坏的消息?晚饭后要商议什么大事?……"

晚上,牛金星和李岩被叫进行宫。这是一次御前密议,所以别的朝臣都未奉诏前来。

李自成将刘体纯差人送来的军情塘报和密奏,刘芳亮从晋北忻州送来的密奏,以及用晚膳时收到的田见秀从长安送来的密奏,一古脑儿交给牛金星看。牛金星每看完一件就转给李岩,很快地都看完了。李自成先不谈重大问题,先对李岩说:

"据刘明远转来五台县令的奏本,那位刘子政于四月中旬就离开了五台山,不知何往。又说,据五台山一位和尚说,刘子政自言要去北京西郊卧佛寺挂单。那时崇祯早已亡国,北京四郊不平静,他去为了何事?奇怪!你想他到底往何处去了?"

李岩站起来恭敬地说:"臣也猜不到他会往何处云游。去北京卧佛寺的事未必是真。既然找不到他,也就算了,陛下可以不必放在心上。"

李自成向牛、李两人问道:"胡人新近这样举动,如何应付?陕西是我们的根本,看来局面也很不好,叫朕十分放心不下。还有,张献忠已经进了四川,我们还得分兵防备广元、汉中一路,可是哪有兵啊?崇祯十四年倘若趁他兵败时候,将他除掉,倒少了今日的后顾之忧!"

牛金星说道:"满洲人分两路进兵,这原来也在我意料之内,现在看来一路从山东进兵,已经到了临清以南;一路向冀南进兵。这向冀南的一路,说不定是要伺机进攻山西,关系十分重大。我们现在也无法不让胡人进兵,除非按照皇上原来的意思,等我们从关中调集二三十万精兵,由刘宗敏率领,出潼关到冀南,方可以阻止满洲人从山东和畿辅南下,但这事两三个月以后才能够做到。"

李自成又说:"明朝的真定知府邱茂华,原来不肯投降我朝,在山中躲藏起来,如今投降了满洲。满洲人将他升为井陉道,署理真定巡抚,驻在井陉,显然是要为进攻固关做好准备。此事如何应付?"

李岩说道:"为今之计,井陉这方面,我们只有迅速派一支人马去占领,先发制人,才能够坚守固关,绝不可使邱茂华在井陉从容准备。"

李自成点点头说:"卿说得很好,朕立刻就派兵前去。另外,这密奏里边说,多尔衮派一个名叶臣的人,率人马到了冀南,看来还要进入豫北,说不定会进攻山西。你们有何善策?"

李岩说:"须要巩固豫北三府,不使胡人得手。尤其怀庆府最为重要。怀庆失则上党危矣。"

李自成点头说:"怀庆是很重要。刘芳亮既然平定了晋北州县的叛乱,即命他火速回来,应付怀庆方面。如今无兵无将,如何是好啊!"

牛金星说:"如今只等关中能调集二三十万人马,战事便会有了转机。"

李岩又说:"目前潞、泽两府也在叛乱,因为离平阳较近,从这里派兵,迅速前去,不难扑灭,而且那里原来就有我们的驻军。"

李自成表示同意,说:"这点人马朕手下派出还不困难。可是你们看田玉峰来的这封密奏,说陕西本来就闹旱灾,近来征粮急迫,粮价腾贵,小麦每斗涨到二两四钱,大米二两六钱,从来不曾如此。已经有人吃人的情况。征兵征粮都十分困难,这倒使朕感到担忧。"

牛金星说道:"关中毕竟是陛下桑梓之地,请陛下速速敕谕关中各地,酌减征粮,务使官绅庶民安心,不要惊慌。只说粮食将由河南各地源源运向关中,有擅自囤积粮食,高价出售者,一定依法严惩不贷。"

李自成叹口气说:"关中虽然是朕的家乡,目前要安定后路,不能不用严刑峻法惩治盗匪。这样吧,你们替朕拟一道敕谕,明日就可送到长安,上面一定要写明:有偷人一鸡者斩!另外要告诉田见秀,军粮虽然可以酌减,但应征之数必须火速催齐,不可缓慢误事。河南消息也不好,怎么办?"

李岩说:"是的,看来河南确实很乱。这塘报上说,清兵虽然没有过黄河,可是李际遇、刘凤起这批人都已经投降胡人,董学礼已经从徐州以东撤退回来,如今在商丘、砀山一带,也准备投降胡人。所以如果再不前去收拾,就悔之晚矣!"

李自成说:"河南吃紧,但目前令人更担心的是固关、太原、潞州这些地方。这些地方能够固守,山西全省就不会失去。山西全省不失,千里黄河就可以免去东顾之忧。至于河南嘛……"

他的话刚说到这里,又来了一份紧急塘报,是从太原陈永福那里来的,说唐通已于前几天过了大同,逃到保德一带,一部分人到了府谷。李自成大为吃惊,不觉说道:

"要是唐通投了胡人,榆林就危险了。"

刚说了这一句,忽然唐通从保德派人送来一封密奏。李自成立刻拆开来看。据密奏上说,他担心胡人要进窥黄河,所以他率领人马退到府谷、保德,凭借黄河天险来屏蔽延安、榆林。李自成将他的密奏向案上一投,不觉骂了一句"他妈的",随后对牛金星、李岩说:

"唐通和姜瓖二人勾结,如何是好?"

牛金星、李岩都想不出什么好的主意。牛金星想着如今好像是一盘败棋,不管怎么走,都不能马上转败为胜。然而对手的棋路反而越走越宽。唐通不过是一个卒子,可是如今已成了过河卒。如果吃不掉它,后果会很坏,想吃掉它,既没有车,又没有炮,也不在马蹄下边,谈何容易!李岩也同样想不出好的办法,只是他更多的心思是在考虑河南局势。

李自成说:"这样吧,一面给唐通下一道手谕,对他多加鼓励,装作不疑心他有投降满洲的打算。一面给高一功去一封密谕，要他严加防范。"

牛金星说："圣上如此考虑，十分妥善。"

刘体纯又送来一封密奏，说又已探明，窦妃自尽之后，满洲人已经把窦妃的舅父、舅母和邻居逮捕下狱。李自成看完密奏，半天没有说话。因为整个局面很坏，各种不如意的军国大事都压在他的心上，所以不能多去想窦妃的事。过了一阵，他望着李岩问道：

"河南的情况很乱，你看这局面应该如何收拾？"

李岩又站起来躬身说道："崇祯十三年冬，陛下初入河南不久，微臣曾经建议：应该据河洛以争中原，据中原以争天下。数年来只顾打仗，未遑经营河南。机会已失，悔之何及！"

李自成的心中一动，暗想："指责朕的失策！"但是他没流露出愠怒神色，用平静的口气说：

"如今只说眼前吧！"

李岩接着说："守河南即所以巩固关中，失河南则关中亦不可守。虽然目前河南叛乱迭起，形势急如燃眉，然而还不到无法挽救地步。东虏尚未南下，南京也没有重兵北来，所以局势尚可以挽回。请陛下速将河南之事交付微臣，臣率人马星夜驰赴河南，相机处置，再晚就来不及了。"

李自成心里想道："如今人心涣散，许多人各为自己打算，另有图谋。离开北京后逃走了很多人，有的降了胡人。李岩一再提出来要回河南，莫非也是为自己打算？"他在心中犯疑，望一望牛金星，用眼神向丞相征询意见。

牛金星沉吟一下，恭敬地说："如今河南局面很乱，差林泉回去设法收拾乱局，未尝不可一试。但林泉若走，陛下左右又少一得力谋臣。此事干系重大，请皇上宸衷独断。"

李自成暂时沉默不语。他忽然想到李岩始终不曾同他一心，起义时就操心"功成身退"，归隐山林，这不是害怕我得江山后诛戮功臣？在洛阳命他主持放赈的事，他的手下人在百姓前盛称他如何仁义,老百姓也都说"李公子救了我们的命!"反倒把他李闯王不提了。要不是宋献策及时忠告了他,压下去这股邪气,他怀的"二心"可不是早就在众人前露了马脚!

李岩催问道:"情况甚急,陛下如何决断?"

李自成问:"卿回河南,红娘子一同去么?"

"是的,陛下。如今战将难得,红娘子随臣回河南,缓急时颇可为国出力。况且她在豫东一带江湖上人缘很好,还可以联络民间义士,共抗虏兵。"

李自成在心里说:想得怪美,连老婆孩子一起带走! 他忽然又想,宋献策献的《谶记》上说"十八子,主神器",难道他认为这《谶记》是应在他的身上么? 可恶! ……

"请陛下不必犹豫,速速命臣动身!"李岩又催促一次,巴不得插翅膀飞回河南,收拾乱局。

李自成对李岩的急于去河南更加疑心,点头说:"你下去同牛丞相商量商量,速写一奏本,详细说明回河南的处置方略。这两天我日夜不得休息,十分疲倦,你们都下去吧。等我看了你的详细奏本以后,再做决定。"

牛金星和李岩叩头退出以后,李自成在心中发出冷笑。

第十三章

　　大顺朝的六政府和文谕院等中央衙门都驻在平阳府城内。牛金星的天佑阁大学士府即丞相府,也驻在平阳城内。从关中火速调来的两三万人马以及从北京退回的败残部队都驻在城外。城内只有一两千拱卫皇帝的亲军,俗称御林军。李岩手下的部队经过庆都之战只剩下六七百人。健妇营只从长安来了一部分,没有想到井陉一战死伤了二三百,如今不足五百人。红娘子从固关回来后,健妇营同李岩的残余部队都驻在平阳城南大约十里的一个地方。

　　李岩回到驻地,立刻将李侔找来,也将红娘子从后帐请出来,一起商议向皇上写奏本的事。自从退入山西以后,他度日如年,眼看着局势一天不如一天,他身为大顺朝臣子,却无力挽救国运。如此下去,国家会有灭亡之险,而他兄弟和红娘子将要白白地死在这种一筹莫展的局势之下。今天得到皇上同意,要他写一奏本,详细陈明收拾河南的方略。他一面十分高兴,觉得这个请求终于得到皇上允准了,一面又感到心思沉重,因为目前回河南去,困难确实很多很大。如果他刚回去,立脚未稳,而南京的人马就进入河南,胡人也从山东和畿辅来到河南,李际遇、刘凤起这些人再不听劝告,决心与大顺为敌,那么,能不能凭着他兄弟的力量,拯救河南的局面呢? 对此,他心中并没有很大的把握。但是,如果他不回去肩此重任,又如何收拾河南? 还有谁能够为大顺收拾危局?

　　当他把事情告诉李侔和红娘子后,大家在一起商量了好久,决定不顾一切,宁死也死在河南,为大顺巩固中原,不惜肝脑涂地。回去,没有兵当然不行,要向皇上请求多少兵呢? 请求的兵太多,如今,皇上也没有多的人马给他。请求的兵太少,回河南很难站稳脚步。他们又把李俊也找来,一起参加意见。商量的结果,决定向皇上要两万精兵。听说袁宗第率五万精兵前来,几天内就会到达平阳。估计请两万精兵,皇上还可以答应,再多就不会答应了。

红娘子问道:"你打算请皇上派哪一位大将同你一起往河南去?"

李岩说道:"大将不必要,一则皇上目前在平阳也没有得力的大将,许多人在山海关和庆都死了,有的负了重伤。袁宗第没有到山海关去,皇上将会另有派遣。何况,"他放低声音说,"最好不要有大将同我们一起去河南,免得我们做起事来掣肘。我只请求给我两万精兵,不提请派大将前往。"

红娘子不放心地说道:"如今接连吃了败仗,人心惶惶,到处叛乱,有些地方已经叛乱了,有些地方虽然没有叛乱,看起来这局面也不会撑持多久。在这种时候,宋军师不在此地,万一皇上对你兄弟多心,牛丞相又不肯竭力担保,岂不徒然惹祸?"

李岩说道:"不请兵,不去河南,国家亡了,我们也要为国尽节。与其那个时候白白地尽节而死,何如此时尽我们的力量为皇上收拾河南局面?"

红娘子说道:"倘若大顺国亡,我们自然都要为国尽节,战死沙场。与其被皇上疑心,死得不明不白,倒不如将来在两军阵上与敌人厮杀一番,死个明明白白。"

李岩望望红娘子,说:"怎么你们妇道人家比我们男子汉还要疑心重?"

红娘子说:"我不是疑心皇上有什么怀疑你的地方,而是看今日局势,人心不稳,难免不互相猜疑。倘若皇后在此,我可以先向皇后奏明,问问皇后的意思,事情就好办一些。如今皇后不在此地,宋军师也不在此地。牛丞相同你虽是乡试同年,他被下在狱中的时候,你为搭救他也出过力气。可是你两个这些年来貌合神离,到了危急关头,他能担保你么? 能在皇上面前替你认真说好话么?"

李岩心中也猛一沉重,琢磨了片刻,说:"事到如今,回头是不行的。几次请求皇上派我回河南,今日皇上面允了,牛丞相也赞同。皇上命我回来写一奏本,详陈方略,我难道突然变卦,说自己不愿回河南了?那怎么敢呢?如今正如古人说的,不入虎穴,焉得虎子。瞻前顾后,何能成事!只要我们自己问心无愧,赤胆忠心保大顺、保皇上,其他一切,在所不计。"

李侔同红娘子听了这话,觉得也只好如此了,于是大家继续讨论。李侔问道:

"大哥,如果南京人马和满洲人马也到了河南,如何应付?"

李岩叹口气说:"倘若只有满洲人马来到河南,我们会号召河南父老与胡人作战,不让他们在河南轻易站稳脚步。如今担心的是,南京已经立了福王,如果史可法率领大军北进,到了河南,老百姓以前虽曾拥戴闯王,可是此一时也,彼一时也。闯王进入河南后,没有设官理民,没有恢复农桑,没有抚辑流亡,以至于颇失百姓之心。而明朝开国到今天,将近三百年,突然亡国,要说老百姓完全不思念故君,那是不合情理的。所以我担心史可法率大军来河南后,如果我们号召百姓同史可法作战,百姓未必响应。可是不作战又如何呢?我们退一步,史可法就进一步,河南就不是大顺的河南了。所以关于这一点,如今只能说,等我们回到河南后,相机应付,另外条陈方略。今日身在此地,河南情况尚不清楚,事前拟定方略,反而不切实际。"

李侔问道:"皇上倘若当面问起来,你如何答复?看起来这题目是非做不可的。"

李岩也知道这个题目躲不过去,但是他又不愿随便敷衍几句,那样就是对皇上不忠,不是为臣之道了。可这题目又确非三言两语所能说清。他想了片刻,抬起头来说:

"这奏本上不必详言,只说我回河南以后,看了河南的真实情形,再迅速条陈方略,以释陛下之忧。"

红娘子很不放心，说："难道皇上当面问起来，你也这么回答么？你只有当面说出实话，皇上才会放心。"

李侔也说："是啊，皇上是英明之主，马虎不得。"

红娘子又说："你把你准备当面回答的话，同我们讲一讲，我们听一听，觉得在理，你就当面去说。倘若不在理，你千万不要出口，以免引起皇上疑心。自古伴君如伴虎，何况是这样人心多疑的时候！须知一言出口，驷马难追，那时后悔就迟了。"

李岩的心情很沉重，说道："如果皇上问我，我只能剖析目前危局。倘若是满洲兵南下，当然我们要号召河南父老兄弟，与敌周旋到底，决不允许胡人占领中原。如其不胜，我们兄弟战死沙场，义无反顾。倘若是史可法率领江北四镇人马来到河南，我们就想办法劝说史可法共同对付胡人。倘若史可法不肯听从我们的劝告，我们将驻兵豫西，东守虎牢关，北守孟津，使南方人马不能西来，胡人不能过黄河以南。稍微等待时日，胡人与南方的人马必将在河南山东一带互相火并，到那时我们见机而行，方是上策。如果贸然打仗，或者在豫东、豫中与敌周旋，都必然要败。因为我们刚到河南，兵力不足，民心未附，尚未站稳脚步，决不能既同南方打仗，又同胡人打仗，那样将是自取灭亡。这是我的真正想法。这想法是不是符合实际，要到河南之后才能知道。我只能这样说我的实话，绝不敢有丝毫欺君之意。你们说这样回答皇上的问话，行么？"

红娘子和李侔都觉得李岩的意见很是，必须向皇上当面奏明这些想法。至于皇上会不会听从，大家谁也不敢逆料。作为忠臣，处于国家危亡之际，也只能如此了。红娘子说：

"据我看来，如今不仅河南局面很危险，山西也是同样危险。倘若大顺失去山西，又失去河南，关中是没法守的。关中偏在西边，粮饷来源困难，如今正是饿死人的荒年，加上兵源又枯竭，岂能对抗胡人？纵然能抗拒一时，日子久了，如何能够抗拒？"

李岩说："你们只知其一，不知其二。我担心的不仅是河南、山西会失去；我还担心胡人派一支精兵，绕道塞外，从榆林塞外南下，进入长城,使榆林失去险要。到那时大顺顾此不能顾彼,顾南不能顾北,几面作战,如何是好? 所以,巩固山西,确保河南,方能扭转这个困难局面。如果胡人只有一路从塞外向南进兵,那就容易对付。"

李侔没有想到敌人可能从塞外进兵,听了李岩的话,心中猛然一惊。红娘子也感到局势可怕。李侔叹口气说:

"哥,你料的事情比我远得多,看起来我们回河南去,只能尽人事以听天命。"

红娘子说:"万一大顺国亡,我们只好同归于尽,生为大顺之臣,死为大顺之鬼,如今走一步说一步吧。"

李俊半天没有说话,忽然愤愤地插言说:"回到河南,我们……"

李侔没有注意他说话,接着说道:"国亡与不亡,我们总要想法将死棋化为活棋。"

李俊愤愤地说:"皇上不听谏阻,一定要东征山海关,才吃了这个败仗。在北京也不听劝谏,做了许多失去人心的事。难道'十八子,主神器'的话,不是指我大哥说的么?"

红娘子大惊,严厉地责备说:"子英,你想死了?"

李岩也瞪了李俊一眼:"子英,处此举国上下震惊危疑之际,一句话就可以遭灭族之祸,万万不得胡言!"

李侔也说:"万万不可想入非非!"

李俊低头不敢再说。李岩嘱咐他暗中准备,三日后皇上圣旨下来,便要驰回河南,李俊唯唯答应。李岩兄弟连夜商量好,将奏本写出,准备明天一早递进宫去。红娘子几乎彻夜未眠,是吉是凶,实在放不下心!

李自成因见大局愈来愈坏,决定退过黄河以西,驻在韩城。六政府已经先过河去了。他自己继续留在平阳,少数随驾文官也暂时没有走。他留在平阳是为了等候袁宗第的五万人马和刘芳亮从晋北回来。

到了六月下旬，袁宗第的人马已经有一部分进入山西，而刘芳亮已经将忻州、定襄等处的叛乱平定了，杀了很多人，重新设置了地方官吏。但他走了以后，晋北的局势更加吃紧了。刘芳亮回到平阳，见了李自成，禀报了晋北各州县的情况以后，又禀报了刘子政已经离开五台山、无处寻觅的事。李自成问道：

"这个刘子政，怎么离开五台山往北京卧佛寺去了？"

刘芳亮说："我也问过五台县令，说是自从胡人到北京的消息传到五台山中以后，刘子政就带领一个身边的仆人，还有一个和尚，一个道士，一起离开了五台山。"

李自成问道："难道真会往北京卧佛寺去？他不是对满洲人十分仇恨么？"

刘芳亮回答说："只是有人这么说罢了。看情况他不会前往北京。他对满洲人痛恨入骨，避之不及，岂肯自投罗网？可是他确实往东去了，有人看见他是往东去的，但行踪十分诡秘，没有人知道他究竟去什么地方。"

李自成满腹疑团，向牛金星望去。牛金星说："从五台山往东，过太行山便是畿辅一带。虽是大山，路倒是有的。从紫荆关、倒马关，都可以进入畿辅。要说他不是前往北京，为什么要进入畿辅呢？要说他是前往北京，想不出他为什么要去，为什么要冒着生命之险，去投入胡人手中。"

李自成说："既然找不到他，也就算了。大同情况如何？"

刘芳亮说："臣正是要奏明大同情况。"

李自成说："你赶快说吧，这也是一个心腹之患！"

刘芳亮说："我到了定襄，就听到消息，说姜瓖派人到北京投降胡人，可是胡人并不高兴。"

李自成感到奇怪："为什么胡人不要他投降？"

刘芳亮说："不是不要他投降，而是因为姜瓖在大同拥戴了一个明朝的宗室，称为什么枣强王的，名叫朱鼎珊。"

"哪个'珊'字？"

"明朝的宗室总是用怪名字,这个'诩'字也很怪,是珊瑚的珊字去掉侧玉边,换成个言字边。"

李自成鄙薄地一笑:"真有这个枣强王么?"

刘芳亮说:"听说姜瓖的投降表文中说明,为了维系地方秩序,拥立明宗室枣强王朱鼎诩在大同建国,请多尔衮俯允。多尔衮回了一个批示,狠狠地责备他,不同意他拥立什么朱鼎诩,还说这个枣强王朱鼎诩不知是从哪里来的。又说今天除了大清朝,不许任何人擅自称号建国。姜瓖受责备后,这个枣强王从此不知下落,有的说已经被他活埋了。姜瓖已经向胡人递去降表,说他愿意为大清镇守大同。"

李自成骂了一句"混蛋东西",转过去望一望牛金星,"你晓得枣强王朱鼎诩这个名字么?"

牛金星一向留意晋府的事情,也留意代府的事情,关于这两个王府的谱牒他在向北京进兵时都搜罗来了,怕的是留下后患。姜瓖拥立枣强王朱鼎诩的事,他已经风闻了,所以来之前,已经查过代府的谱牒。这时随即回答说:

"代府原是朱洪武第十三个儿子,封在大同,名叫朱桂。从朱桂传了十二代。到今年三月间我们大军到大同,这最末一代的代王民愤很大,死于乱兵之手。代府的支派有好多支,枣强王也是代府的一个支派,最后一名郡王,名叫朱鼐铧。"

李自成问:"哪个朱鼐铧?"

牛金星接着说:"鼐就是张鼐的鼐字,铧是卓然不群的卓字加个金字边,又是一个怪字!这个朱鼐铧是最后一个枣强王,崇祯七年就病死了,不知何故。以后无人袭封枣强王。现在这个朱鼎诩,按辈分是朱鼐铧的子侄一辈,看来并未袭封,而是由姜瓖把他找到,拥立建国,又伪称为枣强王,便于号召。这是朱元璋的第十四代,代王朱桂的第十三代。姜瓖确实可恶,既投降了我们大顺,又要投降满洲,又找一个姓朱的后人,伪称什么枣强王。他是想左右逢源,这一次露了原形,实在可恶!"

李自成对刘芳亮说:"你下去休息吧,这几天我就要往韩城去,你的人马跟我一道过河。"

刘芳亮叩头辞出。

李自成又望望牛金星,问道:"宋企郊的事情你知道么?"

牛金星一听,心中害怕,躬身答道:"臣看了一些弹劾的奏本,知道他放了许多官,都是他的同乡,实在私心太重。"

李自成问:"你看应该如何处置?"

牛金星说:"念他是从龙之臣,还没有别的大过,仅仅是照顾同乡,可以对他严加责备,或降级使用。"

李自成冷冷一笑:"不能这么轻饶他。朱元璋得天下之后,严惩贪污舞弊的官吏,这情况你比我更清楚。如今到处不稳,人各为私,宋企郊虽系长安从龙之臣,也不能不拿他立个规矩。"

随即他提起笔来下一道手谕,交给旁边一个侍臣,说:"立刻飞马传我的手谕:将宋企郊捉拿起来,下在狱中,等候发落!"

牛金星大吃一惊,前后胸猛然冒汗,低头不敢说话。

刚刚说毕,新任兵政府尚书张元第前来求见。张元第原是明朝的一个旧官僚,因原来的兵政府尚书已过黄河去韩城,现在用人又很急,所以李自成把他留在身边,给他一个兵政府尚书的职衔。李自成问他晋东南一带人马移动情况以及潞州、泽州二府人马部署情况,张元第一一作了回答。李自成点头同意。忽然他想到张元第是河北省人,家乡已经叛乱起来,就顺便问道:

"你原是明朝太常寺卿,归顺我朝,又做了大官。你的家人都在故乡,如今可都平安无事么?"

张元第见皇上如此关怀他的全家,赶快跪下说道:"臣家乡的人都说臣做了'贼官',将臣的家产抄了,有些家人被打死了,也有人被赶出家乡,不知逃往何处。"

李自成问道:"你说什么?"

张元第重复说:"臣家乡的人都说臣做了'贼官'……"

李自成突然将御案猛地一拍:"替我拿了!"

立刻进来两个侍卫，不由分说，将张元第绑起来，拖到院里去。李自成又加了一句：

"既然投顺了我朝，吃我的俸禄，做了大官，仍不死心，说什么你是做了'贼官'，该杀该杀，推出去斩了！"

牛金星赶快跪下说道："请陛下念他是无意间仓促说出，可以饶他一死。"

李自成说："他多年做明朝的官，一直把朕当成'流贼'。如今虽然投顺了朕，心中仍以为朕是'贼'。他做朕的官也是出于不得已。像这样怀着二心的人，不杀，终留后患。你不必救他。"他又向外边望一眼，"速斩！"

牛金星叩头起来，浑身颤栗，觉得目前局面实在可怕。朱洪武为一句话半句话就杀人的斑斑史迹都涌上他的心头。他正想问一问皇上还有没有别的事情，李自成叫他坐下。他谢了座，侧身坐下，小腿仍在打颤。李自成叹口气说：

"朕待人不薄。像宋企郊，朕给他吏政府尚书，官职很高。张元第，我给他兵政府尚书，官职也很高。朕没有亏待他们。可是宋企郊竟敢在目前局面下营私舞弊，令朕生气。至于张元第这个人，骨子里一直认为朕是'贼'，刚才虽是仓促之间脱口而出，没有留心，可是倘若他平时心里没有这个想法，如何能脱口而出呢？所以非杀不可。你为他讲情是出于你做宰相的职责，怕朕杀错了人。可是这种人是非杀不可的。朱元璋是开国皇帝，他比朕杀的人多呀！有许多笑话，你比朕更清楚。连人家说'光天化日之下'，他都认为是骂他当过和尚，头上没有头发。像这样糊涂的事情，朕绝不会做的，朕只杀有罪的人。"

牛金星站起来说："是，陛下是英明之君，绝不会轻易杀人，况且治乱世用重典，在目前也只好严惩有罪的人。"

李自成问道："李岩兄弟要回河南，他们的奏本已经呈上来十多天了，朕一直没有批下去，也没有召见他们。可是马上我就要过河往韩城去，这事情也该处分了。你说要不要让他兄弟带兵回河南去?"

牛金星害怕担责任,只说:"此事臣反复思虑,不敢做出决定。陛下圣明,还是请陛下宸断。"

李自成说:"有许多事情,你可想过么?"

牛金星说:"陛下所言何事?"

李自成说:"宋献策献的《谶记》,你我都看过的。上面有一句话:'十八子,主神器。'会不会李岩觉得他也姓李,现在要离开我,另有别图?你想过没有?"

牛金星不敢说有,也不敢说没有,含糊地说:"《谶记》上的话,不知李岩怎么想的。"

"你看他奏本上有这样几句话,"他拿起奏本,让牛金星到御案前看,"这奏本你看过,这几句话你还记得么?你看的时候是怎么想的?"

牛金星害怕得很厉害,说:"臣为陛下江山着想,这话看来还是陛下平日的'收拾民心'的意思。不过李岩往年也说过多次,如今还是那几句老话。"

李自成冷冷一笑,说:"你看,他说:'臣等驰回河南之后,当宣布陛下德意,抚辑流亡,恢复农桑,严禁征派,整饬吏治,与民更始。'"说到这里,他又望着牛金星,"你对这些话有何看法?"

牛金星还是莫名其妙,说:"从这些话也看不出来与他平日说话有什么不同。"

李自成说道:"如今他要回河南去,收买人心,还不显然么?"

牛金星已经看出来李自成对李岩兄弟十分疑心,更不敢说别的话了。他自己最近虽然表面镇静,实际内心也是惶惶不可终日,没有想到大顺朝败得如此之甚,没有想到各地如此不稳,前途难以逆料。而他是大顺朝丞相,为祸为福都直接干系他的身上。万一李自成追究起他当朝丞相的责任来,他将必死无疑。所以现在对李岩的前途,他只能听之任之。他见李自成又一阵沉默不语,便站起来恭敬地问道:

"陛下预定后天就要起驾,往韩城驻跸。李岩兄弟要回河南的事,必须有一个明白批示。倘若不想使他们回河南去,也需要召见他们,当面晓谕明白。他近来十分焦急,也向臣询问过几次,臣只是要他稍候,不必焦急。陛下到底如何决定?"

李自成还是拿不定主意,说:"你先下去吧,也替朕想一想。朕自己也再斟酌斟酌。你下去吧。"

但牛金星刚刚走出宫门,又被李自成派人叫回。他向牛金星重新问道:

"你敢担保李岩兄弟没有二心么?"

牛金星说:"臣与李岩兄弟,除朝政大事在皇上面前共同商议之外,并无私人来往。"

李自成说:"朕不是害怕你们有私人来往。我问你,李岩在洛阳主持放赈的事,他手下人都对外宣扬,使饥民都以为是李公子救活了他们。你还记得么?"

牛金星轻轻点头,心里想:"唉,李岩完了!"

李自成又问道:"他这奏本里头用了'与民更始'四个字。这'更始'二字怎么解释啊?"

牛金星说:"'更始'就是重新开始,换一个办法来整饬吏治。"

李自成又问道:"先生过去替朕讲《资治通鉴》,朕还记得'更始'是一个年号,是不是?"

牛金星没有想到李自成疑心这么大,赶快跪下说:"是的,当年南阳刘玄起兵讨莽,号为更始将军。后来攻长安,被拥立为帝,年号更始。刘玄被杀之后,因无谥号,只称为'更始帝'。"

李自成冷冷一笑:"难道李岩也想来一次'与民更始'么?"

牛金星听得出了冷汗,说:"皇上,李岩未必有此大胆,可是臣也不敢说他到底有什么心思。"

李自成说:"朕看他现在要朕给他两万精兵,派他回河南收拾局面,难道不是想效法刘秀以司隶校尉巡视河北么?"

牛金星不敢说话。

李自成又说道："朕想起来了，李岩曾经写过一首诗，其中有两句你大概还会记得。"

牛金星问："不知是哪两句？"

李自成说："'神州陷溺凭谁救，我欲狂呼问彼苍'，你记得不记得？"

牛金星说："臣尚记得，那是他从杞县起义往伏牛山路上作的一首诗中的两句。"

李自成冷冷一笑："那时候朕已经来到河南，到处饥民响应，望风投顺，都称我为'救星'，可是李岩还说'神州陷溺凭谁救，我欲狂呼问彼苍'，这是真正拥戴朕么？"

牛金星不敢替李岩说话，连声说："是，是，李岩那时候还没有见到皇上。"

李自成又问道："李岩只是请两万精兵，却不请朕派一员大将，同他一起去河南，这难道不令朕对他疑心么？他到底有什么打算呢？好，你不必回答，此事由朕决断好了，你下去吧！"

牛金星确实害怕，眼看着李岩兄弟大祸临头，他却既不敢劝阻李自成，更不敢对李岩露出一点口风。回到丞相府，李岩又来见他，问他见了皇上之后，是不是谈到他回河南的事。他说道：

"皇上甚忙，本来我想问一问你回河南的事情，但看皇上心绪不安，也很疲倦，没有谈起这事。不过我临从宫中出来时，皇上说了一句，要我明天或今天夜间重新进宫，商议你回河南的事。"

李岩心中高兴，说："到底皇上想起来这件事了。"

牛金星又说："你还是回家等待，一有消息，我便派人告你知道。"

李岩满怀着欣慰与希望的心情赶回他的驻地。

过了不到半个时辰，牛金星又被李自成叫进宫去。行礼之后，李自成也不命他坐下，就问道：

"朕风闻宋献策曾经在来到伏牛山之前同李岩谈过'十八子，主神器'的谶语，李岩暗露喜色。此事是真的么，还是一个谣传？"

牛金星没有听到过这个谣传，但见李自成既然说到这样事情，感到必杀李岩兄弟无疑，他更害怕了，说道：

"臣不曾听说。可是目前局面，失河南则关中失去屏藩，救河南又必须用李岩兄弟，用李岩兄弟又不知他们是否怀有二心。可惜军师不在这里，请陛下千万斟酌。微臣忝居相位，智虑短浅，又与李岩是乡试同年，河南同乡，理应避忌，实在不敢妄言要不要放李岩回河南去。"

李自成说道："不放李岩去，他又一再请求，朕不能置之不理。放他去，倘若他心怀异志如何？我看不如早日将他除掉，免留后患。"

牛金星大惊，赶快跪下，浑身颤栗，吃吃地说：

"请陛下务必三思而行。"

李自成说道："你不必害怕，除李岩的事情，你只奉命而行，不必由你来替朕拿主意。朕意已决，你可暂时回避，但不要远离。朕马上召李岩兄弟进宫，当面问话。"

牛金星叩头，颤栗退出，暂时回避。传宣官向外传旨，宣召李岩、李侔兄弟二人进宫。

李岩兄弟进来，行了常朝礼，照例赐座，谢恩。李自成表面上神情特别温和，竭力隐藏着胸中的杀机。他先从刘子政的消息谈起，暗中察看李岩、李侔的神色。李岩推测刘子政可能去往江淮一带，不会前去北京，更不会投降多尔衮。

李自成说："目前时势纷乱，这事情也很难说。过些日子，倘若新的下落能够知道，我们还是要礼聘他前来共事。"

李岩说："皇上如此思贤若渴，令人感奋。"

李自成说："朕看了你兄弟的奏本，只是因为近来事忙，没有立即召见。你们的忠心和所陈回河南后的方略，令朕心中十分欣慰。"他轻轻微笑点头，随即又问李岩，需要哪位大将一起前去。

李岩回答说："经过山海关之战，又经过庆都之战，皇上得力的武臣良将折损甚多。而今守晋守秦处处需人，颇有'安得猛士守四方'之叹，所以臣反复思维，只要两万精兵，不要一个大将。"

李自成笑着问："没有大将，光靠你们兄弟二位和红娘子岂不十分困难？"

李岩回答说："臣等回到河南之后，不拘资格，随时提拔将才，不患无可用之人。"

李自成微笑点头，在心中说："果然要离开我，独树一帜！"于是说道：

"卿为朕目前困难着想，不要朕派大将同去，很好很好，以卿等声望，回到河南之后，自然会有英雄豪杰之士闻风响应，争来投效。卿等打算何时动身？"

李岩回答说："如蒙钦准，臣愿星夜前去，愈快愈好。大好时机，稍纵即逝。倘若待河南全部失去再收拾，将更费周折。"

"卿下去准备一下，明日即可动身，除卿兄弟原有人马之外，朕给你们两万人马。眼下来到平阳周围的，虽有数万人马，但是山西局势不稳，姜瓖又叛变了，朕身边也需要人。朕从平阳驻军中拨给你们一万精兵；你们带着朕的手谕，路过潞州府时，命潞州府守将拨给你们五千人马，路过怀庆府时再从怀庆带走五千，共凑够两万之数。"

李岩说："潞州府又称潞安，也就是古之上党郡，居高临下，战国以来一直都是兵家必争之地。有上党就有河东，失上党则河东不能防守。怀庆与上党相邻，即古之河内。光武争天下，先据河内，而后渡河取洛阳。也是自古兵家必争之地。有怀庆，孟津可守；失去怀庆，孟津就很难防守。所以依臣愚见，这两地人马不可轻易调动。请陛下在平阳人马中给臣凑足两万之数，免得动用潞安、怀庆二地驻军。"

李自成说："目前这两地尚无战事。军师已经在长安调集人马，不久会有大军出关，你可以放心前去。"李自成最后又生出不杀李岩的念头，打算将红娘子留下为质，沉吟片刻问道："红娘子有小儿未离怀抱,是随你一起回河南,还是暂往长安居住?"

李岩用坚定的口气回答:"臣到河南,仰仗陛下威灵,但愿能赶在满洲人南下之前站稳脚步,使敌骑不能渡河而南。然而臣回河南,仓猝之间身边也少得力的人。倘若皇上命臣妻红娘子同去河南,俾其能够于此困难时日得尽忠心,略效微力,也是臣的心愿。倘若陛下对彼另有差遣,留在长安也好。"

李自成下了狠心,点头说:"命她跟你去吧。朕今日事忙,已命牛丞相今晚代朕为卿兄弟饯行。"

李岩、李侔赶快跪下叩头,说:"微臣等实不敢当。"

李自成说:"为卿兄弟回河南后便于号召,朕要将卿晋封为权将军,并授安豫将军衔,赐上方剑一柄,便宜诛杀。德齐晋为制将军。一应敕书、印、剑,当于明日颁赐。"

李岩兄弟伏地叩头谢恩。他们退出不久,牛金星便被太监唤了进来。李自成的脸色严峻,说道:

"李岩兄弟奏本上只要两万精兵,不要大将。我当面问他,还是说不要大将,回河南后自有办法。他们的用意很明白,朕就不再姑息了。"

牛金星问道:"陛下答应他们去河南么?"

李自成说:"朕已经允准了,今晚你代朕为他兄弟饯行。"

牛金星十分惶惑,望着李自成的严峻眼色,心中猜测,轻轻问道:"为他们兄弟饯行?"

李自成接着说:"你要预先埋伏甲士,在酒宴上宣布密旨,将他兄弟俩当场斩了,不留后患。斩后即来行宫复命。"

牛金星虽然早就看出来皇上对李岩兄弟有疑心,但绝没有料到这么快就要杀死他们,而且竟然要由他执行!真如同巨雷轰顶,牛金星登时脸色如土,出了一身热汗。但是他怕李自成对他也产生疑心,所以明知李岩兄弟未必有心背叛,却不敢大胆谏阻,救他们兄弟。他的声音微微打颤,用迟疑的口吻说道:

"陛下,李岩兄弟虽有异心,但是罪恶未彰,杀之无名,奈何?"

李自成用斩钉截铁的口气说:"谋叛就是罪名,难道还不该杀?"

"谋叛虽然该杀,但是尚无实证。"

"还要等待他谋叛成功之后才杀他么?"

牛金星吞吞吐吐说:"我军新败,人心不固……"

"朕全明白!你是不敢下手还是不忍下手?"

牛金星赶快跪下,说道:"请陛下赐臣手谕。臣奉旨杀之,昭示中外,才是名正言顺。"

李自成立刻提笔写了一道手谕。牛金星双手捧接手谕,揣进怀中,然后问道:

"陛下,杀了李岩兄弟之后,红娘子必然心中不服,如何处置?"

"杀了李岩兄弟之后,你代朕差人前去传谕,说李岩兄弟谋逆,奉旨处斩,红娘子无罪,皇上特降隆恩,不加连坐之罪。命她立即携带小儿与仆妇人等前来行宫,妥加保护。还要告她说,李岩兄弟虽然有罪被斩,他们手下的将士并不知情,概不株连。明日将派兵护送红娘子母子回长安居住。她是皇后义女,将对她恩养终身,将其小儿抚养成人。"

牛金星问:"倘若红娘子不肯奉诏……"

李自成说:"她敢!……"

牛金星说:"她是江湖响马出身,处此时候,知道丈夫被杀,可能不肯奉诏进宫。"

李自成说:"你看着办吧,尽可能留下她母子性命,免得皇后伤心。"

牛金星说:"陛下,慧梅于前年自尽;慧英新近成了寡妇,必然在皇后身边日夜悲泣;慧剑又于井陉阵亡。如今只剩下红娘子是有用的女将,平日为皇上所喜爱。倘若红娘子不肯奉诏,率亲随将士逃走,臣将何以处之?"

李自成说:"不奉诏即以叛逆论处。她敢逃走,即将她捉拿归案。你现在就代朕拟旨。只等你将李岩兄弟斩过之后,立即差官员去向红娘子宣读圣旨,看她敢不奉旨!"

牛金星心惊胆战,下去在另一个屋子里代李自成拟好圣旨,又回来恭敬地呈上御案。李自成看了一遍,盖上玉玺,递给牛金星,冷冷地嘱咐一句:

"今晚务须办好,朕等候你进宫复命!"

牛金星望一眼李自成铁青的面孔和充满杀机的眼神,叩头辞出。

黄昏时候,李岩兄弟满心高兴,一道骑马来到相府门前。有二位相府官员,已经在大门外等候,迎接他们进去,将他们的随身亲兵留在前院,然后进入第二进院落。从大门起每过一道门,便有侍卫数人躬身叉手,并有人高声向内传报。礼节十分隆重。

牛金星下阶相迎,和李岩互相施礼。牛金星一把抓住李岩的手,说道:

"林泉,你与德齐明日即驰回河南,收拾中原乱局。皇上期望甚殷,愿贤昆仲从此得展韬略,必建千秋宏业。"

李岩说道:"我兄弟碌碌无能,数年来未建寸功,辜负上恩,深自惭愧。今去河南,仰赖皇上威灵和丞相庙算,岩兄弟得尽犬马之劳,只要有裨于国,死而无憾。"

进入上堂屋以后,重新施礼坐下。相府仆人献茶。牛金星问了李岩准备情况以后,说道:

"皇上已命吴汝义从各营抽调一万精兵,步骑各半,今夜可以陆续开到城南,不误明日开拔。"

当下酒宴摆好,堂下奏乐。因为是李自成命牛金星代为设宴钱行,所以李岩兄弟入席之前,先跪下叩头谢恩。宴会上牛金星一面说些勖勉期望的话,一面心中七上八下。李岩兄弟毕竟是很有身份的人,叛逆的罪名也无佐证,而且同他并无冤仇,今晚由他将他们杀掉,他的心中十分不安。何况李岩兄弟既然罪行未彰,就这么除掉二位将领,人们会对他牛金星怎么看呢? 如今显然是李自

311

成已经动了杀机,刚下令捉拿吏部尚书宋企郊,又杀了兵部尚书张元第,现在又借他的手来杀死李岩兄弟。这样下去,文武大臣都会受到怀疑,说杀就杀,他自己也将前途莫卜。他身为大顺丞相,国势突变,如此险恶,苦无善策。皇上又这么多疑,随便杀人,凡此都是亡国之象。万一大顺迅速灭亡,他将如何自处?今晚是李自成命他诛戮大臣,而被诛的又恰恰是他的河南同乡,又是他的乡试同年,也是经他向皇上推荐的,这就更使他忽然产生了兔死狐悲之感。他又想到,皇上随便一纸手谕就可将李岩兄弟除掉,什么人都可以杀,当李岩兄弟在皇上面前的时候,他下旨将他们绑出杀掉,岂不干脆,为何假手于他牛金星呢?为何,为何……

他一面同李岩兄弟谈话,一面心中纷乱地想这想那,十分不安。后来他想,不杀李岩他也活不成,就冷静下来,命旁边的仆人斟上第三杯酒,向李岩兄弟举起杯子,劝李岩兄弟多喝一杯。李岩兄弟赶快恭敬地站起来,双手举杯。牛金星右手按剑,左手持杯,也站起来,忽然收了笑容,说道:

"李岩、李侔听旨!"说完将酒杯摔到地上。

李岩兄弟大出意外,震惊失措,赶快放下酒杯,浑身颤栗地跪到地上,等候宣旨。此时一群武士手持刀剑,出现在他们背后。

牛金星手指也微微打颤,从怀中取出黄纸手谕,对着李岩兄弟宣读:

> 谕牛金星:李岩、李侔兄弟暗怀异图,罪证确凿,着即处死,以绝乱萌,而儆效尤。此谕!

李岩大呼:"天哪,天哪,臣李岩一片忠心……"

同时李侔也大呼:"冤枉!冤枉!"

牛金星厉声喝道:"还不替我绑了,立即斩首!"

李岩兄弟的二十名亲兵正在二门内东厢房中饮酒,也突然都被捉拿,推往偏院,乱刀砍死。

李俊的一个小校带着两名士兵在城中办事,路过相府大门外,看见李岩兄弟的坐骑和另外二十匹战马,知道他们前来赴宴。忽然看见大门关闭,又听见宅院里有人大叫,随即声音寂然。小校知道必然有变,大惊失色,赶快出了城门,飞驰回营,向李俊禀报。李俊又飞驰来到红娘子帐中,报告消息。红娘子惊骇得说不出话来,简直不相信会有此事。李俊催她速作逃走准备,并说道:

"嫂子,我们都可以死,你不能死啊。你要带着侄儿,逃回河南,为大哥保存一点骨血。"

红娘子命红霞速做准备;李俊也下令将士们准备死战,保护红帅逃走。正在这时,忽报丞相府有官员来到,是一个官员带着四名亲兵,显然不是来捉拿红娘子的。这官员被迎进军帐,红娘子急忙问道:

"制将军李岩兄弟现在何处?"

那官员脸色严峻,没有回答,说道:"圣上有旨!"

红娘子赶快跪下。只听那官员宣读道:

奉天承运皇帝诏曰:朕以李岩、李侔兄弟欲乘国家困难,背叛朝廷,几次请兵,妄图回河南别树一帜,法所不容,已加诛戮。念红娘子虽系李岩之妻,实不知情,且系皇后义女,恩同骨肉,朕既不忍将其连坐治罪,亦不忍见其飘零江湖。红娘子平日深明大义,忠贞不贰,务须体念朕诛杀叛臣,消灭乱萌之苦心,即日移住行宫,避祸就福,母子保全。朕将差妥当官员护送汝母子返回长安,永远恩养,富贵终身。至于健妇营,虽曾屡建战功,然非军中正规建制,使开回长安,妥善处置。倘有煽惑军心、违抗圣旨者,杀无赦!钦此。

红娘子哭着按惯例说了声"谢恩"。那官员留下由牛金星代拟的上谕,出了军帐,同从人策马而去。红娘子伏地痛哭。三岁的小孩子也牵着她的衣服大哭。

全营将士痛哭。

李俊催红娘子火速逃走。红娘子不肯逃。她认为不能怪皇上,全是牛丞相进的谗言,致有此祸。她要去面见皇上,为李岩兄弟鸣冤。李俊和左右竭力劝她连夜带儿子逃走,到天明皇上不见她带儿子去行宫,怪罪她违抗圣旨,派兵前来捉拿,再要逃生就难了。

三更以后,红娘子将小儿子绑在背上上马逃走,红霞率一百多名亲信健妇紧随其后。其余数百名健妇,一则认为皇上圣旨不应该违抗,二则有亲人在大顺军中,不肯随红娘子逃走。大家走出村外,哭着送行。李俊率领着仅剩的数百名豫东子弟兵断后。

这时,牛金星深怕红娘子抗旨逃走,李自成会怪罪于他。于是一狠心,传下捉拿红娘子的命令,已经准备好的两千精兵出动了。……

第十四章

多尔衮到北京以后，重新改组内三院，网罗了一些明朝较为精明能干的大臣。不管这些人在崇祯朝是否被清议所指责，是否曾经犯过这样那样的罪，只要对清朝有用，有人举荐，他斟酌之后，就起用他们。所以如今在他手下有一个为统一全国、处理军国大事而出力的高级官僚班子，称为内三院大学士。他经常召见内院学士们商讨如何剿灭"流贼"，进兵江南。有时召见几位，有时只召见一两位。在这班文臣中，范文程最为他所器重，单独召见的时候也最多。

工部衙门日夜赶工，已经将多尔衮处理政务的新址修理完毕。这新址就是明朝的南宫，是明英宗复辟之前居住的地方，也是崇祯皇帝常去为国事祈祷的地方。李自成进京期间，这里受到的破坏不大，殿宇巍巍，松柏森森，假山流水依旧。多尔衮到北京以后，为图方便，暂时住在武英殿，处理国政，但今天下午就要迁入新址了。

到北京以后，他是那样忙碌，真所谓日理万机，每日从早晨忙到深夜。好在他的年纪轻，只有三十一岁，除两腿遇到阴雨天有点疼痛之外，身体没有感到其他不适。如今是九月中旬了，从盛京迎来的顺治皇上明天就要到达通州，两位皇太后和其他几位太妃一同来到。一切去通州接驾的事都准备好了。

午膳之后，他将一应执事官员找来，将各项迎驾的事询问了一遍，将鸿胪寺拟定的迎驾仪注重新审查。这仪注很详细，前边用满文缮写清楚，后边附有汉文。他自己的案上放着一份，另一份三天前送去给护送车驾的王、公、大臣。多尔衮完全被一种胜利的兴奋心情陶醉了。他要求迎接圣驾的礼仪尽量隆重，不能使汉人轻视他满洲是"夷狄之邦"。如今就要拥戴小福临做中国的大皇帝,气派要大。从此以后不再是关外一隅的皇上了。

用什么仪仗来迎接,他用不着操心,如今有整套明朝留下的皇帝仪仗,名叫"卤簿"。这"卤簿"两个字,他一直不明白是什么意思,也曾经请汉大臣给他解释过,可是他仍不明白,只知道这是一套皇上专用的十分完全、十分漂亮的仪仗。他进北京的时候,汉族的官员们也曾用这一套叫做"卤簿"的东西把他迎进宫来。

他亲自去宫院中几个地方看看。首先他关心的是坤宁宫。按照满洲习俗,这是紫禁城中最神圣的地方,好比盛京的清宁宫,是敬神跳神的地方,也是赐王公大臣吃肉的地方。所幸的是坤宁宫没有烧毁,已经按照满洲风俗进行了改造,里边原有的陈设都搬往别处,皇后的宝座拆除了,向南的门窗都拆除了,下边用砖头封堵,上边安装窗子。西暖阁不再有了,除保留东暖阁之外,整个打通了。在原来进东暖阁的地方安装了一道门,以便进出。另外在坤宁宫的东南方,相距几丈远,竖立了一根三丈多高的神杆。坤宁宫内的西墙上挂着一块木板子,名叫"神板",另外还挂着一些神像。神像下边摆着跳神用的各种法物。在盛京时由于地方狭小,煮肉的大锅都搁在清宁宫内,天气稍热,便火光灼灼,烟雾蒸腾,荤气熏人。如今这坤宁宫的局面大不同了,宫院内房屋很多,煮肉的锅、炉都放在别的地方。

多尔衮同王公大臣们议定,两位皇太后要各住一座较大的宫院。在盛京的时候,不管是大妃,还是别的妃子,都挤在一个小小的院落中,房子很少。如今忽然间来到北京,紫禁城中有的是宫院,愿怎么安排就怎么安排,可以住得自由多了。多尔衮还决定,因福临如今还很小,在成人以前暂时同他母亲住在一起。好在他母亲十分聪慧,认识满洲字,也认识不少汉字,可以教育福临成长。

多尔衮看完宫院后,在紫禁城中就没有什么他关心的事了,以后处理朝政将在他的摄政王府,必要的时候才进宫来。于是他坐轿出东华门,往南宫去。沿路看见紫禁城的角楼修得那样精巧,御河中的水那么清,树木呈现一派斑斓的秋色,他感到十分愉快。在盛京哪有这样的景色啊! 他又想到了福临的母亲圣母皇太后,想到马上就要看见她,心中飘荡起一股特别的感情。

刚回到摄政王府,刑部尚书吴达海前来向他启奏,说是查获了一名要犯,是两个月前从五台山来的和尚,原来法名不空,离开五台山后,改名大悲。这和尚还带有一个道士,一个小和尚,如今尚未捉到。他在京城内外托钵化缘,暗访崇祯太子和两个皇子,又联络江湖豪杰和从前从辽东回来住在家中的官兵,密谋一旦寻找到太子或皇子,便要保护他们逃往别处,拥戴为君,妄图号召军民,恢复明朝江山。

多尔衮问道:"怎么查获这个和尚的?"

刑部尚书说:"他暗中联络的那些人,也有害怕的,到顺天府衙门自首。顺天府就派人把他逮捕了。可是那个自首的人,详细情形也并不清楚,对这个和尚的来历也不清楚,是别人找他联络,他自首的。现在顺天府已经抓到几个人,但他们实际都没有当面跟和尚谈过话,只知和尚是来探查太子和二王下落的,其他都不知道。"

多尔衮问:"知道他的真实姓名么?"

刑部尚书说:"已经拷问了一次,死不招供。此人甚为桀骜,问他的话,都不肯回答,目中无人。审问他的时候,也不肯下跪,拼着一死。"

"这案子范学士知道么?"

"范学士已经知道。"

"你下去吧,在狱中严加拷问,务要问出他的真实姓名,还要问他都联络些什么人物,在朝中有没有联络什么人。"

随即范文程被叫进宫来。多尔衮屏退左右,向他问道:"刑部狱中现押着一名叫大悲的和尚,原名不空,这件事你可知道?"

范文程说:"臣已经知道,他是图谋反我大清,妄图拥戴崇祯太子登极,恢复明朝江山。"

多尔衮问道:"你们内院学士中有人知道这个和尚么?"

范文程说:"内院汉大臣中,大家都纷纷议论此事,却无人知道这和尚是谁。臣想,纵然汉大臣中有人知道,为着避祸,也只会佯装不知。但不久必可水落石出,请王爷谕知刑部,对和尚不可拷问过急,更不可用刑。应在狱中优礼相待,迟早会明白究竟,说不定此人对我们大清十分有用。"

多尔衮问:"好生待他,他肯说出实话?"

范文程说:"臣不仅想使他说出实话,查到崇祯太子和两个皇子下落,还想使他归我大清所用。王爷志在剪除流贼,平定江南,建大清一统江山,凡是有用之才,尽量收归我用。"

多尔衮问道:"一个出家的人,会有多大本领?"

范文程说:"不然。明朝永乐皇帝驾下有一位佐命大臣名叫姚广孝的,为永乐定天下建立大功,原来也是一个和尚,法名道衍。安知这个大悲和尚不是道衍一流人物? 只是他所遇的时势不同罢了。"

多尔衮欣然点头,赶快命人去刑部传谕,照范文程的意见办。范文程又说:"刚才臣命一个细心的笔帖式去刑部狱中看一看,据他回来向臣禀报,大悲虽系年过花甲之人,可是双目炯炯有神,器宇不凡,决非一般和尚可比。而且最可疑者,他自称出家多年,可是至今并未受戒,头上没有疤痕,足见他不甘心终老空门,这出家必是有为而作。此人身世来历必须查明。"

多尔衮也说:"崇祯的三个儿子到如今一个也查不出下落,岂非怪事?"

范文程说:"既然大悲和尚只在京城内外暗访,可见崇祯的三个儿子或者某一个皇子,必有线索,是隐藏在京城内外,只是他们还没有来得及见面,大悲就被顺天府捕获了。"

多尔衮说:"崇祯的三个儿子必须限期查到,免留后患。"

范文程说:"正为此事,要好生优待大悲,更要防着他在狱中自尽。"

"他会自尽?"

"是,王爷,他怕在酷刑之下偶然失口,所以有可能自行灭口。"

"你自己去告诉刑部,谨防这个和尚在狱中自尽。"

"喳!"

"还有,将大悲捕获下狱的事,严禁外传。自从我入关以来,凡明朝的宗室藩王,不管是李自成败逃时扔下的,还是自己上表降顺的,我朝一体宽大恩养,为的是能够查到崇祯的三个儿子。如今到处清查户口,原来我疑心这三个孩子已经不在人世,或已经逃往南方;如今看来,必有一两个还在燕京城内外。从大悲这一案中,必可找到太子。"

随后他们又谈了关于明天一早去通州迎接圣驾的事,范文程便亲自往刑部衙门去了。

满洲小皇帝福临一行,由众多的王、贝勒、贝子、公,大小满、蒙、汉官员护驾,带着许多兵丁,浩浩荡荡,于八月二十日自盛京起程,差不多用了一个月时间,于今天上午来到了通州。随驾的前站官员已经在通州城外准备了行殿,那是用黄色毡帐外包黄缎搭起的帐篷,内有精致的挂毯,顶有黄旗,十分宽大,设有宝座、拜垫,可以举行小型朝会。

行殿安置在一片平坦的空地上,十天前就有地方官督率兵民将土地平整,并用石磙轧实,轧光,上面铺了很细的黄沙。行殿后边还搭了一座黄色的帐篷,那是两位皇太后临时休息和受礼的地方。附近还有几座民宅,半月前就将居民迁空,经过修理粉刷,门窗油漆,焕然一新,专供盛京来的女眷们临时休息和更衣使用。

从北京到通州,一共四十里路。每隔四里便设有一个供多尔衮和诸王大臣临时休息、吃茶的地方。事前将大路加宽了,修整得十分平坦,路面上铺了又细又匀的黄沙。从山海关到通州,也有黄沙铺路,但没有这四十里这么讲究。大路左右不整齐的破房草屋

都已经拆除了,每隔不远就用新鲜的松柏枝和彩绸扎成高大的牌楼,牌楼上用黄缎恭恭敬敬写着:

"大清皇帝万岁!万岁!万万岁!"

天色刚亮,多尔衮率领诸王、贝勒、贝子、公、文武群臣出朝阳门,往通州迎驾。这一队以多尔衮为首的满、蒙、汉的王、公、大臣和朝鲜显贵,从通州南门的外边往东,在通州东边二三里处的路旁跪下,等候迎驾。

顺治小皇帝和两位太后被多尔衮等迎接到通州南门外行宫的便帐中稍事休息,梳洗,更换衣服。从离开盛京的一个月来,小福临一路上开了眼界,长了知识,胆子也大了许多。他明白很快就要进入燕京,进燕京便要做中国的大皇帝了,也就是母亲常常用蒙古话说的"大汗",父亲用满洲话说过的"老憨"。母亲很早就在盼望着来到燕京,由叔父多尔衮保他做皇帝。谢天谢地,今天果然到了!两天来他看出母亲特别愉快,当然他也很高兴,但总不像母亲那样时时都挂着笑容。现在他已经由宫女服侍,换好了上朝的衣冠,母亲将他叫到面前,小声嘱咐几句,特别用加重的口气对他说:

"你坐在宝座上,不管什么人向你磕头,你不要说一句话,身子不要动一动,看见可笑的事不要笑,要牢牢记住你现在是中国的大皇帝啦。"说到最后一句时,她不禁流出了激动的热泪,连声音也打颤了。

福临记牢了母亲的嘱咐,同时打量了母亲的崭新装扮。发现她从头上到身上,全是绣花,珠宝耀眼。脸上还薄薄地搽了粉,浑身散发出香气,比平时更美。他又看一眼那一位皇太后,虽然也是同样装扮,可是已经很老了,一点也不美。他嘴里不说话,心里赞叹说:

"妈妈真好看啊!"

一位御前大臣进来跪下,用满洲话说道:"请两位皇太后和皇上前往行殿行礼。"

小博尔济吉特氏望一眼姑母,回头向跪在地上的御前大臣微微点头。御前大臣刚刚退出,皇太后们正要同小皇帝前往行殿,不料小皇帝突然向母亲胆怯地小声说:"我要撒尿!"

圣母皇太后小博尔济吉特氏不觉眉头一皱,问道:"不能够忍耐一下?"

小皇帝恳求说:"快憋不住了。"

小博尔济吉特氏想着摄政王率诸王、贝勒、贝子、公、文武群臣正在等候,小福临又已穿戴整齐,正要前去受朝,偏偏又要撒尿,真不是时候!然而她不能对皇帝动怒,更不能在此时动怒,只好无可奈何地向身旁的宫女们使个眼色。立刻有两个宫女将小皇帝带入更衣的一座偏殿。

小博尔济吉特氏望着姑母说:"是的,在路上打尖时,福临喝了一碗茶。刚才到这里,宫女们忙着服侍他洗脸,更换朝服,把这事忘了。"

大博尔济吉特氏笑一笑,用蒙古话说道:"幸而他是个聪明孩子,趁早说出来,要不然坐在御座上受朝拜,一则坐不安稳,二则说不定还会尿湿了裤子。"

行殿外陈设着皇帝的仪仗。行殿内十分宽大,向南的门窗全部打开。正中面南设有高出地面二尺的木台,铺着黄毡,名叫"金台",上边摆着宝座,东边设着两位太后的宝座,西边设着皇帝的宝座,中间用黄缎帷幔隔开。两位皇太后和小皇帝坐在宝座上,不仅可以看见广场上诸王、贝勒、贝子、公、群臣等的活动,还可以看见广场外旌旗蔽野、禁卫森严的景象。

一老一少的两位皇太后先行一步,由众女官和宫女簇拥着,在乐声中走进帐殿,升入宝座。接着,小皇帝福临在一群侍卫围绕中来到,在帐殿外停住,在乐声中对天行了三跪九叩头礼。他果然没有害怕,也不慌张,凭着一个贴身侍臣的关照,依照鸿胪寺官员的赞礼声行礼。这次行礼因为是在关内,场面很大,所以他感觉新鲜,但是到底有多么重要,他却不曾去想。

福临在乐声中进入帐殿,被侍臣搀扶着绕过"金台"的正面,从西边登上铺着黄毡的矮梯,升入宝座。抬头望见广场上的王、公、大臣们和广场外的禁卫兵将,他越发感到新鲜,好看,有趣,不觉露出微笑。尤其当他看见远处村庄的树叶还没有落,靠河岸野地里还有庄稼和青草,更加高兴,在心中惊叫:"中国就是好!"他在心中惊叫时不自觉地身子一动,手碰着胸前的长串朝珠,他无意识地抓住一颗又圆又光的朝珠,玩了起来。正在这时,他忽然听见鸿胪寺赞礼官高呼:"奏乐!"乐声又起了。又一个赞礼官高呼:"摄政王和硕睿亲王多尔衮率领诸王进殿!"他猛然一惊,赶快放下了玩弄朝珠的小手,一动不动,摆出一副肃穆庄重的神气。不知为什么,他看见多尔衮总不免有点害怕。尽管母亲一再告他说多亏摄政王多尔衮的忠心拥戴,他才能继承皇位,可是他老是同多尔衮缺少感情。

摄政王多尔衮率领诸王、贝勒、贝子、公、文武群臣进入行殿,先到两位皇太后面前行了三跪九叩头礼。当多尔衮走进行殿的时候,小博尔济吉特氏一眼望去,觉得他比在盛京时更显得英俊,气色更好,器宇也更为不凡,不由心中暗暗赞赏。但是她既不能同他说话,也不能对他流露出像往日那样亲切的眼神,更不能对他的行大礼有丝毫谦让。关于入关后要按照汉人的朝拜礼节,免得汉人在背后议论,多尔衮已经几次差满人大臣回盛京讲明白了。从去年她的儿子小福临被拥立为大清皇位继承人以后,虽然她的身份大大地不同从前了,可是每次多尔衮进宫同她见面,礼节上都很随便。今天多尔衮权势烜赫,率领着诸王大臣向她行这样隆重的礼,而她庄严地坐在宝座上受他的礼,这还是开天辟地第一次。她忽然想到,多尔衮真行,一进到北京,就赶快学汉人的朝廷礼仪,使她来到北京就受到做皇太后的尊荣。唉,中国啊中国,果然是礼仪之邦!

当多尔衮行礼毕,站起身来,望她一眼,同她的目光遇到一起时,她的心头不觉一动,同时从她的嘴角泄露出若有若无的笑意。她登时满脸绯红,一双明亮而聪慧的大眼睛突然湿润,不知是由于对多尔衮的感激,还是这场面太使她心情激动? ……她自己也不明白!

摄政王朝拜以后,当诸王、贝勒、贝子、公、文武大臣分班向她行三跪九叩头礼的时候,她虽然表情庄严,木然不动,心思却再也不能专一,曾经一霎时听到行殿外的乐声,特别注意到吹海螺的声音没有了,她暗想这大概全用的是明朝皇家音乐,从此以后,奏乐时不会再吹海螺了……

知道洪承畴同几位内院大学士走进帐殿行礼,圣母皇太后小博尔济吉特氏的眼睛才真正注意面前行礼的人。洪承畴不敢抬头看她,她却留心看洪承畴的神气和每一个动作,觉得很可笑。仅仅两年前,她还亲自往三官庙的囚室中给这个矢志为国尽节的人送人参汤呢!她眼前分明还留着当时的影子,她站在这个人的床前,劝了他几句话。那时,这个要为明朝尽节的洪承畴,又黄又瘦,须发蓬松,靠立枕上,好像快要死了,却竟然用怒目望她。如今还是这个人,养得又白又胖,鬓角和脸颊剃得很光,却带着几分惶恐,跪在她的面前行三跪九叩头礼,还要山呼万岁,真是毕恭毕敬,连大气儿都不敢出。世间事多么有趣啊!她心中想笑,可是她的眼色和神志中却只有庄严。

多尔衮随即率领诸王、贝勒、贝子、文武群臣到了福临面前,在乐声中行了三跪九叩头礼,山呼了万岁。然后都在行殿外排班肃立,继续奏乐。

两位皇太后下了宝座,回到行宫帐中,小皇帝也回到行宫帐中。当他们在宫女们的服侍下更换衣冠的时候,多尔衮率领诸王、贝勒、贝子、公、文武群臣回北京去了。通州南郊的驻跸处仍然是警卫森严,旌旗蔽野。小皇帝重新恢复了自由,跑到母亲身边,拉着母亲的手问道:"妈妈,要在这里住一晚,明天才进燕京么?"

"是的,你莫急,从明天起你就是紫禁城的主人了。"

"妈妈,真的?"

小博尔济吉特氏微微一笑,俯身将儿子搂住,突然滚出了激动的热泪。

　　第二天，即九月十九日未刻时候，从满洲来的小皇帝、皇太后等以卤簿、鼓乐前导，都乘着三十六人抬的黄缎龙凤大轿，进了正阳门。文武百官跪在正阳门外迎接。小皇帝不大注意跪在地上的人，因为这已经看得够多了。他在轿中仰望着正阳门的城楼，十分惊骇。呀！这么高大，要顶住天了！

　　过了正阳门，又穿过棋盘街，便来到大清门前。小博尔济吉特氏胸中很不平静。她抬头看大清门。大清门也有像正阳门那样的箭楼，十分高大雄伟。她在沈阳时已经听说这一道城门几个月来变化的情形。起初叫做大明门，李自成进北京以后改称大顺门，如今又改称大清门。此刻她虽是匆匆走过，却看见匾额上果然一边用汉字、一边用满字写着"大清门"。过了大清门，两边是很长的两排房子。走过这很长的两排房子，才来到金水桥边。多尔衮率着诸王、贝勒、贝子、公、文武大臣，在金水桥外跪着迎接。可是皇上的轿子、两位皇太后的轿子都没有停，从中间的金水桥上匆匆过去了。进了承天门后，又过了一道城门，小博尔济吉特氏知道这就叫端门，然后她才从轿中看见午门。在盛京也有这样一道门，可是同午门比起来，实在寒酸，小得不能相比。她听说这午门又叫做五凤楼，实在没想到有这么巍峨、壮观。啊，这就是紫禁城的南门！她又一次对这巍峨的建筑感到震惊。从端门到午门这一段路上，左右也有两排房子。单单这一段路程，就比盛京的皇宫院子大得多，房子也多得多。到底紫禁城里边是什么情况呢？她简直想不出来。

　　进了午门，随即落轿，换成四个人抬的步辇。小皇帝和他的母亲向左转，从右顺门往武英殿去。大博尔济吉特氏从午门内向右转，从左顺门去另外一座宫院。

　　一到武英殿宫院外边，又是一道金水桥，然后进武英门，进武英殿院子。小皇帝和圣母皇太后乘坐的龙凤步辇，从武英殿的东边绕道过去,到了后院,在一座比武英殿稍小一点的宫殿前停下来,随即由太监、宫女把他们迎进里边。这地方叫做仁智殿,又叫做白虎殿。如今因为别的宫院都正在修理,所以多尔衮同几个大臣商量,要小皇帝和他的母亲暂时住在这里。皇上住在西暖阁,圣母皇太后住在东暖阁。中间也设有御座。为着小皇帝有时要受群臣朝见,所以武英殿的正殿不再住人。武英殿和仁智殿实际是一座宫院,所以往武英殿去受群臣朝贺,也很方便。再过几天,等小皇帝住在仁智殿习惯以后,圣母皇太后将离开他,住在东边的慈庆宫。

小博尔济吉特氏和皇上赶快在宫女的服侍下洗脸更衣,然后用膳。用膳的时候奏着细乐,果然是中国的皇家音乐,果然不再吹海螺,果然这音乐比满洲的音乐文静得多了,好听得多了。可是小博尔济吉特氏又不再很注意音乐了,而是想着这紫禁城到底有多么大呢?房子到底有多少呢?一种神秘莫测的感觉笼罩在她的心上。她急于想打听,但又恐怕失了皇太后的身份,特别是刚刚进入燕京,她不能叫汉人看不起。

用膳以后,一个内侍来向她启奏:摄政和硕睿亲王多尔衮,将在申末酉初的时候进宫来见皇太后。小博尔济吉特氏的心中一动,她急于想知道今后如何统一天下,使她的儿子长久为中国之主,也很想知道眼下用兵的情况。还有原来在盛京时,她就知道,到燕京后小福临要重新举行登极大典,算是大清朝在中国的开国皇帝,不再是满洲一个地方的皇帝了,现在这登极大典准备得怎么样:这些都是她十分关心的事。她不是那种庸庸碌碌、不关心朝政的妇女。尽管她不愿意干预朝政,也知道多尔衮决不会允许她干预朝政,但是她要对大事心中明白。这种关心,不仅是为着大清,也为着她的儿子。她还有一个秘密的心思,是想赶快见到多尔衮,当面同他谈几句话。在盛京的时候,以及在路上的时候,她都曾经梦见过多尔衮。有一次她从梦中惊醒,为什么会惊醒呢?那梦已经有点模糊了。总之她怕他,又想见他,而且深深地爱他的英俊、能干,为大清立下了不朽的大功。倘若当年老憨死的时候没有多尔衮辅政,不拥立她儿子福临继承皇位,或者干脆由豪格继承皇位,她今天就不会来到关内,来到燕京,甚至是否还活在人世,都说不定。她没有回答内侍的话,仅仅点了一下头,意思是"知道了",表情是那么的冷淡和庄严,把内心的激动和温暖的感情掩盖得一丝不露。

小福临一用过午膳,就急着要看皇宫,随即由宫女们服侍他跑出去了。小博尔济吉特氏也很想看看皇宫,但她故意装作不那么性急,向身边侍候的汉人宫女问道:

"我进午门以后,看见北边那座宫殿,烧毁了一部分,那可是皇宫中最大的宫殿?"

宫女跪下说:"启奏太后娘娘,你看见的那叫做皇极门,它是往皇极殿去的一道门。"

小博尔济吉特氏轻轻地"啊"了一声,心里想,那怎么能是一道门呢?宫女似乎明白了她的心思,赶快解释说:

"它虽叫做皇极门,可是也大得很,往里边去要走一段路,才是皇极殿。皇极殿才是紫禁城中最大的一座宫殿,可惜烧毁很多,如今重修也很费事,马上还修不起来。"

小博尔济吉特氏很想去看一看,但忍住了没有说出。接着又随便问问宫中情况,问了以后,她才说:"我在盛京时候,人们从燕京去盛京,也常向我说到紫禁城中的情况,说是宫殿多得很,还有御花园,还有什么什么宫,什么什么殿,我都记不住。还说这紫禁城外,有海子叫做金海的,一片大水,可以划船。水中间还有亭台楼阁,许多宫殿,还有假山……看起来光这一座紫禁城,"她说到这里就停住了,而内心里叹息说,"就比盛京城大得多!"

随后她换了衣服,命宫女和太监带她出去走一走,看一看。她一面走一面想:

"既然来了,先饱一饱眼福吧。"

如今除从盛京带来的少数宫女之外,许多明朝宫女又找回来了。这些明朝宫女已经改换满洲装束,穿着高底花盆鞋,走路已经习惯了。在盛京的时候,宫中很少有太监;如今明朝的太监一部分又回到宫中。另外,盛京的一部分包衣变成了侍卫,可以在宫中服侍。如今要学习汉人的规矩,除了太监,男人不能随便在宫中进出,更不能住在宫中。

一听说圣母皇太后要去几个地方看一看,马上就有大群的宫女和太监准备好了,有的在前引路,有的在后跟随。这种排场,小博尔济吉特氏在盛京时连做梦也不曾想到。她看了几个地方,不住地在心中赞叹。尽管以前人们常告她说紫禁城中的皇宫有多么好,使她听得发迷;可是今天随便走了几个地方,发现她所听到的和她所想象的皇宫比实际还差得很远,天上玉皇大帝住的地方也不过这个样子,恐怕还不如紫禁城呢!可惜她今天不能全看,更不能看看三海,因为要回来等待多尔衮,于是没有看尽兴就转回来了。她忽然想到老憨王皇太极,不觉心中叹息说:

"要是他今日活着,亲自来到北京……"

忽然她又转念,要是他活着,小福临不会登极,她也不会有圣母皇太后的身份!

她又一次在心中感激多尔衮,眼前又出现了多尔衮英俊的影子。可是忽然又心头一沉,暗暗想道:多尔衮会不会有二心?他真的拥戴小福临坐天下么?她不敢想下去,走回仁智殿,又换了衣服,薄薄地施一点脂粉,等候着摄政王到来。她心中猜想:他来行什么礼呢?会说什么事情呢?他是不是先去那个皇太后那里,然后再来这里呢?……这一刻,她莫名其妙地心中七上八下,又感到焦急,又害怕一个人见多尔衮。不是怕别的,是怕多尔衮的一双眼睛。有时那双眼睛看得人多不好意思!倘若在平民百姓之家,叔嫂之间本来可以自由一些。可现在她是圣母皇太后,而多尔衮是摄政王,见面时左右都需要有宫女、太监侍候,她得处处谨慎,连半句不合皇太后身份的话也不要出口,连一个眼色都得小心哪!

多尔衮终于来到了。她先听见宫女和太监禀报，随即听见多尔衮的脚步声，知道他已经快进仁智殿，她心中"嗵嗵"地跳起来，觉得呼吸也不很自然了。可她是皇太后，只能坐在东暖阁的御榻上静静地（实际上可不平静！）等待。多尔衮进来以后，在宫女、太监面前也不能不赶快跪下向她行礼。随即她叫多尔衮在椅子上坐下。说什么话好呢？她使自己心情镇定下来，称赞多尔衮率兵进关，杀败了"流贼"，来到燕京，平定中原，建立千秋功勋。说到这里，尽管她竭力想使自己口气平静，态度肃穆，然而不可能了。她心中充满了才进入北京城的兴奋和对多尔衮的感激之情，不觉声音打颤，眼中充满了泪花。多尔衮赶紧问候她一路辛苦，又称颂她进山海关以后，对如何传皇帝口谕，如何赏赐沿路迎驾官员，处置得十分得体。小博尔济吉特氏说：

"皇上太小，不懂世事，多赖几个护驾的大臣在身旁随时替我出主意。不过自从你摄政王爷率兵入关，我也学会替国家大事操心，常常打听关内的战事。摄政王爷的重大谋略，我也知道一些。汉人的风俗礼节，我也渐渐地明白了。现在这江山全靠摄政王爷，以后摄政王爷就是大清朝的开国之人。后世怎么写我且不管，我同皇上母子俩是不会忘记摄政王爷这开国功劳的。"

随后多尔衮向她谈了皇上将在十月初一日登极的事。各种应该准备的事早在准备，还没有准备完，各个衙门都在为这事忙碌。又谈到宫殿被李自成烧毁了很多，正在修复。有的工程浩大，如乾清宫吧，一时很难修复。皇太后和皇上暂时就住在这里，过些日子，皇上在这里住惯了，请皇太后搬到东路的慈庆宫住，院落较大，离御花园比较近些。乾清宫没有修复，以后文武百官就在武英殿朝见皇上。皇上年幼，住在这里上朝较近。明日上午辰时三刻，王公百官就要来武英殿朝见皇上。这是初次朝见，大小朝臣中多半是新降汉人。请太后今晚教导皇上，明日上朝时不能失仪。

"在盛京时候，因准备迁都北京，也在大政殿演习过多次上朝的礼。皇上虽是幼小，倒是个聪明伶俐孩子，我今晚再嘱咐一遍，想着明日他不会失礼的。"

多尔衮又说:"从明日开始,由礼部满汉大臣和鸿胪寺官儿们每日进宫,在武英殿教皇上演习登极大典。十月初一日,皇上登极之后,宫中就没有事了。"

接着,多尔衮又说了以后如何派满汉有学问的大臣辅导皇上读书的事,但就是不谈如何消灭流贼和平定江南的事。圣母皇太后忍不住问了一句:"这打仗的事情如今是怎么安排的?"

多尔衮说:"这是机密大事……"

小博尔济吉特氏向宫女和太监们使个眼色。宫女和太监们立刻轻轻地退了出去。仁智殿东暖阁中再也没有一个人;暖阁之外也没有一个人。这时阁中静悄悄的,轻烟缭绕,芳香满室,沁人心脾。多尔衮望一望小博尔济吉特氏,恰好四目相遇。小博尔济吉特氏的脸颊不觉绯红,同时想到梦中的事情,更觉不好意思,连呼吸也不顺畅了。她赶快将眼睛避开,略微低头,下意识地将嘴唇轻咬一下。

多尔衮告她说:"已经命叶臣率兵进入山西,各府、州、县望风归顺,目前正在围攻太原,说不定三五日内就会有捷报到来。"

小博尔济吉特氏问:"可是镶红旗的那个叶臣?"

"正是他,镶红旗的一个佐领。多年来他打过许多胜仗,有些阅历,所以这一次我派他去进攻山西。另外,要下江南,统一中国,必须先剿灭李自成这股流贼。我大清已经占了山西全省,河南省也会很快归顺,李自成没办法固守陕西。如今我大清赖上天保佑……"

"也有九仙女保佑。"

"是呀,仰仗诸神保佑,祖宗的神灵保佑,如今进关还不到五个月,已经满盘胜棋!"

"谢天谢地! 子孙万代都要感激你摄政王爷的开国大功!"

多尔衮由于军事上的胜利和小博尔济吉特氏的称赞,更加意气风发,忍不住定睛望着小博尔济吉特氏,心中一动,不觉咽下去一股口水,忽然想着他的福晋和几位侧福晋都没法同她相比。离开几个月,她养得更丰满红润,更加使他动心!他看见她的放在膝上的双手,竟是那么柔软,那么嫩,那么小,他真想摸一摸!可是窗外廊檐下似乎有轻轻的脚步声,他没有伸出自己的手,向窗外低声而威严地说:

"奴才们回避远处!"

当小博尔济吉特氏一开始看见多尔衮眼中的不平常的光彩和脸上神情,就不由地一阵心跳,胸脯紧缩,连呼吸也不顺畅。听到多尔衮吩咐奴才们回避远处,她暗中吃了一惊:我的天,他想做什么?她的脸颊通红,低下头去,回避开多尔衮的眼睛。自从小福临继承皇位以后,多尔衮进宫去同她见面的次数多了。她早已觉察出多尔衮在她的面前流露的秘密感情。实际上,她自己的心中何尝是一池冰水。她暗中想过许多遍,甚至有一些永远不能告人的思想有时进入梦中,在醒后感到迷离、恍惚、甜蜜、羞惭,使她不敢多想,却又排遣不去。她明白,她不该与多尔衮同岁,又是他的年轻寡嫂,所以才惹出多尔衮的痴念。唉,怎么好呢?为着儿子的皇位,她不能得罪了多尔衮,可是为着她处在圣母皇太后的地位,全国臣民仰望,青史千秋名节,她决不能同意多尔衮的痴念。万一他趁着这时候动手动脚……

她忽然用庄重的神色抬起头来,望着多尔衮问道:"摄政王爷,你下一步如何剿灭流贼?如何平定江南?可以告诉我知道么?"

多尔衮看见圣母皇太后的庄重神色,心中的情欲登时收敛了大半,回答说:

"很快就派兵遣将,剿灭陕西流贼不难。"

"等攻下太原之后,仍命叶臣进兵陕西?"小博尔济吉特氏又问,用意是使他不再生出邪念。

"不,他不是统帅之才。我很快就要命阿济格率吴三桂等大军从塞外向西进攻榆林、延安,再从北边进攻西安,平定陕西。如今山东差不多已经平定了。大军还没有进到河南,地方上明朝的官们,还有流贼设的官们已经纷纷准备向我朝投降。我本来决定命多铎带兵平定江南,只是近来李自成声言要派刘宗敏率三十万人马出潼关东来,与我朝作战,所以我暂缓去平定江南。倘若李自成确实还有点力量,我就不能不改变我的用兵方略,命多铎往河南,从东边攻潼关,进兵西安。这样两路兵马,阿济格从北路,多铎从东路,不要多长时候,一定会把陕西平定。一旦攻下西安,消灭了李自成,阿济格就专力追剿李自成的余党,多铎就专力下江南。看来上天保佑,我大清朝统一全中国的大势已经定了!"

小博尔济吉特氏说:"我常常在神前为王爷祈祷,但愿王爷早日成功。"

她不敢问得太多。虽然她想知道的事情很多,但是她怕多尔衮会起疑心,认为她是一个聪明有办法的女人,将来说不定会教育小福临过早地懂得朝政,懂得军国大事,这对他摄政王是不利的。多尔衮倘生此心,会对她母子不利。于是她又笑着说:

"王爷,至于怎么用兵,我知道这么多就够了。我是一个妇女,也不愿多操这份心,一切听凭摄政王爷你做主。如今我只有一件事情是需要操心的,就是如何在宫中使小皇上好好读书,成长起来。在盛京的时候他已经能认满文了,今后要请老师教他多认汉字,多读汉人的书。我想摄政王爷一定有很好的安排。"

多尔衮说:"已经安排好了,在翰林院中挑选一两个有学问有道德的人,专门教他读汉人的书,认识汉字。孔夫子的书,孟夫子的书,都得好好地讲给他听。"

小博尔济吉特氏满意地点点头说:"这就好了,等登极大典过后,就可以让他每天好生读书。他如今还小,就知贪玩。"

多尔衮说:"如今一切都很顺利,就是有一件事叫我放心不下。"

"什么事儿叫王爷放心不下?"

多尔衮谈到崇祯的太子和两个小王,原来是跟着李自成到山海关去的。李自成被打败以后,这三个孩子不知下落。倘若他们

还留在民间,必然成为大清的后患。小博尔济吉特氏听了后,说道:

"天下大势已经定了,这些小孩子能有什么作为?"

多尔衮说:"皇太后不要轻视这三个孩子。如今流贼等着消灭,不足为患;南京新立的福王,也不足为患,一则我听说南方文武群臣各自一心,二则听说这个福王一向不管事情,是个败家子弟,不孚众望。我们大军一到江南,南京必然是树倒猢狲散,用不着费多大心力。现在倒是崇祯的太子和两个皇子,倘若没有死,只要有一个留在民间,就会被有些人拥戴为君。他们是真正的崇祯皇帝的骨血,名也正,言也顺,那时号召各处军民与我大清争夺江山,可是后患无穷。"

"既然这样,王爷务必多方面明察暗访,将崇祯太子和两个皇子的下落查个水落石出,斩草除根,不留后患。"

"正是这话。我已经传谕各地,凡是明朝的亲王、郡王,只要自首投顺或是被我们找到的,都不许杀害,一体恩养起来。有献出太子的将给予重赏,有藏匿的就严加治罪。"

说罢,多尔衮起身告辞。小博尔济吉特氏为着儿子的江山完全依靠多尔衮,一定要笼络住他的心,当又一次与他四目相对,故意从眼睛和嘴角露出亲切的似有若无的一丝微笑。那含情的秋波一转,使多尔衮又不禁心中一动,也报以微笑。小博尔济吉特氏目送他出去以后,心中暗想:"对睿亲王这个人,我以后怎么办呢?"

多尔衮乘步辇出宫,从东华门到摄政王府的路上,他换乘了三十六人抬的黄色大轿,在轿上不断地胡思乱想,眼前总在浮动着圣母皇太后的眼神和笑容,耳畔好像又听到她的非常好听的说话声音。他有一个打算,至今还没有让任何人知道,他准备在小福临登极大典之后,把自己的封号再变一变,而几天之后,他就要先向他的心腹、内院大学士们透露出来。他心中暗暗地说:"摄政,摄政,叔父摄政……皇父摄政……皇父……"

小顺治皇帝进入紫禁城的第二天,也就是九月二十日,上午在武英殿宝座上受了诸王、贝勒、贝子、公、文武群臣的朝贺。从此以后,宫里宫外都忙于他的登极大典。最忙碌的是多尔衮,一切军国大事集于一身,简直忙得不可开交。登极大典,牵涉的问题很多;登极之后,还有许许多多事情等着完成,这都需要准备;各种祭文、祝文,经内院大学士拟定,用满、汉文字缮写清楚后,也要呈到他的面前,由他再斟酌一遍,才能决定。最费斟酌的是,皇帝登极,要向全国臣民下一道诏书,这更是无比的重要,几乎是每一段文字都需要他召集几位大臣,反复讨论,才能最后决定。

然而尽管他忙得几乎不能休息,心情却无比的愉快,无比的振奋。如今在他身边工作的已不再像盛京时只那么几个人了。自从到了北京,明朝的旧臣纷纷投降,其中有些人很有学问,熟悉典章制度,可以帮助他平定中原,也可以帮助他建立当前的开国规模。他是利用这批新投顺的汉人大臣来治理汉人,治理中华,使人们今后不能再说大清朝是"夷狄之邦"。原来在盛京时候,他根本不知道什么叫"制礼作乐",如今接受了汉大臣们的建议,实际也就是他们的启发诱导,大大明白了这些事情有多么重要,这真是"开国规模"啊!多尔衮是一个极其聪明的人,每日紧张地处理朝政,同时每日都学到新的学问、新的知识。

皇帝登极的繁杂仪注、各种祝文、册文、诏书等等,一直到九月将尽的时候才完全定稿,最后又重新缮写出来,满文在前,汉文在后,写得清清楚楚,规规矩矩,呈到他的面前。他也最后一次作了审定。甚至对于王公大臣们封、赏,各人封号上有什么改变,赏些什么东西,赏多少,都得由他审定。还有一件在盛京时被忽略了的大事,就是对于死去一年多的皇太极,需要加一个谥号,还要有一个庙号,得乘此时机按照汉人一代一代传下来的礼制行事。这谥号就是对死者的歌功颂德,庙号就是把死者的神主放在宗庙里边,给定个称号。这一切事儿是那样的讲究,那样的复杂,使多尔衮大大地长了见识。他现在更加明白,靠兵马可以占领燕京,统一中原,可是要长久占领中国,治理天下,光靠他在满洲习惯了的那一套就不行了,需要赶快把汉人的这一套本领统统拿过来。

一切该准备的事儿准备好了,九月二十五日这一天,多尔衮率领诸王、贝勒、贝子、公、满汉文武官员上了一通表,内有这样几句话:

> 恭惟皇帝陛下,上天眷佑,入定中原。今四海归心,万方仰化,伏望即登大宝,以慰臣民。

就在同一天,一群随从入关的满汉大臣和以大学士冯铨为首的一群新投降的汉大臣也要求福临"俯察民心,仰承天意,敬登大宝"。

顺治小皇帝单对摄政王的奏疏下了圣旨,写道:

> 览王奏,俱系忠君爱国,情意笃挚。恭率文武群臣,劝登大宝,尤见中外同心,共相拥戴。特允所请,定于十月初一日即位,用慰王等廓清靖宁之意。

当然,小顺治并不懂得这些中国话到底是什么意思,可是满洲话他是能够大体清楚的,所以拟定的批示递进他住的宫中,有人替他讲解,然后照例用了玺,发出来,事情就算完了。一应登极仪注,由熟悉典章制度的新降汉大臣冯铨等参考故例,协助礼部和鸿胪寺拟定,禀启摄政王核准。多尔衮是这一幕戏剧的总导演,使一切准备工作都有条不紊地进行得非常认真、仔细。

到了十月初一日,顺治作为全中国的皇帝,也作为清朝的开国皇帝,在北京登极的这一幕戏进入高潮。天刚黎明,小皇帝出宫,上辇,亲王以下文武百官扈从,卤簿前导,出了大清门。路上不停地奏乐。所有的街面都铺了黄沙,所有的门户都关闭起来了,只在临街的门前摆设香案,香案上放着牌位,上写着:"顺治皇帝万岁万万岁!"也有的写着:"大清皇帝万岁万万岁!"

来到天坛,举行祭天。这是一套十分繁杂的礼仪,福临在宫中虽然演习了多次,总是记不清楚。起初演习的时候,他又害怕,又感到新鲜有趣,不时发笑。母亲严厉地责备他,他才不敢再笑。今天他被挽扶着上到那一座圆形的建筑物上,按照赞礼官的唱赞,忽而跪下,忽而叩头,忽而上香,忽而站起,忽而又跪,又起身,又叩头……连跪了四次,叩了四次头。接着还有什么献玉帛,献爵,他都在乐声中做了。那一个赞礼官说的话,他并不很清楚,好在身边还有个官,小声用满洲话告诉他该怎么做,他就怎么做。献爵的时候,他跪下去,从跪在左边的一个官员的手中接过来一个形状古怪的大酒杯,大概是金的,沉甸甸的,里边倒了半杯酒,他在迷乱中看不清楚,好像是琥珀色的。他用双手举一举,深怕把酒洒到地下,赶紧把爵交给跪在左边地上的那个官儿,替他放在案上。随后他听见赞礼官喊了一句话,又听不懂,另一个官儿小声向他说明白。他站起来跟着赞礼官来到读祝文的地方。乐声止了,小皇帝在青缎垫子上跪下,所有文武官员们都在他的背后跪下。有一个官员代他读了祭告天地的祝文。他一句也听不懂,只觉得没有趣味,盼望赶快办完这件事,回宫玩耍。

读毕祭文,小皇帝又行了一跪一叩头礼,众文武官员也跟着行礼。赞礼官高声叫道:

"复位!"

小皇帝回到原处。乐声止了。他以为该回宫了,望一望左右大臣,正想问一句,没想到又有什么人高声叫道:"行亚献礼!"

于是将刚才献玉帛、献爵那些事从头又来了一遍。他心中说:"真没趣,该完了吧!"可是又有人高声叫道:"行终献礼!"

照例行了第三遍礼,小皇帝真是厌烦透了,幸好赞礼官叫出:"撤馔!"

于是执事官在乐声中将祭案上的供馔撤了下去。乐声又止了。赞礼官又叫了一声:

"送神!"

于是送神的乐声由远而起,小皇帝按照赞礼官的引赞行了四跪四叩头礼,文武百官也随着行礼,乐声终于又止了。赞礼官又一声高叫,执事官将祝文、祭帛、各种祭物捧到燎所,小皇帝退到拜位的东边立定。当祝帛从他的面前捧过时,有一个侍臣用满洲话提醒他鞠躬,他便躬下身子。随着赞礼官的鸣赞,他由赞礼官引着在乐声中走到燎所,亲自看着焚烧祝帛,浇上一杯酒。赞礼官高声叫道:

"礼毕!"

赞礼官引导小皇帝走到更衣的地方,他暗中松了一口气,心里说:

"我的妈,可快完了,快回宫了!"

更衣的地方有四个宫女在等着他。一个从盛京带来的宫女向他跪下,用满洲话问他要不要小便。他很疲倦,被长时间复杂的、使他莫名其妙的礼仪弄得无情无绪,对这个宫女冷漠地摇摇头。

从黎明前起床,母亲就不要他喝一口茶水。两次拉着他的手,含着激动的眼泪,低声嘱咐他:

"福临,我的好孩子,我的小憨王,你从今日起就是全中国的大皇帝了,一定得在行礼时留心点,不要出了差错,让群臣在心中笑你。上次在通州,临去帐殿受摄政王和群臣朝拜时候,忽然想起撒尿,多不好啊!今日你出宫时把肚子空干净,从上辇到回宫,得半天时光。你要时时记着,你是中国万民之主,是咱大清朝在北京的开国皇帝啊!"

母亲眼中的泪光,脸上的严肃神情,以及她的微微打颤的声音,在福临心中留下了很深的印象。

当宫女小声问他要不要小解的时候,他虽然动了小便的念头,却摇摇头,决定忍耐着赶快乘辇回宫。

于是宫女们替他脱下专为祭祀穿戴的青色皇冠、龙袍、朝靴,换上一身黄色朝服,甚至连胸前的朝珠也换了。赞礼官引他到圜丘的南端,升入御座,面向正南。当他更衣的时候,诸王、贝勒、贝子、公、文武群臣都已下了圜丘,在南边的阶下侍立。赞礼官赞呼众臣排班。大学士刚林从东班走出,登上台阶,跪在正中,面向皇帝。学士詹霸从案上捧起皇帝的玉玺交给刚林。刚林捧起玉玺，声音琅琅地奏道：

"皇上已登大宝，诸文武群臣不胜欢忭！"

这是事先背熟的一句话，反正是应行的颂辞，也没有对皇上用满洲话作翻译。刚林将玉玺交给詹霸，詹霸捧放在案上。刚林起身退下。随即赞礼官赞呼百官行三跪九叩头礼，然后小皇帝起身。百官俯首躬身，等候皇上从他们面前走过。小皇帝在圜丘下边上辇，卤簿前导，奏乐，进了正阳门，大清门，又进了承天门和午门。卤簿都停在午门内的金水桥南边，乐队停留在皇极门的丹墀下边，用辇将福临抬进了武英殿的后宫。他奔到母亲身边。圣母皇太后已经得到飞骑禀报，知道郊天大典举行得很顺利，一切行礼如仪，没有出差错。她的心中很高兴，赶快命宫女服侍小皇帝解了小溲，给他端来一杯酸奶酪、一盘点心。

过了一阵，福临又乘辇出了后宫，到皇极殿前面的丹墀上下辇，升入御座。原来随皇帝去圜丘祭告天地的诸王、贝勒、贝子、公、文武大臣，或骑马或坐轿，已经急匆匆地赶了回来，按照班次，在皇极门阶下肃立等候。当小皇帝来到时，大家都赶快跪下。等他升入御座之后，众人才站立起来。阶下三声静鞭响过后，首先是内院、都察院、鸿胪寺官员在阶上行三跪九叩头礼。然后赞礼官赞呼排班，众人在丹墀下边一起跪下。赞礼官赞呼读贺表，有一位鸿胪寺官员从阶东边的案子上捧起来诸王贺登极的表文，小心地捧到皇帝面前，朗声诵读。读毕贺表，诸王、百官行三跪九叩头礼，然后退回班中。又是静鞭三响，小皇帝乘辇还宫。

福临被大半日的繁杂礼仪拘束得不能自由，更不能畅快玩耍。一回武英殿后院宫中，下了龙辇，又轻松，又快活，笑着、蹦着，往母亲的面前跑去。圣母皇太后也高兴非常，命宫女们赶快替他更换衣服。他向太后问道：

"母后，这登极的事儿可完了么？"

小博尔济吉特氏笑着说："你可是不耐烦了？还有大大的事儿

在后头呢!"随即她收敛了笑容,用严肃的眼神望着儿子,又说:"打江山很不容易,你以为这天下就坐稳了?要学着操心!"

福临莫名其妙地注视着母后的眼睛,却不敢多问。

母后接着说:"崇祯的太子还没有找到,说不定就躲藏在北京城内。流贼李自成的兵力还不小,要消灭他也不容易,需要打几次恶仗。明朝在江南又立了一个皇帝,与我们北京的大清朝作对。儿呀,你太小,什么心也不会操!"

"母后,崇祯的太子在哪儿?比我大么?"

"他比你大,已经十六岁了。近几日顺天府捉拿到一个从五台山来的和尚,原名不空,崇祯亡国后他改名大悲。如今将他下在刑部狱中,还没有问出详细口供,可是已经查出来他原名刘子政,特意从五台山来救崇祯太子的。这是一件大案,摄政王十分放心不下。好在已经捉到刘子政,这案子背后的真情实况,很快就会水落石出了。"

"母后,捉到崇祯太子要杀么?"

"唉,傻话!自古争天下都是一样,还能不杀?"

"这个来救崇祯太子的和尚也要杀么?"

小博尔济吉特氏无心回答,吩咐宫女们伺候皇上往御花园中玩要。她一个人留在暖阁中,低头沉思,不觉在心中叹道:"崇祯亡国后,明朝的文武官员纷纷投我大清,想不到还有刘子政这样的忠臣!"

第十五章

　　清朝的刑部衙门和顺天府互相配合，探明那个被捕获的老和尚本名叫刘子政，从五台山潜来北京的确实目的是要查探崇祯太子的下落，然后保太子逃往南方，恢复明朝江山。虽然南京拥立了福王，但是这个刘子政认为福王不足有为，只能败事；必须拥立崇祯太子，名正言顺，方能得全国军民诚心拥戴。刘子政已经暗中联络了一批江湖豪杰，其中有不少幽燕侠客，有从关外回来的官兵，也有方外之士。另外他还在八月初二那天，带着两个人到长陵和崇祯陵墓前祭奠，忍不住放声痛哭。刘子政的同伙中已经有十几个被抓到了，都羁押在顺天府狱中。同刘子政一起去崇祯陵前哭奠的一个道士、一个僧人，据说十分重要，尚未捕获。多尔衮判断崇祯太子必然仍在北京城内外，并未远逃南方。刘子政是知道这一情况的，所以他只在京城内外寻找太子，只是还没有找到，就被逮捕了。

　　多尔衮知道了刘子政是洪承畴的故人，更加重视刘子政这个要犯，嘱刑部严加防范，不许他同狱外通任何消息，但在饮食上不许亏待。他每日要处理的军国大事十分繁多，他自己抽不出时间处理此案，就传谕刑部衙门暂停对刘子政的审问，只希望刘子政能够投降。他认为，像刘子政这样的人如能投降，会影响以往同满洲作战的明朝将士不再记着旧日仇恨，跟着投降。如今在刘子政被捕获之后，最要紧的一步棋是将崇祯的太子和两个皇子即永王、定王找到，以绝汉人恢复明朝的希望。同几位内院大学士商议之后，多尔衮赶快用摄政王的名义再次晓谕京畿官绅士民：有献出前明太子及永、定二王者重赏，有胆敢窝藏者严惩。并说，倘若太子和二王来到,本朝一定以礼恩养,永享富贵。

虽然筹备多天的顺治登极大典已经举行,但是多尔衮仍然十分忙碌。调兵遣将、筹粮运饷、招降授官等急迫事项,都须要他亲自决定。还有些大事也须他亲自裁决,方能施行,譬如遣亲近宗室、亲王祭告太庙,颁发顺治二年的皇历等等。

总之,以多尔衮为首的朝廷十分忙碌,办了许多开国大事,不必细说。在军事上,进展也十分顺利。太原已经被叶臣攻破,陈永福死于乱军之中,连尸首也不曾找到。为着加紧消灭李自成,为统一江南的军事扫清障碍,就在忙碌的十月间,正式命英亲王阿济格率领西征大军从塞外向榆林前进。豫亲王多铎暂时不往江南,加速准备向洛阳进兵。一切都按照多尔衮的计划在进行。

转眼间到了十一月,北京已经下过一场雪,三海和御河都结了很厚的一层冰凌。圣母皇太后自从来到北京,一样大事接着一样大事,每天都在兴奋与幸福中度过。十月初一那天,福临只是举行登极大典,却没来得及颁布《登极诏》。顺治的《登极诏》很长,不仅向天下臣民宣布他即皇帝位,仍建国号大清,"定鼎燕京,纪元顺治",还详细开列了他平定天下的各种方针政策,十分具体。小博尔济吉特氏听说,在中国,自古以来历朝皇帝的登极诏书还从来没有写得这样好的。这是多尔衮同范文程、洪承畴等一班大臣费了多日苦心,多次反复推敲,字斟句酌,才写定的诏书稿子,要使它为统一全中国起巨大作用。这一天,圣母皇太后在高兴之中也不免新添了一块心病,为她儿子的江山担忧。

在颁布《登极诏》的同一天,以顺治皇帝的名义加封多尔衮为"叔父摄政王",颁赐册、宝,还给予各种优厚的赏赐,单说赏赐的黄金就有一万两,白银十万两。在册文中盛赞多尔衮的不朽功勋,其中有一段写道:

> 我皇考上宾之时,宗室诸王,人人觊觎。有援立叔父之谋,叔父坚誓不允。念先帝殊常隆遇,一心殚忠,精诚为国。又念祖宗创业艰难,克彰大义,将宗室不规者尽行处分。以朕

系文皇帝子,不为幼冲,翊戴拥立,国赖以安。

现在小博尔济吉特氏回想到一年前老憨王刚死后那一段惊心动魄的日子,又想着近几月来多尔衮的独揽大权,硬作主张将他自己加封为"叔父摄政王"的事情,不免增加了内心的恐惧。她朦胧地猜想,多尔衮在当时之所以不做皇帝是因为怕他自己的力量不够,必然会遭到反对,引起八旗中互相残杀,不但使大清国元气大伤,他也未必就能完全胜利,所以他方拥戴福临登极以抵制老憨王的大儿子豪格夺取皇位。如今他多尔衮的权势如此之大,与小福临虽有君臣关系,但叔父摄政王的名分,到底是叔父为上!他的权势一天大似一天,日后会不会废掉福临,篡了皇位?

小博尔济吉特氏现在已移居慈庆宫,将福临留在武英殿后院的仁智殿居住。也许由于她单独住一座大的宫院中,叔父摄政王以各种借口来见她的次数更多了。她既暗中担心多尔衮日后可能不利于她的儿子,又因为常见面而没法摆脱那种隐藏在心中的对多尔衮的爱情,如果有几天看不见多尔衮便感到十分想念,甚至表现在午夜梦境。每当多尔衮来到她的宫中,宫女们献过茶,退出以后,正殿暖阁中只剩下年轻的寡嫂和同岁的小叔的时候,她以皇太后的身份端坐不动,可是她的心啊总是不能平静,而且她知道多尔衮也很不平静。她害怕多尔衮会忍不住向她走近一步,幸而她的举止很有分寸,使多尔衮还没有过稍微放肆的地方。

十一月下旬的一天,当多尔衮坐在她的面前谈些重要国事之后,有片刻相对沉默,好不自然。她觉察出多尔衮仿佛有什么特别的心思,分明是有什么话要对她说。她含着不自然的亲切的微笑,避开了多尔衮那明朗的有点奇怪光彩的眼睛,忽然叹口气,说道:"叔父摄政王日夜操劳,皇上登极大典和封、赏的事都办得十分圆满,你也该稍稍休息几天啦!"

多尔衮说:"我哪有那个福啊!如今国家才迁到燕京,正是开基建业的时候。单就用兵说,既要派大军剿灭流贼,又要征服江南,统一全国,样样事都得我这个做叔父的操心。若有一样事操持不当,算什么'周公辅成王'？我日夜辛苦,既是为了报答文皇帝,也是为了保小皇上坐稳江山,成为统一普天下的主子,再说我也要使你做圣母皇太后的对国事一百个放心,不辜负我这个叔父摄政王的封号。"

小博尔济吉特氏觉得这倒是很正经的议论,随即说道:"诸王和大臣们共同议定,加封你为叔父摄政王,我心中最为高兴。"

多尔衮忍一忍,抬起头来定睛向小博尔济吉特氏望了一望,微微笑着说:"商议的时候,有人说,皇上幼小,虽是我的侄子,也同亲生儿子差不多……"

小博尔济吉特氏心中一动,敏感地觉察出多尔衮是有意拿话挑逗她,忽地满脸通红,不觉低下头去。多尔衮也不敢再把下边的话说出来。过了一阵,圣母皇太后勉强恢复镇静,抬起头来问道:"崇祯的太子还没有查明下落？"

多尔衮说:"刚才我进宫的时候,得到禀报说,崇祯的太子已经捉到了。"

小博尔济吉特氏赶快问:"是怎么捉到的？现在何处？"

多尔衮说:"详情我也不很清楚,现在押在刑部,正在由满洲尚书同几个汉大臣审问实情。我马上就回摄政王府,亲自过问这件事。"

小博尔济吉特氏又问道:"你打算怎么处置？要不要封他一个王位？"

多尔衮冷冷一笑:"这要看对我们大清有利没利,等我审问了太子以后再做决定。"

小博尔济吉特氏一方面感到高兴:到底把崇祯太子找到了,消除了一个隐患。可是另一方面大概因为她也是一个母亲,秉性善良,对杀害一个不幸的亡国太子忽然生出了不忍之心,低下头没再说话。

多尔衮回到摄政王府,范文程已经和刑部尚书在王府朝房等候。当时刑部只有一个满洲人做尚书,汉译的名字叫吴达海。多尔衮换过衣服,立刻传见。关于这件事应该如何处置,他早已胸有成竹,所以他首先向满洲尚书问道:"你刑部衙门捉到的那个少年,到底是什么人?"

吴达海恭敬地回答说:"这少年确实是明朝太子。"

多尔衮又问:"他自己也说他是明朝太子么?"

"是。他一到刑部衙门之后,就承认他是明朝太子,并不隐瞒。"

多尔衮稍觉奇怪,转向范文程,用眼睛直看着他。范文程躬身说道:

"臣听说此事之后,立刻命人将太子从刑部秘密地带到内院,由臣亲自讯问。看来确实是太子无疑。只是此事已经传扬出去,满京城的街谈巷议,无不谈论此事。既然京城士民皆知此事,如何处置,也是一个难题,必须使京师臣民心服方好。"

多尔衮略微神色严厉地问道:"你怎么断定这少年真是明朝太子?"

范文程虽然明白多尔衮是有意将这少年问成假太子,也听出来他口气中带有责备之意,但他还是大胆地解释说:"这少年自称名叫慈烺,皇后所生,亡国前居住在钟粹宫,说到亡国时候的事情,十分清楚,对崇祯临死前在坤宁宫的一些行事和说的一些话,记得都很详细。他还一面说,一面哭,哭得很悲痛。如果是旁人,断不会有这样的真情,也不会如此悲痛。何况深宫之事,不要说一般百姓人家,就是官宦之家的公子少爷也不会知道太子名讳是慈烺,住在钟粹宫。所以经臣审讯之后,觉得他确是崇祯太子无疑。"

多尔衮不满意地轻轻摇头,又问道:"既然他是真太子,为何不逃往别处,又回到燕京城内?"

范文程接着说道:"据他说,李自成去山海关的时候将他带在身边。李自成败退之后,也没有杀他,要他自己逃生。"

多尔衮心里一动:"李自成竟然不肯杀他!"

范文程接着说:"这时他身边还有一个太监服侍。这太监名叫李新,一直不肯离开,在乱军中带着他逃往吴三桂军中。原想见吴三桂,商量办法,后来遇见一个军官,不肯让他们去见吴三桂,也不肯说出自己姓名,劝他们赶快往别处逃生。这个李新后来离开了他,不知是死在乱军之中,还是逃往别处。太子无处可去,在附近辗转了一些日子,又回到燕京城内。"

多尔衮摇摇头,说道:"一个十六岁的男孩子,哪儿不可逃生,偏要回到北京城中?"

范文程解释说:"倘若是庶民百姓的子弟,自然会远走高飞。可是他生在深宫,长在深宫,对宫外的事情一概不知,亡国之后也是一直被李自成恩养,同外界没有多的来往,所以从乱军中侥幸逃生后,辗转又回到燕京城中。也只有像他这样在深宫生长的少年,才会做出这样的傻事。"

多尔衮问道:"他回到燕京之后,如何生活?为何直到如今才泄露了真实情况,被抓到刑部衙门?"

满洲尚书吴达海回答说:"这个明朝太子隐瞒了姓名,在东华门外一个豆腐店中落脚,只说他是逃难的少年,无家可归。豆腐店主看他确是衣服破烂,就把他收留下来,帮助烧火。住了五天,豆腐店主人看他根本不会烧火,其他活儿也干不了,知道他不是寻常人家子弟,害怕惹祸,就送他到崇文门外一个尼庵中,只说他是无家可归的平民少年。庵中老尼姑也没有疑心,就留他住下来。过了半个月光景,原来在御花园中看管花木的太监常进节偶然来到尼庵烧香,认出了他是太子。"

多尔衮问道:"常进节既然在御花园中做事,为什么要到崇文门外尼庵中烧香呢?"

吴达海回答说:"自从李自成进了北京以后,常进节就逃回家中。他家在崇文门附近。"

多尔衮"哦"了一声,点点头:"说下去吧。"

吴达海继续说:"常进节同老尼姑妙静原是同乡,平时认识,也有来往。他秘密地告诉老尼:'这是太子。'两个人商量了一天,想方设法将太子保护下来,但想不出可去的地方,尼庵又非久藏之处,于是决定将太子带到常进节家中暂时隐藏。后来因为跑到周奎府上看望他的妹妹,被周奎的侄子周铎举报了。"

"啊。老尼姑和常进节都已逮捕归案了么?"

"都逮捕了。连东华门外的豆腐店主人也抓了起来。这一干犯人都押在刑部狱中,全已招供。"

多尔衮原来决定很快就将明太子暗中杀掉,不露痕迹,没有想到如今整个京城都已知道太子被捕之事,街谈巷议,纷纷不休,这就使他不能不重新考虑。加之他刚才听说,李自成兵败之后,不肯杀掉明朝太子,这使他心里不能不感到吃惊。倘若他贸然随便将太子杀掉,天下汉人谁不思君,岂不要骂他大清摄政王还不如一个"流贼"么?他沉默片刻,决定不了如何处置才好。范文程和吴达海都看出来多尔衮心中犹豫,却不敢说话。过了一阵,多尔衮向范文程说道:

"这太子是真是假,你们不要光听这少年的话。倘若他假充太子,岂不瞒了你们?我朝恩养他,岂不让天下后世笑话?"

吴达海说:"看来他是崇祯太子不假。周皇后的家人是这样禀报的,他自己也直认不讳。"

多尔衮恨恨地望了吴达海一眼,向范文程问道:"洪承畴怎么说呢?"

范文程回答说:"洪承畴说他常在封疆,从未见过太子,不知真假。"

多尔衮说:"真假用不着他来辨明,我自有办法审问清楚。你可问过他:对这个假太子应该如何处置,才能够使天下臣民无话可说?"

范文程说:"臣不曾问过他的主张。"

吴达海不明白多尔衮的意思,又插嘴说:"王爷,太子不假。"

多尔衮说:"糊涂!"转向范文程又问:"你同洪承畴完全不曾谈

过对这事的处置么？"

范文程说："谈是谈过。他只是低头沉吟，又说：'此事惟听叔父摄政王权衡利害，作出英明决断。'"

多尔衮立刻命人传洪承畴速来摄政王府。

范文程问道："关于如何处置明太子的事，王爷要当面问洪承畴么？"

多尔衮摇摇头说："我要用洪承畴办一件紧急的事，眼下是时候了。至于捉到的那个少年，必是妄图富贵，冒称明朝太子。我们一定得审问明白，昭示天下，不可上当受骗！"

范文程说："臣等一定谨遵王谕，将这一冒称太子案问个水落石出。"

吴达海说："可是……"

多尔衮说："糊涂……范文程，你想，倘若是真太子，必然早已隐名埋姓，潜逃无踪，岂敢半年来逗留京城，还敢去周奎的府上？定是假冒！"

吴达海争辩说："问成假冒太子之罪，当然容易，只怕普天下汉人不服，后人不服。"

多尔衮生气地说："这个太子只能是假的，断断不是真的，你糊涂什么？……这案子关系很大，我要亲自审讯。"

范文程和吴达海齐声说："喳，喳！"叩头准备退出。

多尔衮对吴达海很不满意，心中说："要平定中国，许多事非使用汉人不可。"然后他又说："你们暂时不要离开，要陪着我亲自问一问这个假冒太子的少年。"

随即他吩咐去刑部狱中将那个假冒太子的少年秘密地送来摄政王府，要用一乘小轿抬来，不许让街上人看见。吩咐之后，沉默片刻，他又问道："洪承畴来了么？"

下边回禀说："已经来了。"

多尔衮迫不及待地说："命他进来！"

洪承畴跪下叩头之后，多尔衮命他坐下，面带笑容，对他说：
"洪承畴，有一件不大的事，本来想缓一缓，再命你去办。可是现在
假太子案已经摆在面前，那件事也就该早日了结了。你晓得我要
命你办的事情么？"

洪承畴恭敬地站起来，心中七上八下回答说："臣不知道叔父
摄政王要臣所办何事。"

多尔衮笑着说："还不是为的你那位朋友刘子政的事！如今该
你设法劝说他降顺我朝，建功立业了。你看，现在就劝他投降，是
时候么？"

洪承畴说道："此人秉性倔强，肯不肯投降我朝，臣实在没有把
握。但既然捉到很久，在刑部狱中受到优待，长此下去，也不是妥
当办法。或者劝他投降；或者养他终身，不要杀掉。究竟如何处
置，臣心中无数，请叔父摄政王爷明谕，臣当竭尽心思照办。"

多尔衮说："他一直不晓得你暗中对他十分关心。如今你可以
当面同他谈谈话，劝他投顺我朝，免得一死。明朝已经亡了，他又
几年来隐居五台山，称为方外之人，用不着替明朝尽节。再说我大
清得天下，不是得之明朝，是得之流贼。我们来到中原，是替明朝
臣民报君父之仇。从来得天下，还没有像我朝这样正大光明的。
你好生劝他不要执迷不悟，赶快投降才是。"

洪承畴连声说："是，是。"

多尔衮又说："我要你三天之内办好此事，不可拖延太久。你
下去吧。"

洪承畴叩头辞出。

这时明朝太子已被带到摄政王府。多尔衮同范文程、吴达海
匆匆地商量片刻，随即命人将朱慈烺带进来。

朱慈烺一到摄政王府就下定一个决心："宁死不辱"。当他被
带进大厅后，看见上边正中坐着一位满洲头子，猜想着必是摄政王
多尔衮了，于是作了一揖，站在离多尔衮前边约一丈远的地方，一

言不发。旁边有人催他赶快跪下，他置之不理。连催三次，他仍然置之不理。多尔衮对旁边人说："让他坐下吧。"

于是有人拉了一把椅子，让朱慈烺坐下。范文程担任讯问，从头到尾将已经问过的话重新审问了一遍。当问到太子被捕的经过时，多尔衮忍耐不住，亲自问道："你住在常进节家中，本来隐藏得很机密，无人知晓，为什么要到周奎府上去？"

太子回答说："后来常进节告诉我，公主并没有死，仍在嘉定侯府中。我想到如今兄妹都在难中，很想同她见上一面。"

多尔衮问："那么你一个人就去了么？谁送你去的？"

太子接着说："一天黄昏，我叫常进节送我到嘉定侯府门前。我自己进去，对守门的家人说：我要见见公主。守门人不肯传报，问我系何人。我悄悄告他说：'我是前朝太子，公主的哥哥，特意前来见见公主，你们千万不要漏了风声。'他们听了，赶快禀报周奎。周奎把我悄悄地引进内宅。周奎夫人是见过我的，出来同我相认，哭了起来。夫妇两个都跪下去，对我行了君臣之礼，然后引我见了公主。"

多尔衮问："公主认你是她的哥哥么？"

太子回答说："我们是一母所生的亲兄妹，岂有不认之理？我同公主相对痛哭。我将被闯贼带往山海关的情形以及后来辗转隐藏的经过，都对公主说了。公主说：'你千万要隐藏好，不可大意。嘉定侯府不是久留之地，你吃过饭就赶快走吧。'周奎留我吃了晚饭。我便在三更时候，看路上人稀，离开了嘉定侯府，回到常进节家中。过了几天，我又去看公主。公主见我身上衣服单薄，送给我一件旧的锦袍，悄悄地嘱咐我小心，不要再来了。我们又痛哭起来。我没有多留，赶快回到常进节的家中。"

多尔衮问道："听说你去了三次。后来为什么又去了？"

太子说："我父母双双殉国，两个兄弟不知死活，看来都会死在乱军之中。如今只剩下我和公主兄妹两人，我实在很想再看看她，所以十九日那天，我忍耐不住，又去嘉定侯府看公主，在侯府中住了两天。到二十一日,也就是前天晚上,被周奎的侄儿周铎知道了。"说到这里,太子忽然愤激起来,眼中充满泪水,声音打颤,继续说道,"周铎只顾保他一家富贵,不想他家的富贵全靠我家赏赐。他竟然劝说周奎,将我献出。周奎当时不肯。可是周铎已经暗中禀报了刑部,同时命仆人将我推出周府大门以外。我责备他不顾我朱家对他周家的洪恩,做此不忠不义之事。他就对我拳打脚踢,硬将我推到街上。我没有办法,只好赶快逃走。亡国太子,只能如此。我只想死了之后,上诉天帝,给他治罪。"

多尔衮问道:"你到了街上就被巡夜的兵丁捕获了么?"

朱慈烺点点头,没有做声。

吴达海对多尔衮说道:"刑部当时已经接到周铎的禀报,派兵在周府左近等候,所以很快就将他捉拿到了。"

多尔衮对朱慈烺说:"我看你并非真的明朝太子。一定是有人给你出主意,叫你冒充太子,好得到我朝的恩养,享受终身富贵。你老实供出:是什么人给你出的主意?"

朱慈烺愤慨地突然站起来,大声说道:"我确是明朝太子。事到如今,或生或死,全在你们手中。你说真就是真,你说假就是假,我自己何必再辩!"

多尔衮无话可说,吩咐吴达海:"暂且将他下到刑部狱中,继续审讯。押下去吧。"

朱慈烺被带了下去。

多尔衮向范文程问道:"看来太子是假,如何处置才好?"

范文程说:"一定要处置得使天下心服。如今我们刚刚进入中原,处处都在作战,不可激起汉人的仇恨。明朝虽然无道,但毕竟坐了将近三百年的江山,崇祯也没有失德,人心不忘旧主。所以将太子养起来也好。纵然不将他养起来,也须使天下百姓知道太子是假冒,并非崇祯的儿子。"

多尔衮点点头:"好,须要多找证据,审问出太子是假冒才行。你们回去吧,让我再想一想。"

范文程、吴达海叩头辞出。多尔衮独自又坐了一阵,心里自问:杀呢,还是不杀?

刘子政从肮脏拥挤的大牢中被提出来,改换到单独的小牢房中关押后,生活颇受优待。脚镣换成了比较轻的,饮食方面也给他特别照顾。他已经是出家之人,吃的是素食,但素食做得都很合口。他完全没有想到这是洪承畴的吩咐,而司狱长也不向他透露真情。尽管如此,刘子政心中明白,这是清朝有意对他特别优待,以便劝他降顺,他心中暗暗冷笑:你们看错人了!

前几天,小监狱中又来了一个人。此人约有四十多岁,态度十分倔强,对一切人都很冷漠,不肯多说一句话。他来之前,狱卒已经告诉刘子政,说这个人是在太原附近抓到的,原来下在太原狱中,准备杀掉。忽接多尔衮的令旨,命将此人押解来京。多尔衮原想使此人说出真实姓名,逼令投降。可是经过几次审讯,这个人始终对自己的姓名和身世不吐一字。刑部疑惑他是前朝的大官,也说不定是明朝的宗室。曾经用过一次刑,仍不肯吐出一字。后来几经查访,知道他是投降了李自成的举人,被李自成封官任职。李自成破太原后,命他任太原府府尹,协助陈永福守太原。太原失守之后,相传他被清兵杀了,实际杀的是另外一个人。他并没有死,逃在榆次县的乡间,又被清兵捉到。可是人家问他是不是李自成放的太原府尹韩某,他只是冷笑,闭目不答。现在暂时将他从大牢中提出来,押在小监狱中,等候发落。

他进来以后,刘子政对他打量片刻,看见他虽然受刑很重,但是双目炯炯有神,器宇不凡,流露出宁死不屈的神情。这种气概使刘子政不觉肃然起敬。本来他觉得一个明朝的举人竟然"从贼",大逆不道,心中十分轻视。现在一见之下改变了看法,想着自己不肯降清,这个姓韩的也不肯降清,说明很有骨气。他向新来的难友问道:

"先生尊姓?"

"无姓。"

"何名?"

"无名。"

刘子政叹口气说:"人非生于空桑①,既秉父母遗体,岂无姓名乎?"

"国亡家破,留姓名更有何用?"

刘子政更加肃然起敬,接着问道:"先生从何处来?"

"自中国来。"

刘子政不觉热泪盈眶,心中猛然酸痛。默然片刻,忍不住突然问道:

"太子的事,先生以为真假?"

"终归一死,何论真假?"

刘子政点点头,不再问话。

这位不肯吐出姓名的人,闭目养神。

两天来,崇祯太子案哄动了京城,也传入刑部狱中。刘子政在狱吏中颇受尊敬,关于太子的事,狱吏都向他详细说明。外边如何议论,也随时告诉他。刘子政心中非常焦急,他本来是为救太子来到北京,被捕之后,他想,只要太子仍在,迟早会逃往南方,没有想到竟会被清兵捕获,押进刑部大牢。他连看一眼太子都不可能,救太子的事成为泡影。他很想同他的党羽们联系,设法救太子的性命,可是他听说一部分党羽已被顺天府抓到,下在顺天府狱中。另外还有个最亲密的同党,他又不敢随便托人传递消息,怕的是万一消息走漏,同党也会被捕。所以自从太子的消息传到小监狱中,他日夜愁思,毫无办法。常常连饭也吃不下去,心中自问道:"怎么好呢?"

他又望了陌生人一眼,忽然,那人做出一个奇怪的举动,使他不由地吃惊。原来,这陌生人在山西榆次县境内被抓到以后,就强

---

① 空桑——相传伊尹生于空桑。空桑原是地名,但后人误解为空了的桑树。此处按照误解的意思使用。

迫他按照清朝的风俗剃光了周围的头发,将头上护发的网巾也扔了。来到刑部大牢之后,又被狱中的剃头匠把周围新生长的须发剃得净光,露出来青色的鬓角。这时他睁开眼睛,望一望火盆,拾起来一小块熄灭的木炭,在被剃光的头皮上一笔一笔地画出来网巾的样子,然后重新将帽子戴好。

刘子政问道:"先生身在囹圄,待死须臾,画此何意?"

"身为中国人,岂可束发不戴网巾?"

刘子政点点头,正要接着说话,司狱长胡诚善走了进来。当时刑部狱中共有六位司狱。司狱长是正九品,其余都是从九品。他们虽然官级低微,但在狱囚面前却有无上的权势,无人不害怕他们。惟独对于刘子政,他们另眼相看,十分尊敬。这时只见胡诚善面带微笑,向刘子政拱手施礼,说道:"刘先生,果不出我所料,你的案子有转机了。"

刘子政问:"此话怎讲?"

胡诚善低声说:"如今不瞒先生,台端①初入狱时,原要问斩。不久上边传下话来,暗中将台端从大牢中提出,单独移押小牢,以示优待。后来风闻是内院大学士范大人和洪大人在摄政王面前替台端说了好话。只是上边严禁泄露消息,所以只是鄙人心中明白,不敢对台端言明。如今洪大人差府中亲信仆人送酒肴前来,岂不是要救先生出狱么?"

刘子政原来也猜到会有此事,心中已有准备,听了司狱长的话,冷冷一笑,说道:

"我知道了。洪府来的仆人何在?"

胡诚善走前一步,小声说道:"洪府仆人,现在门外等候。鄙人深知先生秉性耿直,一身侠骨义胆,对前朝忠贞不贰。值此天崩地陷之秋,惟求杀身成仁,无意偷生苟活;非如我辈,庸庸碌碌,为着升斗微禄,蓄养妻子,谁坐天下就做谁的官职。听说先生在故乡尚有老母,年近九十。先生呀,你倘能不死,何不暂留人世,以待时

---

① 台端——旧时对人的敬称。

机?""时机"两字,他说得非常轻微,显然别有深意,接着又把声音稍微放高一点,继续说道,"对此我想了很久,所以嘱咐洪府家人在门外稍候,亲自来向先生通报。务望台端虚与敷衍,万万不可峻拒。先生,先生,事到如今,或生或死,决于此时!"

刘子政点点头说:"请你唤洪府家人进来!"

司狱长向外一招手,一个狱卒引洪府家人走了进来。那家人捧着食盒,向刘子政屈膝行礼,说道:

"小人是洪府家人,奉主人之命,特来向刘老爷敬送酒肴,恭请老爷哂纳。家主人说……"

"莫慌。你家主人是谁?你说的什么洪府?"

"家主人原为前朝蓟辽总督,现为本朝内院大学士洪大人。家主人今天才知道老爷身陷刑部狱中,十分关心,正在设法相救,尽快保释老爷出狱。现特命小人先送来小菜数样,美酒一壶……"

"莫慌,莫慌。你说的这位洪大人可是福建的洪亨九名承畴的么?"

"正是我家主人,与老爷曾经同在辽东甘苦共尝,故旧情谊甚深。洪大人本来说要亲来狱中探视,只因有重要公事要办,不能分身……"

刘子政突然冷笑,向胡诚善说:"太子有人假冒,洪总督也有人假冒。青天白日之下,成何世界!请替我赶出去!赶出去!"

司狱长说:"和尚,他的确是洪府家人,一点不假。"

刘子政说:"两年前洪大人已在沈阳绝食尽节,皇帝赐祭,万古流芳,人人钦仰。如今何处无耻之徒,借亨九之名送来酒肴,意欲污我清白。假的!假的!我决不收下,也不同来人说话!"随即冷笑一声,闭起眼睛,更无一言。

胡诚善轻轻摇摇头,无可奈何,回头对洪府家人说:"和尚秉性固执,既然不肯迁就,你只好将酒肴带回,向洪大人如实回话。"

午后,一乘小轿来到狱中,停在小院中间。司狱长胡诚善带着上午那个洪府家人进来,对刘子政说:"大学士洪大人请刘老爷去洪府叙话。"

立即进来两个狱卒,将和尚脚镣打开。和尚面带冷笑,一言不发,进入轿中。胡诚善在轿门边小声嘱咐:"请和尚随和一点,但求早日获释,从此遁迹深山,莫管人间是非。"

刘子政被抬到坐落在南锣鼓巷的洪府。大门仍然是原来的样子,只是官衔已经改变,显得比前几年更要威风。小轿一直抬进仪门,进入二门落轿。刘子政被请出轿来,有一个仆人在前边引路,穿过一座月门,进入左边小院,来到洪承畴的书房。这小院,这书房,刘子政都记得清楚。几年前有几次,洪承畴曾在这里同他密谈,商量出关援救锦州之事。如今这里的假山依旧,亭台楼阁依旧,气氛可就大大地不同了。只见洪承畴穿着满人的马蹄袖衣服,戴着满人的帽子,脸上刮得光光的,等候在阶下。他先向刘子政拱手施礼,刘子政没有还礼,东张西望,旁若无人。洪承畴一把拉住他的袍袖,说道:"子政,别来无恙?"

刘子政仍不说话,对着洪承畴呆呆地望了片刻。洪承畴拉着他走进书房,请他坐下,又问道:"政翁,没想到一别就是三年,这三年来人世沧桑,恍若隔世。没想到今日能够在北京重晤,使承畴不胜感慨系之。幸而故人步履甚健,目光炯炯如昔,使承畴深感欣慰。"

刘子政东张西望,又对着洪承畴呆呆地望了一阵,仍不说话。洪承畴觉得奇怪,又说道:

"子政仁兄,今日见面,只是叙故人之情,不谈他事。请仁兄不必如此。倘仁兄心中有话要说,不妨开诚相见。"

刘子政说:"我难道是在洪府的书房中么?"

洪承畴笑着说:"子政,当我出关之前,曾在这里同你深谈数次。不幸当日你的忧虑,果然言中。"

刘子政说:"你是何人?难道我在做梦么?难道我是看见了鬼魂么?"

洪承畴想着刘子政身遭不幸，又在监狱里边受了折磨，可能神志有点失常，赶快勉强笑着说："子政，你再仔细看一看。你既不是做梦，也不是看见鬼魂。坐在你面前的是你的故人洪承畴。"

刘子政大吃一惊："哎呀！我看见了鬼魂，果然是看见了鬼魂！"

"子政，不是鬼魂，我就是洪承畴。"

"否！洪大人已经于崇祯十五年五月间在沈阳慷慨殉节，朝野尽知，岂能重回北京？"

洪承畴满脸通红，说道："当时都哄传承畴为国尽节，承畴其实没死。后因时势变化，承畴又偷生下来，所以今天我又回到北京了。"

刘子政说："不然，不然。洪大人确实尽节了，死在沈阳。"

"不，不，确实未死。我就是洪承畴。"

"不然！当日洪大人殉节之后，朝野同悼，皇上亲自撰写祭文。这祭文我可以从头背到尾，一字不漏。岂有皇上亲自祭奠忠臣，而忠臣仍然偷生人间之理？"

洪承畴勉强说："惭愧，惭愧！学生不知道尚有此事，确实我并没有在沈阳尽节。"

"不然，不然，你是鬼魂。洪大人尽节了。当日明明皇上有祭文，祭文开始是这样说的：'维大明崇祯十五年五月，皇帝遣官致祭于故兵部尚书、都察院右都御史、蓟辽总督洪承畴之灵前而告以文曰：呜呼！……'"

洪承畴实在听不下去，忽然站了起来，向帘外吩咐："送客！"说罢，他离开刘子政，走到一边，背着手装作观看墙上字画，不再回望刘子政。

仆人已经进来，向刘子政躬身说道："请老爷上轿。"刘子政忽然用悲愤的声音琅琅背诵祭文，一面背诵，一面走出书房。

在洪承畴同刘子政会面的第二天上午，在刑部大堂上，第二次审讯崇祯太子案件。这一次的主审官是刑部山东司主事钱凤览，浙江绍兴人。因他素有精明干练之称，所以满洲尚书吴达海命他主审，一定要遵照摄政王的旨意，审出太子是假。

很多百姓听说又要审讯太子，都拥挤到刑部大门外，由于门禁很严，不能进去。但是百姓愈来愈多，驱赶不散，大家宁死也要知道太子的吉凶祸福。有少数人和把门的禁卒熟识，也由于禁卒们同情太子，故意略微放松，能够找机会溜进大门，越过仪门，远远地站到大堂对面。

满洲尚书吴达海坐在上边。钱凤览坐在他右边另一张桌子后面。给太子一把小椅，坐在钱凤览的对面。钱凤览先命将太子、常进节提上来，照例先问了姓名、年岁、籍贯，然后问道："常进节，你怎么知道这少年是明朝的太子？"

常进节回答说："我原是管御花园的太监，每年要看见太子多次，岂能不认识？"

"你既然认出他是太子，为什么不赶快献出，以求重赏，反将他藏在你家？"

常进节说："他虽是亡国太子，仍是我的主子，我不能卖主求荣。我明知隐藏太子会有大祸，可是……"

钱凤览表面严厉，心中酸痛，不等他将话说完，就说道："提尼姑妙静问话！"

老尼被带上来，跪在阶下。她在昨天已经受了刑，也像常进节一样戴着脚镣、手铐。

钱凤览问道："妙静，当常进节告你说，这少年是太子以后，你对常太监是怎么说的？"

老尼回答说："我听了常太监的话，吃了一惊，又害怕又难过，同常太监都流了泪，商量如何搭救太子要紧。"

钱凤览问道："你是出家之人，朝代兴亡，干你何事？"

妙静回答说："如今这不是一般的朝代兴亡，老爷你何必多问？"

钱凤览心中一阵刺痛,几乎要滚出热泪。他想救老尼一条性命,不再问下去,厉声喝道:"带下去!"

立刻禁卒将尼姑和常进节都带下去,在院中等候发落。钱凤览又命将从前服侍东宫的一群太监带上来,向他们喝问:

"你们都说实话,太子是真是假?"

东宫的旧太监一起跪在地下,说道:"这是真太子,丝毫不假。"

钱凤览又命人将明朝的晋王带上来。晋王正在阶下,被带上大堂后,给了他一把椅子,也在钱凤览面前坐下。钱凤览问道:

"前日刑部尚书大人问你,你说太子是假。我今日奉叔父摄政王殿下之命,重新审理此案。你要直说:到底这少年是太子不是?"

晋王回答说:"他不是太子,是冒充的。"

钱凤览怒目望他,说道:"你怎么知道他不是太子?"

晋王回答说:"我是明朝宗室,受封晋王,自然认识太子。这个少年是冒充的,并非真太子。"

太子听了这话,愤怒地站起来说:"晋王,你也是高皇帝的子孙,竟然如此昧尽天良!如此无耻!我是太子,你是晋王,你家封在太原,至今已经有十代了,你从来没有到过京城,更没有进过皇宫,怎么会认识我?你上欺二祖列宗在天之灵,下欺全国臣民,按照新朝主子的意思,诬我是冒充的太子。纵然你会受奖,难道就不怕冥谴么?你死后如何有面目见二祖列宗于地下?如何有面目见我朝大行皇帝于地下?你也是朱家子孙,竟然如此无耻!"

晋王被骂得满脸通红,连说:"你是假的,假的,就是假的!"

钱凤览大喝一声:"不准胡说!虽然我姓钱,不姓朱,可是我祖宗世受国恩,在朝为官,皇家规矩我也清楚。你家封在太原,称为晋王,你没有来过北京,人所共知。你有何道理,质证这个少年冒充太子?你过去可曾见过太子么?说!"

晋王自觉理亏,颤声说:"我不曾见过。"

"你可曾进过皇宫么?"

晋王越发被钱凤览的眼光和口气逼得胆战心惊,吞吞吐吐地说:"我不曾进过皇宫。"

钱凤览又追问一句:"你可曾来过北京?"

晋王低头说:"我不曾来过北京。"

钱凤览不再问他:"下去!"

晋王回到院中等候。

钱凤览说道:"将周铎带上来!"

周铎浑身打颤,来到阶前跪下。

钱凤览声色严厉地问道:"都说这少年是真太子,你为何说是假的?你将他从嘉定府赶出来,叫巡街的兵丁将他捕送刑部,又连夜递上呈文,说他必是冒充太子。你再看一看,到底是真是假?"

周铎喃喃地颤声说:"这少年实在不是太子。"

钱凤览厉声呵斥:"周铎!你本是明朝皇亲,受过厚恩,如果不是皇帝赏赐,你周家如何有此富贵?今日若敢当面说假话,诬其太子为假,那就是丧尽天良,猪狗不如!"

这时已有更多的观看审讯的百姓拥进刑部衙门院中,蜂拥而上,对周铎拳打脚踢,打不到的就咬牙切齿地痛骂,或恨恨地向他吐唾沫。倘若不是兵丁们赶开众人,他准会死在地上。

在刑部院中和大门外的老百姓纷纷跪下叩头,恳求保护太子。一片呼声,加上哭声,声声感人心胸。满洲尚书怕发生意外,赶快命兵丁驱赶百姓。兵丁中很多都是汉人,不忍心将举在手中的棍棒打下,更不肯拔出刀剑。他们大部分都含着眼泪,对百姓大声吆喝着,推搡着,威胁着,也有低声劝百姓离开的;只有满洲来的旗人兵丁才真的对百姓使用棍棒和鞭子。

当小小的风波被兵丁弹压下去后,钱凤览亲自步行护送太子到刑部狱中,又命他的仆人从家中取来干净被褥给太子,并留下一个仆人在狱中服侍太子。太子对他说:"钱先生,请不要管我,不要为我的事连累了你。"

钱凤览说:"殿下,我不能叫举国人对我唾骂,叫后人对我唾骂!"

　　刑部衙门第二次审讯太子的情况立刻传到了刘子政的耳中。司狱长和狱吏都是汉人,如今监狱中还没有一个满洲人,所以司狱长胡诚善能够对刘子政传达关于审讯太子的全部消息。他自己也是满心痛苦,既不愿吃清朝的俸禄,为养家糊口又不愿抛弃这九品小官,所以他对于前朝太子不但充满同情,而且对此案深怀着亡国之痛。他对刘子政谈审讯太子一案的情况时,很为太子的性命担忧。

　　整整一夜,刘子政几乎不能入睡。他断定不要多久,太子会被满洲人杀掉,连保护太子和证明太子是真的官民人等都会被杀。他必须赶快告诉他的心腹朋友陈安邦,作孤注一掷,将太子从狱中劫走。陈安邦就是乔扮成道士的那个人,从前在辽东随张春做事,后来张春兵败被俘,他血战突围,辗转逃回关内,在京畿一带江湖上结交了许多侠士,其中还有武艺高强、善于飞檐走壁的人。如今陈安邦秘密隐藏的地方只有他一个人知道,困难的是如何暗中通知陈安邦,而他自己也要在监狱中做好内应的准备。他决定等明天司狱长胡诚善来时,试探一下,看能不能帮他秘密地传递信息。

　　次日早晨,刚吃过早饭,那位不肯说出姓名的囚犯正在用刘子政给他的一支破毛笔细心地画他的网巾。刘子政听到外面一阵吆喝,知道是太子和一干人犯又被押去过堂。他在心里说:要赶快试探司狱长,稍缓就不及了。正在这时,胡诚善仓皇地进来,向刘子政和画网巾先生拱拱手,说道:"事出突然,我来不及为你们二位治备薄酒送行。"

　　刘子政心中一惊,问道:"是要从西门出去①么?"

　　胡诚善回答说:"是的,和尚,有何事需要嘱咐?"

　　刘子政默然片刻,心里说:"可惜来不及了!"

　　这时候来押解他和画网巾先生的兵丁已经来到小监狱门外。一个军官带着四个兵丁进来,要立刻将刘子政和画网巾先生上绑。刘子政镇静地说:

---

　　① 从西门出去——凡执行死刑的人,都走刑部监狱的西门出去。

"不要急,请稍等片刻,等这位先生将网巾画完,只剩下几笔了。"

军官说道:"头就要砍掉了,还画的什么网巾哪?"

画网巾先生将剩下的几笔赶快画完,然后投笔于地,冷冷地回答:

"戴网巾是我中国三百年来士大夫之俗,头虽砍掉,也还是中国志士之头!"

刘子政将一个青色小布袋交给司狱长,嘱咐说:"贫僧别无可留,只是入狱之后,得有闲暇,将历年所写诗词回想出来一半,加上入狱后所写数首,都放进这个袋中。贫僧半生戎马,拙于吟咏,诗词均不足登大雅之堂,仅仅是发于肺腑,尚非无病呻吟。先生如能替我保存,请即暂时收藏,为中国留下一分正气。倘若不便收藏,即请付之丙丁①。"

胡诚善赶快接住,纳入袖中。军官将二人带出囚室。随即他们被五花大绑,插上亡命旗,押出监狱院中。胡诚善直送出刑部监狱门外,拱手相别,落下眼泪。忽然一个狱吏来到他的身边,向他小声禀报一句。他吃了一惊,立刻向大牢走去,在心中说道:"提审得这么急,难道太子的冤案今日要了结么?天呀!天呀!"

忽然一阵冷风吹来,他不觉打个寒战。仰视天空,一天阴霾,白日无光。

---

① 付之丙丁——即烧掉。丙丁,于五行中属火,所以借指火。

第十六章

　　仍然是昨天审讯的地方。今天传来的证人更多,新证人中有宫女,有内监,还有侍卫东宫的锦衣旗校十人。另外有少数明朝旧臣,也在阶下等候作证。晋王朱求桂也来到阶下。

　　今天的主审官仍然是钱凤览。尽管满洲尚书对他已经起了疑心,但多尔衮并不清楚他的情况,所以没有另外换人。

　　他今天先向太子详细询问了东宫的各种琐事、礼仪;太子一一回答,十分清楚。钱凤览原是官宦世家公子出身,熟悉朝廷掌故。为了主审此案,又访问了一些知道宫中情形的旧官僚。本来他就认为太子是真的,今天将太子的回答同他所知道的宫中情况一一对勘,完全符合,这就使他更激发了要拼死保护太子的决心。他将今日新传来的宫女和内监一一提上来,问他们太子是真是假。这些男女已经明白满洲人决意杀害太子,有些人为着保命,只好昧着良心说不是真的,但也有人说是真的。太子不屑于和他们驳辩,忽然看见阶下站着东宫的一个太监,便用手一指,对钱凤览说:"这是太监杨玉,往常服侍我的,讯问他便知道了。"

　　杨玉猝不及防,在阶下躬身回答:"奴婢姓张,以前服侍你的并不是我。"

　　钱凤览在心中骂道:"混账!不是太子,你何必自称奴婢?"

　　但是他无暇对杨玉追问,赶快唤上来从前侍卫东宫的十名锦衣旗校并锦衣指挥李时,问道:

　　"你们说,他是真太子不是?"

　　李时和十名旧日锦衣旗校一起跪下,噙着眼泪同声回答:"这是真太子,一点不假,我们愿以生命担保。"

钱凤览心中十分感动,挥手使他们退下,大声说:"供词已经记录在案,不许翻供!"

　　李时等说道:"决不翻供!"

　　晋王朱求桂站在阶下,仍旧咬定以前的供词,说这个少年他不认识,确非真太子。太子又驳辩他说:

　　"他虽是太祖皇爷之后,可是已经隔了十一代,封在太原,并未进过北京皇宫,如何能质证我不是太子?"

　　晋王说:"我在流贼军中见过太子,模样并不像你这样。太子已经死于乱军之中,绝不是你,你是假的。"

　　太子说:"在流贼军中,我们并没有拘押一处。去山海关路上也不在一起,没有说过话。你即便远远地望见我,不一定看得清楚。我是根本没有看见你。你因为贪生怕死,昧着良心,说我不是太子。就凭你这行径,岂配做太祖高皇帝的后代? 昨夜我梦见大行皇帝,让我不要辱没列祖列宗,说道:'你父皇已经身殉社稷,眼望着你能够苟且偷生,日后恢复江山。如今看来已经不可能了。要死死个光明正大,不可污了你的太子身份。'朱求桂,你以为我怕死么?"

　　晋王一时无言辩白,满脸惭愧,低下头去。满洲尚书命将今日出证说太子是真的人全都下在狱中,停止审问。

　　摄政王多尔衮急于要将"假太子"定案,以便结束这个在汉人中十分敏感的问题,所以第二天上午,又在原处审讯此案。昨日的一干人证重新提到大堂。

　　又像昨日一样,钱凤览一个一个地问了姓常的太监、锦衣卫指挥李时和那十名在东宫侍卫的锦衣旗校。这些人都一口咬定太子是真。然后,钱凤览又问了其他一些人。有的仍然说太子是真;也有人为要保住性命,改了供词,吞吞吐吐地说太子是假。吴达海一看这样不行,就要钱凤览问旧日的东宫太监杨玉,因为杨玉昨日已经昧着良心,质证太子不真了。钱凤览命将杨玉提到面前,问道:

"你是杨玉？"

"我是杨玉，一向在东宫服侍太子。"

"昨天你说太子是假，今日要说实话。太子究竟是真是假，你必须说清。倘有不实，定将严加治罪。"

杨玉忽然大声说："钱老爷，昨天我说的不是真话，今日我要实说了。"

钱凤览说："好，你实说吧。"

杨玉说："太子是真，丝毫不假。"

他的声音很大，理直气壮，好像已将生死置之度外。堂上和堂下的人都大吃一惊；立在二门内外的士民们不禁小声叫好。有人说："这倒是个有良心的太监。"还有人说："像这样的人，死了也是有正气的硬骨头！"满洲尚书吴达海向杨玉恨恨地看了一眼，轻轻地骂了一句："该杀！"

钱凤览继续问道："杨玉，你昨日说太子是假，为何今日变供？是真是假，不得随便乱说。我再问你一句：太子究竟是真是假？"

杨玉抬起头来说道："昨日我说太子是假，是一时贪生怕死，又受了别人劝说，实在是昧了天良。昨夜我思前想后，觉得自己应该不顾生死，说出实话，所以今日变供。太子是真太子，千真万确。纵然将我千刀万剐，决不再变供。我很不明白：李自成进宫以后，尚且对太子优礼相加；纵然在山海关失败之后，仍不肯杀害太子，说这是朱家与李家争夺江山，太子年幼无辜，发给银两，放太子逃生。如今大清朝坐了江山，口口声声是为先帝崇祯皇爷报仇，为何一定要说太子是假？为什么说太子是真就要犯罪；说太子是假就要受赏？我杨玉是大明奴婢，多年在东宫服侍太子。我还有天良，明知我今日说太子是真，未必能救了太子，而我自己必死无疑。可是我宁肯粉身碎骨，也要证明太子是真的，以后决不翻供。"

这话说得堂上堂下的人都很感动，连那些说太子是假的人也都低下头去，不敢再看杨玉。钱凤览心中称赞，频频点头。虽然昨夜有一刑部同僚奉范文程之命将摄政王的旨意告诉了他，他当时没有说话,表面上并不反对,但是他心中的主张却更坚决了。北京士民拥护太子的热潮给他大大的鼓舞。他决定做一个堂堂正正的中国人,决不为威武所屈,不怕杀身之祸。今日要力争照实定案。他明知太子必死,但是他希望太子死得明白,他自己也死得清白。此刻听了杨玉的话,他带着微微打颤的声音问道:"杨玉,你可知道,你今日的供词担了莫大干系么?"

杨玉回答:"我当然知道。可是我不能昧了天良,把真的说成是假的。"

"你明日还会变供么?"

"皇天后土,我杨玉至死也不变供。"

吴达海立刻命将杨玉带下去,随即对钱凤览说:"你问那个少年,问明白他冒充太子是受何人指使,用心何在。"

钱凤览忍耐着心中的愤怒和不平,声音更加颤动,向太子问道:"你,你,你的系何人?你冒充太子是受何人指使?用心何在?"

朱慈烺用鼻孔冷冷一笑:"我实是太子,你的新主子硬要说我是假,我何必多辩?亡国太子,是真也死,是假也死,辩又何用?"

说到这里,朱慈烺停下来想了一下,随即落下眼泪,大声说道:"为着千秋后世,我不应该糊涂死去。现在我再说一遍,你听清!"

钱凤览连连点头:"你说,你说。"

朱慈烺接着说道:"我是崇祯皇上长子,周后所生。长平公主是我的亲妹妹,也是皇后所生。李自成身为流贼,覆我社稷,逼死帝后,尚且不肯说我是假,以礼相待,不敢欺皇天后土。你们将我下到狱中,一定要说我是假,用意岂不明白?你们想一想,倘若我是假的,我何必去看公主?公主岂能认我,与我相视痛哭?只因周铎卖了我,才有今日。我既落入你们手中,要杀就杀,何必再问真假?哼!我是一个亡国太子,难道还贪生求荣?不必多问了!"

满洲尚书听明白朱慈烺的话,觉得无话可以驳倒,只得命将一干人犯押回监狱,等候再审。

以后又审了几次。虽然满洲尚书吴达海用了各种威逼利诱的办法,想使太子朱慈烺承认他是假冒,也逼迫常进节、杨玉、李时和十名锦衣侍卫等人改变口供,但都没有做到。在这期间,京城士民人心激动,更加维护崇祯太子,都说太子是真。人们将对满洲人占领北京、入主中原、强迫剃发和搬迁的怨恨都转化为对太子的维护,有人给太子送衣服,送用品,送好吃的东西,不惜为此而遭受毒打,甚至被捕下狱。还有不少士民纷纷给刑部衙门递上呈文,或给摄政王上书,替太子鸣冤。他们甘愿以身家性命担保太子是真。这一情况使钱凤览更加像多数汉人一样,深感亡国之痛。他名义上给顺治皇帝实际上给多尔衮上书,力辩太子是真,建议大清朝对明朝太子优礼相待,以慰天下臣民之心。

多尔衮对于太子一案拖延不决,十分不满。有一天,他在摄政王府召集几位满汉文臣,密商如何进兵西安和下江南等军国大事,谈到了太子一案。他认为这样拖下去将更不好使京城士民诚心归服,于是他暂停商议各项军政大事,立刻命人将刑部尚书吴达海召到摄政王府。

多尔衮听吴达海禀报审问情况之后,心中恼火。没有想到山海关一战将李自成击败,燕京城不战而克,如今南下西进,节节顺利;竟然在审问崇祯太子一案时不能按他的心意尽快了结,真是岂有此理!他对吴达海痛加责备,限期结案,不许再拖。吴达海十分惶恐,跪在地下,用满洲话禀道:“钱凤览食我朝俸禄,可是心中不忘明朝,不肯按照王爷的意思审问。请王爷下谕,将钱凤览拿问,另派刑部官员协助审理此案,必可一审了结。”

多尔衮打算同意吴达海的请求,但忽然想到,对这样的案子不可草率从事。钱凤览是明朝大臣之后,在江南一带还有不小的名声。将来大军下江南,说不定还要利用他祖先和他本人的一些名望和各种关系,招降江南的士大夫。想到这里,他暂不回答吴达海的话,向内院大学士范文程和冯铨等人看了一眼,问道:

“你们看,如何审问才好?”

范文程明白,太子确是真的,不能随便问成假冒,所以这案子要想定案,必须特别慎重,不然明朝的臣民心中不服。于是他向多尔衮说道:"钱凤览的先人是明朝的大臣,他自己原来也是崇祯的朝臣,虽然降了我朝,实际跟我朝不是一心。如今他看见燕京臣民都要维护崇祯太子,他也决意要保护太子。眼下若将钱凤览拿问,反而成全他忠臣之名。请摄政王爷三思而行。"

多尔衮问道:"如何了结此案?"

范文程说道:"明日继续审问,找几个新的证人,证明太子是假。"

冯铨接着说:"内院大学士谢升,曾为太子讲书,同意作证。如今他的病已经痊愈,摄政王爷可命谢升明日在刑部堂上当众指出,这个少年自称崇祯太子确是假冒。依臣看来,以谢升的声望、地位,只要他指出太子是假,谁能不信?"

多尔衮点点头,同意冯铨的建议,又对吴达海说:"你是刑部尚书,不能将案子赶快审问了结,我惟你是问!至于钱凤览这个人,既然降顺了我朝,受到我朝的恩养,就应该忠心为我朝做事。我看不必换别人帮你审问,你可以要他洗心革面,立功赎罪。倘若仍不听话,再拿问不迟。你就将我的意思,告他知道。"

冯铨又说道:"只要有老臣谢升作证,就可以定案。"

刚林接着说:"单有谢升作证,还未必使人心服,必须有几位崇祯的妃嫔作证,才好一审定案。"

张存仁说:"崇祯的田妃早已死了。袁妃虽然也死了,但外间传说她还活着。何不找一妇女,假充袁妃,证明太子是假?"

刚林说:"纵然袁妃已死,亦可另找一端庄大方的美妇人,在审问时露一次面。天下士民谁知这袁妃是假?"

多尔衮说:"就照你们的说法办吧。大家可以退下。范文程,洪承畴,你们留下,还有重大的用兵的事要同你们商议。"

经过一番准备,又一次审讯开始了。照旧将一干人犯审问一遍,都没有新的口供。又问证人,只有晋王朱求桂一口咬定太子是假。太子骂他无耻,贪生求荣,不配做高皇帝的子孙。可是朱求桂要保存自己的性命,已经铁了心,说道:

"我是皇家的宗室,我知道太子今年过十六岁。两三年前有人在宫中见过太子,都说太子身材不高,也不够壮实。现在这个少年太高,也太壮实了。"

太子不作回答,只是冷笑。

晋王又说:"人们都知道太子是很聪明的,自幼读书写仿,字写得很好。听说每隔数日就由太监把太子的仿书送到乾清宫中,崇祯皇上看见太子写的仿书日有进益,十分高兴。可是你在刑部狱中,有人叫你写字,你的字却写得并不好。"

太子仍不说话,只是冷笑。

晋王看见太子无言可答,就进一步说道:"你既是太子,竟然不知道崇祯皇爷的名讳。问你,你答不上来。有人给你笔,叫你写,你也写不出。岂有太子不知道皇爷名讳的? 可见你是假的!"

听见晋王这么一说,朱慈烺忽然捶胸大恸,哭出声来:"这是什么话! 岂有儿子能口中称父亲的名、手写父亲的名的? 我幼读圣贤之书,深知圣贤之礼。我宁可死,中国之礼仪不可毁,不学你这种无父无君、寡廉鲜耻的人!"

晋王满脸通红,可是不肯就此罢休,又说道:"你在刑部狱中,有人问你一些宫内的事,你答不上来。前几天在堂上审问的时候,找来一些原在宫中的宫女、太监叫你认。你或说不认识,或说叫不出名字,可见你是假的,假的,休要冒充!"

太子又是一阵冷笑,不再说话。

满洲尚书向钱凤览问道:"钱主事,我看晋王说的很有道理。这少年无法回言,强作冷笑。我看这案子可以定了。"他又向堂下准备作证的降臣们问道:"晋王说的话很有道理,这少年是假太子无疑。你们有何话说?"

钱凤览忽然向吴达海大声说道:"万万不可听信晋王片面之

词,草率定案。"

吴达海问道:"晋王所说的话怎么是片面之词?"

钱凤览说:"太子今日身处危地,生死之权完全操在朝廷。这些天,从供词来看,又据内监和锦衣侍卫作证来看,太子是真,并无可疑。他在狱中,悲愤痛哭,一言一行,绝无虚假之情,此皆人所共见。人在十三四岁以前,身材单弱幼小,待到十五六岁,顿然长高长壮,这情形比比皆是,有何奇怪?至于说太子的字写得不好,所以不是真太子,请想一想,东宫素来没有能书之名,何况他在宫中窗明几净,案头香烟缭绕,用的是斑管冬毫,写字何等舒适!到了狱中,无桌无椅,秃笔恶纸,加上心情烦乱,众人围观,虽善书者亦不能展其能,况十六岁之太子乎?太子自三月十九日以来颠沛流窜,惊魂未安。俗话说:三日不写手生。一时写得不好,有何奇怪?人在富贵时,平日所经之事,多不留意。试问今日坐在堂下的各位朝官,每次朝贺跪拜时,未听鸿胪寺官员之赞礼,谁能在仓猝之中将礼数记得清楚?太子在宫中时,未寒而衣,未饥而食,随侍者众,安能个个记得清楚?又安能尽呼其名?试问你们各位官员,你们各人衙门中的书吏、皂役有多少人?你们能够将他们的姓名、面貌都记得一清二楚么?"

吴达海神色严厉地说:"大臣小臣之中,指太子为假的人很多,敢证明太子是真的人很少。你不要偏袒这个假太子,为他处处争辩,将会后悔莫及。"

钱凤览说:"今日之事,对此亡国太子,大臣不认则小臣瞻顾;内员不认则外员也只好钳口不言。然而天地祖宗不可欺,世间良心正气不可灭。下官受命审理此案,愿以一死争之。纵然为此而死,千秋是非自有公论在!"

二门内外拥挤的士民,听见钱凤览高声陈词,不禁纷纷点头,对那些贪生怕死、不敢说太子是真的人咬牙切齿。

太子朱慈烺听了钱凤览的慷慨陈词,当然比别人更加感动和钦佩。他正在不知道如何接着钱凤览的话往下说,忽然看见旧日的老臣、建极殿大学士谢升也默默地坐在作证的官员们中间,低头不敢看他。于是他心中产生了一线希望:倘若谢升能证明他是真太子,还有谁敢说他是冒充的呢? 于是他突然向谢升叫道:"谢先生,你难道不认识我了?"

谢升身子一颤,不得已抬起头来,动作十分迟缓,显得老态龙钟,而且十分恐怖。他望着太子,不敢说话。太子又说道:

"从前谢先生为我讲书,我还记得清楚。有一次先生讲《论语·泰伯》中的几句话,讲得很好,后来我父皇知道了,十分高兴,当面夸奖了先生,赏赐彩缎四匹。先生还记得么?"

谢升满面通红,不敢回答,又低下头去,雪白的长须在胸前轻轻颤抖。

太子接着说:"你讲的几句是:'子曰:大哉尧之为君也! 巍巍乎惟天为大,惟尧则之,荡荡乎民无能名焉。巍巍乎其有成功也,焕乎其文章。'先生在讲这几句书时,要我日后继承江山之后,要做尧舜之君,使百姓得享太平之福。你还说老人击壤而歌的故事,先生可记得么?"

谢升的长胡子抖得更凶,嘴唇动了几动,但没有说出话来。随后他站起身来,朝太子躬身一揖,退到后边。

太子很为失望,说道:"你是前朝大臣,素有清望,身受国恩,如今竟然也不敢认我了!"

钱凤览望着谢升,用鼻孔冷笑一声,说道:"谢大人,老前辈,自从你万历三十三年中了进士,数十年间一直食朝廷厚禄,官至建极殿大学士兼吏部尚书,加少保兼太子太保。今日老前辈既不敢证明太子是伪,又不敢说太子是真,天下人对老大人将如何评说? 当太子说到你为他讲书时候,你心中惭愧,似觉无地自容,站起身来,躬身一揖,默然而退,可见明知道太子是真,只是贪生怕死,不敢说话。你已是垂暮之年,行将就木,纵然保命于一时,日后必受冥谴。鬼神明明,能不受冥谴乎?"

谢升听了这句话,浑身打颤,面色如土,深深地低下头去。

吴达海挥手使钱凤览不再说话,吩咐将宫中证人带上来。随即有三位妇女从刑部大堂的屏风后被带领出来。因为尊重她们都是前朝宫眷,在朱慈烺的前边摆了三把椅子,叫她们坐下。吴达海一一问了她们的姓氏和她们在前朝宫中的名号,知道一个是崇祯皇帝的选侍,一个是贵人,一个是才人。吴达海问道:

"你们在宫中时候,可都看见过太子么?"

三个妇人齐声回答:"见过,见过。"

"他是不是崇祯的太子?"

"不是,他是假的。"

吴达海向朱慈烺问道:"她们都认识太子,说你不是太子。你的系何人?为何冒充太子?是受何人主使?"

朱慈烺愤然回答说:"我是真太子,她们究竟是什么人,你们自己明白。如此审讯,我何必再辩?"

吴达海说:"昨日审讯时候,我们请袁贵妃坐在后边,她说你是假的。"

朱慈烺冷笑,说:"袁贵妃早已死了,除非她的阴魂出现。"

吴达海说:"袁贵妃未死,现由我朝恩养。"

朱慈烺说:"袁贵妃在宫中自缢未死,被内臣送出宫院,随后在她父母家中从容自尽。贵妃是我庶母,倘若未死,何不请她来同我相见?"

满洲人本来准备了一位美貌大方的年轻夫人,坐在屏风后边,现在吴达海感到崇祯太子十分倔强,又兼钱凤览怀有二心,处处替太子说话,他便不敢让假的袁贵妃出堂作证,欺骗世人,只好宣布退堂,等候下次再审。

崇祯太子一案,未能依照多尔衮的心意从速了结,可是越拖下去,京城的人心越是不平。谢升在社会上受到舆论谴责,甚至妇女和小孩也都骂他年老无耻。有人夜间往他的公馆大门上涂抹大粪;还用阡纸贴在两扇大门上,诅咒他已经死了。他很少去内院办公,起初是称病请假,后来真的病势渐渐沉重,常常觉得头疼,晕眩,精神恍惚,夜间常有凶梦。有几次他梦见崇祯皇帝。崇祯严厉地斥责他两件事情辜负了国恩。第一件是当初朝廷秘密地同满洲议和时,谢升突然把事情泄露出去,破坏了和议,以致后来朝廷顾外不能顾内,顾内不能顾外,两面对敌,穷于应付,终于亡国。第二件是他不该在行将就木之年投降满洲人,而且明知太子是真,却不敢证实。只见崇祯越说越气,连连地拍着御案,大声说道:"该死!该死!"

谢升恐惧得浑身颤栗,面无人色,伏地叩头,几乎要叩出血来,叫道:

"陛下! 陛下!"

他的叫声被服侍他的丫头听见,赶快把他叫醒。谢升瞪着眼睛,望望旁边的丫头和灯光,开始清醒,叹了口气,明白了果然只是一场噩梦,在心中对自己说:

"我恐怕不久于人世了!"

当时商业最繁华的地方是在正阳门外一带。这一带的商人纷纷上书,请求释放太子,并且谴责谢升,说他辜负国恩,悖逆无道。宛平县平民杨时茂在呈文中弹劾谢升,措词尤为激烈。他声言甘愿以全家性命担保太子是真,请求朝廷对太子优礼相待,以慰天下臣民之心。北京内城平民杨博上书,同样以激切的语言论证太子是真,请求赶快释放。在朝廷上,汉人文臣也纷纷不平,每日上朝时在朝房中窃窃私议,共相愧叹,詈骂谢升无耻,必受"冥谴"。市井小民妇女不懂用"冥谴"一词,说得更为直白:

"咳,那些不忠不义的官员们,连谢升这老不死的在内,都是衣冠禽兽,猪狗不如,不得好死!"

这是北京被满洲人占领以后,掀起的一股强大的反清浪潮。特别是在一般平民中爆发的民族激情更为强烈。有人把事情看得较浅,认为不过是营救太子。有人看得深,认为只要太子不死,日后就有复国的希望。那班投降了清朝的汉人官员,除钱凤览从一开始就不顾死活要救太子之外,还有很多人在这一浪潮推动之下,更觉内心愧疚,也想站出来营救太子,其中有的人比较大胆一些,有的人仍然十分怕死,又怕丢掉富贵,不免瞻前顾后,措词委婉,留有余地。吏科给事中朱徽等几个人,风闻将草草结案,杀害太子,赶快联名上疏,辩论太子是真,认为这案子必须从容"研讯",将真伪查清审明,昭示天下后世。他们在疏中写道:

> 今必从容研质,真伪自分。草草毕事,诚恐朝廷曰假而百姓疑,京师曰假而四方疑,一日曰假而后世疑。众口难防,信史可畏也。

钱凤览知道事情已经十分紧迫,又一次连夜草疏,营救太子,同时弹劾谢升。他明白上疏之后,十有九成会大祸临头,所以在奏疏缮就之后,他衣冠整齐,在祖宗的神主前叩了三个头。因为老母亲住在绍兴家乡,他又向南方叩了三个头,喃喃地悲声说:"儿不孝,有辱先人,不能死于国亡家破之时。今日一死,稍赎前愆,不能回家侍奉母亲了!"

左右站立的男女奴仆近些日子都被他的忠义之气所感动,此时明白他上疏之后必获重罪,所以都噙着眼泪,不敢说话。

他的原配夫人随老太太住在绍兴,随他在京城的是一位爱妾,颇通文墨,善写一笔《灵飞经》小楷,这时怀抱着不满三岁的男孩,突然跪到他的面前,哽咽说道:

"老爷,妾在夜间,当老爷凭几假寐的时候,偷看了奏稿。倘若将几句过于激切的话删去,使口气缓和一点,就可以免去杀身之祸。老爷你一夜未眠,实在太困倦了,请改动几句,由妾沐手焚香,替老爷重新缮清,递上去就可以平安无事了。老爷,改一改罢!"

钱凤览没有做声。

打更人从胡同中慢慢走过,刚打四更四点。今日是十二月初一,夜色特别黑暗,可是院子里已经有鸡声喔喔。爱妾见他不做声,一边呜咽,一边劝他说:"老爷,老太太年近八旬,远在家乡。倘若老爷被祸,她老人家如何禁受得了啊……老爷到了望五之年,才有这么一个儿子，不满三岁。倘若老爷不幸……妾如何能活下去？这孩子如何能长大成人，不绝钱府裡祀？……老爷，你多想想，千万不要为了救太子，言语过激，惹出杀身灭门之祸……"

姨太太说不下去，痛哭起来。怀中的婴儿忽然惊醒，哇哇地大哭起来。左右男女奴仆们有的唏嘘，有的叹息，无不流泪。更声、鸡声、哭声、唏嘘声、叹气声混在一起。

钱凤览住在王府井附近，五更上朝，总是到长安左门下马碑前下马走过金水桥，从承天门的边门步行而入。这时他向黑沉沉的天井院中问道："马备好了没有？"

黑暗中有仆人回答："备好了，老爷。"

钱凤览含着眼泪对爱妾说："倘若我不幸被杀，你等到路途平定之后，带着孩子和奴仆们回南方去，侍奉老太太，教子成人。我虽在九泉，也可以安心。"

他的爱妾仍然跪在地上，紧握着他的衣襟，哭得抬不起头。婴儿随母亲大哭。钱凤览将奏本放在匣中，揣入怀里，望一眼爱妾和娇儿，轻轻叹口气说："毋乱我心！"随即将脚一跺，大踏步向外走去。

摄政王多尔衮听了吴达海的禀奏，本来已对钱凤览十分生气，等到看罢钱凤览的奏本，就由生气变为痛恨，立即下旨将钱凤览和另外几个上本的官员下狱。只是由于近来特别忙碌，不得不暂时将这重大案子放在一边。

到了十二月初十日，多尔衮在武英殿召见群臣，并将钱凤览等在押的官员从刑部狱中提来，亲自问话。他的汉语官话虽然生硬，但比入关前已大有进步，所以他就用汉语官话审问，碰到有一个两个字说不好时，由站在旁边的大臣和启心郎替他提一提。多尔衮神色严厉，口气中带着愤怒，先说道：

"本叔父摄政王带兵入关，在山海关一战打败了流贼二十万，克服燕京，为明朝臣民报君父之仇，使百姓们安居乐业。如今我英

373

亲王大军正在奔向榆林,豫亲王大军已从孟津过了黄河,要走洛阳、陕州、灵宝去攻潼关。这两支大军进兵十分顺利。另外还有一支大军,从山东南下,如今已到宿迁一带。这形势摆得明明白白:流贼扑灭就在眼前,下江南已成定局。我已经给南京的兵部尚书史可法写了一封信,责备他们不应该另立君主,忘了我朝替他们报君父之仇的恩。我朝得天下是从流贼手中得的,不是从崇祯手里得的,名正言顺。现在不知从哪里出来一个无名少年,也不知受何人指使,冒充是崇祯的太子,扰乱人心。我朝统一中国,大势已定,纵然太子是真,不过由我朝恩养终身,岂能接续已经灭亡的明朝江山?太子真假,如今已经明白了。晋王朱求桂原是明朝亲王,谢升原是明朝大臣,他们都说那少年不是太子。崇祯的宫眷,还有袁贵妃,也都说少年不是太子。这些证词都已经明明白白地记录在案。可是钱凤览竟然与奸民上下一气,咬定那少年是真太子。钱凤览当面指晋王是'无君',责备谢升不敢认太子,必受'冥谴'。这些人都是逆臣乱民。那些乱民都已经逮捕下狱了,该杀的决不轻饶!不杀一批人不能够镇住邪气!"

多尔衮说到这里,略为停一停,用杀气腾腾的眼光向群臣看看,又向钱凤览等上疏救太子的汉官们看了看,接着说道:"除太子以外,凡是说太子是真的太监、锦衣侍卫、尼姑,以及上本保太子的士民商人等等,今日统统斩首。钱凤览和赵开心①等人本该同时斩首,姑念他们降顺我朝之后,别的罪没有犯过,我有心宽大为怀,只要他们知罪认罪,以后洗心革面,忠心不贰,可以免死,仍旧录用,以观后效。你们大臣们认为他们该杀不该杀?"

群臣跪下,都为钱凤览、赵开心等人求情。多尔衮本来并不打算就杀钱凤览,至于赵开心等人奏本上的措辞原不像钱凤览那么激烈,所以也只是吓唬吓唬,无意杀他们。听了群臣的求情,他便向钱凤览问道:"钱凤览,倘若饶你不死,你还有什么话说?"

钱凤览毫不畏惧,说道:"臣奉命参与审讯,勘得太子是真。太

---

① 赵开心——崇祯进士,顺治间授御史,《清史稿》有传。

子既然是真,应当早有着落,不应该再羁押狱中。"

多尔衮说:"着落不着落,与你何干?"

钱凤览不加考虑地说:"人各为其主耳!"

多尔衮听了这话,将案子一拍,喝道:"胡说!钱凤览,你投降后就是我家的人,若说各为其主,就是还有二心。你如何在我朝做官,却为明朝尽力?"

钱凤览倔强地回答说:"今日之事,臣早已将自己的生死置之度外。太子存,我也存;太子亡,我亦亡。我意只救太子,哪管一心二心!"

多尔衮厉声喝道:"狂悖!今日将钱凤览同众犯人一起斩首!赵开心仍押刑部狱中,看其悔罪如何,另外处置。"

众人大惊,但没人敢再替钱凤览求救了。

当日正午,钱凤览被押往宣武门外刑场时,坐在囚车上,神色镇静如常。倒是一路上观看的老百姓填街塞巷,人人落泪。这日黄尘蔽天,白日无光,天气十分阴冷。钱凤览望望天空,望望街道两边拥挤观看的士民,心中说道:"唉!天地愁惨,万民悲哭,这就是今日世界!"

他随即感到坦然,又在心中对自己说道:"满洲人来到北京的时候,我以为是吴三桂拥立太子回京登极,到朝阳门外迎接。谁知不是太子,竟是满洲的摄政王。我一步走错,做了降臣。而今这一步走对了!从今而后,我无愧是中国的读书人,无愧是文贞①公的孙子!"

他继续被押着往刑场方向去,尽管脸色灰白,却竭力从嘴角露出一丝若有若无的、对死亡和对满洲人极度蔑视的微笑,在心中说:"死何足惜,留得正气在人间!"后来人们说他的微笑是心安理得的微笑,久久地不能忘记。

钱凤览被押到刑场时,那二十六个因太子案而获罪的犯人已经斩讫。一大片尸体纵横,头颅散乱,凝血满地。恰在此时,一位官员飞马赶到,向监刑的官员说了几句话,随即宣读叔父摄政王的令旨:

---

① 文贞——钱的祖父死后被朝廷谥文贞。

"姑念钱凤览之祖钱象坤在崇祯初年曾为礼部尚书、内阁辅臣、武英殿大学士,为人骨鲠,颇负物望。着将该犯罪减一等,改为绞刑,以示我朝对前明大臣处处关怀照顾之恩义!"

随即监斩官命钱凤览跪下,向摄政王叩头谢恩。但是钱凤览没有理会,似乎又流露出一丝冷笑,转向监刑官说,他要拜别天、地、君、亲,随即跪下去,拜了天地,又向南拜了君、亲。这"君"显然是明朝新立的皇帝。从容拜过之后,他对监刑官说:"可以行刑了。"

行刑的吏、卒们都是刑部旧人,本来就人人怀着亡国之痛,又知道他的一身正气和死得可敬,竟然都不忍动手,对着他哭了起来。钱凤览催促他们说:

"不要这样,不要这样,快点了事为佳。"

当他被绞死以后,在刑场四周围观的士民们一起哽咽落泪,有的人忍不住失声痛哭。

多尔衮为缓和汉人的怒气,暂时不杀太子,将太子转到太医院羁押,专派十名兵丁看守。赵开心等人罚俸三月,照常供职。

第二天,在刑部衙门处决二十六个人犯和钱凤览的告示旁边,顺天府衙门奉叔父摄政王的令旨,也出了一张告示,要"窝藏太子"的人家速速献出真太子,可以封给官爵,厚赏金银;倘若隐匿不报,定当严加治罪云云。士民们看了这张告示,都知道这是为杀害真太子做准备,个个摇头,心中不忿。但人们敢怒而不敢言。过了年节以后,北京和近畿的百姓又开始纷纷议论太子的事情,还出现了要救太子的无头揭帖。多尔衮正打算杀害太子,忽然患病多日的谢升死了。谢升在死之前更加精神失常,常常白日见鬼。临终的时候他连呼头疼,声音很惨,哀求说:"钱先生,请不要拘我太紧,我去,我去,我这就跟你去……"当夜就死了。满洲人十分迷信,多尔衮听到了这一消息,便把杀害太子的想法暂时放在一边。可是人人都知道这案子并未了结,人们在继续关心,在等待,也有人在暗中串连酝酿起兵,以武力救太子出狱……

第十七章

今年是清朝建都北京的第二年,也就是顺治二年。从今年正月开始,清兵就不断取得辉煌胜利。多尔衮要统一整个中国的梦想,虽然尚未实现,但已经大踏步前进,距离伟大的成功不远了。

去年十一月间,豫亲王多铎率领的西征大军从孟津渡过黄河,十二月十五日到达陕州,二十二日到了潼关城外二十里地方,立下营寨,等候后续部队和红衣大炮运来。

大顺军在去年九月间曾经派两万人马向清兵反攻,围攻黄河以北的战略要地怀庆府,结果把怀庆城门打开了。清兵死伤了几千人。后来清兵大军南下,这一支反攻部队又赶快撤退。李自成曾经决定由刘宗敏率领三十万人马出潼关进入豫北和畿南,威胁北京,使清兵不敢南下,但一时却抽不出那么多粮饷和人马。不仅骑兵缺乏,步兵也很缺乏。从山海关作战以来,马匹损失了很多,也曾派人去河套向蒙古族购买马匹,结果没有成功。李自成还曾派少数部队到河南,希望号召河南百姓抵抗清军,可是如今河南百姓再也不听他的号召了。有些人原来是随顺大顺朝的,可是经过三四年的战争,对李自成也不再有兴趣。原来把他看成救星,后来一年年打仗,一个战争接着一个战争,老百姓乱久思治,希望过一天安定的日子,可是始终没有等到这一天。如今你纵然说得天花乱坠,老百姓也不再相信。他们要活命,要养儿育女,不愿再去打仗。至于那些脚蹬两家船的地方武装,像李际遇这些人,在清兵还没有到达河南的时候,就已经暗中投降了。所以李自成号召河南百姓从军卫国的希望落空了。当清军到达潼关城下时,李自成只能集合起来不到二十万人的队伍,虚称六十万人马凭险抵抗。而清朝方面后来为了夸大战果,也说李自成用六十万人马守潼关,被清军一战击溃。实际上大顺是虚张声势,而大清是捕风捉影,都不肯说出实际数字。刘宗敏在山海关战中受了重伤,如今伤势虽然好了,身体还是很虚弱。李自成因为操劳过度,又在真定受了箭伤,身体也不如往年,刚刚四十岁的人,两鬓已经生出许多白发。他同刘宗敏亲自在潼关指挥战争,可惜兵力枯竭,尤其可怕的是士气低落。当清兵红衣大炮运来之前,他也曾命刘芳亮等将领几次从潼关东南边董杜原一带向清兵进攻,可是每次只能派出很少人马,往往是几百人去进攻清营,结果总是失败而回。他实际没有力量在清兵大举进攻之前就向敌人反攻。如果当时人马较多,他可以派十几万人马从商州到河南,牵制清兵。但是像这样的战略,虽然人人都能想到,却非有人马不行。

当李自成和刘宗敏在潼关与清兵相持的时候,英亲王阿济格率领的一支满洲大军从塞外南下,进攻榆林。高一功事前已经有了准备,在榆林城外同清兵展开了顽强的防御战。阿济格又分出一支人马从榆林南下,经过米脂,进攻延安。李过守延安,人马不多,粮食很少,被围不久,城中粮食就断了。清兵用红衣大炮攻城。李过眼看无法坚守,从延安突围出来,不向南去,而是奔往榆林,协助高一功死守,企图拖住阿济格,不让他的人马前往西安。

李自成得到延安失守的急报,知道守潼关已经没有用了,赶快留下马世耀率七千人守潼关城,自己同刘宗敏带着其余十来万人奔回西安。三天之后,就放弃了西安,从蓝田走商洛向邓州、襄阳奔去。路上偏偏遇着大雪,老弱妇女在七盘岭向商洛去的大道上冻死病死了很多。情况十分不妙。

豫亲王多铎从董杜原到了潼关西南的金盆坡,使防守潼关城的马世耀不得不投降。但是他的心中并不愿降,又派人给李自成送信,请李自成反攻,他作内应。可惜这密信被清兵截住,于是多铎就杀了马世耀,将他手下的七千将士也全部杀尽。

清兵占领了西安。高一功、李过得到消息,赶快放弃榆林,从陕西省的西部南下,沿途收集大顺军驻防各地的零散人马,向汉中一带奔去。

摄政王多尔衮得到豫亲王多铎占领西安的捷报以后,高兴万分。在多铎攻破西安以前,朝廷对于军事的进展情况一直严守机密。到这时才大事宣传,祭告天地宗庙,又遣使分别驰往盛京、蒙古各盟和朝鲜国,传报大捷消息。也就是在这次宣传中,清朝将潼关之战大大地夸张,把马世耀被消灭的七千人说成是马世耀率六十万大顺军守潼关,被清兵全部击溃。

多尔衮命多铎率领他的人马赶快离开陕西,分路到商丘集合,然后南下平定江南。这是去年秋天原定的计划。至于追赶李自成的任务就交给英亲王阿济格去办。这样多铎的人马就分为三路:一路出潼关经洛阳向东;一路从洛阳出龙门由汝州向东;一路是追赶李自成的部队,由商州经南阳向东。三月间会师商丘。沿途招抚河南各府、州、县,设置地方官吏。这时奉史可法之命到河南抵御清兵的高杰,已经在睢州被暗降清朝的许定国设计杀害。高杰的部队约数万人向南溃退。扬州空虚。所以多铎的大军从商丘长驱南下,没有遇到抵抗。

四月间,北京的气候本来风沙较多,可是初十这一天,没有刮风,天气晴朗,十分温和。多尔衮想到了年轻的圣母皇太后。他处理了重要的朝政之后,便离开摄政王府,乘步辇进宫。

他先到小皇帝福临读书的地方,看了看福临,向教书的文臣问了一些情况,又看了看福临写的仿书。虽然他并不怎么懂得汉人的书法,但大体说来他也知道一二。他对大臣们训谕了一些话,无非是如何教好皇上读书、写字,要多读孔孟的书,多认汉字,可也不要忘了学习"国字"(指满洲文字)等等。然后他就前往圣母皇太后住的慈庆宫去。

听见太监传禀:"叔父摄政王驾到!"小博尔济吉特氏不禁有些心跳。她虽是圣母皇太后,可是多尔衮非同别的亲王,她不得不站起身来,迟疑一下,走出暖阁迎接。多尔衮向她行了简单的满洲请安礼。她面露微笑,略为还礼,便将摄政王让进暖阁坐下。

在盛京的时候,清宁宫十分狭小,布置简陋,宫女很少,皇太极的后(大妃)妃们身边常有一些贵族和大臣们的福晋轮流服侍。如今进入关内,要有中国皇上的气派,许多宫中的礼节、规矩,都要向汉族学习。只是近来圣母皇太后选取了许多比较漂亮的满族姑娘,也有少数蒙古姑娘,通过学习宫中规矩、礼节,用作宫女;而将前朝的宫女分批遣散出宫。今天多尔衮来到小博尔济吉特氏的宫中,看见的宫女全照满洲习俗梳着两把头,穿着花盆式粉底鞋,身上是一色的满洲服装,珠翠耀眼,使他眼前气氛一新。献过茶以后,宫女们行了屈膝礼,悄悄地从暖阁退出。多尔衮向小博尔济吉特氏看了一眼,带着很不自然的微笑说道:

"我刚才问了皇上的读书情况,也看了他近来写的仿书。他很聪明,只是有点贪玩。"

年轻的皇太后抬起头来说:"请叔父摄政王对他多加管教,务必使他多读中国圣贤的书,懂得治国理民的道理,做一个好皇帝,不负太宗皇帝和叔父摄政王将辛苦打下的江山交到他的手里。他每天来慈庆宫时,我也常常教导他,要他时时想着叔父摄政王不但扶他登极时很不容易;如今平定中原,日夜操劳,何尝容易!"

多尔衮听了小博尔济吉特氏这几句话,又看见她眼睛里似有泪光,心中不能不感动,回答说:"眼看江南就要平定,李自成也就要消灭,今后治理这么大的一统江山可不容易。皇上不仅要读书,也要自幼学习骑马射箭,能文能武。以后八旗子弟都应该这样。"

小博尔济吉特氏含笑说道:"皇上如今年幼,如何读书,如何学习骑马射箭,请你选派妥当的文武大臣,认真教他。你是叔父摄政王,同他的父亲差不多,等他长到十几岁,能够亲自治理国家的时候,你这位叔父摄政王才好休息。"

多尔衮没有注意年轻的皇太后后一句话的深意,笑着说:"我是他的亲叔父。你说我同他的父亲差不多,许多王公大臣也都是这么看的。有的王公大臣在私下议论:等平定江南之后,我的尊号可以改一改,不必称叔父摄政王了。”

年轻的皇后心中一惊,不明白这是什么意思。难道“叔父摄政王”的尊号还不够尊么?难道世界上还有比这更高的尊号么?她的心怦怦乱跳。这跳不是平时与多尔衮单独相对时那种跳,而是惊骇、恐惧的心跳。噢,我的天!这么早他就不甘心做摄政王了!他要自己做皇帝,要篡位!她竭力使自己保持镇静,不要在多尔衮面前惊慌失措。她想,如若你要篡位,满洲八旗未必都心中服气。除非你先杀死我,我拼着一死,决不答应!这么一想,她有了勇气,望着多尔衮用微微打颤的低声问道:“王公大臣们打算将叔父摄政王的尊号改成什么呢?”

多尔衮随着军事上的节节胜利,个人的欲望越来越高,曾经反复想过,等平定江南之后,他的尊号要改成“皇父摄政王”,但是王公大臣们还都不知道他的这一心思,他对小博尔济吉特氏也不敢贸然说出,只是笑一笑,说道:

“现在说出还早,等平定江南之后再说吧。到那时还得先请皇太后斟酌。”

小博尔济吉特氏又问道:“到底是什么尊号合适?”

多尔衮仍然不肯说出。他愈不肯说,年轻的皇太后愈是疑心。她决心套出他的实话,于是既庄重又不失妩媚地微微一笑,望着多尔衮的眼睛,小声问道:

“叔父摄政王,你到底打算改称什么尊号?”

多尔衮只好笑着回答说:“到那时,改成‘皇父摄政王’,你看如何?”

小博尔济吉特氏一下子满脸通红,一直红到脖子上,心中狂跳,低下头去,半天不知如何回答。她不明白多尔衮想改称“皇父摄政王”是怀的什么鬼胎。别的尊号犹可,这“皇父”二字是可以随便用的?多尔衮要改皇父,岂不是要马上篡位么?他不但要篡位,连她这位年轻貌美的圣母皇太后也将公然成了他的妻子!自古以来,权奸篡国于孤儿寡妇之手,还没有一个人如此狠毒!可是,多尔衮要改变尊号也许不是为着篡位,谁知道他怎么想的?既然他自称皇父,岂不要同她住在一起?如果不是篡位,仍是摄政王,同她住在一起,她肯不肯呢?平日她对他并不是毫无情意,可是自古以来还没有过这样事情,她怎好同意?唉,我的天,这太可怕!如今正在学习汉人礼法,这样不是让天下臣民耻笑么?况且豪格他们能够答应么?岂不引起大乱,八旗中自相杀戮?再说福临已渐渐懂事,她知道福临近来对多尔衮已经暗中怀恨,日后懂事更多,他能够答应么?她又想,多尔衮称为"皇父"后,纵然暂时不篡位,以后随时要篡位还不容易?……这一切复杂的念头一古脑儿盘旋在她的心上。

多尔衮也觉得很尴尬,说道:"这事情以后再说吧。近来天气很好,西苑中百花盛开,圣母皇太后可以率领宫中妃嫔宫女们多去西苑赏花、散心,不必总是闷在紫禁城中。"

小博尔济吉特氏趁这个机会抬起头来说:"是的,我也常有这个打算,预备在西苑或者北海的琼岛上同大家快活一天,也请叔父摄政王带着你的福晋们一起来玩一天。不要多的礼节,算是一次家宴吧。"

多尔衮说道:"这样也好,请圣母皇太后定下日期,只要我的事情不太紧,一定率领摄政王府的福晋们前来侍候皇太后快活一天。"

"叔父摄政王日夜为国事操劳,也应该休息一天才是。"

多好的圣母皇太后!口气亲切,声音温柔,还有她的青春美貌,使他怎能不动心呢?他看见她分明还在因刚才的事儿困惑,分明她的呼吸仍然有点紧张,这情形格外地使他动心。

多尔衮不觉又咽下去一股口水,很不自然地笑着说道:"刚才我说的改尊号的事,请皇太后不必放在心上。等以后平定了江南,统一了江山,再请太后斟酌。"

小博尔济吉特氏又一阵脸红,轻轻说道:"千万不要再说了,传出去会使朝野震动,对叔父摄政王也有不便。"

多尔衮用别的话岔开了这个问题。他说,从南方传来消息,在南京又有一个崇祯的"太子"出现,闹得南京城中风风雨雨,有的说真,有的说假。他又说,左良玉声称要救那个南京的假"太子",听说已经从武昌率兵东下了。

小博尔济吉特氏笑了一笑:"哪来这么多真真假假的太子。如今在太医院中的那个少年,你究竟打算怎么处置?"

多尔衮说道:"我看也该处置了。最近有些地方在叛乱,都打着要救太子的旗号。"

小博尔济吉特氏问道:"近来京中有什么有趣的传闻没有?"

多尔衮知道她是故意找些题目把刚才那件事岔开,便说道:"别的有趣消息倒也没有。只是李自成手下有一个女将,名叫红娘子,嫁给李岩为妻。李岩去年在山西被李自成杀害之后,这个红娘子逃走了。路上又遇着乡勇,杀得她只剩下一个女兵跟随,以后就没有下落了。我们平定山西以后,许多贼中情况都打听清楚了,惟独这个红娘子的下落不明。豫亲王多铎来了奏报,说河南有许多地方白莲教造反,传说以红娘子为首。可是我们又得到细作禀报,说她最后没有办法,也在太行山中自尽了。还说她准备逃回河南,在黄河边上遇到追兵,无法逃走,只好投河自尽。我看说她已经自尽的谣言未必确实,已下谕各地查明来报。太后,这倒是一件有趣的事儿。"

小博尔济吉特氏又问道:"不过是一位会武艺的女子,有什么趣?"

多尔衮笑着说:"会武艺的女子本来不算稀罕,可是听说这个红娘子长得极其标致,武艺也不一般,还有智谋,能够统兵打仗。我们去年追赶李自成的人马到了固关外边,也就是中了这个红娘子的埋伏,吃了她的亏,后来停止追赶。"

小博尔济吉特氏说:"可见得汉人中有本领的人还是不少。像这样的妇女,我们八旗里边,如今还没有一个。倘若将她找到,劝她投降,倒是很有用处。"

多尔衮笑着说:"她年轻标致,投降之后,自然要重重地用她,可是谁晓得她在哪儿?"

"色鬼!"小博尔济吉特氏在心中骂了一句,又说道:"那就吩咐下边,务必查到她的下落好了。"

多尔衮又说了几句闲话,提出告辞。他今天心中确实快活,不仅因为下江南之师已经杀向扬州,追赶李自成的人马已经进入湖广,李自成只顾奔逃,无力抗拒。而且更使他高兴的是,他今天说出了要将尊号改为皇父摄政王的意思,年轻的皇太后并没有说出令他不快的话,倒是满脸通红,似乎已经默默地同意,只是觉得目前时机还未到。当她满脸通红的时候,愈发显得美丽可爱。他在心里决定,只等平定江南之后,再同他的亲密大臣商议此事,料想不会有人敢阻止! 他又向年轻的皇太后望了一眼。二人四目相对,多尔衮又觉得几乎不能自持。可是侍候皇太后的一群宫女和命妇已经进来,等待送他出宫。他只好向小博尔济吉特氏施了一个简单的礼,向外走去。

回到摄政王府,他的心上仍然困扰着小博尔济吉特氏的美丽的影子,眼前又浮现出她的通红的面孔、她的很不好意思但又分明含着感情的眼神。正在这时,忽然得到禀报,知道又有一些地方老百姓为着太子闹事。还有一个紧急禀报,说远在凤阳一带,老百姓有几千人叛乱,也打着救太子的旗号。这消息使他非常吃惊,年轻皇太后的影子立刻在他心上消失得一干二净。他将内院大学士范文程叫来,商量了一下,立刻发出严厉的令旨,对各处为太子造反的士民赶快剿杀,不要使别的地方的乱民起来响应。然后他吩咐,就在今夜,将拘押在太医院中的崇祯太子秘密勒死。

果然到了第二天,即顺治二年四月十一日,传出了消息,说崇祯太子在太医院中因病身亡。京城士民听到这个消息,人人怀疑,但是救太子的风声从此也就压下去了。

第十八章

大顺二年乙酉,也就是清朝的顺治二年正月十三日这一天,在大顺朝很短的历史中,是一个令人十分痛心的日子。它比李自成退出北京的日子更为不幸,更使李自成本人和他手下的忠臣义士永远难忘,直到他们离开人间的那一天。

头一天,即正月十二日,李自成要放弃长安,从蓝田走商州、武关,逃往湖广的准备工作已经就绪。长安市民也都知道了这一决定。大顺皇帝尚未走,尽管人心惊惶,害怕满洲兵和关宁兵来到后会惨遭杀戮、掳掠和奸淫,但市面上还保持着平静,没有兵丁和坏人扰乱治安,也没有纷纷向乡下逃走的情况。全城在几天前就已经戒严,各衙门比平时戒备得更加森严。各街道路口增添了岗哨,不时有骑马的巡逻队从街上走过,表情庄严,含着杀气,带队的军官怀中抱着黄套令箭。紫禁城的四门外边都站立着两行明盔亮甲的武士,钟楼、鼓楼和城门楼上站立着弓弩手、火铳手。不仅午门附近,连东华门和西华门前边的街道,都严禁行人通过。

原来秦王妃的正宫,现在改称坤宁宫。整个宫院中十分肃静。虽然不断有神色紧张的宫眷、宫女和粗使的女仆、侍臣进进出出,十分忙碌,但是没有人敢大声说话,也不让脚步发出响声。在宫女中,有些人装束很别致,穿着蓝缎绣花紫羔皮斗篷,斗篷边沿处用猞猁皮镶着"出风",头上戴着灰鼠里红缎面镶着兔毛"出风"的风帽。有的人在风帽前缀一块长方红玛瑙,多数人缀的天蓝宝玉,分出来级别差异。她们在斗篷里边穿着紧身绣花短装,腰际紧紧地束着丝绦,挂着宝剑,脚上穿着黑羊毛毡厚底马靴,马靴头上镶着染成红色的羊皮蝙蝠图案,象征"洪福"。她们一共有二十个姑娘,都只有十六七岁,是近几个月中才从阵亡将士们的女儿和妹妹中挑选进宫的。大顺皇后高桂英原来的女亲兵和健妇营剩下的女官女兵,一则都到了出嫁的年纪,皇后不愿再耽搁她们的青春,二则红娘子的事情和慧剑的死都使她十分伤心,所以有父母的都遣散回父母身边,由父母做主许配给有功的将校为妻,没有父母的就由皇后替她们选择合适的将校婚配。新挑选的这二十个姑娘因为是跟在皇后左右,所以装束比当年健妇营的女兵、也比当年随在她身边的女亲兵排场多了。这些姑娘都跟着父兄学过武艺,娴于骑射,也比较机灵。皇后对她们特别看待,不同于一般宫女。坤宁宫中有重大事商议的时候,只派这二十人轮流在檐下侍候,不要别的宫女和女仆进去。

如今皇后高桂英正坐在坤宁宫正殿中,已经召见了一些人,正在等候尚炯和王长顺进宫。还有内廷教师邓夫人,也快要来到。所有要由她带走的金银珍宝和必要的粮食,都已经收拾停当。为驮这些公家和私人东西的三百匹骡子也都已齐备,正在皇宫后门附近的僻静后院中吃着干草和豆料。她默默无言,落下眼泪,不时深深地叹息一声。

尚炯和王长顺进来,向皇后行了叩见礼。皇后说道:

"你们坐下吧,我们虽是君臣,可是多年来患难相共,祸福同当,如今又要……你们可都准备好了?"

尚炯回答说:"臣等已经准备停当,不知皇上什么时候起驾?听说要从蓝田出去,从七盘岭到商州,往湖广方面立脚。娘娘召唤臣等进宫,有何面谕?"

皇后说道:"我叫你们进宫,有几句紧急话告诉你们。皇上面谕:你们二位今晚二更时候随我离开长安。长顺哪,有三百匹骡子,驮的东西十分要紧,有的是粮食,有的是贵重东西。交你来管。不论遇到什么风险,这三百匹骡子可不能丢掉啊!"

王长顺说:"小臣已经是过了五十岁的人了,多次挂彩,如今一遇变天,就浑身疼痛,为何不派一位年轻能干的将士押运粮食和贵重东西？小臣不是害怕打仗，是力不从心哪！"

皇后伤心地说道："目前咱大顺朝的境况你也清楚，哪有人呀？我左思右想，只好将这副重担放到你的肩上。"

王长顺叹了口气，含着眼泪说："娘娘不必难过，我尽力挑起这副担子，等娘娘身边有得力将领时，赶快将这副担子交给年轻能干的人。我虽然随时准备着为大顺受伤、流血，头颅落地，可是娘娘，万一在路途上突然碰上敌人，为保护辎重，拼死冲杀，我到底比不上年轻人啊！"

皇后说道："过不了多久，我身边一旦有了可靠的将领，长顺，我一定立即换人！"

尚炯问道："娘娘不同皇上一起动身么？"

皇后本来想将昨晚已经决定的方略告诉他们，可是又担心他们回去后告诉各自的左右亲信，说不定就会由某位亲信将消息泄露。在目前这种时候，她不得不对行军机密谋划，百倍小心，严守秘密。她略一迟疑，回答说：

"皇上命我今晚动身，他将在明日晚上或后日动身。"

尚炯和王长顺一听这话就明白皇后和皇上并不一道走，不觉心中吃惊，随即产生了一个疑问：在这般艰难时刻，为什么不一起走呢？王长顺忍不住问道：

"娘娘从哪个方向走？"

皇后回答说："皇上一再口谕，暂时不许我对任何人说出来去的方向。等离开长安之后，你们自然就明白了。你们是我和皇上的多年心腹，可以说是真正同生死共患难的旧臣，到了该向你们说明的时候，不消你们问，我会先告诉你们知道。"

尚炯问道："娘娘今日以皇后之尊，离开京城，与往年情况大不相同，不知身边带多少人马？是哪几位得力将领护驾？"

皇后凄然一笑，说道："为避免张扬，我带走的人马越少越好。已经商定：在长安一带的人马都跟皇上去，将领们也都跟皇上。我只留来亨扈从，随我去的少数骑兵也由来亨带领。"

王长顺说道:"来亨? 这怎么行啊? 他虽然很有出息,到底还是一个十八岁的孩子。"

尚炯也说:"娘娘以万金之躯,何等重要! 不管国家多么困难,皇后离京时都应该挑选两三位智勇双全的将领扈从,以防路途不测。仅仅命来亨他一个人率领少数步骑兵保驾,恐非万全之计。乘此时尚未离京,务请娘娘三思!"

皇后禁不住落下眼泪,忍着哽咽,叹口气说:"回想崇祯十一年在潼关南原突围的时候,我身边还有刘明远始终相随,十分得力。如今重要将领们死的死,伤的伤,虽然还有可用的人,却必须留在皇上身边,好同追赶的敌人死战。我只要来亨一个小将,其余的重要将领一概不要,将大家留在皇上身边要紧。"

尚炯说:"叫王四扈从娘娘如何?"

"不,原来皇上也有这个意思,我坚决不要。王四同左小姐结为夫妻,是左良玉的义女婿。左良玉驻兵武昌,兵力不小。我们兵败,皇上不得已退往湖广,要尽量避免同左良玉兵戎相见,方好用全力对付满洲鞑子。皇上将王四夫妇带去,说不定会有用处。倘若差遣王四夫妇给左良玉下书传话,要比差遣别人方便。至少老左不会忍心将他们杀害。"

王长顺建议命张鼐率兵扈从,并说:"小张爷封了侯爵,在军中威望很高。他的夫人慧琼原是皇后身边女兵,重新跟随皇后,顺理成章。路上倘有缓急之时,必可得他夫妻俩尽力效忠。"

皇后摇摇头,说:"如今双喜死了,李强也死了,张鼐万不可离开皇上左右。张鼐随皇上一道,慧琼自然也要跟去。皇上的几位妃子,两位叔父和两家人,还有一年来新添的各位宫眷,以及许多随皇上一起的老营妇女和儿童,虽有男将率军保护,可是有慧琼这样一员女将帮助照料,也会使皇上少操一份心。前天皇上说要张鼐夫妇跟随我去,我一百个不同意。皇上往湖广去,前有左良玉拦路,后有满洲人和吴三桂的大军追赶,他的困难比我大得多啊! 只要皇上平安,咱们的大顺就不会亡。让能够作战的人都跟随皇上去吧。"

皇后说了这一番话,忍不住低下头,哽咽流泪。

王长顺也低头流泪。他虽然官小位卑,但是他从李自成开始起义就给李自成当马夫,生死不离。他的家早就毁了,无妻无子,别无亲人,老八队就是他的家,老八队的忠勇将士全是他的亲人。老八队如何经历多次挫败,在潼关南原惨败后如何在艰难困苦中重振旗鼓;如何从郧阳以南的山中出来,奔入河南;如何到处受百姓欢迎,把闯王看成救星;如何破洛阳,杀福王,威震中原,所向无敌;后来如何破西安,建立大顺国,攻进北京;后来又如何在山海关被杀得大败,退出北京,猛然间由盛而衰,直到今日……看来是要亡国了,大顺朝的末日到了。唉,这一部大顺艰难创业和不幸的兴亡史全压在他的心头。如今站立在皇后面前,皇后流泪,他也流泪,心如刀割,却又无话安慰皇后。他明白如今大顺军士气衰败,见了敌人不逃即降,皇上和皇后离开长安后的吉凶难料。他在心中悲叹说:

"我这条老命活够了,死也要做大顺的忠臣!"

尚炯又说了几句劝慰皇后的话,反而更使皇后伤心。大顺朝建立,只有一年多时间,忽然由盛而衰,到了今天这种地步,竟然使高桂英同李自成夫妻分离,叫谁能够不难过呢?忽然宫女禀报,有太平伯吴汝义奉旨来坤宁宫求见皇后。皇后说道:

"命他进来吧。"

吴汝义进来跪下,对皇后说道:"请左右回避。"

皇后向宫女们挥一下手,要她们全都退出正殿。尚炯和王长顺也要回避,但她用眼色把他们留下。她认为处此危急存亡时刻,有困难不应该瞒着他们。她定睛望着吴汝义,心中十分吃惊:天呀!又有了什么可怕的军情禀报?果然吴汝义小声奏道:

"皇上同刘宗敏离开潼关时,给马世耀留了七千精兵,嘱咐他死守潼关险要地方,拖住敌人,能够拖多久就拖多久,以便长安城中军民从容退出……"

皇后赶紧问道:"如今马世耀如何了?"

吴汝义的心情过于紧张,声音有点打颤地接着说:"不料马世耀没有听从皇上的密谕,将潼关城外董杜原一带的守军全都撤了,敛兵城内,使满洲兵不战而占领了董杜原要地,一直到潼关西南的金盆坡,都驻了军。满洲的豫亲王多铎亲自驻在金盆坡上,居高临下,从西南边包围了潼关城。马世耀害怕敌人,所以才出此下策……"

皇后又问道:"如今潼关城怎样了?"

吴汝义说:"马世耀见孤城难守,就献出潼关城,投降了敌人。"

皇后恨恨地说道:"该死! 忘恩负义的畜牲! 马世耀现在何处?"

吴汝义说:"已经被满洲人杀了。"

皇后吃惊道:"啊?! 投降之后又被杀了?"

"不但马世耀被敌人杀了,留给他的几千人马全都被敌人杀了,没有一点反抗。"

"为什么不反抗? 几千人也可以杀开一条血路,逃回长安,为什么白白地就被杀光了呢?"

"皇后不知。马世耀投降之后,心中又觉得不甘,就写了一封密书派人送往长安来,半路被清兵抓到。原来是他求皇上率领大军反攻,他从潼关城中作内应。清兵见到这封密书,就在金盆坡以吃酒为名,请他前去,当场将他绑了起来,又命他将手下人马全部召集到金盆坡点名,不许携带武器。他的几千将士在金盆坡被包围,徒手就擒,都被当天杀死。如今满洲大军已经向长安杀来,皇上决定于明天五更离开长安。他现在正在忙碌,命臣进宫来将情况禀奏皇后,请皇后务必在二更之前动身,不可稍有耽误。"

皇后问道:"子宜,皇上说他有重要话亲自嘱咐我,不知他何时回后宫来?"

吴汝义说:"臣不知道。皇上正在部署退出长安的事,千头万绪,怕一时不能回来。"

皇后点点头,说道:"你退下去吧。"

原来高桂英还以为,几天之内,满洲兵不会过潼关前来长安。现在突然得到这个禀报,想从容退出长安的计划被打乱了。尽管她是身经百战的巾帼英雄,但在此时此刻,她亦不禁神色沉重,望着尚神仙和王长顺,不觉叹一口气,说道:

"事情越来越困难了!"

尚炯说道:"军情险恶,实在令人担忧。天已经开始下雪,北风刺骨,望娘娘路上多多保重。"

皇后说:"我自己不用担心,最叫人担心的是皇上自己携带大批老弱眷属,遇着这样的风雪天气,后有追兵,如何行军? 过七盘岭路途险恶,风大天寒,如何是好?"

尚炯问道:"娘娘与皇上分路离开长安,将在何处何时会师?"

皇后哽咽回答:"倘若天不亡我大顺,事情顺利,逢凶化吉,预计几个月后在湖广会师。"

尚炯说:"臣担心敌人占领长安以后,会穷追不止,使我军无处立脚。湖广前有左良玉,盘踞武昌;在均州、郧阳一带还有王光恩兄弟,死心同我们作对;后边又有胡人的精锐大军,乘胜追赶……"

一个宫女进来禀报:"内廷教师邓夫人已经来到,等候传见。"

尽管高桂英同邓太妙有君臣之分,然而她一向只把邓太妙作为师傅看待,不作为女官看待,对邓太妙十分尊重。今晚本是她将邓夫人紧急宣召进宫的,此时却忽然不想接见了。因为她的心中压着不免亡国的不幸预感,十分悲痛和焦急,许多往事,许多问题,一古脑儿涌上了心头。最使她不能不后悔的是破了长安之后,连她自己也糊涂了,好像天下已经定局了。那时听说李岩不赞成急于去攻占北京,主张先把河南、湖广、陕西、山东、山西各地治理好,一二年以后再攻取北京。可是皇上一意占北京,听不进别的意见,李岩自然也不敢多言,致有今日! 南征北战了十七年,竟没有一片立脚之地! 她想同尚炯、王长顺二位老伙伴谈一谈她心中的话,却没有时间了! 迟疑片刻,她抬起头来说:

"老神仙,长顺,咱们以后说吧!你们快回去,晚饭以后带着你们手下执事官员、亲兵、仆人速到紫禁城后门等候,随我离开京城。"

二人跪下磕头。王长顺临出坤宁宫正殿时,突然忍不住痛心地哭了起来。高桂英心中也十分难过,深深地叹一口气,随即将泪揩去,向宫女们说:

"请邓夫人到偏殿谈话。"

高桂英走出坤宁宫正殿,忽然一阵冷风从宫院中刮过,檐际铜铃发出纷乱的叮咚声,同时鹅毛般大雪片猛扑到她脸上,她不由地自言自语说:

"偏遇着这样天气!"

一进偏殿,正在肃立恭候的女诗人邓太妙立即跪下接驾。她将邓太妙搀起,哽咽说:

"邓夫人,今晚一别,不知何日才能相见。今晚只作一家人随便谈几句话,免了君臣之礼吧。"

邓太妙等高桂英面南坐下以后,又跪下叩头。高桂英说道:"我已经吩咐过,今晚免了君臣之礼,你怎么又要行礼?"

邓太妙说:"正因为今晚君臣相别,所以臣妾必须行礼,不忘厚恩!"

高桂英说:"快点坐下,今晚时间无多,说几句话你就应该出宫了。明日你必须离开长安,已经准备好了么?"

邓太妙从座位上站起来说:"臣妾已经准备停当,妾家文府也算是长安名门世家,并不缺少钱用。目今国家十分困难,蒙皇后陛下差人赏赐纹银千两,臣妾不敢不受,心中十分不安。今日臣妾接到赏赐的时候,已经望阙谢恩,现在来到皇后面前,容臣妾再一次叩谢皇恩。"说毕,她立刻重新来到皇后面前跪下,连连叩头,伏地呜咽。

皇后流下眼泪,说道:"你起来坐下吧,我还有要紧话对你嘱咐。"

女诗人站起来又拜了三拜,然后侧身归座,低头流泪不止。

皇后揩去眼泪,说道:"前年十月间我同皇上来到长安不久,礼聘夫人为内廷教师,转眼一年多了。我们君臣相处,如同家人。不幸国家有难,今日不得不同夫人分手,但愿一两年后国运转好,重回长安,我们重新相见。"

邓夫人站起来哽咽着说:"前年蒙皇上和皇后两陛下特降恩礼,命臣妾为供奉内廷,不惟使臣妾得保一身名节,且使臣妾每日出入宫禁,恭侍皇后与公主读书,得享无上宠荣。倘先夫文翔凤九泉有知,亦必含笑感激。不料吴三桂勾引胡人入关,致有今日之祸。然而自古国君蒙尘,重振中兴大业,史不绝书。胡人一时猖狂,正所谓'蛮夷猾夏',断无长久窃踞中国之理。请皇后陛下放心,今日暂别,后会有期。"

皇后听了邓夫人的话,叹口气说:"我也想胡人不会久占中原。夫人所说的话,都是前朝古代的正理,哪有胡人能够长久当令的?倘若赖天地之灵,将胡人赶出中原,不仅是我们大顺国之福,也是中国万民之福。"

停一停,皇后接着说下去:"自从满鞑子兵从孟津过了黄河以后,百姓哄传,茂陵多次夜间鬼呼,有时发出很大的声音,震醒了附近村民。又传说接连数夜间霍去病墓前的石马身上都流了汗,那一匹践踏匈奴的石马流汗最多。夫人,这些谣言,你也都曾听说,还为此作了一首五言排律,传诵长安。无奈目前咱大顺国大劫临头,纵然有汉武帝在地下发怒,霍去病在冥冥中亲自助战,暂时也不能打败胡人。"

邓太妙说道:"请娘娘宽心。以臣妾看来,不要多久,必然'昊天积霜露,正气有肃杀。祸转亡胡岁,势成擒胡月。胡命其能久?皇纲未宜绝。'请娘娘不必忧愁。"

皇后说:"数日之内,胡人就会来到长安,必然奸掳烧杀,使长安遭到一场浩劫。夫人在长安素有才女之名,所以必须赶快逃出长安。不知夫人有没有可以藏身的地方?"

"臣妾有一胞弟名邓少剡,在周至县乡下有一处庄田,不临官路,颇为僻静。臣妾日前自奉娘娘面谕之后,当即差家人前去,告诉邓少剡知道,做好准备。既然情况紧急,臣妾明日一早就离开长安。"

皇后说:"如今不能随便出城,我命人告诉泽侯,派五十名骑兵护送夫人到五十里以外。"

邓太妙说:"不需要骑兵护送,那样反而招摇。只请泽侯派两名骑兵,拿一令箭,送臣妾出城数里就行。目前长安城外,治安尚佳,只用臣妾家里一干奴仆轿夫跟随就可以了。沿途都有先夫的亲戚故旧,到处会受到照顾,请娘娘陛下不必挂心。"

高桂英向宫女吩咐,速请公主和忠娘娘来送别师傅。随即兰芝和慧英进来。邓夫人要向她们行礼,皇后阻止,命她坐下,又命公主和忠王妃向她行一拜礼辞别,再一拜以谢师傅。邓太妙恭敬还礼,然后一手拉住兰芝,一手拉住慧英,相对垂泪。她想着慧英前年腊月与双喜小将爷拜堂成婚,不过半月,双喜随皇上出征,死在山海关,慧英就成了寡妇。虽然后来皇上追封双喜为忠王,封她为忠王妃,但她哭得死去活来,曾经要悬梁自缢,为夫尽节,幸而被宫女看见,没有死成。邓氏自己也是年轻守寡,更能理解慧英的痛苦心情,每次进宫来都要对慧英说些劝慰的话。此时执手相对,想着从今以后,慧英将转战各地,生死难料,再相会十分渺茫,不禁满心酸痛,泪如泉涌,竟说不出一句话来。高桂英望着邓太妙和慧英的神情,心中完全明白,也不觉叹口长气,暂时不说什么话,任她们手拉着手,相对流泪。她自己也伤心地想到,几年前身边一群得力的姑娘,如今死的死了,嫁的嫁了,而嫁出去不久做了寡妇的何止慧英一人! 她又不由地想到慧梅,死得太可怜,临死的时候不肯瞑目,还是吕二嫂用手指头闭起了她的眼皮。她又想起慧琼嫁给张鼐以后,因为张鼐念念不忘慧梅,夫妻感情始终不好。慧琼不敢告诉她,只告诉慧英、兰芝知道。她听说慧琼常常在暗中哭泣。她又想到慧剑,眼前出现了黑妞初到商洛山时的稚气神态,想起黑虎星当年对她的嘱托,可是慧剑在固关外边同满洲人作战时阵亡了。想到这些人,她再也控制不住自己,热泪奔流,几乎要呜咽出声。

正在这时,李自成命人前来传谕,晚膳以后,皇上和军师要来后宫,有要事商议。皇后心中奇怪:军师有何密计? 只要皇上说一下还不行么?

天色已经很暗,偏殿中宫灯全点上了。

皇后破例命文府来的轿子从西华门内抬到坤宁宫大门贞吉门内。邓夫人不肯,说道:"这虽是皇后的殊恩,却不合宫中礼制。"

皇后先命人去西华门,唤文府轿子和仆人丫环进来,然后对邓太妙说:"如今患难之际,讲什么皇家规矩? 从今日以后,我想再亲眼望着你上轿,不知何年何月!"

邓太妙跪下叩头,伏地痛哭。

皇后忍不住抽泣。兰芝、慧英、左右宫女们一起流泪。

邓夫人跪在地下哽咽说:"皇后陛下,自从去年五月以来,臣妾深知娘娘陛下为国事操心,日见消瘦。只恨臣妾虽蒙恩宠,供奉内廷,却不能为娘娘分忧。皇上自山海关大战以后,因为事不遂心,处理军国事不免急躁易怒,有时多疑,致使文武大臣不敢遇事直言无隐。如今娘娘跟随皇上前去湖广,总在圣驾左右,如同以前困难年月一样。深望娘娘佐皇上战胜强敌,奠安社稷,早日凯旋还京。"

皇后明白邓太妙不知她就要同皇上分手,各自东西,也许此番生离就是死别,所以才有这几句忠诚进言,但是她的行踪绝顶机密,不能对邓太妙泄露一字,所以她一边点头,一边心中充满凄楚和酸痛。

她亲自拉邓夫人起来,相对默坐片刻。文府的轿子、仆夫、丫头们都来到贞吉门外。邓夫人又一次跪下叩头,然后抽泣着走出偏殿。皇后破例亲自送出偏殿,站在檐下,望着她向贞吉门走去。兰芝和慧英奉皇后之命,送邓太妙到贞吉门。邓夫人上轿前,回身来望着皇后,立着拜了三拜。皇后一直看着邓夫人进入轿内,在风雪中走了。

晚膳过后不久，皇后由慧英和兰芝陪侍，在坤宁宫东暖阁等候皇上。宫女禀报说："军师来到。"她赶紧带着慧英、兰芝从暖阁出来，在正殿坐下。

宋献策不免有点紧张，向她行了一个叩头礼，就站立起来。几个宫女肃立在皇后背后侍候。皇后命军师坐下，打量一眼他有点紧张的神色，问道：

"皇上为何还不回后宫来？"

宋献策站起来说："皇上同文臣们会议已完，正忙着分别召见重要将领，面授方略，他命臣先来后宫，向皇后面奏一件十分机密事项。"

皇后说："你说吧。"

宋献策说："请皇后命宫人们回避。"

皇后命宫女们退出殿去，然后问道："忠王妃和公主二人可以留在我的身边么？"

宋献策望一眼慧英和兰芝，说道："公主和忠王妃自然可以留下，不过臣此刻要密奏皇后的话十分重要，请她们二位千万不可使左右亲信知道。"

高桂英心中吃惊："是什么机密事儿，如此严重？"

献策继续说道："只怕万一有谁不慎，无意中说出皇后的行踪，不惟皇后难保安全，也会坏了皇后此行的大事。"

皇后说道："崇祯十一年冬天，在潼关南原战败突围的时候，我同皇上分手，敌人尚且不奈我何。今日满洲人和吴三桂，又能将我奈何！"

献策说："今日情势与数年前完全不同。娘娘此去，身边兵微将寡。大约十多天后，才能有数万得力人马赶到娘娘身边，倘若在十天之内泄露了皇后行踪，敌人只用三五千精骑穷追不舍，不惟皇后一身安危可忧，所图谋的大事业也将坏了。"

皇后默然,心头更加沉重。

宋献策从怀中取出一个封套,从里边抽出一张纸,摊在桌上。皇后一看,原来是一张草草画成的地图,心中开始明白。宋献策指着地图,小声解释。原来这一张地图,标出了许多地名,什么地方有什么将领,现在手头有多少人马,都写在上边。

宋献策说:"如今主要是靠一功和补之两位将军,靠他们从榆林撤回的人马,另外从此往西往南,许多地方都还有驻防的人马。有些地方三千五千,有些地方一千两千,也有只剩下几百人的。我已经分头派人星夜传皇上密旨,火速向两个地方收拢。一个地方,"说到这里,宋献策用指头在图上指一指,"是皇后要去的地方。皇后到了这里,不要声张,不要当地文臣武将恭迎,秘密地住下来,等候补之和一功的大军来到。估计半月之后,人马可以有六七万。然后皇后从这一条路往这里走。到了这里,离汉中已经不远了,另外一批人马分散在洮州、天水各处,都会奉命到这里同娘娘的人马会合。如今贺珍驻守汉中,张献忠派一支人马同他打了一仗。他把张献忠的人马打跑了。皇后到了汉中,就把贺珍的人马也带在身边,把粮食多收集一些,然后就往湖广。千万要机密,不使胡人知道消息,也不要同张敬轩纠缠。到湖广同皇上会师是最紧要的一件事。"

皇后指着地图说:"从汉中、保康往湖广去,不是有王光恩兄弟的人马在郧阳一带挡住了路么?除非把他们打败,否则如何能够同皇上会师?"

宋献策低声说:"臣正要说出这以后怎么走法。千万不能走郧阳这条路,不能同王光恩兄弟作战,那样一则会耽误时间,二则会损伤我们的人马。万一在郧阳一带纠缠起来,就会坏了大事。请皇后看,从这里有一条路,走太平县……"

皇后吃了一惊,说:"张敬轩在玛瑙山吃过一次败仗,不是在太平县附近么?"

宋献策点头说:"是的,这里是太平县,这里是玛瑙山。可是如今这里既没有明朝人马,也没有张敬轩的人马,请娘娘从这里进川,然后走这条线,到这,再到这,从这里出川,就到了湖广。"

皇后问道:"倘若我收集到了众多人马,按这条路走,到了湖广,与皇上在何处会师?"

宋献策说:"现在很难说定,反正是要在湖广某地。"

皇后心中一惊,又问:"皇上前去湖广到底能带去多少人马?"

宋献策说:"原来守潼关的不过十来万人,除了给马世耀留下数千,全都回到长安,加上长安守军,合起来大概有十二三万。"

皇后说道:"从商州出武关,经过南阳府的内乡、邓州,再到襄阳府,入了湖广。这些府、州、县原是熟地方,从前百姓多么拥戴皇上,称他是救星、救命恩人。如今胡人入关,要灭亡中国,能不能沿途号召百姓,重新集合成一支大军?"

宋献策摇头说:"如今百姓离心,恐怕很难。"

"既然不能号召百姓,如何能在湖广立足?"

"目前赶快离开长安要紧,能否在湖广立住脚跟,到襄阳后看情况再说。"

皇后悲愤地说:"从前你们只看见打仗,只求军事上步步胜利,并没有想到老百姓乱久思治,盼望过温饱的日子,你们只一心想着胜利,却没有想到,万一受到挫折怎么办。自古用兵,要做到能进能退,能攻能守,才能立于不败之地。李公子建议据宛洛以争中原,据中原以争天下,那意见多好,就是不听!唉,掏钱难买后悔药,如今只落得个天子蒙尘,君臣无计!"

宋献策赶快跪下说:"臣身为军师,辜负了国恩,万死不足塞责。"

皇后说:"国家到此地步,京城不能守,天子要出走,不能说全是你做军师的责任。皇上从北京回来以后,脾气大变,十分焦躁,容易暴怒,所以我没有抱怨他一句话,总是帮助他想主意,指望能够挽救败局。可是以陕西一省之力实在无法支撑危局,所以败局也就未能挽回。当时如果听一听李岩的话,每占领一个地方,就赶快设官理民,抚辑流亡,奖励农桑,岂不很容易站住脚跟? 百姓苦了多年,只要使他们有一天好日子过,谁不感恩戴德? 当日急着占领北京,好像只有在北京登极才算数。难道在长安登极就不一样么? 我虽然读书少,可是我知道汉、唐君主就是在长安登极的! 倘若你们一班做大臣的,有学问的,像牛金星那样当朝丞相,都敢谏净,皇上不急着去北京,先将河南、陕西、山西、湖广、山东各地治理出一个眉目,然后派兵去占领北京,再下江南,岂不是可攻可守,立于不败之地? 唉,军师呀! 如今我大顺国的土地在哪里? 人民在哪里? 在哪里呀,你回答我的话!"她不禁以袖掩面,小声痛哭。

宋献策赶快说:"请皇后宽心,如今只是一时间国步艰难,必将否极泰来,重整江山。"

皇后揩去眼泪,愤愤地说:"军师,我从来没有像这样当面责备过你。今晚我同你君臣离别,各奔东西,再见很难,所以我忍耐不住对你说了这么多气愤的话,但望你继续给皇上尽忠竭力,做一名好军师。不管遇到千难万险,你不要离开皇上左右。"

宋献策流出热泪,声音打颤地说:"除非臣死于敌人之手,决不会离开皇上。"

皇后说道:"皇上从山海关战败,退出北京之后,有许多事做得不好,章法已经乱了。如今悔之已晚。倘若你们能够在湖广站住脚步,千万不能再走从前的老路,不能再做那种只打仗不管百姓的错事!"

宋献策说:"今后倘若能在湖广站住脚步,当然一定不再像以前那样。"

皇后说:"既然你这么说了,我再明白说吧。献策,以后每到一个地方,站住了脚步,千万不要忘记小百姓最关心的头等大事是吃饭穿衣,生儿育女。连老马夫王长顺都知道如今百姓怕继续乱下去。已经乱了多年,到处死亡流离,人心是乱久思治。尚神仙也是这么说。只是他们一个是太医,一个是掌牧马的官儿,不在其位,不敢妄言。你们做丞相的、做军师的是皇上的股肱大臣,为什么不向皇上进言？献策，国亡家破，我身为大顺皇后，随时准备为国殉节，以后能不能再见到你，只有老天爷知道。我再叮咛一句话：倘若清兵不穷追，咱大顺军到湖广能够立脚，喘息喘息，你们千万要想着帮助老百姓过一天好日子，让老百姓有些盼头。献策，我的话你要记住！"说毕，想着今夜一别，生死难说，猛然泪如泉涌，泣不成声。

宋献策也深为感动，哽咽说："请娘娘宽心。只要我军能固守荆襄，大局尚有可为。皇后适才口谕，臣一生铭记在心！"

停了片刻，高桂英止住呜咽，揩去热泪，接着说道："我还要嘱咐一条：每逢皇上因为事不遂心，对臣不能容忍时候，你要多多直言苦谏。比如说吧，杀李岩太不应该……"

宋献策赶快说："当时臣已经回到长安，不在平阳。"

皇后说："是的，我知道你不在平阳，这件事丞相有很大责任。我同皇上谈了这件事情，皇上也说，李岩'心怀二意'并无实证，对杀李岩也深深后悔。可是人只有一颗头颅，砍掉了也就完了。倘若李岩不死，今天说不定会得了他的力，他回河南会为皇上做许多事情。唉！最使我伤心的是红娘子不明下落。我现在要离开长安，身边连一个得力的女将也没有，只有一个慧英，可是她是一个几次想要尽节的年轻寡妇，多可怜哪！倘若红娘子在我身边，许多事情就可帮我操心，红娘子到底死了没有？没有人知道？"

宋献策回答说："看来并没有死，也没有投降敌人。"

皇后说："唉，不管这些了，纵然红娘子不死，今生她会怀恨在心，说不定会遁入空门。再想看见她，永远也不会了。好，不再说闲话了，你快去回复皇上吧，我马上就要上路了。"

宋献策叩头辞出。

皇后回到东暖阁，十分伤心，尤其在困难时想到了红娘子，更觉伤心，又一次忍不住呜咽痛哭。兰芝和慧英没有离开正殿，等待着皇后呼唤。她们相对无言，不住揩泪。

李来亨进来了。皇后听到禀报，赶快揩了眼泪，回到正殿。来

亨向她跪下行礼,禀报说:

"离京的事全都准备停当,所有骡子都已经出城了。"

皇后问道:"老神仙、王长顺都到了么?"

来亨说:"都已经到了,一切都遵照圣上的吩咐准备停当,只等娘娘起驾。"

皇后说:"好吧,你到厚载门稍候片刻,我等皇上来到以后,说几句话就动身出城。"

李来亨刚走片刻,贞吉门传呼"接驾!"慧英和兰芝赶快走出,在坤宁宫正殿门外跪下。宫女们在地下跪了一片,两个宫女从左右揭起帘子,皇后站在正殿门内迎接。

李自成轻声说道:"大家回避。"随即走进正殿。往日他进到坤宁宫后照例在宝座上坐下,皇后在一侧坐下,然后谈话。然而他此时无心多坐,对皇后说:

"你该动身啦!"

"是的,皇上,我该动身了。"

"你好像有话要对我说。"

"我本来有许多话要对皇上说,可是如今没有时间说了。现在请皇上吩咐吧,吩咐毕我好动身。"

看见皇后双眼含泪,眼圈哭得发红,李自成回避了皇后的眼睛,低下头去,小声说道:

"你这次同我分手,一定要行踪诡秘,瞒过敌人耳目。两个月后赶到湖广。那时候我在何处立脚,现在难料,不过我的行踪,你容易打听。倘若能够两军会师,我等着你的这一支人马。"

皇后说:"陛下,难道不可以据守荆襄……"

李自成沉默片刻,摇摇头说:"走着瞧吧,如今局势,我只对你一个人说,十分凶险哪!"

"唉,我都明白,怎么办呀?难道是束手无策?"

"我的人马不多,但怕敌人乘胜穷追,使我无法立足。何况王光恩兄弟在郧阳、均州一带,可能投降敌人,使我没法据守襄阳。左良玉在武昌,人马众多,我既要对付胡人,又要对付左良玉,前后受敌!"

皇后心头万分沉重,但是说不出一句能够为皇上解忧的话。她注视着李自成,等待他再往下说。

李自成低下头去,在皇后面前坐了片刻,然后走进东暖阁去。皇后看出来皇上有十分机密的话要对她说,跟随在他的背后。

李自成忽然站住,回头望着皇后的眼睛说:"我有话嘱咐你,你可要牢牢记住!"

"皇上,你说吧!"

"万一我立脚不住,不幸死了……"

"不,请不要说这样不吉利的话。我只要收集到十万大军,一定拼命赶路,赶到湖广,找到皇上,使皇上转危为安。"

"不,你听我说,"李自成将一只手搭在皇后肩上,惨然地苦笑说,"我知道你会率十万大军救我,只是怕局面变化很快,你的援军赶不上了,想救我来不及了。"

"皇上,你难道要对我嘱咐的就是这句话么?"

"不,不要急,你听我说,记在心中。倘若我不幸殉国,你怎么办?"

"请皇上放心,倘若皇上不幸死了,我决不一个人活下去。"皇后声音打颤,不觉痛哭。

"不,你不要死,千万不要死。"

"陛下,唉,自成呀!"皇后紧紧地抓住他的膀臂,靠在他的胸前啜泣一阵,然后抬起头来,用衣袖揩去热泪,注视着李自成的眼睛说:"我是你的结发妻子,正宫娘娘,是大顺国的国母。一旦国破家亡,皇上身殉社稷,难道我不为国为夫尽节,还要偷生苟活?我连崇祯的皇后也不如么?皇上,你不用再多说了。"

李自成有点发急了,说:"你不明白我的意思。听着,记清!"

皇后停止呜咽,用泪眼注视着李自成神色严厉的双眼,静静等候,几乎连呼吸也停止了。

李自成叹口气说:"我不是担心你不肯尽节,是担心你得到我战死的消息以后,以死尽节,撂下你的千斤重担。我平日把你看成我的膀臂,所以才决定将我身后的一件大事,嘱托于你。你想想,我要嘱托你的是什么大事?"

"皇上,我猜不透你的心事。"

"可惜我们没有一个亲生儿子。"

皇后心中一惊,猜到了自成的心事,于是说道:"刘妃怀孕已经三个多月,太医们从脉象看,都说很像是个男胎。"

李自成说:"纵然刘妃能为我生个儿子,也没有用,那要到何年何月才能成人?"

"陛下……"

李自成接着说:"倘若我不幸死去,你是皇后,你就在军中召集文武,开一个御前会议,宣布我的遗诏,立补之为我的继子,继承皇位。可是我担心有几位像郝摇旗那样的大将,平时与补之不很融洽,未必肯忠心拥戴。有你在,我就放心。"

皇后哽咽问:"万一补之阵亡,如何是好?"

"扶来亨继承皇位。"

"来亨也不是补之的亲生儿子,众将领会拥戴他么?"

"十三家中一向重视养子,只要苗子正,不是亲骨血,有何要紧?你自己拿定主张,谁肯说不拥戴?"

停一停,李自成叹口气,接着说,"倘若我死了,你率兵到了湖广,孤军转战,四面皆敌,人地生疏,语言不通,粮饷困难,兵无来源,要将这大顺国号延续下去,谈何容易!一切大计,你到时候同一功、补之商量决定吧。总之,你要活下去,莫寻短见,不要为我殉节。你要率领将士们跟胡人血战到底!自从满洲人进了北京,明朝的文臣武将、各地官吏豪绅,纷纷投降。不是满洲的人马众多,是汉奸替胡人增加了数倍兵力。你要血战到底,在天地间留一股正气,为中国人立个榜样!"

皇后掩面痛哭，好一阵不能够抬起头来。经李自成催促之后，她终于秘密地动身了。

按照宋献策的部署，一千多步兵，一百多名骑兵，由李来亨率领，为皇后护驾。这一支精锐人马，加上高一功、李过两府的眷属和亲兵，还有一些将领的眷属、各家亲兵，都早已到长安城外，在一个指定的地方等候。从宫中带走的金银珠宝、各种财物以及路上需用的粮食都已在黄昏后押运出城。跟随皇后从厚载门出宫的有坤宁宫的一部分宫女，兰芝和慧英的随身宫女和仆人，还有从紫禁城侍卫亲军中抽出的五十名骑兵和李来亨带来的一百骑兵，合起来不到三百人。

李自成将皇后送出厚载门，除皇后向他立着一拜之外，别人都跪在雪地上向他叩辞，并且流下了眼泪。他没有马上回宫，继续立在风雪中，目送这一小队人员骑在马上的影子消失在风雪幽暗的长街上，心中一阵酸痛……

第十九章

　　长安士民,因为风雪太大,拖延到正月十三日下午,天气放晴,才拥拥挤挤,喊喊叫叫,哭哭啼啼,扶老携幼,纷乱异常,从各城门逃出。大部分士民向终南山一带逃命,也有一些人家因为渭北和西边户县一带有亲戚故旧可以投奔,不往终南山逃。由于积雪太大,天气严寒,行走困难,许多人家无力逃走,宁死不出长安。经大顺军一再敲锣传令,挨门催促,直到十五日这天,又有两三万人哭着逃出长安。

　　李自成知道满洲兵已经过了华阳,正在向渭南前进,十分担心老百姓留在长安会遭到奸淫和杀戮,除命田见秀派人催促百姓速逃外,他亲自骑着乌龙驹,在扈从们的簇拥中来到鼓楼外边,立马街旁观看。往日,他每次出宫都要敲锣静街,称作"警跸",今天免了。往日,当他经过长安街上时,士民们如果来不及回避,一望见他的黄伞就赶快在街边跪下。可是今天,这种自古传下来的士民对待皇上的礼仪不再讲究了。有的跪下去磕个头,随即站起来又走。有的连见他下跪的简单礼节也不讲了,只是低着头肃然走过。李自成虽然已经做了皇帝,在思想上、感情上、生活上都起了不小变化,但是他称皇帝并不很久,而且一直在征战,没有机会养尊处优于深宫之中,所以他的思想和感情都没有同百姓完全割断。现在他望着逃难的士民们成群结队地从他的面前走过,不能不满心酸楚,噙着两眶热泪,竭力忍耐着才不曾滚落。

　　一个老婆婆两鬓斑白,拄着拐棍,当走近他时,不知是因为紧张,还是因为想偷偷看他一眼,冷不防滑了一跤,差点儿跌倒,拐杖抛出老远。在这刹那间,李自成的心头猛然一惊,来不及命扈从们去搀扶老人,他自己突然从马上跳下。但是老人的儿媳妇已经将老人扶好,一个十岁左右的男孩从地上拾起拐杖,交给老人。老人明白皇上为什么猛然跳下马来,大胆地望望他,滚出热泪,然后随着人流走了。李自成目送着老人的艰难的、颤巍巍的背影,听到了一声叹息。李自成感到奇怪,觉得这老婆婆曾见过,心中问道:

"难道是她么?……不会吧?"

李自成正要去追上老婆婆询问,有一位逃难的老人向他的面前走来。皇上的扈从这时都已下马,有一个人正要去拦住老人,不让他走近皇上,可是李自成立刻挥退了这个贴身扈从,向老头问道:

"你对我有何话说?"

老头赶快向干雪地跪下去,磕了头,抬起头来说道:"皇上,请陛下不要灰心,赶快到湖广招集大军,战胜胡人,返回长安!"

李自成一边搀老头起来一边感动地说:"是的,我要回长安来的,我要回长安来的!"

老头又说:"胡人不能够占领秦、晋,望皇上莫看一时胜败。关中百姓都盼望皇上回来!"

"可是我没有使桑梓父老享一日太平之福。"

"虽说如此,可是百姓都认为等到陛下赶走了胡人,天下百姓必会有太平日子。"

"唉,但愿朕不再辜负关中父老的这一片好心好意!"

老头又大胆地望了皇上一眼,分明还要说什么话,但没有说出口来。李自成看见他要跪下叩头辞行,赶快挥手阻止,说道:

"现在不用讲君臣之礼,你快出城走吧!"

李自成望着老头在家人的照料下向南门走去,边走边用袖子揩泪。他忽然想起来刚才的那位老婆婆,赶快从街边大踏步向前追去,扈从们牵着马紧紧跟随。追了两箭之地,追上了那位老婆婆,拦住她说:

"老大娘,你可是商州西乡的人么?"

老婆婆回答:"是的,皇上的记性真好!已经快满六个年头啦,圣上还能把我这个穷老婆子记在心!"

"你怎么来到了长安城中?"

"唉,大劫之年,老百姓像游魂一样,到处逃荒。长安城中有我一家至亲,因此两年前逃来这儿。满以为圣上一坐上金銮殿就天下太平了,谁知如今又要逃难!"

"你的小儿子华来儿已经长大了,怎么没跟你一起出城?"

老婆婆哽咽说:"皇上,他已经为咱们大顺朝尽忠啦!"

李自成猛一惊:"啊?"

"去年在山海关尽忠了!"

李自成叹了口气,命一扈从掏出五两银子送给老婆婆。老婆婆命一家人赶快谢恩,她自己也艰难地跪下去,伤心呜咽。李自成说道:

"日后赶走了胡人,凡是大顺朝阵亡的将士,朕都从优抚恤。你们快走吧,快出城吧!"

尽管十五日这一天又逃走了两三万人,但不是所有的人都逃走了。长安城中仍有很多穷家小户,生计困难,在乡下没有亲故,实在无处可逃,也有的因家有亲人患病或年老体弱、欲逃不能,总之有不少人家不得不留在长安城内,听天由命。

大顺军的主力部队携带眷属和辎重已经陆续走了两天,李自成同泽侯田见秀却不急着走,为的是照料大顺军全军撤退和长安百姓们出城逃难。他明白,如今士气十分不振,他如果先走,一旦有什么风吹草动,军心就会彻底瓦解。因此他宁可冒些风险,也必须留在后边。由于他和田见秀的留下,稳定了军心民心,所以尽管长安城中谣言很多,不断哄传满洲人的先头部队已经到了什么地方,如何残暴等等,但是城内秩序始终很好,没发生抢劫事件。正月十六日,李自成知道满洲兵来到长安还有两天路程,便率领数千亲军向蓝田方向出发了。

他留下田见秀和大约一万人马殿后,晚他一天撤走,以便安排尚未出城的长安百姓尽可能出城逃难。田见秀将他送过灞桥，看见皇上的神色愁惨，他自己也深感大势已去，没有指望，但还不得不对自成劝解说：

"请皇上务必宽心。只要到湖广站稳脚步，收拾江山不难。"

李自成屏退左右，叹了口气小声说："唉，玉峰，前年十月，我们不放一箭，不动一刀，进入长安，士民放着鞭炮，夹道欢迎，不料竟有今日！关中父老原来都盼望我早日登极，建立统一大业，使天下苍生得享太平之福。今日落得这样结果，使我无面目再见关中父老。奈何！奈何！"

"自古胜败乃兵家常事。今日仍然是胜负未决，陛下何必如此灰心！虽然从去年四月至今，我军接连失利，可是剩下的多是陕西子弟，忠于皇上，也较精锐，远非乌合之众。随皇上去湖广的尚有十几万人。皇后去西边迎接从榆林撤退的数万人马，加上从甘、固、宁夏、西宁、临洮等地招集到的驻军，合起来也在十万人以上，再加上汉中、安康一带驻军，将是一支不小的劲旅，与陛下会师湖广……"

李自成不等他说完，摇摇头，忧虑地说："谁晓得皇后此行的结果如何！倘若敌酋多铎到长安后派一支骑兵向西猛追，不惟皇后从西北收兵南下之谋会成为泡影，说不定连她自身都有很大凶险。她走后，朕一直放心不下。"

田见秀虽然对皇后的安危抱有同感，但是他不能不安慰说："皇后智谋出众，又素为大顺将士们忠心拥戴，必能逢凶化吉，纵有追兵在后，也会平安无事。何况补之和一功两将军接到陛下密谕之后，必能赶快从榆林突围，星夜赶至指定地方与皇后会师。不过十几天时间，皇后的身边就有数万之众了。"

"可是，倘若围攻榆林的敌酋阿济格穷追不放，使一功和补之无法到达指定地方与皇后会师，岂不糟了？"

"不。陛下太过虑了。我大顺坚守榆林之师，颇为精悍，一功和补之又是两员名将，必能利用三边险要地形阻挡追兵。岂能使敌人长驱前进,如入无人之境?"

李自成的心情很乱,几乎是茫然无计。稍停片刻,他又望着田见秀嘱咐说:"我们原想着有黄河与潼关之险,榆林又是用兵重镇,可以凭借地利人和,固守陕西,等待局势变化,所以不管陕西百姓多苦,在各州县强迫征粮。宁招民怨,不缺军饷……"

田见秀说:"是的,陛下,我们建都长安之后,关中父老并没有得到好处,反而日子更苦了。"

李自成知道田见秀本来与李岩一样,不赞成他急于去攻破北京,担心有意外挫折,退不能守。当时他轻视田见秀过于瞻前顾后,持重有余而进取之心不足。如今他猛然想起来当时田见秀和李岩的意见,悔恨交集。然而他此刻更觉心中难受的是想着对不起关中百姓,甚至是无面目再见家乡父老,不觉叹一口气,声音打颤地接着说:

"玉峰,陕西父老都期待我坐稳江山,救百姓于水火之中。我也是这样想的。后来在山海关战事失利,退出北京,又失去山西,我还想固守陕西,等待时机反攻。唉,不料到我们大顺的国运竟然如此不济:黄河不能守,潼关不能守,延安和榆林也不能守,如今连京城也丢给胡人!长安存的粮食,能够带走的都带了,余下的还有很多。怎么办呢?玉峰,你明天下午务必退出长安,从七盘岭这条路追赶大军。你临退出长安时,再带走一部分粮食,其余的,放火烧掉,不要留给敌人!……玉峰,这是一件大事!"

"臣遵旨!此是大事,决不敢误!"

李自成又抬头向长安的方向望一眼,不再说一句话,勒转马头,将鞭一扬,在一大群扈从亲兵亲将的簇拥中往七盘岭的方向奔去。

大顺军走蓝田向商州撤退。当走过七盘岭时,因为山高路险,积雪很深,风大天寒,许多妇女和老弱没有马骑,有的冻死在山上,有的滚落悬崖。李自成追上大军,亲眼看见这种情形,十分痛心。

全军的士气比退出长安时更坏了。有的将士因翻过七盘岭时失去了亲人,忍不住一边走一边哭泣,还说些怨天怨地的话。幸而牛金星和宋献策一直在部队中间,分派一些将领抽出上千匹骡马,专力救助那些特别困难的眷属,寻找在路上失散和失踪的人。李自成和他的七千名御营亲军全部下了战马,步行在山路上,用他们的马匹救助别人。李自成的这种行为,凡是看到的将士和眷属都深受感动。人们说:

"自古以来,哪有这样好的皇上!"

下了七盘岭以后,已经黄昏。李自成被吴汝义带进一个背风的小小的山村休息,御营亲军在周围搭起了帐篷,燃起了火堆。军师宋献策和丞相牛金星都来了。皇上免去了朝廷上君臣之礼,命他们陪着他烤火休息。退出长安已经三天,李自成第一次得到休息,脸色显得十分憔悴,眼眶深陷,一双眼睛也显得格外大了。

直到现在,李自成才完全明白,在关中和山西投顺的众多文臣,有的做了侍郎,有的做了尚书,退出长安后都逃跑了。原在湖广投顺的文臣如顾君恩和喻上猷,如今还留在军中。当李自成明白这种情况以后,立刻命侍臣给喻上猷和顾君恩各送去五百两银子,传谕他们好生休息,不必前来谢恩。他意识到牛金星在有些事情上是有责任的,譬如对他的匆匆东征幽燕持怂恿态度,进了北京后没有替他考虑到满洲兵的进关,在错杀李岩的事情上也没有谏阻。但此刻看见牛金星并未逃走,在艰难的行军路上帮他做了许多安定军心的工作,便将暗中抱怨的情绪抛在一边了。他望望十分辛苦的牛金星和宋献策,在心中叹息说:

"唉,如今大顺朝群臣星散,只剩下这两位股肱之臣!"

李自成很担心目前士气低落,不堪再战,倘若满洲兵从临潼转向南来,穷追不放,他的大顺军很可能一战即溃,前途不堪设想。他神色忧愁地向牛、宋问道:

"你们想想,满洲人必然知我带着人马向商州奔去,多铎会不会只派少数人马进长安,他亲率大军对我穷追不放?"

宋献策说:"请陛下放心,多铎最关心的是赶快进长安,绝不会向我穷追。"

"何以见得?"

宋献策回答说:"崇祯年间,满洲兵共有四次进入长城,每次都是攻城破寨,肆意掳掠,满载而归。可见夷狄之人,杀掳成性。今多铎知长安无兵防守,必将长驱攻占长安,尽掠子女玉帛。况长安原为陕西省会,今为我大顺京城,攻占长安即是立了大功,可以向北京告捷。故臣以为,多铎必在西安一边休兵,一边饱掠,然后再议如何南追。"

皇上问:"丞相如何看法?"

牛金星说:"军师之见甚是。再说,满洲兵作战日久,也需休息。七盘岭山路险恶,多铎害怕中计,必待雪化之后,探明我军行踪,方敢向我追赶。"

李自成略感松了口气,希望到了邓州、襄阳一带,有一个月休兵整顿,就有在湖广立脚的机会了。想到目前的困难处境,他不觉叹道:

"倘若上天佑我,能够重振旗鼓,转败为胜,当不忘以前谋划之失!"

宋献策赶快说:"陛下圣明,能够明察前车之鉴,重振旗鼓不难。"

牛金星接着说:"臣忝为丞相,辅弼无方,致有今日国都不守,主上蒙尘,实在罪该万死。每次想到这里,臣心中惶恐惭愧,深觉无地自容。"

皇上说:"你这话不用说了。过去之失,都怪我谋虑不周,不听林泉的话,后悔已迟。今后只要我们君臣一心,共济时艰,大顺定不会亡。许多文臣,在朕一帆风顺时为要做官,为要做大顺开国时的从龙之臣,纷纷前来投顺,争先恐后。看见我连遭挫折,国将不国,一个个溜走了。你们二人始终患难相随,忠心可感。日后国基稳固,我不会忘记今日之事!"

皇上情绪激动,不觉眼圈发红。牛、宋见此情形,深受感动,也不禁低下头去,暗暗洒泪。停了片刻,李自成接着说道:

"你们不知,眼下有两件事我很担心:一是皇后的行踪倘若被敌人知道,轻骑追赶,如何是好?此事朕十分放心不下。二是泽侯倘若从长安退出稍迟,满洲兵截断灞桥,他率领的一万将士就没法同我们的大军会师了。"

宋献策说:"皇后英明多智,必不会落入敌人之手。至于泽侯,戎马半生,娴于韬略,且深受将士爱戴,纵然在灞桥遇到敌人,必能绕道别处,来找陛下。请陛下处此军心惊慌时刻,一切事应当坦然处之,不必过分担忧,忧形于外,徒使将士滋生疑惧。"

李自成点点头,不再言语。

正如宋献策所料,清兵果然直驱长安,不曾向南追赶,所以大顺军在十分狼狈之后,能够在商州城郊停下来休息数日。高皇后仍无一点音信,可是田见秀率领一万人马赶到了。

李自成将商州城内的州衙门作为行宫,将州衙的大堂作为正殿。三四天后,得到禀报,知道田见秀全师退出长安,正在向商州赶来,尚有一日路程。李自成心中大喜,命吴汝义和张鼐前去迎接。田见秀将部队留在后边,随吴汝义与张鼐快马赶来。李自成正在正殿中与群臣议事,立刻传见。田见秀向他行了叩头礼之后,他命田赶快坐下,问道:

"泽侯,你没有遇到满洲兵么?"

田站起来回答:"启奏皇上,胡人于十八日下午进城,臣于上午从长安退出,约摸在巳时以前就全军过了灞桥,转向蓝田路上,所以不曾与胡人相遇。"

"噢,你是一直到十八日早晨才从长安退出的。可听到皇后的音信么?"

"一点儿没有听说。"

"长安城中可有人在背后谈论皇后的行踪么?"

"百姓中已有谣言,说皇后没有同陛下一道,是在十三日夜间单独往西去了。"

李自成的心中一惊,不觉暗暗地说:"皇后险了!"随即他又问道:

"留在长安的军粮你都烧光了么?"

"臣未烧光。"

李自成又一惊,问道:"为何不统统烧掉?"

田见秀分明在思想上早有准备,躬身回答:"为着长安城中的贫苦百姓,臣未遵旨烧粮,请治臣以该死之罪!"

李自成瞪大眼睛,怒视泽侯,说道:"你疯了?你说的什么?在这样干系重大的事情上你如何敢擅作主张,违背我离开长安时一再对你叮嘱的话?你是朕的心腹旧臣,长安事完全交你处分,十分信任于你,为什么竟敢如此大胆抗旨,将众多军粮留给敌人?你说!快说!"

田见秀赶快跪下,低头不语。自从李岩兄弟被杀之后,他已经从许多事情上看清楚大顺皇帝因为兵败国危,变得暴躁多疑。但是他并不为自己分辩,只等候对他从严治罪。李自成看见田既不做声,也不惶恐,更加恼火,大声说道:

"你是怎么了?难道你铁了心抗旨到底,以为你同我共过多年患难,立过汗马功劳,国法可以不管你么?"

田见秀终于抬起头来。坐在左边的牛金星、宋献策、喻上猷、顾君恩,坐在右边的刘宗敏、袁宗第、刘芳亮、郝摇旗、刘体纯、张鼐和吴汝义等文臣武将,都看清楚田见秀的那久经风霜的、在武将群中显得特别善良和敦厚的面孔上仍然保持着镇静,只是花白的胡须有点儿颤抖。宋献策已经猜想到田见秀不肯烧粮食的原因,私下颇为同情。他决定一旦皇上要斩田见秀,他就赶快跪下求情,并使眼色要牛金星也替泽侯求情。他又悄悄地望了皇上一眼,看见皇上的脸色铁青,神情十分严峻,眼睛里充满愤怒,露出杀机。他的心凉了半截,轻轻用肘弯碰了牛金星一下。牛金星明白了他的意思,回给他一个同意的眼色。

全场人都看见皇上的愤怒,都意识到老将田见秀犯了大罪,马上会大祸临头,但是没有谁敢做声,都在屏息等候。作为行宫正殿的州衙大堂上好像密云不雨,显出可怕的肃静。

突然,李自成将"御案"一拍,厉声问道:"田见秀!你究竟为什么不肯遵旨行事,将军粮留给敌人?快说!我等你说清楚以后再将你斩首!"

田见秀又伏地叩头,然后回奏道:"臣明知不遵旨烧去军粮,罪无可逭,可是遵旨烧粮,臣心实在不忍。长安平民无力逃跑的尚有两三万人,另有一两万人只是逃出城外,无处可去,只在近郊躲避。当留在城中的百姓听说我军都将撤走,不能带走的粮食将要放火烧掉,便在天色黎明时成群结队地来到粮仓外边,将粮仓大院围得水泄不通,哀求将粮食分给百姓救命。臣得守护粮仓的游击将军田成禀报,赶快亲自骑马前往察看,劝谕百姓散去,说圣上有旨,这粮食必须烧掉,以免落入敌手。众百姓起初是跪在雪地上向臣哀求,继而向臣痛哭。臣见百姓们满面菜色,十分可怜,答应了百姓们的恳求。为怕众百姓在纷乱中踏伤老弱,又派了五百将士,维持秩序,按人按户发放粮食。到了前半晌,那躲避在近郊的百姓们听到消息,都回城了,请求发放粮食。直到满洲兵到了临潼,城中穷百姓仍在分粮。臣下令赶快放火,但老百姓拼死围着粮仓,不让放火。臣又一次骑马赶到,一面劝谕百姓,一面下令放火。可是老百姓有的堵住粮仓的院落大门,有的跪在地上,阻止臣和亲兵们不能向前,成百上千的老百姓,驱赶不散,求臣救命,哭声震天。百姓哭,臣也哭。可怜长安和关中父老……"

田见秀忽然说不下去,热泪奔流。李自成没有做声,他的面前仿佛出现了伏地哀求的百姓影子,又仿佛听见了成百上千的百姓的震天哭声。他向群臣扫了一眼,看见大家都很感动,有的噙着眼泪。

"陕西是我们桑梓之地,"田见秀接着说,"我朝定都长安,却没有使长安和关中百姓享一天太平之福,所以臣对着饥饿百姓,不能不哭。后来,有十来个父老被推举出,向臣担保:当胡人过了灞桥往西,由老百姓自己放火,烧了粮仓,决不使粮食落入胡人之手。臣无可奈何,便只好暂不烧粮,赶快将人马撤出长安。后来听说,胡人到了灞桥以后,派了一千精锐骑兵,疾驰入长安,杀了十几个正在放火的百姓,灭了火势。臣要奏明的事情原委,就是这样。臣违抗圣旨,未烧粮食,罪该万死。处此军心涣散、纪律懈怠时候,请皇上赶快杀臣,以振军律。臣来看皇上,明知罪重,纵然斩首,也将欢乐归阴,决不求皇上降恩宽恕。"说毕,他从腰间取出来用黄缎包着的泽侯金印,膝行向前,将金印奉置"御案",伏地等候发落。

李自成对如何处分田见秀,一时没了主意。虽然他深恨田见秀违旨,贻误军国大事,但是他也理解田见秀当时面对着长安饥民的心情。他想借此机会,拿田见秀严厉治罪,作个榜样,整肃军纪,但是又觉得心中不忍,也看出来众文武都有救泽侯之意,只是他正在盛怒,没人敢马上为泽侯求情。他望望伏地待罪的老将和抛在桌上的金印,想了一下,厉声说道:

"田见秀竟敢以粮资敌……押下去,听候从严议罪!"

李自成在商州驻军数日,便率领十几万大顺军和随军眷属退到邓州。襄阳府尹牛佺亲自率领两千人马来到邓州接驾。因为邓州的灾情很大,无法供养大军,李自成便决定固守荆、襄,对抗清兵,命刘宗敏率领大军退往襄阳,牛金星率领喻上猷和顾君恩一同前去,在襄阳代他处理朝政;他自己则留下两万人马,在邓州和内乡境内驻扎,既为防堵清兵进攻襄阳,也为着安定军心。宋献策因为是最得力的谋臣,留在李自成的身边。在加紧部署军事,加修城墙和堡寨,向南阳境内征粮的同时,李自成派出许多细作,探听皇后的消息和清兵进入长安以后的动静。

由于接连挫败,大顺军的士气愈来愈低落,几乎是遇敌即溃,有不少向敌人投降,这情形使李自成对前途感到暗淡。从前,在最艰难的日子里,他自己没有灰心过,他手下的将士也没有人对他离心,而今天的情况却恰恰相反!这使他非常思念那些在十几年中跟随他备尝艰苦、不幸死去的忠勇将士,特别是想起来那位舍身救他逃出虎口的王吉元。李自成派人在邓州寻找王吉元的母亲,希望赶快将这位老人找到,再一次给她点银子周济。可是,吴汝义很快向李自成禀报:王吉元的母亲已经饿死了。

李自成向吴汝义问道:"上次我们路过邓州,给王吉元的老娘留下二十两银子,她怎么会饿死了?"

吴汝义躬身回答:"臣亲自到了王吉元的那个村庄,村里人死的死,逃的逃,已经空了。村中房舍,有的给烧毁了,有的墙倒屋塌,有的房子还在,门窗全无,总之是人烟绝了。后来在邻村里找到了一个中年人,饿得走了相,三分像人,七分像鬼。他告诉臣说,崇祯十六年春天,皇上在襄阳时候,下令邓州、南阳各地驻军和百姓垦荒,发给种子。老百姓一时有了太平之望。不料我军在秋天打败了孙传庭,全师进入陕西,河南明归大顺,实际无主,邓州一带更乱。王光恩又从均州来,攻破城池。兵荒、匪荒加天灾,乡下人不死即逃,田地荒了,村子空了。那二十两银子,说不定是被土匪抢去了。反正王吉元的老娘就在去年荒春上饿死了,连尸首也没人掩埋!"

李自成听了吴汝义的禀报以后,低下头去,半天没有说话。之后,他挥手使吴汝义退出,猛地站起,绕屋彷徨,深深叹气。

刘宗敏和袁宗第等离开邓州往襄阳时候,曾劝说李自成赦免田见秀,宋献策和牛金星也替田见秀说情。田见秀一直被软禁在李自成的御营中,等候发落。由于田见秀平日待人宽厚,资格又老,在军中威望很高,所以虽然皇上说要从严治罪,御营的将士们却仍然待他很好。他自己分明将祸福置之度外,从不托人为自己求情,也不上表向皇上申辩。他连战争的消息也不肯打听,有时在帐中焚香诵经,有时自己洗衣服,补衣服,完全素食,生活简单朴素得如同老僧。

到了二月下旬,军情渐紧,李自成这才决定离开邓州。动身的头一天晚上,大约在二更时候,李自成传旨召见田见秀。田见秀正在闭目打坐,睁开眼睛,明白了果然是皇上召见,便将手中的念珠放下,跟随前来传旨的御前侍臣去了。

邓州州衙是李自成的行宫。李自成坐在后院中的临时寝宫等候,只有军师一人侍坐。田见秀叩了头,跪在地上,等待发落。皇上吩咐:

"玉峰平身,坐下叙话!"

田见秀听见皇上的声音很平和,不带一丝怒意,并且像往年一样称呼他的表字,便明白皇上已经回心转意,不会再对他治罪了。他叩了个头,轻轻说出一声"谢恩!"站起来,在一把与军师相对的椅子上侧身坐下。李自成含着微笑,说道:

"玉峰,你虽然违旨,做了很大的错事,我想着我们多年患难之交,你又是有功大将,朕不再处罚你了。还给你泽侯金印,仍命你带兵打仗。你有什么话要说么?"

田见秀立刻重新跪下,连叩了三个头,"谢陛下天恩高厚! 然而臣实实有罪,完全不予处罚,反使臣心中不安!"

"玉峰,你快起来吧,别的不用说啦,起来,坐下叙话!"等田见秀重新侧身坐下,皇上接着说:"今夜召见你,不要多讲君臣之礼。自从朕称王称帝之后,朕再想像从前一样同老朋友促膝谈心,毫无隔阂,很难得了。今夜只有献策在面前,挥退了众多侍卫,已命御膳房准备了酒菜,免了奏乐,我们君臣小酌闲话吧。"

随即有御前近侍端来两张小方桌,放在皇上面前。摆上简单菜肴,斟上了邓州本城出产的黄酒,烫得滚热。皇上举杯。宋献策和田见秀站起来称谢,然后用嘴唇在杯沿上咂了一下。田见秀重新坐下后恭敬地问道:

"请问陛下,眼下皇后在什么地方?"

"皇后尚无一点音信。据细作禀报:满洲兵有几千骑兵过了渭河,占了咸阳,是不是已经派兵追赶皇后,尚不清楚。另外,有可靠消息:在长安的满洲兵大部分出潼关往东,一部分过商州往内乡来。朕同军师认为,这是分两路来追赶我们,使我们无法在湖北立足。因秦岭山上大雪融化,商洛道上泥泞难行,所以满洲兵大部分人马到洛阳,过龙门,经汝州往南阳来,这一条道路既好走,还可以防我奔入豫中和淮南一带。总之,眼下局势十分不妙,你与我明日同去襄阳,固守荆、襄。"

"明日就往襄阳?"

"明日一早便走。留下两万人守邓州,为襄阳屏藩。你的人马都在襄江南岸驻防,你回自己的部队去吧。"

田见秀说道:"倘欲固守荆、襄,必须肃清郧、均之敌,使郧、襄连成一片,成首尾相应之势。不能夺取郧、均,则襄阳势孤,固守很难。陛下与军师对此如何筹划?"

李自成说:"捷轩已经于前天派兵去攻打均州,并不顺利。此时我军士气不振,不宜再受挫折。朕已命捷轩赶快从均州撤兵,只设法固守襄阳、樊城。玉峰,不料国运败坏至此,除固守荆、襄外,别无善策!"

田见秀自从前年冬天到长安以后,就一直怀着可能挫败的隐忧,但也没料到竟然败到如此地步,所以他只在心中叹气,无计替皇上分忧。李自成看出来田见秀的神色沉重,强作笑容说:

"你在退出长安时不听朕的嘱咐,没有将粮食烧掉,这事已过去了,不必再记在心上。朕听说你退出长安以后,你的左右将领担心朕将你治罪,劝你暂时将人马拉进终南山中,等朕的气消了以后,再来见我。你不肯,说朕正需要人马,拱卫京城的人马比较精锐,你必须将这支人马交还给朕,不问你自己吉凶。单你这个忠心,朕还有什么话说?不能怪你不烧粮,只应该怪朕自己不该将烧粮的事交付你办,你是个有菩萨心肠的人!"

宋献策想使空气轻松一些,也笑着说:"玉峰毕竟是陛下的忠臣,明知会受陛下治罪,还是赶快回来。"

田见秀向宋献策笑着说："除非回到陛下身边,我能到哪儿去?现在还不是我躲到终南山当和尚的时候!"

李自成问:"你日后还要出家么?"

田见秀回答说:"崇祯十三年在兴山境内,有一天往白羊山寨张敬轩的营中赴宴,半路上遇到一座古寺,停下来闲看风景,那时陛下已经答应臣日后出家了。"

"啊?"李自成愣了片刻,忽然笑道:"你还记得!"

"臣记得很清楚,日后出家也算是钦准出家。"

屋里的空气活泼了,李自成心上的愁云散去了。他又笑着问:"你倘若日后出家,打算用什么法名?"

"臣表字玉峰,就自号玉和尚,不必另起法名。"

宋献策说:"玉和尚这三个字倒有趣,只是不像是佛门法号。"

李自成也说:"是的,不像和尚名字。"

田见秀说:"臣纵然能遂平生之愿,出家为僧,也不会忘记陛下。到那时,我索性自称钦准出家玉和尚。"

宋献策摇头说:"不妥,不妥。更不像和尚法名了。"

李自成哈哈大笑,随即说道:"不谈了,不谈了。我们君臣间谈笑风生,已经许久没有了。你们去休息吧,明日一早我们就要启程了。"

宋献策和田见秀叩头辞出,李自成带着略微轻松的心情就寝了。但是他很快又心思沉重起来,披衣下床,想到皇后的下落不明,想到满洲兵即将来争夺荆、襄,他深深悔恨自己失计,对前途感到绝望,颓然向椅子上坐下去,仰望屋梁,心中叹道:

"天乎!天乎!茫茫中国,竟没有我大顺朝立足之地!"

李自成到了襄阳以后,以襄王府作为行宫,当日就召集一部分最亲信的文武重臣开御前会议,讨论应付满洲兵南下之策。讨论半天,吃过晚饭又讨论,直到深夜,竟没有一个人能想出一条妙计,都看见士气低落,各地老百姓又不与大顺一心,差不多败局已定。

加上没有大炮，想固守襄阳也不可能。在没有办法之中，决定立刻差王四夫妇携带一大批贵重礼物和李自成的一封书信，前往武昌，劝说左良玉与大顺联兵抗满。当天夜间李自成就宣召王四夫妇进宫，将这紧急使命对他们说明，要他们连夜准备，明日一早动身，路上不可耽误，越快越好，并说应带去的诸色礼物都由宫中准备，不用他们操心。

左梦梅多年没有见到养父，养母又早已死在河南，得到这机会自然是喜出望外。王四想着大顺军已经打了败仗，料想他此去未必能说动左良玉，也许不能够平安回来。但他是孩儿兵出身的将领，对大顺皇帝有无限忠心，宁肯死在左营也不会皱皱眉头。他没有将他对这一差事的担心在神色上流露丝毫，脸上反而显出高兴的神色，对皇上奏道：

"臣妻左氏，一向思念养父之恩，不能归宁，常常梦见养父。陛下派臣夫妻前去武昌办事，臣夫妻不但会尽忠效力，也将深感圣恩。"

皇上望着左梦梅说："左小姐，你到了武昌，见了你的父帅和兄长梦庚将军，一定要代朕传言：如今胡人势强，朕与左帅合则两利，分则两伤。况且胡人志在灭我中国，并非只与朕一人为敌。胡人若打败了朕，下一个被消灭的就是左帅。当今急务是左帅与我联兵作战，共救中国。目前朕手下有三十多万精兵，皇后又召集了二十多万精兵正在日夜赶路前来，不日可到湖广会师。倘若左帅不以中国为重，一味与朕为仇，我大顺军迫不得已，只好先取武昌，再回师与胡人决战。为着救我中国，先来个兄弟相斗，此是下策，除非万不得已，我决不对左帅再动干戈。朕的苦心，你一定要记住，传给左帅知道！"

左梦梅回答说："臣妾谨遵圣旨，不敢遗忘！"

第二天清早，天色刚亮，王四来宫中辞行。李自成已经起床，对他小声嘱咐说：

"小四儿，你是跟随我长大的孩子，我才将这样差事交付于你。

不管成功与否,你都要赶快想办法送回消息。还有,你到左营,处处小心,一定要说我大顺虽然暂时战败,兵力仍很强大,还有皇后率领的二十多万人马,都是精锐,不日即到湖广。去吧,盼望你平安回来!"

王四同左梦梅携带许多贵重礼物,挑选了二百骑兵跟随,向武昌星夜赶路。李自成希望左良玉不要同他为敌,但又觉得毫无把握,在襄阳一面等待武昌消息,一面部署对抗从商州南来的满洲兵。奇怪的是,这一支从商州进入河南的满洲兵并不是来追赶他的,竟然从内乡境内往东,经南阳府城转向东北,向许昌的方向去了。

到了三月初,又有一支满洲兵从商州进入内乡,人数很多,确实是追赶他的。根据几处探子禀报,李自成才明白满洲朝廷去年秋天原来任命豫亲王多铎为定远大将军,专征江南;英亲王阿济格为靖远大将军,专征陕西。后来摄政王多尔衮因见大顺的人马仍然众多,不可轻视,才临时改变进兵方略,命多铎暂缓南征,从孟津渡黄河进攻潼关和西安。如今多铎奉命将陕西交给了阿济格,全军分道出陕,自河南趋淮扬,从扬州下江南。阿济格奉了摄政王的严命,要对他穷追不放,直到将他消灭。

面对着这非常严重的新情况,李自成同亲信文武们密商对付方略。大家认为必须保全退入湖广的兵力,决不浪战,不死守一个地方与敌人硬拼,而应该将人马退到从承天到长江边上,随时可以退到长江以南。为着容易退往长江以南,必须在荆州、沙市驻扎重兵,一则牵制敌人,二则保护长江畅通。

李自成下令驻守邓州的人马迅速退过襄江,只留下两千人稍事抵抗,又起到滞迟敌人的作用。什么人退往荆州,什么人退往承天,都在这一次会议上决定了。大将中刘芳亮和袁宗第退往荆州,文臣中牛金星、喻上猷和牛佺同去,经营上游。李自成和刘宗敏率领大顺军主力退往鄂中,相机与左良玉联合或夺取武昌。当满洲

421

兵占领邓州,继续向襄、樊进兵时,襄阳的撤退计划已经完成,只留下几千人守襄江南岸,掩护百姓出城,逃往南山。牛佺是襄阳府尹,最后退出,与牛金星从宜城一路退走。李自成也同牛金星一起最后退出。他回望襄阳城,然后东望襄江岸,感到前途茫茫,无限心酸……

第二十章

　　凭着半生的戎马生涯,百战经验,李自成对大顺军已经缺乏战斗力的情况心中清楚,所以他匆匆地退出襄阳,驰往鄂中。但是他希望留下一支士气较好的部队,凭借襄阳坚城和春汛开始到来的滔滔襄江,能够将清兵阻止十天以上,使他有机会在江汉平原的富庶州县短期停留,征集粮草,看一看左良玉在武昌的动静,再作计较。如今他完全处于十分不利的被动局面,前有左军,后有清兵,只剩下荆州和承天两府是他暂时可以回旋的余地。

　　为着要进行最后挣扎,李自成派遣郝摇旗、袁宗第和刘芳亮率领一部分人马由襄阳南去,占据荆州,经营上游。他同牛金星、宋献策、顾君恩以及心腹大将刘宗敏等秘密商议,决定在目前情况下不同左良玉进行大战,争夺武昌。倘若清兵越过襄阳穷追,就命占据荆州一带的人马出兵牵制,他同刘宗敏率领主力部队和妇女老弱以及辎重,从沙市和仙桃镇一带渡过长江,进入湖南,使清兵与左军互相厮杀。为着荆州和夷陵形势重要,他命牛金星、牛佺父子将襄阳防务部署完毕之后,赶往荆州。牛金星以丞相之尊坐镇上游,喻上猷和牛佺作他的辅佐。喻上猷已经随袁宗第先走了。李自成快到承天时候,得到牛金星的飞马奏报,说他谨遵圣谕,已经过了宜城,等候牛佺一到,便一同奔往荆州。

　　李自成到达承天城内的这一天,天气晴朗,十分暖和,连日的阴云消散了。在城郊附近,他看到了许多盛开的李花和快开败的桃花,还有许多他叫不出名字的杂花。空气中飘荡着花香。各种鸟儿,有的是百灵,有的是画眉,都在树林中歌唱。特别常见的是黄莺,在柳树间穿来穿去,十分快活。在池塘和小溪中,也有鸳鸯成对地游泳,小鱼在浅水中游来游去。这一切在陕西和中原都不多见。但李自成的心情依然烦躁,而且灰暗,与南方的春景很不调和。他决定在这里休息几天,等候袁宗第和牛金星父子到荆门以后的消息。

休息了两三天,体力得到了一些恢复。前些日子,由于鞍马劳顿,加上为军国大事苦恼,睡眠少,这给他的身体很大折磨。他今年才三十九岁,因为一年来的挫折,从心情到外貌,都已比往日苍老多了。

第四天,忽然接到袁宗第从前往荆门的路上派来飞骑禀报,说牛丞相仍然停留在宜城附近乡间,等候襄阳府尹牛佺,不日前来荆门。他忽然改变主意,希望牛金星不再去荆门而到他的身边来,以便随时顾问。于是赶快派官员带领骑兵往宜城一路迎接。可是他们却没有迎到丞相,不知丞相父子何往。这派去的官员从宜城又向襄阳探询,一直到襄阳城附近,不能再往前走。不料丞相父子竟然踪迹全无,连一句话也没有留下。李自成得到禀报,心中大惊。从西安到襄阳,大顺的重要文臣,如宋企郊、张璘然等一二百人陆续逃走。如今倘若牛氏父子逃走,大顺朝文武大臣就完全人心涣散,无法维系。李自成虽然十分气愤,但头脑还算冷静,他严令左右亲信不许将这一消息外传,同时立即命刘体纯率领五百骑兵出发,连夜奔往宜城和襄阳一带继续寻找丞相。他猜想牛金星父子是被背叛大顺朝的乡勇或乡宦捉去,藏在山中什么地方,或者已经杀害,或者等候清兵来到时献给清兵。他对刘体纯说:

"你只要打听到丞相消息,就赶快将他接来,告他说我身边不能一日没有他,他不必往荆州去了。倘若你们无力救他,可火速派人回奏,我要派几千精兵前去,一定要救他回来。"

李自成在承天苦苦地等候了六七天,直到刘体纯回来,告诉他牛金星父子杳无踪影,他才断定他们是背叛他逃走了。他恨恨地顿脚骂道:

"身为丞相,背君潜逃,忘恩负义,抓到后决不饶他!"

这时刘体纯跪在地上，刘宗敏、宋献策、顾君恩坐在下边，没有人敢说一句话。而宋献策和顾君恩更害怕皇上疑心，几乎连呼吸也停止了。

李自成又向刘体纯问道："二虎，你是个细心人，所以我差你前去。你想，奇怪不奇怪，牛金星身边有很多亲兵和仆人跟随，牛佺身为襄阳府尹，自然也有众多仆人和亲兵相随，加上他们的眷属、亲戚和门客，至少有二三百人，还携带着一大批金银细软，少说也需要十来匹骡子驮运，如何能逃走得神不知鬼不觉，没有留下来一点儿蛛丝马迹？"

"是的，陛下，在宜城境内，直到襄阳城外，臣都找遍了。处处向百姓打听，都说不知道牛丞相父子的行踪。"

"是不是他们暗回襄阳城内，投降了胡人？"

"襄阳留有我军的得力细作数人。臣派人进入襄阳城内，询问城内细作，也说没有听说牛丞相投降的事。"

李自成叹口气，又问道："可听说郧阳和均州方面有什么消息？"

"传说王光恩兄弟已经投降了胡人，看来是真。"

"如今皇后的行踪……一点都没有听到么？"

"没有。"

"胡人有什么动静？"

"胡人到襄阳的已经有两三万，后边还有很多后续部队。眼下他们正在征集粮草、船只，很快就要从水陆两路追赶我军。"

李自成挥手使刘体纯退出，然后对刘宗敏、宋献策、顾君恩三人说道：

"就赶快按原计划行动，不可耽误了。前天白旺见我，他很想我将他留在德安，与敌人周旋，牵制敌人。我同意了他的主意，催促他即回德安，依计而行。今晚我军就要离开承天，水陆齐下，不做声张，使左良玉措手不及。捷轩，你率领这支大军，先到潜江与沔阳之间待命。君恩，你是承天人，又在沙市住过，对鄂中和荆江

425

沿岸的地理熟悉,不要离开汝侯左右,以便随时策划。"

顾君恩虽然听到牛金星父子逃走,已经在心中另有打算,但是赶快回答说:"微臣遵旨,决不离开汝侯左右,以备随时咨询。以微臣愚见,不妨先遣一支人马渡过荆江,占据要害之地,以作江北大军后盾,好与胡人周旋江汉之间。"

"你说的很是,务要与汝侯见机而行。"李自成默默想了一阵,心头上产生了一些渺茫的侥幸思想,接着说道:"朕马上要驰往荆州,这一带军事统归捷轩主持。胡人即将从襄阳出动,你们的担子可不轻啊!"

顾君恩的心中一动,明白清兵如来穷追,大势已没法支持多久,抬头问道:

"陛下要往荆州?"

李自成点头说:"江汉之间将是我们与胡人决战之地。荆州与夷陵,位居上游,自古为兵家必争之地,十分重要。牛金星逃走了,袁营、郝营必将军心动摇,叫我放心不下。我同军师率领少数骑兵星夜驰往荆州,亲自部署。倘若左良玉有心与胡人作战,左军东据武昌,我兵西据荆州,共倚靠长江天险拒敌,就可以站稳脚跟。我们先求立住脚跟,再谋恢复中原,重回关中。可惜,皇后的一支大军,至今一点消息没有!"

宋献策说道:"近来迭经挫折,士气颓丧;牛金星身为丞相,开国重臣,忽然逃走,必将使军心更加动摇。请陛下向众将言明,今后进兵长江南岸,如左良玉不肯同心抗拒胡人,我军就要进占武昌,顺流东下,夺取南京为立足之地,然后出师两淮,收复北方。"

李自成轻轻拍手,说:"好,好,要这么说才好,可以大振士气。"

随即他转向顾君恩问道:"你的府上亲眷都安顿好了么?"

顾君恩回答说:"请陛下放心,两天前臣已派妥当人将老母和妻子儿女送往远乡亲戚处了。那地方在大洪山的深山中,十分闭塞,人迹罕到,万不会被敌人找到。"

李自成又向刘宗敏说:"你赶快准备动身吧。你的水陆大军只可逗留在潜江和沔阳之间,不可向武昌前进,等候我从荆州赶来。"

刘宗敏和顾君恩走后,李自成因见刘宗敏刚才一直少言寡语,脸色沉重,心中分明有无限烦恼和忧虑;又想到牛金星的逃走,不禁在心中自问:

"大顺朝果真要完了么? 唉!"

于是他带着阴暗的神色,忍不住向宋献策小声问道:"军师,此刻并无别人,我想问你:牛启东此刻舍我逃走,是看见我朝已经快要亡国了么?"

宋献策不敢说出"亡国"的话,只好回答说:"自古一时胜败乃兵家常事,臣料想牛启东父子逃走,未必是断定国家将亡。"

"那么,究竟为了何故?"

"他是畏惧皇上治罪。"

"他为何要怕朕治他的罪?"

"他身为当朝丞相,入北京后不能谏阻皇上东征,此其一罪。他虽然知道李岩兄弟并无背叛朝廷之心,却不敢在陛下面前力保,反而由他将李岩兄弟杀死。当时我军新败,朝廷上下正处于危疑之中……"

"朕后来也后悔杀了李岩兄弟。"

"正因为皇上是英明之主,事后不久便深自后悔,牛启东心中畏惧,不能自安,当然他自知未保李岩也是他的一条罪款。还有……"

"不用说下去了。我想,牛启东父子走得如此机密,不知踪影,必是与襄阳一带有办法的人物事先勾结好了,将他们在山中隐藏起来。唉,朕一向待他父子不薄,真没有料到!"

宋献策劝慰几句,便去准备随皇上启程的事。

李自成留在大厅中,心中很乱,忽而又一次想到皇后。他极盼望皇后能率一支大军来湖广会师。可是她在哪儿? 半月前风闻她到了汉中一带,但并没有得到真确消息。自从他退出襄阳,连一点荒信儿都断了。他不禁小声喃喃说道:

"我目前很困难,正需要你的人马,你在哪儿?……"

驻军武昌的宁南侯左良玉,近来心情很坏,身体也常在病中。他周围的人们已有许多天看不见他的一丝笑容。

左良玉和他左右的亲信,不论是文官武将,没有人想到满洲人会不断前进,下江南,灭亡明朝。他的谋士主要是监军御史黄澍,也就是开封被包围时任开封府推官、主谋决黄河的那个黄澍,左良玉对他几乎是言听计从。

一天,左良玉召集几个亲信商议大局。有人问道:"满洲兵会不会进兵江南?"又有人问道:"既然满洲人在追赶李自成,会不会跟在李自成的后面进攻武昌?"议论之余,竟然没有一个人相信满洲人会进兵江南,要占领全中国。黄澍引经据典地说:

"崇祯二年以来,几次满洲兵进入长城,一直到了畿南三府,到了山东,破了济南,却从没有在内地久留的。都是每到一个地方,俘虏一些人口,抢劫一些财物,就迅速退回关外。这一次满洲人占了北京,将北京作为他的京城,我看他们已经踌躇满志了,绝不会再往江南进兵。顶多不过骚扰一下,就会迅速退回去,巩固黄河以北的既得土地。"

有人问道:"何以见得满洲人无意进攻江南?"

黄澍说:"南北作战,并不是从今天才有。契丹建立辽国,何等强盛,毕竟没有越过黄河。以后女真族建立金朝,也只到黄河流域为止。虽然金兀术打到江南,打到临安一带,可是很快又退回北方。人们说,今天的清就是金的后裔,金朝鼎盛时尚不能灭亡南宋,今日的满洲人也不可能有那样的胆量、那样的兵力来灭亡堂堂的中国。它只是利用李自成破了北京的好机会,加上吴三桂的投降,才能打到陕西,打到河南,又追赶李自成到了襄阳。我看他到了襄阳,也差不多该心满意足了。"

有人问道:"可是蒙古人不是灭亡了中国么?"

黄澍摇头说:"不然,不然。蒙古灭亡宋朝之前,已经囊括了整个北方、西方，还有西南的邻邦，最后才灭亡宋朝。今日的满洲人与蒙古人当时的情况大大不同。"

左良玉一直沉默不语，后来才说道："我看满洲人未必会下江南，要紧的是我们要着手快一点，不能够等江南弄得不可收拾，我们再去收拾，那时后悔就晚了。"

黄澍说："侯帅所言极是。今日之南京虽有君却似无君，我们不去收拾，更待何人？"

左梦庚是左良玉的儿子，如今是平贼将军，左良玉也很听他的话。他说："父帅想得很是。目前我们先不要担心满洲人能不能下江南，我们所担心的是朝廷这样乱下去，皇上如此荒淫，不理朝政，任着马、阮等一班小人摆布，如何是好？"

左良玉说："你跟黄监军下去，仔细商量商量：对南京的一班小人如何动手？何时动手？商量好后，禀我知道，我好决断。"

于是左梦庚和黄澍几个人从左良玉的面前退下，秘密地商议对策。

这时候李自成已经到了襄阳，一部分人马已离开襄阳继续往东来。左良玉对此并不忧虑。崇祯十五年李自成从开封撤兵往襄阳来的时候，他很害怕，因为经过朱仙镇大战，被李自成打得大败，手下的精锐部队丧失殆尽，连他自己都几乎逃不出来，所以他在襄阳不战自退，来到武昌。然而今天的局面与往日大不一样。他看得很清楚，今日李自成已经是残败之寇，士无斗志，后边还有鞑子兵紧紧追赶，不再是他的强敌，值不得畏惧了。

当他得到探报，知道李自成的大军已经到了承天，继续向东来，另一路大军要从荆州、荆门、夷陵一带顺长江东下时，他才感到李自成的军事活动值得重视。不是说他害怕李自成像往年那样兵强马壮，而是害怕万一李自成很快来到武昌，会拖住他的腿，使他不能迅速往南京去，误了他的大事。所以他一面命儿子左梦庚同黄澍等人赶快商议，一面命人将他的养女左梦梅传来谈话。

左良玉因为根本没把李自成放在眼里，所以当左梦梅同她的丈夫王四来到武昌的时候,他同他们只匆匆见了一面,关于大顺军的情况竟连一句都懒得问,就命人将他们安顿在一座单独的住宅中。四面都有他的人马警卫。王四所带的亲兵不能随便出来,随便上街。王四多次求见,说是有话要说,也被他拒绝。现在他忽然想到,到底李自成有何意图,他心里并不清楚。难道李自成以惨败之余,敢来同他争夺武昌么?不像。李自成不会这样糊涂。可是李自成为什么要往武昌来呢?王四要说的事情,会不会同这件事有关系?他反复思想,总是觉得奇怪。所以他想问一问梦梅。

左梦梅对于养父单独传见她,心中也很奇怪。自从到武昌以后,在饮食起居方面,养父对她照顾得很好,还赏赐了很多东西。平心而论,她愿意跟着养父,不愿再跟着李自成,特别是她看得很清楚:李自成再也不会转败为胜了,迟早要被消灭,消灭之后就永远落一个"贼"名,她和丈夫也难免不被清兵杀掉;而她的养父如今已被封为宁南侯,声名烜赫,留在养父身边,说不定会有享不尽的荣华富贵;可是她的丈夫王四却执意要回李自成身边,决不投降明朝,而据传她的哥哥左梦庚又起了除掉王四的心思。这使她左右为难,提心吊胆,几次在没人时悄悄地劝王四说:"投降了吧,不要再回闯王那里去了。"无奈王四死心眼儿保闯王,使她无计可施,不免在暗中流泪。这会儿养父专门找她一个人前去说话,不命她夫妇一同前往,她不禁心中怦怦乱跳,难道是为着要拆散她同王四的夫妻姻缘之事么?倘若养父提出来这个难题,她如何回答呢?也许,同丈夫就此永别了?她隐忍着内心的惊骇和痛苦,上了轿子,在一群丫环、仆人的簇拥下,去到宁南侯府。侯府的一群女仆和丫环将她带到左良玉的面前。她向养父跪下行礼,心惊胆战,想着说不定侯爷一句话就决定了她夫妇的一生命运。

左良玉命养女在旁边坐下,望了望她,把慈祥的目光投在她身上和脸上。他看见她身带重孝,面容因忧伤而显得憔悴,不禁心中一酸。自从梦梅的亲生父亲丘磊被刘泽清杀害以后,梦梅就一直穿着孝服。他又想到,自己的夫人把梦梅自小带在身边,一直当成亲生女儿看待。前几年因许昌兵变,夫人死在河南,如今自己身边别无女儿,只有梦梅一个养女,因此对她格外有怜爱之情。他叹了口气,问道:

"梦梅,你晓得我叫你来为的是什么事情?"

左梦梅心中十分害怕,温柔而恭敬地小声回答:"父亲大人唤女儿何事,女儿一点不知。如今请大人吩咐。"

左良玉说道:"如今国家局面,你也知道。我是明朝大将,先帝原封我宁南伯,亡国之前,又晋爵为宁南侯。我身受先皇帝厚恩,遭逢大变,无以为报。如今我驻兵武昌,既要操心南京的事,又要操心闯贼是否想图谋武昌的事,所以心中很乱。我没有多的亲人。你大哥梦庚,他是男子汉,不能体念老人的心情,有时处理些事情也使我心烦。你虽是养女,却如同我的亲生女儿。只是因为我的事情太多,心情太烦,所以很少叫你到我面前说几句话。今天我叫你来,是要问你一些话。你知道我为什么没有叫你的女婿同你一起来么?"

左梦梅心中比刚才更加害怕,脸色煞白,暗暗想道:唉,他马上就要说明了。随即她从椅子上站起来,恭恭敬敬地回答说:

"女儿不知道父亲大人只唤女儿一个人前来,到底有何垂问或吩咐。倘若有话,就请大人直说。女儿一经回到大人身边,生死都由大人做主。"

左良玉说:"你虽不是我的亲生女儿,但因为你的父亲丘大人是我的至交,你从还不会说话时就抱来我的身边,由我养育成人,所以人人都认为你就是我女儿。你是侯门之女,不同常人。你的女婿虽然已同你结为夫妻,但在我的众将眼中,他仍然是闯贼手下的一个偏将,跟你的身份不同,门户不当。我几次想叫你夫妻一起来我身边,都因为他是闯贼的偏将,没有叫他前来。"

左梦梅心中明白了:这是要拆散他们夫妻。她滚着眼泪说道:"王四小将虽然是闯王手下偏将,可是女儿已经同他结为夫妻,同命相依,生死难分,这是周公之礼,也是女儿命中注定,想大人同女儿一样明白。"

左良玉又叹了一口气："梦梅，你不要害怕。正因为我也明白这个道理，所以你大哥和别的将领纷纷议论，我都不听啊！这话以后谈吧。我今天想要问你，你是要李贼，还是要你的养父？"

左梦梅莫名其妙，怯怯地说道："孩儿自幼跟着养父养母，如同亲生一般。孩儿与闯王并无丝毫亲故，只是崇祯十五年为要投奔大人身边，从南阳往襄阳来的时候，经过卧龙冈，被闯王埋伏的人马劫去，后来又将孩儿嫁给王四。这情形大人完全清楚。大人是堂堂大明朝的大将，又拜封为宁南侯。孩儿的大哥接替父亲做了平贼将军。难道孩儿不知道光荣体面？至于李自成，倘若他能够坐稳江山，成为一代帝王，当然我对他也无仇恨。只是他一年以来接连战败，流窜湖广境内，没有立足之地，现在已经没有坐江山的份儿了。他既不能得天下，以后就只能成为流贼。孩儿能够离开他那里，回到父亲膝前，这是托天之福，何等侥幸，岂能再回闯营中去？"

左良玉说："可是你的女婿王四，念念不忘闯营，总想回到闯王帐下，我不能让他带着你走。"

左梦梅说："他是从孩儿兵起就在'闯'字旗下，由孩儿兵提拔上来，成为果毅将军。常言道：吃纣王水土不说纣王无道，他当然要忠于闯王，想回闯王帐下，这也是人之常情。既然父亲大人不愿他返回闯营，容女儿慢慢地苦劝他，留在这里，为父亲大人效命疆场。请大人不要生他的气。"

左良玉听他养女说话很得体，也并不虚假，不觉点点头，说道："唉，本来么，女孩子嫁鸡随鸡，嫁狗随狗，总是命中注定，有什么办法呢？他只要不私自逃走，我决不许别人杀害他，你放心好了。我现在要问你一件事……"

左梦梅听了这话，感到放心，赶快问道："父亲大人要问什么话？"

左良玉说："目前李自成人马一路从承天向这里开来，一路准备从荆州向这里开来。他已经是败窜之寇，无处立足，难道他还敢来与我一战不成？你要说实话，梦梅！"

左梦梅说道："女儿从邓州前来的时候，李闯王一再对女儿说，他决不愿同大人作战，过去的事情一笔勾销，只求大人同他联兵，共同对付满洲人。至于说他的人马正在向武昌开来，孩儿丝毫不知。倘有此事，一定是有新的变故，是不是满洲兵追得很紧，他无处可去，向这里靠拢，希望得到大人一臂之助？"

左良玉冷冷一笑："我怎么能同他联兵？他能得到我什么帮助？我是贵为侯爵的明朝大将，他是一个逼死帝后的流贼，我同他只可以兵戎相见，不可能握手言欢。"

左梦梅说："这事情孩儿确实不懂得，请大人不要怪罪。"

左良玉说："我不怪你。我只是问一问，到底李自成是什么意图？你能猜到他向武昌前来的意图么？"

"孩儿确实猜想不透。孩儿只能猜，他是想同大人合兵，共同对付胡人。如今胡人十分猖狂，人人都认为其志不在小，是要一口气灭亡中国。倘若大人不能看到这一点，将来恐怕后悔无及。"

左良玉不相信满洲人会要灭亡中国，心中感到一烦，说："好，不跟你谈军国大事了，今日中午你就留在这里陪我吃饭吧。现在你先下去休息，或到后花园中玩玩。下去吧，我还有事情要传见几位重要的官员。"

梦梅叩了个头，从左良玉面前退出。马上就有一群女仆和丫环将她护送到正房休息，随即又将她带到花园去散心。可是左梦梅哪有心情来赏玩春景？不仅她夫妻日后的吉凶难料，而且看见她的养父多日来一直有病，今天同她说话时不住咳嗽，精神也很颓丧，不觉暗暗叹气。

左良玉近来日夜操心的大事是要不要赶快率领他的大军往南京去除掉马、阮等人，整顿朝纲，废掉福王，扶新近来到南京的"皇太子"登极。其实真皇太子已经死在北京，南京这个是假冒的，真实姓名叫王之明,但左良玉并不知道。黄澍等人和左梦庚最近天天劝说他往南京去"清君侧",已经将他说动了。他也想着只有"清君侧",才能对得起先皇帝,也只有"清君侧",才能进行"废立"大事,建立千秋勋业。可是这事情实在太大了,他不能不再三斟酌。他心中明白,黄澍去了一次南京,在朝廷上当面攻击马士英等人。马士英知道黄澍是依靠他宁南侯的力量,所以当时没有敢把黄澍怎么样,随后却以弘光皇帝的名义下一圣旨,来武昌逮捕黄澍进京。结果黄澍被他保护起来,没被带走。现在黄澍已经同马、阮等人势不两立,只有举行"清君侧"的大事,才能挽回局面。他又知道他的儿子如今替他做了平贼将军,也想趁这机会做一番大事,所以同黄御史两个人勾结很紧,日夜怂恿他前去南京。他因身上有病,精力已衰,军中许多事不能不交给梦庚主持,他再也不能够完全做主。他也做了准备,十天前已经将散在二三百里内外的人马暗暗调回武昌,能够征集的船只都征集来了,只等他一点头,二十多万大军就可以扬帆东下。

然而直到今天他还不能够下定决心。千秋功罪,在此一举,他不能不万分慎重行事!养女左梦梅退出不久,他就将左梦庚、黄澍以及另外几个亲信将领和谋士叫到面前,问他们又经过商议之后,到底如何决定。

左梦庚向他禀报:"启禀大人,已经邀集诸营将领,对天盟誓,拥戴大人即日东下,去南京成就'清君侧'的大事。"他偷眼看见父亲的神色很激动,又接着说:"太子如今已经被捕入狱,在狱中受到非刑拷打,死去活来。倘若去晚了几天,太子必死于狱中,大人将何以报大行皇帝天高地厚之恩?"

听了这话,左良玉不觉悲痛,大哭起来,拍案说道:

"好,你们让我再想几天。要去,我就不顾一切,一定要办此大事,否则我就对不起先皇帝。不忠不义,死不瞑目!"

左良玉今年虚岁五十五岁,对于一个需要在马上杀敌的武将说,这样的年纪已经算老年了。他自己本来在一年前就感到体力日减,精神大不如前。近来他的病情加重,医药无效,只是为着维系军心,他没有躺倒床上。他心中明白,万一他病死了,部将们就立刻散了摊子,梦庚纵然手中掌握着一颗"平贼将军"印,由于资望不够,必定无力驾驭众将,众将迟早会各奔前程。至于黄澍,一旦失去他这棵大树,必将锒铛入狱,死于马、阮之手。唉,是不是马上就带兵去南京呢?

第二天是他的生日。他因为国家丧乱,如此不堪,加上自己的身体和心情都不好,所以事先传谕,不许部下为他祝寿。但是左梦庚、黄澍和几位亲信大将都希望使他的心情快活快活,一再恳求,今晚要在他的节堂中举行家宴,绝不铺张,只叫几个色艺出众的营妓清唱侑酒。他经不住亲信们的苦劝,只好勉强同意。但是他发出口谕:只许武官参将以上、文官六品以上前来贺寿吃酒,而且不许送礼,不许向总督府和各地方衙门走漏消息。

左良玉在当今明朝武将中不仅兵力最强,声望最高,而且已经封侯,所以部下不论是文官武将,不论各人心中有什么打算,在他的面前都是毕恭毕敬,礼数森严。今天赴宴的仍然有二百多人。大家依次向左良玉行礼之后,按席就位。节堂中华灯高照,服饰耀眼,席上山珍海味罗列,但是没有人敢猜枚划拳,也没有人敢开怀畅饮,笑语喧哗。从各营中挑选的二十个营妓,除领班的以外,全都是妙龄少女,打扮得花枝招展。乐器中没有锣鼓,只有箫笛、琵琶和檀木拍板,另外还有渔鼓。她们唱了几支南北曲小令,又唱了一曲南吕宫散套,竟没有引起左良玉的兴趣。人们看见他神色冷漠,仍然是郁郁寡欢。黄澍走到他的身边,小声问道:

"请柳将军说一段《水浒》故事如何?"

左良玉正在想着李自成可能骚扰孝感,流窜鄂东,对柳麻子说书也不能像往日一样感觉兴趣,心不在焉地轻轻摇头。

黄澍无奈,同左梦庚商量一下,令营妓唱一段最通俗、最有民间风趣的沔阳渔鼓。大厅中空气开始活跃起来,出现了笑容和低声笑语。除正在唱渔鼓词的姑娘外,营妓们殷勤斟酒,脚步轻盈,眼波流光,十分迷人,虽没有人敢放肆,但开始有点像祝寿的酒宴了。

当唱到最有趣的时候,左良玉又想到去南京"清君侧"和搭救皇太子的大事,心中猛然很烦,抬起头来望望唱沔阳渔鼓的姑娘,又向所有的营妓们扫了一眼,咳嗽一声。他的咳嗽虽然并没有用力,声音一点也不响亮,但在人们听起来,却十分威严。立刻,唱渔鼓词的停下了。全体伺候饮酒的营妓都感到惊骇,交换眼色,不知所措。随即左良玉的一位中军副将悄悄地向带头的营妓使个眼色,摆摆下巴。营妓们携带乐器,不声不响地退出节堂。

酒宴又继续片刻,宴席上很少说话,更无笑声。仆人们轻脚轻手地送上美味佳肴,又轻手轻脚地将别的盘碗撤走。左梦庚同几位大将互相交换眼色,然后都向柳敬亭使眼色。柳麻子躬身走到左良玉身边,小声嘀咕几句。人们都佩服他善于辞令,但没有听清他说的什么话,只见左良玉微微一笑,轻轻点头,命平贼将军左梦庚陪文武官员们开怀畅饮,随即起身走了。

左良玉为着喜欢清静,单独住在节堂后面一个偏院里。这院子上房五间。由擅长书法的幕僚题了一个匾额,叫做"毋忘斋"。崇祯活着的时候,左良玉桀骜不驯,常常不听调遣,只是因他手握重兵权,崇祯才不能将他治罪。崇祯又恨他又得依靠他,不得已封他为平贼将军,封他为宁南伯,封他为宁南侯。可是崇祯死了以后,左良玉却很自然地产生了一种怀念故君的感情。他曾经按礼制为大行皇帝服孝二十七天,跪在崇祯的灵位前放声痛哭,哀动三军,俨然是一个少有的忠臣。为着不忘先皇帝的大恩,不忘为先皇帝尽忠报仇,他请幕僚为他写了这三个字的匾额。小院中还有十几间厢房,住着他的几个亲信将领和一部分卫士、家丁、奴仆。自从他夫人在河南死去以后,他很少接近女色,虽然也有两三个美妾,但他不愿同她们住在一起,自甘孤独。人们见他经常块然独处,可是没有人敢多劝他改变这种生活方式,只有柳麻子带着开玩笑的口气劝过他,见他摇摇头,也就不敢再说了。

这天夜间他睡到床上,起初还在想着何时前往南京的事,后来就睡着了。到了黎明时候,他被叫醒来。儿子左梦庚站在床前,向他禀报说:

"李自成大军过江了,前锋已经到了嘉鱼。"

左良玉吃了一惊,但表面上十分镇静,慢慢地问道:"李贼是从哪里渡江的? 怎么会前锋已经到了嘉鱼?"

左梦庚回答说:"昨夜三更时候,得到紧急探报,不敢惊动大人,现在才来禀明。该贼是从簰洲镇渡江的。我们守簰洲镇人马不多。冷不防流贼从那里渡过长江,占领了簰洲镇,一路向嘉鱼前去,一路向咸宁前去。如今咸宁和蒲圻告紧。"

左良玉骂道:"他妈的,扰乱了老子的大计!"

左良玉的人马扬言有五十万,实际只有二十万,真正能够作战的将士不过十万,而且大多是近两年来新招降的乌合之众,战斗力很弱。近几天来,左良玉只以为李自成的大顺军主力部队已经从汉水北岸向东进兵,将要进攻孝感,游骑指向黄冈,另一支从黄陂窥测汉阳。却没有料到由汉江北岸向东一天天逼近孝感和黄陂的大顺人马只是虚张声势,实际上刘宗敏亲自指挥一支人马,船只在后,骑兵在前,并不声张,于三月十五日到了潜江与沔阳一带,秘密地进到沙湖,探明长江南岸左良玉的人马不多,防守松懈,遂于三月十八日派张鼐等人率领少数步骑兵突然乘船渡过长江,占领簰洲镇,又击溃了左良玉的部将马进忠和王允成二人分驻在金口附近的少数步兵。大顺军的人马并没有敢直接进攻武昌,而是分兵两路,一路占领嘉鱼,一路转向咸宁一带,好像要去占领岳阳。一时之间,局势突变,武昌和岳阳二地大为惊慌。

其实,大顺军从簰洲镇渡江的只是先头部队,不过两三千人,随后又增加了一两千人。原来大顺军并没有计划从这里渡江,既然簰洲镇左军空虚,就赶快乘虚渡江,虚张声势,看一看左良玉的动静。实际上刘宗敏的大军和上千只大船运载的粮食辎重都还没有赶来,停留在汉江的岳口和仙桃镇一带,而一部分骑兵留在长江北岸,防备从襄阳出动的满洲兵追赶前来。当大顺军占领了簰洲镇的时候,李自成尚在荆州。刘宗敏立刻派飞骑前去禀报,请李自成迅速率领荆州、夷陵和荆门一带的人马沿长江东下,并力攻占武昌,免得清兵追来以后,上游的大顺军和仙桃镇、沔阳这一带的大顺军被截为两段。这完全是偶然的决策,不意造成了新形势,局面就按照这新形势向前发展。

左良玉的部将们都已经准备好往南京去"清君侧",不愿意留在武昌同李自成作战。黄澍更力劝左良玉前去南京,举行"废立"大事,然后号召天下,回师"剿灭流贼",凭长江天险,抗拒清兵。左良玉虽然有了七八分决定,可是还不免有些忧虑,因为自古不论是"兵谏"或进行"废立"大事,倘若名不正,便成了千秋罪人,且有灭族之祸。从目前来说,必须有一些有声望的大臣来赞同他这一举动。如今跟他同住一城的最有声望的大臣是湖广总督何腾蛟。这事情他没有跟何腾蛟商量过。倘若何腾蛟能够赞同他的主张,一起到南京去,他将更是师出有名,更能号召天下。单单是武将行动,许多人心中不服。所以他还在犹豫不决,一面对将领们表示同意往南京去"清君侧",一面又打算派出一支人马去夺回簰洲镇,将咸宁和岳阳之间的这一支大顺军包围歼灭。他把这个想法告诉了左梦庚和黄澍。左梦庚和黄澍都大不以为然,说是那样必将分散兵力,而且会使南京有备,不如立刻动身,救太子义无反顾。至于何腾蛟嘛,十分好办。他是文臣,手中无兵。如果同他商议,他必然反对;不如将他劫持上船,迫使他同往南京。左良玉仍然犹豫,摇摇头,挥手让他们退出,说道:

"你们让我再想一想,这样大事可要三思而行啊!"

黄澍同左梦庚都明白左良玉可能会不久人世,必须趁宁南侯活着时候到南京进行"废立",才能够稳掌朝纲。他们又一次商议之后,伪造了一封"皇太子"在南京狱中写给左良玉的"密谕"。这

是一张小小的纸条,上面写道:

皇太子手谕:宁南侯速来救我,迟则无及。

他们把这个伪造的"皇太子手谕"送到左良玉面前,说是皇太子在狱中收买了南京锦衣卫的人,秘密地送来武昌。左良玉毕竟是个武将,信以为真。原来他知道"皇太子"在南京狱中受到非刑拷打,死去活来,心中就很难过。如今看了密谕,不觉大恸,哭着说:

"不救皇太子,誓不为人!"

于是在三月二十一日,召集各营大将,齐集节堂。他抱病慷慨誓师,发布了讨伐马士英和阮大铖的檄文,下了全师东去南京的命令。

湖广总督何腾蛟,已经听说左良玉决定率全师东下,也看见了左良玉讨马、阮的檄文,要以"清君侧"之名,占领南京。他对此事极为反对,可叹自己手中没兵,没有力量阻止。他正在总督府中与亲信幕僚们商议如何应付,忽然间左良玉派官员前来请他去商议大事。他本来想去见左良玉,力阻左军前往南京,可是他的左右幕僚苦苦相劝,说是总督大人此去,必受左良玉胁迫,以后千秋功罪都说不清了。这么一提醒,他想着确是不能去,要死就死在总督府中。于是他回绝了左良玉的约请。

这已是三月二十二日下午了。左良玉的人马开始在武昌城中大肆抢劫,奸淫,抓人,杀人,掳掠妇女上船,兵马也一队一队地陆续上船。驻在汉阳、汉口、江北各地的人马也都上了船。所掠的大船小船,将近一万只,几十里的江面上,到处是船,一队一队,旗帜不同。左良玉和他的亲将、幕僚们单独有几十条船,而左良玉的船最大,上悬帅旗。何腾蛟听手下人禀报这些情况以后,在总督府中顿脚叹息,连声呼叫:

"天哪!天哪!国家事到此地步,不亡何待?没想到既有流贼,又有胡人,内外交迫,而宁南侯竟受左右小人愚弄,有此荒谬之举。天下事无法收拾矣!"

何腾蛟自知没有办法阻止左良玉东下,他现在惟一的希望就是武昌城内的官绅百姓少受左兵之祸,所以就以总督的名义出了许多告示,命人张贴在城内的大街、重要路口、衙署的照壁和城门口,严禁乱兵烧、杀、淫、掠。然而尽管他是堂堂总督,告示却等于一张废纸,起不了一点作用。很多官绅士民,希望能够得到总督的庇护,扶老携幼,逃进总督衙门避难,将几个大院落和几百间房屋挤得满满的,到处堆满了包袱和手提箱子。何腾蛟等人们都逃进来以后,命手下人关闭了总督衙门的前后门,不许左兵进入。他自己衣冠整齐,坐在大堂上。他认为自己毕竟是封疆大臣,倘有乱兵进来,他可以以总督的身份禁止他们随便在总督衙门中杀人、放火、抢劫。

这时候情况愈来愈紧急。附近的街巷中到处都在抢劫,都在放火。乱兵们纷纷向总督衙门院中射箭。有一支箭"嗖"的一声落在何腾蛟面前的案上。他的左右大惊,劝他赶快避到别处。何腾蛟气愤已极,将生死置之度外,目光炯炯地瞪大眼睛,猛一顿足,冷冷一笑,说道:

"我身为封疆大吏,连我的总督衙门尚且不能保护,何处可以逃避?今日要死就死在这里,不用躲避!"

乱兵们来敲打前后门,差不多要破门而入。他手下人都来向他禀报,问要不要开门,倘不开门,乱兵破门进来,将同归于尽。他严禁开门,说:

"派人去告诉左良玉,不许他的乱兵冲进总督衙门!"

可是他的手下人无法走出衙门。正在这时,乱兵从后院翻墙而入,自己将前后门打开。有一群乱兵拥到大堂前边进行抢劫。何腾蛟正要呵止,忽然有一将官从大门进来,直奔大堂,对他匆匆行礼,说道:

"末将奉宁南侯爷之命,请总督大人到船上一晤,有重大国事相商。"

何腾蛟说:"宁南侯今日这样做事,还有什么话同我商量? 本部院坚决不去!"

将官说道:"大人不去南京,宁南侯爷并不勉强,只是想同大人见见面,说一句话就分手了。难道大人连说一句相别的话都不肯听么?"

何腾蛟看见这将官和士兵一个个满脸凶气,知道不去恐怕不行。想道:去吧,见了宁南侯,当面力争吧。为着防备万一,他将总督印暗中交给一个心腹家奴,嘱咐了几句话,然后上轿而去。

他的轿子还没有走出总督府的大门,府中各处已经开始遭劫,妇女们一片啼哭声和哀叫声。何腾蛟在轿中叹了一口气,毫无办法。他的一大群奴仆、家丁、亲信幕僚和属吏,或骑马,或步行,跟在轿子后面,一起往江边走去。左营来接他的人也在前后护定,防备他中途走脱。

何腾蛟在汉阳门码头下轿,立刻被左梦庚、黄澍等一群文武迎到船上。这时月光很亮,船上纱灯高照。左良玉拱手立在船头,等他上船以后,互相施礼,步入官舱。

左良玉说道:"总督大人,事前没有时间同大人商量。今日良玉为国事匆匆东下,请总督大人同我一起前去南京,路上随时请教。到了南京以后,更要一切听从大人主张,请大人万勿推辞。"

何腾蛟说:"侯爷前去南京,声言要'清君侧'。但这样大事,请万万三思而行,不可鲁莽造次。千秋功罪,决于此时,岂能随便举动?"

左良玉说道:"皇太子如今在南京狱中,生死就在眼前。良玉身为大将,蒙先皇帝隆恩,封为侯爵,镇守一方。太子存亡,良玉万难袖手不问。区区此心,想大人十分清楚。如今马、阮祸国,太子生命旦夕不保,良玉如何能够忍心不问? 大人又如何能够忍心不问? 所以良玉思忖再三,决定往南京去,清君侧,除奸臣,保护皇太子不被杀害。"

说这话的时候,左良玉非常激动,眼泪不觉滚到脸颊上。

何腾蛟说："南京盛传有太子从北京来到，朝臣与民间有人信以为真，有人认为是假。你我远在武昌，如何能知道底细？此事不可鲁莽，等事情清楚以后你再决定不迟。"

左良玉冷笑说："等到事情弄清，皇太子已经不在人世，再想救他就迟了。"

何腾蛟慷慨劝说："目前闯贼大军东来，已经过了长江，武昌、岳阳震动，此系燃眉之急。满洲人追在闯贼之后，不久也要来到武昌。如果侯爵率大军东下，武昌岂不白白地送给流贼？流贼目前已经是惊弓之鸟，惨败之余，决非满洲人的对手。满洲人来到以后，将流贼或赶走，或消灭，之后就会以武昌为立足之地，东下九江，南去长沙。那样的话，国家最后一线生机也就完了。侯爷，你可曾深思熟虑？"

左良玉说："目前救太子，清君侧要紧。只要太子不死，奸臣清除，南京朝纲有了转机，消灭流贼，抗拒胡人，都有办法。南京混乱，乌烟瘴气，不惟不能消灭流贼，也不能抗拒胡人。本爵去南京之事已经决定，今晚三更就要开船，请大人不必再回总督衙门，就留在船上，一同东去，共行救国大事，本爵也好一路上随时请教。"

何腾蛟知道走不脱了，说道："既然如此，请侯爷另外给我一只大船，随在侯爵大船之后。若有事商量，我随时可以过来。"

左良玉想了一下，看见黄澍对他使眼色，就点头说："这样也好，我这大船上人多，也乱，另外给你一条大船，你的随从人员和仆人都跟你在一条船上。倘若一只大船不够，再给你几只大船也可。"

何腾蛟在心中决定，坚决以一死保全名节，单独要了一只大船，跟随在左良玉的一队大船之后。

三更时候，左良玉的大军，带着掳掠来的妇女和无数的财物，一营一营地乘船东下。江北岸还有步兵和骑兵从陆路东下。左良玉和他的亲信文官武将以及中军将士，一共三四百只帆船，差不多到黎明时候才拔锚东下。他们走过之后，才是何腾蛟的几只大船。后边又有许多大船，是左良玉的殿后部队。左良玉知道他的部下纪律很乱,担心将士们会冲犯了湖广总督,命人在何腾蛟的大船上竖起一面白绸大旗,上面用朱笔写着三个大字:"制军何"。跟随何腾蛟的人原来就带着他的官衔纱灯,如今四盏很大的纱灯也悬在船头。左良玉又怕何腾蛟逃走,特命一个姓李的游击将军带了四名兵丁,上到何腾蛟的大船上,名为照料,实为守卫。何腾蛟自己的文武亲随,只有两个仆人同他上船,其余的都被他拒绝了。他的那些不能上船的文武亲随和奴仆家丁不忍见他独自往南京去,于是便从南岸陆行;一些高级幕僚只好仍回总督衙门另想办法。走在南岸的人们现在都骑着马,他们只要望见大船上那四盏写有总督官衔的纱灯,就感到放心。但是走了不远,天渐渐明了,江面上的晨雾起来了,只看见每条船上都有纱灯,官衔全被雾遮住了。又走了一段,雾气更大了,连船也看不清楚,只看见众多的纱灯在江面上向东而去,每盏纱灯只有一点昏黄的光。可是何腾蛟的亲随们仍不肯离开,打着何腾蛟的旗号,在南岸继续东行。

当何腾蛟的船将到阳逻的时候,雾气慢慢消散了,水面上虽然还飘动着薄雾,但是遮不断视线。何腾蛟走出船舱,站在船头,举目观望岸上形势,心中十分难过。大好河山,不久将落入胡人之手。三百年大明江山,从此没有一点挽回的希望了。他越想越难过,越痛恨左良玉和他周围的一班小人和无知将领,他们只知为自己争权夺利,全不为国家着想,不为中国万民着想。左良玉派来的那个游击李将军小心地跟在他背后,表面上是毕恭毕敬地伺候,暗中则防备他投江自尽。何腾蛟完全明白这位李将军的心思,越发装做闲看江上形势,还念了一句苏东坡的名句:"浪淘尽,千古风流人物。"随即他回过身来,对李将军说道:

"你去把我外面披的一件衣服拿来,船头上风更凉了。"

李将军赶紧弯身走入官舱去取总督大人的衣服。而正在这时,何腾蛟恨恨地说道:

"哼,我是封疆重臣,岂能跟着你左宁南背叛朝廷,置国家存亡于不顾!"说罢,纵身跳入江中。

船夫惊慌大喊:"救人!救人!总督大人投江了!"

当下就有两个人跳下江水来救,但是春水方涨,水流湍急,加上江面上又起了风,风急浪涌,跳下去的船夫没有能将何腾蛟救上来。他们又回到船上。船上所有的人,包括何腾蛟的两个仆人都站在船头,望着汹涌的长江,望着薄雾笼罩的滔滔江流,有人呼喊,有人痛哭。那位守护何腾蛟的游击将军看见何腾蛟救不上来,连一点影子也看不见,知道左良玉必会杀他,说道:"总督投江,我也不再活了!"随即跳入江中,很快地滚入船底,没有再露出来。何腾蛟的两个仆人,见主人为国尽节,放声大哭,也要自尽,被船夫们死死地抱住,拖进舱中。

左良玉很快得到禀报,不由地深深地叹息一声。何腾蛟跟他原是同仇敌忾的人,竟这样不同意他去"清君侧",使他对前途增添了无限的烦恼和忧虑,登时倒在床上,感到病情不妙,传唤侍医前来。他在心中乱想,前途是吉是凶?何腾蛟死了没有?还有救没有呢?……于是他下令所有东去的船只,都随时留心漂浮下去的尸体,只要是漂浮下去的尸体,必须打捞起来,看是不是湖广总督……

第二十一章

就在左良玉为何腾蛟的投江而死深深叹息之时，何腾蛟正躺在一只小船上，昏昏沉沉地睡着。原来他投江以后，只在滚滚浊浪中漂流了十余里，便被一只打鱼的小船救了起来。渔夫把他抬进舱中，给他脱去一身湿衣服，又给他盖上棉被暖着。良久，在水中本已昏死过去的何腾蛟终于睁开了眼睛。他茫然四顾，最后把目光落在了守护在他身边的渔夫身上，用眼神向渔夫发出询问。

渔夫见何腾蛟醒过来了，很高兴，抬手指点着远处岸上，告诉他那边有一座关帝庙，说是关帝爷救了他的性命。

何腾蛟微微颔首，两颗泪珠随即滚落下来。渔夫还想同他说什么，他却闭上眼睛，很快又昏睡过去了。

这一切，左良玉自然不会想到；而他更不会想到的是：何腾蛟投水不死，自谓是因忠诚而得神明佑护，于是改变以身殉国的初衷，乃从宁州转浏阳抵长沙，招集属下堵胤锡等痛哭盟誓，矢志坚守湖广。至顺治二年五月，何腾蛟受封为南明重臣，向南明隆武皇帝献招抚义军联手抗清计策，得钦准后亲自派人进行招抚，将李自成昔日之部将郝摇旗、袁宗第等均招至他的麾下。当然，这是后话。

原来，左良玉意欲胁迫湖广总督何腾蛟同他一起到南京，本是出于两方面的考虑：一是为他的"清君侧"之举增加号召力量，使他的这一举动更加名正言顺；二是万一押在南京狱中的北来太子果然非真，他就要走第二步棋，即速将楚世子立为皇帝。而若走到这一步，则更需要借助湖广总督的一臂之力。不料何腾蛟不惟拒不合作，甚而至于以投水自尽相抗议。这实在出乎左良玉意料之外。

懊悔之余,他不得不退而求其次,希望在路过九江的时候,能将驻节九江的江西总督袁继咸带往南京。袁继咸曾经做过郧阳巡抚,同他原是故人。就在最近,袁继咸还帮过他的忙——左良玉曾担心李自成的人马会从黄陂、孝感东进,去进攻蕲春一带,从而截断顺江而下之路,便向袁继咸告急。袁继咸果然派了一支人马从九江过江,进入黄梅、蕲春一带,面向黄冈布防,以抵御李自成可能东来的人马。想到这些,左良玉不觉微笑,心里说:故人就是故人,同袁继咸共商国是,谋求合作,恐怕要比劝说何腾蛟容易一些吧?

他哪里料到,就在他正打着袁继咸的主意时,袁继咸却做着提防他的准备。比起何腾蛟来,袁继咸离南京要近一些,在南京朝廷里的熟人要多一些,关系也更密切一些,所以有些何腾蛟无法知道的朝中内幕,袁继咸却能知道。何腾蛟的手头没有兵,只能受制于人;而袁继咸的手中还有两三万可靠的人马在驻守九江,救左良玉之急派往黄梅、蕲春一带的人马,如今也都已经撤回。十天前,当袁继咸获悉李自成的人马从簖洲镇偷渡长江,武昌和岳阳吃紧时,他判断李自成一定会避重就轻,向南去夺取岳阳,占领长沙。于是他赶快准备离开九江,率全部人马去增援岳阳。正准备登舟的时候,忽然得到左良玉全军东下的消息,他只好改变主意,留在九江作守城打算,以防左良玉的人马占领九江,残害地方。

这时候左良玉还没有来到,从安庆到九江的江面上已经很乱,到处有流氓无赖假借左良玉之名往来抢劫,杀人越货。九江士民人心惶惶,鸡犬不宁。因惧怕遭遇屠城灾难,他们推举有名望的士绅前来谒见袁继咸,恳求他放弃守城打算。有人说:"众寡不敌,战则必败。倘若激怒了宁南侯,祸不可测。"有人说:"宁南侯救皇太子这题目也不谓不正,总督如果一味兵戎相向,将置先帝于何处?不如敛兵城中,相机行事。"有人说:"制台素与宁南侯相善,何不等其到来之时,当面劝戒其禁止将士骚扰九江?"凡此种种,袁继咸一概拒不允诺,只按照自己的既定方针,将人马部署在城外,而将诸将士家属移入城中。部署方定,左良玉到了。

这是四月初一日的下午,左良玉将船泊系于九江北岸,便立即派官员给袁继咸送去一封书信,说明他往南京救太子的用心。他在信的结尾处写道:

> 此系大事,亟须当面请教。仆意即为皇太子死,又何足报先帝隆恩于万一!

九江士民恐慌万分,再三请求袁继咸去船上同左良玉一见,免得一城尽遭洗劫。在士民们的坚请之下,袁继咸只好放弃原来的打算。他对前来求情的士民代表们说:

"好吧,就听你们的,我去走这一遭。然而没有用处的,日后你们不要说我不智就是了。"

翌日,袁继咸偕同一位幕僚到了左良玉的船上,听左良玉谈了他为何往南京"清君侧"救太子的大道理。袁继咸见左良玉虽精神不振,面露病容,却依然态度傲慢,且有黄澍等人不离左右,便不愿深谈,只说:

"目前因侯爷大军到此,九江士民惊骇万状。恳请侯爷严禁士兵入城,保此一方生灵才是。"

左良玉说:"各营将士临离武昌前已经对天盟誓,只有一颗忠心救皇太子,清除奸臣,奠安社稷,决不骚扰百姓。我同制台大人原是旧交,在郧、襄同过患难,又同因襄阳事受过重责。今日重新携手共事,须要仰仗制台大人鼎力相助。请放心,我已经传谕各营官兵,有动九江一草一木者,从严治罪。"

言毕,他向左右问道:"我的口谕,大小各营都传到了么?"

负责传宣命令的中军总兵官躬身答:"回禀大帅,昨晚已经传谕各营凛遵,不得有违。"

平贼将军左梦庚也躬身补充一句:"今早儿又特别晓谕各营主将:军令如山,令出法随,大小将领务要认真听从爵帅严谕,任何人不得玩忽纪律,自取罪咎。"

左良玉又对袁继咸说:"大人可以放心了吧?明日一早,我亲自进城拜谒,再向大人请教。请令各镇参谒,我到时候好对他们讲几句话。"

第二天，即四月初三日，早饭过后不久，果然看见左良玉开始启锚移舟。袁继咸考虑到宁南侯进入城中将有许多不便，不得不赶紧迎到江边，就在船上与左良玉相见，他部下的各镇将也都单骑同往。诸将都到船上向左良玉参谒以后，左良玉从袖中取出来由黄澍伪造的太子密谕，强迫诸将为救出皇太子对天盟誓。九江诸将不觉一怔，齐齐望向总督，不知如何是好。就见袁继咸神色严峻地望着左良玉大声说道：

"密谕从何而来？先帝旧德不可忘，今上新恩亦不可负！密谕从何而来？"

左良玉脸色一变，恼怒地说："害太子的是奸臣马、阮之辈，与今上何干？老先生为何竟如此说！"

袁继咸望着左良玉手下的一群将领说道："师以义动。诸公应当爱惜百姓。"

左良玉说："我辈做大事，行不得小惠。"

袁继咸说："继咸负罪深重，蒙先帝赦以不死，仍付以封疆重任，待罪浔阳。一城百姓生死，系于爵帅，我不能不为百姓请命。"

左良玉脸色严峻，叫人望而生畏。

袁继咸趁着左良玉沉思无言的机会，向诸将领讲明了国家目前面临的危亡情势。他说，满洲兵正在南下，南京势必不得已抽调防北的兵力去防西。一旦满洲国兵临长江，则大势去矣。又说，兵谏不是正道，应改"檄"而为"疏"，以存君臣之体，听候圣旨处分……

左良玉想了一阵，改用缓和的口气说道："我可以同制台大人约定，决不破城。至于'清君侧'之事，可以将'檄'改为'疏'，暂时驻军候旨。"

袁继咸随即同左良玉成宾礼而别。虽然左良玉答应他不破九江城，不骚扰百姓，但是他深知左良玉部下自来就是军纪很坏，而目前左良玉又受群小包围，身边无一个是敢说直话的正人君子，别

看他名为统帅,实际上已驾驭不了他的乱糟糟的十几万大军。所以袁继咸决定还是守城。他在城上召集诸将训话,说:

"宁南侯欲行兵谏,借'清君侧'之名,难说不是举兵为乱,我辈岂能为乱国之举?'晋阳之甲,春秋所恶',我已经劝说他易檄为疏,屯扎候旨。我自己也已经将宁南之事写成一疏驰奏朝廷,朝廷必有处分。故诸将宜坚守城池,以待后命。"

袁继咸有一部将名郝效忠者,已经暗中同左良玉勾结。恰巧因为两个士兵在城内抢劫被百姓杀死,郝效忠便借此起衅。袁继咸的另外一员部将张世勋原来就与左良玉的部将张国柱相好,在夜间暗暗将张国柱的城外士兵缒入城中纵火。袁继咸命人扑灭一处,别处又有火起。袁继咸明白张世勋不除,则乱不能定,便赶快手写密令一封给可靠的将领邓林奇,要他立刻遵手令便宜行事。谁知刚刚作好部署,张世勋和郝效忠已经率领亲兵趁夜半劈开城门,出城与左营人马相合。左兵则趁机混入城中,大肆杀掠。守城的百姓不能辨识,完全无法自卫。袁继咸的其他将领害怕获罪,都陆续逃出城去,投到左良玉的麾下了。

左良玉一直在船上,因为病体衰弱,岸上和九江城中发生的事情他一概不知,都被周围的人们瞒住了。九江城内到处奸掳烧杀,到处有哭声叫声,早已经天翻地覆,而他的大船上却静悄悄的,没人敢大声说话。周围也森严肃静,只有昏暗的江水拍打着船边。后来,江岸上的远处有一些什么动静终于被他听见了,他又依稀觉得似有人马在移动,心中觉得奇怪,便轻轻咳嗽一声。一位值班的中军将领立刻走进船舱听令。左良玉问道:

"岸上为什么有人马移动?"

中军回答:"回爵帅,并没有大的移动,只是有一部分九江的人马出城,同我军驻扎在一起了。"

"啊?为什么他们要同我军驻扎在一起?"

"听说是他们想通了,愿意随我军去南京搭救太子。"

"啊?我已决定暂驻此地候旨……奇怪,此刻什么时候了?"

"刚打五更。"

"我们的人马有进城去的没有?"

"也有进城去的。"

"什么?我答应过江督袁大人,答应决不破九江城。可是……为什么我们的人马有进城去的?"

"请大人放心,没有攻城破城,是里边的人自己将城门打开了。"

"我已经答应不许扰害城中百姓。"

"请大人放心,城中安堵如常,鸡犬不惊。"

"江督袁大人现在何处?"

"袁大人大概快来到了。"

"怎么,他快要来了?"

"是的。少帅大人怕出意外,已经命张应元镇台大人同监军御史黄大人骑马进城,请袁制台大人去了。"

"唉,他们瞒住我捣的什么鬼!……快去将少帅叫来,我要当面问个明白……黄御史这个人、这个人,都是他……"

袁继咸在总督署的院中望了一阵火光,回到签押房,对一名心腹家人和一位中年副将李士春嘱咐了后事,正准备悬梁自尽,忽报左营总兵张大人和监军御史黄大人来见。他没有做声,也不迎接,只是兀坐不动,闭目养神。张应元和黄澍进来,声称是奉宁南侯之命前来相请,请他赶快出城。袁继咸一脸冷笑,并不搭话。他的中军副将李士春愤怒地望着黄澍,忍不住说道:

"你们做得太过火了!我们制台大人见事不可违,十分痛心,正准备以身殉国,请你们不要再打扰他。"

黄澍原不想把事情闹崩,一则那样会受左良玉谴责,二则也会坏了"清君侧"的大事。所以,听了李士春的话,他不禁大惊失色,赶快向袁继咸深深一拜,带着哭腔说道:

"宁南侯本无异图,公若自尽,宁南侯将无以自处,是公以一死促成大乱,国家大势去矣！务恳大人三思。”

袁继咸仍无一语。李士春见状,将他的袍袖轻轻扯了一下,他随着李士春走进套间。李士春凑近他的耳朵悄声说道:

“请大人隐忍一时,到了前边路上,说不定王阳明的勋业,大人也可以做到。”

袁继咸的心中一动,用疑问的眼神看一下李士春。随即从套间出来,对黄澍和张应元说:

“好吧,我同你们出城。我要去当面责问宁南侯！”

左良玉听见岸上的声音越来越嘈杂,并且有火光照到船上,很生气。他明白,如今,谁都不听他的话了。而如此目无纪律,要想完成救太子和“清君侧”的大事,恐怕没有指望了。他下了床,由仆人搀扶着走到船头。左梦庚和许多重要将领都已经来到他的船上。他不对他们说话,只顾拼着力气抬头向九江城的方向遥望,但见火光通天,而且隐隐约约的有哭声传来。他不禁浑身打颤,拍着大腿说:

“我、我、我对不起江督！对不起临侯！……”

突然,他感到喉咙里冒出一股腥气,一弯腰,吐出来一大口鲜血。左右一时忙乱,都来抢救。他又连着吐出几口鲜血来,随即被扶回舱内,放到床上,立刻不省人事。

袁继咸同张应元、黄澍等来到江边,尚未下马,就听见从宁南侯的大船上传来一片哭声。大家惊骇,一时目瞪口呆,面面相觑。少顷,黄澍向船上大声问道:

“什么事？什么事？”

大船上有一悲痛的声音回话:“侯爷归天啦！”

袁继咸的心不觉一沉,想到:宁南侯此时突然死去,左营二十万人马群龙无首,九江一城必将毁在这一群无人驾驭的乌合之众手中,如何是好、如何是好呀！

当左良玉的军队于三月二十三日突然从武昌撤走的时候,李自成正驻在荆州城外二十里地的一个临江小镇上。这时占领簰洲镇的消息还没有传来,他只知道满洲兵已经从襄阳出动,而左良玉的二十万大军驻扎在武昌、汉阳和周围府县,拦住了他的去路。从前他不怕左良玉,左良玉是他的手下败将。但如今形势大变,他反而怕左良玉了。他日夜忧思,无非是想着左良玉兵多粮足,据守形胜之地,以逸待劳,使他无机可乘。而满洲兵从襄阳东来,气势汹汹,李自成深知自己已无力招架。一天,他独自步入喻上猷帐中,想同喻上猷做些计议。喻上猷不在,却在铺上扔着几本兵书,还有一本书的封面已经破损。他随手捡起一看,是古人的诗集。顺手翻开,不意恰恰看到这样四句,十分刺目:

> 月明星稀,
> 乌鹊南飞。
> 绕树三匝,
> 无枝可依。

他感到很不吉利,便将书愤然一掷,转身走了。近来他的心中本已有无限的苦恼,深悔许多失策,这首诗更使他想到了如今无处立足、惶惶然如丧家之犬的局面。越苦恼,越容易往不利的方面想,他甚至想到他的身死国灭也许就在眼前。当然,这种绝望心情,他绝对不能流露出来。不管什么时候,不管同谁在一起,他都做出一副十分镇静的样子。但是,从退出襄阳到现在这短短一段时间里,他的两鬓上又新生出了不少白发,这却难以瞒过文武近臣的眼睛。

忽然,刘宗敏从沙湖附近来了紧急密奏,说已经乘左兵不备,命张鼐等率两三千人马,占领了簰洲镇;随后又派遣了一两千人马。因为左良玉在武昌一带兵力雄厚,所以他命张鼐等避免同左兵交战,全力以赴赶快向咸宁、蒲圻之间游击,虚张声势,以观左兵动静。

李自成立刻召集袁宗第等在荆州一带的重要将领开会,决定袁宗第这支大军暂时驻在此地不动,以待后命。他自己则迅速赶往沙湖,同刘宗敏商量是否在不得已时大军渡过长江,以避免在江汉平原上与满洲兵作战。

同刘宗敏商议未定,就得细作禀报,说左兵将往南京去救崇祯的"皇太子"。正将信将疑,王四暗中派出的人到了。来人先向李自成禀报了王四夫妇被拘留的情况,然后又说王四将军命他来向皇上当面禀奏左良玉要率全军前往南京"清君侧"的事情。李自成听罢,喜出望外。南京的情况他并不清楚,只听说立了福王,这个福王正是义军在洛阳杀掉的老福王的世子。据老百姓说此人无德无能,只好女色。其他的情况他则一无所知,更不知道崇祯的"太子"怎么逃到南京去了。不过他已经管不了这许多,他只关心左良玉是否会把人马全部带走。不管怎样,他现在已下定决心,要夺取武昌,争取在武昌立住脚跟。

过了两三天,张鼐的人马在荆河口消灭了一支明朝守军。虽然那守军只有几百人,却就此打开了前往湖广的大门,而岳阳城就在荆河口附近。李自成得到禀报,心中想道:倘若左军并未全部撤离武昌,那么,满洲兵来到,大军不妨暂时先退到湖南。

就在他同刘宗敏、宋献策讨论这个问题的时候,又接到确实禀报:左良玉确已全军离开武昌,连驻在汉阳附近州县的人马也都撤空了。立刻,李自成决定:水陆大军即速向武昌、汉阳进发,昼夜兼程。同时又派出飞骑到荆门、荆州一带,命令袁宗第和刘芳亮、郝摇旗等率领那一带的大军分水陆东下,会师武昌。下达完这些命令之后,李自成又想到承天和德安两府都留有人马驻扎,而德安的人马最多。仅白旺手下就有三四万,都是精锐。加上各州、府、县的人马,大约有六七万。于是,李自成重新部署,只给白旺留下一两万人马,命他迅速从黄陂赶到汉阳,渡江占领武昌。余者都分入其他营中,北岸只留下几千人防守,目的只是牵制清兵,使之不能迅速进兵。

李自成自己暂时驻在潜江和沔阳之间,指挥大军向武昌退却,并在江汉平原一带部署阻挡清兵的兵力。刘宗敏、田见秀等大将先他动身,分路向武昌开去。

清兵很快地到了承天,守承天的大顺军锐气全无,不过一次交战,便彻底失去了城池。一部分人马溃逃了,一部分投降了。清兵继续挥师东进,直指德安府。白旺留在德安的有一万多人,因不是白旺原来的精锐部队,又因没有白旺率领,当清兵来到时,只稍事抵抗,便作鸟兽散。

这个时候,李自成原驻江汉平原的近十万人马陆续到了武昌,分散在各处的人马也分头向汉阳、咸宁一带集中。而驻在荆州、荆门一带的一支大军因为怕清军从潜江、沔阳一带截断长江,所以也日以继夜,水陆并进,向武昌撤退。

因为左良玉的全师东下,使李自成在近乎无望中产生了一丝希望——占领武昌,立定脚跟,以俟东山再起。为此,他急切地盼望着皇后的音信,盼望她在这个时候能够同李过和高一功率领二十万大军神兵天降,来到湖广,助他一臂之力。他在心中说:

"必须凭借龟山和长江天险,坚守武昌!唉,皇后,你眼下到了何处?"

第二十二章

宋献策与刘宗敏率领数万人马先进了武昌,过了三四天才迎接大顺皇帝进城。李自成在四月初进入武昌的时候,武昌几乎是一座空城。城内外除驻扎着大顺将士外,几乎再没有什么别的人。前年春天左良玉的人马第一次洗劫武昌东下,武昌的元气已被破坏殆尽。没有死于兵燹的百姓大批逃往乡下或鄂南山中。后来有一小部分人回到城里,还有一部分则或依靠部队做些小买卖为生,或在乱世年头同部队拉上关系,混点差事。武昌城里刚刚恢复了一丝活力,左良玉的人马就再一次全军东移,于十天前席卷而去。那些与左营有关系的人都跟着走了;同左营联系不多的人又纷纷往乡下逃了。人们一则害怕李自成的人马骚扰,一则怕清兵来到,武昌一带会成为战场,所以凡是有力量逃跑的人都尽可能跑得远一点,因此上不但武昌城差不多成了空城,就连隔江的汉阳镇也不例外,稍微殷实一些的商铺都已被抢光,人也逃得不知去向了。

李自成进入武昌之后,将没有烧毁的总督署作为驻跸所在,照例称为"行宫"。此时文武大臣中常留在他身边商量机密事的只剩下刘宗敏和宋献策了。文臣中喻上猷跟袁宗第在一起,现尚在荆门一带;顾君恩则奉刘宗敏之命协助刘芳亮在黄冈一带部署军事,以牵制满洲兵使之不能直攻汉阳和鄂东。但有消息说,此人已于数日前不知去向。武将里原来田见秀也参与密议,只因为退出长安时他没有遵照李自成的谕旨将带不走的粮食烧毁,结果几乎全被清兵所得,以致受到李自成的严厉责备,从此他的心中很不自安,而李自成也很少使他再参与密议了。

到武昌的第二天,李自成带着刘宗敏和宋献策,骑马登上蛇山,观察形势。从大前天起,也就是李自成进入武昌的前两天,宋献策先来到,就在城东洪山一带部署了重兵。今日天气晴朗,李自成立马蛇山高处,看见洪山一带已经有许多旗帜,隐约的有军帐和马群。从洪山到武昌,几座小山上也驻扎了人马,正在修筑营垒。宋献策明白李自成心中十分忧虑,便故意面带笑容,用马鞭指点着,一一告诉李自成这些小山和湖泊的名字与地势,然后说道:

"陛下请看,倘若满洲人从别处渡过长江,从陆上进攻武昌,那么这些大小山头便都是武昌城的天然屏障。只要鼓舞士气,加上指挥得当,凭借这些山上山下的坚固营垒,大东门和小东门就完全可以固守。陛下请看,从洪山往东,山势连绵不断,形势甚佳。正如苏东坡在《前赤壁赋》中所写的:'西望夏口,东望武昌,山川相缪,郁乎苍苍。'请陛下宽心,此地必可坚守。当然,上流的金口,下流的鄂城、华容、葛店等处,都需要派兵设防。这些吃紧的地方,臣昨日已经同汝侯商议好,分派了将士前去守驻。"

李自成说:"袁宗第从荆州撤退下来的人马,先头部队今日可来,明日大部队到齐以后,也可以布置在大小东门外边,与摇旗一起协防。"

刘宗敏说:"不必了。这一带已经部署了郝摇旗和田玉峰的人马,按人数说不算少了。汉阳很重要,那里的兵力尚嫌不够。我同军师的意见是命袁营驻军汉阳,那里现有的一万人马也归他指挥。请皇上斟酌,好事先派人去迎接袁营,将皇上的决定传谕汉举,就在汉阳靠岸。"

李自成点点头:"就这么办吧——走,我们到蛇山那头看看去。"

他们来到蛇山西头,下了马,站在濒临大江的黄鹤矶上。这里,龟山和蛇山东西对峙,锁住大江,逼得江水向东北奔流如箭。阵阵微风西来,江涛拍打着突出江心的黄鹤矶,澎湃作声,银色浪花四处飞溅。

李自成过去只是素闻武昌的地理形势如何好,如何重要,今日

亲上黄鹤矶,放眼一望,不能不为之惊叹:

"太好了! 果然是山川险固,控扼南北!"

然而,他又立刻在心中想到:要坚守此地,恐非易事啊! 军粮已所剩无几,人马也无法补充。况且潼关那么险要尚不能守,何况此地? 他想着这些不利情况,脸上不免流露出忧郁神色。

宋献策自然也有同样的忧郁,但是他总想促使李自成重新鼓起当年那种奋发有为、百折不挠的精神,率领众将士在此地破釜沉舟一战,挫败敌人锐气,争取喘息机会。他深深知道,倘若再败,退出武昌,就可能溃不成军,大顺朝就彻底完了。所以他尽量摆出一副从容的姿态,用同往日一样老谋深算的语气说道:

"陛下请看,这就是大别山,俗称龟山,又称鲁山……"

"鲁山?"

"相传三国时候鲁肃曾在此驻军,山半腰至今留有鲁肃墓,还有一座鲁肃庙,所以大别山又称鲁山。"

"原来如此。"

"这山并不大,倒是名气不小。山也不险峻,可是因为濒临大江,与蛇山东西相峙,故在军事上十分重要。要封锁长江,使下游水师不能通过江面,必须以重兵固守大别山。大别山不仅如长江锁钥,也是控扼南北的咽喉……"

接着,宋献策又进一步说明大别山扼守南北的形势:大别山下只有一条路,近处则小山和湖泊星罗棋布。守住了大别山,就截断了南北来往之路。大别山下自古就是战场,有些历史名将就败于大别山下……

说到这里,宋献策突然停住,因为"败于大别山下"一语触动了他的心思,他猛然意识到此时此地对大顺皇帝说这些似乎有些不合时宜。他有些心虚地看看李自成,见李自成并没有什么特殊的反应,他才稍稍放下心来。就在这时,李自成突然指着江心的一个树木茂密的沙洲问道:

"那是什么地方?"

"那是有名的鹦鹉洲。唐代诗人崔颢有两句诗云:'晴川历历汉阳树,芳草萋萋鹦鹉洲',说的就是皇上所指的地方。倘若将一部分水师驻扎在鹦鹉洲上,就可以与大别山、蛇山的守军遥相呼应。"

李自成又指着汉阳城说道:"此城可是不算小,又夹在大别山和长江、汉水之间,地理形势很重要。"

宋献策忙说:"那是汉阳镇,辖属于汉阳县,汉阳县又辖属于汉阳府。汉阳府只辖两县,一是汉阳,一是汉川。只辖两县的府在全国十八行省中除此之外,别无二处。武昌府与汉阳府仅隔一条长江,本来武昌府就可以管辖汉阳一带,而偏偏在汉阳又设一府,又偏偏下辖只有两县,其原因当是十分清楚的:只要汉阳府能够守住大别山一带,就可以同武昌府夹江对峙,不需要有更多的属县。"

李自成点点头,对刘宗敏说道:"把袁宗第放在汉阳,让他驻守大别山,很好。"

随即他又向上游遥遥可见的两座山头指着说:"那地方守长江也很重要,要不要驻军?"

宋献策说:"那两座山,一座叫做大君山,一座叫做小君山,在以往的战争中都曾驻军。我们今日人马虽然不多,也该派去两位将领率军驻守才好。倘若敌人沿水路顺长江下来,从那里也可以向江面打炮,或从那里派兵船截杀。"

李自成又点点头,没说话,眼睛向别处望去。

刘宗敏已经好一阵子没有说话了,因为他对固守长江已毫无信心。这时他在心中说道:

"唉!固守,固守,不守不行,守又凭何而守?兵在哪里?将在哪里?虽说有十来万人,可事到如今,哪一个还能顶多大用?"

就在这时,刘芳亮从汉川派人前来禀报:德安府已于五日前失守,溃散的人马有一部分逃到了黄冈、汉川一带,他已经收容了。可是顾君恩一直没有找到,派人四处打听,杳无音信,估计是真的逃走了。

刘宗敏忍不住顿脚大骂:"这班人,真是无耻之极!我们顺风顺水的时候,他们都跑出来舔屁股溜沟子,自己说自己是什么'从龙之臣'。一看局势不好,做官没指望了,又一个个脚底抹油——开溜,都是什么东西!"

从黄鹤矶回到行营,李自成得到刘体纯禀报:有细作从襄阳回来,说听王光恩部下传说,李过、高一功率领一支大军前来湖广,已经从安康进入四川,显然是打算从夔州一带出川。另有小股人马从四川和湖广两省交界处向南,好像是向巴东、秭归方向去。李自成在襄阳时已经听到荒信,说李过、高一功等率领一支人马到了汉中。如今听到这消息,就觉得比较可信,看来,李过、高一功的人马已与皇后会合了。他心中顿时大感欣慰,忍不住对宋献策说道:

"果然有了消息!有了这消息,朕更要固守武昌,在这里与皇后的大军会师。"

话虽这样说,但李自成的心情依然十分复杂。一方面,他确实感到振奋,仿佛有了很大的希望;一方面,他又十分焦急,不知道这支大军何时才能到来。他命刘体纯赶紧再向襄阳、夷陵和秭归派出几路细作,让他们火速再去打探高、李大军的消息。真是望眼欲穿呀!于是他又让宋献策卜卦。连卜了几次,结果总是说确有大军前来,但不能马上赶到,最快也要等一个丁日方能到达。什么丁日呢?看来四月间的丁日是来不了了;五月里倒是有三个丁日。宋献策掐着指头推算:上旬五月初六是丁未日,如果不能来,就得等待五月十六丁酉日;如果还不能来,就只好等五月二十六丁亥日,可是,那真是太迟了。按照李自成的愿望,皇后的大军至迟该在丁未日五月初六来到。即使这样,离现在也还有一个月的时间。清兵来势凶猛,大顺军能不能在武昌坚守一个月呢?这么一想,李自成的决心就又动摇了。可是不守武昌,更往何处去是好?想来想去,觉得只有按照军师说的办,赶紧想办法鼓舞士气,征集粮草,安抚武昌一带民心……

袁宗第带领人马来到了。李自成命他将人马驻扎在汉阳大别山一带,随即向他询问情况。袁宗第禀报说,他的人马刚刚撤离荆门、荆州一带,清兵的先头部队不足一万人就到了。看样子他们是要先占领荆州、夷陵一带,然后再顺流东下。李自成又问起喻上猷,袁宗第才说喻上猷已经逃跑了。问是怎么逃跑的,袁宗第说道:

"喻上猷说他是石首县人,在荆州一带乡亲故旧好友甚多,自请回乡号召士民,共保大顺,抵御胡人。借这个理由离开了我,一走就再没有音信。"

"他的眷属不是随在军中么?"

"事后才发现,他早先已派人把眷属送回石首县乡下去了。"

李自成沉下脸来,不再说话。宋献策使眼色让袁宗第告退。当大帐中只剩下李自成和宋献策的时候,李自成忍不住长叹一声,拉住宋献策的手说道:

"献策,除你之外,重要的文臣都逃走了。想着两年前,明朝的文臣们纷纷来投降朕,像苍蝇一样嘤嘤嗡嗡。那个局面,何等热闹啊!可是自从退出北京,局势变了,这班文臣就散去大半,有许多一转身就投降了胡人,当了清朝官。退出长安,局势又是一变,这时候就连自称为最早的'从龙之臣'也忙着逃跑。跑吧,跑吧,如今都跑光了。这些人,唉,他们也能算是人么?献策呀,文臣们逃光了,武将们也离心离德,都各为自己打算,一遇见敌人就逃命,就溃散。唉,不过两年,两年,献策,就这短短的两年呀……"

宋献策也不由地动了感情,颤着声音安慰李自成说:

"陛下不必为此事生气伤神,他们既不同心,走掉也好。只要我们能在此地固守一个月,待皇后大军一到,大局就有转机,重整江山不难。眼下最要紧的,是请陛下多想想如何鼓舞士气,如何固守武昌。只要在这里站稳脚跟,何患大臣不来?武将们自然也会同心同德,力保大顺。陛下半生戎马,身经百战,是英雄创业之主,何至于心境颓丧若此。"

李自成点头说:"卿言甚是,朕不应自己先心境颓丧,而应拿出往年在商洛山中的劲头来。"

停了片刻,他又小声问道:"献策,如今靠赏赐也不行了,可有什么办法能够鼓舞将士之气呢?"

宋献策说:"近一二日来,臣也在为此事操心。倘若此时能天降祥瑞……"

"国运至此,不会再有什么祥瑞了!"

"不!祥瑞何尝没有?只是陛下每日应付战事不暇,不曾留意罢了。昨日陛下曾言,今日要驾幸汉阳,慰劳将士,现在江边船只已经准备停当,对岸将士也已经在江边列队恭迎了。"

李自成因为连日心神不宁,这一件昨天说过的事情竟被他完全忘了,这可是以前从没有过的情况。经军师一提,他才恍然想起,说道:

"唉,让对岸将士久等了。汝侯怎么还没有来到?"

"昨日在御前商定,今日陛下驾幸汉阳劳军,汝侯代陛下赴洪山劳军,他已经去了。"

李自成又一恍然:奇怪,怎么连昨夜亲口吩咐刘宗敏代为洪山劳军的话都忘记了?自己今年不过三十九岁,并不算老,忘性竟然这么大!以前自己的记性非常好,千军万马之中,只要同哪一位新兵见过一次面,问过姓名的,事隔多年,再见时不用思索,都能立刻叫出名字来。如今这是怎么了?想到这里,一种很不吉利的预感猛然冒上心头,使他不禁心头一颤:难道我真要完了么?他觉得背上汗津津的,不敢再继续胡思乱想,威严地轻声说:

"起驾!"

十来只大船停靠在汉阳门外的码头上,已经等候圣驾许久了。只见最前边的一只船上,一百名亲兵将士列队肃立。第二只船上是一班乐人,手里拿着各式各样的乐器。第三只船特别大,船上旌旗猎猎,船头靠后一点儿树一柄黄伞,黄伞后面是一队简单的仪仗。一群盔甲整齐的武将和亲兵,簇拥着李自成上了这条大船。

紧跟在大船后面的是四只大小装饰都一样的船,船上乘坐的都是扈从亲兵,也是旗帜鲜明,刀枪耀眼。再后面又是四只大船,分别载着二十多匹战马和一群管理战马的官员与马夫。马群中有一匹佩着带银饰的黄辔头、黄丝缰、鎏金马镫、朱漆描龙马鞍的战马,人们离很远就能看出来那是大顺皇上的御马乌龙驹。李自成为观看江上风景,没有坐在船舱中,而是坐在船头上。黄伞在他的身后,他的前面是一个青烟缭绕的大铜香炉。军师宋献策和御前侍卫总兵官太平伯吴汝义都立在他身边侍候,不敢就座。

忽然,头一条船上点放了三声炮响,震耳欲聋的声音跟着火光一闪,隆隆地掠过江面,撞击在龟山上,又从龟山头发出回响。炮声一停,第二只船上就开始演奏。在吹吹打打的乐声里,船队离开了汉阳门码头。春江新涨,水流湍急,加上西南风微微吹送,这一个船队就像箭一样斜向东北射去。李自成坐在船头,一面看着江上风景,一面在心中胡思乱想,一面不时同宋献策交谈,还回过头向吴汝义询问了咸宁等地老百姓抗拒征粮的情况。江山形胜,使他感慨良多。但最使他挂心的是清兵不日就要追来,这里地形虽好,却无力固守。由此又想到皇后的大军不知现在何处,更不知何时能够赶来。倘若武昌不能固守,他该往何处去?

这一个大船队到汉阳府城南门外的码头靠岸。袁宗第早已经率领一大群将领和新上任的汉阳府尹以及一些文职官吏在岸上恭迎。汉阳府衙门为今日皇上临时驻跸之处,已于昨日夜晚打扫得干干净净。从码头到府衙,街道很窄,铺着青石板,石板也不平,但也都打扫过了,上面还撒了黄沙。临街两边所有的铺板门和住宅大门都紧紧关闭着,家家门前都放一方桌,桌面上供奉着黄纸或黄缎的牌位,上写"大顺皇上万岁万岁万万岁"。牌位前摆着香炉,香炉里香烟缭绕。街上没有一个百姓,李自成对此并不奇怪,他已经习惯了这样的"警跸"。但是他不知道,即使不警跸,街上也不会有什么人,因为当地的百姓差不多都逃光了,那些香案其实多是士兵们代为布置的。

李自成骑着御马,在将士们的簇拥中进了汉阳府衙门。在后堂休息片刻之后,便在鼓乐声中来到大堂。皇帝的简单仪仗已经陈设在大堂前的台阶下边。大堂正中的案子上蒙着黄缎,挂着黄缎绣龙围幛。御案两边一边一个大铜香炉,香烟袅袅。一张太师椅上也蒙着黄缎,放着绣龙黄缎椅垫。椅子背后立着小小的精致的可以折叠起来的八扇朱红底黄漆描龙屏风。李自成在乐声中升入临时为他布置的御座。如今没有鸿胪寺官员了,只好由吴汝义呼唤众将官分批朝见。虽然吴汝义的呼唤不合鸿胪寺官员鸣赞的腔调,也没有御史纠仪,但众将官还是肃然行礼。当然,武将因为介胄①在身,免去了俯伏叩拜。行礼以后,宋献策宣布:

"皇上念将士们忠勇骁战,十分辛苦,今日御驾亲临劳军,特赏赐白银万两,彩缎千匹。"

将士们在袁宗第带领下一齐山呼:"谢恩!吾皇万岁!万岁!万万岁!"

随后,李自成问了问汉阳的防守部署情况,就命令众将官各自回营,只留下袁宗第和另外少数几个高级将领以及汉阳府尹,一行人正要起身去大别山察看营垒,刘芳亮却急匆匆地赶来了。他是前天到孝感一带部署军事,昨日夜间回到汉川,尚未及休息,就接到军师的通知,要他今日来汉阳见驾。他紧赶慢赶,不料还是迟了,没来得及在码头上迎接皇上。他向李自成行礼以后,李自成看他十分疲劳,且比往日瘦了许多,便问他道:

"有什么紧急军情么?"

刘芳亮回答:"臣请单独向皇上奏闻。"

一听这话,宋献策就使个眼色,让袁宗第同他一起避出去,其他人自然都相跟着肃静地退出。刘芳亮快步走到李自成面前,低声说了一阵话。李自成连连点头,脸色阴沉地说道:

"明远,朕原想让你在此地好好休息休息,现在看来不行了。你还是赶快回去吧,部署军事要紧。你那里朕发去一万两银子、一

---

① 介胄——铠甲。

万匹彩缎,你代朕犒劳将士们。朕这里没有别的事情了,你赶快回汉川去吧。"

刘芳亮又行了礼,退了出去。见到立在大堂外的宋献策和袁宗第,他点点头,说道:

"西边的事情,我已经向皇上禀明。如今不能够在此停留了,必须马上赶回去。"

说完,拱手作别。

李自成在宋献策、袁宗第和少数武将以及汉阳府尹簇拥之下,带了数百名亲军,离开汉阳城,登临大别山。到了半山腰,一般武将都奉命留下,只有宋献策、吴汝义、袁宗第和少数仪仗跟随。所到之处,都有将士们恭迎,气氛庄严肃穆。李自成的表情非常冷漠,就连听到将士们呼喊"万岁"时,脸上也不露一丝笑容,也很少说话,只管闷着头朝前走。大别山上的营垒星罗棋布,各个山头和山下江边陆地上也都就着地势部署了兵马。李自成走到大别山西头,来到一座营垒前。营垒下边是一片湖水。宋献策告诉他:

"这地方叫做月湖。月湖岸上的那一处高地相传为春秋时伯牙弹琴之处,叫做琴台。"

李自成点点头,小声说道:"守住这一带营垒要紧哪!"

一队将士在营垒外列队恭迎。他看出其中两员将领都是在商洛山中参加义军的,当时还都是二十挂零的毛头小伙子。他至今还记得他们的名字;记得他曾经拍着他们的肩膀问长问短;记得他在得胜寨练兵的时候,他们都已经当上了小头目,他曾经亲自射箭给他们看。今天,这两员将领见他驾临,都非常激动,眼睛里都闪现着莹莹泪光。但是他没有再呼唤他们的名字,没有再拍打他们的肩膀,更不要说向他们问长问短了。他只是淡淡地、冷冷地看了他们一眼,便从他们面前走过去了。

从大别山下来之后,李自成没有再回汉阳城,而是在鼓乐声中上了船。船队快到江心时,他望见在江岸上恭送的官员们已经散去,不由地一阵惆怅涌上心头。他想:这大别山,这汉阳城,大概是没有机会再来了。

李自成回到武昌行宫,心中十分烦闷。他留下宋献策一起用了午膳,然后屏退左右,问道:

"献策,李过、高一功和皇后的人马至今尚在四川境内,远水救不了近火。清兵正从水陆两路追来,大约不日即会大兵压境。今日去汉阳劳军,自始至终,朕心里没有一刻轻松。据你看来,我军在武昌能够支持多久? 倘若武昌失守,该退往何处?"

宋献策神色凝重地说:"臣只考虑如何固守待援,没有想过要离开此地。"

李自成心中一震,微微颔首。

宋献策接着说道:"陛下,我大顺当前面对的敌人,除了满洲人和吴三桂之外,还有尚可喜和耿仲明等汉奸的队伍,总计人马至少也在二十万以上。我军因为屡遭挫折,士气不振,害怕与敌作战。所以虽据地利,却不可倚恃。惟有陛下自己镇静,示将士以必守之心,方能望将士戮力同心,为陛下保住这一片立足之地。今日执皇帝威仪汉阳劳军,其目的正在于此。"

李自成点头微笑,说:"献策,你的话让朕想起来宋真宗驾幸澶州的故事,看来你是要学寇准呀!"

宋献策突然跪下去,以头触地,说道:

"请陛下恕臣死罪,使臣得进一言。"

李自成大为诧异,说道:"献策,你这是干什么? 有话快说,何必如此?"

见军师仍然跪在地上,李自成亲自去拉他,说道:

"因目前人心危疑,朕有时候就容易动怒,所以连你也不敢有话直说。可是我一向视你甚近,倚为心腹,你还有什么话不能直言呢? 起来,快起来说话!"

宋献策仍不肯起来,流着眼泪说道:"臣蒙陛下知遇之恩,由江湖布衣擢到军师高位,如此机遇,旷世少有。臣身为军师,每日服侍陛下左右,而国家陷于今日地步,实在罪不容诛。"

李自成松开手,叹一口气,说道:

"再不要提这些了。往山海关去的事,你也曾几次谏阻,是朕不肯采纳。此系天意,非你做军师的计虑不周,不能怪你。"

"虽说是天意,究竟也是人谋不臧。"

"献策,这几年来让朕后悔的事情很多,都过去了,说也无益。还是说说眼前吧。你起来,坐下去,对朕直言无妨。"

宋献策又叩了一个头,才站起身坐在椅子上,恭敬地欠着身子,声音微微打颤地说道:

"陛下,今日形势紧迫,臣不能不直言无隐。倘若触犯天威,也是出自一片忠心,急不择言……"

"献策,我的军师呀,朕什么时候疑心过你不是忠臣?快说你要说的话吧,朕急着听呢!"

"陛下,我大顺朝不算放出去的府、州、县官,单说朝廷上的重要文臣,也得有数百,如今全逃光了。牛金星与微臣在陛下初入河南时就来到陛下左右……"

"你赶快说要紧的话吧,别绕圈子了。"

"臣与牛金星,一个做了丞相,一个是陛下的军师。如今牛金星逃走了,只剩下臣一个人仍然待罪陛下身边。处此万分危难之时,臣又是牛金星引见的……"

李自成截断他的话,说道:

"牛金星父子辜负皇恩,背君潜逃,这是他们的事情,与你无干。你今天到底有什么话要对朕说?别再这样吞吞吐吐的好不好?"

宋献策又一次跪下去,说道:"陛下,臣要冒死直言了。刚才陛下提到宋真宗驾幸澶州的故事,以其比陛下今日之去汉阳劳军。无奈以臣看来,陛下今日处境,不及宋真宗万分之一。陛下如今时时忧形于色,由此一端,正可见出陛下仍在作不切实际的侥幸之想。万望陛下抛却一切他念,抱定在此与敌决一死战的决心。"

听罢此言,李自成不觉冒出一身冷汗,眼睛直直地望着军师。

宋献策流着眼泪说:"倘若陛下鼓舞士气,凭此地险要江山,拼死与敌一战,纵不能全胜,只要能稍稍挫敌锐气,局势便有转机。否则,逃离此地,去将安之?臣恐怕圣驾一离武昌,便会万众解体,一遇敌兵则诸营溃散,我君臣则不知死所矣。臣请陛下立意固守,勿自心中动摇,举动失策!"

李自成说:"献策,你坐下,慢慢说,朕听你的。"

宋献策重新叩头,起身,谢坐,接着说道:

"宋真宗景德元年,契丹主耶律隆绪同萧太后进兵澶州的时候,河北大部分土地和百姓仍属宋朝。甚至远至常山,也就是今之真定,也有宋朝的一支劲旅固守,使耶律隆绪只好避而不攻。耶律隆绪所率的南进之兵,看起来兵势很强,实际是孤军深入。这是第一个古今形势迥异之处。澶州即今之开州,在黄河之北,距东京汴梁尚有一百五十里之遥。大河以南,西至巴蜀,南至琼崖,东至于海,幅员万里,莫非宋朝疆土。这是第二个古今情势迥异之处。宋真宗景德元年,距宋朝开国约四十余年,国家根基已经巩固,天下百姓都是大宋臣民。可是目前江南士民仍以明朝为正统,处处与我为敌。这是第三个古今情势迥异之处。情况如此险恶,实在别无退路。臣只怕陛下一旦失去武昌,就再也没有一个立足之地了。"

李自成听着宋献策这番议论,觉得句句都合情理。自从退出长安,他虽然嘴里不说,但心中却一天比一天地绝望。而退出襄阳和牛金星父子的逃走,更给了他十分沉重的精神打击。这些日子,他常常想的是国灭身亡的局势已经定了,这是天命,天命不可违。宋献策的话他只是听着有道理,可是并没有增加他在武昌死守的决心。他有许多理由断定武昌必不能守。只是身为皇上,他不能说出来就是了。

他不想多谈论这个问题,沉默了一阵,带着伤感的口气说道:

"献策,兵法上说:三军不可夺气。几年前在潼关南原大战,朕败得很惨,突出重围后身边只剩下十几个人。可是虽然战败,并没有'夺气',人人都争着重树我的'闯'字大旗,不推倒大明江山誓不罢休。如今这股气是一点都没有了。虽说还有十多万将士,可是人人都成了惊弓之鸟,遇敌一触即溃,不逃即降。献策,你要说实话——这难道不是天要亡我大顺么?"

"请皇上万勿作灰心之想。目前总得想尽一切办法鼓舞士气。只此一着,别无善策。"

李自成微微苦笑,问道:"献策,今日在汉阳劳军的时候,你知道朕心中在想什么?"

"臣只知陛下心事很重,不敢乱猜。"

"朕想起来在商洛山中的一些旧事。那时人马很少,四面被围,将士们大多数都病倒了,朕自己也害了重病。可是谁也不曾怯敌畏战,大家一条心,拼着命地朝前闯。那时虽然艰难,却是兴旺之象。唉,如今再也不会有那样的情况了。"

"陛下,只要士气一振,打几个胜仗,那种万众一心的日子还会有的。"

李自成摇摇头:"难哪!想当年咱们围困开封的时候,闯、曹联营,那是多大的阵势。虽然说两家怀里都揣着个人的一盘小九九,私下里没断了磕磕碰碰的,可再怎么说也是牙咬腮帮子——弟兄们之间的事呀!要是曹操活到今日,他能看着朕走到这一步而见死不救么?你说,他不会吧?"

"陛下……"

"好,不谈这些了。现在敌人一天比一天逼近,朕想明天上午召集几位大将,商议一下迎敌之策。你去安排一下吧。"

"是。臣即遵旨安排明日的御前会议。望陛下此刻静心休息,不要过分忧愁。"

宋献策叩头辞出。刚走几步,又被唤回。李自成看着他,苦笑一下,说道:

"献策,朕有一句体己话,趁这时候嘱咐你,万不能泄露一字。"

"臣在恭听,请陛下指示。"

李自成犹豫了一下,小声说:"献策呀,倘若你认为事不可为,无力回天,不妨私自离去。朕决不生气,不会怪罪于你。你看如何?"

乍然间,宋献策以为自己听错了。但是望见李自成沉重的脸色和含着泪光的眼睛,他不觉大惊,突然跪下,连连叩头,颤声说道:

"陛下何出此言!陛下何出此言!倘若陛下疑臣不忠,视臣如牛金星、顾君恩之辈,臣就死无葬身之地了。陛下,陛下呀!"

李自成凄然微笑,上前把宋献策拉起来,说道:

"朕这话出自肺腑,出于朋友之情,绝无丝毫疑心。你快走吧,走吧,安排明日的会议去吧。朕要一个人坐在这里静一静。你去看看,说不定捷轩去洪山劳军已经回来了。"

宋献策重新叩头辞出,心中仍然惊疑不定。他脚步踉跄地走出大门,揩去鬓角上的热汗,心中暗暗说道:

"唉,皇上……方寸乱矣!"

眼看着宋献策走出帐外之后,李自成长叹一声,颓然仰坐在椅子上。他太累了,闭起眼睛想小憩片刻,可是心里却无论如何静不下来,许多故人往事就像走马灯一样,一个接一个在他面前转悠,搅得他心里扎扎拉拉的不舒服。神思恍惚中,他仿佛又走进了罗汝才的大帐,罗汝才正一脸惊惶地站在他的面前。

"天还不明,李哥,为了何事如此着急?"

"废话少说。罗汝才,我亲自前来,只是为清算你的罪过。"

"李哥何出此言?为弟何罪之有?"

"你与贺一龙相互勾结,暗中私通左良玉。你自己干的好事,还要我替你一一说出么?"

"李哥,你可千万不要听人嚼舌根子。说我与左良玉私通,有何凭证?"

"你还非要我说么?要物证,你的马腿上烙着呢!"

罗汝才忍不住叫了起来:"你是说往马腿上烙'左'字?那是禀

报过你的呀！你知道我把部队编成了左、右、前、后四营……"

"你还强辩！快拿人证来！"

一个小校闻声把手中的包袱一掷，一颗血淋淋的人头骨碌碌滚到了罗汝才的脚边。

"这是贺一龙的人头。哼哼，要不是这颗脑袋把什么都招了，罗汝才，我可无论如何想不到你会往我背上插刀子呀！可是现如今人证物证俱在，我想不信都不行。罗汝才，你还有什么话说？"

罗汝才一下子明白过来，他冷冷一笑："李自成，李闯王，你觉得现在翅膀管硬了，用不着别人帮衬了是不是？我跟你说，可别高兴得太早了！"

李自成喝令手下人："只管愣着干什么？还不快把他给我收拾喽！"

罗汝才破口大骂："李自成，你这个背信弃义的小人……"

话音未落，只见刀光一闪，登时鲜血迸溅，罗汝才晃了两晃，扑通一声倒下了。

李自成浑身激灵一下，从回忆中醒过神来。他举目四顾，见身边一个人都没有。一股冷飕飕的感觉从四面挤压过来，顷刻间凉遍了他的整个身心。

刘宗敏从洪山回来，进行宫向李自成面禀了到各营劳军的经过，又同李自成密商了一阵，然后回到自己的驻地。他手下的文武官员看见他脸色沉重，知道必定又有什么不好的军情，又不敢询问，一个个提心吊胆，暗暗地为大顺面临的局势担忧。

往日里刘宗敏一般不回后宅同妻妾们一道吃饭，而是同少数比较亲近的文武官员们一起，边吃饭，边谈论些军国大事。他对属下十分随和，闲暇时愿意听大家谈古说今，听到高兴处会忍不住哈哈大笑，有时还会插上几句笑话。人们常说，总哨刘爷在战场上是一头雄狮，执法时是腰挂宝刀的包公，平常日子里呢，就有点子铁匠味道了，平易近人，不拿架子。可是自从退出北京以后，他同属下在一起说笑的时候就少了。退出西安以后,那样的时候更少了。退出襄阳以来,他的骨棱棱的脸上就再也没有出现过笑容。而今天从行宫回来,他的心境似乎特别的坏,虽然还是和亲近的文武官员们一起吃饭,但整个晚饭时间一言未发。

刘宗敏的住处与明朝的楚王府只隔一条街道。楚王府的主要建筑,已经在前年张献忠临退出武昌时被放火烧毁,但是剩下的院落和大小房屋仍然很多,如今就成了一座大的兵营。刘宗敏住在兵营附近,为的是一旦有紧急情况,他可以迅速调兵遣将,以应付不测。为了随时要听各处军情禀报和处理要事,他没有同妻妾们住在一起,而是单独住在一个四合小院里。他的几位亲信文武官员和若干护卫兵丁住在小院的东西厢房中。小院的正厅五间是他同属下吃饭、议事和处理公务的地方。其中一间套间,是他睡觉的地方。小院的月门外守卫森严,纵然是部下将领,也不能随便进去。

今日晚饭后,刘宗敏只留下一名掌管机密的挂总兵衔的中军将领,其余文武都肃然退出。他向总兵官询问了一天来城中各处的新情况之后,便挥手令其退出。他感到心中闷腾腾的,十分烦乱,身子也十分疲倦,便默默地走进套间,脱衣躺下,放下帐子,闭上眼睛。小院中静悄悄的,没有人敢大声说话,连走路都是轻轻的。一个亲信的值夜武官,手按剑柄,坐在正厅檐下,一点响动也不出。刘宗敏很想赶快入睡,但是想起李自成告诉他的军情,不觉忽地出了一身冷汗,再也没有睡意了。他想着敌人一路长驱直入,水路已经占领了仙桃镇,陆路也到了孝感附近,大概几天之内就会抵达武昌。又想着李自成对他说的几句不可告人的私话,心中更加烦恼。不住地胡思乱想,不觉已打了三更。刚要朦胧入睡,中军忽然轻轻进来将他叫醒,禀报说:"军师前来,有要事相商。"

刘宗敏猛地一下坐起身,一面披衣下床,一面说道:

"快请军师,快请!"

刘宗敏将宋献策迎进套间,在灯下隔着茶几坐下,赶快问道:

"老宋,你半夜前来,是有什么紧急大事么?"

宋献策小声说："捷轩,强敌一天比一天逼近,圣上似乎已方寸无主,精神状态大非昔日可比。你身为大将军,代皇上统帅诸军,国家存亡,系于一身。明日皇上要召集御前会议,决定战守大计。你有何主张?"

刘宗敏说："我今日劳军回来,听圣上说明日上午要开御前会议。你主张坚守武昌、汉阳,与敌一战,圣上对此很是忧虑。"

"是的,我看出来了。可是除了固守,还有什么法子好想?"

"老宋,我也认为应该在这儿固守啊! 可是目前咱们的军心如此不稳,能守得住么?"

"守不住也得守。因为除了这里,我们再无处可去呀!"

"是呀,是存是亡,就看我们能不能在武昌挡住敌人的进攻了。"

"正是此话。倘若在武昌不能立足,以后的事情就不敢说了。"

"老宋,目前的处境十分险恶,你我都很清楚,大小将领们也很清楚,圣上心中更是清楚。敌人是轻装追赶,我们是携家带眷,顾打仗,还得顾妻儿老小。咱们剩下的将士,差不多都是陕西人。少数不是陕西的,也都是北方人。一到了南方,人地生疏、言语不通不说,就连东西南北也分辨不出来。加上不服水土,得各种病——特别是拉肚子的不少。再说——他妈的,这里到处都是稻田、湖泊、河流,就没有干地,没有大路,脚下老是泥呀水的,夜间蚊子成堆,行军时蚊子打脸。到处筹粮困难,四面皆敌,莫说再打败仗了——老宋呀,单只说继续再往东南退兵,要不了多久也会人马溃散。皇上自己很忧愁,对我说出了很不应该说出的话。所以我从行宫出来,心中十分沉重。我是国家大将,你是军师,可怎么好呢?国家存亡,你我都担着担子啊! 明日御前会议很要紧,你得想法劝皇上决计固守才好。"

宋献策走到外面,挥手使在檐下值夜的将校往远处回避,然后回到刘宗敏面前,用极小的声音询问:

"捷轩,皇上说了什么话? 是要你自己往别处去么?"

刘宗敏摇摇头:"不是。我除了战死,为皇上尽忠沙场,能往哪儿去呢?"

"那么,皇上对你说了什么不该说的话?"

刘宗敏忍了一忍,终于说道:"他说如今将士们不肯散去,是因为他还活着,可是迟早有一天会散去的。"

"皇上说出这话,也没有什么可怕。倘若你我处在他的地位,也同样会有此担忧。"

刘宗敏又忍耐片刻,接着叹一口气,悄声说:

"他说:'我是大顺皇帝,不能投降敌人,敌人对我也非捉拿杀害不可。至于大小将领,只要离开我,愿降清,愿降明,都可以保住一条性命,保住妻子儿女。'我一直在想,他为什么要对我说这个?"

"此话……"

宋献策没说下去,他想着皇上的话里分明有不得已时将自尽的意思。他又想到三年前的一天,皇上读《资治通鉴》,读到黄巢败亡后的情况时,曾经深为感慨,掩卷沉思良久。后来在闲谈中曾对他谈起:黄巢在狼虎谷自刎未死,被他的外甥林言斩首,又斩了他的兄弟和妻子七人,携首级向唐朝的武宁节度使时溥投降,中途被沙陀人夺去,连林言的首级也砍掉,一起献给时溥报功。李自成感慨地说:

"黄巢何曾料到,一旦失败,众叛亲离,连他自己的外甥也对他下了毒手。自古英雄末路,实在可悲!"

宋献策从今天李自成对他和刘宗敏所说的话,联想到三年前皇上读《资治通鉴》时所发的感慨,心里更加明白事情的可怕,也更感到自己三更半夜前来叫醒汝侯的必要。他在心里说:

"要不赶快帮助皇上拿定主意,大事将不堪设想!"

刘宗敏见宋献策只吐出两个字便不再说下去,忍不住问道:

"老宋,据你看,咱们能不能凭着武昌、汉阳一带的地利,杀一杀敌人的威风?"

宋献策说:"我正是为着此事才半夜三更前来找你。恐怕我大顺朝的生死存亡,就看这一步棋了。"

刘宗敏说："一年来步步失利，没有打过一次胜仗，连陕西老家也失去了，无处可以立足。到了今日，献策呀，人心已经散了，人们都害怕同敌人打仗，谁也不去想着如何固守武昌，打败敌人，只想着如何避敌，如何先走，如何保住性命和家小。你说，如何能够使人心振作起来？"

宋献策说："目前最要紧的是鼓舞士气。有了士气，就可以凭险一战，挫敌锐气。哪怕是一次小胜，也可以略微恢复士气，然后才能积小胜为大胜。"

刘宗敏点头说："眼下靠赏赐不顶用，何况我们也没有法子再弄到很多的银两。军师，你有什么法儿鼓舞士气？"

"侯爷，目前时机紧迫，且不必为长远打算，只求在数日之内，敌人来到的时候，大家能够上下齐心，努力一战，获得小胜，大事就有转机之望。至于长久之计，以后再说。"

刘宗敏点头说："你说的很是。你想出了什么法儿没有？"

宋献策探身向前，刘宗敏也探身向前，两个人的头挨得极近，宋献策用极低的声音说出一计。刘宗敏听后沉默片刻，然后轻轻点头，又觉心中略微不安，不觉问道：

"老宋，你是军师，这事何必找我商量？"

"目前人心颓丧，遇事多疑，与往日全不相同，连圣上也不能免。别人怀疑不打紧，我怕圣上责我以欺君之罪。我死不足惜，大事从此更不可收拾，所以我想来想去，先来同你大将军汝侯爷说明，使侯爷知道我为君为国苦心，这一计方可有用。"

刘宗敏笑笑，说："你是读书人，你当然知道，前朝古代众多的《谶记》，有几个是真的？都说汉高祖斩白蛇起义，我就不相信那是真的。皇上不是糊涂人，一定会明白你的苦心。请放心，就这么办吧。"

近四更的时候，李自成又将宋献策和刘宗敏叫去，原来是孝感已经失守，刘芳亮停留在汉川到孝感一带，没有用了。他们商议之后，立刻派人命袁宗第到汉川接防，同时命刘芳亮火速将人马向黄冈撤去。一定要守住黄冈，免得敌人从黄冈截断长江，包围武昌。

第二十三章

第二天是四月二十日，大约在辰时前一刻，便有几十名重要将领，包括那些地位较高但手中无兵的总兵一级的将领如左光先等陆续来到行宫，在正殿前两边的厢房等候。过了一阵，传呼万岁已经升殿，众将领立即起立，准备进入殿内议事。今日不是上朝，而是御前会议，所以午门不鸣炮，阶下不奏乐，院中没有仪仗。众将领由刘宗敏、宋献策率领，鱼贯进入殿中，按等级分班，向李自成行礼之后，肃然坐下。

李自成尚未说话，宋献策忽然从班中出来，到李自成面前跪下，说道：

"陛下，在议事之前，微臣有重要陈奏。"

李自成吃了一惊：难道敌人又近了么？可是看见宋献策面带喜悦神色，就问道：

"军师有何陈奏？"

宋献策说："臣连日观望天象，占候望气，有一祥瑞，臣已经看了三天，今天不能不赶快奏闻。"

李自成心中一喜："有何祥瑞？赶快说出！"

宋献策说道："每日天将明的时候，臣就出来，向天上仔细观看，都看见东方有一片紫气，冉冉上升，到武昌城上变为五色祥云，历久不散，直到太阳出了很高，才慢慢散去。今日臣又站在院中观看，果然是天降祥瑞，特向圣上禀明。这是圣上得天眷顾，必然转危为安，复兴大顺之象，臣不能不向陛下恭贺。万岁！万岁！万万岁！"

许多人都感到诧异，但又不能不相信，也有人认为是军师又出的什么花样，正不知是不是要跪下恭贺，忽然看见刘宗敏已经跪下，大家只好一起跪下。刘宗敏说：

"这确是天降祥瑞，是大顺复兴之兆，值得向皇上恭贺。"

他首先喊了一声"万岁"，众将领也就跟着一起山呼万岁，然后叩头起身。宋献策又跪下说道：

"既然天降祥瑞，请陛下立即将江夏县改为瑞符县，昭示军民。"

李自成一直面带笑容，静静地听着。

刘宗敏也催促道："军师建议很是，可以将江夏县改为瑞符县。"

李自成点头说："改就改吧，今日就改。"说完，正要讨论军事，忽报王四在宫门求见。大家听了都觉吃惊。李自成立即召见。王四进来，面目憔悴，衣服十分狼狈，跪下说道：

"小臣死罪，未能早日脱身。今日来见陛下，请皇上不要担忧，左良玉已经在九江船上病死，左军已经群龙无首，不攻自破了。"

李自成赶快说道："王四，你起来，有话坐下慢慢说。"

王四继续说道："左良玉死了以后，左军全由左梦庚统率，要下南京。南京方面派黄得功等将领扼守芜湖、荻港，使左军不能东下。如今左军暂时停留在东流县境内的大江中。小臣自己乘着混乱，只身逃出左营，其间幸得柳麻子柳敬亭给了许多帮助。柳麻子告诉我：'宁南侯死了，你看这大军乱糟糟的，说不定会投降胡人。我也正准备离开。你也走吧，我已经在平贼将军面前说了，不如放王四将军回到闯营去，向闯营说明你无意再回武昌，也请他们不要东下。但左梦庚说，王四可以走，就是不准他将我的妹妹带走。王四将军，你看这事……'后来，柳麻子又给小臣想法弄了一支令箭，左梦庚睁只眼合只眼，小臣就一个人逃了出来。"

李自成问道："左小姐现在何处？"

王四说："小臣已顾不得管她。生死有命，随她去吧。"

李自成又问道："满洲人风闻要去南京，现在也不知到了哪里?"

王四说:"听说满洲人由叫做豫亲王多铎的率领,也就是进攻潼关的那一支人马,从商丘直奔扬州,大概现在已经在围攻扬州。如今扬州兵力单薄,一旦失陷,这一支满洲兵就会从镇江一带过长江,去取南京。"

李自成看见王四十分劳累,又黑又瘦,简直不像原来的王四了,说道:"你先下去休息吧,以后就留在朕的身边。"

王四叩头退出以后,刘体纯来了。李自成立刻召见,问道:"今日各路消息如何?你速速奏闻,以便同大家议事。你也不要出去,就在此一起商议。"

刘体纯跪在地上说:"臣因为不断有火急军情,所以来迟了一步。昨夜后半夜得到探报:从陆路往东来的清兵,占领了承天府以后,经过应城,占领了德安府,于前天夜间破了孝感。孝感守军溃散,一部分投降了。从襄江水路来的敌兵,已经过了沔阳,逼近蔡甸。从荆州长江下来的敌兵,沿路夺得船只很多,日夜不停地前进,昨天黄昏已经在金口登岸。我们去大君山、小君山防守的人马本来就不多,金口一失守,这些人马便不战自退。"

李自成听后,恨恨地哼了一声,说道:"敌人如此猖狂,好像是入无人之境。你们大家商议,看有何策迎敌。"

大家互相望望,都不肯说出主张,实在也是没有主张。宋献策和刘宗敏主张固守汉阳和武昌,众将虽然没人敢表示不同意见,只是点头,但实际上没有一个人有信心。议论了很久,李自成决定仍按固守武昌和汉阳的主意部署军事。会议就这么在大家情绪不振中散了。

又过了一天,到四月二十一日,汉川和蔡甸同时失守,两地的大顺军一部分投降,一部分溃散,并未发生恶战。从金口来的敌人,很快地攻破纸坊,然后从纸坊过来,进攻洪山。从汉川和蔡甸来的敌人,开始进攻大别山。袁宗第驻军大别山,决心死守。但因大别山外边的美娘山、扁担山等许多山头的营垒纷纷失陷,大有全军崩溃之势。袁宗第向李自成、刘宗敏接连告急,请求增援。正在这时,刘芳亮也从黄冈附近派人来告急。据刘芳亮的紧急禀报,敌人先头部队已经从黄陂、新洲过来,已经到了团风,似要攻占黄冈,截断大顺军东去之路。李自成大惊失色。如果黄冈失守,敌人过江占领葛店,与洪山之敌会师,武昌也就不能守了。当天下午,李自成又得到禀报,知道敌人已经将红衣大炮运到洪山附近,准备对武昌大东门和小东门大举进攻。他立刻召集少数重要将领开御前会议。他自己提出来要赶快撤离武昌。因为形势所迫,刘宗敏和宋献策都不敢强作主张。

有人问道:"南京既不能去,退到何处?"

李自成想了一下,说:"南京不能去,就退到宣州、歙州一带,暂时立足,以后再说。"

大家没有话说,明知道这不是上策,也只好走一步说一步了。

会议之后,李自成立刻下令,驻守汉阳和大别山的人马于二十三日撤回到武昌,并下令黄州守军坚守到二十六日,然后撤到长江南岸,与东下大军会师。驻守武昌城外的各营人马,只有白旺一营,除拨出去一部分外,尚有一万五千人,没有到过北方作战,未曾经过败仗,加上白旺在德安经过用心操练,如今比较整齐。李自成命他率领这一支人马先离武昌,前往兴国州,然后进驻江西,一边随时接应李自成亲自率领的东下大军,一边为下一步前往宣、歙开路。

二十三日下午,清兵探知李自成将要从武昌逃走,猛攻武昌城外营垒。大顺军已经很少火器,经不住清兵用红衣大炮进攻,又用精锐骑兵猛冲,洪山守军很快投降,武昌大小东门外的阵地也陆续失去。江夏县城失守了。

田见秀与郝摇旗率领残兵退守大东门外几座较小的山头。

李自成带着刘宗敏、宋献策立马蛇山头上观战。看见情势很急,担心倘若清兵向东攻陷青山矶和葛店,从武昌往东去的水路和陆路就都被截断了,于是说道:

"军师,敌人来势虽然很猛,可是人马并不很多,今天只是先锋人马来到。你同捷轩守城,朕亲自出城去将敌人杀退,夺回洪山。稍迟一步,敌人大军全到,将武昌重重包围,我军要退走就没有路了。"

刘宗敏知道清兵锐气很盛,李自成出城风险很大,大声说道:"这是臣的事情,用不着皇上御驾亲征!"

李自成说:"好,好,你能出城去代朕督战也好。"

他转望着宋献策说:"军师,我们提前于今晚二更时候撤出武昌,立刻准备。"

宋献策说:"船只不够,在汉阳一带的人马恐怕撤不完,奈何?"

李自成说:"事不宜迟,二更一定要出城。"

刘宗敏亲自率领三千人马出了大东门,命田见秀从小东门营垒中抽出两千人马出战。两支人马在战鼓声、呐喊声中向前杀去,在傅家坡夺回了两座营垒,继续向洪山前去。但是没有走多远,便同大股清军相遇,在洪山脚下展开了激战。大顺军的骑兵远不如敌人的骑兵强,火器也少,加上怯敌心重,刚一接仗,便纷纷后退。大顺军越是畏敌,清军越是攻得凶猛,傅家坡的两座营垒很快又失去了。幸而刘宗敏常常带着一群亲兵亲将赶到最危急的地方阻挡敌人,同时又斩了几个临阵后退的将领,才避免了全线崩溃。可是尽管刘宗敏拼死督阵,大顺军还是没有反攻能力,营垒一个接一个地失去,最后在郝摇旗接应之下,只得退到大东门和小东门一带死守。幸而天色渐晚,敌人暂时收兵休息,等候后继部队,准备明日将武昌城从陆路完全包围。

二更时候,大顺军水陆同时离开武昌,张鼐率领五千人马保护全营老小家口,几乎是日夜不停地东下,打算趁九江空虚,占领九江,船只由湖口进入鄱阳湖。李自成亲率步骑兵从陆路撤退,表面上十分镇静,心中却充满绝望情绪。他现在惟一的希望是能够摆脱敌人的追击,在一个月内不被消灭。只要皇后率领的十几万大军及时来到湖广,进逼武昌,清兵对他就不能奈何了。有时他在马

上望着东逃的部队,再望左边的滔滔大江,暗暗地发出长叹,在心中呼叫着:

"皇后,你现在何处?能够来得及助我一臂之力么?"

　　四月二十七日下午,大约申末酉初时候,李自成到了富池口停下。沿路只经过几个小的战斗,但因为每次遇到敌军都有溃散的和投降的、被俘的,所以他大约只剩下三万人马,分散驻在富池口小街上和富水东西两岸。富水西岸地势稍平,驻军方便,李自成和老营在西岸安营。尚有两千多只帆船,载着将士们的眷属、伤员、辎重和一部分护送船队的步兵,都泊在大江南岸。

　　富池口小街上的老百姓一天前就闻风逃走,连锅碗水桶也没有留下。附近十几里以内的小村庄的百姓也全逃光,躲进深山、湖荡。往年在豫西和陕西一带,老百姓都明白李闯王是起义的英雄豪杰,做过很多得民心的好事。如今在大江以南,没有人对他同情,只说他是反叛朝廷的"流贼",破了北京,逼死了皇帝和皇后。人们一代代都是大明的子民,为人要忠于大明的思想和感情根深蒂固,一提到李自成,就十分自然地想到黄巢:"是呀,昔日的黄巢造反,不也是一样的下场么?"使老百姓特别不能同情李自成的是他连打败仗,逃到武昌以后不但士气低落,连军纪也坏得不成样子。这支大军不能不靠四出打粮生活,一遇抵抗就不免杀人、放火、抢劫。何况在那个时代,南方人和北方人,地域观念很深,这就更增加了大顺军和百姓之间的感情对立,所有这些不利情况,使大顺军残部逃到富池口以后,遇到了平日不曾想到的困难。许多步兵的腿跑肿了,脚打泡了,有的还流着鲜血,实在没有力气再走了。李自成估计敌人需要一天以后才能赶到,便下令在这里驻下休息。

　　他的御营靠近江边,周围有七八百骑兵和步兵护卫,但是来不及修筑营垒和设立寨栅。有两只大船是准备李自成和妃嫔们乘坐的。在前边的大船上乘着刘妃和陈妃。因为刘妃已经怀孕且粗通文墨,又比较精明懂事,需要她率领宫眷,因此逃到襄阳后已封为贵妃。另一只船为李自成布置了两间大舱,设有一张床、一张桌、一把藤椅、十来个凳子,可以在舱里处理公务,召见将领。这只大船的后舱中乘着一位妃子,二位选侍,还载有从西安带出来的许多金银珠宝和各种贵重物品。另外有二十只大船载着皇帝的亲军,保护这两只大船。

宿营以后,刘宗敏和宋献策来到李自成大帐中坐了片刻。商议之后,他们决定在这里休兵两日。他们估计敌人的前锋大概尚在一百多里以外,大队人马更在后边,所以打算等敌人的前锋赶到,大顺军已经得到了休息,可以在此地打一仗,取一小胜,然后再走不迟。宋献策同刘宗敏从李自成的大帐中出来以后,骑马到几处营垒看了一看。他们最不放心的是找不到一个百姓,得不到敌人的一点消息。宋献策叹口气说:

"我们一离开北方,就好像变成了聋子。"

李自成随便吃了一点东西,实在困得要命,便在临时给他搞的地铺上和衣躺下,将花马剑放在枕头旁边。一倒下去便沉沉入睡,但是他又仿佛觉得自己并没有睡,而是坐在大帐中一把椅子上纳闷(如今哪有椅子呵!),他对自己问道:

"难道大势已经完了么?"

突然,有一个人影,低着头,披散着头发,飘然而入,李自成吃了一惊,心中奇怪:为什么没人传禀?

那人影抬起头来。李自成认出来是李岩,不禁十分害怕,只觉脊背发凉。他用右手握紧剑柄,心中想道:这是李岩的鬼魂,趁我兵败,前来向我讨命的。

李岩跪下,向他恭敬地行礼,并不起身。李自成见李岩不像是怀有恶意,才稍稍觉得放心,问道:

"林泉,你是从何处来的?"

李岩回答:"臣是从平阳来的。牛丞相奉陛下密谕,将臣兄弟斩于平阳,陛下已经忘了么?"

李自成感到惭愧而且恐怖,说道:"那是朕一时错误,斩了你兄弟二人。你今日前来见朕,是不是向朕索命?"

"陛下差矣!自古忠臣蒙冤被杀,不计其数,可有谁向皇帝讨还过血债?臣只恨自己死得太早,不能效忠陛下于危难之际。"

"红娘子现在何处?"

"她在她能够存身的地方,臣亦不知。"

"林泉,你建议在河南就开始设官理民,抚辑流亡,恢复农桑。倘若早听你的忠言,好生经营河南、陕西、山西,还有山东、湖广,不要急着打进北京,何有今日!"

李岩说道:"倘若不是清兵进关,陛下破了北京之后,还可回头来从容在各地设官理民,奖励农桑,也不算晚。无奈到了北京,局势突变,一旦失败,节节受挫,无地可守,无民可恃,遂成处处瓦解之势,不可挽回。如今陛下虽然深自后悔,为时已晚,只能留给后人感慨系之了。当日……"

"林泉,你坐下说话,坐下说话。我朝兵败如此,不必再拘守什么君臣之礼了。唉,快有一年了吧,朕不曾听到你的忠言了。"

李岩叩头起身,在一个较矮的椅子上坐下,接着说道:"当日倘若缓去北京,以巩固中原、秦晋、山东为急务,截断运河的漕运,使江南好财富不能接济北京,不过一二年,北京必将瓜熟蒂落。那时命一大将前去收拾北京残局,就可以了。朱洪武不是也不曾亲去北京,而是命徐达率军北伐,统一中国的么?"

李自成说:"你的这个好主意,朕记得好像在你去伏牛山得胜寨的路上写给朕的书信中就已经提出来了。"

"可惜,可惜陛下在战场上节节胜利,将臣的忠言都忘记了。"

"朕去北京,过了大同以后,只有六万人马,实在是孤军远征,只能胜利,不能受挫,犯了兵家大忌。卿为什么当时不谏阻呢?"

李岩欠身回答:"自从崇祯十四年下半年开始,陛下兵马日多,屡胜而骄,后来就听不进不合意的忠言了。到进了长安以后,陛下以为天下已经到了手中,更无人敢犯颜直谏。在进兵北京途中,陛下与左右文武都在想着如何进北京,如何拥戴陛下在北京登极,如何传檄江南。那时候微臣何敢妄言,阻挠大计!"

李自成点头叹息说:"当时大家醉心于攻破北京,推倒明朝江山,只顾高兴,只想着胜利,满朝文武竟没有料到满洲胡人早已蓄意灭亡中国,满洲八旗和蒙古兵正如箭在弦上,就要向北京射出。"

李岩惨然一笑说:"不然,陛下并非全出料外。当我军尚在途中,就有人料到满洲人会趁我立脚不稳,举倾国之师南下侵夺中原,对臣说道:'老子说:祸兮福所倚,福兮祸所伏。除非你们李王事前做好准备,攻占北京未必是福。要小心螳螂捕蝉,黄雀在后。'"

"这人是谁?"

"是在五台山出家的刘子政。当时他在晋祠。"

"那时候你为什么不将这话告朕知道?"

"臣当时未敢对陛下实言,只向陛下委婉地提了一句,被陛下一个冷笑堵回来了。当时正是满朝文武兴高采烈之时,臣哪有胆量直言无隐,一字字说出刘子政的劝告?"

李自成点点头,叹息说:"那时候实在没有将满洲人放在心上。"

"到北京不久,知道吴三桂屯兵永平一带,不肯投顺,臣与军师宋献策就……"

"以后事情很清楚,不用说下去了。林泉,你已经冤死了将近一年,游魂从三千里外奔来见朕,既不是前来索命,那么是不是要助朕脱离困境?"

李岩流下眼泪,说道:"皇上,已经晚了!"

李自成出了一身冷汗,问道:"已经晚了么? 还是说已经完了?"

"是的,皇上,你听,敌人已经到了。"

李自成看见李岩的鬼影流着眼泪,深深叹息,从他的面前突然离开,突然消失。他随即被大声叫醒:

"皇上! 皇上,敌人到了,赶快起来!"

第二十四章

　　清兵攻陷武昌、汉阳以后,只留下少数部队驻守,大队人马几乎是全力追赶李自成,中途并没有停下休息。只因李自成的侦探不明,消息迟缓,才错误地判断清兵要一天之后才能追到富池口。其实当大顺军在富池口宿营的时候,清兵水陆并进,主力已经到了富池口附近。躲在近处山头上的老百姓,对于李自成宿营的地方,看得清清楚楚。他们认为李自成是倾覆了明朝、逼死了帝后的"流贼",又认为清兵是来替明朝皇帝报仇的,所以将李自成的宿营情况告诉了清军,而且将富池口一带的地理形势以及李自成御营驻扎的地点都告诉了清军。这样,英亲王阿济格就派一支精锐骑兵约两千人直接奔袭李自成的御营。其余人马分别从后赶去,攻击大顺军的各处宿营地。这两千精锐骑兵,一直快到李自成御营附近时才被发觉。大顺将士们从梦中惊醒,仓促应战。幸而御营中的数百将士拼死保护皇上的御帐,同敌人展开了惨烈的混战。尽管一批一批人死在冲杀之中,但是始终能够阻止敌人,不让他们冲进帐去。

　　李自成猛然睁开眼睛,听见一片纷乱的呼叫声、脚步声、马蹄声和兵器的碰击声。他本是和衣而卧,这时来不及询问情况,忽地从地铺上跃起,匆忙穿上鞋子,抓起宝剑,冲出御帐,看见前边正在进行混战。一个亲将牵着乌龙驹在帐外等候,大声催促:

　　"皇爷上马!"

　　李自成刚上马,敌人已经冲到身边。他匆忙中挥动宝剑,连杀死两个敌人,但已经被清兵包围。正在危急的时候,王四率领几十名骑兵冲进敌人中间,一阵猛刺猛砍,将敌人暂时杀退,保护他退到江边。他向左右问道：

"张鼐在哪里？"

"小张爷正在同敌人混战。"

这时江面上已经很乱，敌船从上游疾驶而下，一部分船只从北面包围过来，江上火把通明。炮声、人声、水声，乱作一团。李自成看见了他那两只御用的大船。船上的将士们正不断地向敌船射箭，施放火器。刘贵妃的大船开始向下游逃去。另一只大船不能走脱，一个选妃、两个选侍、十几个宫女拥立船头，向他呼喊：

"皇爷，皇爷……"

李自成立马江岸，大声命令选妃、选侍："火速投江自尽！投江！投江！"

片刻之间，敌船已经来得很近。两位选侍纵身跃入江中。剩下一位选妃大哭，尚在迟疑，只听李自成在岸上厉声喝道：

"推下去！"

立刻有一位护船的将领将她推落水中。宫女和仆妇们也跟着纷纷投江，也有怕死的躲入舱中，但随即又出来，跟着跳入江中。许多船上的年轻妇女大部分都投江自尽，一部分连同船只被敌人夺去。护船的将士多数战死，也有一部分投江自尽，一部分被俘虏了。向下游逃走的大约有二百只船，一面逃走，一面有人站在船上同敌人对着射箭。有不少战士在对射中中箭落水。

李自成乘着江南岸和江面上到处混战，过了富池口，往东奔去。

原在富池口小街上宿营的人马以及在混战中逃出来的将士总共不到一万，其中一部分挂了彩，追随在他的身边和背后。他们几乎全是陕西延安府各县的人。有的跟随李自成起义十多年了，李自成认识他们的面孔，甚至对绝大多数人的姓名、籍贯也还记得。他们奔逃到江西境内的桑家口，听不见追兵的喊杀声了，人困马乏，又饥又渴，实在不能再走。李自成下令在此地略作休息，赶快打尖喂马。逃出来的二三百只大船，也到了桑家口。李自成下了

乌龙驹,在将士中走了一阵,不由地想起来楚霸王项羽的末路,在心中感慨地说:

"这剩下的几千人也是我的江东子弟兵啊!"

正在这时,吴汝义率领二三百骑兵狼狈奔来,下了马,跪在他的脚前就哭。李自成也很伤心,低声说:

"不要哭,不要这样,这样只能够动摇军心。子宜,起来说话。"

等吴汝义站起来以后,他挥退左右将士,单单留下吴汝义,小声问道:"汝侯现在哪里?军师现在哪里?许多将领都在哪里?"

"我先不说他们的下落,先说陛下真是侥幸逃出,多亏了御营亲军从梦中惊醒,拼死抵抗,使敌兵没有能冲进御帐。随后张鼐赶到,这时御营亲军已经死伤得差不多了。胡人也损失惨重。第一批精锐骑兵被杀退之后,大股胡人,前边是骑兵,后边是步兵,像潮水般接着涌来。幸亏张鼐拼死同敌人厮杀,拖住他们,不能追赶圣驾。真可怕!敌人对我们的宿营地完全清楚。"

"张鼐现在哪里?"

"张鼐陷于重围,不得脱身。慧琼本来在船上,这时她的大船被清兵夺去,不得已上岸厮杀。看见张鼐被敌人围困,她勒马奔到我的身边,对我说:'子宜叔,快把你身边将士分给我二百,我去救小张爷杀出重围。'"

李自成感到鼻子发酸,小声问道:"以后呢?张鼐可救出来了?"

吴汝义接着说:"慧琼身边原有一百多名男兵,还有十几名女兵。侯府中十来个年轻的女仆,也都手执兵器,跟在她的身边。臣立刻将身边的弟兄分给她二百多人。慧琼在马上将宝剑一挥,大声说道:'弟兄们,姐妹们,随我去救小张爷杀出重围!'唉,皇上,我们的将士,我们的将士……"

吴汝义激动得大声呜咽,说不下去。李自成也忍不住流泪,哽咽说:

"我明白,我明白,我们的将士虽然士气已经低落,常常遇敌即溃,可是还有不少人是铁汉子,到艰难关头怀抱着赤胆忠心哪!"

吴汝义接着说:"慧琼带头拼死杀入胡人中间,使很多胡人吃了一惊,回头来对这冲进来的一支救兵作战。张鼐乘此时机率领他的残兵杀开一条血路,脱身走了。"

"慧琼呢?"

"我看见慧琼不能脱身,两次去救她,都被敌人挡住,白失了一二百弟兄。我只能望着慧琼挂了彩,左边脸上淌着鲜血,右手挥着宝剑砍杀。她不断地鼓励弟兄们拼死血战,声音都喊哑了。这些弟兄都是真正的好汉,十分英勇,不是被当场杀死,便是受了重伤倒下。慧琼且战且退,被敌人逼到江边,再也没有了退路。这时她身边还有三十多个男兵,七八个女兵。她又挂了一处彩,几乎栽下马来。随即她又从马鞍上坐直身子,举着剑高声呼叫:'姐妹们,宁死不能受辱!'唉,皇上,我眼睁睁看着那七八个姑娘一个一个纵身跳入长江。有一个姑娘临到江边时回过身来,将一柄短剑向一个敌兵掷去,掷伤了敌人,然后投水自尽。唉,皇上啊,真是了不起的烈女啊!"

"慧琼如何?"

"慧琼因为伤势太重,腿上又中了一箭,不能迅速下马。我看见她扬起鞭子,正准备跃马投江,不料那马也中了箭,将慧琼跌到地上,被一群清兵捉去了。那些男女将士,不是战死,便是投江,没有一个跪下投降。"

"好,好,顶天立地的男子汉,顶天立地的烈女啊!"

李自成不敢直接询问刘宗敏、宋献策的下落,却问道:"你快告诉我,咱们那些重要将领的生死如何?"

"因为各营将士各自作战,一时溃散,许多重要将领的下落不明,臣只知道汝侯刘爷和宋军师都被敌人捉去。"

李自成大惊:"怎么? 他们被捉去了?"

"是的,陛下,他们被俘了。"吴汝义又一次忍不住哭泣,然后接着说,"汝侯见御营被敌人偷袭,率领他身边的数百名将士来救御营,遇见军师,一起前来。还没有奔到御营,冷不防与大队敌人相遇,寡不敌众,受了包围。刘爷挥舞双刀,大声呼叫督战,在混战中马失前蹄,被敌人捉去。宋军师受伤落马,正要自刎,一群敌兵扑来将他捉去。天明以后,臣从富池口向东来的路上,遇见一个从他们身边逃出来的小校,我才知道他们二位被俘的事。这小校因为伤重,失血太多,在路上死了。"

李自成连连顿脚,绝望地长叹一声,不觉说道:"这是天意亡我,夺去我的左右膀臂!"

他忽然想起来他的皇帝金印和许多宝物、文书,尤其是崇祯十三年冬天宋献策献的《谶记》,一向被他看作是得天下的重要符瑞,却都在仓皇奔出御帐时失去了。他不肯将这事告诉吴汝义,只是喃喃地低声自语:

"我没有料到,我没有料到……"

"请皇上不必忧心,打尖之后火速动身,赶到九江,收集溃散,还可以有几万人马,转到宣、歙一带再说。"

李自成没有做声,他原来就明白去宣、歙立足只是一句不得已鼓舞人心的空话,如今再说这句话就没有一点意思了。他在心中对自己说:"没有料到我也有黄巢的下场啊!"

正在打尖的时候,清兵水陆都追到了。大顺军整队不及,仓促应战。大部分溃散、死伤、投降。吴汝义率领一部分将士拼死抵抗,掩护李自成逃走。后来吴汝义杀出重围,无法同李自成会合,只好向另外一条路上落荒而逃。

泊在江边的船只大部分被清兵夺得,连刘贵妃和陈妃所乘的那只大船和船上的宫女以及李自成携带的大批金银珠宝,都成为清军的战利品了。

四月二十九日黎明,李自成奔到了离九江大约四十里的地方,身边残兵不过三千人,来到的大船仅二十余只。清兵又迅速地追到了,并且有一部分清兵的快船于黎明之前在前面登陆,截断李自成的去路。大顺军残部三千之众,突然发现前后都是清兵,战鼓号角与喊杀之声震天动地,大部分不战自溃。李自成不再迟疑,对自己说:

"这地方就是我的瑕丘①,不可自误。"

他刚刚横着举起花马剑,准备往自己的喉咙砍去,突然王四骑马冲到身边,抓住他的右臂,使他的剑没有砍到自己脖子上。王四大叫:

"皇上不可轻生! 赶快随我突围!"

王四带领一百多名将士在前开路,折向西南,落荒而走。李自成本来十分饥饿和疲惫,可是既然没有自刎成功,一种为生命搏斗的本能力量就奇迹般回到了他的身上。他挥动花马剑,凡冲到他身边的敌人无不应声落马。他的神勇鼓起了跟随他突围的将士们的勇气,连他们所骑的疲惫的战马也都精神奋发。王四一边在前边开路,一边大叫:

"大顺国的忠臣义士,愿意保驾的都跟我来!"

跟着突围的有一千多人。清兵继续穷追不舍。突围的人马不断死伤、逃散、被俘,最后只剩下五六百人。

王四在混战中连受几处刀伤箭伤,终于阵亡了。

清兵已经将李自成赶到瑞昌城外。一边是瑞昌城,一边是龙开河。瑞昌城门紧闭。城楼上站满了守城的百姓。李自成正在无路可走,突然从西北方树林中杀出了一支人马。清兵被杀个措手不及,向后败退。这一支人马,为首的是白旺。白旺飞马奔到李自成面前,说道:

"请皇上随我去,不要在此地逗留。刚才被杀败的只是胡人的一支尖兵,大队胡军尚在后边。"

李自成问道:"你的将士如今在何处? 还有多少人马?"

白旺说:"臣的一营将士并没有经过什么挫折,损失不大。所以臣的一营人马仍然完整,士气也都管用。为着迎接皇上,臣的人

---

① 瑕丘——古地名,在今山东兖州市境内,黄巢败亡之地。

马大部分已经开进了武宁境内。请陛下随臣前去，就先留在臣的营中，以后再作计较。"

李自成听了这话，略感欣慰，说道："困难的时候，眼看着朕已经无路可去，你突然前来，好像从天上落下来一支人马，救了这一次危急。好吧，朕暂时留在你的军中，想办法收集溃散的人马，总可以收拢几万将士。"

白旺这一支人马有三四千人，保护着李自成，走了大约一天的路，在一个山村中停下来。李自成实在疲倦，就在这里睡了一觉。他不断地做凶梦，睡得十分不安宁，有时候醒了也是胡思乱想，想得最多的是黄巢。黄巢在狼虎谷自尽不成，被外甥林言杀死的故事总是盘绕在他的心头。他想过来，想过去，终于对白旺也起了疑心。白旺不是延安府一带的人，而且跟随他起义也晚。两三年来，白旺一直驻扎在德安府和承天府一带，很得民心。其部下也多是湖广人，这是他不相信白旺的很重要原因。当离开承天时候，白旺曾经苦苦谏阻，不愿意将他的数万人马退往武昌，而要在德安府或承天府一带同清兵作战。后来他下了严旨，又将白旺的人马分去大半，编入各营，白旺才不得不跟他一同退往武昌。他想，难道白旺对此心中不怀恨么？万一白旺投降满洲人，岂不会先将他杀死，或将他绑献胡人？他越想越怀疑，决定趁早离开白旺，寻找其他溃散的人马。

清兵又赶来了。白旺请李自成跟他一道继续向南退。李自成对白旺说："白旺，你是忠臣，朕心中十分明白，可是朕不愿意再深入江西境内。咱们那么多的将领，那么多的弟兄，溃散成好几股，如今大概都流落在通山、通城一带，朕应该亲自去将他们收集起来。还有皇后的大军，正从川东往湖广来，说不定现在已经进入湖广境内。那里有将近二十万大军。这里朕倘能收集几万人马，三五万或五六万，往西去迎接皇后的大军，我们就能够在湖广一带站住脚了。你留在江西很好。如果江西湖南能连成一气，我们就可以暂时在南方立国。"

白旺劝阻说:"陛下,如今兴国、通山、通城、蒲圻各地,情况都不清楚。万一陛下从这里进入通山往西,遇着胡人,如何是好? 虽说我们的大军溃散各地,可是谁晓得他们如今在哪里?"

"一定是在通山、通城、蒲圻一带。他们必然都在寻找朕的下落。朕去就可以将他们收集到一起。朕不去,他们各自为战,必然一个一个被敌人消灭。虽然朕跟你一起,暂时没有风险,但那么多人马无主,我心中何忍啊?"

"陛下的心情臣何尝不知。可是如今到处都在反对我大顺朝,不要说是胡人,就是有些大姓的乡勇也不可轻视。陛下带多的人马去,如今没有;带少的人马去,叫臣如何能够放心? 请陛下千万不要前去,由臣护卫陛下,暂在江西休息一些日子,暗中查访那几位大将的去处。知道了他们的下落,再聚到一起就不难了。如今到哪里去找他们呢? 万一找不到就遇着了胡人或大队乡勇,陛下,到那时后悔无及。"

不管白旺如何劝说,李自成只是摇头,后来说道:"朕的主意已经拿定,你不要劝说了。朕明天早晨天不明就走,进入通山境以后再打听消息。"

白旺见李自成十分坚决,又说道:"如果陛下执意前往通山,臣不敢强留。目前臣身边只有五六千人,分一半给陛下,保陛下平安无事,找到我们的各营人马。"

李自成担心这些人都是湖广新兵,有的是德安府的,有的是承天府的,还有部分是襄阳府的,万一这一部分人马跟在他身边,或将他杀死,或将他献给胡人,岂不更糟糕么? 他犹豫了一下,说道:

"如今胡人正到处寻找朕的踪迹,跟朕的人多了,反而树大招风,不如这些人全留在你这里,你虚张声势,只说朕在你的军中,你缓缓地向南退去,把敌人引向南方。朕只带身边这几百人不声不响地潜入通山,神不知鬼不觉地找到我们的溃散人马。此系上策,你不要再说了。"

白旺说:"陛下,你的心事,臣完全明白。臣追随陛下五年了,难道陛下还不相信臣么？不管如何兵败，臣将以一死报陛下，决无二心。陛下如果不听劝告，万一遭遇不测，臣活着还有什么意思？死后也无面目见我大顺朝众多将士！"

李自成也觉得这话说得很动人，无奈他已决意潜入通山，便说道："你不要再劝了，你的心朕完全清楚，你是一个真正的忠臣，无奈朕今天身边的人越少越容易潜踪灭迹，人越少越平安无事。朕意已决，你就不必再苦苦相劝，以免动摇朕的决心，坏了大事。你千万不要再说了。"

白旺不敢再劝下去，就将李自成身边的几百将士，凡是武器不好的都换成好武器，在当天夜间四更时候，送李自成出发。当李自成已经走出很远后，白旺仍然站在高处，望着李自成这一小队人马的影子，不禁大哭。天明以后，白旺又后悔了，想着皇上此去，凶多吉少，于是他点了五百人马，亲自带着，去追赶李自成。不知道追了多远，他看见路边立了一块界石，知道已经进入通山县境。又追了数里，早晨的白雾渐渐地浓起来了，到处苍苍茫茫，树影山影分不清楚。忽然看见前边一个高坡上有一队人马，大约有数百之众。其中有一个高的影子，他想着这必是皇上骑在乌龙驹上的影子，于是他一面率领着将士向前赶，一面喊着：

"皇上，皇上，白旺来了。皇上，等一等！"

可是等他追到近处，忽然发现那一小队人马不再前进了，就在高坡上等候着他。等他追到后，才看清这不是什么人马，而是两行小松树，其中有一棵比别的高一些罢了。他大为失望。又向前追了一二里路，雾更浓了，山路分歧。他不知应向何处追赶，又找不到一个百姓可以打听。他带着人马走上一个较高的山头，希望从这里能看见李自成那一小队人马的影子，结果什么也望不见，但见白雾茫茫，遮天蔽地。白旺失望了，站在这里停了一阵，想着大顺朝亡了，皇上凶多吉少，不觉痛哭。他身边的将士看见主将哭，也都哭了。

　　奉命追剿李自成的清兵统帅、英亲王阿济格，曾经因进兵西安时路上耽误了时间而受到摄政王多尔衮以顺治皇帝名义下的严责，所以他近来不但严令他的将领们包括诸王、贝勒、固山额真等对李自成穷追不放，而且连他自己也紧随着部队前进。当李自成进入通山境内这一天，他乘船到了九江。他早就料到李自成在他大军追击之下，必将步步溃败。经富池口一战之后，他严令部队：倘李自成力尽势穷，潜逃深山躲藏，务必分兵搜索，将李自成捉获，永绝后患，好向朝廷告捷，以赎前愆。李自成离开白旺的部队后，追赶李自成的将领很快得到细作禀报，一面派大军逼迫白旺继续往南，不能回头，一面派出几支小股部队进入通山以南的山中搜索李自成。

　　今天是乙酉年五月初一日。英亲王阿济格驻兵九江城内，正在听一位满洲大臣向他禀报审问一部分重要俘虏的情形。那大臣将用满汉文缮写的犯人花名单送到英亲王面前，先问对李自成的两个叔父如何处置。

　　阿济格问道："这两个人都是什么样的人物？"

　　满洲大臣说："原来都是种田人，前年冬天李贼回乡祭祖，将他们带了出来，一个封为赵侯，一个封为襄南侯。这封为赵侯的同李自成的父亲是叔伯兄弟，那封为襄南侯的远了一支。"

　　"斩了！"

　　"五爷，在桑家口捉到李自成的一妻一妾，应如何处置？"

　　"长得很美么？"

　　"也只是中等姿色，加上多日风尘奔波，当然比不上江南美女。"

　　"带上来，由我亲自审问。"

　　过了片刻，刘贵妃和陈妃被带到英亲王面前。她们不肯向英亲王行礼，低头站在地下。阿济格借助一位启心郎的翻译问道：

　　"你们是李自成的福晋和侧福晋？"

刘贵妃不懂"福晋"是什么意思,猜到必是问她们是不是李自成的夫人和如夫人,便抬起头来毫无畏惧地回答说:

"我是大顺国的皇后高氏,她是陈妃。我们国亡当死,不许你对我们二人无礼。"

"你真是李自成的皇后么?"

"我正是大顺的正宫娘娘。"

阿济格又打量她们一眼,吩咐手下人给她们搬两把椅子,让她们在对面坐下。他只听说李自成的妻子姓高,但对高桂英的年龄、相貌以及生平行事完全不知。他害怕受骗,又问道:

"如今你被我捉到了,生和死都在我一句话。倘若你肯说出实话,供出你确是什么人,我会饶你不死。倘若冒充高氏,我将你千刀万剐,或将你的肚子剖开。你自己不怕死,难道不为你腹中的胎儿着想?"

刘贵妃听了这话,知道敌人并不清楚她的身份,更觉大胆,决心拼着被敌人剖腹,或受千刀万剐之罪,也要哄住敌人,保护高皇后。于是她冷笑说道:

"皇后岂有假的? 国家已亡,死节是分内的事,你不必再问,速速杀我就是了!"

阿济格向陈妃问道:"你是什么人?"

陈妃回答说:"我是大顺国的陈娘娘。"

"她是什么人?"

陈妃猛一怔,随即回答:"她是我家皇后。"

阿济格挥手说道:"带下去,全都斩了!"

随即刘宗敏和宋献策被带到阶下,先单独把刘宗敏带到堂上。英亲王的左右喝令他跪下。刘宗敏睁大炯炯双眼,冷冷地直望着阿济格的脸孔,嘴角露出来嘲讽的微笑,用鼻孔哼了一声,说道:

"我是大顺朝的大将,不幸兵败被擒,不是贪生怕死之辈,岂能向胡人下跪?"

英亲王的左右护卫又一起大声吆喝,命他速跪,声音震耳。刘

宗敏继续挺立不动,只是冷笑。阿济格用手势阻止众人吆喝,向刘宗敏说道:

"李自成已经力尽势穷,逃往九宫山一带山中潜藏,我已命我大兵分路搜剿,数日内必可捉拿归案……"

阿济格刚说到这里,忽然接到吴三桂从兴国州来的一封紧急文书。他是在肃清了黄冈、汉阳一带的大顺军几股溃散人马之后,从武昌直奔兴国州的,没有参加富池口和桑家口两次战役。阿济格将书信拆开一看,前边满文,后边汉文,缮写得很清楚。他只将满文看了一遍,便交给旁边的大臣们,没说一句话。吴三桂已经被清朝封为平西王,食亲王俸禄,但是他在给英亲王阿济格的信中措辞十分谦恭。他首先对"大军"在桑家口又一次大捷,并俘获刘、宋等人,向和硕英亲王谨表祝贺。接着说他的父母和全家三十余口惨遭李自成和刘宗敏杀害,有不共戴天之仇,恳求将刘宗敏交给他,生祭他的父母神主,然后由他亲自将仇人凌迟处死。阿济格早已胸有成竹,继续向刘宗敏问道:

"我知道你在李自成下边,十分受人尊敬。我朝很需要你这样的人,倘若你投降我朝,必然受到朝廷重用,富贵荣华更不用说了。你肯投降么?"

"我刘宗敏自从随闯王起义那一天起,就没有想到日后会投降敌人之事。告诉你,我是铁匠出身,连我的骨头也是铁打成的。我是个铁打的汉子,要杀要剐随你的便。倘若你不识趣,再要劝我投降,我可就要破口大骂了!"

阿济格没有生气,心中赞赏这样的铁汉子,挥手使兵丁将刘宗敏带走。

宋献策被带上来了。他用戴着手铐的两只手向阿济格拱一拱,昂然而立,等着问话。阿济格向他打量一眼,看见他个子虽矮,衣服破烂,带着斑斑血迹,却是面貌不俗,神态镇静,也不用怒目看他。这一切都给他印象很好。他问道:

"你是李自成的军师,被我捉到,想死还是想活呢?"

宋献策笑着说:"我被你捉到之前,当然想活。既然被你捉到,死活都不由我,何必相问?"

阿济格很满意他的回答,面露笑容,又问道:"你认为李自成是怎样一个人哪?"

"自古以来成则王侯败则贼,不能以成败论英雄。明朝无道,陷百姓于水深火热之中。自天启末年开始,豪杰并起,扰扰攘攘,大小头领,何止千百。有的旋起旋灭,有的依附旁人,不能自主。真正能独树一帜,百折不挠,民心所向,群雄归服,推倒明朝,建号称帝的,也只有李王一人而已。所以大顺虽亡,李王却不失其英雄本色。"

阿济格笑一笑说:"你原是江湖卖嘴的,确实很会说话。我们满洲人也喜欢看相算命,还喜欢萨满跳神。自然你这一行与萨满不同,你有学问,也比他们高贵。诸葛亮也是你们这一行的,我读过《三国演义》,很佩服孔明。他掐指一算,就知道吉凶祸福,能够借东风,摆八卦阵。你当然没有这些本领。你只会看星相,讲地理,观风望气,占卦看相,批八字,选择日子。有这些本领就够了,我们八旗人看重,给你官做,你肯投降么?"

宋献策更觉大胆了,从容回答:"多谢王爷看重,山人实不敢当。山人本是江湖布衣,无心功名富贵。崇祯十三年冬,李自成率兵进入河南,以吊民伐罪为号召,劫富济贫,开仓放赈,诛除贪官,免征钱粮。当时中原百姓已经有十余年经受不断的天灾人祸,死亡流离,惨不堪言。因此之故,闯王所到之处,百姓视为救星,开门迎降,从者如流。山人为助闯王一臂之力,拯救中原百姓于水深火热之中,所以愿受礼聘,做他的军师。今日闯王已败,山人被俘,成为王爷阶下之囚,蒙王爷不杀之恩,实出山人望外,何敢再受圣朝官职?山人曾受闯王厚遇,不能为他尽节,已经内心有愧,请王爷万勿授山人官职,得全首领足矣!"

阿济格问道:"你想做什么?"

宋献策说道:"倘蒙不杀,恳王爷放山人仍回江湖,从此不问世事,常做闲云野鹤,于愿足矣!"

阿济格想了片刻,说道:"我可以不杀你,带你到燕京去,启奏摄政王,将你放了,可是你不能离开京城。再要生事,跟造反的人暗中来往,我就救不了你了。"

"山人何敢再生事端。此生别无他望,能够卖卜长安,糊口足矣!"

阿济格向左右问道:"他不肯留在燕京,想住在西安摆卦摊么?"

启心郎赶快解释说:"禀王爷,他说的长安,就是指的燕京。"

阿济格笑着说:"汉人读书多了,说话总是拐着弯儿。好!将宋献策带下去吧,不要让他逃掉。"

坐在一旁的大臣又指着花名册问道:"李自成的养子、伪义侯张鼐妻一名,如何处置?"

"长得美不美?"

"不算很美,身负重伤。"

"斩!"

"伪薪侯谷英妻一名,年约三十五六岁,腿上受伤,如何处置?"

"斩!"

"伪总兵左光先并一妻三子共五口,如何处置?"

"斩!"

"太原府故明朝晋王的两个妃子如何处置?"

"带回燕京。"

"王爷,伪汝侯刘宗敏,并一妻二媳,如何处置?"

"捉了两个儿媳,他的两个儿子呢?"

"或是阵上被杀,或是阵上逃走,没有捉到。"

阿济格沉吟片刻,说道:"刘宗敏嘛……"

大臣赶快说:"王爷,平西王那封书子……"

阿济格忽然决定,说:"刘宗敏虽是流贼头目,可也算一个英雄,不必斩首,用弓弦将他勒死得啦。至于他的一妻二媳,发给有功将领为奴,不用处死。"

"可是平西王说,刘宗敏逼死了他的故主崇祯帝后,杀死了他的全家三十余口,请王爷交给他生祭父母亡灵,然后由他亲自动手将刘宗敏千刀万剐处死。"

"不管他!刘宗敏是明朝的死敌,不是我大清朝的死敌,用弓弦勒死也就够了。"

阿济格说了这话,左右大臣看见他从嘴角露出一丝轻蔑的笑容,不知是什么意思,也就不敢再提吴三桂的书信。

处理完了公事,阿济格想到江南的鬼天气,才交五月就这么热,蚊子又多,雨也多起来,在关外可不是这个样儿。他正要骂江南天气不好,一个面目姣好的十六七岁的少年包衣赶着来到他的座椅右边,躬下身子,双手将一杆有碧玉烟嘴、白银烟锅、紫檀木长杆的旱烟袋,送到他的面前。他用右手接住旱烟袋,将碧玉嘴放进口中,下意识地用左手大拇指将烟袋锅按一按,将头向右边偏去。等少年包衣将纸煤吹一吹,替他点燃白银烟袋锅以后,他又坐正身子,瞧一眼放在桌上的用黄缎包着的东西,对文武臣僚们说道:

"眼下顶要紧的一件事,是捉到李自成本人。一旦捉到,就立即将他的首级连同他这颗金印,"他又向黄缎子包袱望了一眼,"送往燕京。我们就大功告成,可以班师了。"

李自成一是因为疑心白旺,二是因为断定清兵必然向江西境内追击,所以不听白旺苦苦劝阻,毅然离开了大股部队,打算从九宫山的北麓穿过通山县境,再穿过通城县境,继而进入蒲圻县境,就可以将追赶他的清兵远远地抛在身后了。他想着,皇后的大军必已进入湖广境内,只要他到了蒲圻,他就可以得到皇后的消息,就可以奔往皇后的军中,到那时他就得救了。

满怀着这样的希望,李自成进入了通山县境。不幸的是,通山县境的老百姓同其他地方一样,不是逃避,便是凭着山寨抗拒,使他这一支只有几百人的饥饿疲惫的队伍既得不到食物,也得不到一点消息。这天午后，李自成到了九宫山附近的一个山口。那里只有几家人家，名叫李家铺。突然与入山搜索的清兵遭遇，他的这支小部队士无斗志，一见清兵迎面而来，立即四散逃命。逃不快的或被杀，或投降了。李自成身边只剩下二十多人，多是步兵。经过一座小山寨时，被乡勇拦住去路，放了几铳，一阵呐喊，这二十多人也各自作鸟兽散了。

李自成单人独骑，沿着一条河谷向另外一个方向逃去，不知逃了几里，他听见背后有人呼喊"搜山"，还有关外人的声音。正在无路可去，忽然看见右边山根处有一土洞，洞口外长满荒草。洞口两边有一些灌木，枝叶扶疏，有一个大蜘蛛利用两边的树枝，横着洞口上部，结了一张网，所以看不清这土洞有多大多深。洞前是一条小河，他只好涉水来到对岸，赶快下马，牵着马走上河岸，扒开深草，躲进洞中。这才发现洞有两丈多深，十分潮湿，靠后边光线很暗。他靠着乌龙驹站着，倾听远处的动静，想着敌人也许会找到这里，他将在洞口抵抗敌人，或被敌人杀死，或最后自刎而死，不禁在心中感叹：

"我李自成一世英雄，竟有今日！"

一阵浓云布满天空，洞中变得更加昏暗。在通山一带，每年端阳前后，将进入黄梅雨季，忽晴忽雨，当地将这时节才开始多起来的雨水称为端阳水。李自成躲进洞中不久，便开始落起雨来。有时雨小，有时雨大。当大雨来时，打在荒草上和沙石上，沙沙地响，还伴着不断的电闪雷鸣。

开始下雨时，李自成想着敌人不会来了，便在一块湿漉漉的石头上坐下休息。刚坐下，听见地下有一种微小的响动声，使他吃了一惊。他本能地睁大眼睛，抓住剑柄，在昏暗中地上寻找，忽然看见在他左边地上有一条大蛇正对他昂首凝视，目光闪闪，不时地吐着舌头。他"刷"一声抽出宝剑，猛剁下去，将大蛇剁为两段，又接连剁了两下，蛇身分为四段。他看了看，用剑尖将断蛇挑向远处。他再向周围寻找一阵，没有看见蛇，惟有一只拳头大的癞蛤蟆,在附近地上慢慢地爬着。他平时很讨厌这种东西,但是他不怕它,不去管了。

雨继续下着,好像不打算停了。李自成暂时感到放心,由于实在困极了,不由地闭上眼睛,终于支持不住,身体一歪,靠在黄土洞的壁上睡着了。起初他睡不稳,不时惊醒,担心搜捕他的清兵来到。后来见雨不但不停,而且愈下愈大,还有大风。想着清兵绝不会来,便真的睡熟了。雷声、风声进入梦境,变成了炮声。李自成梦见山海关的战争,他有时站在高处观战,有时带着少数人向前奔去,指挥将士们同吴三桂的人马苦战。后来突然出现了清兵,宋献策来到他面前,催他快走,说:"满鞑子出现了,再不走就迟了!"

乌龙驹十分饥饿。洞口就是青草,它很想去饱吃一顿,曾将头向前探去,并且移动前蹄。但是当它知道缰绳是缠在主人的左胳膊上后,它不愿惊醒主人,便忍着饥饿,不再动了。它望望主人,感到茫然和悲伤。

李自成又梦见刘宗敏。他吃惊地问道:

"捷轩,你从哪里来的?"

"皇上,看来我们有几步棋都走错了,如今我心中十分后悔,可是后悔也晚了。"

这时他已完全忘了刘宗敏被俘的事,说:"捷轩,我们从前也败过多次。再潜伏一个时期,树起旗来,如何?"

"不行,皇上。如今你已经是皇上,再走回头路,不可能了。往日官府骂我们是流贼,可是我们比现在自由多了。"

"今后怎么好呢?"

"没有办法呀,臣只想着生是铁骨铮铮的汉子,死后做了鬼也是英雄,决不会辜负皇上。皇上啊,你要小心,臣要杀敌去了。"

在一阵战鼓声中,刘宗敏拱拱手,策马而去。

李自成又梦见慧梅。当她出现在面前时,他吃惊地问道:"你从何处来的?"

慧梅跪在地上,哽咽说:"女儿从皇后那里来。自从女儿死后,女儿的鬼魂从没有离开过皇后身边。"

"皇后现在何处？"

"皇后已经率领二十万大军从四川边境出来，来到湖广，正在日夜赶路，来救皇上，几天内就会来到。父皇你要等着皇后啊！"

"慧梅，我将你许配袁时中，没想到袁时中背叛了我。你大义灭亲，帮助我除掉了这个奸贼，可是你也自尽了。我对此事十分后悔。慧梅，你怨恨我么？"

"女儿只怪自己命苦，怎敢怨恨父皇！"

李自成叹口气说："从北京回到长安以后，追封双喜为忠王，也准备追封你为义烈公主，并要在长安城内为你建一座义烈公主祠，永受香火。不料局势日坏，为你追封和建祠的事就停下来了。倘若你母后大军能够及时赶到，使我能够脱离目前危难，转败为胜，重返长安，我就赶紧命礼部办了这事，了我一番心愿。"

慧梅哭了起来，随后哽咽说道："唉，父皇，人世渺茫，女儿已经不作此想。敌人即来搜山，父皇千万小心。兰芝在等我回去，我要走了。"

"兰芝现在哪里？"

慧梅没有回答，叩头起身，在李自成的面前消失。

李自成吃了一惊，一乍醒来，看见洞外阳光耀眼，树上的绿叶已经干了，地上的草叶在上层的也干了。他明白已经晴了很久。这是一年中白天最长的月份。他走到洞口偷望，看见太阳离山头还远，但是他不辨东西南北，只从山头不太高这一点判断，想着大概是酉时以后了。忽然听见有人说话的声音，有满洲话、关外话、山东话，他明白是敌人在搜山，心中说："完了。"他暗中握紧剑柄，想着到不得已时在洞口战斗，或者自刎。

敌人已经从对岸来到河边，过了河，走上沙滩了。李自成从暗处看得很清楚。他想着从岸边到洞口，荒草被他和乌龙驹踩倒了一大溜，很容易被敌人发现。在洞口厮杀也不行，倘若受伤，来不及自刎，就会被捉。乌龙驹仿佛听见敌人愈来愈近。往日逢着将要厮杀的时候,它总是十分兴奋地昂着头,刨着前蹄,不由地萧萧长嘶,急于向前冲去,可是今天它没有动,只是侧耳倾听,没有发出声音。它已经进入老年,而且它也明白如今它的主人处境十分危险,倘不小心被敌人发现,它同它的主人就逃不走了。所以它忧虑地望望主人,听听外边,既不敢刨动前蹄,也不敢发出鸣声。敌人来到这边岸上,没有再向前进,只有说话声清晰地传过来。

"绝没有躲在这里,沙上一点马蹄印也没有。"

"是的啊,倘若上岸,必然会踏倒这里的草。可是草还是直楞楞的,不像有人走过。"

"你看,你看,那洞口还有蜘蛛网,那个大蜘蛛窝在网的中心,网没有破。要是李自成牵马进洞中,这网早就破了。"

好像一个军官模样的人说:"赶快往别处搜索,不要耽误时间。"

于是这一队清兵回头走了。李自成受了一场虚惊,却不明白何以敌人会看不见沙滩上的马蹄痕迹,看不见草倒了一溜,蛛网竟然会没有破。他没有深思这些道理,认为冥冥中有鬼神相救。想到梦见慧梅的事,更认为是慧梅的鬼魂在洞外救他。他心中感动,叹息说:

"果然是义烈公主啊!"

又过了一阵,人马声再也听不见了。他重新走到洞口,侧着耳朵向远处细听,同时用眼睛向洞外观察,无意中恍然明白,不觉在心中叫道:

"哦,原来如此,原来是天不亡我。"

他首先看见离洞口几步以外,原来有一只大蜘蛛,利用两边灌木枝,结了一张大网,被他和乌龙驹冲破了,如今这大蜘蛛又在阳光下把网修好了。被他和乌龙驹踏倒的一溜深草,先经雨淋,后经日晒,如今全都竖了起来,同原来一样。他又向河边望去,经过一阵大雨,马蹄和人足的痕迹也全都没有了。李自成明白了敌人不来搜查土洞的原因,轻轻叹息说:

"真险啊!"

他回头望望他的战马,想着乌龙驹在敌人来近时没有发出叫声,没有喷鼻子,没有刨蹄子,他不能不生出感激的心情。他抚摸着瘦骨突起的马背,在心中又叹息说:

"差不多二十年的老伙伴,你也知道咱们眼下的危险处境啊!"

他决定先用剩下的豆料喂一喂它,夜间再将它牵到洞外,用青草喂饱。于是他退回洞内,解下装豆料的口袋,倒出一半在地上,约有二升。当他取口袋时,乌龙驹静静地注视着他,似乎眼角有些泪水。当他倒口袋时,乌龙驹迫不及待地探过头来,用鼻子向口袋闻,甚至用舌头舔他的手背。随后它俯下头去,猛吃起来。李自成望着它低头猛吃的情景,想着它是这么饿,只给它二升豆料,实在太少了。但是有什么办法呢? 不能不留下一点,以备救急之用啊!

李自成在石头上坐下去,考虑着如何逃走。洞里洞外十分寂静,似乎只有乌龙驹嚼豆瓣的声音。他很感慨,从前有那么多誓死效忠于他的文臣武将,而今没有了;曾经有那么多一眼望不到边的步兵和骑兵,而今没有了;从前在中原、陕西、山西,还有从襄阳到承天、荆州一带,都曾有成群结队的父老兄弟们,敲着锣鼓,放着鞭炮,夹道欢迎,而今没有了。为什么转眼之间,唉,转眼之间哪,失败到这步田地,如今只剩下乌龙驹陪伴着他。他又望一眼他的战马。它已经将地上的豆料吃光,用乞求的眼光望他,又舔舔他的手背。李自成明白它的心意,只好不理,不忍看它,故意闭起了眼睛。乌龙驹又轻咬着他的袖口拉一拉。李自成不忍心不理它,只好睁开眼睛,无可奈何地对战马摇一摇头。乌龙驹放开他的袖子,低下头去,一动不动。过了一阵,它看见主人矇眬入睡了,而它很想到洞外去吃青草,那草真是茂盛,在雨后的阳光下分外鲜美。可是当它受不住引诱,刚刚试探着向洞外移动半步,就把主人惊醒了。原来李自成依旧把缰绳拴在自己的左胳膊上,缰绳一拉紧,他也机警地醒来,半睁开眼睛,向乌龙驹看一下,将左胳膊向里扯一扯,见战马很听话地回到身边,他又合上了眼睛。

这一阵又睡了多久,他不知道。等到他醒来的时候,洞内一片漆黑。他到洞口外向天空望望,因为周围有山,望不见月亮,他估计约摸有二更天气了。怎么办呢?他首先想到这一带地方处处皆山,只有曲曲折折的山路。白天他不看太阳就不知道东西南北。如今又是黑夜,不辨方向,路途不明,往哪儿逃走?万一误入山村,或者引起狗叫,或者被守夜的乡勇发觉,岂不被捉?他想了一阵,打消了趁黑夜逃走的念头,决定让乌龙驹赶快吃饱。

他又听一听周围动静,随即将乌龙驹从洞中牵了出来。由于他已决定不再返回土洞,就冲破蜘蛛网,踏倒深草,全不管了。他先将乌龙驹拉到河边饮水,他自己也连续用双手捧起河水解渴。饮了马之后,他乘着星光,将马牵到附近的小山脚下,那里有一些林木掩蔽。他松一松马肚带,让马尽情吃草。他自己也十分饥饿,肠子里发出响声,但是看不见也摸不着什么可以充饥的山果,实在没有办法,只好掏出一把豆料,一点一点送进嘴里嚼烂,强咽下去。他一边嚼豆料,一边在心里想,假若他不死,有朝一日重建大顺江山,他永远不会忘记今日!随即他想到刘宗敏和宋献策,猜想着他们已经死了,不禁心中十分难过,滚出了热泪。他接着又想到皇后,李过和高一功,不知他们目前到了何处。他遥望着他认为是西方的星空,小声喃喃问道:

"皇后,你们如今在哪搭儿?能够在一两天内赶到么?……恐怕来不及啊,已经迟了,谁晓得我明日的吉凶如何?"

当李自成心中呼喊着皇后前来救他的时候,有一支人马,大约步骑兵三四万人,带着许多眷属,突然从夔州方面向东来,在夜间到了巫山县境,将所有的村镇都住满了。只有少数人马在天明后来到城外,呼叫城门。当时巫山县没有驻军,没有县官,居民很少,几乎是一座空城。守城的百姓看见城外人马众多,又听说是李自成的人,便将城门打开,还有一些老年人走出城门,站在道旁迎接。整支人马是由高一功率领的,拥护着皇后高桂英奔往湖广。另外还有一支人马,则由李过统率,从夔州分路,从另外一条路奔往湖广。还有少数步兵,大约两三千人,也归高一功指挥,在夔州找到了船只,由水路东下。所有各路人马,都要尽快地赶到巴东、秭归之间会合。高一功来到巫山的部队,由他自己的两千亲军,保护皇后和老营进入巫山城内休息。其余各营,在早晨打尖之后,分批继续东下。

高桂英进入巫山城后,在县衙门中驻军。她十分疲劳,恨不得赶快倒下去,痛快地睡三天三夜。但一想到皇上目前的情况,她又恨不得自己和将士们都长上翅膀,日夜不停地赶往湖广,飞到皇上身边。为着援救皇上,拯救大顺朝,她遇到天大的艰险也敢闯,天大的辛苦也能忍受,岂肯在巫山耽搁行军?然而兰芝的病已经十分沉重,怎么办呢?

自从李自成率领的北伐军在山海关吃了败仗,退出北京以后,在大顺朝中,几乎没有一个人不日夜为国事担忧。兰芝身为公主,虽然年纪才只十八岁,也是每天操心着打仗的消息,每天对着上苍焚香祈祷,每天在母亲身边帮助料理一些重要事情。她读过书,粗通文墨,所以皇后也把她当成一个得力的膀臂。如今皇后身边,只剩下一个慧英,又是一个寡妇,在皇后面前不敢露出哀伤,只是帮助皇后做事,一到静夜,就悄悄地哭泣。这些情况,左右宫女和仆妇都瞒着皇后,可是兰芝完全清楚。有时她一乍醒来,偷偷地问身边宫女:"忠娘娘今夜睡得安稳么?"当宫女悄悄告诉她,忠娘娘正在哭泣时,她便迅速起来,走到慧英的寝宫,劝说慧英。常常劝着劝着,她们相对哭泣起来。可是到白天,她还要同慧英一起帮皇后处理要务。看见皇后忧愁伤心,她们两个强装笑颜,安慰皇后。在这样不幸的日子里,兰芝已经失去了少女的天真,像大人一样把心思都放到国事上去了。

自从退出长安以后,她们在汉中附近,等候高一功和李过的大军从榆林过来。会师以后,兰芝又随着母后东奔西跑,搜集散在西北各地的人马。直到今天,不知走了多少路,翻过了多少高山深谷,过了多少艰险的栈道。有时下雪,有时下雨,她同皇后仍然在马上奔波。四月中旬以后,大军从陕西境到了太平县,进入四川。大巴山上风雪寒冷,她们晚上随便找个地方安下军帐,草草驻军,天明后继续行军,巴不得人马赶快到湖广,援救她的父皇。没想到进入四川不久,她开始病了。起初瞒着她母亲,也瞒着慧英。后来慧英知道了,只以为她是轻微的感冒,没有特别重视。后来发起了高烧,兰芝仍然不肯让母后知道,甚至瞒着尚神仙。结果因为高烧头昏,四肢无力,浑身困顿,突然从马上栽下去了,人们才明白她的病很重了。

从这一天开始,她就不再骑马,而是被抬在滑竿上行军。在四川境内,几乎没有停留,不断地翻高山,下深谷。上山的时候,她就在滑竿上,头朝着下边,这对于害病的人极不适宜,也极不利于减少她的痛苦。可是有什么办法呢?她只能默默忍受。就在这种情况下,她的病势一天一天地重了。加上忽阴忽晴,晴的时候天气很热,阴的时候天气很冷;上到高山头上,冷风吹着好像冬天一样,下到低的地方,遇着天晴,又特别的热。一天之间,不断地冷暖变化,相差很远。

高桂英明白自己的女儿在滑竿上多么受罪,心中非常痛苦,但是她没有别的办法,赶路不能停止,崎岖的山道不能不用滑竿。她多么希望赶快走出四川,但是她知道现在的行军已经够快了,将士们都十分疲劳。而且她也明白,纵然走出四川,到了湖广,也同样还要走许多天的山路。到了夔州境内,她看见兰芝的病已经十分沉重,曾想驻兵数日,为女儿治一治病。尚神仙同两位太医会诊以后,也提出这个要求。但是一想到在汉中时候已经听说李自成离开了襄阳,清兵在后追赶,如今皇上一定日夜盼望着她的救兵,她就不能为着女儿的病在四川境内停留了。她告诉李过和高一功:去湖广救皇上,万分要紧,必须星夜赶路,不能停留!她明白大顺军失去关中以后便无处立足了。她担心如今皇上身边的士气一定更加不振,要救皇上怕已经来不及了。她不禁在马上暗暗地滚下

辛酸的眼泪,在心中绝望地问道:

"皇上啊,如今你在哪儿? 在哪儿? 可平安么?"

一到巫山城内,暂且驻下,她急着叫高一功来商量军情大事,特别要他派出一支骑兵小队,火速奔往巴东和秭归,一则设法探听李自成的真实消息,一则赶快收罗船只,免得船只被拢到南岸或逃到下游。

高一功离开以后,尚炯进来。他已经到兰芝住的房中为她看过病,开了药方,并且命他的手下小官,照药方将药配齐,赶快交给公主身边的宫女煎药。看见尚炯脸色阴暗,高桂英不觉心头一沉:

"你为公主看过病了? 昨日服药后可有点回头么?"

医生回答说:"公主服了一剂药,高烧略微减退,但从实际上说,皇后,她的病可是不轻啊! 不可大意。"

"难道又重了?"

"是的,娘娘,从脉象来看,令我担忧。往日公主脉象是阳脉,有时发高烧,说胡话,看来凶险,实际上阳症得阳脉,并不可怕。从昨天起,忽见阴脉,病情有了变化。今天阴脉比昨天更为明显……"

"我不懂什么阳脉阴脉,到底是怎么一回事儿?"

"用指头一按,脉大、浮、树、动、滑,都叫做阳脉;沉、涩、弱、玄、微,都叫做阴脉。阳症忽见阴脉,病情移转,便有凶险,不可大意。"

尚神仙故意不说出"绝症"或"死症"这样的字眼,但他的话仍然使皇后脸色一变,用颤抖的小声问道:

"难道已经没有法儿治了么?"

医生不肯直接说出实话,回答说:"古人说病在腠理,病在骨髓,都是比喻的说法。病在腠理,是说病还可以医治。病在骨髓,又称病入膏肓,就成了死症。公主的病,虽不能说病在骨髓,可是,皇后,能不能治愈,大概就看十日之内。"

"老神仙,我没有儿子,只剩下这一个女儿,起小跟着我在戎马中长大,我不能没有她呀!"

"这一点我比谁都清楚。"

"你是大顺朝医中的国手,绰号'神仙',难道就不能救她一命?"

"如今只有一个办法,或可有一线之望。但是这个办法,臣不敢乱说。"

"尚大哥,你我何等关系,且将君臣的界限抛在一边,只要能治好公主的病,你不管有什么话,不妨直说。快说吧,说吧!"

尚炯建议:"在巫山城内,驻军十日,至少七八日。虽然这事很难,因为大军前去湖广要紧,只是公主的病,也不能再有一日耽误。像目前这样行军,不要说公主身患重病,就是平常人,坐在滑竿上,也会坐出病来。而医治公主的病,吃药固然要紧,休息也是刻不容缓!公主现在必须安静地躺在床上,休息一段时间,否则纵有神药也难奏效。"

皇后听了这话,沉吟一阵,叫尚炯退出。随即她将慧英叫来,将尚炯的话告知慧英,然后说道:

"慧英,我的心已经碎了。我今天在马上昏昏沉沉,睡了一大阵,做了一个凶梦,大叫几声:'快救皇上!快救皇上!'惊怕得出了一身冷汗。唉!近来常做凶梦,都没有这个梦凶哪!"

"是的,母后梦中的叫声,我听见了。我已经下了严令:不许外传。"

皇后叹口气,又说:"看来皇上在湖广很不顺利,所以我才有这个凶梦。忠王妃,我的女儿啊,我的苦命的好媳妇啊,我又想明日四更天继续赶路,又想听尚神仙的话,同你舅舅商量一下,在这儿多留数日,救活兰芝一命。你说我应该拿什么主意……慧英,我的心碎了!"

慧英低头抽泣,不住地揩泪,不敢回答。

皇后又说:"你也没有主意了。我猜到你也没有主意。你刚从公主房中来,你看她还清醒么?"

"如今高烧已经退了,看来病已经回头了,请母后放宽心,再服几剂药,也许就会大好了。"

"你不要拿这话安慰我。刚才我已经对你说了老神仙的话,兰芝已经没有几天阳寿了。只有在此地驻军十日八日，至少五六日，才会有一线指望。否则什么灵丹妙药也救不了她一命。走，跟我到她床边去。"

高桂英刚刚站起来，尚未迈步，忽然眼前一黑，身子一晃，打个趔趄，几乎倒下。幸而身边一个带剑宫女将她赶快扶住。慧英也慌忙搀住她的右臂，轻轻叫她：

"母后！母后！"

高桂英闭上眼定一定神，觉得头脑略微清爽些，便淡然一笑，说道："不要紧，不要紧，已经好了。"

慧英恳求她躺下休息，好生睡一阵，再去看公主。又说要命人去请尚神仙来。皇后说道：

"这又不是头一次，也不过一时有点支持不住，何必大惊小怪！眼下情形你全知道，哪有我躺下休息的时候。走吧，看看公主去。"

"可是皇后的身体，虚劳亏损，几次晕倒，还是叫尚神仙或别的太医……"

"不许声张！传出去让将士们知道我身体不好，会影响军心。再说尚子明纵然是活神仙，也没有灵丹妙药能使我不为国奔波，不为皇上的事日夜操劳，忧心如焚。一路上听你们的劝说，我吃他开的药已经有多次了，横竖不过是人参、白术、当归、川芎、茯苓十来味药，再加上甘草引和红枣引，我背都背出了，治不了我的根本！"

她由忠王妃陪伴来到兰芝住的房中，吕二婶和宫女们赶快接驾。兰芝正睡得昏昏沉沉。皇后不许大家说话，她轻轻走到病床前边，在宫女搬来的一把椅子上坐下。她用一只手掌轻轻放在兰芝的前额上，感到仍然烫手。她无言地打量着公主微微发红的瘦得可怕的脸颊，忽然想到，原决定一年前，等占领了北京以后，就给公主选一个驸马，将婚事办了，也了却她做母亲的一桩心事，如今全落空了。想着兰芝可能会死在路上，热泪从她消瘦的脸上扑簌簌地滚落下来，鼻子也酸了。她心中刺痛，从病床边站立起来，向吕二婶使个眼色，让吕二婶跟她走到院中。她小声询问公主今日的病情究竟如何。吕二婶告她说：

"禀皇后，病是不轻啊，虽说烧有点减退，看来公主的精神很不好。我不敢说，要是再这样行军，谁晓得能不能在路上……"

皇后说："我全明白，尚神仙已经向我奏明。我问你，公主可知道她的病治不好么？"

"公主今天退了高烧，心中倒也十分明白。太医们走后，她对我们在身边服侍的人说，她的病难以好了，医生替她开药方也是枉然，只是尽一尽人事罢了。"

说到这里，吕二婶不住地流泪，小声抽泣。皇后也忍不住热泪奔涌，但她不敢哭出声来，怕惊醒了屋里边的公主。

慧英揩去眼泪，在一旁哽咽说："我听说她还问到皇上的消息。"

吕二婶哭着说："我们只好哄她，说真确的消息还不知道，可是已经得到荒信，看来是真的：皇上赶走了左良玉，驻军武昌，打算在武昌同胡人狠打一仗。公主似乎相信，又似乎不信，又说她想念红姐姐。说要是有红娘子大姐跟在母后身边，她就放心了。"

皇后几乎要痛哭起来，但她竭力忍住，哽咽说："唉，谁知道红娘子现在是不是还活在人间！"

吕二婶又哽咽说："人到病重的时候常常会想到一些死去的亲人。公主刚才在梦中叫她的慧梅姐，我恰好站在她的床边……"

吕二婶说到慧梅，忍不住哭了起来，慧梅临死的情况又出现在她眼前。那脖子上的伤口，是她缝起来的；眼睛没有全闭，是她用指头给闭上的。这一切都使她不忍去想。哭了片刻，她继续说道：

"公主连叫了三声，一声声撕裂我的心。唉，天呀，公主还梦见我们的忠王、我们的双喜小将爷。她在梦中呼唤：'双喜哥，双喜哥，你千万不要离开皇上，一步也不要离开。'唉，忠娘娘，咱们的公主梦中也忘不了叫她的双喜哥跟随在皇上身边保驾，可是咱们的忠王已经……"

慧英痛哭。皇后痛哭。吕二婶哭了一阵，想劝皇后不要伤心，可是她哭得说不出话来。

那高插天际的巫山十二峰忽然被铺天盖地的暗雾遮住,将近中午的太阳一时变得惨白而凄凉。

一个宫女从屋中出来,到皇后面前躬身启奏:"公主醒了,请皇后进去一见。"

皇后、忠王妃和吕二婶赶快止住哭泣,揩去眼泪,来到公主床边。兰芝刚才醒来的时候,本来已听见院里的哭泣声音,这时她望望她们又湿又红的眼睛,心中全明白了,两行热泪静静地滚在她的焦黄的瘦脸颊上。停一停,她望着母亲悲声说道:

"母后,女儿的病是好不了了。不能在母后身边行孝,女儿心中十分难过!"

皇后哽咽说:"你只管治病,不要胡思乱想。倘若为着你的病,必须在这里驻军数日,娘就在这里暂时驻扎,命大军先行东下。"

"母后,这样使不得。在此艰难时刻,母亲万万不可离开大军。"

"不,兰芝,我不能没有你,不能没有你啊!此时我心中很乱,不知如何才好。唉,我的天哪,为着国事,家事,我的心快要碎了。"

"母后,我刚才做了一个很不好的梦,一个凶梦……"

皇后害怕地问道:"什么不好的梦?"

兰芝不肯说出她的凶梦,只说道:"我恳求母后不要在此地停留,连一天也不要留。父皇有难,日夜盼望救兵。我们的大军只要到了湖广境内,纵然一时不能赶到武昌,也可以从西边拖住胡人,分散胡人兵力。女儿虚度了十八岁,可惜不能为父皇战死沙场,可是还没有到湖广境内就死,女儿死不瞑目!"

她想着刚才的凶梦,不敢说出,却忍不住痛哭起来。只是她已经没有力气,哭声十分微弱。皇后和周围的人都忍不住小声抽泣。

两天以后,从陆路东下的人马到了巴东,而从夔州东下的部队已经早三天到达了。李过率领的部队,按照商定的计划,从开州往东,经巫溪和大昌,进入湖广,渡过三坝河,从平阳坝转向东南,已经在前两天到了归州。这时已经是端午节过后一两天了。

　　先到归州的李过已经得到比较确实的消息,知道满洲人已经占领了武昌。大顺军连战不利,阵亡、溃散和投降的将士很多。李自成只率领不多的人马向东逃走,而满洲兵从水陆继续追赶。李过从归州来到巴东,迎接皇后,禀报了这一消息。皇后和高一功在巴东也听说了。大家尽量把这个坏消息瞒住病危的公主,没想到她还是知道了,当天夜间就死了。皇后大哭一场,草草地埋葬了公主,与李过、高一功商议决定:人马暂驻在归州、巴东、秭归一带,一面探听皇上的消息,一面等候陆续赶来的数万人马。皇后也病了一场,幸而服了几剂药,没有成为大病。她精神忧郁,有时带着慧英和宫女、亲兵们来到长江岸上,望着奔流的大江,想着李自成,想着兰芝,不觉出神。更多的时候她是站在临江的一个高丘上,高丘上耸立着一棵高大的青枫。她背倚青枫,遥向东方,默默地在心中叫着:

　　"皇上,如今你在哪儿? 你在哪儿?"

第二十五章

五月初二日这天早晨,露水很浓,李自成的衣服都被打湿了。因为站在湿草中,鞋子和袜子湿得更甚。当然,马鞍和马背也都是湿漉漉的。附近十丈外有一棵枝叶浓密的大树,可以遮蔽露水,但是他既不敢将战马撒手,也不敢将战马拴牢在旁边的灌木枝上。万一冷不防有搜索他的敌兵和乡勇从隐蔽的草中冲出,他必须在眨眼之间腾身上马,挥剑厮杀。所以不但要牵着马缰,而且要一直跟随在马的左边,马走他也走。大树下边不长草,他如今必须赶快让马吃饱,不可耽误啊!

五月夜短,天渐渐亮了。他看见马肚子饱起来了。原来左边紧靠着胯骨的马肚子上陷下去一个坑,如今这个坑也近乎平了。为着让战马吃饱,他一直跟随着它在附近的深草中边吃边走。又过了很久,太阳升起来了,他认为乌龙驹不必再吃了,于是他将缰绳一扯,牵着驯顺的战马,走到不很湿的大树下边,将肚带紧好,准备上路。如今早晨太阳是从东北方向升起。他按照太阳的方位辨认东西南北,又回忆昨天逃到黄土洞来的道路,决定避开来路,先从另外一个方向逃出这个地方,然后再向西逃走,希望能找到一部分溃散的人马。单人独骑,实在危险。只要有一部分人马,就可继续往西,寻找其他人马,并迎接皇后的大军。

太阳已经很高了,李自成骑上乌龙驹,沿着一条荒僻的小路走去。走走停下来听一听,向各处察看一番,幸而不曾遇到一个人。走了很久,到了一个地方,起初进去时两边有山,口子并不很宽,越走里边越是宽广。他心中暗想,也许这条路走对了,过了这个口子往那边路就好走了。没想到再往前走,竟然没有路了。前边和左右都是较高的山，较陡的峭壁，找不到任何出口。而刚才进来的那个山口，已经有人在说话，分明山口外有人下地做活，说话声渐渐多起来，还有互相呼唤的声音，显然有不少人，再想从来时的路退回去，不可能了。在这焦急的时候，他忽然想到崇祯七年误入车厢峡的事情，可是那时候是各家农民起义军共数万人在一起，而今天他是单人独骑。想到这里，他禁不住出了一身大汗。

江南五月初的天气已经很热了，而这地方四面都有山，更觉得太阳毒热。李自成身上的湿衣服已经晒干，他又热又渴，加上饥肠辘辘，感觉这时只要有两三个乡勇走来，他就对付不了啦。他一方面准备随时遇到不测，死在此地；一方面胡乱采摘一些能够遇到的山果，不管是酸的涩的苦的甜的，一股脑吃下肚子。

他已经没有了弓箭。假若有的话，只要有几十支箭，缓急之际，百步内外，一箭射倒一个敌人，他就可以死里逃生。然而如今已经到了绝境，他不觉轻轻叹息：

"这是天欲亡我！"

正在困难之际，他看见一个小水塘，四边都有荒草。他眼睛一亮，决定先下马饮了水再说。他牵着马走到水边，弯下身子，从水中看见了自己的面孔，又消瘦又黧黑，眼窝深陷，两鬓有许多白发。从北京回西安时，他就看见了鬓边出现的白发，近些日子又增加了一些，但没想到昨夜一夜之间好像忽然添了许多。他用双手捧起塘中的水，连捧几次，喝下肚里，喉头感到了清凉，肠胃也感到了清凉。他又洗了洗脸，让头脑也散散热。

饮完水，正牵着马继续寻找出路，忽然听见有伐木的声音。他仔细寻去，看见有一个人，正在砍一棵小树。既然只有一个人，他便决定冒个险，去找这樵夫问路。樵夫也看见了他，正注视着他的行踪，但并不怕他，因为看见他也是一个人，何况樵夫手中还拿着砍刀。他一直面带笑容，向樵夫招手，表示他并无一点恶意。那樵夫也不逃走。等他走到近处时，他便要求樵夫替他引路，走出这个地方。可是樵夫并不完全懂他的话，似乎明白他的意思，又似乎不明白。而樵夫对他说的话，他也听不懂。他赶快从怀里掏出来一些碎银子，递到樵夫手里。樵夫看见银子，明白确是要自己帮助他走出这个地方，便领着他，从一个根本不容易被人发现的地方，沿着一条很难走很隐蔽的小路，走了出来。又向另一个地方用手指一指，他尽管听不懂话，但明白是要他沿着那山上的小路继续往前走。他连说了几声感激的话，又向樵夫拱手施礼，并且问刚才那地方叫什么名字。樵夫连说了几遍，他才恍然明白，哦，原来这地方叫葫芦套。多年来他纵横半个中国，遇到许多这样的地方，山口进去比较宽大，像口袋一样，都叫做葫芦套，而这个地方也叫做葫芦套。他念诵了几句"葫芦套，葫芦套"，想着将来一定要差人寻找这个地方，寻找这个好心的樵夫！

他继续骑马向前走去。又走了很久，眼看中午临近了，他走到一个小山头上，遥望南边，一座山十分高大。因为昨天才下过雨，有些地方还有忽浓忽淡的阴云，所以这座高山的上半段完全被云雾遮住。他猜想这座山正是九宫山。他听说九宫山上有一座大庙，每年朝山进香的人很多。倘若在平时，他也许会往山上去进香，可是今天他急于逃命，连想也不去想了。从这座小山下去，又走了一段路，遇到一个地方，石头上刻着牛蹄子印，旁边一座小庙，中间供养着一个塑像，是一个年老的神仙，骑着一头水牛，旁边还有童子侍立。他想着这也许就是老子的像。这叫做什么地方？他没有人可以询问。恰好看见小庙的台子上，在香炉旁边放着一对杯珓①，是用稍微弯曲的竹根剖开做成的，刮磨得相当光滑。李自成便下马来向骑水牛的神仙拱手施礼，然后拿起杯珓向塑像的石板上掷了下去。只见一个仰着，一个俯着，这倒是一个好卦！他心中一喜，想着大概可以平安逃出了。

这地方是个路口，他不敢多停，又赶快上马继续往前走。腹中更觉饥饿了，由于饥饿，开始感到心慌，汗水顺着两边脸颊不住地流下来。正在无计，忽然前边来了一个老婆婆，挎着一只竹篮，显

---

①　杯珓——占卜用具，用蚌壳、竹片或木片制成。

515

然是为山那边锄地的儿子送东西吃的。李自成赶快下马,截住老婆婆,面带微笑,向老婆婆要东西吃。老婆婆篮子里装着一种叫做"粑"的食物,仅够她儿子吃。她又听不懂李自成的话,只躲避着不肯让他夺去篮子。李自成说了许多好话,还学着本地人的叫法称她"娭姆",老婆婆还是不肯给,因为上山来送一次东西很不容易,她儿子正在山那边锄地,也该到吃东西的时候了。李自成赶快从怀中摸出一块约有二三钱的碎银子塞给老婆婆。她起初很吃惊,不敢要银子。后见这个陌生人出于诚意,也实在饿得很可怜,就收下银子,将篮里的粑全都给了他。她也不敢停留,提着空篮子回头就走。

李自成得了这些粑,十分高兴,赶快坐在树下,将粑吃完。他实在疲倦,看见近处并无行人,便靠在树身上暂时休息休息,没想到竟然矇矇眬眬地睡熟了。

当李自成从刚才那座小山上下来的时候,已经有人发现了他。有一个名叫程九百的乡勇小头目,知道了这件事,就率领本村一群年轻力壮的乡勇,手执刀矛、棍棒、扁担和别的武器,追赶前来。由于山路曲折,林木遮蔽,李自成对乡勇的前来追捕,丝毫没有觉察。另外一个朱姓山寨,听到这个消息,也出来上百名乡勇,前来追赶。他们除手执兵器和扁担外,还拿着鸟铳一类的火器,这一带人将这种火器叫做拿铳。这两支乡勇将李自成包围在牛迹岭的山脚下,很快地向他逼近。李自成仍然在沉睡,并且做着一个梦。他似乎是在商洛山中,得到禀报,说他的夫人从崤函山中回来了,已经快到了。他赶快率领一群将士出去迎接。可是又不像是在商洛山中,而像是在长江南岸的一个陌生的地方,皇后率领着大军来到。跟在皇后背后的有李过和高一功,还有女将红娘子和健妇营。他感到惊奇,向红娘子问道:

"你也来了?"

红娘子在马上躬身回答:"是,陛下,臣跟随皇后大军,星夜前来救驾。"

"朕风闻你在晋南什么地方自尽了,后来一直杳无消息,难道你没有死么?"

红娘子含着泪说:"李公子兄弟尚蒙不白之冤哪,臣要等着见陛下,替他们兄弟辩明冤诬。怎能自尽?"

"他们的事朕已经明白了,你不用再提了,日后……"

他还有一句话没有说完,忽然皇后、李过、高一功、红娘子……所有的人马全没有了,跟在他身后的将士也同时消失了。仿佛是双喜猛拉他的胳膊,小声说:

"敌人来了!"

他猛然睁开双眼,环顾附近,果然看见有乡勇从两边小路和对面的山坡上向他逼近,而猛拉他胳膊的不是双喜,而是乌龙驹。李自成迅速地从地上一跃而起,迅速地从胳膊上解下丝缰,拔出花马剑,怒目向周围的敌人看了一看。乡勇们尽管知道他们面前只有一个人,却不敢马上逼近,为着壮自己的胆量,他们大声呐喊着,同时开始点放鸟铳。李自成躲避着,牵马走进树林。他知道自己已经被包围得严严实实,不容易冲出去了,就站在一棵松树下边,准备迎战。乡勇们从四面逼近。李自成睁开怒目,大喝一声:

"我看谁敢走近!"

乡勇头目程九百,平常以有勇力在这一带较有名气。他走在程姓乡勇前头,听见李自成的大喝,浑身一震,不敢向前。其余的乡勇们更不敢向前走近。

近来李自成常常想到,不得已时便赶快自尽,免得落入敌手。这时这个念头又在他的心上一闪。但是他也明白,上吊已来不及了,自刎又怕万一死不了会轻易落在乡勇手中,献给满洲人。他随即下了决心,牵着战马,走出树林,准备骑上马,杀开一条血路,冲出包围。但是他刚刚走到树林边,尽管乡勇们纷纷后退,却有朱姓乡勇的几杆鸟铳几乎同时点燃。李自成不幸受了重伤,栽到地上。

当李自成中弹倒下的时候,乌龙驹吓了一跳,低下头去,紧咬着李自成胸前的衣服,想帮助他站起来,赶快骑上它逃走。这时狂风大作，雨也下起来了，雷声也响了。乡勇们大喊大叫。乌龙驹又用力拉主人胸前衣襟。李自成懂得乌龙驹的心意，猛然用力坐起，咬着牙要挣扎着起身。但是他还没有站起来，看见一个大汉，就是那个乡勇小头目程九百，奔到他的身边。他凭着最后一点力气，将花马剑向这个敌人砍去。不料用力过猛，受伤后手腕无力，宝剑未能握牢，飞出去很远，不知落在何处。当花马剑脱手的时候，一声炸雷在树梢响过，同时一道青色的闪电也从低处、从他的面前闪过。乡勇们被这雷声和闪电吓得猛然弯下身子，停止了呐喊。

闪电刚过，程九百已经一个箭步到了李自成面前，将红缨枪向李自成心口刺去。李自成这时已经坐稳了身子，背靠着一棵松树。在青年时代他跟教师学过"敬德夺槊"的绝技，但从来没有用过，这时见程九百的枪尖刺来，他几乎是本能地将上身一闪，右手十分敏捷地抓住了枪的前端，恰在红缨的后边，顺势一拉，程九百因为向前用力过猛，竟然跟跄地跌倒在李自成的腿边。李自成不顾受伤很重，突然用最后的力气跃起，按住了敌人，坐在敌人身上，赶快拔取腰间的短剑。但是他流血太多了，力气几乎用尽了，还得死死地按住程九百，因此一时间不能将短剑拔出。程九百平日在山民中是很有力气的人，这时竟然在泥地上无法翻身，大声呼救。他的兄弟程八百手持铁铲前来救他，猛一铲砍在李自成的头部。李自成顿时失去了知觉，倒在地上。程九百从地上跃起，拔出腰刀，将李自成的头砍掉了。乌龙驹不能救它的主人逃走，但也没有自己逃走，一直留在附近。当李自成被砍下脑袋的时候，它不忍看，转过头，望着浓云密布的天空，听着一声声惊雷，从天边滚过……程姓乡勇和朱姓乡勇都围了上来。程九百大声呼叫：

"都不准靠近！这贼是我杀的，贼人的东西，这马匹，谁都不能要，全是我的。谁要敢随便来拿，我程九百决不答应！"

程姓乡勇都听他的话，自然没有人说一个"不"字。朱姓乡勇一向害怕程姓，虽然心中不服，认为这个贼是中了他们的鸟铳倒下去的，但是也敢怒而不敢言。程九百将李自成的衣服、行囊全部驮在马鞍上,但找不到李自成的宝剑。林中的草并不深,却在草中遍寻不得,这使乡勇们感到奇怪:这宝剑到哪儿去了? 有人说:"我看见宝剑化作一道闪光飞走了。"许多人附和:"是的,是的,一道闪电把宝剑带走了。""不是带走了,就是变成了一道闪电。"

程九百不相信这样的事,但人们的话也提醒了他,赶快往树上望去,果然看见那一把宝剑砍在大树的枝上,没有掉落下来。程九百取下李自成的宝剑,牵着马,带着程姓的人返回寨去。朱姓的乡勇从另外一条路上纷纷议论着走了。

程九百和他的乡勇们回到寨内,将乌龙驹拴在大门外的树上,卸掉了马鞍、马镫,带回家中,关起大门,只同自己一家人和少数最亲信的叔伯兄弟、乡勇小头目观看夺得的各种财物。他把所有这些东西,如宝剑、短剑、盔缨,还有一件龙袍、两块佩玉,装饰着金银的马鞍、鎏金马镫,还有许多装在马褡里的小银块子清点了一下。银子没敢完全拿出来,只是摸了一摸,随手拿出来一小部分,分给几个亲信的人,告诫他们说:

"千万不能说出去! 今天我杀死的这个人,绝不是个小头目,一定是大头目,大大的头目。你看这龙袍,装在马褡子里头,没有穿。这短剑的剑柄上镶嵌着宝石、金银。这绝不是一个凡人。还有这马镫,这不是金子么? 小头目怎么有金马镫? 还有龙头,哟,这龙头做得多精巧啊! 龙嘴里嵌着两个珠子,你看,可以随便滚动,就是吐不出来。我的天哪,我们杀死了一个大大的人物!"

有人问:"是不是李闯王?"

有人摇头:"绝不是! 李闯王绝不能单单一个人走路。"

有人说:"那他是打了败仗啊!"

别人立刻反对说:"像李闯王这样人,已经做了天子,纵然打了败仗,身边一定也有许多亲兵武将跟着,岂有一个人走路之理? 昨天有人在李家铺打了败仗,后来只剩下二十来个人,又打散了,都说最后剩下一个人,骑着马逃走了。就是此人! 就是此人! 此人定是个大头目！可是绝不是李闯王本人。"

议论一阵之后，程九百要他的老婆和儿子将东西先收藏起来，然后他到大门外头去看马。

这时门外已围了很多人，都在看马，看马的辔头。一看这马确实高大，只是瘦了一些。看一看马口，觉得马有点老了。许多人指点着，说这马辔头实在装饰得好，有些地方是金花，有些地方是银花，正中间，挡着马前额的皮条上还有一块红宝石闪闪发光。程九百心中越发高兴。他已经发了很大的横财，又看见这镶着金银宝石的马辔头，少说也值几百两银子。他决定赶快给马换一套辔头。在他父亲当家的时候，家中曾经养过一匹马，至今已经相隔二十多年了，但还保留着一副很旧的马辔头。他叫老婆赶快将旧辔头找出来。他小心地取掉乌龙驹的宝贵辔头。不料辔头刚刚卸掉，乌龙驹突然跳起来，又踢又咬，使程九百不敢近它的身边，别的人也赶快躲开，害怕被它踢伤咬伤。乌龙驹愤怒地喷着鼻子，像人一样用后腿直立起来，发出一阵凶猛的叫声，然后纵身一跃，四蹄腾空，飞驰而去。程九百和许多人在后边追赶，哪里追赶得上！但见这匹战马，遇着一丈多宽的山沟，并不绕道，一跃而过，往牛迹岭方向奔去。

这天下午，程九百带了几个人往牛迹岭寻找逃走的骏马，果然看见它在死去的主人面前兀立不动，也不吃草。程九百和他的亲信们小心地从不同方向朝骏马走近，尽量不惊动它。骏马高抬起头，缓缓地转动一双尖尖的小耳朵，身子依然不动。直到程九百等人距离它两三丈远的时候，有人看见它的眼角有泪。大家都伸着胳膊，正要一起向前去捉，它突然一跳，从人们的空隙中逃走了。它逃出几十丈外，停下来回转身，又是兀立不动，向着它主人的死尸凝望。有人赶到时，它又逃走一段路，然后又兀立回头凝望。程九百等人追了几程，没有办法捉住它，而天色已经黄昏，只好失望而回。

昨天中午，那位给儿子送粑的老婆婆回到村中不久，正在替儿子另外弄东西吃,儿子因不见她前去送粑,回家来了。母亲将遇到的事儿悄悄地告诉儿子,将银子也交给儿子。母子俩都觉得十分奇怪:从来还没有见过对穷苦百姓这么好的人。他们猜想这人必定是李闯王手下的一员将领,被胡人打败了。人马失散,单人独骑,从死里逃生,路经牛迹岭,饿得可怜。这样想着,他们对这个被程九百杀死的人产生了深深的同情。第二天清早,这个农民约着他的两个堂兄弟,挑着盖水缸用的薄石板,带着镢头、铁锹,来到李自成露天陈尸的地方。离很远就看见那匹从程九百手中逃掉的高大骏马,正在用口不停地衔着青草和石头,掩盖主人的尸首。当他们走近时,那马惊觉地逃走了。他们还发现原来死者的头颅和尸身不在一处,现在在一处了。他们平日只听说有义马救主的故事,如今见此情景,无不十分感动。他们在地上刨了一个坑,将李自成的尸身和头颅放进去,上盖石板,然后铲一些黄土和石头,将石板盖起来。他们不知道乌龙驹的名字,只称它为"义马"。当他们把死者草草埋葬完毕,以为他们所赞赏的"义马"仍在附近,到处寻找,却再也看不见了。

李自成被杀的第三天,即五月初四日早晨,有一支李自成的余部,约一万多人,老百姓说有数万,不知从什么地方过来,突然进入空虚的通山县城。他们是来救李自成的,但是已经迟了。通山境内,清朝派来追赶、搜索李自成的人马已经退走,明朝的地方政权已经瓦解,所以大顺军在通山县城和四郊停留很久。他们只知道他们的皇上被乡民杀死了,却由于牛迹岭一带方圆十几里的老百姓都逃光了,一时无处查询。他们在通山驻了下来,但因为人地两生,语言不通,所以仍然查不到李自成被杀的地方和尸首所在。加上他们不能不到处搜索粮食,经常攻破山村山寨,进行惩罚和报复,常常杀人、奸淫、烧毁房屋,老百姓愈害怕,他们也愈不能得到消息。经过一两个月,终于没有找到大顺皇帝的尸体,也不知道谁是杀害皇上的罪魁祸首,只好退往湖南。

大顺军的余部退走之后,通山来了清朝的知县,县境内基本上恢复了秩序。清朝任命一个叫佟岱的将领,汉军正蓝旗人,一直带领人马打到江西,奉命返回武昌,暂摄湖广总督。先是清朝负责追歼李自成的统帅、靖远大将军英亲王阿济格向朝廷奏报:李自成逃进九宫山,兵尽力穷,自缢身亡,但是没有找到尸首。后来多尔衮又听说李自成并没有死,逃在江西,随即以顺治皇帝的名义下旨切责。佟岱到任以后,下令通山知县,务须查实禀复,不得敷衍欺饰。知县先已听到传闻,随即亲自到小源口和牛迹岭一带查看,并将程九百叫到县城,面询经过详情,禀报军门。佟军门为奖赏程九百杀害李自成之功,任他为德安府经理之职,是掌管公文的正八品文官。这事完全出程九百意外,没想到杀死的那个人真是李自成,于是全村恭贺,连吃了两三天的酒宴,免不了在祠堂祭祖,然后就要走马上任了。这时他必须有一匹好马,不由地想到了李闯王的那匹骏马,决定寻找。

三四个月来,人们常常看见那匹高大的义马经常回到李自成的坟墓旁边,有人来到时就奔上山去。附近有一座比较高一点的山头,离坟墓大约有二三里远,人们常常看见这匹义马站在高高的山头上,向着山下坟墓凝望。有时望一阵,仰起头来,向着苍天,悲愤地萧萧长嘶。程九百带了几十个年轻小伙子上山捉马,奔波了两天,毫无办法,只好买一匹骡马,骑着上任。从此以后,当地百姓不但说闯王的这一匹马是一匹义马,还说它是一匹神马,没有人再妄想去捉它了。那座山头附近,有一片枫树林。人们看见枫树叶在义马一次一次的长嘶声中红了,在夕阳中红得像一片血海。后来,枫树叶又在义马一次一次的长嘶声中变黄了,也干了,只在黄色中留下残红。天气冷了,山头上落雪了,义马仍然经常站在高山头上,向坟墓凝望,每次凝望后仍然仰起头来,对着长空,发出来苍凉的悲鸣。每次悲鸣以后,就会有一阵寒风吹过,同时那带着残红的黄色枫树叶就刷、刷地落一阵。最后在它的叫声中,枫叶完全落光了。

就这样,在义马的悲鸣中枫叶又变绿了,又变红了,又变成带着残红的黄色了,一年一年这样下去了。又过了若干年,人们再也看不见义马的踪影,也听不见它的叫声。谁也不知道它是死了,还是到别处去了。直等过了几十年以后,这地方太平日久,人口增加,那一片枫树林被砍伐光了,许多松树也都被砍伐光了。山头上露出来很大的岩石,远远望去,那岩石很像是一匹雄壮的战马,在山头上兀立不动,凝望着李自成的坟墓。人们都说这是李闯王的战马变的,从此给这块石头起了个名字叫"义马岩"。

至于那把花马剑,程九百将它带到武昌,献给总督佟岱。过了几天,佟军门命人将宝剑送还给他,只留下别的礼物。程九百觉得奇怪。他想着这确实是一柄少有的宝剑,虽不能说削铁如泥,可实在是锋利无比。他每次抽出宝剑,总觉有一道寒光逼人。他曾经用一缕马尾,对着剑锋一吹,马尾纷纷断落。像这样好的宝剑,人间稀有,军门大人为什么不肯留下?他始终不明何故,心中十分纳闷。到了德安府任上,他将这宝剑悬挂在帐子里边。在一个风雪之夜,灯光昏暗,火盆里的炭火发出微微的红光。他正要入睡,忽然这宝剑从鞘中跳出来三分之一长,同时发出唧唧的响声。他大为惊骇,大声将仆人叫来,替他将宝剑供在桌上,焚香一炷,暗暗祝告,请宝剑不要对他怨恨。他并且严禁仆人将这事泄露出去。这时他才明白,一定是这宝剑到了佟军门手中以后,曾经发出叫声,军门害怕,但又不愿张扬,所以才将宝剑送还给他了。

程九百死了以后,这宝剑被作为传家宝珍藏起来。可是有一次,在凄风苦雨的日子里,又有一次,在闯王的祭日,这宝剑都从箱子里发出响声。一家人十分害怕,就采用民间迷信的办法,把狗血涂在宝剑上边,又用月经布擦了剑锋,以为这样就可以灭了宝剑的灵气。不料后来宝剑又叫了一次,于是这宝剑就被洗擦干净,当成神物,供奉起来。而这一件奇怪的事情,便在民间流传开了。

第二十六章

李自成在九宫山下被杀两个多月后,清朝的靖远大将军——和硕英亲王阿济格,率军离开了江西境,班师回京。他经湖北过河南,于七月中旬来到河北境内。正当他为顺利回到京都,再不用受南方的酷热、潮湿和蚊虫之苦而暗自庆幸的时候,七月二十日,前去京城奏报行军情况的特使驰还军中,带来了一个让他大吃一惊的消息:李自成并没有死,而是逃到了江西境内。这消息虽说还没有得到最后证实,但是已经引起了大清摄政王多尔衮的震怒。特使同时带来了摄政王的口谕:阿济格追剿不力,奏报不实,又不待命令而擅自提前班师,数罪迭加,功不抵过,故朝廷将不派官员前往迎接。

到了八月初四日,当英亲王的大军到达卢沟桥的时候,多尔衮又派大学士伊图等人前来,再一次传达了多尔衮的这一道口谕,口气也变得更加严厉:

"阿济格数罪迭加,本应严惩,因念其远征辛劳,故暂不议处。回京后可先到午门会齐,然后各自回家休息。所率人马,即速到指定地点驻扎!"

于是出征获胜的阿济格突然变成了有罪的人,只好老老实实地遵照摄政王的令旨行事。进城后他先到了午门,因为天气炎热,便张盖坐在午门前,默默等候随后归来的诸王、贝勒、贝子及各位固山额真来此会齐。就在这个时候,不知是谁向多尔衮奏报了阿济格张盖坐午门外的事情,多尔衮便派人将阿济格召到摄政王府,当面痛加斥责。阿济格心中不服,怀着一肚子不满回到自己的府中。

第二天上午，摄政王多尔衮将诸王、贝勒、贝子、固山额真等都召集到一起，讨论对阿济格如何处分。多尔衮亲自指出阿济格的以下罪款：一、才出师时，胁迫宣府巡抚李鉴铎放了赤城道朱荣。二、绕道鄂尔多斯、土默特，耽搁了时间。三、李自成下落不明，预先报死。四、未奉旨，擅自班师。五、张盖坐午门前。

参加会议的满洲贵族们都知道摄政王目前还离不开阿济格，并无意重治他的罪，只是为了朝廷威信，也为了杀一杀英亲王的威风，使他不得居功自傲，才不得不做出要严惩的样子，所以大家在陈述意见时都很注意分寸，不主张议罪过重，有的人甚至主张暂且从缓议罪，等候湖广和江西两处来的新奏报。这些主张都甚合多尔衮之意，他便当时发下令旨，将他的同母哥哥阿济格降为郡王，对随征的诸王、贝勒、贝子、固山额真等暂不处分，等待关于李自成下落的新的奏报。

两个月以后，来自湖广、江西方面的新的奏报，证实了李自成确实已在九宫山下被百姓杀死，这件事自然就不了了之。又过了一些日子，多尔衮恢复了阿济格的亲王爵位。

李自成的事情一经了结，多尔衮的思虑便转向了四川，开始认真考虑派大军对张献忠进行征讨的事情了。

此时的张献忠，正局促在成都周围若干州县和川北一带，局面十分混乱，情况十分危急。

去年正月，当李自成意气风发挥师北上的时候，张献忠则率领数十万人马，兵不血刃，进入夔门，占领奉节。随即放弃奉节，到了万县。不久又放弃万县，继续水陆西上，于六月间攻破重庆。

分封在汉中的明朝宗室、瑞王朱常浩，本为躲避大顺军追捕而逃到重庆，却不意撞在了张献忠手上。张献忠命人将朱常浩绑至刑场开刀问斩，又命人将全城百姓都驱赶到刑场来观看。就要行刑的时候，天空中忽然狂风大作，雷鸣电闪，看样子像有一场倾盆大雨要下，结果却只有铜钱大的雨点稀稀疏疏落下来。百姓们觉得诧异,开始窃窃私语,哄传瑞王平日吃斋念佛,必是有神灵暗中保佑,于是围观的阵脚渐渐散乱了。张献忠见状,立即命令拉来几尊大炮,将炮口直指苍天,装药点火,声震全城。说也奇怪,一阵炮声过后,雨不下了,雷电也停了。张献忠手捋胡须,哈哈大笑,手指着天空说道:

"我说老天爷,你坐在天宫里管天上的事就得了,人间的事儿你何必来多管?你干打雷,有什么用?难道能吓住我不杀瑞王么?嗨,在这里可是俺老张说了算!"

说罢,大手一挥,朱常浩随即人头落地。紧接着又把捉到的许多官吏,如四川巡抚、重庆知府、巴县知县等等押来,或斩首,或千刀万剐。城中男女老少和投降兵丁,除杀死的以外,大约还有两三万人被砍断了右手。刑场中的断手堆积如山,血流成河。

血洗重庆之后,张献忠决定立刻全师分路北上,去夺取成都。有人提醒他重庆这地方十分重要,应该派重兵驻守才是。他却不以为然,说:

"我是要赶快到成都建国的,什么也没有占据成都要紧!如今李自成已经占据整个陕西、河南、山西和半个湖广,把西安作了京城。听说他在三月间已经攻破了北京,在北京称帝了,还派遣一支人马到了广元一带,要占领四川。咱老子已经晚了一步,再晚,连成都也会给李自成拿走啦。如今不宜分兵,须要全师北进,夺取成都。在成都建国之后,杀败了李自成进到广元一带的人马,再重新派兵南下占领重庆。咱老子心里这些道道,你们哪一个数得清楚?你们都不从大处着眼,眼睛里只看见重庆!"

于是没有人敢再说话。张献忠便于七月里率全军离开重庆,分三路北进,于八月上旬攻破成都,八月十五日在成都称帝,建国大西。他的乡土观念比李自成还要严重,总不忘他是陕西人,总忘不下一个"西"字。刚起义不久,他就将自己的部队称为"西营",自称为"西营八大王"。后来兵力大了,就将他的老营称为西府,后来又自称西王,都是表示不忘陕西的意思。如今在成都正式建国,他就将国号定为大西了。

国号有了,年号呢? 文臣们见张献忠尚未作出定夺,便纷纷挖空心思寻词觅字。结果起的名字一大堆,却都是将两个吉利的字合在一起,或预示国家强盛,或歌颂文治武功。由于中国久远,朝代太多,除正统朝代之外,还有偏统,如五胡十六国和五代十国等,年号太多,很难记清。群臣们想出的年号,难免不与前代年号犯了重复。张献忠将一只眼睛睁大,一只眼睛微微闭起,含着嘲讽的神气望着他的群臣。群臣一见他这副神情,个个低下头去,敛气屏息。左丞相王兆龄赶紧跪下奏道:

"圣上天纵英明,群臣何能及得万一。想圣上必然早已成竹在胸,何不明白说出,一锤定音,免得大家云里雾里瞎说。"

张献忠望着文臣们说:"你们这班喝惯了墨汁的人,眼前有现成的年号不留心,偏偏要在书本儿上抠字眼!"

大家一惊,摸不着头脑。十几个胆子较大的文臣赶快叩头,齐声说:

"臣等愚昧,请圣上明谕!"

张献忠说:"我的饱学的秀才先儿们,用'大顺'作年号岂不很好? 何用你们再挖空心思?"

大家一时莫名其妙,瞠目结舌,互相观望,又都向丞相望去。王兆龄不觉拍手,对张献忠说道:

"妙哉! 妙哉! 皇上确实是天资超群,妙不可言!"他随即转向大家,宣布:"我朝顺天承运,开国四川,定鼎成都,国号大西,年号大顺,万世一统!"

可是群臣仍觉莫名其妙。右丞相严锡命小声向王兆龄问道:

"李自成不是已经建国号大顺了么?"

王兆龄最能揣透张献忠的心思,他对大家解释说:"别看李自成占了西安,破了北京,可是他兴时不会多久,真正奉天承运的皇帝是我家万岁。万岁要举国臣民都明白这个道理,不要把李自成看得有多了不起,所以把他的国号用作我们大西国的年号。这是何等胸怀,何等睿智!"

于是群臣都跪伏地上,山呼万岁。

国号、年号都定下之后,张献忠立即着手大兴土木,将蜀王宫改作皇宫。这个时候,李自成早已经在山海关惨败,仓皇退出了北京。只是张献忠还没有得到这个消息,所以仍然把进入川北的大顺部队看成是对他的最大威胁。他在成都举行过登极大典之后,立刻命令部下全力做好三件大事:一是派兵收拾成都周围各地的明朝官吏。二是下诏征集各府、州、县士子来成都,举行科举考试,网罗人才,凡读书人没有功名的都必须赴考,躲避不来的从严治罪;地方官督催不力的也要治罪。三是派张能奇率人马前往川北与大顺军的一支人马作战,能消灭则消灭,消灭不了就把他们赶出四川。

大顺军入川的将领是原明朝总兵官马科。马科率领人马五千,于七月间占领保宁,八月间攻破顺庆,进入绵州。张献忠的养子张能奇于九月上旬在绵州的桃子园同马科交战,结果打了败仗。张献忠认为事态严重,便亲自率领两万人马去同马科作战。马科人少,被张献忠打败,率领残部一千多人退出剑阁,奔回汉中。同马科作战之后,张献忠才得到李自成在山海关惨败,已退出北京,又退出山西,满洲人已到了北京的消息。他想着李自成走到了这一步,已经没有力量再同他争夺四川,心里不觉暗暗高兴。

这个时候,整个川东、川南、川中以及四川西部的许多州县都重新被明朝守将夺去,重庆也危在旦夕。张献忠身边的文臣们都感到情势急迫,认为张献忠不宜在外逗留太久,劝他速回成都。他说:

"要回成都? 咱大西的人马还没有打到陕西哩,你们就急着劝我回成都? 急我个屌! 马科这小子一战就败,是因为他知道李自成被满洲人和吴三桂打得大败,所以他马科自觉没有靠山,仓皇溃逃。目前李自成在北边吃了败仗,士气不振,这正是咱大西朝夺取汉中的良机,我岂能错过!"

　　于是,他派遣张定国率人马去攻夺汉中,自己则驻在广元一带以为策应。后经文臣们一再劝说,大西基业草创,百事待兴,京城不可无主云云,张献忠到底先回了成都。张定国与大顺军在褒城交战,不料竟大败而回。大顺军将领为使双方关系不致完全破裂,就将被俘的大西将士全部放还。这样,汉中一线得以偃旗息鼓,暂无战事。

　　张定国退回成都以后,张献忠便与手下人商议:重庆是川、楚之要冲,万不能落在他人手中,否则就等于被扼住了咽喉,进退维谷。而一日不打败占据川东的曾英,重庆的安危就一日不保。于是命令刘文秀率军东下,扫荡川东。此时已经是乙酉年的三月间了。

　　刘文秀到达重庆之后,立刻兵分水陆两路发起进攻,结果被曾英、李占春、于大海等败于多功城下。刘文秀退回成都,大西朝从此再无力顾及川东一线。川东既失,川南则有明将杨展再占叙州;川西有明黎州宣慰司马京进据黎雅。一时间里,大西朝四面楚歌,防不胜防。

　　就是在这种情势下,大清国摄政王多尔衮又把目光盯在了张献忠身上。

　　也是在这种情势下,张献忠听到了李自成兵败被杀的消息。

　　平心而论,他曾经非常忌妒李自成,恨不能置之死地而后快;他曾经后悔自己的心不够狠手也太软,在谷城时没有听从徐以显的话将李自成除掉;他曾经为李自成的兵败山海关,不得已退出北京而幸灾乐祸。可是,自从李自成退出陕西,逃往湖广以后,他的思想就不知不觉地发生了变化,变得十分关心起李自成来了。他一直挂念着湖广方面的情况,心中暗暗希望李自成能够在武昌一带站住脚,养精蓄锐,东山再起。无论如何,他也没有想到李自成就这么完了,完得这样快、这样惨!

　　当从江西回来的探马报告了李自成兵败被杀的消息后,张献忠一脸阴云,一句话也不说。半天才重重叹了一口气,随即用力将脚一跺，骂出一句："他妈的！"

左右朝臣，包括左丞相王兆龄在内，谁也不明白他的意思。大家面面相觑，大气不敢出一声。只见张献忠将手一挥，大家赶紧恐惧地退了出去，却又不敢远离，只能坐在朝房中等候。

张献忠走下宝座，在"金銮殿"（按照民间习惯将他上朝的正殿这么称呼）中来回走动。李自成被杀的消息像一块巨大的石头，重重地砸在了他的心上。他感到痛苦，感到悲哀，感到惶恐，感到一种唇亡齿寒的孤独无助……他猛地拔出腰刀，照着粗大的朱漆描金盘龙柱子使劲砍去，同时嘴里恨恨地骂道："满鞑子，咱老子操你十八辈儿祖宗！"

丙戌年正月，大清国肃亲王豪格奉摄政王多尔衮之命，率大队人马向四川进军。

这时，大西朝在川中的处境正日趋恶化。一些将吏见张献忠大势已去，便开始暗中活动，想方设法为自己另谋出路。驻防洪雅的大西守备潘璘率先反戈，当明军前来攻城时，开门迎降，杀害大西县令严赓以向明方献功。此例一开，大西各处地方官便陆续遭到杀害，有的到任二三日就被杀，有的县在三四个月内竟连续被杀十几个县令。大西在川内的控制能力已丧失殆尽，不得不缩短防线，逐步撤退各地驻防军，把兵力全部集中于成都附近。

到了五月间，驻守汉中的大顺军余部遭清军袭击，兵败远遁，大西保宁守将刘进忠便乘虚而入，占领汉中，凭借朝天关扼守。自此，大西地盘便与清方接壤。

占据了川北和汉中，张献忠便决定弃成都北上。八月启程，于九月到达顺庆（今南充），很快又转移到西充与盐亭的交界处金山铺，在凤凰山麓驻扎下来。随即下令依山傍崖，修造工事。不久又传令各营开山伐木，打造船只，准备有朝一日顺流东下，绕出川东，进入湖北。张献忠对手下人说：

"潘璘那伙龟孙子狗眼看人低，见咱老子不小心打个趔趄，他们就忙着伸出腿来使绊子,想叫咱老子一下子摔在地上背过气去。可咱老子偏偏没倒下,偏偏又站稳当了。眼下有刘进忠为咱扼守朝天关,就不怕川北和汉中这一大片土地它不姓张!等咱们再顺水这么一下,"他举起手臂猛地向半空劈去,"嘿嘿,湖广也就成咱老子的乖乖儿了。"

张献忠说得高兴,手下人也都跟着随声附和,似乎有刘进忠有朝天关便什么都不愁没有似的。殊不知此时的刘进忠却是身在曹营心在汉,与大西朝正做着绝然不同的两个梦。朝天关成了一桩"奇货",被刘进忠提在手里,随时准备连同他自己一起卖出去。他先是想投靠明将曾英,曾经派出亲信同曾英暗中联系,但不知由于什么原因未能如愿。于是一个转弯,反身投进了清人的怀抱,于十一月下旬大开关门,把豪格迎进了朝天关。

刘进忠自恃开关迎降有功,没等召见,就迫不及待地到百丈关驿所谒见豪格。本以为会得到奖赏,不料豪格对开关一事只字不提,却劈头就问张献忠现在哪里,刘进忠只好据实回答。又问离此地多远,回答急驰五昼夜即可到达。于是豪格就命刘进忠带路,导引清军昼夜兼程向南飞奔,于十一月二十七日黎明时分赶到了凤凰山下。

此时的凤凰山,正在黎明前的回笼觉中沉沉地睡着。远远的几豆灯火,几声犬吠,有意无意地点缀着山野的宁静。刘进忠带着大队清军,迅速地逼近了张献忠的营地。想到即将与张献忠兵戎相见生死相搏,他忽然感到心慌气短,两条腿忍不住抖颤起来,想停也停不住。

天色渐渐亮了,晨曦爬进了营帐。张献忠一觉醒来,想起来昨日视察军中,谆谆告诫部下同心同德赤心报国一事,情绪不觉又激动起来。于是奋然跃起,来到大帐外。只见满山遍野一片大雾弥漫,白茫茫云腾腾如人间仙界一般。张献忠不觉来了兴趣,立刻唤来十几名亲随,跟随他向离营地最近的一个小山头奔去。

大雾终于消散尽净,阳光洒满峰巅。张献忠横刀马上,伫立山头,极目远眺。山风把他的斗篷高高掀起来,一把大胡子在霞光中飘飘拂拂。他扬起手中的鞭子,遥指前方,朗朗的笑声在山峦间乍然响彻,惊起一群飞鸟。忽然,一支利箭射来,不偏不倚正中他的咽喉,笑声未绝,他已翻身落马,訇然倒在了地上。

"老万岁①,你怎么了?"

十几个亲随张皇失措,一齐围在他身边惊叫着。还没等他们醒过神来,众多的清兵已蜂拥而上,将张献忠绑缚而去。大西军毫无准备,四散奔走。清兵奋力追杀,满山遍野都是他们呜里哇啦的呐喊声。

张献忠被抬到了清军大营中。因为伤势过重,这时他已经不能说话,却依然二目圆睁,眈眈怒视。那两道如刀如剑的目光,把一个个清军逼视得不敢近前。刘进忠奉清军将领命前来劝降,刚一到跟前,便吓得扑通一声跪了下去,叩头如捣蒜:

"老万岁饶命!老万岁饶命!射你的是雅布兰②,不是小人,小人只是把你指认出来了……"

一抹嘲讽的微笑挂上了张献忠的嘴角,他收回目光,一双大眼慢慢地合上了。

随刘进忠降清的大西军士围在张献忠的身边,呼啦啦跪倒了一大片……

张献忠已死的消息传到京城以后,清政府立刻颁诏大赦天下,以示普天同庆。

不久,在梓潼县北的七曲山风洞楼上立起了一座庙,庙里供奉的神像描金脸着绿袍,模样神态都酷肖"八大王"转世。庙里香火不绝达百年之久,直到乾隆五年十月,才被清朝官府派人捣毁。

---

① 老万岁——张献忠称西王后,属下习惯呼他为老万岁。
② 雅布兰——豪格部将。

第二十七章

　　清朝康熙三年春天,离李自成之死已经十九个年头过去了。这是阳历四月的天气,高峻的茅庐山①,处处是苍翠的松树,悬崖上开着繁茂的杜鹃花。在茅庐山的最高处,有一片比较平坦的山坡,微微有点倾斜。这山坡有三里长,一里半宽。原来就有一座山寨,不知是哪个朝代前来逃避官府的流民修筑的,后来荒废了,寨墙倒塌了,房屋变成了废墟。只是近几年来李来亨的人马来到兴山一带,才派兵丁上来重新修复了寨墙,盖了一些房屋。山上有泉水,可以供几千人饮用。只是这里在军事上是个绝地,倘若被敌人截断了惟一一条下山的路,就得困死山上。这一点李来亨十分清楚,他的祖母、如今仍被称为太后的高夫人心里也十分清楚。目前局势一天比一天坏,李来亨不打算离开茅庐山,高夫人也不打算离开茅庐山。当年大顺的旧人,如今剩下的很少了,这些人今天都集中在茅庐山周围,要尽他们的力量同清兵战斗到底。

　　却说这茅庐山顶,如今有了不少平房,也搭起了许多军帐。其中有两座相距几十丈远的宅院。北边的一座比较高大,有围墙围绕,里边有一座三层高的鼓楼。南边的一座稍微小一点。对这两座宅院,将士们都有称呼。北边的一座,因为高夫人在里边居住,人们按习惯称之为慈庆宫,或者就叫做太后宫。南边的一座住着李来亨一家人,因为李来亨被南明永历皇帝封为临国公,所以这座

---

① 茅庐山——在湖北兴山境内,离兴山城大约七十里路。这一带的地理形势十分险要,望不尽的千山万壑,高峰插天。往西去接连着巴蜀,往北去接连着郧襄地区。巫山山脉耸峙在西边,荆山山脉横贯在东边。往南去便是秭归和香溪,濒临大江。这大江在这一段又叫做西陵峡。从茅庐山到西陵峡,道路险峻,林木茂密,易守难攻。从茅庐山往西北,群山重叠,接着神农架的原始森林,再往西北就是大巴山。

宅院就被称为国公府。由于从山上到山下只有一条崎岖的小路，过于险峻，上下运东西很不方便，所以有好几年高夫人和李来亨都住在山下边叫做九莲坪的地方。那里比较宽阔，土地肥沃，将士们在那里耕种畜牧。那里也是保卫茅庐山寨的最后一道门户。李来亨为夔东十三家之首，从那里与各地方联系比较方便，派人马出击敌人也比较方便。只是到了去年冬天，战事愈来愈不利，高夫人和李来亨的母亲黄夫人以及他的妻子为着防备清兵随时进攻，才退住茅庐山寨。凡是能够战斗的将士们则都留在九莲坪和周围一些地方，把守险要。

在离慈庆宫前边不远处有一座简陋的石牌坊，上刻"贞义"二字。一则南明永历皇帝曾敕封高夫人为"贞义夫人"，另则将士们也认为这两个字最能写出高夫人为人的风骨。她有坚贞不屈的性格，也有忠义的性格，合到一起就是贞义，换别的字就不能包含这么具体贴切的内容。可是慈庆宫的大门上却没有匾额，没有题词。这慈庆宫比九莲坪原来的宫院，规模小得多了。从九莲坪上来，大约十里地，沿山都是参天大树，在山顶不容易望清九莲坪的情况，但有时天气晴朗，从松树的缝隙中也可望见九莲坪上人马如豆，隐隐约约有些灰色的瓦房、褐色的茅房、灰白色的帐篷。在中间高旷地方，有一些绿色琉璃瓦的屋脊，那便是高夫人在九莲坪的宫院了。尽管从茅庐山寨望下去，也是又低又小，但到了九莲坪，就会发现它比许多房子都要高大得多，而且大门外还有石狮子和石牌坊，都很壮观。如今虽然已是四月初夏季节，但茅庐山寨仍然十分凉爽，早晚都得穿着棉袄。

这天，下午申时以后，有一位四十出头的中年女将，从外边回来。她的鬓边已经有几根白发了，但目光有神，眉宇间仍保留着一股勃勃的英气，只是英气中掩不住多年来的风霜忧患和内心痛苦，仔细看去，眼角有深深的鱼尾纹，而眼中也含有忧郁神情。她身上穿着便装，半旧的红缎夹袄，腰束杏黄丝绦，背着劲弓，插着羽箭，挂着宝剑。她身后跟着不到十个女兵。往日在九莲坪住的时候，她每天除练武之外,也出去打猎。如今住在山头,打猎没法打了,寨墙外都是陡壁悬崖,没有活动地方,她只能到山下一里外一个空场中射箭练武。她来到高夫人宫门前时,守卫的弟兄们对她躬身施礼。为首的向她叉手说道:

"娘娘回来了。"

这位中年女将略点一点头,没有说话,昂然走进宫门。第二道宫门是几个女兵守卫,大家也是恭敬地向她行礼。她问道:

"太后醒了么?"

一个女兵头目答道:"太后早已醒来了,现在正在同老神仙说话,不许别人惊动。"

中年女将微微点头,不愿走进二门,以免打断了高夫人和老神仙的谈话。她向东转去,从角门进入东边偏院,那是她自己住的院落。她一面走一面在心中感叹。她知道老神仙的一番苦心,也知道高夫人要趁这个时候帮助老神仙写成他写的书。可是如今清兵四面围得十分严密,说不定不久就要向茅庐山寨进攻。能不能打退?能不能突围出去?看来高夫人并不作此打算,国公爷也不作此打算。那么老神仙写的书如何能够送得出去?中年女将怀着沉重的心情走进自己的院落。这院落也分前后二进,前院只有几间偏房,种了一些花木,二门里边才是住的小院,有三间小小的上房。前院的偏房住着一个粗使的女仆,后边的东西厢房住着她的女兵和一些丫环。因为她的丈夫曾被封为忠王,所以她就被人称为"忠娘娘"或"忠王妃",而她居住的偏院便成了忠妃宫。

这个被称为忠娘娘或忠王妃的中年女将一进大门,所有的女兵丫头都来迎接她。进入上房后,她心中苦闷,挥手让大家都退了出去。她自己坐在椅子上,继续想着尚神仙同高夫人谈话的事。她知道近四五年来尚神仙总在写书,有时候也来问她从前打仗的一些事情。她自己没有看过尚神仙写的书,但听尚神仙左右的人说,因为尚神仙已经七十多岁了,两眼昏花,字写得像枣子那么大。他经常同高夫人谈,同老弟兄们谈,把往年的许多大事都回想回想,晚上在灯光下写书,有时停下笔来,默默地流泪,泪珠久久地停在他的白胡子上。尽管忠王妃没有亲自看见,但她对尚神仙知道得太清楚了。她十来岁的时候,就同尚神仙随着闯王和高夫人南征北战。她负过伤,是尚神仙把她治好的。她也害过病,是尚神仙把她医好的。尽管她没有看见尚神仙如何在灯下写书,如何默默地流泪,但他写书流泪的影子就仿佛在她眼前一样。她想了一阵,又在心中叹息说:

"唉!茅庐山已经临到最后的日月,我们大家都要战死,不会有一个人偷生苟活,尚神仙这几年的苦心会有用么?唉!"

在被茅庐山将士们称为慈庆宫的正房里,中间是高夫人平常接见部下和与人谈话的地方。现在她正面向南坐在一把有靠背的椅子上。面前是一张式样简单的长桌,桌前挂着已经旧了的绣着龙凤的黄缎桌围。椅子上也有黄缎的椅垫。尽管高夫人对待老神仙如同家人一般,呼他"太医",呼他"尚神仙",呼他"尚大哥",十分随便和亲切,但是尚神仙却对她十分恭敬,始终保持着一部分君臣礼节。这不仅仅是一个礼节问题,而且是他对大顺朝深深怀念之情的一种自然流露。他现在坐在高夫人左前边的一把椅子上,这样坐法也体现着一些君臣礼节。

他们已经谈了一大阵了。因为谈到李自成刚刚死去时的那一段往事,同时又不由地想着今天的处境,都感到心中沉痛。如今的局面确是到了最后的生死关头。闯王去世,已经将近十九年了,所有当年跟随闯王起义打江山的老将差不多已经死完了。最后剩下的一些名将都在今年正月间同清兵的一次恶战中殉国了。从茅庐山来说,如今还活在世上的也只剩下老神仙和老马夫王长顺两个老人了。

高夫人和老神仙都在默默中想着往事,有片刻工夫没有再说话。高夫人几次打量老神仙,心里怀着一种特别的亲近和尊敬。亲近的是,他是闯王最后一个深受信任的得力膀臂。尊敬的是,这么一个老头子,如今还念念不忘大顺朝的重大战争往事和许多大小将士,想写下来编成一部大书。只有他想起来做这样一件事情,也只有他能做这件事情。别人不会记得那么清楚,也不会花几年心血一点一点去写。她打量着老神仙,当年在临汾一带投军的时候,他还只四十出头的年纪。那时他是那样精神饱满,虽是医生,对骑马射箭竟也不外行。如今过了差不多三十年的时光,他的疏疏朗朗的白胡须垂在胸前,眉毛也全白了,又粗又长,脸色像古铜镜一样。虽然脸上有很深的皱纹,还有老年人长的黑斑,手臂上青筋暴起,上面也有黑斑,可是他的牙齿还没有落,精神也很健旺。看起来如果不是战争打到了面前,他会活到八十岁,九十岁,甚至上百岁。如今他所有的心思都用在替大顺朝留下一部信史,对生死并不挂在心上。刚刚由于想到先皇帝死后那一段艰难日月,两人一阵伤心,不觉沉默下来。

又过了片刻,老神仙抬起头来,向高夫人说道:"太后,当时商量同明朝合力灭虏,我因同玉峰他们在一起,没有跟太后一起,细节曲折之处,虽然后来也听太后和别人谈过,但事隔多年,记不太清楚。请太后再回想一下,向我再说一遍,我好把这一件大事记下来。"

高夫人说道:"年深日久,细微曲折的地方,我也不能全记清了。只能一面想,一面说,说不周全,明天再说……"

高夫人正要说下去,一个宫女匆匆进来,向高夫人跪下启禀道:

"国公府有一个打柴的老兵在山坡上被毒蛇咬伤,十分危险,派人来请尚太医前去救他。"

高夫人一听说是李来亨那里的砍柴老兵,就对尚神仙说:"尚大哥,你赶快去吧。今日我没有别的事,你去救了那个老兵,回来我们继续谈吧。"

尚神仙匆匆走了出去。

高夫人因为午觉睡醒以后,头发蓬松,没来得及梳理,就同尚神仙说起话来，这时得空，便吩咐一个宫女来替她梳头，她自己拿着一个铜镜照看。六十岁的人了，两鬓和头上已有许多白发，人也确实老了，只是因为从二十来岁起一直过戎马生活，所以身子骨还比较硬朗。可是自从大顺军在山海关战败之后，这二十年的生活是多么艰难啊……

　　那是在李自成死后不久。南明的何腾蛟正得到隆武皇帝的信任，他上一表章，慷慨陈词，主张将李过和高一功招抚过来，利用他们的兵力和清军作战。隆武采纳了他的建议，火速命何腾蛟相机行事，进行招抚。得到了皇帝的上谕，何腾蛟才胆大起来，先派人前去传达招抚的意思，送去了许多慰劳的金银绸缎，随后又派人前去试探。

　　这时大顺军老营中也在徘徊观望。由于困难重重，李过一直没有继承皇位，只是加紧做继位的准备工作。忽然南明的使者来到，送来了慰劳的金银绸缎，还有不少粮食，提出合并抗清的主张，只是要共奉隆武帝为主，不能再用大顺朝的名义。

　　得到这使者的传言之后，老营中立刻开会商议。重要的将领都参加了，大家争论得很凶。很多人坚决反对奉隆武帝为主，因为这样必然要取消大顺国号。经过十八年的战斗，辛辛苦苦创建了大顺国，如今光这一支就有二三十万人马，多是精兵，为什么要取消大顺国号呢？这样做难道对得起先皇帝李自成么？难道对得起许多死去的将士么？

　　在讨论中，高一功比较持重。对于目前的困难处境，他想过多次。要在长江以南建立大顺国，站住脚步，很不容易。不去掉大顺国号，既要同清军为敌，又要同明军为敌，而百姓们对于明朝的正统观念并没有改变，对大顺朝从来都视为流寇。所以如果不同南明合作，不要说不能对抗清兵，连站稳脚步也很难。可是要取消大顺国号，奉南明朝廷为主，又显然违背众多将士的心意，而且李过会不会同意呢？因此在大家争吵的时候，他默默无言，不作主张。

李过的心中也很矛盾。他很想继承皇位，但也知道困难万端，所以在会上也不肯轻易拿出主张。等到散会之后，他才同高一功秘密地商量一阵。高一功说道：

"如今只能以太后说话为主，才是正理。你给太后过继，往日是她的侄儿，今日就是她的儿子。凡事得禀明太后，才可决定。我虽是你的舅舅，太后的亲弟弟，但这事情我做不了主。我看我们还是禀明太后，看她作何主张，我们奉行懿旨，岂不妥当？"

李过一向非常尊重高夫人，也觉得只有高夫人拿出主张，全营才会听从。于是他同高一功一起来到高夫人帐中，将会议情况一五一十地作了禀奏。高夫人近来为着李自成的死去和大顺朝的困境也在日夜操心。刚才高一功和李过同将士们会议，她虽然没有参加，但听了禀报后，她很明白，如今只能由她来拿出主张，而且要下狠心，越快越好。说不定什么时候清兵前来，就要打仗；一打仗大顺军就会四面临敌，困难更大。因此与南明合力抗清几乎是势在必行。如今她别的都不愁，愁的是取消了大顺国号，将士们心中会转不过弯来，李过更未必甘心。可是不下这狠心，就无法与南明合并。自古道：天无二日，国无二君。又是大顺朝，又是南明隆武朝廷，如何共同抵御满洲强盗？她思前想后了一番，忽然望着李过说道：

"我看非下狠心不可了。如今不是为着我们大顺朝，而是为着中国；不是为着李家继承皇统，而是为着不让胡人在中国长坐江山。我们李家的事好说，全中国都被胡人统治，事情就大了。我这个太后说话，你们听也好，不听也好，我说出来，你们再议论议论。"

李过说："请太后只管吩咐，儿子一定遵命行事。"

高夫人说："既然这样，你们都不肯做主，我就做主了吧。"

高一功说："请太后做主吧。"

高夫人忽然两行热泪夺眶而出，以袖掩面，呜咽了一阵，然后擦去眼泪，说道：

"我们都曾跟着先皇帝打江山，出入战场，并不害怕流血死亡。

今日为大顺数十万人马着想，为我们中国汉人着想，不要为我太后着想，也不要为补之的继承皇位着想，我的主张是：可以忍痛取消大顺国号，奉南明隆武帝为主。可是他必须对胡人抵抗，不能投降；我们大顺军只能同他合起手来共同打胡人，不能跟着他投降胡人，这一点必须说清楚，不能有丝毫含混。其次，我们虽然奉他为主，可是这大顺军三十万人马不能拆散，仍由你们二位统率。以后粮秣军饷，统由明朝按时间发来。倘若军饷来不了，我们就自己在驻地筹划，朝廷不能干涉。此外，我们虽然取消了大顺国号，奉隆武帝为主，可是我们先皇帝在大顺军中仍是先皇帝。"

高一功插嘴说："太后也仍是太后。"

高夫人接着说："我们的名义在大顺军中照旧，不许他们侮辱我们一句话，连一个字也不许侮辱。我们尊重他的朝廷，他也应该尊重我们原是大顺朝的人。倘若在文字上还是什么'寇'啊，'贼'啊，我们立刻分手，这一点也必须讲清，不能有丝毫含混。补之，你是如何主张？"

李过说："太后的主张也就是孩儿的主张。事到如今，为着中国不亡于胡人，这大顺国号可以取消。尽管我们血战了将近二十年，死去将士不知多少，如今为着胡人侵入内地，大敌当前，只好如此。可是太后说得对：我们的人马不能拆散，仍由我们自己统率。如何行军打仗，我们既要尽忠报国，又不能受别人掣肘，更不能投降胡人。"

高一功说："正是这个道理。"

李过又说："我们对先皇帝仍然称为先皇帝，朝廷不能干预；我们对太后仍称太后，朝廷也不能说一句别的话。这些条款，不能有一点点让步。"

这样，在高夫人面前经过一阵商议，主意就算决定了。以后长沙几次派人来，往返磋商。何腾蛟又驰奏隆武帝，建议给高夫人下一道褒美的敕书，封她为贞义夫人。李过、高一功这一支人马称为忠贞营，李过由皇帝赐名李赤心。高一功多年来以字行，现在也由皇帝赐名必正。

这一切都准备好后,便由湖北巡抚堵胤锡持着隆武皇帝的诏书前来。事前李过和高一功已向全体将士宣布,取消大顺国号,奉明朝隆武帝为主,共同驱逐胡人。将士们因为知道这是太后决定的,没有人说别的话。但也有很多人因一时感情扭不过来,而在背后暗暗落泪或失声痛哭。经过一段时间才渐渐平静下去。

当堵胤锡捧着隆武皇帝的敕书来到营中时候,李过、高一功整军相迎,部队军容整肃,十分壮观。现在既然奉明朝为主,一切迎接诏书的仪式自然都不能缺少。到了营中后,堵胤锡和高夫人之间又是一番礼仪,这也是事前商量定了的。高夫人对南明皇帝是臣,但在大顺军中仍是太后身份,堵胤锡虽是明朝巡抚,但来到大顺营中,还是向高夫人行了跪拜大礼。当着堵胤锡的面,高夫人对李过说了些训诫的话,无非是以后如何免除畛域之见,一心一意奉明朝皇上为主,矢忠矢勇,为国效劳。

按照事前拟定的条款,高夫人受封为贞义夫人,李过和高一功都封为侯爵。大顺军的这一支就称为忠贞营,受湖广总督何腾蛟的节制,从此就转战在湖南广西一带。由于鄂西四川边境一带还有许多大顺军的余部,便派刘体纯去那里联系各部。这也是高夫人的深谋远虑,为着将来万一在湖南广西一带受了挫折,忠贞营好有一个退路。

后来隆武帝被清兵打败、杀害了,桂王朱由榔即位,年号永历,称为永历帝。忠贞营就奉永历帝为主,继续同清兵作战。但是南明的小朝廷实在不像话,门户倾轧,始终不断。许多人不思如何抗击清兵,而是争权夺利,纷争不休。永历帝也是个庸碌之材。李过郁郁不得志,病死在广西。高一功在朝中也受到许多人的排斥,一筹莫展,只得率领忠贞营,退回鄂西、夔东。不想路途上中了孙可望的埋伏,竟被包围起来。经过几天苦战,高一功阵亡了,许多将士阵亡了,幸而高夫人没有受伤,由李来亨死命保护,率领余下的一两万人,退回到秭归一带。这时,大顺军的旧部又陆续来到。郝摇旗来了,党守素、塌天保、袁宗第等都来了。那时候在鄂西四川东部,一共有十三个领袖,都愿意拥护永历皇帝,共同跟清兵作战,其实也是为了自求生存。这十三家中包括王光恩兄弟,还包括原在川北的摇黄一支人马。他们要尊奉一个头。当时刘体纯、郝摇旗等都已受封为国公,李来亨也被封为临国公。十三家中众多老将,有的是大顺军的旧人,也有的原是大顺军的敌人,十分复杂。可是因为李来亨是李过的儿子,是李家的正支,高夫人又同他在一起,所以这十三家就共推李来亨为首。名义上李来亨是十三家之首,实际上真正跟他一心一意抗击清兵的也只有大顺军的一些旧人。

转眼间离李自成死亡已将近十九年了。一年前局面变得险恶起来。永历皇帝逃到缅甸,被吴三桂捉回来,在昆明杀害。李定国也病死了。原来清兵分为几路,一路在东南对付郑成功和张煌言;另一路在西南对付永历帝和李定国。如今郑成功退到台湾,死了;张煌言也被捉到,在杭州杀害。东南平静了,西南也平静了,除台湾还由郑成功的儿子郑经占据之外,整个中国大陆都被清兵占了。于是清兵腾出手来专门向夔东十三家进攻。今年正月,袁宗第和郝摇旗在巴东境内被清兵打败,杀害了。刘体纯也打了败仗,决不投降,全家自缢,死得十分壮烈。清兵动员了四川、山西、河南、湖北几省的军力,节节胜利,如今已把兴山一带李来亨的忠贞营四面围困。几个月前进攻兴山的清兵中了李来亨的埋伏,吃过一次败仗,于是改变办法,暂不进攻,四面围困,断绝了粮食来源。

如今茅庐山一带同外边已经不通消息。盐,来不了了,幸而还有一些存货,没有用完。粮食,也来不了了;各种军资都断了来源。打出去没有力量,只能坐等着困死此地。这情形人人都看得清楚。可是因为高夫人仍然健在,大家宁肯战死在茅庐山,不愿说出任何怨言,暂时也没有人逃出去投降清兵。可是局面如此艰难,谁也不敢说能够支持多久。李来亨为着防备清兵突然进攻,也防备内部有变,在一个多月前已请高夫人由山下的九莲坪移到山头上的寨中居住。高夫人虽然很少下寨,但对外边的事样样都很清楚。如何部署,如何用兵,她常常作一些筹划,告诉来亨。局面就这么支持下来……

往事实在太多了。高夫人因为尚神仙需要她讲说清楚,便在心里回想了一遍。确实有些细微情节想不起来,可是大关节处历历如在目前。想着想着,她觉得心中酸痛,不免涌出热泪。幸而屋子里没有别人打扰,她偶尔发出来一声深深的叹息。正在继续回想,一个宫女进来启禀:

"太医回来了。"

高夫人抬头一看,老神仙已经走进二道宫门。

高夫人同尚神仙重新谈起李自成死后忠贞营建立的一段情况。缅怀往事,他们都心中难过,想着大顺朝起来得也猛,失败得也惨。从崇祯十三年进入河南,直到打入北京,他们是节节胜利。可是突然之间竟然败得那么迅速,不过半年时间,大顺军几乎瓦解了。这道理高夫人常常思索,尚神仙也常常思索。就在他写的这部书中,有一段文字,专门谈到大顺朝兴衰变化的道理。如今听高夫人谈过往事之后,他不觉叹息,感慨地说道:

"太后,有些盛衰道理,千古如出一辙。我们大顺朝为什么进入河南节节胜利,后来又失败得那么快?这其中有一个道理,千古不变之理。不能完全说是天命。欧阳修在《五代史》中有一句话说得很好:'虽曰天命,岂非人事?'人事处理得善与不善,比什么都关紧要。天道茫茫,并不可信。"

高夫人点头说:"尚大哥,自从我们大顺朝失败之后,你就留心读古人诗书,道理懂得很透辟。你说人事要紧,不完全是天命。我也常想,我们进到河南的时候,河南年年灾荒,官吏贪污,豪强骑在人民头上,明朝的军队纪律败坏,到处奸淫烧杀。我们处处惩治贪官污吏,镇压豪强,剿兵安民,开仓放赈,不许官府向百姓征粮。那些办法正是老百姓做梦也在盼望的,所以他们就把闯王当成了救星,处处迎降,归顺闯王。可是我们后来不断地攻城破寨,不断地打仗,老百姓本来想喘口气,安居乐业,就是没法得到。他们的希望落空了。到崇祯十六年,我们占领那么多地方,可是没有把老百姓的事情安排好,在老百姓心里没有扎下根哪。这是我们最大的失策。倘若我们有了根,在湖广、山西各地府州县都设了官,治理百姓,不用多久,有两年的时间,百姓尝到了好处,我们也就有根了。纵然在山海关打了败仗,我们在这些地方的根基也不会动摇。我们再号召百姓同胡人打仗,百姓一定会起来从军。唉,我们的步子走得太快了,只想着赶快夺取江山,没有把百姓的苦乐、乱久思治的心情放在心上。"

尚神仙说:"太后说的很是。自从在襄阳建立了新顺朝,当年十月又到了西安,大顺国的规模就像那么回事情了。人们只想着胜利,没有想到会遇着挫折;只想到胜利后再去恢复农桑,召集流亡,安抚百姓,没有想到先恢复农桑,安抚百姓,再出兵夺取江山。本末倒置了。这不是我们先皇帝一个人思虑不周啊,当时满朝群臣都是如醉如痴,纵然有人想说句劝谏的话,也不敢张口,更不敢在朝廷力争。"

高夫人说:"是的,后来情况跟以前就不一样了,以前谁都能够见我们先皇帝说话,后来就不容易在他的面前说话了。他周围有文臣武将一大群,一层一层文武官职都设立了,他高高在上,有些话也听不进去了。"

尚神仙说:"我常常回想,李公子到得胜寨以前给闯王那一封长信,说了夺取江山的建议,就是以河洛这一带为立脚地,然后占领整个中原,再一步进入关中,暂且不去夺取北京,先派人到山东截断漕运,再把山西全境占领,这样北京等于一座死城。把这些地方都经营得差不多后,再从山东山西两路出兵北京,如同瓜熟蒂落,唾手可得。这么好的建议,可惜后来被大家忘得一干二净。"

高夫人说:"那时候我们上上下下都急于夺取崇祯的江山,万没有想到胡人会进来。"

尚神仙说:"胡人要来,是明摆着的事情,可是那时候文武群臣志得意满,都没有把胡人放在心上。否则去北京的时候可以多去一些精兵,譬如说去三十万或二十几万,胡人来了,我们也不会败给他们。可惜呀可惜呀,一步棋走错了,吃了轻敌的亏。当时胡人进来,大顺军对它狠狠地打一仗,北京城就不会失守,说不定吴三桂也不会投降胡人。北京不丢掉,河南山西各地也就稳定下来了。可惜呀可惜呀,当时竟然没有一个有远见的朝臣向先皇帝提出建议。"

高夫人说:"我听说李公子就有点担心,连田玉峰也有点担心,只是他们不肯多说话,更不肯出面劝谏先皇帝罢了。"

尚神仙说:"唉!李公子头脑总是很清楚的,可惜后来死得不明不白,到底他回河南是不是要为着自己别图发展呢?"

刚说到这里,一个宫女进来向高夫人禀报,说有一个中年尼姑,从九莲坪被护送上来,要拜见太后娘娘,现在宫门外等候。高夫人问:

"是近处的尼姑么?你给她点散碎银子,让她走吧。"

宫女说:"不是近处尼姑,是远路来的。"

高夫人说:"如今清兵包围得十分严密,远路尼姑如何能够来到,莫非是个奸细?"

宫女说:"看样子不是。她能够进来,一定有她的办法,只是我们都没有问。送她上山来的是个老兵,他什么也不知道,只知道派他护送尼姑上山,拜见太后娘娘。"

高夫人感到奇怪,问:"她带有什么东西呢?"

宫女说:"她带有一根铁禅杖,如今放在宫门外,没有带进来。"

高夫人又问:"她一定要见我么?"

宫女说:"她一定要见见太后,说太后看见她就会认识的。"

高夫人更加奇怪,对尚神仙说:"尚大哥,你先退避一下,我让她进来见一见。"

尚神仙立刻站起来,告辞退出。宫女们带着宝剑,站到高夫人两边。随即尼姑躬身走了进来。她竟然没有行佛家的双手合十礼,而是扑下去向高夫人行了三跪九叩大礼。之后伏在地上呜咽哭泣。

　　高夫人问:"你从哪里来?"

　　尼姑伏在地上说:"方外人特从王屋山来叩见娘娘陛下。"

　　高夫人听了,心中起了疑问:这王屋山上没有认识的人哪,为什么跑这么远来见她呢?便说道:

　　"你抬起头来,让我看一看。"

　　尼姑仰起头来,眼泪纵横,呜咽不止。高夫人看着,似乎面熟,但记不清了,问道:

　　"你到底是谁?"

　　尼姑哭着说:"我本名红霞,太后你怎么忘了?"

　　高夫人猛然一惊,再仔细看看,虽然相隔近二十年,可是这尼姑的眼睛、鼻子还是红霞的样子,只是脸上有许多皱纹,加之风尘仆仆,大大不似当年了。特别是头发已经剃光,穿着黑色僧衣,更不像当年的青年女将红霞了。高夫人不觉潸然泪下,哭了起来,哽咽着说:

　　"红霞,你是红霞么?"

　　"是的,娘娘,我就是红霞。"

　　"我不是做梦吧?"

　　"我确实是红霞,奉红娘子之命,特来寻找太后。"

　　高夫人心中又一动,忙问:"红娘子现在哪里?"

　　红霞哭着说:"自从李公子被杀以后,我们年年都在想念太后。在先皇帝和太后离开长安以前那半年的时间中,我们几次要去寻找太后,寻找皇上,为李公子兄弟辩冤。"

　　高夫人赶快说:"辩冤的事不用提了。李公子兄弟被杀之后,先皇帝已经后悔了,明白杀得冤枉,可是后悔也来不及了。后来就派人打听你们的下落,始终得不到音讯。你们到底到哪里去了?

怎么会在王屋山上？又削发当了尼姑？"

红霞说："太后娘娘，说来话长，容我慢慢奏来吧。"说罢伏地痛哭，哽咽得不能出声。

高夫人流着眼泪说："你等一等，等一等。忠娘娘也天天挂心着你们。我叫她来同你见面，一起听一听吧。"随即命一个宫女，赶快去请忠娘娘前来。

红霞抬起头来问："忠娘娘是哪一位？"

高夫人说："就是你慧英妹妹。先皇帝离开西安往北京去前几天，她同双喜成亲了。只过了几天夫妻生活，双喜就随着闯王到北京去，战死在山海关。闯王退回陕西境内后，追封双喜为忠王，你慧英妹妹就被称为忠王妃，大家又称她忠娘娘。唉！随着我出生入死的姑娘们没有一个有好的下场。慧梅你是知道的，在杞县围镇自尽。黑妞随着你们在娘子关抵御吴三桂和清兵，阵亡了。慧琼嫁给张鼐，在江西打仗的时候，张鼐受了伤。她为保护张鼐，跳起来扑向清兵，结果受伤被俘，不久便被杀害了。如今只剩下慧英在我身边。她同双喜只做了几天夫妻，也没有留下遗腹子，守寡守到今天。我身边的姑娘没有一个有好的下场。"说罢痛哭不止。

这时忠王妃进了二门，红霞赶紧站起来迎接。等慧英走到面前，她双手合十，念了句：

"阿弥陀佛，可见到你啦！"

慧英一把拉住她，来不及仔细打量她的面孔，不觉痛哭失声。红霞也痛哭起来。高夫人和宫女们见此情景，也都非常难过，低头落泪，哭了一阵。红霞刚刚坐下，尚神仙和王长顺听说了，不等传呼，也一起赶了来。红霞看见他两个，都是满头白发，胡须根根如银。而王长顺因为受伤次数太多，身体看起来比尚神仙要衰老得多，走路时右腿瘸得很厉害。大家又一阵伤心。稍微平静一点后，高夫人吩咐说：

"你们都坐下吧。同红霞不见面已经二十年了，她和红娘子没有忘记我们，我们也一直记挂着她们的生死。没想到在目前这样局面下,红霞会来到这里,我真是做梦也没有想到!红霞,清兵四面包围很严,方圆二百里内,出入的路都断了,你怎么会进到山寨的?"

红霞说:"我知道敌兵四面包围,可是我身上带有银子。有一些猎户和砍柴的、采药的,我给他们一些银子,他们就带我一段一段走别人不能走的路,走了进来。好在这二十年我住在王屋山,翻山越岭,腿脚练得很好。我又带了一把铁禅杖,即使遇着狼豺虎豹,也伤害不了我。"

高夫人点头说:"难得呀,红霞,你有这么一颗忠心,在这样艰险的时日,想办法来同我见面。现在且不说别的事情,你坐下去,把这些年来你同你们红帅如何生活,给我们好好说一说。你这次来为的何事?说了以后,你明天赶快走吧,免得迟了,你想走也走不掉了。"

红霞说道:"请太后听我启奏……"

却说大顺朝永昌元年,也就是明朝崇祯十七年,清朝顺治元年,七月下旬的一天,红霞随着红娘子于黄昏时候来到了王屋山下。冷飕飕的一阵秋风吹来,使她们的心情格外凄凉。红娘子背上的小儿已经死了,她们用刀挖了一个坑,将孩子埋在地下。去河南的念头已经打消了,可是到什么地方去呢?她们的心中茫然无主。时已黄昏,现在她们最要紧的是找一个安身之处度过今夜,明日再作计较。

她们在马上看见前边的树林子里依稀冒出来一股炊烟,想着必有人家,也许是一家猎户。不管怎么,她们身上还带有银子,不妨前去投宿。于是她们向着冒炊烟的地方走去,一路走一路想:万一那山村里住着乡勇,可怎么好?她们人早已困了,马也很乏了。十几天来不断奔跑,不断打仗,马不曾好好地喂过草料,往日膘肥体壮、毛色发光的两匹战马,如今瘦骨伶仃,毛色无光。可是如果不去前边寻找人家,住的地方、吃的地方、喂牲口的地方,都不会有。这么想着的时候,她们已经来到一个小山包旁。那里有一片树林,树林中露出几间破旧的茅屋草舍,看来是贫寒的猎户人家。屋子里听见马蹄声,走出来一个五十多岁的老汉。红娘子和红霞赶快下马向老人施礼。老人将她们打量一眼,问道:

"二位女将来到这里,有什么事情?"

红娘子说道:"请老伯不要害怕,我们原是从这里路过。因为天色晚了,想在老伯这里投宿一晚,不知行不行?"

老汉说:"我这里地方虽然很窄,你们没有别处可去,不妨在这里住上一宿。我家中有一老妻,双目失明。还有一个儿子。我们父子靠打猎为生,今天他带着野味到城里卖,路途很远,恐怕要到初更天才能回来。你们把马拴在门口的树上,先进来休息休息吧。"

红娘子和红霞随着老人走了进去。双目失明的老大娘听说来了投宿的人,又听出是女人声音,感到奇怪,搭腔问道:

"你们二位是从哪里来的?"

红娘子正要回答,老人对他的老伴说:"你不要随便打听。赶快烧点热水,让她们洗一洗,喝碗热茶。家里还有什么东西,只管做出来,让她们吃饱一点,明天好继续赶路。"

红霞说:"我们马袋子里头还带有一点干粮,拿出来做一做大家吃吧。"

老人说:"这也好。我们家里只有杂面和去年的红薯干,年成不好,和着野菜度日。你们既带有干粮,不妨取出。"

红霞赶快到马袋子里取出一些干粮交给老人。过了一阵,老婆婆将开水烧好,照山里人的习惯,往里放了一些树叶子,端来让客人喝。红娘子和红霞正渴得喉咙冒火,赶紧吹凉,喝下肚去。老头子乘这个时候饮了战马,又割了一些荒草堆在马的前面。

吃过晚饭以后,老汉将红娘子和红霞引到另一个屋中,那里的地上已经铺了厚厚的干草,让她们今晚就在那里休息。老人说道:

"你们放心吧。几十里内没有乡勇,连大的村庄也没有,只要后边没有追兵来,你们可以安心睡觉,好生休息。"

红娘子听了这话,心中一动。拿出来一点散碎银子交给老汉,说道:

"老伯,我们没有别的报答,这些散碎银子给你留下吧。"

老汉起初不肯要,后来看这两位女将那么诚恳,也就收下了。说:"有了这银子,今年秋冬就饿不死了。"

说完之后,他忽然忍不住,悄声问道:"你们二位明天到底要往哪里去,不妨对我直说,这一带的情况我还算清楚。"

红霞望望红娘子,红娘子也拿不定主意是否该将实情告诉老人。老人对红娘子说道:

"我看你这位年轻女将,大概就是红娘子,她是你的亲将。如今你们兵败之后,无路可走,是不是这样情形呢?"

红娘子吃了一惊,但看看老人,分明并无恶意,便说道:"实不瞒老伯,我正是红娘子,她是我的亲将,姓范。老伯如何知道我是红娘子呢?"

老人说:"这一两天到处哄传你们的事情,我昨天进城卖牛,都听说了。我还知道你不但箭法好,而且善使弹弓,有时人追得过近,弓箭拉不开了,就用弹弓,打一个中一个,说打鼻子,中不了眼睛。我听到以后,正在琢磨你们二位逃到哪里,想不到你们竟然来到我这里投宿。请你们放心,我不会坑害你们。你们二位打算到何处去,不妨向我说明,我想办法为你们带路。"

红娘子道:"老伯既然已经知道我是何人,又愿意帮助我们,我实在说不尽的感激。说实话,我现在无处可去。原来还想去河南,现在这念头已经打消,只求找一个地方暂时安身,以后的事情慢慢计较。"

老人低头想了一下,默默点头,然后叹息一声,说道:"既然你们二位只想找一个暂时存身的地方,这倒不难。我有一个地方,不知你们二位愿不愿意前去?"

红娘子说:"只要能够存身就好,现在讲说不着挑瘦拣肥。"

老人说："这地方倒十分清静,住下去万无一失。"

红娘子和红霞同时问道："什么地方?"

老人说："在王屋山上一个十分僻静的地方,永乐年间修了一座尼庵。因为山路险峻,很少人去尼庵上香敬神。那庵中有一位老尼姑,名叫静修,时常下山化缘,路过我这里,就喝碗茶,歇歇腿脚。有时她一出去一两个月,两三个月,云游各地,远到山东境内,回来的时候,也在我这里歇脚喝茶。万一当天晚上回不到山上,就在我这里住上一宿。她看见我们家中有困难,也给一些银钱赈济我们。这已经许多年了。有时候她自己不出来,命她的徒弟下山,也在我这里休息打尖。据我看这个静修老尼姑倒是一个很好的人,你们倘若愿意到她那里去,我明天就带你们去,或者让我儿子带你们去,到那里暂时避一避风险。山下人绝不会知道。"

红娘子听了,觉得这个地方倒是蛮好,奇怪的是这高山之上,断崖峭壁,山路崎岖,怎么会有尼庵呢? 她望望红霞,看出红霞很愿意去,便说道:

"老伯说的这个地方,只要可以存身,我们就去。"

老人说："倘若你们要长留那里,恐怕得出家为尼。要是暂时住一住,就不需要出家。"

红娘子问："要是长住,一定得削发为尼么?"

老人说："虽说你们兵败之后,只剩下两个人,可是你红娘子的威名仍然在人的心上,倘若万一有人发现尼庵中住着两个妇女,又不是尼姑,传了开去,岂不是大祸临头? 不要说你们不得了,尼庵恐怕也要惹出大祸。"

红娘子还未答言,红霞就说道："红帅,事到如今,我愿意削发为尼,不知红帅可肯不肯?"

红娘子说："丈夫已经死了,儿子也死了,不削发为尼,年轻轻的寡妇如何活在当世? 既然红霞你有此心,我们就决定了吧。明天上得山去,到了尼庵,拜那位静修老尼为师,从此我们就出家了吧。"

红霞含着眼泪说:"只要红帅肯,我怎么也跟你到死。"

这么商定以后,约摸一更多天,老汉的儿子回来了,同红娘子等见过之后,便说起城里的消息。说是到处都在纷传,清兵就要进攻,山西各地都在反对闯王,另外城里已经知道红娘子和红霞突围以后要奔往河南,只是从哪条路走却不很清楚。如今通往河南的山口已经被乡兵截断,到处都在搜索。听到这样消息,老人更着急了,催促她们明天五更就动身上山。

第二天鸡叫时候,老汉老婆婆就先起来烧水做饭,然后让红娘子、红霞和他们的儿子饱饱地吃了一顿。吃饭时,老人忽然问道:"你们的战马如何处置?"

红娘子说:"战马留给老伯,你把它卖了出去也可以度日。"

老人摇摇头说:"这战马你们是没法带上山的,山上小路人走都十分困难。但是我也不能留下来卖掉,如果有人问我战马从何而来,你们的事情岂不败露?"

"那么,老伯,你看怎么办呢?"

"这战马只好放在王屋山下,任它往哪里去。但不能放在近处,要放到三十里、二十里以外。放在近处,被人看见,就知道你们仍在山里头。"

红霞插嘴问道:"难道我们把它放到二十里以外再回来上山么?"

老人说:"不,这战马可以由我赶到远处,走一条人迹罕至的路,放到深山里边,解开缰绳,让它们自己吃草去吧。如果遇着猛虎豹子,它们也许会被吃掉,那就管不了那么多了,你们只好断了尘念,安心上山去吧。"

饭后,她们把东西整理一下,告别了双眼失明的老妈妈,跟着老人和他的儿子离开了茅庵草舍,沿着树林中一条路向王屋山边走去。来到一个岔路口时,老人向她们作别,牵着两匹战马向另一个方向走去。红娘子和红霞望着战马的背影,马也回过头来望望她们,发出萧萧悲鸣。她们不觉失声呜咽起来。老人和年轻猎户也都滚着眼泪叹息。她们一直等老人牵着战马走进密林以后，才哽咽着继续上山。

年轻猎户带着她们先在前山中转来转去，转了半天，山势逐渐高耸，道路也逐渐险峻。快到中午时候，忽然从东边树林中传来一声巨吼。青年猎户说了声：“有大虫，小心！”她们立即将弓箭拿在手中，眼睛向左右前后去寻找老虎踪迹。突然一只老虎从草丛中蹿出，直向她们扑来。红娘子眼疾手快，“嗖”一声一箭射出，正中老虎要害。那老虎跳了一跳，倒在地下，还在挣扎。红霞又射出一箭，老虎不再动了。青年猎人高兴地说：

“真是名不虚传！”

红霞走到老虎身边，从虎身上拔出两支雕翎箭，对猎户说：“回来的时候，你想办法把它背回去吧。”

猎人点点头，说：“这条猛虎皮，拿到城里还可以换几个钱。骨头也可以卖给药房，做虎骨酒。”

他们继续往山上走去。猎人又说：“那尼庵中老尼姑和她徒弟们也都会武。平时在尼庵的小院中练习剑法、刀法、棍法，就是不能射箭，因为地方太小了。有时她们也来到下边，在前山找一个空旷的地方练习射箭。”

红娘子奇怪地问道：“出家人清净为本，怎么还要练武呢？”

猎人笑一笑说道：“她们也要防身护体。住在深山里边，难免不遇着虎豹野猪。另外也怕坏人欺负她们。她们里边最年轻的只有十几岁，还有几个才二十出头。”

红娘子问道：“可曾有人上山去欺负她们？”

猎人说道：“这一带人都知道她们那个地方不容易上去，离尼庵半里有一道门户，必须叫开门户才能进去。进去以后还有第二道门户，那是尼庵的山门，养了两条很凶的大狗在那里守门。这且不说。前几年有官军经过这里往河南去。一个军官听说尼庵里有尼姑长得很体面，派了一群兵丁上山，预备抓几个尼姑下来。不想惹恼了老尼姑静修师父，将这些兵丁和头目痛打一顿，赶下山来，从此以后再没有官军敢上去了。"

红霞问道:"她们也打猎么?"

猎人说:"她们都吃素,并不打猎,也不杀生,只是遇到虎豹拦路的时候,才不得不射几箭。"

本来红娘子一路心中十分沉重,有时酸痛难过,听了猎户这一番谈话,倒是把愁闷散开了,对红霞微微一笑说:

"我们上去也要吃素啊,以后也要禁止杀生了。"

说着说着她们已经进了深山,道路越来越险峻了。这样的路她们还很少走过。有时几乎没有什么路,硬是攀缘着石头,攀缘着葛藤往上爬。倘若一步蹬空,就会粉身碎骨。但这猎户很有经验,在最危险的地方,他从腰间解开一条粗麻绳,帮助她们向上爬。这样几乎走了整整一天,黄昏时候才来到尼庵,果然离尼庵还很远,在很窄的山路上有一座柴门。那猎人十分熟悉,找了一根绳子拉了一下,听见铜铃"当啷当啷"响,声音传入山坳里边。尼庵就隐在那坳子里,只是在柴门外还看不清楚。这时一个年轻尼姑走了出来,她的身边跟着两条大狗。她隔着柴门望望猎人,双手合十,问询道:

"原来是施主,这两位是哪里来的?"

猎人赶快回答说:"她们是落难的人,前来投奔静修老师父。"

那尼姑就将柴门打开,两条狗很亲热地摇着尾巴迎接猎人。尼姑把柴门关好后,就领着他们往里边走去。转过一个弯,才看到一个小小的尼庵,盖在悬崖下边。尼庵的山门已经开了,一个尼姑站在台阶上等候。看见猎人来到,她双手合十,笑着说:

"你怎么带着客人来了?走了一天吧?"

猎人说:"从五更就动身,一直走到现在。"

尼姑说:"赶快请进。"

他们跟着尼姑进去,见了静修老尼姑,猎人没有说出红娘子和红霞的身份,只说她们是落难之人,前来投奔,也懂得一些武艺,不知老师父肯不肯收留?

老尼姑问道："你爹怎么说？"

猎人说："俺爹说她们愿意在山上削发为尼，只要师父你肯收留。如不肯收留，就让她们稍住几天再投奔别处去。"

老尼姑将红娘子和红霞上下打量一番，好像心中有些明白，说道：

"到里边吃茶吧。你们中午打尖了没有？"

猎人说："我们带有干粮，路上已经打尖，也喝了泉水。"

关于路上射死一只猛虎的事情，他们都没有提，为的是恐怕老尼姑不主张随便杀生。这天晚上，老尼姑就安排红娘子和红霞在斋堂里边安歇，猎人在山门旁耳房里边安歇。她并没有多问别的话，也不许别的尼姑向客人多问话。青年猎人平时知道老尼姑为人虽然很好，可是脾气古怪，也不敢随便说话。

第二天早起吃过早斋，猎人告别下山去了。老尼姑把红娘子、红霞叫到面前，也不问她们身世，只问道：

"你们自己是愿意在这里修行，还是住几天另往别处？"

红娘子说："我们二人愿意在这里削发修行，拜师父为师，只要师父肯收留。如果师父不肯收留，我们只好住两三天就下山去。"

老尼姑说："你们就留下吧，就做我的徒弟，一起修行。"

红娘子和红霞赶紧跪下去对她磕头。随即有一个尼姑前来，剃去了她们的头发。当剃发的时候，她们真是百感交集，几乎又落下眼泪。但她们竭力忍住了，知道不能露出一点贪恋尘世的心情。这样她们就双双成了尼姑，脱了俗装，换上僧衣，在尼庵中住了下来。

在大顺军中多年，在转战途中，她们结识过一些尼姑，对尼庵生活有些了解，所以现在随着大家学习诵经，倒也不十分困难。她们每天除按时诵经之外，有时也同众尼姑在小院中练习武艺。她们的剑术刀法是那样精熟高超，使大家极为惊异。但自从她们来到这里，师父静修不许徒弟们问她们的家世。这庵中规矩向来如此，师父不让打听的，大家就不打听。譬如师父下山去云游，一去就是一个多月,长则两三个月,回来以后也只同一二个得力徒弟讲一讲去了些什么地方,遇见些什么事情,其余的徒弟都不能打听。有时师父派一个徒弟下山去化缘,回来以后她也只向师父禀报出外的情形。这一切已经成为习惯,所以现在大家也不随便打听红娘子和红霞的来历。

红娘子为此常常感到奇怪。她看出老尼姑是个饱经世故的人,可是为什么不问一下来路就收下她们当徒弟呢?收下后也不问她们的姓名,只给她们起了两个法名,她的法名叫圆静,红霞的法名叫圆能。红霞心中也很纳闷,可是红娘子暗中叮嘱:师父不问,不许将她们的来龙去脉露出半句口风。

这样过了十来天。每天都是随着大家做功课。可是到了晚上,别的尼姑都去斋堂就寝以后,红娘子总要在佛堂里对着黄卷青灯,低声诵经。师父也不干涉。有一个管杂事的尼姑对师父说:"庵中灯油不多,这新来的圆静每晚坐到深夜,其实也不必,只要白天用心诵经就够了。"师父摆摆头,严厉地瞪她一眼,尼姑也就不敢再说话了。

这一夜红娘子又在独自诵经,一直诵到三更。外边的风吹着山上的松林,澎湃作声。庵后一道山泉,直泻而下,好似百丈瀑布,声音十分雄壮。红娘子坐在佛灯下,听着松涛声,瀑布声,有时还夹着远远传来的野兽嗥叫,她忽然想到她心爱的战马,不知如今是否还在世间,是否也在想着主人,望着高山发出来萧萧悲鸣。她更想到她的丈夫、兄弟,想到她三岁的儿子,他们都死得很惨。想到这里,她不禁伏在案上呜咽起来,眼泪像山泉一样奔流。

正在这时,有一只手在她肩上轻轻地拍了两下。她机警地抬起头来,赶紧去擦眼泪,发现是她的师父静修老尼姑站在面前。她赶快站起来,一面继续擦眼泪,一面却不知说什么好。老尼姑望着她,说道:

"我知道你心里难过,这十来天我什么也不问你,是想让你的心情慢慢平静下来,好比一个人身上有了伤,让伤口慢慢地结痂,疼痛慢慢地止住。看起来你的心还是忘不了尘世上的那些悲苦，你十分聪明，可是你的心并不专。你不须要瞒我，你可是红娘子将军？"

红娘子赶快答道："不瞒师父，我正是红娘子，师父何以知道？"

老尼姑说："打从你上山那时候起，我一眼看出来你绝不是平凡之人。尽管你没有穿盔甲，可是腰挎宝剑，身背劲弓，完全是英雄打扮。我虽然很少下山，但山下的事情却大都知道，红娘子的事也早就听说了。所以我一眼看出你的真实身份。随同你来的是你的亲将，老百姓不知道她的名字，可是我知道。我知道健妇营的首领是红娘子将军，她有一些得力的女将，生死跟随她不离开的，是红霞，原来姓范，同你是同乡。你说她是不是红霞？"

红娘子说："不瞒师父，她就是红霞。别人都阵亡了，如今只剩下我们两个人逃上山来。万般无奈，拜在师父脚下削发为尼。倘若师父害怕惹祸，我明天就带着红霞下山。好在我们现在已经成了尼姑，身穿僧衣，可以到处云游避难了，决不连累师父。"

老尼姑冷冷一笑，说道："圆静，你把我看成了什么人？"

红娘子问道："师父，你是何人？"

老尼姑说："你随我前来。"

说着，她拿起佛灯，在前面引路，来到后边一个静室。那里供奉着弥勒菩萨。打开菩萨身后的布幔，发现一道夹墙，轻轻一推，夹墙露出了一道小门。老尼姑说：

"你向里边看去。"

红娘子一看，那里边是一张桌子，上边放着盔甲宝剑，还有一部书，另外有一面旗帜，叠好了放在桌子的一端。红娘子十分奇怪，问道：

"师父，这是从哪里来的？为何藏在这里？"

老尼姑用手轻轻一拉，夹墙的门又关了起来，随即拉上布幔，将供奉着弥勒佛的佛案，紧贴着墙壁，恢复了原样。老尼姑说道：

"徒弟，我们还到前边说话，这个地方轻易不要进来。"

她们又走回红娘子诵经的地方,坐下后,老尼姑问道:

"你可听说永乐年间,山东有一个名叫唐赛儿的女英雄起义的故事么?"

红娘子说:"虽然我从前不读诗书,可是像唐赛儿造反的事,一代代口耳相传,徒弟江湖出身,岂能不知道呢?"

老尼姑说:"你刚才看见的盔甲宝剑,还有一卷'天书',一面旗帜,就是我们的祖师唐赛儿生前用过的东西。"

红娘子大为惊奇,问道:"这东西为何到了此地,由师父藏起来?"

老尼姑说:"我们的祖师唐赛儿起义以后,很快地占领了许多州县,可是那时候永乐皇帝正是治世的时候,兵马众多,把我们祖师打败了,抓到狱中。后来有徒弟劫狱,将她救出。第二次又被抓进监狱,徒弟们又一次把她救出。永乐皇帝在北京大怒,立刻下了严旨,在山东、河南、畿辅各地查访我们祖师的行踪,都传说她削发为尼。永乐就下旨将这数省尼姑,除年纪老的和太小的,一起抓起来,一个一个盘查。尼姑被抓了成千上万,结果杳无踪影,这案子过了几年也就不了了之。他怎能想到,我们的祖师有许多忠心耿耿的弟子,将她暗暗地保护起来,送到王屋山上,选择了这个地方,大家捐舍银子,修建尼庵,从此我们祖师就住在这里,招收了几个徒弟。又过了几年,山东的弟子们慢慢地把她的宝剑找到了,盔甲找到了,那一部'天书'也找到了,当时用的旗帜也找到了几面。这些东西不是一起送来的,今年送一点,明年送一点,经过十来年,都暗暗地送到这里。我们的祖师就在这里礼佛修行,暗传'白莲',一代代传下来,到我已经是第十代了。我已是将近六十的人,虽说这庵里也有七八个徒弟,可是没有一个可以继承衣钵的,我常常为此操心。不想你和红霞来到庵里,想是天不绝我。倘若我圆寂了,你就主持这个尼庵吧,仍然念经修行,暗传白莲。这山下边那个猎户,也是我们同道的人。还有山东、畿辅、河南,很多地方都有我的信徒,只是他们都是好百姓,并没有出家。你在这里修行吧。过些日子,我会带你出去云游各地,同一些同道中人见一见。一旦我老得不能下山,就靠你来主持了,不知你肯不肯继承我的衣钵?"

红娘子立刻跪下,双手合十,低头说道:"只要师父看得起我,我愿意听从师父的吩咐,决不会三心二意。"

老尼姑说:"这样就好办。今夜我对你说的话,在这尼庵中我也只对几个亲信的徒弟说明,平时就不必说了。"

红娘子又哭着说:"师父,我丈夫李公子和他兄弟被冤枉杀死,幸而我逃了出来。后来我小儿子又中箭死了。我本来可以自尽,但我没有自尽,为的是要向大顺皇上为李公子辩冤。听说现在皇上御驾还在山西,我想写一道奏本,辩明我丈夫兄弟的冤情,师父你看可行不可行?"

老尼姑说:"你丈夫和二公子被冤枉杀死,这事情我也听说了,是要辩冤。倘若你能写个奏本,我可以亲自替你送出去,想法递交给大顺皇帝。如今兵荒马乱,要写可得快一点。"

红娘子说:"我可以写,就怕词不达意。"

老尼姑说:"这没关系。你只管写出来,我替你润色润色。今后你还要多多练习,一旦时候到了,能够提笔写出你要说的话。本来一般出家人,会不会写都无所谓,可是我们要时时想到祖师传下来的一件大事啊,这大事也就是……"

老尼姑说到这里,不肯再说下去,但红娘子默默点头,表示她已经明白了。

红霞将上边的经过,一面流泪,一面说给大家听。听的人也是不断地流泪,有时感动得抽咽起来。后来高夫人问道:

"怎么我没听先皇帝说起,收到你们的奏本?"

红霞说:"是的。老师父下山去十来天,又回到山上,说是大顺皇帝已经过了黄河。老师父一时无法找到,只好返回。可是我们并不死心,过了些日子,老师父决定往西安去将红娘子的奏本送给皇上。这一次红娘子命我随同老师父一起下山到了河南境内,从那里往南去,打算由孟津过黄河,从洛阳一路进潼关。没有想到,等我们赶到黄河边上的时候,清兵已经过了黄河,我们的路走不通,只好又回到山上。可是我们一直不死心,总想要让我们皇上和太后都知道李公子兄弟死得冤枉。"

说到这里,红霞呜咽痛哭起来,高夫人也不免唏嘘流泪,说:

"红霞,你不用说了。你一来到,我就告你说,李公子兄弟冤枉被杀,不久先皇帝就深深地后悔了。这事情用不着再辩冤。你还是说说,你们后来又怎么办了呢?"

红霞说:"我们一直不死心。过了几个月,到了第二年春天,知道清兵打进西安,皇上到了湖广,清兵在后边追赶不放。到了秋天,风闻皇上已在湖广境内死去,可不知太后到哪里去了。有人说,太后已投入长江自尽。我们为着查清太后的生死下落,在顺治三年,下了王屋山,先到洛阳,后到西安,又沿着由商洛去湖广的那条路,一面云游化缘,一面打探太后的消息。后来从荆州到武昌又到九江,到处传说不一,有的说太后没有死,仍在人间,可不知逃往何处;有的说太后确实投江自尽;又听说有一支人马改成忠贞营,由高将爷和补之将爷率领,可能太后也在忠贞营里。可是这时忠贞营已经到了广西,路途不通,我们只好又退到王屋山。过了几年,我们第二次又出来寻找,走了几个月,仍然得不到确切消息,只好又回到王屋山。这样我们年年挂念,月月挂念,有时我们暗暗祝告,望佛祖保佑,使太后平安无事。没有想到,就在去年,听说几省的清兵都往川东和洛阳一带调遣,要攻打大顺军的一支余部。我们想着太后是不是也在这里?于是派一个尼姑出来,到襄阳住了半月,果然打听到,太后确实还在人间,住在兴山茅庐山一带。这个尼姑回到王屋山以后,我同红娘子决定下山。可是后来又说消息不一定确实,因为长江以南也有一支人马在抵抗清兵。是不是太后就在茅庐山一带,不敢断定。红娘子才命令我这一次一定要找到太后,当面见到太后,才算确实。所以我就来了。"

高夫人哽咽说:"难得你们这一番忠心,你来看一看真不容易呀。这样忠心,实在叫我感动。你明天回去,回到王屋山,见了红娘子,把我的话告她说吧。"

红霞说:"请太后吩咐。"

高夫人说:"我知道她的忠心。叫她不必挂念我,好好念经修行。大顺朝早就没有了,我们现在在这里,只是为着一股正气,要同清兵作战到底,死也就死在这里,决不偷生。你们好生修行,不必以我为念。"

红霞说:"太后,红娘子却不是这个意思。她叫我见到太后,立刻返回,然后同我一起前来,死保太后,直到战死。"

高夫人说:"这话不要说了,你们一则不容易来到,二则你们两个人来了,有什么用呢?千万不必来了。"

红霞说:"话不能这么说,红娘子常常跟我言讲,不管李公子兄弟死得多么冤枉,我们永远忘不了大顺朝。我们活着是大顺朝的人,死了还是大顺朝的鬼。我们如今还都不老,四十几岁的人,身强力壮,武艺也没有丢掉,尽管只有两个人前来,我们还可以保着太后同清兵作战。哪怕剩下一个人,也要为大顺尽节,为中国尽节,这是我们的心愿。至于王屋山尼庵的事情,我们自会安排。跟着太后作战,我们死也甘心,毫无牵挂。我们一定要来,一定要来啊!"

说到这里,周围人都失声痛哭,连尚神仙和王长顺也泣不成声,高夫人更觉难过。还是慧英怕高夫人过于悲伤,说道:

"红霞姐姐,你不要再说了,让太后休息休息,你同我也去休息休息吧。"

于是红霞叩辞了高夫人,随着慧英来到忠娘娘宫中休息。这天晚上,高夫人吩咐为红霞洗尘。山上已经很艰苦了,也没有办法多置什么好菜,好在红霞如今吃素。吃饭的时候,大家尽可能避免谈往事,免得又伤心起来。饭后,红霞怕高夫人过于疲惫,不敢久坐,就同慧英回到忠妃宫去。

慧英在大顺军的旧部中虽被大家称为忠娘娘,可是她同红霞在一起,亲如姐妹,不讲究这些身份的差别了。她有许许多多内心的痛苦,二十年来无人可以细谈,原来的姐妹们都已死去,在高夫人面前她不愿去触碰这些伤痛,对别的女人谈,又有碍于自己的身份。如今红霞住在她的宫中,这正是她将心中郁结的痛苦吐出来的机会。红霞尽管十分劳累,但今晚也几乎没有一点瞌睡了。她也有她的痛苦。她是自幼作为童养媳卖出来的,后来红娘子起义,把她救出,她就死心塌地跟着红娘子。等到闯王在西安建国,她也结婚了。丈夫便是李岩的本家兄弟李俊。当李岩兄弟被杀后,红霞随着红娘子带领一批男女亲军逃走,李俊率领二三百豫东将士在后边阻挡追兵,结果几乎全部阵亡,而李俊死得最惨,身中十余刀,尚在拼命抵抗。想起这些,红霞的痛苦也是一言难尽。今晚姐妹两个好不容易见了面,追叙往事,说说哭哭,哭哭说说,直到鸡叫时候,方才睡去。

这天晚上,除谈她们个人的伤心往事外,红霞也顺便问到从前跟随闯王的一些老将的下落。听到最近死去的郝摇旗、袁宗第、刘体纯是那样坚贞不屈,同清兵奋战到最后,决不投降,红霞满心肃然起敬,连声说:"这才不辜负闯王当日对他们的重用。"她们又谈到田见秀和张鼐两个人,慧英露出又不满又惋惜的神色,说道:

"唉,慧梅死了以后,张鼐同慧琼在襄阳结了亲。不管慧琼对张鼐多么温柔体贴,张鼐总是忘不下慧梅,对慧琼冷冷淡淡。慧琼每次见了我,总是悄悄地流泪哭泣。可是她对张鼐不管怎么都是十分温存。在我们败退武昌的时候,清兵追来了。先皇帝命刘宗敏和田见秀率领几千人马出城作战,被清兵打得大败。先皇帝继续往东逃去。刘宗敏被俘了,死得可歌可泣,真是一条顶天立地的英雄好汉。

"田见秀也身带重伤,他的身子上边压着一个清兵死尸。第二天清兵退走以后,他的亲兵回来寻找他的尸体才发现他还活着,把他抬到山里一个百姓家中,保护起来。后来他的伤势痊愈了,但他已经看破红尘,对于人间事万念都消,决定出家为僧。他的几个亲兵,平时受他的熏陶,也都愿意跟他出家。就这样他们剃了头发,变成僧人,云游了许多地方。后来到了湖南黔阳县境,看见有一处风景很好,有一座古寺,已经没有了和尚,他们就将古寺翻修一新,在那里出家住下来。老百姓因他们为人很好,常常周济别人,所以也喜欢他们在那里住下去。好在清兵没有到这个地方来,他们每日念经礼佛,在四周围种点蔬菜,种点庄稼。后来我们知道他没有死,还派人去看过他,希望他也到这里来。可是他身子已经很衰弱了,受的伤很重,当日流血太多。骑马打仗的事,他已经不行了。据他对别人说,他常常在夜间听到松涛之声,就想起来过去大军作战,想起我们的先皇帝,心中再也平静不下去。可是他这一生只能遁入空门了。两三年前,听说他已经死在那里,徒弟们在他的尸骨上修了一个砖塔,因为他原来字'玉峰',出家后自称'玉和尚',这砖塔上就刻着'玉和尚大师之墓'。"

红霞又问起原来一些老人的下落。慧英一一向他说明。只是有一个人她不清楚:就是牛金星,不知到哪里去了,这里始终没有得到他的真确消息。还有一个人,被清兵捉去审问时,始终不肯说出姓名,结果被糊里糊涂地杀了。人们只知道他是大顺朝的文臣,坐监的时候,没有了网巾,每天早晨,他都问狱卒要来笔墨,在鬓角画上网巾。狱卒们都很尊敬他,认为他有汉人的骨气,所以就称呼他"画网巾先生",把他的尸骨埋在野地里,立了一个小碑:"画网巾先生之墓"。后来坟墓也被别人平了。几年前国公爷派人到各地查询闯王旧部,才知道有这么回事。

她们就这样一直谈到深夜方才睡去。第二天早晨,她们起来去向高夫人请安。高夫人已经早早地起来,对红霞说:

"你今日上午就下山去,不要停留了。昨日夜里又得到军情公报,清兵大军继续向茅庐山周围二三百里处运送粮草,调拨人马,你再迟就出不去了。"

红霞还想留住一两天,无奈高夫人坚决让她早走,她只得说道："我这次回到王屋山,向我们红帅禀明之后,立刻同她一起前来。"

高夫人说："你们来了没有用啊,不必前来。"

红霞说："这是红帅多年心愿,要死死在闯王旗下。虽然现在大顺国没有了,可是太后你还健在,我们不能够偷生怕死,不来保护太后。"

高夫人说："可是你们来了济不了大事。"

红霞说："我们也知道两个人济不了大事,可是这是我们的心愿。红帅死了丈夫,死了儿子,我红霞也是一个寡妇,没有一点牵挂,但愿早死,死得壮烈,以后也好在地下相见。请太后不要再说了。"

高夫人流着眼泪说："这是我的嘱咐,你们要听从。恐怕你们不听从也不行。等你回到王屋山,收拾一下再来我这里,只怕就进不了茅庐山寨了。"

大家说了一阵,吃过早饭,就催红霞赶快下山。高夫人亲自将红霞送到宫门外边。慧英带着几个女亲兵将红霞送到下山的寨门外。两个人拉着手,不忍离别,也都预感到这番离别后,恐怕再见就没有日子了。尽管红霞、红娘子决心前来保护高夫人,直至战死,可是人间的事情并不都能完全按照自己的心愿去实现。所以红霞拉着慧英的手,伤心得说不出话来。经慧英催促几次,她才提着禅杖,往山下走去。慧英一直望着她的影子被参差树木遮住,再也不曾出现,才怅然返回宫中。

红霞走后一直没有音信。高夫人和慧英、尚神仙说话的时候常常提到她。后来纷传她被清兵抓去,下在襄阳县的狱中,不知生死结果。高夫人等对这无法证实的消息常常感到放心不下。她们并不希望红娘子和红霞来到茅庐山上,而只希望红霞能平安回去,把高夫人这边的消息告诉红娘子知道。

第二十八章

日子一天比一天困难起来。清兵自从去年在兴山被李来亨打败以后,主力退到当阳,才用四面封锁的办法,围困茅庐山一带,使粮食不能进来。清兵也有困难,但他们以好几省的人力和兵力来支援大军,运粮的百姓合起来总在十万以上,有些从安徽境内运往鄂西,路途有不少人死亡。有些县,为着征粮征饷,将一些地方士绅逼得倾家荡产,还有上吊死的。然而李来亨这方面的困难却更是无法想象。盐,已经断绝了。粮食,一天一天少了,平常每日还可以吃三餐,吃两餐,而现在多靠山上的野草野菜生活,每天吃的粮食比野菜少得多。

到了七月间,清兵知道李来亨粮食断绝,开始从四面进军。李来亨一共不过三万人马,一部分还是老兵老将,身体本来就衰老了,加上饥饿,更是疲弱不堪。可是就在这种绝对劣势之下,人人抱着必死的决心,同清兵苦战。清兵每夺占一座山寨,就要死伤成群的将士,到了七月下旬,差不多周围山寨都被清兵攻破了,只剩九莲坪附近仍然在李来亨手中。九莲坪这个地方,周围大约有三十里,修了一座寨墙,里边有房屋,有帐篷,也有耕地。这是最后的地盘了,倘若九莲坪被攻破,仅仅剩下茅庐山山头,地方小,粮食少,没有活动余地,一围困就会饥饿而死,想重新打下山来根本没有可能。这种地方在兵法上就被称为"绝地"。而不到万不得已,李来亨本人也决不上到茅庐山寨。他要在九莲坪一带同清兵进行决战。

这是最后的一仗,每天一有情况,他就上山寨去禀告高夫人知道,高夫人也经常派人下山来询问。尽管是最后决战,尽管已经不打算打胜仗,已抱定必死的决心,但总希望最后一仗能使清兵受到重创。

当清兵步步进逼,离九莲坪不过四里左右时,忽然停止不攻了,派人前来劝降。他们拿着四川总督李国英等人的谕降文告,另外还带来高夫人一个侄儿高守义写的劝降信。高守义原是高闯王部下的一名小校,不大为人所知。但因他是高夫人的娘家近门侄儿,所以彼此很熟。高迎祥死时,一部分部队被打散,这个侄儿不知到哪里去了,后来才知道他投降了明朝的官兵,可是也不大出名,没有受到明朝的重用。不想后来投降了清朝,久之竟升成总兵官,如今是辰常道的总兵官。因为他是高夫人的侄儿,所以奉了上边的命令,也亲自写了一封劝降信。李来亨早已决心殉国,所以接到这些信后,马上撕得粉碎,投到地上。他不愿见那些使者,下令斩首,以绝敌人招降之心。可是命令刚刚出口,便被旁边一个亲信总兵阻止。那人在他耳旁小声嘀咕几句,他当时心中一震,随即吩咐亲将说:

"你们叫使者暂且回去,就说李国公爷要同众将商议,明天再来讨取回音。"

清朝使者走后,李来亨便召集众将会商。当时在九莲坪的总兵还有十几个,有的总兵手下已经没有兵,只是保留着职衔,但他们都是多年同他在一起,立过战功。还有几个是李过、高一功的旧部,对他说来算是前辈了。至于副将、参将,那就很多了;还有些文职人员,地位很高的,如今也都住在九莲坪寨中。开会之前,下边就在纷纷议论,心不再像往日那么齐了。特别是因为近来得到消息,说是王光兴兄弟投降了,谭家兄弟互相残杀,也投降了。甚至李自成的旧部,凡不在茅庐山的几乎都投降了。譬如党守素、塌天保,就投降了。这些人的投降对九莲坪的将领们有很深的影响。不少人本来就同党守素、塌天保等蛛丝牵连,不是这样的关系就是那样的关系。所以会议开始后,起初许多人默默地不做声,互相观望,后来就有人不再沉默,也不再害怕李来亨了。一个总兵说道:

"如今永历皇帝已经死了五年,我们为谁守土呢? 名不正言不顺。全中国都被满清占了,我们这一点点地方,如何能对抗满清?今日再守下去,大家死到一起且不说,没有正当的名义了。明朝连一个最后姓朱的宗室都没有了,我们为谁守土呢?"

这话说出以后,许多人纷纷点头,都说是如今死也没有意思了,不如就投降吧。

李来亨非常愤怒,将案子一拍,突然站了起来,一手按着剑柄,说道:

"决不能投降胡人。谁要投降胡人,他自己投降,我李国公是铁打的汉子,惟有以死殉国。你们谁愿投降,请你们自便。"

主张投降的人,见他杀气腾腾,不好再说话,但眼中都露出不服气的神色。那个先前劝他不要杀使者的亲信总兵又赶紧站起来说:

"投降不投降,这不是件小事。我看最好请各位都想一想,私下议论议论,然后再开会。现在先散了吧。"

有人说:"用不着散,如今就商量下去。怕死的去投降,老子决不投降。"

马上又有人不服气地回答:"投降的不一定怕死,大丈夫要识时务,识时务者为俊杰。今日为谁守土? 谁能说得出?"

李来亨把案子一拍,说:"为中国人守土,为我们良民守土,为我们大顺朝死去的先皇帝和文臣武将们守土,也为永历皇帝守土。永历皇帝虽然殉国了,可是我们大明的正气不能消灭。"

"这不是识时务的说法。如果胡人不该坐中国的江山,它就不会占领全国。这是天意,说不定它是受命于天,该它管辖中国。"

支持李来亨的人骂起来:"你胡说! 我们决不做软骨头的人,宁死死得铁骨铮铮。"

于是双方都动起火来,怒目相视。有人忍不住用手去抓剑柄,看起来马上就会发生火并。李来亨立刻使眼色,他的亲将把一部分亲兵叫到院中。那些主张投降的人,一看这种情况,也拔出剑

来,有人便也出去唤亲兵。正闹得不可收拾时,忽然有人跑进来禀报:

"太后下山来了,立即就到。"

一听这话,大家都安静下来。已经握剑在手的人,把剑插回鞘内。去呼喊亲兵的人也都安静下来,没有人再想火并的事了。大家默默地等候高夫人来到。李来亨也后悔自己刚才的处理有些鲁莽,于是向大家说道:

"随我迎接太后大驾。"

他大踏步向外走去,所有将领也都跟着他向外走去,迎接高夫人。

高夫人已经料到九莲坪众将会议可能要出事情。她明白如今因为粮食断绝,大敌压境,人人都看到不能取胜,也不能突围出去,军心已渐渐有些不稳。真遇敌人诱降,必有一些人愿意投降。而敌人似乎也看准了这个时机,所以按兵不动,派人招降,如其不降,便要进兵。茅庐山是战是降,就决定在这几天以内了。所以她不顾年老,赶快乘着筚子下山。

还没有来到九莲坪,就遇见从九莲坪往山上去的人向她禀报,说是果然有一批将领愿意投降,如今双方争执不决。进入九莲坪寨内以后,又接到禀报,说是情况紧急,国公爷大怒,准备用武力压服那些要投降的人,可是那些人也不服气。她听后大惊失色,就催抬筚子的亲兵,赶快奔赴会议的地方,同时命人传报李来亨和众将领,说她来了。她明白只要大家听说她来到,一场厮杀的大祸就会暂时停歇。

果然,当她来到原来慈庆宫宫门外不远的地方时,李来亨已率领一大群将领和文臣出来迎接,肃然站成两行,向她躬身叉手。她的心放下了:来得恰是时候啊!

进入慈庆宫正殿,也就是大家议事的地方后,她面向南坐在中间,将领们跪下去向她请安。她说:"如今不是讲礼节的时候,你们起来吧,各就原位坐下,我们谈大事要紧。"等到众文武就座以后,高夫人没有向李来亨问话,却转向一位年纪较大、地位较高的文官问道:

"王监军,刚才会商情况如何?"

王监军把经过情形简单地说一遍后,高夫人冷静地点点头,说道:

"有人觉得应该死战到底,有人觉得应该投降,谁是谁非,我现在且不去说。我今日下山来,只是为了替你们大家拿定主意,不是为了责备谁,更不主张处分谁。请你们各位都放心,平心静气地把降不降的事谈个清楚。我已经老了,与往年不一样,可是我为大家操心的一片心什么时候都没有变。自从先皇帝死后,我们有两次大关头。第一次生死关头是要不要取消大顺国号,奉南明为主,共同跟胡人作战。如今是第二次关头,就是说要不要投降,保全我们两三万人的性命。我说出主意来,你们愿意听从也好,不听从也好。"

大家都恭敬地站起来,躬身说道:"请太后吩咐。"

高夫人说:"坐下吧。"回头望望侍立一边的慧英,又说:"你也坐下吧。你既是忠王妃,也是我们先朝剩下的独独的一员女将。坐下吧。"慧英也坐了下去。

高夫人接着说道:"如今我看多数人都不愿意投降胡人,这是很有骨头的人,很有血气的人,我对他们的心情最了解。刚才他们咬牙切齿,几乎动起武来,这是很自然的,我明白。我想各位愿意投降的将领也一定明白,不要记着这一时的翻脸,要想到我们多少年来在一起共患难共苦乐,多少人在我们周围死去了。想着这一点,你们愿意投降的各位将领就不会恨他们了。"

许多人听了点头,有人感动得噙着眼泪,有人低下头去。高夫人继续说下去:

"如今有人愿意出去投降,我也绝不责备。情况不一样了,永历皇帝死了,全中国再也没有一个姓朱的称王称帝了,到处都已被胡人占领,只剩我们这弹丸之地,山高林密,人烟稀少,还在宁死不屈,为中国保存这一片干净土地。所以我不责备那些想投降的人。因为即使不投降,留在这里对我们茅庐山的存亡也没有大的帮助。我不能忘记二十多年来你们也流过血,出过力,立下了汗马功劳。如今内无粮草,外无救兵,又没有一个明朝的皇上,要保谁呢?所以纵然我自己不投降,我对愿意投降的也不深加责备。天下没有不散的宴席,好合好散,只要你们投降之后,不要再领着敌人杀回来,就算你们对得起我,对得起先皇帝,对得起我们大顺军中上千上万死去的将领和文臣。"

说到这里,她自己忍不住哽咽起来,热泪簌簌地滚落脸颊。不管是心中愿意投降的,还是反对投降的,也都滚出了眼泪。她当即吩咐李来亨派人出寨,通知清兵主帅,要他们明日一早派人前来,并说要派两个人来,其中一个是她的侄儿高守义,随带的清兵不能超过二十人。李来亨赶快吩咐中军,命人出寨。高夫人又向众人说道:

"不管我们有几个将领愿意出降,在出降之前,你们还是明朝的将领。如何出降,由我来安排,你们不用操心。现在你们各人要认真防守九莲坪大寨,千万小心,不要让胡人趁这时候突然劫营,使我们吃了大亏。我并不怕死,早已将生死置之度外。我想许多将领、许多弟兄都有同心。如果大家怕死,不会支持到今日。可是我们不能在最后的关头疏忽大意。只要我们小心,纵然战死,也会使敌人比我们死伤更多。如果我们疏忽大意,被胡人劫了营,那就太不划算了。所以你们没有出降之前,一切令行禁止都要听从国公爷的将令,不得有误。现在你们早点休息去吧。有的愿意同我私下谈谈,可以随时前来找我。"

众将领留恋不走。纵然是愿意投降的将领也留恋着不肯离开她。许多人感动得呜咽起来,有些人不住地擦鼻涕,抹眼泪。高夫人又说道:

"我很明白你们的心情。纵然是主张出去投降的人,对我这个老婆婆也是多年共患难、有恩情的,你们出去投降也是迫不得已啊。各人都请回去吧。"

大家肃然退出。高夫人又望着李来亨说:

"你吩咐中军,明日准备酒菜,后日中午大摆宴席,我今明两天就坐镇九莲坪,帮你主持大计。"

李来亨劝她:"请太后回去吧。万一清兵来攻,我们又要同胡人作战,又要保太后的驾,反而分心。"

有些没有退走的将领也劝高夫人回到山上去。高夫人说:"据我意料,三天之内,胡人绝不来攻,他要等待大家投降,他知道贸然来攻会血流成河,尸骨如山。"

一个将领说道:"打仗的事情很难说,胡人连番胜利,夺取了许多山寨。如今他们知道我们内无粮草,外无救兵,军心也开始散了。万一来攻,太后何必在此地受惊呢?"

高夫人微微一笑,说:"你追随我多年,把我看成了什么样人?倘若今天明天胡兵来攻,我要亲自上寨,为你们擂鼓督战,决不后退一步! 不要再说多余的话了。"

李来亨问道:"忠婶娘也留在这里么?"

慧英说:"我当然留下。"

高夫人说:"你忠婶娘多年同我生死不离,我留在这里,她怎能不留呢? 你下去吧。我同你忠婶娘也要休息休息了。"

下午,去清营送书子的小校已经回来,说在那里等候好久,胡人将领向上禀报后,经过层层转禀,才有了回信,说是决定明日上午巳时以前派人来劝降,已经知道其中一个是高守义,另一个是谁还不清楚。听到这消息后,高夫人重新把一些重要将领叫到一起,将明日满洲派使者来的事告诉大家后,说道:

"究竟哪些人已经决定投降,不妨都说明白,有的还没有拿定主意的,也要在今天夜间拿定主意。我想我要给来人提出三个条款。第一,投降的人,不管地位高低,不许杀戮;第二,随身带的财物,不许没收抢走;第三,带出去的一家老小,一律保护。倘若胡兵不能照此三条来办，我们就要同他们血战到底，宁为玉碎，不为瓦全，任何人都不要再说出降的话。"

大家佩服高夫人想得周到。高夫人又转向李来亨说："你今年三十多岁了。有些话我现在不能不说清楚。你也知道，老将领们也都知道，你不是我们李家的骨血啊！你五岁的时候，你亲生父亲起义，不久就死了，留下你母亲守寡。后来我们把你收养下来，我们从来不说你是螟蛉之子，虽然人们都知道，但我不许在军中随便说这件事。自从先皇帝死后，我们转战湖南、广西，来到这里。知道你亲生母亲在家乡受苦，才设法把她接到这里来。她是我的娘家侄女，如今也差不多六十岁的人了。我不忍见她同我们一起死在茅庐山上。她不是随着高闯王和李闯王起义的人，不是'闯'字旗下的人，也没有受过明朝的封赏，平时也不过问军国大事，她不应该死在这里。我为什么要叫高守义来呢，是想着他毕竟是我们高家的人，是高闯王的侄孙，是我娘家的侄儿。我想把你母亲托付给他，看他能不能保全你母亲的性命，将她一直养到老死。如果他说不能，也就罢了。"

听到这里，李来亨跪下去，痛哭不止，随后说道："既然我亲生母亲可以出去逃生，能不能让我的养身母亲也一起出去呢？尽管她跟着我爸爸起义，但是她没有管过事情，身体常常多病，如果我亲生母亲出去平安不死，她留在这里白白地死去，孙子心中如何能忍？"

高夫人揩了揩眼泪说："你亲生母亲不是'闯'字旗下的人，也没有受过明朝的封赏，她可以出去，心安理得地终她的余年，我刚才已经说过了。你养身母亲的情况就不同了。她是先皇帝的亲侄儿媳妇。先皇帝死后，你爸爸原来准备继承皇位，虽然没有登极，可是一切准备都已就绪，只要你爸爸一登极，她就是皇后了。所以尽管没有登极，别人还是管她称'娘娘'。你爸爸又受了明朝侯爵的封，她是明朝的一品夫人。你想想，她如何肯出去投降胡人呢？再说，你爸爸在先皇帝死后就过继给我，你妈妈就是我的儿媳妇了,尽管我们年纪相仿,可毕竟是婆媳之亲,哪有好媳妇看着婆婆为国捐躯,她自己逃生的道理呢? 还有,尽管她是你的养母,可是你五岁就来到她的身边,她自己因为身体多病,不曾生儿养女,把你看得比亲儿子还要亲,如今她怎么能在危难时候离开你,独独活下去呢? 这事情你休要再想。"

许多将领又跪下去说:"太后可以出去。倘若胡人不能保太后平安,我们宁愿战死也不会投降。谁要投降,我们立刻杀了谁。"

高夫人摆摆手,说:"听我的话。目前这危急时刻,我决不能走;走了,胡人也绝不会让我活下去。从明朝崇祯年间开始,大家都说我多么懂得打仗,多么有办法。如今他清朝皇帝又怎肯对我放心呢? 他怕我活在人世,大顺的旧部还会暗中找我,他们的日子就会不得安宁,所以他们是不会放过我的。我自己也不会偷生人世,对不起先皇帝,对不起大顺朝的阵亡将士,也对不起明朝的隆武和永历两位皇上。你们不要糊涂了,下去安排去吧。什么人愿意走,该带什么东西,如何把眷属带出去,这都得安排一下。出去吧,让我清静一阵。"

过了一阵,李来亨带着一群年老的将领,又来恳求高夫人答应出去。他们说,一定要同胡人讲好,不准暗害高夫人,要不然就一个也不投降,同胡人血战到底。高夫人又一次拒绝他们,并且责备他们不该作此胡想。

他们出来后,一个李来亨最亲信的大将偷偷地向他问道:"国公爷,难道就没有办法救我们太后了么?"

李来亨凑近他耳朵说:"一年前我就知道会有今日,已经做了安排,但今天还不是说的时候。这事我从来不许泄露出去,连太后左右的人全都不知道。到了万不得已的时候,我会用那个办法救太后出去,叫她安享余年。"

这位心腹大将悄悄问道:"国公爷用的是什么计策?"

李来亨看他一眼:"此事绝密,你不要问吧。"

这天午夜时候,李来亨听说高夫人还没有睡,怕她年纪大,过于疲倦,就来到高夫人住所劝她安歇。当他进去时,高夫人同慧英正相对坐在灯下,神色怆然,默默无语。看见他进来,也没有理会,他也不敢张口说话。他只是在灯下发现高夫人突然衰老了,衰老得出人意料,脸上充满着极度的疲惫和痛苦之色。在他的记忆中,像这样的情形曾经出现过三次。第一次是十八九年前,高夫人同他爸爸李过、舅爷高一功率领人马到了松滋一带,忽然得到禀报,说先皇帝在九宫山下被害。全军大哭。那时候他看见高夫人突然间老了,虽然不过四十岁年纪,可是就像五十岁的样子,那么忧伤,几乎不能支持。第二次是从广西来兴山的路上,遇着孙可望的伏兵,混战起来,打了几天,高一功阵亡了,原来带着他爸爸李过的棺材,也失落了。突围出来后,高夫人看到身边许多将领都没有了,老弟兄剩下很少几个,还大多带着伤,流着血,她又哭了。如今是第三次,李来亨又看见她突然老了,变化非常厉害。白天当她来到九莲坪时还没有这么老,而现在忽然老了,头发好像也白得多了。他心中像刀剜一般刺痛,小声说道:

"太后,夜已经深了,你同忠婶娘休息去吧,明日还有许多事情等着太后主持呢。"

高夫人说:"你来了很好,我正有话要对你说。"

李来亨说:"请奶奶吩咐。"

高夫人说:"今日幸而我及时下山,来到九莲坪,避免了一场大祸。你自己当家做主,已有七八年了,可是在紧急时候还是不能考虑周到。今日众将会议,商讨大计,有人打算出降,你就忍耐不住,想动武。你没有想到,这恰好合乎胡人的心愿,他们正巴不得我们自家窝里先杀起来。何况,如今大兵压境,内无粮草,军心不可能还像以往一样。倒不如愿走的就让他们走吧,留下的能够一心一意同胡人打仗,如果硬把愿降的留下,等到胡人攻寨时,他们竖起白旗,整个寨子就没法守了。这不是动武的时候。好合好散,不看今日,多看昨日,以往二十来年,这些人都在闯字大旗下边,出生入死,立过功劳,纵然没有立过功,也吃了不少苦。今日就让他们走吧。还有那些妇女老弱，留下白白地死在九莲坪寨中，对我们也没有好处，何必呢？让他们都走吧。你今日心也太窄了，几乎出了大乱子。"

李来亨说："奶奶说的很是。孙子今日一时忍耐不住，几乎互相残杀。"

高夫人说："你知道就是了。你走吧，我同你忠婶娘也要赶快休息，明天还有许多事情要处理。"

上午巳时不到，清方的劝降使者果然来了。一个是高夫人的本家侄儿高守义，现任辰常道总兵，这次也是前来围攻茅庐山的一个重要将领；另一个是李国英手下的文官，候补道衔，姓陈。他们只带了二十名亲随。

当他们进入九莲坪寨中时，从寨门到寨内站了很多兵将，十分威武。李来亨坐在他的国公座上，没有出来迎接，由他的中军总兵带着使者进去见他。这使两名使者心中略为感到屈辱，觉得自己是堂堂大清朝的官员，而李来亨已经走到穷途末路，居然还这样傲慢。可是他们也不好说什么。施礼之后，李来亨让他们坐下，说道：

"今日我李某困在九莲坪一带，只能同胡人决一死战。我自己决不投降，你们二位不必开口。我部下有愿意出降的，我不阻止。至于有多少人愿意出降，什么时候出寨到你们胡兵营中，以后应该怎么办，我手下人会同你们详谈，订出妥当办法。我的事忙，恕不相陪了。"

他拱拱手，站起来走了出去。随即有一位武将将两位使者带到别处，同李来亨指定的将军谈判。原来他们以为整个九莲坪的人马都会出降，没有想到愿意投降的人并不很多，都是一些不怎么能够打仗的，或手下已经没有什么兵的将领。不过这也很好，既然有一部分人愿意出降，就可以减少九莲坪守寨的力量，也可以奏报朝廷。对于李来亨这边所提出的条件，使者都答应了，即：不许杀戮投降的人;不许劫掠他们随身带走的财物;不许欺侮妇女。他们认为这都很容易办到。只是他们还不能最后做主,还需要回去禀报上边,才能算是定局。现在他们初步商定,出降的人于明日下午申时正出去,前边有一人手执小白旗。清军方面派人在路上照料。

商定之后,他们又一起来见李来亨。李来亨问道:"都谈妥了么?"

手下将领说:"启禀国公爷,一切都谈妥了。"

高守义接着说:"所提各款,都容易办到。只是我们不能最后做主,需要回去禀明主帅,黄昏以前再派人来传话。还有令堂大人,原是我的堂姐,她老人家出去之后,我一定尽心照料,活着养老,死后送终,请你放心。"

李来亨到这时候才掩饰不住他的感情,拱手说:"拜托了,拜托了,她是我的亲生母亲。她没有在'闯'字旗下呆过,只是近几年我才从家乡把她接来此地。她从来不问军国大事,只会做一个慈母,如今年岁已高,身体也不好,倘若你念在至亲分上,代我养老送终,我在九泉之下也不能忘了你的好心。"说罢又作了一揖,再说了一遍,"拜托,拜托!"

高守义又说道:"请你放心。还有贞义夫人,我的姑母,如今也在这里,可否容许我拜见拜见?"

李来亨说:"她住在山上,不在九莲坪寨中,恐怕不能相见了。"

高守义说:"倘若她肯出去,我可以担保,决不使她受害,不知你意下如何?"

李来亨说:"她万万不肯出降,这话你就不必提了。"

高守义说:"她老人家倘若愿意出去,可以不算是出降,只算是我请求清兵主帅迎接她到我的营中,由我养老送终,这样难道不行么?"

李来亨说:"当日在高闯王旗下时,你大概也听说过我们太后的立身行事。如今她绝不会落一个贪生怕死的名,让自己在胡兵营中养老。你这番好意,我看见她时向她禀报,你就不必再提了。"

中午,他们没有留劝降的使者吃饭,就让他们走了。黄昏之前,从清营中果然来了一名军官,说所提的各项条款,清兵主帅完全允准。出降的人可按既定的时间,前往清营。

第二天中午,在李来亨的老营中摆了许多宴席,大小将领和所有的文臣都被请来赴宴。高夫人和慧英坐在上席,大家恭恭敬敬地向高夫人行了礼。然后李来亨站起来说道:

"我们今日之宴,虽然没有多的菜,肉是杀的两匹马,酒也不多,但这是我们在一起举行的最后一次酒宴。吃过这一顿后,该走的就要走了,留下的一心一意固守九莲坪,同敌人血战到底。不管走或不走的,我们都是亲人,不要以仇人的眼光相看。今日我奉太后之命准备酒宴,现在就请太后训话。"

人们都站了起来,肃立无声。高夫人望望大家,慢慢说道:

"往年酒宴,都是在胜利的时候,庆祝大捷。今日这样的酒宴,我起义几十年,还是第一次碰见。可是我心中并不难过。自从跟随先皇帝起义,我随时都准备死在沙场上,死在敌人手中,早已将生死置之度外。今日我们还有两三万人马,还可以厮杀些日子。纵然死在茅庐山上,敌人会死得比我们更多。凡是留下的将领,我们还有见面的日子,我就不多说什么了。对于要走的将领们,我想嘱咐几句话。现在你们离开我,出去投降,我不责备你们。但愿你们出去之后,不要做胡人的官,更不要做胡人的鹰犬,回过头来杀自己的兄弟。你们倘若能够早早地回到各自的家乡,做一个安分的老百姓,平安无事地过完这一生,这就是我的心愿。回到家乡,你们可以拿出一些银子周济同村的穷人,做一些好事。好在你们起义之后,都没有在家乡做过坏事,一直跟着闯王打仗,在家乡无冤无仇,回去以后稍微做点好事,就容易同左邻右舍处得很好。我说的是几句实实在在的话,你们要好好记在心上。今日下午你们就要出去了,以后我们永远不再见面了,我会时时想着你们,直到我战死。你们看来也不会忘记我,不会忘记我们茅庐山这一带的土地、百姓和往日的弟兄。"

说到这里,她自己禁不住落下泪来,全场不由地一片号啕,连李来亨也哭了。虽然酒宴继续进行,可是不断地有低声抽泣之声。席面上笼罩着悲壮的气氛。

酒宴之后,出降的人准备动身了。高夫人回到九莲坪的临时住所中。许多要出降的人前来向她辞行。她没有说什么话。那些跪在地下的人又一次痛哭起来,其中有些人表示坚决不再走了。最后是李来亨的亲生母亲前来辞行。高夫人这时忍不住呜咽起来。李来亨的生母也痛哭起来。她舍不得高夫人,也舍不得李来亨。可是既已决定送她出寨,她只得哭着上了筼子。

这一天的事情过去了。高夫人将李来亨叫到面前,问道:"这些人出去后,看来胡兵马上就要进攻了,你打算如何对敌?"

李来亨说:"请奶奶放心,这九莲坪要守到最后一个人。"

高夫人说:"也不要想得太容易,要随时想着困难,想着意外的变故。你可以在九莲坪留下一些军粮。还有些军粮,一时用不上,从现在起就派人往山上运去。茅庐山也不能久守,我们能守多久就守多久,守一日就要杀死许多敌人。你准备搬运粮食吧,我同你忠婶娘回山上去了。"

李来亨说:"孙子遵命。"

高夫人最后又说了一句:"我不打算再下山了。我要让敌人知道:攻上茅庐山是多么不容易!"

清兵知道明军还有一些粮食,士气也没有完全衰败,进攻九莲坪,必然要遇到拼命抵抗,所以他们没有马上进攻。又过了几天,到了八月中旬,估计明军的粮食差不多吃完了,才开始大举进攻。

九莲坪前边面对清兵主攻的道路,有一道关口,地势较高,明军在那里修有炮台、箭楼,挖了壕沟,设置了鹿角。清军攻占这个关口,费了很大力气。双方都使用了炮火,大炮的声音震动了大地,在群山中发出回声。可是清军的大炮多,人也吃得饱,又是步步为营,士气很高,所以两三天后差不多把李来亨的大炮、炮台都击毁了。

在炮战的暂时间歇中,夹着白刃交锋。清军仗着人多,向关口蜂拥而来。有两次当清兵攻到几十步以内的时候,明军的大炮突然又响起来,清军大批倒下。可是明军的火药渐渐少了,大炮也终于完全被炸毁。于是白刃战代替了炮战。

李来亨的将士们都处于半饥饿状态。九莲坪中所有的马匹、耕牛、驴子都杀了,粮食也已吃完。尽管如此,他们的士气并不低落。每个人如今并不是为着夺取胜利而战,而只是抱着死一个人要换上十几个人的念头,拼死决战。他们互相鼓舞,战斗力始终很强。清兵几次进攻关口,他们都凭借着箭楼猛烈地射箭,妇女儿童也在一旁投掷石块。清兵尽管人多,还是一批一批地在鹿角和壕沟前面死伤,退了下去。这样,又经过整整一天的苦战,清兵才终于将鹿角烧毁,将壕沟填平,大队人马冲上了高坡。就在坡上,展开了白刃交锋,双方面死伤都很惨重。死尸和重伤的将士在高坡前面堆积起来,清兵就踏着死尸和半死的人继续进攻,守关的弟兄也凭借着尸体放箭、投掷石头,将刚刚越过尸体的清兵杀死。双方的将士继续不断地倒下去,热血顺着不平的山坡向下奔流。又经过两天苦战,清兵才仗着人多夺取了关口。

明军退守寨楼。清军也休息了一天,将疲惫不堪的将士撤下去,换上来生力军,然后开始第二阶段的进攻。清军除主攻方向外,还派出许多人通过密林和艰险的道路从几个方面对九莲坪大寨作牵制性的进攻。大寨被攻破了,可是寨里边处处都有战斗,两万多明军,还有数千妇女老弱,很少有人投降。他们有的几百人一群,有的几十人一群,与清兵厮杀。也有的单个逃进密林,或躲在石头后面,向清军继续放箭、投掷石块。尽管他们已饿得没有多少力气,但在死亡之前都战斗得十分凶猛。

最后有两支明军退到两个大院子里,这两处都有较坚固的围墙和高大的房子,战斗又进行了一天多时间,两座宅院先后被清兵用炮火攻破了。宅院里的明军全部战死,而清兵也死伤许多人,他们几乎不敢一个人走进屋里去,害怕会从地上、从血泊中突然爬起来一个明军同他们厮杀。

当整个九莲坪大寨平定以后,清军检点俘虏,才发现抓到的人很少,而且大多数是身带重伤的人。他们又去寨外的树林中寻找,发现有许多妇女在树林里自缢死了。有一处悬崖,从崖上跳下去自尽的妇女就有几十人。还有一些十来岁的男孩,也是战斗到最后,随着母亲、嫂子一起跳下崖去。这种不屈的精神连清兵将士见了也不由地十分吃惊,心生敬佩。

当九莲坪被突破的时候,李来亨带着少数将士退上茅庐山。因为上山的道路只有一条,十分艰险,退去的人多了,一则路没法走,二则山上的粮食也维持不了几天。这情形将领们全都清楚。所以除李来亨本人和少数亲兵亲将外,大家都决心死在九莲坪寨中,并不向山上退去。清兵在九莲坪寨中没有找到李来亨,知道他已经上了茅庐山。

在九莲坪休息了两天,清兵才开始向茅庐山进攻。这次进攻,参加的多是四川和本地调来的将士,惯于爬山。他们做了许多准备,随身带着铁抓钩,可以抓在石缝和树根上。抓钩上面系着绳子,只要牢牢地抓紧绳子,哪怕受了轻伤,也不会落下山去。他们还在膝盖上绑一块皮子,皮子上面有小的铁钉,这样可以跪着爬山。另外还专门制作了一种登山的鞋,鞋掌上也有很小的铁钉。事前清军就知道攻茅庐山不容易,所以这批将士是到登山时才出动的,让他们在最后一仗中出力。

明军方面对守茅庐山这最后阵地也做了些准备。在山坡上战斗,不可能有密集的敌人,自己也没法密集在一起。基本上是人自为战,各人在最险峻的地方,找一个能够存身之处,阻挡敌人上山。惟一的山路并不难守,因为随时都可挖断。有许多地方,只要有一两个人防守,敌人就很难攻上来。为了守茅庐山,李来亨事先也做了一些准备。他们制作了一批小弓小箭,箭只有普通箭一半那么长,箭头带有毒药。他们还准备了许多弹弓,在短距离作战中,弹弓十分方便,而且身上挂一个布袋,里面可装一二百泥丸。这些泥丸都是事先用粘土捏就,晒得绷干,专门用来打面孔、打眼睛、打敌人的两手。有些士兵平时就用惯弹弓,二十步以内几乎是百发百中。还有一些士兵善于投石,二十步以内几乎也是百发百中。最后他们还准备了一些小型火器,如鸟枪、短铳之类,里边装着铁砂,打出去便是一片。

由于茅庐山的防守极其坚强,清兵一连攻了五天,才逐渐接近山头。可是清兵的死伤十分惨重。进攻中,往往还没有看见明军,突然一块石头飞来就被打落悬崖。有时是突然中箭。还有些时候是刚刚在一处站稳,准备再往上爬,突然手上中了泥丸,手一松便跌落山下。有时个别清兵与守军碰到一起厮杀,不是清兵被杀死,便是清兵被守军抓住,一起滚下悬崖。尽管明军人数很少,却使清军付出了巨大代价。直到第五天黎明时候,清军才终于攻到山头附近。

这时正值八月中旬,本来应是天朗气清的季节,可是这天天上阴云低沉,月色无光。清兵找不到最后登山的地方,暂时停顿下来,明朝的将士也看不清敌人在哪里,双方就这样相持在离山头不远的地方,等待着天明。

整个夜晚,李来亨和高夫人都在寨墙上,他们已连着几天很少休息,至多在寨上靠着一块石头矇眬片刻。他们明白,如今要使茅庐山多守一些时日,多杀伤一些敌人,不能光靠体力,因为将士已经十分疲惫了,身体很衰弱。现在要靠他们同将士在一起,凭着一股正气、一颗忠心,同敌人死战到底。所以他们都不愿回寨中去休息。李来亨曾多次劝高夫人回去,可是她不肯。她知道将士们看见她在寨上,纵然她不说话,他们也会勇气百倍。

这天早晨,趁着战事稍微沉寂,李来亨对高夫人说道:"奶奶,请你回慈庆宫一趟,孙儿有重要事向奶奶启禀。"

高夫人不知他有什么事,但发现周围将领都在望着自己,她想:"是的,说不定今日白天这寨就要被攻破,如今趁这个时候听听他们有什么话说也好。"于是,她带着慧英和男女亲兵回到慈庆宫去。

过了片刻,李来亨率领着许多将领都来了。李来亨的养母也扶病来到。高夫人觉得奇怪:这难道是临死前特来诀别的么? 她还没有说话,李来亨已在她面前跪下,说:

"奶奶,虽然你忘记了,可是将士们没有忘记:天明以后,正是你六十岁生日。将士们年年都为你祝寿,眼下虽在打仗,可是这六十大寿,将士们仍要为你祝贺。"

高夫人恍然想起:是的,天明以后正是她的六十寿辰。她感到一阵伤心,但是没有流露,反而笑了一笑,说:

"也好,每年都替我贺寿,这说明我们大顺军的旧部、明朝的兵将是有志气、有骨头的。在如此困难的时刻,该行的礼还要行,我就受你们一拜吧。"

于是男女分班,为高夫人磕头拜寿。正在这时,清兵又发起进攻,寨墙上和寨外边一片喊杀声和火器的响声。高夫人笑一笑说:

"往年拜寿,都奏着喜乐,如今我们的乐工都死在九莲坪山寨。你听这阵阵的喊杀声,战鼓声,还有鸟枪、短铳的响声,比往年的喜乐还要好听。好了,你们都磕过头了,寿拜完了,赶快到寨上同敌人厮杀去吧。现在到了最后的关头,只要不是重伤的、重病的,都出战吧。"

慧英在旁边说:"钟楼上红灯已经挂了三个,请太后娘娘不用操心。"

大家肃静地退了出去。高夫人拉着走在最后的李过夫人的手说:"我们两个,虽是婆媳之情,可是年龄相仿,起义时就在一起,今日还在一起战死。我们上没有对不起先皇帝和许多死去的将士,下没有对不起子孙。我此刻心中很安。"

李过夫人说:"儿媳心中也是很安。"说罢向高夫人拜了一拜,回头走了。

高夫人抬头望望钟楼,果然在楼顶上悬挂着三盏红灯笼。这原是事先约定好的标记:敌人进攻山寨近处时,悬挂一个灯笼,休息的和正在干别的事的都要上寨;悬挂两个灯笼,轻伤的也要上寨;悬挂三个灯笼,妇女、儿童、老人,凡是能拿武器的全都上寨。这第三个灯笼是到不得已的时候才悬挂的。高夫人又到慈庆宫院中默默地察看,看见钟楼下边和慈庆宫主要房屋下边都按照她的吩咐堆了干草和干的树枝,放下心来,对慧英说:

"我们上寨去吧。"

慧英说:"请太后不必上寨,由我上寨好了。"

高夫人说:"不,虽然我老了,可是有我在寨墙上,纵然战死,也不枉将士们一片忠心。走吧,不要耽误了时间。"

慈庆宫所有的男男女女,除几个留守宫中的之外,都随着高夫人走了出去。临出大门的时候,高夫人望了望拴在门边的两只心爱的狼狗。往日她离开宫门的时候,这两只狼狗总是摇着尾巴,亲切地望着她出去。可是今日它们没有摇动尾巴,只是静静地望着她,那眼中透出的光芒,是那么严肃,那么不安。高夫人问大门口一个年老的女仆:

"它们是不是饿了?"

"启禀太后娘娘,狼狗刚刚都喂饱了。"

高夫人没再说话,走出大门,回头望望宫院,心想:也许我会战死在寨墙上,这宫院回不来了。她想吩咐刚才那个女仆,万一她回不来,就放火把宫院烧毁。可是话到嘴边,还没有说出,忽见李来亨匆匆忙忙地走了回来,向她说道:

"请奶奶回宫去,婶娘也回宫去,孙儿有重要的话要给奶奶说。"

高夫人说:"就在这儿说不行么?"

李来亨说:"这是机密的话,需要对奶奶一个人说出。婶娘不能离开奶奶,也请进去吧。"

高夫人不明白他要说什么话,只得同着慧英又一起回到宫中。

李来亨看见还有少数宫女留在那里,挥手让她们避开,然后跪下去说道:

"奶奶,不到万不得已,我有一句话不敢说出。刚才我上了寨墙,看见敌人进攻得很猛,我们的将士实在饥疲得没有力气了,只是为着一颗忠心,还在竭力抵挡。天已经亮了,孙儿的话说得晚了就没有用了,所以回来特向奶奶说出这句话,请奶奶答应,千万不能再耽误了。"

高夫人说:"寨守不住,敌人进来,也不过战死罢了,你有什么话要对我说呢?"

李来亨说:"孙儿战死,将士们战死,都是应该的,中国人要死得顶天立地,不能投降胡人。可是将士们都不愿奶奶你同我们一起战死。你年纪大了,半生戎马,立过大功,如今用不着同我们一起战死。这不是孙儿一个人的心,而是将士们都有此心,许多人都偷偷地问我有何主张。现在请奶奶不要上寨,赶快!"

高夫人说:"赶快什么?如今纵然想我不死,也无处可走。休得胡说了,我们一起赶快上寨吧!"

李来亨突然跪下,哽咽说:"奶奶不要责备孙子。一年以来,孙子秘密地准备了一条退路。在慈庆宫后边,密林荒草之中,有一个山洞,那山洞很深,后来就偷偷地派石匠进去察看,有些地方路断了,命石匠重新凿通。这样,有时在山洞里头,有时在山洞外头,从石头缝中开出了一条小路。外面看去,全是密林荒草。这条路一直通下山去。我在那密林中派心腹人扮作猎户,以打猎为生,住在那里。这一切都是为奶奶准备的,请奶奶不要责备孙儿。如今就请奶奶赶快与婶娘带两三个亲信下山,那猎户是我们的心腹,备有金银,埋在地下。他们可以神不知鬼不觉地将奶奶送往远处,从此改名埋姓,安享余年。奶奶赶快走吧,稍迟就来不及了。"

高夫人乍一听,感到非常奇怪,没有想到一年多来李来亨居然瞒着她、瞒着周围的人做出这样的准备。她一时望着李来亨说不出话来,不知是责备好还是不责备好。这时外边杀声阵阵,眼看就

要争夺寨墙,李来亨又说道:

"请奶奶不必犹豫,赶快逃走吧。其余的人,孙儿会带领他们同敌人血战到死的。请奶奶赶快逃走吧,再迟就来不及了。"

高夫人忽然向李来亨瞪了一眼,骂道:"你这个不肖子孙,我没想到你会做出这样打算。虽然你是出自对我的一番孝心,可是你忘了大义。十九年前,当先皇帝死了以后,我听到这天塌地陷的消息,当时就哭昏过去了。后来我几次想自尽,终于没有自尽。我这个未亡人活在世上,为的什么呢?只为当时你爸爸和你高舅爷,谁统率大顺军都有困难。我如果自尽,大顺军很快也就完了,所以我没有自尽。等到你爸爸在广西病死,你高舅爷在半路上被孙可望设下伏兵杀死,这时我万念俱灰,又一次想到自尽。可是我没有自尽,因为想到你年纪轻轻,在大顺军中没有威望,我若一死,你怎么办呢?所以我率领着你们退到归州、兴山一带。因为我同你在一起,许多老将都来到这里。凭什么你能为十三家之首呢?还不是我给你树的旗子?你虽是李家的螟蛉之子,但大顺军中不在乎亲生和螟蛉,大家都把你看成是李家传下来的正脉。别说郝摇旗这些老将奉你为主,就是原来不在一起的王光兴等也都奉你为首。如今这些人一个一个都死了,也有的投降了,只剩下我们这一支,打到今日也算对得起先皇帝,对得起明朝的隆武皇帝和永历皇帝,对得起我们中国千千万万有志气的人。现在你叫我一个人活下去,我已经六十岁了,又能活几年呢?我死后有何面目见你爷爷?有何面目见大顺朝死去的文臣武将?我没想到你会出这样的主意,你把奶奶置于何地?事到如今,别的话休要说了,赶快上寨,不许耽误。"

李来亨又说道:"请奶奶不要固执,孙儿上寨,决不再回头了。这是孙儿的最后一句话,请奶奶听从。"

高夫人把脚一跺,扬起手来准备打李来亨,但忽然看见李来亨的脸上已经负了伤,不忍打下去,滚下眼泪,说声"来亨",说不下去了,转而望着慧英说:"走,上寨吧,不要耽误。"大踏步向宫外走去。

李来亨没有办法,也赶快向宫外走去,迅速奔往寨墙。

这时候天已大明,慈庆宫的宫楼上,三盏红灯仍然亮着。云彩很浓,常常有很低的浓云奔流一般从面前过去,从半山腰过去,从石头寨墙上扫过去。而浓云里边,响着炮火的声音,喊杀的声音。

在高夫人和慧英奔往寨墙之后,从慈庆宫的后院中出来了两个老人。一个是尚神仙,一个是王长顺。他们各自抱着一个木头盒子,盒子外边包着铁皮。两人绕过一棵大树和一些石头,奔进后边密林之中,在一个地方搬开了一块石头,里边露出一个小小的山洞。他们将盒子放在洞的高处。老马夫说:

"我这里边装着一对先皇帝用过的马镫子。这是在西安的时候别人献上来的,原是秦王府中旧物,铜镫子上边鎏着黄金,不知再过几百年会不会生锈?"

尚神仙说:"金子不会生锈,况且这个山洞又很干燥。我就担心我这箱子里的文稿,这是咱们大顺朝的历史。它不像黄金那么耐久,万一年代太久,受了潮湿,会烂了。要是几百年之后,它没有烂掉,有人将这山洞打开,传到后代,该有多好!让别人都知道我们大顺朝是怎么回事情,让我们的英雄豪杰和那些可歌可泣的事情传到人间,该有多好!"

王长顺说:"一定会传到人间。将来有人在这里开荒,种地,住家,这个山洞会有人找到的。说不定这稿子传到人间,会有人编成戏曲,编成唱本,到处演唱我们大顺朝动人的故事。"

两个老头相视而笑。他们又把大石头重新移过来,重新堵严。王长顺说:

"老神仙,我们也上寨吧。"

尚神仙拔出宝剑说:"我们也上寨去。"

这时寨墙上的喊杀声更紧密了,他们两个朝着喊杀声响起的地方奔去。

大约辰时刚过,清兵攻破了茅庐山寨,可是战斗并没有停止,明军在寨中继续抵抗。尽管他们又饥饿又疲乏,可是谁都不愿向清兵投降,也不愿白白地就被清兵杀死。清兵进寨之后就到处传呼:"投降的一律不杀!"可是明军没有人理会。到处都有零星的抵抗。在十字路口混战得更厉害,那是通往高夫人住宅的必经之路。许多明兵为了保护高夫人和她的慈庆宫,都往十字路口奔去。没有人出来指挥,也没有人发出号召,大家完全是自发地向那里奔跑,所以人愈聚愈多,在那里发生了出乎清兵意料的猛烈厮杀。有时清兵刚刚夺去路口,立刻又来了一群明兵,把清兵杀退。

高夫人和李来亨在清兵进寨后都退了下来,但他们并不一路。高夫人由慧英等男女亲兵亲将保护着向慈庆宫退去,而李来亨还在组织人马反攻,希望将进寨的清兵赶出寨去。他原来已经受伤,现在又第二次负了伤。

高夫人退到离慈庆宫十几丈远的地方停住,回头观看十字路口的混战。这时尚神仙已经战死了。王长顺本来随在高夫人身后一起退下,这时他不说一句话,又反身奔回十字路口,投入混战,随即被两个清兵砍死,倒了下去。这经过高夫人看得清清楚楚,不禁小声叫道:

"好啊,长顺,老伙计啊!"

正在这时,有一百多清兵越过十字路口,向慈庆宫杀来,他们一面奔跑,一面大声呼喊:

"活捉贼妇高氏! 高桂英快快投降!"

高夫人望了慧英一眼,从嘴角露出轻蔑的冷笑。慧英说:"请太后退进宫院。"又对众人说:"箭法好的随我留下,其余的保护太后进宫。"

然后她对留下的人说:"要沉着,不要惊慌,不到三十步以内,不许放箭。我们的箭不多了。"

十来个留下的男女亲兵都屏息静气,将箭搭在弦上,引满待发。他们一个个注视着敌人,尽管整夜没有休息,也没有吃什么东西,但从脸上看不出一丝颓丧的神色。

慧英的脸上已被炮火的硝烟熏得黑一块白一块,臂上有一处箭伤,可是她的眼睛还是那么有神。尽管白眼球网满了血丝,但那一脸愤怒和冷静的神气却没有被疲倦和劳累所掩盖。她的头发又浓又密,只是有一处被炮火烧去了一绺。绵甲也破了,两只袖子沾满了血迹。这时她向背后瞟一眼,看见高夫人已经退后了十来步,她放下心去。又望望敌人,等他们来到近处,她的箭"嗖"一声射了出去,走在前面的一个将官应声倒下。她连放了几箭,箭无虚发。她左右的兵将也同时放箭,眨眼之间,面前的敌人倒下去二十几个。敌人没想到这些妇女的箭法如此高明,大为惊骇,不敢贸然前进,也举起弓来,准备对射。

正当这时,李来亨和一群亲兵忽从旁边杀出,将清兵杀散。原来他正在十字路口冲杀,看见有一支清兵离开路口,追赶高夫人,便赶紧带着亲兵从另一个方向冲杀过来。将敌人杀散后,他奔到高夫人面前。高夫人一眼望去,发现他已大大地变了样子。左臂受了伤,左胳膊搭拉着,鲜血浸透了半个衣袖。头盔失落了。箭中在左颊上,自己拔了出来,伤口还在流血。可是事到如今,高夫人也顾不得叫他裹伤休息,只说道:

"你就同我在这里吧。"

李来亨说:"奶奶,我看见敌人追赶你,不敢继续恋战,特来保护奶奶。再向奶奶说一句话,请奶奶听从。"

高夫人说:"有什么话你就说吧。"

李来亨说:"请奶奶赶快从后边山洞逃走,再迟一步就来不及了。"

高夫人把眼睛一瞪,说:"休要再说一个字。如今是什么时候,你还说这话动摇军心!你要是我的孝顺孙子,就赶快回到你的国公府去,我也退回慈庆宫。这两座院子相距不远,可以互为犄角。我们要死守到最后一个人,上对得起先皇帝,对得起大明皇帝,下对得起死难的成千成万将士。快走,来亨,不许再说别的话。"

　　李来亨知道不能再劝高夫人，跪下去磕了一个头，说道："奶奶，不肖孙儿没有力量保奶奶，我们在阴间相见吧。"说毕，从地上站起来，回身向他的住宅奔去。

　　混战的场面已经离开十字路口，很快向宫门逼近。由于清兵和明兵混在一起，慧英等人没法射箭，只好请高夫人火速回宫。高夫人刚刚要走，一股清兵已经奔到近处。慧英命人赶紧簇拥着高夫人退进宫门里边，她自己同少数亲兵在背后掩护。杀死了几个清兵，她们才退到宫门前边的高台阶上。

　　这时忽见一群明兵约一二百人正在向宫门奔来，后边有五六百清兵紧紧地追赶，有的甚至跑到明兵前边，显然是要夺取宫门。情形十分危急。慧英稍一犹豫，立即下令：

　　"赶紧退进宫门，该上院墙的上院墙，该上门楼的上门楼！"

　　霎时间，所有的人都出动了。连平时烧火的老头也拿着劈柴的斧头奔出来，烧菜的老妈子也拿起了剁肉的刀。那两只狼狗已被解开绳索，但绳子还抓在老妈子手里，正急得上蹿下跳。高夫人说：

　　"慧英，准备杀出去，我这里随即派人接应，一定要把那被追赶的弟兄救回。"

　　慧英把宝剑一举，对左右亲兵说："随我来！"

　　她还没有跳下台阶，两条狼狗已经从她的身旁突然蹿出，直奔清兵。它们是那样凶猛，逢人便咬。清兵正想乘乱夺取宫门，不料蹿出这么两只狗来，赶紧用刀剑砍杀。狼狗负伤后更加疯狂，乱窜乱咬。等到清兵把狼狗杀死，明兵都已跑进宫门。慧英说声"放箭！"许多箭一起向着清兵射去，随即她们也退进宫院，将宫门关好，插上腰杠，顶了石头。

　　清兵马上将慈庆宫包围起来，从巳时到黄昏，他们轮番进攻。明兵在宫门楼和宫墙上对外射箭、施放火器。高夫人和慧英带着十几个女兵上了钟楼。那钟楼是按照箭楼的格式修筑的，一、二两层都有箭眼，三层只有一半墙壁，从上半段也可露出头来向外射箭。这时她们就在第三层楼上向清兵射箭。居高临下，十分得手。

清兵在宫院外边,死伤成堆。

直到黄昏,清兵才在火器和弓弩的掩护下,用云梯爬进了宫墙。随即在院墙里边发生白刃交锋。一部分守军退进内院,即高夫人居住的院子。他们关上二门,爬上房坡,利用慈庆宫的高房子同敌人搏斗。箭射完了,就用瓦片向下边打。

高夫人站在钟楼上,命一个女兵不断地敲钟。这样,可使国公府的将士和那继续战斗在林间野地的将士都明白她仍在慈庆宫中同敌人厮杀,既没有投降,也没有被消灭。

黄昏以后,天气更加阴沉,云层更浓了。波涛一般的云就在院墙下边起伏奔流,有时也从慈庆宫的屋顶掠过。敌人已经准备用炮火来攻打钟楼。一个清兵将领,身穿铁甲,头戴铁盔,跑到钟楼下面,扬头高喊:

"高桂英,投降不杀!"

高夫人问慧英:"你能不能一箭射中他的喉咙?"

慧英一摸袋中,已经没有箭了。就问谁身上还有箭?一个负伤的女兵吃力地爬到她的脚边,举起一根箭来。慧英将箭搭在弦上,趁着那军官抬头呼喊,一箭射去,只见那军官一声没响,仰面倒在地下。高夫人知道三层楼上的箭已射完,而楼下还放着一些箭,就命一个女兵赶紧去楼下取来。同时她明白现在已经到了点火的时候,就命另一个女兵赶紧下去点火。

不一会儿,第一个女兵就把剩下的几十支箭取了上来。同时楼下的火也点着了,烈焰腾腾,从一楼直烧起来。守在内院的将士一看钟楼火起,也把存放在院中各处的柴草点燃起来。于是整个慈庆宫成了一片火海。院中火光通明。趁着火光,慧英一箭一箭地向敌人射去。大火很快燃烧到三楼,烟雾呛得人不能透气。可是就在火光和烟雾中,仍然有箭一支一支地从楼上射来。那钟声也继续响着,一直传到山寨外边。隐藏在树林和山洞中的明兵听见钟声,看见火光,纷纷地向着慈庆宫奔来,但多数都在路上被清兵截杀。

当慈庆宫火光起来的时候,李来亨的国公府也烧起一片大火。

风,在夜空呼啸着。风助火势,越烧越旺。两座宅院的烟气在半空混到一起,两座宅院的大火烧得满天通红。就在这一片火光中,偶尔还有箭从钟楼上射下来,使清兵冷不防中箭倒下。就在这大火冲天的时候,钟楼上仍然有钟声响着,一直向远处传去……

四月间,红霞下了茅庐山,出了九莲坪,还是顺着来时的路途,走着十分险峻的小道,穿过密密的大森林,走出清兵封锁的地区。不料到达襄阳城下时,却被守门的清兵抓获,认为她形迹可疑,投进狱中,整整坐了一个月监,几经审问,没有查出什么东西,才放出来。在女监中,她天天挂念着高夫人和慧英,也天天挂念着红娘子。出狱后,她一路化缘,从孟津过了黄河,终于回到王屋山上。

红娘子见她突然回来,真是喜出望外。听了她去茅庐山的经过后,红娘子忍不住小声痛哭。她们决心下山,去到高夫人身边。明知此行非死不可,但二十年的心思如今落到实处,纵然粉身碎骨,也义无反顾。于是红娘子赶紧将庵中的事情处理了一下,对她的大弟子嘱咐了一番话,就带着红霞下山了。

由于路途耽搁,常常有些路走不通,当她们来到襄阳县境时,茅庐山已被清兵围得水泄不通。又过了几天,听说清兵已经攻开茅庐山寨,高夫人和李来亨都已自焚身亡。她们受此突然打击,两人来到襄阳城外荒无人烟的地方,痛哭了一场。

往哪儿去呢?红娘子想了想,就带着红霞先来到宜昌,然后奔往沙市。明末清初的沙市已是一个很繁华的商埠。她们来到一个有名的尼庵住下。红娘子拿出银子,交给尼庵住持,同时告她说,自己原是富贵人家的小姐,因为身体多病,自幼出家。另一尼姑原是她家丫头,陪着她一起出家。最近听说她的父母都在兵荒马乱中死去了。她请求尼庵住持,将沙市全城的男女僧众请来做三天法事,超度亡灵。

尼庵住持见她带有银子,又难得有这一番孝心,也很感动,就赶快张罗,将沙市城里城外所有的和尚尼姑请来做了三天法事,超度亡灵。红娘子和红霞也跟着大家一起念经。有时念着念着就忍不住哭了起来。别的僧尼见了都十分感动。

做过法事以后,她们在沙市又逗留了几天,便来到荆州、宜昌、当阳,很想转道上茅庐山看看。但怕的是那里仍有清兵,不但随身带的银子会被抢去,甚至自己也会受辱。于是她们先到襄阳、随县、宜城、郧阳一带云游。半年之后,局势安定了,她们才从当阳来到茅庐山。

她们一直上到山顶,来到俗称慈庆宫的地方,从灰烬里边找到一些尸骨,埋在山顶上。因听人们传说,高夫人和慧英是在钟楼自焚的,她们就把从钟楼遗址中找到的尸骨单另埋在一处。

那时已有少数百姓在山下种地,她们是雇了向导一同上山的。向导看见她们那样郑重其事地掩埋尸骨,心中感到奇怪,但也不便多问。又见她们在坟前念了经文,哭了一阵,方才下山。

从此,这里开始传说,有两个尼姑如此如此,但没有人知道她们的名字和来历。又过了些时候,当阳县知县也听说了,派兵捉拿两个尼姑,却早已无影无踪。

红娘子和红霞从此就在鄂西鄂北一带云游,后来又到过四川、到过汉中一带,往北还去过南阳,一面云游,一面暗传白莲教。每年也回一趟王屋山,看看尼庵中情形,作些吩咐,但不久住。这样,她们在川陕鄂交界的许多府、州、县慢慢地播下了白莲教的种子。直到她们死去,这种子还在继续传播,生根发芽。

过了大约一百五十年上下,就在襄阳、宜城、随州一带,突然爆发了白莲教起义。紧接着,四川、陕西境内也爆发了白莲教起义。这时正值清朝嘉庆初年,人们只知道起义蔓延数省,震动了全国,却没有想到,一个半世纪前,红娘子和红霞暗暗地传下了白莲教的种子。人们更不晓得,红娘子出家后,上承明朝初年的唐赛儿。嘉庆年间白莲教起义的领袖虽然已是好几代以后的徒弟,但她们都还记得自己的祖师。只是官府抓到她们的时候,不管如何审问,没有一个人吐出真情,为的是怕泄露了王屋山上尼庵的秘密。